NOS4A2

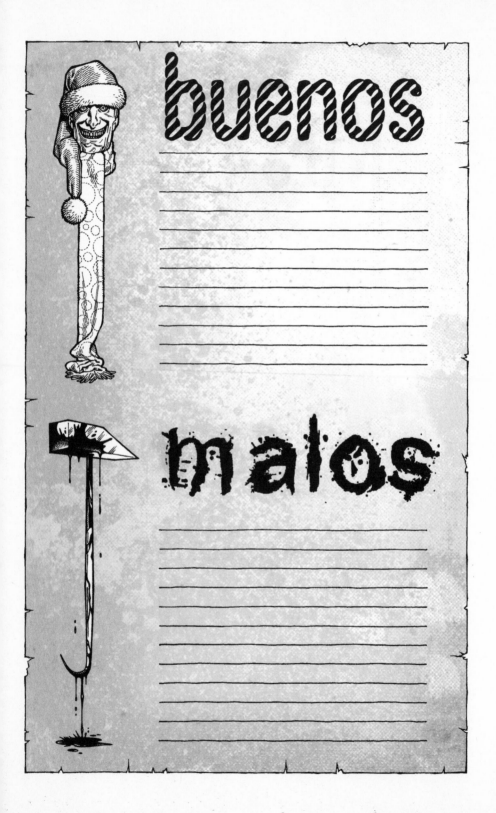

NOS4A2

(NOSFERATU)

JOE HILL

Ilustraciones de Gabriel Rodríguez

Título original: *NOS4A2*

D. R. © Joe Hill, 2013

Publicado gracias a un acuerdo con William Morrow, un sello de HarperCollins Publishers

D. R. © De la traducción: Laura Vidal, 2013

De esta edición:
D. R. © Santillana Ediciones Generales, S.A. de C.V., 2014.
      Av. Río Mixcoac 274, Col. Acacias
      México, D.F., 03240

Nuestro agradecimiento a Gabriel Rodríguez por todas las ilustraciones de este libro. © Gabriel Rodríguez, 2013. Todos los derechos reservados.

Diseño de cubierta: Mary Schuck
Diseño original de interiores: Jamie Lynn Kerner
Fotografía del autor: Shane Leonard

Primera edición: junio de 2014

ISBN: 978-607-11-3364-9

Impreso en México

PRISA EDICIONES

A mi madre.
Un bólido infernal para la reina de las historias.

Die Todten reiten schnell
(Y es que los muertos viajan deprisa).
LENORE, GOTTFRIED BÜRGER

PRÓLOGO:
FELIZ NAVIDAD
DICIEMBRE 2008

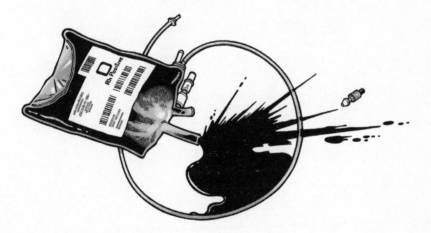

Prisión federal de Englewood, Colorado

LA ENFERMERA THORNTON SE PASÓ POR EL PABELLÓN DE LOS enfermos de larga estancia un poco antes de las ocho con una bolsa de sangre caliente para Charlie Manx.

Iba con el piloto automático puesto, con la cabeza en otra parte y no en su trabajo. Por fin se había decidido a comprarle a su hijo, Josiah, la Nintendo DS que quería, y estaba calculando si le daría tiempo a ir a Toys "R" Us cuando terminara el turno, antes de que cerraran.

Llevaba semanas resistiéndose al impulso por razones filosóficas. En realidad le daba igual que todos los amigos de su hijo tuvieran una Nintendo. No le gustaban esas consolas portátiles para videojuegos que pueden llevarse a cualquier parte. A Ellen Thornton le disgustaba cómo los niños desparecían detrás de la brillante pantalla, renunciando al mundo real por una región imaginaria donde la diversión sustituía al pensamiento e inventar nuevas y creativas formas de matar constituía todo un arte. Había soñado con tener un niño al que le encantaran los libros, jugar al Scrabble y que quisiera hacer con ella excursiones con raquetas de nieve. Qué ilusa.

Ellen había resistido todo lo que había podido hasta que, la tarde anterior, se había encontrado a Josiah sentado en su cama y jugando con una cartera vieja como si fuera una Nintendo DS. Había recortado una imagen de Donkey Kong y la había metido dentro de la solapa de plástico transparente para las fotografías. Pulsaba botones imaginarios e imitaba ruidos de explosiones, y le había dolido un poco verle simular que ya tenía algo que estaba seguro de recibir en el Gran Día. Ellen era muy libre de tener sus teorías sobre lo que era saludable o no para los niños, pero eso no quería decir que Papá Noel las compartiera.

Puesto que estaba distraída, no percibió que algo había cambiado en Charlie Manx hasta que rodeó su cama para llegar al palo del gotero del suero intravenoso. Justo en ese momento el hombre suspiró con fuerza, como si estuviera aburrido, y cuando Thornton bajó la vista se encontró con que la estaba mirando fijamente. Tanto le sorprendió verle con los ojos abiertos que la bolsa de sangre se le escurrió y estuvo a punto de caerle en los pies.

Manx era asquerosamente viejo, además de asqueroso a secas. Su gran cráneo calvo era el mapa esférico de una luna extraña, los continentes representados por manchas de vejez y sarcomas del color de cardenales. Había algo especialmente espantoso en el hecho de que, de todos los hombres ingresados en el ala de enfermos de larga estancia —también llamada «jardín de los helechos»— fuera Charlie Manx quien abriera los ojos precisamente en esas fechas. A Manx le gustaban los niños. En la década de 1990 había hecho desaparecer a docenas de ellos. Tenía una casa al pie de las Flatirons donde hacía con ellos lo que quería, los asesinaba y después colgaba adornos de Navidad a modo de recuerdo. Los periódicos llamaron a aquel lugar la Casa Trineo. *Jo, jo, jo.*

La mayor parte del tiempo Ellen era capaz de bloquear la parte maternal de su cerebro mientras trabajaba y así evitaba pensar en lo que Charlie Manx había probablemente hecho con los niños y niñas pequeños que se habían cruzado en su camino, niños y niñas no mayores que Josiah. Ellen no se detenía a pensar en lo que había hecho ninguno de sus pacientes, si podía evitarlo. El del otro lado de la habitación había atado a su novia y a sus dos hijos, prendido fuego a su casa y dejado que se quemaran. Le arrestaron en un bar calle abajo donde había ido a tomarse una copa de Bushmills y ver el partido de los

White Sox contra los Rangers. Ellen no encontraba ninguna ventaja en pensar este tipo de cosas, de manera que había aprendido a mirar a sus pacientes como si fueran meras prolongaciones hechas de carne de las máquinas y goteros intravenosos a los que estaban enchufados.

Durante todo el tiempo que llevaba trabajando en Englewood, en la enfermería de la prisión de máxima seguridad, nunca había visto a Charlie Manx con los ojos abiertos. Ellen llevaba en plantilla tres años, durante los cuales Manx había estado comatoso. Era el más débil de sus pacientes, una frágil capa de piel con huesos dentro. Su monitor cardiaco pitaba como un metrónomo a velocidad mínima. El médico decía que tenía la actividad cerebral de una lata de sopa de maíz. Nadie había logrado nunca determinar su edad, pero parecía mayor que Keith Richards. Incluso se parecía un poco a este, a un Keith Richards calvo con la boca llena de dientes marrones y afilados.

En la misma ala había otros tres pacientes en coma a los que el personal se refería como «helechos». Cuando llevabas tiempo suficiente con ellos aprendías que cada helecho tenía sus manías. Don Henry, el hombre que había quemado vivas a su novia y a sus hijas, a veces «se iba a dar una vuelta». No es que se levantara, claro, pero sí pedaleaba débilmente debajo de las sábanas. Había un tipo llamado Leonard Potts que llevaba cinco años en coma y no iba a despertarse nunca (otro recluso le había atravesado el cráneo y el cerebro con un destornillador), pero que en ocasiones carraspeaba y gritaba «¡Lo sé!», como si fuera un niño pequeño que supiera la respuesta a una pregunta del profesor. Quizá abrir los ojos era la manía de Manx y lo que pasaba era que ella no le había visto nunca hacerlo.

—Hola, señor Manx —dijo Ellen de forma automática—. ¿Qué tal se encuentra?

Sonrió sin ganas y vaciló, todavía con la bolsa de sangre a temperatura ambiente en la mano. No esperaba ninguna respuesta, pero pensó que sería de buena educación darle al hombre un momento para poner en orden sus inexistentes pensamientos. Cuando no dijo nada, alargó una mano para cerrarle los párpados.

Manx la sujetó por la muñeca. Ellen gritó —no pudo evitarlo— y dejó caer la bolsa de sangre, que se estrelló contra el suelo en un torrente carmesí, las gotas calientes salpicándole los pies.

—¡Uf! —gritó—. ¡Uf, uf! ¡Madre mía!

Olía a hierro recién fundido.

—Su hijo Josiah —dijo Manx con voz rasposa y seca—. Tiene una plaza reservada en Christmasland, con los otros niños. Yo le daría una vida nueva. Una nueva y bonita sonrisa. Y también dientes nuevos.

Oírle decir el nombre de su hijo era peor que tener la mano de Manx en la muñeca o los pies manchados de sangre (*Sangre limpia,* se repetía, ***limpia***). Escuchar a aquel hombre, condenado por asesinato y abuso de menores, hablar de su hijo la hacía sentirse mareada, mareada de verdad, como si estuviera dentro de un ascensor acristalado subiendo hacia el cielo a toda velocidad mientras el mundo desaparecía bajo sus pies.

—Suélteme —susurró.

—Hay sitio para Josiah John Thornton en Christmasland y hay otro para usted en la Casa del Sueño —dijo Charlie Manx—. El hombre de la máscara antigás sabría muy bien qué hacer con usted. Le daría a fumar jengibre y le enseñaría a quererle. A Christmasland no podemos llevarla. Bueno, yo sí podría, la verdad, pero el Hombre Enmascarado es mejor. El Hombre Enmascarado es una bendición.

—¡Socorro! —gritó Ellen, solo que no le salió como un grito, sino como un susurro—. ¡Que alguien me ayude!

Se había quedado sin voz.

—He visto a Josiah en el Cementerio de lo que Podría Ser. Josiah debería venirse a dar una vuelta en el Espectro. Seríamos felices para siempre en Christmasland. El mundo no puede estropearle allí porque Christmasland no está en el mundo, sino en mi cabeza. Aquí dentro, en mi cabeza, están todos seguros. He estado soñando con ello, con Christmasland. He estado soñando con ello pero, por mucho que camino no consigo llegar al final del túnel. Oigo a los niños cantar, pero no consigo reunirme con ellos. Les oigo llamarme a gritos, pero el túnel no se termina nunca. Necesito al Espectro. Necesito mi medio de locomoción.

Sacó una lengua marrón, brillante y obscena. Se humedeció con ella los labios resecos y después soltó a Ellen.

—Socorro —susurró esta—. Socorro. Que alguien me ayude.

Tuvo que repetirlo una o más veces antes de que le saliera lo bastante alto para que alguien la oyera. Después cruzó puertas batientes en dirección al pasillo y corrió con su calzado plano y blando, gritando con todas sus fuerzas. Dejando huellas rojas a su paso.

Diez minutos después una pareja de agentes con uniforme antidisturbios había atado a Manx a su cama, no fuera a abrir los ojos y a tratar de levantarse. Pero cuando por fin llegó un médico para examinarle, ordenó que le desataran.

—Este hombre lleva en la cama desde 2001. Hay que cambiarle de postura cuatro veces al día para que no le salgan escaras. Y aunque no estuviera en coma irreversible, está demasiado débil para ir a ninguna parte. Después de siete años de atrofia muscular, dudo que pudiera siquiera sentarse sin ayuda.

Ellen le escuchaba desde la puerta —si Manx volvía a abrir los ojos quería ser la primera en salir corriendo—, pero cuando el médico dijo aquello cruzó la habitación con paso rígido y se retiró la manga del brazo derecho para enseñar los cardenales que le había hecho en la muñeca.

—¿Le parece que esto lo ha hecho alguien demasiado débil para sentarse? Pensé que me iba dislocar el hombro.

Se había quitado las medias manchadas de sangre y restregado los pies con agua hirviendo y jabón antiséptico hasta dejarlos en carne viva. Ahora llevaba puestas las deportivas. Los otros zapatos estaban en la basura. Aunque hubiera podido recuperarlos, no se creía capaz de volver a ponérselos jamás.

El médico, un joven indio llamado Patel, le dedicó una mirada tímida, como pidiendo disculpas, y se inclinó para examinar los ojos de Manx con una linterna. Las pupilas no se dilataron. Patel movió la linterna atrás y adelante, pero los ojos de Max permanecieron fijos en un punto situado justo detrás de la oreja izquierda del médico. Este dio una palmada a pocos centímetros de la nariz de Manx, que no parpadeó. Después le cerró con suavidad los ojos y consultó el monitor del electrocardiograma que le estaban haciendo.

—Aquí no hay nada distinto a la última docena de electrocardiogramas —dijo Patel—. El paciente tiene un Glasgow de nueve, muestra actividad de ondas alfa consistente con coma alfa. Creo que estaba hablando en sueños, enfermera. Puede pasar hasta con comatosos de este tipo.

—Tenía los ojos abiertos —dijo Ellen—. Me miró. Sabía cómo me llamo. Sabía el nombre de mi hijo.

—¿Ha hablado de su hijo alguna vez con otra enfermera delante de él? —comentó Patel—. No hay manera de saber si puede haberse quedado con el nombre inconscientemente. Usted le dice a otra enfermera: «Oye, ¿sabes que mi hijo ha ganado el concurso de ortografía?». Manx lo oye y lo regurgita en sueños.

Ellen asintió, pero parte de ella pensaba: *Conocía el segundo nombre de Josiah,* algo que, estaba segura, jamás había mencionado a nadie del hospital. *Hay sitio para Josiah John Thornton en Christmasland,* le había dicho Charlie Manx, *y hay otro para usted en la Casa del Sueño.*

—No he llegado a ponerle la sangre —dijo—. Lleva anémico un par de semanas. Ha cogido una infección de orina por culpa del catéter. Voy a buscar otra bolsa.

—No se preocupe, ya me ocupo yo de darle al vampiro su ración de sangre. Se ha llevado usted un buen susto. Intente olvidarlo. Váyase a casa. ¿Cuánto le falta para terminar el turno? ¿Una hora? Tómesela. Y mañana también. ¿No tiene alguna compra pendiente? Es Navidad, enfermera Thornton —dijo el médico y le guiñó un ojo—. ¿No sabe que es la época más bonita del año?

EL ATAJO
1969-1989

Haverhill, Massachusetts

LA MOCOSA TENÍA OCHO AÑOS LA PRIMERA VEZ QUE CRUZÓ EL puente cubierto que salvaba la distancia entre Perdidos y Encontrados.

Ocurrió así. Acababan de volver del Lago y la Mocosa estaba en su dormitorio colgando un póster de David Hasselhoff —chaqueta de piel negra, esa sonrisa que le sacaba hoyuelos en las mejillas, de pie con los brazos cruzados delante de KITT— cuando escuchó un sollozo de consternación procedente del dormitorio de sus padres.

La Mocosa tenía un pie apoyado en el cabecero de la cama y sostenía el póster contra la pared mientras fijaba las esquinas con cinta adhesiva marrón. Se quedó muy quieta, ladeó la cabeza para oír mejor, no preocupada, solo preguntándose por qué se habría puesto histérica su madre aquella vez. Parecía haber perdido algo.

—… la tenía! ¡Sé que la tenía! —gritaba.

—¿No te la quitarías en el lago? ¿Antes de meterte en el agua? —preguntó Chris McQueen—. ¿Ayer por la tarde?

—Ya te he dicho que no me bañé.

—Pero igual te la quitaste para ponerte crema.

Siguieron con su tira y afloja pero la Mocosa decidió que, por el momento, podía ignorarles. A sus ocho años la Mocosa —Victoria para su profesora de segundo curso, Vicki para su madre, pero la Mocosa para su padre y en su corazón— ya sabía que no había por qué alarmarse con las salidas de su madre. Los ataques de risa y los crispados gritos de decepción de Linda McQueen eran la banda sonora de la vida diaria de la Mocosa y solo muy de vez en cuando merecían su atención.

Alisó el cartel, terminó de fijarlo a la pared y dio un paso atrás para admirarlo. David Hasselhoff, qué genial. Fruncía el ceño tratando de decidir si estaba torcido cuando oyó un portazo y otro grito de angustia —su madre otra vez— y después la voz de su padre.

—No, si ya sabía yo que al final iba a ser culpa mía —dijo—. Lo estaba viendo.

—Te pregunté si habías mirado en el cuarto de baño y me dijiste que sí. Dijiste que lo habías cogido todo. ¿Miraste en el baño sí o no?

—No lo sé. No. Lo más seguro es que no. Pero no importa, porque no la dejaste en el cuarto de baño, Linda. ¿Y sabes por qué sé que no te dejaste la pulsera en el cuarto de baño? Porque te la dejaste en la playa, ayer. Tú y Regina Roeson os disteis un atracón de tomar el sol y de beber margaritas y te relajaste tanto que se te olvidó que tienes una hija y te quedaste dormida. Y entonces te despertaste y te diste cuenta de que llegabas una hora tarde a recogerla al campamento...

—No llegaba una hora tarde.

—Te marchaste histérica. Te olvidaste la crema solar, la toalla y también la pulsera y ahora...

—Y tampoco estaba borracha, si es lo que estás insinuando. Yo nunca llevo a nuestra hija en coche estando borracha, Chris, esa es tu especialidad.

—... y ahora haces lo de siempre, cargarle el muerto a alguien.

La Mocosa apenas era consciente de estar moviéndose, yendo hacia el pasillo en penumbra y hacia el dormitorio de sus padres. La puerta, entornada unos quince centímetros, dejaba ver un trozo de la cama de matrimonio y de la maleta colocada encima. Había ropas sacadas y desperdigadas por la habitación. La Mocosa sabía que su madre, en un arranque de nerviosismo, se había puesto a sacar cosas y a tirarlas por ahí buscando la pulsera perdida, un brazalete de oro con una mariposa engastada hecha de zafiros azul brillante y diamantes pequeñitos.

Su madre caminaba de un lado a otro, de manera que cada pocos segundos Vic podía verla, cuando se situaba en el resquicio del dormitorio que mostraba la puerta entreabierta.

—Esto no tiene nada que ver con ayer. Ya te he dicho que no la perdí en la playa. No la perdí. Esta mañana estaba al lado del lavabo, con mis pendientes. Si no la tienen en recepción, entonces es que la ha cogido una de las chicas de la limpieza. Así es como se sacan un sueldo extra. Se quedan con todo lo que los veraneantes se dejan olvidado.

El padre de la Mocosa estuvo un rato callado y después dijo:

—Por Dios, mira que eres fea por dentro. Y pensar que he tenido una hija contigo.

La Mocosa dio un respingo. Sintió que los ojos empezaban a escocerle, pero no lloró. Los dientes fueron automáticamente al labio y se clavaron en él con una fuerte punzada de dolor que le sirvió para ahuyentar las lágrimas.

Su madre no hizo nada por contenerse y se echó a llorar. Volvió a dejarse ver, tapándose la cara con una mano y con los hombros encogidos. La Mocosa no quería que la descubrieran y se alejó de la puerta.

Dejó atrás su dormitorio, el pasillo y salió por la puerta principal. La idea de quedarse en casa le resultaba insoportable. Dentro olía a rancio. El aire acondicionado llevaba apagado toda una semana. Todas las plantas se habían muerto y a eso olían.

No supo adónde iba hasta que estuvo allí, aunque desde el momento en que escuchó a su padre decir lo peor —*Mira que eres fea por dentro*— su lugar de destino había sido inevitable. Entró por la puerta lateral del garaje y cogió su Raleigh.

Aquella bicicleta había sido su regalo de cumpleaños en mayo y también, sin lugar a dudas, su regalo preferido de todos los tiempos y del mundo mundial. Cuando, con treinta años de edad, su hijo le preguntara qué era lo más bonito que le habían regalado nunca, Vic pensaría automáticamente en su Raleigh Tuff Burner color azul fosforescente con llantas en tono plátano y ruedas gruesas. Era su posesión favorita, más que la Bola 8 Mágica, más que el juego de calcomanías de KISS e incluso más que la consola ColecoVision.

La había visto en el escaparate de Pro Wheelz, en el centro, tres semanas antes de su cumpleaños, cuando estaba con su padre y había soltado un gran *¡oooh!* Su padre, divertido, la llevó dentro y convenció al dependiente de que la dejara montar un poco dentro de la tienda. El vendedor le había recomendado fervientemente que mirara otras bicicletas porque pensaba que aquel modelo era demasiado grande para ella, incluso si se bajaba el asiento al mínimo. La Mocosa no sabía de qué le estaba hablando. Aquello era como ser una bruja, como ir montada en una escoba atravesando sin esfuerzo la oscuridad de Halloween a treinta metros de suelo. Su padre, no obstante, hizo como que estaba de acuerdo con el dependiente y le dijo a Vic que se la compraría cuando fuera un poco más mayor.

Tres semanas más tarde se la encontró en el camino de entrada a la casa con un enorme lazo plateado en el manillar.

—Ya eres un poco más mayor. ¿No? —dijo su padre y le guiñó un ojo.

Vic entró en el garaje, donde la Raleigh estaba apoyada contra la pared, a la izquierda de la moto de su padre. Bueno, no era una moto sin más, sino una Harley-Davidson negra de 1979 con motor Shovelhead que todavía usaba para ir a trabajar en verano. Su padre era dinamitero, trabajaba en una cuadrilla de construcción de carreteras volando cornisas con potentes explosivos, casi siempre ANFO, pero en ocasiones TNT puro. Una vez le contó a Vic que había que ser muy listo para sacar beneficio de sus malas costumbres. Cuando Vic le preguntó qué quería decir, su padre le explicó que la mayoría de los tipos aficionados a los explosivos terminaban volando en pedazos o entre rejas. En su caso su vocación le servía para ganar sesenta de los grandes al año y sacaría aún más si alguna vez salía herido; tenía un seguro que era una pasada. Solo el dedo meñique de uno de sus pies valía veinte mil si se lo volaba por accidente. La moto tenía un dibujo aerografiado de una rubia cómicamente sensual con un bikini de la bandera estadounidense, sentada a horcajadas sobre una bomba y con un fondo de llamas. El padre de Vic era lo más. Otros padres construían cosas. El suyo las hacía volar por los aires y luego se marchaba en su Harley fumándose el pitillo que había usado para prender la mecha. Chúpate esa.

La Mocosa tenía permiso para montar su Raleigh por los senderos del bosque de Pitman Street, el nombre no oficial que recibía una franja de doce hectáreas de pinos de Virginia y abetos justo a continuación de su jardín trasero. Tenía permiso para ir hasta el río Merrimack y el puente cubierto antes de dar la vuelta.

El bosque continuaba al otro lado del puente —también conocido como Puente del Atajo—, pero Vic tenía prohibido cruzarlo. El Atajo era un puente de setenta años de antigüedad y noventa metros de largo que empezaba a hundirse por el centro. Sus paredes se inclinaban en la dirección de la corriente del río y daba la impresión de ir a desplomarse en cuanto soplara un viento fuerte. Una valla de tela metálica impedía la entrada, aunque los niños habían pelado los cables de acero de uno de los extremos y se colaban a fumar hierba y fajar. El letrero de chapa de la valla decía DECLARADO PELIGROSO POR EL DEPARTAMENTO DE POLICÍA DE HAVERHILL. Era el lugar de reunión de delincuentes, indigentes y perturbados.

La Mocosa había estado allí antes, por supuesto (para qué especificar dentro de qué categoría), a pesar de las amenazas de su padre y del letrero de PELIGROSO. Se había retado a sí misma a colarse por debajo de la valla y caminar diez pasos y nunca se había echado atrás en un reto, aunque fuera contra sí misma. Sobre todo si era contra sí misma.

Dentro hacía varios grados menos y había agujeros entre los tablones del suelo por los que se adivinaba una caída de treinta metros hasta las aguas bravas del río. Por los agujeros en el techo de tela asfáltica entraban haces de luz dorada llenos de polvo. Los murciélagos chillaban estridentes en la oscuridad.

A Vic se le había acelerado el corazón al entrar en aquel túnel largo y oscuro que era un puente que no solo te salvaba de caer al río, sino también de la muerte. Tenía ocho años y se creía más rápida que

todas las cosas, más incluso que un puente desplomándose. Su convicción empezó a flaquear, no obstante, en cuanto dio los primeros
pasos titubeantes por los tablones viejos, gastados y chirriantes. No
había dado diez pasos sino *veinte*. Pero tan pronto escuchó el primer
chasquido se acobardó, reculó y salió por debajo de la valla metálica
con la sensación de que se le iba a salir el corazón por la boca.

Ahora cruzó con la bicicleta el jardín trasero de su casa y al instante estaba bajando a lo loco por la pendiente, sorteando piedras y raíces hasta entrar en el bosque. Salió de su casa y entró
de lleno en una de sus historias imaginarias y patentadas de *El coche
fantástico*.

Iba en el modelo KITT 2000 y circulaba cada vez a mayor velocidad como si tal cosa bajo los árboles, mientras el día de verano se
tornaba en un crepúsculo de color limón. Les habían encomendado
la misión de recuperar un microchip que contenía la localización secreta de cada uno de los silos nucleares de Estados Unidos. El chip
estaba escondido en la pulsera de su madre, era parte de la mariposa
de piedras preciosas, hábilmente disfrazado de diamante. Unos mer-
cenarios se habían apropiado de él y planeaban vender la información
que contenía al mejor postor: Irán, los rusos, Canadá tal vez. Vic y
Michael Knight se acercaban a su escondite por una carretera co-
marcal. Michael quería que Vic le prometiera que no se arriesgaría
sin necesidad, que no se comportaría como una niña tonta, y ella
bufaba y ponía los ojos en blanco pero ambos eran conscientes, debido a las exigencias del guión, de que en algún momento tendría
que actuar como una niña tonta, poniendo el peligro las vidas de los
dos y obligándoles a recurrir a maniobras desesperadas para huir de
los malos.

Solo que la historia no le resultaba del todo convincente. Para
empezar, saltaba a la vista que no iba en un coche. Iba en una bicicleta, tropezando con raíces, pedaleando rápido, lo bastante para mantener alejados a los mosquitos. Tampoco podía relajarse y ponerse a
imaginar cosas como hacía normalmente. No dejaba de pensar. *Por
Dios. Mira que eres fea por dentro.* De pronto tuvo un presentimiento

que le encogió el corazón: cuando regresara a casa, su padre se habría marchado. Agachó la cabeza y pedaleó más deprisa, la única manera de dejar atrás aquel pensamiento terrible.

Iba en moto, fue lo siguiente que pensó. En la Harley de su padre. Este le rodeaba la cintura con los brazos y Vic llevaba puesto el casco que le había comprado, negro y cerrado, que le hacía sentirse un poco como dentro de un traje espacial. Volvían al lago Winnipesaukee a buscar la pulsera de su madre; iban a darle una sorpresa. Linda gritaría cuando la viera en la mano de su padre y su padre se reiría, le pasaría un brazo por la cintura, le besaría en la mejilla y ya no estarían enfadados el uno con el otro.

La Mocosa pedaleó a través de la luz parpadeante del sol, bajo las ramas bajas de los árboles. Estaba lo bastante cerca de la autovía 495 para oírlo: el rugido penetrante de un camión pesado reduciendo la marcha, el zumbido de los coches, incluso el estrépito intermitente de una moto circulando en dirección sur.

Si cerraba los ojos podía imaginar que también iba por la autopista, a buen ritmo, disfrutando de la sensación de incorporeidad mientras la moto tomaba las curvas. No reparó en que para entonces y en su imaginación, ya iba sola en la moto, una chica mayor, lo bastante para saber conducir.

Les callaría la boca a los dos. Recuperaría la pulsera, volvería a casa, la pondría encima de la cama de sus padres y saldría sin decir palabra. Los dejaría avergonzados mirándose el uno a la otra. Pero sobre todo se imaginaba en la moto, engullendo kilómetros a toda velocidad mientras la última luz del día abandonaba el cielo.

Dejó la oscuridad con aroma a abeto y enfiló el ancho camino de tierra que llevaba al puente. *Elatajo*, lo llamaban los del pueblo, en una sola palabra.

Al acercarse vio que la valla de tela metálica estaba caída. Alguien la había arrancado de los postes y estaba tirada en el suelo. La entrada al puente —lo bastante ancha para que pasara un único coche— estaba enmarcada por ramas de hiedra que se mecían suavemente con la brisa que subía desde el río. Detrás había un túnel rectangular que terminaba en un cuadrado de increíble claridad, como si al otro extremo hubiera un valle de trigo dorado, o quizá simplemente oro.

La Mocosa se detuvo... un instante. Pedaleaba como en trance, pedaleaba desde lo más recóndito de su pensamiento y cuando decidió continuar, pasar por encima de la valla e internarse en la oscuridad del puente, no cuestionó demasiado la decisión. Detenerse ahora habría sido un acto de cobardía que no podía permitirse. Además, tenía fe en la velocidad. Si empezaban a saltar tablones seguiría adelante, alejándose de la madera podrida justo antes de que cediera. Si había alguien allí dentro, algún indigente que quisiera ponerle la mano encima a una niña pequeña, lo dejaría atrás antes de que le diera tiempo a reaccionar siquiera.

Pensar en la madera vieja hecha añicos o en un vagabundo intentando agarrarla le llenó el pecho de un terror maravilloso y, en lugar de frenarla, la hizo ponerse de pie y pedalear aún más fuerte. También pensó, con cierta serena satisfacción, que si el puente se caía al río, a una distancia de diez pisos hacia abajo, y ella quedaba aplastada entre los escombros, sería culpa de sus padres por pelearse y obligarla a salir de casa, y que les daría una buena lección. La echarían muchísimo de menos, se pondrían enfermos por el dolor y la culpa y eso era exactamente lo que se merecían. Los dos.

La tela metálica crujía y chasqueaba bajo las ruedas de la bicicleta. La Mocosa se adentró en una oscuridad subterránea que apestaba a rata y a carcoma.

Al entrar vio algo escrito en la pared, a su derecha, en pintura verde de espray. No frenó para leerlo pero le pareció que ponía TERRY's, lo que era curioso, porque precisamente aquel día habían comido en un sitio que se llamaba Terry's Primo Subs, en Hampton, que estaba en New Hampshire, en la costa. Era donde paraban siempre que volvían de Winnipesaukee, a medio camino más o menos entre Haverhill y El Lago.

Dentro del puente cubierto los sonidos eran distintos. Oyó el río, treinta metros por debajo, pero más que agua corriente sonaba a ruido blanco, a electricidad estática en una transmisión de radio. No miró abajo por miedo a ver el río por alguna de las grietas en los tablones. Ni siquiera miró a los lados, sino que mantuvo la vista fija en el final del puente.

Atravesó rayos titubeantes de luz blanca. Cada vez que cruzaba uno de esos haces blancos y delgados como obleas notaba, en el ojo izquierdo, una especie de punzada. El suelo daba la desagradable sensación de estar a punto de ceder. Su único pensamiento, de solo tres palabras, era *ya casi estoy, ya casi estoy,* al compás con el movimiento de los pies en los pedales.

El cuadrado de luz al final del puente se expandió e intensificó. A medida que se acercaba percibió un calor casi brutal que emanaba de la salida. Olía, inexplicablemente, a loción bronceadora y a aros de cebolla. No se le pasó por la cabeza preguntarse por qué en el otro extremo del puente tampoco había una valla.

Vic McQueen, más conocida como la Mocosa, inspiró profundamente y salió del Atajo hacia la luz del sol mientras las ruedas de su bicicleta golpeteaban primero madera y después asfalto. El zumbido y el rugido de la electricidad estática se interrumpieron de repente, como si de verdad hubiera estado oyendo interferencias en la radio y alguien acabara de apagar el interruptor.

Avanzó unos pocos metros antes de comprender dónde estaba y entonces el corazón le dio un vuelco antes de que sus manos tuvieran tiempo de llegar a los frenos. Se detuvo con tal brusquedad que el neumático trasero bailó y derrapó sobre el asfalto, levantando tierra.

Estaba detrás de un edificio de una sola planta, en un callejón asfaltado. A su izquierda y contra la pared de ladrillo había un contenedor y una colección de cubos de basura. Uno de los extremos del callejón estaba bloqueado con un gran tablón de madera. Al otro debía de haber una carretera, porque se oía ruido de tráfico circulando y el fragmento de una canción que se escapaba de un coche: *Abra-abra-cadabra... I wanna reach out and grab ya...*

Vic supo enseguida que estaba en el lugar equivocado. Había estado lo bastante a menudo en el Atajo, mirado desde las altas orillas del Merrimack al otro lado como para saber lo que había allí: una colina boscosa, verde, fresca y tranquila. Ni carretera, ni tienda, ni callejón. Se volvió y estuvo a punto de gritar.

El Puente del Atajo ocupaba todo el callejón a su espalda. Estaba incrustado entre el edificio de ladrillo de una sola planta y otro de cinco pisos de altura de cemento encalado y cristal.

El puente ya no pasaba sobre un río, sino que estaba empotrado en un espacio que apenas podía contenerlo. Vic empezó a temblar de pies a cabeza. Cuando escudriñó la oscuridad distinguió en la distancia las sombras teñidas de esmeralda del bosque de Pittman Street al otro lado.

Se bajó de la bicicleta. Las piernas le temblaban con espasmos nerviosos. Llevó la Raleigh hasta el contenedor y la apoyó contra uno de sus lados. Descubrió que le faltaba valor para pensar detenidamente en el Atajo.

El callejón apestaba a alimentos fritos pudriéndose al sol. Necesitaba aire fresco. Dejó atrás una puerta con mosquitera que daba a una ruidosa cocina llena de vapor y se dirigió a la alta valla de madera. Abrió la puerta que había a uno de los lados y salió a un camino estrecho que conocía muy bien. Había estado en él solo unas horas antes.

Cuando miró a su izquierda vio una extensa franja de playa y después el océano, las verdes crestas de las olas brillando cegadoras bajo el sol. Chicos en traje de baño jugaban al *frisbee,* saltando para presumir de agilidad y después tirándose por las dunas. Los coches circulaban por el bulevar paralelo al mar, casi pegados los unos a los otros. Vic dobló la esquina con piernas temblorosas y levantó la vista hacia la ventanilla de

Terry's Primo Subs
Hampton Beach, New Hampshire

DEJÓ ATRÁS UNA HILERA DE MOTOCICLETAS APOYADAS EN LA fachada, el acero cromado ardiendo bajo el sol de la tarde. En la ventanilla de pedidos había una fila de chicas vestidas con la parte de arriba de bikinis y pantalones cortísimos, que soltaban risas alegres. Cómo odió oírlas, era como oír cristal hecho añicos. En la puerta tintineó una campana de hojalata.

Las ventanas estaban abiertas y detrás del mostrador había media docena de ventiladores de mesa encendidos que proyectaban aire hacia las mesas, pero aun así hacía demasiado calor. Del techo colgaban largas tiras de papel matamoscas que ondeaban con la brisa. A la Mocosa no le gustó ver aquellas tiras, con insectos pegados que agonizaban y morían mientras la gente comía hamburguesas justo debajo. No se había fijado en ellas cuando había comido allí ese mismo día, con sus padres.

Se sentía revuelta, como si hubiera estado corriendo con el estómago lleno en pleno calor de agosto. En la caja había un hombre corpulento vestido con una camiseta blanca de tirantes. Tenía los hombros peludos y rojos por el sol y una raya color zinc le recorría la nariz. Una etiqueta blanca de plástico en la camiseta decía PETE. Llevaba allí toda la tarde. Dos horas antes Vic había esperado al lado de su padre mientras este pagaba las hamburguesas y las malteadas. Los dos hombres habían hablado de los Red Sox, que llevaban una buena racha. Todo apuntaba a que 1986 iba a ser el año en que por fin se acabara la mala sombra. Clemens estaba arrasando. Tenía el trofeo Cy Young asegurado y todavía faltaba más de un mes para que terminara la temporada.

Vic se volvió hacia él, simplemente porque le recordaba. Pero no hizo nada, se limitó a mirarle parpadeando y sin tener idea de qué decir. Un ventilador zumbaba a la espalda de Pete, recogía su olor húmedo, a humanidad, y lo enviaba en ráfagas a la cara de la Mocosa. No, definitivamente no se encontraba bien.

Tenía ganas de llorar, se sentía presa de una sensación de impotencia que le era desconocida. Estaba en New Hampshire, un lugar al que no pertenecía. Había dejado el Puente del Atajo empotrado en un callejón y, de alguna manera, todo aquello era culpa suya. Sus padres se habían peleado y no sabía cómo de lejos estaba de ellos. Necesitaba contárselo a alguien. Necesitaba llamar a casa. Necesitaba llamar a la policía. Alguien tenía que ir a ver aquel puente en el callejón. Sus pensamientos eran un torbellino que le daba ganas de vomitar. El interior de su cabeza se había vuelto un lugar feo, un largo túnel lleno de ruidos molestos y murciélagos revoloteando a gran velocidad.

Pero el hombre corpulento le ahorró la molestia de decidir por dónde empezar. Al verla juntó las cejas:

—Aquí estás. Empezaba a preguntarme si iba a volver a verte. Has vuelto a por ella, ¿no?

Vic le miró sin comprender.

—¿Vuelto?

—A por la pulsera. La de la mariposa.

Pulsó una tecla y la caja registradora se abrió con un campanilleo. La pulsera de su madre estaba al fondo del cajón.

Cuando Vic la vio otro leve escalofrío le recorrió las piernas y dejó escapar un suspiro vacilante. Por primera vez desde que había salido del Atajo para encontrarse, inexplicablemente, en Hampton Beach le parecía comprender algo.

Había vuelto a buscar la pulsera de su madre con la imaginación y, de alguna manera, la había encontrado. No había llegado a salir en la bici. Lo más probable era que sus padres no se hubieran peleado. En cuanto al puente empotrado en el callejón, solo había una explicación para ello. Había llegado a casa, con síntomas de insolación, exhausta y con la barriga llena de malteada, se había desplomado en la cama y ahora estaba soñando. Con eso en mente decidió que lo mejor que podía hacer era coger la pulsera de su madre y volver a cruzar el puente, momento en el cual seguramente se despertaría.

Notó de nuevo una punzada de dolor detrás del ojo izquierdo. Se avecinaba un dolor de cabeza. Y de los fuertes. Vic no recordaba haberse llevado nunca los dolores de cabeza a un sueño.

—Gracias —dijo cuando Pete le alargó la pulsera por encima de la barra—. Mi madre estaba preocupadísima. Tiene mucho valor.

—¿Así que preocupadísima? —Pete se metió un dedo meñique en la oreja y lo giró en ambos sentidos—. Supongo que tiene valor sentimental.

—No. Bueno, sí. Era de su abuela, mi bisabuela. Pero también es muy valiosa.

—Ya veo…

—Es una antigüedad —dijo la Mocosa sin estar my segura de por qué necesitaba convencer al hombre del valor de la pulsera.

—Solo es una antigüedad si tiene valor. Si no vale nada, no es más que una baratija.

—Es de diamantes —dijo la Mocosa—. De diamantes y de oro.

Pete rio. Una risa cáustica y seca, como un ladrido.

—En serio —dijo la Mocosa.

—Qué va. Es bisutería. Eso no parecen diamantes. Debe de ser circonita —repuso Pete—. ¿Y ves por dentro el anillo, que se está poniendo plateado? El oro no se desgasta. Si es bueno aguanta, por mucho que lo uses —arrugó el ceño en un gesto de inesperada compasión—. ¿Estás bien? No tienes muy buena cara.

—Estoy bien. He tomado mucho el sol.

Lo cual sonaba de lo más maduro. Pero lo cierto era que no se encontraba bien. Estaba mareada y las piernas no dejaban de temblarle. Quería salir, alejarse de esa mezcla apestosa de sudor de Pete, aros de cebolla y fritanga. Quería despertarse de aquel sueño.

—¿Estás segura de que no te apetece algo frío? —preguntó Pete.

—Gracias, ya me tomé una malteada cuando vine a comer.

—Si te has tomado una malteada, desde luego no ha sido aquí —dijo Pete—. A lo mejor en McDonald's. Aquí lo que servimos son raspados.

—Tengo que irme —dijo Vic, haciendo ademán de darse la vuelta y dirigirse hacia la puerta.

Notaba cómo el rostro quemado por el sol de Pete la miraba con preocupación y le agradeció que fuera tan comprensivo. Pensó que, a pesar de su peste a sudor y de sus modales bruscos, era un buen hombre, de esos que se preocupan por una niña con aspecto de no encontrarse bien, sola en Hampton Beach. Pero no se atrevía a decirle nada más. Tenía las sienes y el labio superior húmedos de un sudor febril y necesitaba concentrarse mucho para controlar el temblor de las piernas. El ojo izquierdo volvía a darle latigazos, esta vez algo más suaves. La convicción de que se estaba imaginando aquella visita a Terry's, de que estaba dando tumbos por un sueño especialmente vívido era difícil de mantener, como intentar sujetar una rana en la mano.

Salió y caminó a buen paso por el asfalto recalentado, dejando atrás el aparcamiento y las motos apoyadas contra la pared. Abrió la puerta de la alta valla de madera y salió al callejón, detrás de Terry's Primo Subs.

El puente no se había movido. Sus paredes exteriores seguían pegadas a los edificios situados a ambos lados. Mirarlo mucho rato seguido le hacía daño. En el ojo izquierdo.

Un cocinero o lavaplatos —algún empleado de la cocina— estaba en el callejón junto al contenedor. Llevaba un delantal manchado de grasa y de sangre. Cualquiera que se fijara en aquel delantal probablemente pasaría de comer en Terry's. Era un hombre menudo con la cara cubierta de vello y antebrazos tatuados en los que destacaban gruesas venas, que miraba el puente con una expresión medio ofendida, medio asustada.

—Pero ¿qué carajos? —dijo el hombre. Miró confundido a Vic—. ¿Has visto eso, niña? Pero, ¿se puede saber qué puton es eso?

—Es mi puente —dijo Vic—. No se preocupe, que ahora mismo me lo llevo.

No tenía muy claro qué quería decir con aquello. Cogió la bicicleta por el manubrio, le dio la vuelta y la empujó en dirección al puente. Corrió un poco y levantó la pierna para montarse.

La rueda delantera chocó contra los tablones del suelo de madera y Vic desapareció en la siseante oscuridad.

El sonido, aquel absurdo rugido de interferencias, aumentó conforme cruzaba el puente subida en la Raleigh. A la ida había pensado que era el ruido del río, pero no. En las paredes había largas grietas y por primera vez Vic se fijó en ellas mientras las dejaba atrás a gran velocidad. Atisbó un fulgor blanco intermitente, como si al otro lado de la pared estuviera el televisor más grande del mundo atascado en un canal que no retransmitía nada. Una tormenta azotó el puente torcido y decrépito, una ventisca de luz. Notó cómo este se combaba ligeramente mientras el aguacero batía las paredes.

Cerró los ojos, no quería ver nada más. Se puso en pie y pedaleó en dirección al otro lado del tiempo. Probó una vez más con su salmodia tipo plegaria de antes —*ya casi estoy, ya casi estoy*— pero se encontraba demasiado cansada y enferma para concentrarse durante por mucho tiempo en nada. Solo oía su respiración y la electricidad estática rugiendo furiosa, una cascada interminable de ruido cada vez más fuerte, hasta alcanzar una intensidad desquiciante y, luego, un poco más todavía, hasta que Vic sintió ganas de gritar *basta*, la palabra le venía sola a los labios, *basta, basta,* los pulmones se le llenaron de aire para gritar, y fue entonces cuando la bicicleta entró en

Haverhill, Massachusetts

EL RUIDO SE INTERRUMPIÓ CON UN *POP*, UN CHASQUIDO SUAVE y eléctrico. Vic lo notó en la cabeza, una explosión pequeña pero intensa.

Antes siquiera de abrir los ojos supo que estaba en casa. Bueno, en casa no, pero al menos en su bosque. Sabía que era su bosque por el olor a pinos y la calidad del aire, un aroma a recién lavado, a fresco y a limpio que asociaba con el río Merrimack. Podía oírlo, en la distancia, un murmullo suave y reconfortante que no se parecía en nada al ruido blanco.

Abrió los ojos, levantó la cabeza y se retiró el pelo de la cara. La luz de los últimos rayos del sol de la tarde pestañeaba por entre las hojas sobre su cabeza a ráfagas irregulares. Aflojó la marcha, apretó los frenos y apoyó un pie en el piso.

Se volvió a mirar por última vez Hampton Beach al final del puente. Se preguntó si veía al pinche de cocina con el delantal sucio.

Pero no podía, porque el Puente del Atajo había desaparecido. Donde debía haber estado la entrada había ahora un guardarraíl. Más allá, el terreno descendía en una pronunciada pendiente llena de maleza que terminaba en el azul profundo del cauce del río.

Tres pilones de cemento desconchados y terminados en ménsulas sobresalían de entre las aguas revueltas y agitadas. Era todo lo que quedaba del Atajo.

Vic no entendía nada. Acababa de cruzar el puente, había olido la madera vieja, podrida y quemada por el sol y el tufo agrio a pis de murciélago, había oído el golpeteo de los tablones contra las ruedas de la bicicleta.

El ojo izquierdo seguía dándole pinchazos. Lo cerró y se lo frotó fuerte con la palma de la mano. Después volvió a abrirlo y por un momento pensó que el puente estaba allí. Vio, o creyó ver, una suerte de imagen residual, un resplandor blanco con forma de puente que llegaba hasta la otra orilla del río.

Pero la ilusión óptica no duró mucho: el ojo izquierdo le había empezado a llorar y estaba demasiado cansada para seguir preguntándose qué le había pasado al puente. Nunca, en toda su vida, había necesitado tanto estar en casa, en su habitación, en su cama, entre los pliegues almidonados de sus sábanas.

Se subió a la bicicleta pero solo fue capaz de pedalear unos pocos metros antes de renunciar. Se bajó y empujó, con la cabeza gacha y el pelo balanceándose a ambos lados de la cara. La pulsera de su madre le bailaba en la muñeca sudorosa. Apenas la notaba.

Empujó la bicicleta por el césped amarillento del jardín trasero, pasando de largo junto al parque infantil en el que ya nunca jugaba con las cadenas de los columpios cubiertas de óxido. Dejó caer la bicicleta delante de la puerta y entró. Quería ir a su habitación, echarse y descansar. Pero cuando escuchó un diminuto chasquido en la cocina cambió de rumbo para averiguar quién estaba allí.

Era su padre, de espaldas a ella y con una lata de Stroh's en una mano. La otra la tenía debajo de la llave de agua fría del fregadero y se remojaba los nudillos.

Vic no sabía bien cuánto tiempo había estado fuera. El reloj encima del horno no ayudaba. Marcaba las 12.00 una y otra vez, como si estuvieran poniéndolo en hora. Tampoco estaban encendidas las luces y las sombras de la tarde refrescaban la habitación.

—Papá —dijo con una voz tan cansada que casi no la reconoció—. ¿Qué hora es?

Su padre miró el horno y después negó levemente con la cabeza.

—Y yo qué sé. Se ha ido la luz hace unos cinco minutos. Creo que en toda la calle —pero entonces miró a Vic y se le arquearon las cejas en señal de interrogación—. ¿Qué pasa? ¿Estás bien? —cerró el grifo y cogió un trapo para secarse la mano—. No tienes buena cara.

Vic rio, una carcajada forzada y triste.

—Eso es lo que me ha dicho Pete.

Su propia voz parecía llegar desde muy lejos, del otro lado de un túnel.

—¿Qué Pete?

—Pete, el de Hampton Beach.

—¿Vic?

—Estoy bien —intentó tragar y no podía. Estaba muerta de sed, aunque no lo supo hasta que no vio a su padre con una bebida fría en la mano. Cerró los ojos un instante y vio un vaso de jugo de toronja rosa helado, una imagen que hizo que le doliera hasta la última célula de su cuerpo, tanta era la sed que sentía—. Solo tengo sed. ¿Hay jugo?

—Lo siento, peque. La nevera está vacía. Mamá no ha ido todavía a hacer la compra.

—¿Se ha echado?

—No lo sé.

No añadió: *Y no me importa,* pero no hizo falta, estaba implícito en su tono de voz.

—Ah —dijo Vic. Se quitó la pulsera y la dejó encima de la mesa—. Cuando la veas dile que he encontrado su pulsera.

El padre cerró con brusquedad la puerta de la nevera y miró a su alrededor. Sus ojos se posaron en la pulsera, luego en Vic.

—¿Dónde...?

—En el coche. Entre los asientos.

La habitación se oscureció, como si el sol hubiera desaparecido detrás de una gran masa de nubes. Vic se tambaleó.

Su padre le tocó la cara con el dorso de la mano, la mano en la que tenía la lata de cerveza. Se había raspado los nudillos con algo.

—Pero bueno, si estás ardiendo, Mocosa. Lin, ¿estás ahí? —gritó.

—Estoy bien —dijo Vic—. Me voy a echar un ratito.

No era su intención echarse allí y en ese mismo instante. El plan era ir hasta su habitación y tumbarse debajo de su nuevo y alucinante póster de David Hasselhof, pero las piernas le traicionaron y se cayó. Su padre la cogió justo antes de que pudiera llegar al suelo. La levantó en volandas, con una mano debajo de las piernas y otra por la espalda y la sacó al pasillo.

—¿Lin? —llamó de nuevo.

Linda salió de su dormitorio con un paño húmedo apretado contra la comisura de la boca. Llevaba el pelo castaño y fino despeinado y tenía la mirada borrosa, como si acabara de despertarse. Se espabiló cuando vio a la Mocosa en brazos de su marido.

Se reunió con ellos en la puerta de la habitación de Vic. Con una mano de dedos esbeltos, Linda le retiró a Vic un mechón de pelo de la cara y le apoyó la palma en la frente. La mano de Linda estaba fresca y suave y su contacto le produjo a Vic un escalofrío que era en parte fiebre, en parte placer. Sus padres ya no estaban enfadados y, de haber sabido que solo tenía que ponerse enferma para que se reconciliaran, podía haberse ahorrado lo de cruzar el puente para recuperar la pulsera y sencillamente haberse metido los dedos en la garganta.

—¿Qué le ha pasado?

—Se ha desmayado —dijo Chris.

—No —dijo la Mocosa.

—Cuarenta de fiebre, se desmaya y todavía quiere seguir discutiendo —dijo el padre con un inconfundible tono de admiración en su voz.

La madre se retiró el paño mojado del labio.

—Es una insolación. Tres horas en el coche y luego se ha ido a montar en bicicleta sin protección para el sol y sin haber bebido nada salvo ese batido asqueroso en Terry's.

—Raspado. En Terry's los llaman raspados —dijo Vic—. Te has hecho daño en la boca.

La madre se pasó la lengua por los labios hinchados.

—Voy a por un vaso de agua y el ibuprofeno. Nos lo vamos a tomar las dos.

—Ya que vas a la cocina, coge la pulsera —dijo Chris—. Está en la mesa.

Linda dio dos pasos antes de asimilar lo que acababa de decir su marido. Se volvió. Chris McQueen estaba en el umbral del dormitorio de Vic con la niña en brazos. Vic veía a David Hasselhoff encima de la cama sonriéndole, con cara de no poder aguantar las ganas de guiñarle un ojo: *Bien hecho, peque.*

—Estaba en el coche —dijo Chris—. La ha encontrado la Mocosa.

En casa

VIC DURMIÓ.

Su sueño fue como un pase de diapositivas sin conexión entre unas y otras: una máscara antigás en un suelo de cemento, un perro muerto en la cuneta con la cabeza destrozada, un bosque de altísimos pinos de los que colgaban ángeles blancos y ciegos.

Esta última imagen era tan vívida y tan misteriosamente terrible —aquellos árboles de veinte metros de altura meciéndose en el viento como participantes drogados en una ceremonia pagana, los ángeles brillando y centelleando en sus ramas— que le dio ganas de gritar.

Lo intentó, pero no lograba que saliera sonido alguno de la garganta. Estaba atrapada debajo de una sofocante avalancha de sombras, una montaña de materia blanda y asfixiante. Luchó por escapar apartando la nieve con las uñas, excavando desesperada hasta que de pronto se encontró sentada en la cama con todo el cuerpo empapado por el sudor. Su padre estaba sentado en el extremo del colchón y la sujetaba por las muñecas.

—Vic— dijo—. Vic, tranquilízate. Acabas de darme tal bofetada que casi me pones la cara del revés. Suéltame, soy papá.

—Ah —dijo Vic. Le soltó y dejó caer los brazos a ambos lados del cuerpo—. Perdona.

El padre se cogió la mandíbula con los dedos pulgar e índice y la movió un poco atrás y adelante.

—No pasa nada. Seguramente me lo merecía.

—¿Por qué?

—No sé. Por cualquier cosa. Todo el mundo se lo merece.

Vic se inclinó hacia delante y le besó la barbilla áspera. Su padre sonrió.

—Te ha bajado la fiebre —dijo—. ¿Te encuentras mejor?

Vic se encogió de hombros. Suponía que ya estaba bien, ahora que había conseguido escapar de la enorme pila de mantas negras y de aquel bosque de árboles de Navidad malévolos que había visitado en sueños.

—Has estado delirando a base de bien. Deberías haberte oído.

—¿Qué he dicho?

—Ha habido un momento en que te has puesto a gritar que los murciélagos se habían escapado del puente —dijo el padre—. Supongo que querías decir de la torre del campanario.

—Sí, bueno… no. No, seguramente estaba hablando del puente —Vic se había olvidado, por un momento, del Atajo—. ¿Qué le ha pasado al puente, papá?

—¿Qué puente?

—El Atajo. El puente viejo cubierto. Ha desaparecido.

—Ah —dijo el padre—. He oído que un cretino intentó cruzarlo en coche. Se mató y se llevó con él la mayor parte de la estructura. El resto lo han demolido. Por eso te decía siempre que no se te ocurriera ir por ahí. Tenían que haberlo demolido hace veinte años.

Vic se estremeció.

—Desde luego, vaya cara tienes —dijo el padre—. Estás pálida.

Vic pensó en su sueño febril sobre el perro con la cabeza destrozada y el mundo primero se iluminó y a continuación se ensombreció.

Cuando se le aclaró la vista, su padre le estaba acercando una palangana al pecho.

—Si vas a echar la papilla —dijo—, intenta que sea dentro de la palangana. Por Dios, no vuelvo a llevarte a Terry's en la vida.

Vic recordó el olor a sudor de Pete y las tiras de papel matamoscas llenas de insectos muertos pegados y vomitó.

Su padre se llevó el recipiente con el vómito y volvió con un vaso de agua helada.

Vic se bebió la mitad en tres tragos. Estaba tan fría que le entraron de nuevo escalofríos. Chris la tapó otra vez con las mantas, le apoyó una mano en el hombro y se quedó a esperar que se le pasara la tiritona. No se movió. Tampoco habló. Tenerle allí, compartir su silencio natural, seguro de sí mismo, resultaba tranquilizador, y casi inmediatamente Vic volvió a quedarse dormida. Con los ojos cerrados tenía la sensación, casi, de estar de nuevo montando en la bicicleta, pedaleando sin esfuerzo hacia un silencio oscuro y reconfortante.

Cuando su padre se levantó para marcharse, sin embargo, seguía lo bastante despierta para darse cuenta. Emitió un sonido de protesta y alargó una mano hacia él. Su padre se apartó.

—Duerme un poco, Vic —dijo—. Dentro de nada estarás otra vez montando en bicicleta.

Vic se amodorró.

La voz de su padre le llegaba desde un lugar lejano.

—Siento que hayan derruido el Atajo —murmuró este.

—Pensaba que no te gustaba —dijo Vic dándose la vuelta y volviendo la espalda a su padre, dejándole ir, renunciando a él—. Creía que te daba miedo que montara en bicicleta por él.

—Sí —dijo el padre—. Me daba miedo. Lo que quiero decir es que siento que lo demolieran sin mí. Si pensaban volarlo por los aires podrían haberme enseñado la carga de explosivos. Ese puente fue siempre una trampa mortal. Saltaba a la vista que cualquier día terminaría matando a alguien. Me alegro de que no fueras tú. Y ahora a dormir, enana.

Escenarios varios

AL CABO DE POCOS MESES EL INCIDENTE DE LA PULSERA HABÍA sido casi olvidado y cuando Vic pensaba en él, recordaba haberla encontrado en el coche. Si podía evitarlo, no pensaba en el Atajo. El recuerdo de su viaje al otro lado del puente era fragmentario y como una alucinación, inseparable del sueño que había tenido sobre árboles lúgubres y perros muertos. Evocarlo no le hacía ningún bien, así que encerró el recuerdo en una caja de seguridad dentro de su cerebro, escondió la llave y se olvidó del asunto.

Y lo mismo hizo las otras veces.

Porque hubo otras veces, hubo otros viajes en la Raleigh al otro lado del puente que no estaba allí y en busca de algo que se había perdido.

Estaba la vez que su amiga Willa Lords perdió al señor Pentack, su pingüino de pana de la buena suerte. Los padres de Willa hicieron limpieza en su habitación un día que esta se quedó a dormir en casa de Vic y tiraron al señor Pentack a la basura junto con su móvil para la cuna hecho con figuras de Campanilla y el pizarrón mágico que ya no funcionaba. Willa estaba desconsolada, tan hecha polvo que no pudo ir al colegio al día siguiente. Ni al otro.

Pero Vic la hizo sentir mejor. Resultó que Willa se había llevado al señor Pentack a dormir a su casa. Vic lo encontró debajo de su cama, entre bolas de polvo y calcetines olvidados. Tragedia evitada.

Desde luego, Vic no se creía lo de que había encontrado al señor Pentack montándose en la bicicleta y atravesando el bosque de Pittman Street hasta el lugar donde había estado el puente del Atajo. No creía que el puente estuviera allí esperándola, ni tampoco creía haber visto, escrito en pintura verde: BOLICHE FENWAY →. No se creía que dentro del puente hubiera un rugido de interferencias y aquellas luces misteriosas que parpadeaban y bailaban colándose entre las paredes de madera de pino.

En la cabeza tenía la imagen de salir pedaleando del Atajo y llegar a un boliche en penumbra, vacío a las siete de la mañana. El puente cubierto, cosa absurda, atravesaba directamente la pared y desembocaba en las pistas del boliche. Vic conocía el lugar. Había estado allí en una fiesta de cumpleaños dos semanas antes; Willa también. El suelo de pino brillaba, estaba encerado con algo, y la bicicleta de Vic resbalaba como mantequilla en una sartén caliente. Se cayó y se hizo daño en el codo. El señor Pentack estaba en una cesta de objetos perdidos detrás del mostrador, debajo de los estantes con los zapatos de jugar a bolos.

No era más que una historia que se contó a sí misma aquella noche después de descubrir al señor Pentack debajo de la cama. Aquella noche la pasó enferma, sudorosa y con escalofríos, con constantes arcadas secas y sueños vívidos y antinaturales.

El arañazo del codo se le curó en un par de días.

Con diez años, encontró la cartera de su padre entre los cojines en el sofá, y no en un solar en obras en Attleboro. Después de encontrarla, el ojo izquierdo le estuvo doliendo varios días, como si alguien le hubiera dado un puñetazo.

A los once, los De Zoet, que vivían al otro lado de la calle, perdieron a su gato. El animal, que se llamaba Taylor, era un carcamal enclenque, blanco con manchas negras. Se había marchado justo antes de un chaparrón de verano y no había vuelto. A la mañana siguiente la señora De Zoet había recorrido la calle de arriba abajo gorjeando como un pájaro, maullando el nombre de Taylor. El señor De Zoet, delgado, un espantajo de hombre que vestía siempre pajarita y tirantes, se quedó quieto en su jardín con un rastrillo en la mano, sin rastrillar ninguna cosa, con una expresión de impotencia en sus ojos pálidos.

A Vic le gustaba el señor De Zoet, que hablaba con un acento raro, como Arnold Schwarzenegger, y tenía un campo de batalla en miniatura en su despacho. El señor De Zoet olía a café recién hecho y a tabaco de pipa y le dejaba a Vic pintar sus soldaditos de plástico. A Vic también le gustaba Taylor, el gato. Cuando ronroneaba, de su pecho salía un traqueteo oxidado, como el de un coche viejo y ruidoso al que le cuesta trabajo arrancar.

Nadie volvió a ver a Taylor… aunque Vic se contó a sí misma una historia en la que cruzaba el Atajo en bicicleta y encontraba a la pobre criatura cubierta de sangre y rodeada de una nube de moscas, entre la maleza húmeda, a un lado de la autopista. Se había arrastrado desde el asfalto después de que lo atropellara un coche. Aún se veían las manchas de sangre en la carretera.

Empezó a odiar el sonido de la electricidad estática.

AMENAZA PICANTE
1990

Sugarcreek, Pensilvania

EL ANUNCIO VENÍA EN UNA DE LAS ÚLTIMAS PÁGINAS DE *AMENAZA Picante*, el número de agosto de 1949, en cuya portada salía una chica desnuda gritando y atrapada en un bloque de hielo *(Se estaba mostrando muy fría con él... ¡¡así que la dejó helada de miedo!!)*. Ocupaba una sola columna, debajo de un anuncio mucho más grande de sujetadores Adola *(¡ReSALTE su silueta!)*. Bing Partridge reparó en él después de haber estudiado largo tiempo a la señorita del anuncio de Adola, una mujer de pechos maternales pálidos y lechosos, embutidos en un sostén de copas en forma de cono y brillos metálicos. Tenía los ojos cerrados y los labios un poco entreabiertos, de forma que parecía estar dormida y teniendo dulces sueños, y Bing se había imaginado lo que sería despertarla con un beso.

—Bing y Adola, dándose un besito —canturreó Bing—. ¡CÁGATE, LORITO!

Estaba en su rincón preferido del sótano, con los pantalones bajados y el culo en el polvoriento suelo de cemento. La mano que tenía libre estaba donde cabría imaginar, pero aún no se había puesto manos a la obra. Revisaba a fondo la revista, buscando las mejores partes, cuando lo encontró: era apenas una mancha de tinta en la esquina inferior izquierda de la página. Un muñeco de nieve con chistera señalaba con un brazo esquelético una línea de texto enmarcada de copos de nieve.

A Bing le gustaban los anuncios de las últimas páginas de las revistas de historietas populares: de cajas de hojalata llenas de soldaditos de juguete *(¡Para re-crear la emoción de Verdún!)*, anuncios de equipamiento de la II Guerra Mundial *(¡Bayonetas! ¡Fusiles! ¡Máscaras antigás!)*, libros para conseguir que las mujeres te desearan *(Enséñale a decir: «TE QUIERO»)*. A menudo recortaba impresos y enviaba monedas o billetes de dólar costrosos en un intento por comprar granjas de hormigas o detectores de metal. Quería, por encima de todas las cosas, ¡Asombrar a Sus Amigos! ¡Maravillar a sus Familiares!, por mucho que sus únicos amigos fueran los tres tarados que trabajaban a sus órdenes como personal de mantenimiento de Nor-ChemPhar y que todos sus parientes directos yacieran bajo tierra en el cementerio de detrás de la iglesia del Tabernáculo de la Nueva Fe Americana. Bing jamás se había parado a pensar que la colección de cómics de porno blando de su padre—mohosos dentro de una caja de cartón en el cuarto silencioso de Bing— tenía más años que él y que la mayoría de las compañías a las que enviaba dinero hacía tiempo que habían dejado de existir.

Pero sus sentimientos al leer, y releer, aquel anuncio sobre ese lugar, Christmasland, fueron una reacción emocional de distinta clase. El pene sin circuncidar y con ligero olor a levadura se le quedó flácido en la mano izquierda, olvidado. Su alma era un campanario en el que todas las campanas habían empezado a tañer al unísono.

No tenía ni idea de dónde estaba Christmasland, nunca había oído hablar de ella. Y sin embargo supo de inmediato que quería pasar allí el resto de su vida… caminar por sus calles empedradas, pasear bajo sus farolas inclinadas hechas de caramelo, ver chillar a los niños mientras daban más y más vueltas en el tiovivo de renos de Papá Noel.

¿Qué darías por una entrada válida para toda la vida a este lugar donde cada mañana es Navidad y la infelicidad va contra la ley?, proclamaba el anuncio.

Bing tenía cuarenta y dos navidades a la espalda, pero cuando pensaba en la mañana del 25 de diciembre solo le importaba una, que encarnaba todas las demás. En el recuerdo que tenía de la Navidad su madre sacaba del horno galletas azucaradas con forma de abeto y su aroma a vainilla impregnaba toda la casa. Aquello había sido años antes de que John Partridge terminara con un clavo de encofrar en el lóbulo frontal, pero esa mañana se había sentado en el suelo con Bing y le había mirado con atención mientras este abría sus regalos. Del que mejor se acordaba era del último, una caja de gran tamaño que contenía una enorme máscara antigás de goma y un casco abollado, con la pintura algo desconchada que dejaba ver el óxido debajo.

—Lo que tienes delante es el equipo que me mantuvo vivo en Corea —había dicho su padre—. Ahora es tuyo. Esa máscara antigás fue lo último que vieron tres chinos antes de morir.

Bing se puso la máscara y miró a su padre por las lentes de plástico transparente. Con ella puesta, el salón parecía un mundo chiquitito encerrado en una máquina de chicles de bola. Su padre le puso el casco encima de la cocorota y saludó. Bing le devolvió solemnemente el saludo.

—Así que eres tú —dijo el padre—. Ese soldadito del que todos hablan. Don Imparable. El soldado No-Me-Toques-Los-Huevos, ¿no?

—Soldado No-Me-Toques-Los-Huevos a sus órdenes, señor, sí señor —dijo Bing.

Su madre soltó una de sus risas frágiles y nerviosas diciendo:

—John, a ver ese vocabulario. Y en la mañana de Navidad… No me parece bien. Es el día en que celebramos la llegada de Nuestro Señor.

—Estas madres —le dijo John Partridge a su hijo después que esta les hubiera dejado las galletas y vuelto a la cocina a por el cacao—. Si las dejas te tendrán chupando teta toda tu vida. Claro que ahora que lo pienso… ¿qué tiene eso de malo?

Y le guiñó un ojo.

Afuera la nieve caía en grandes copos como plumas de ganso y se quedaron todo el día en casa, Bing con el casco puesto y jugando a la guerra. Disparó y disparó a su padre, y John Partridge se murió una y otra vez, cayéndose de la butaca frente al televisor. Una vez Bing mató también a su madre y esta, obediente, cerró los ojos, se puso flácida y se hizo la muerta casi todo el tiempo que duraron los anuncios. No se movió hasta que Bing se quitó la máscara para darle un beso en la frente. Entonces sonrió y dijo: *Que Dios te bendiga, Bing Partridge. Te quiero más que a nada en el mundo.*

¿Que qué harías con tal de sentirte así todos los días? ¿Como si fuera Navidad y hubiera una máscara antigás de verdad, de la guerra de Corea, esperándote debajo del árbol? ¿Cómo si estuvieras viendo a tu madre abrir los ojos otra vez y decirte *Te quiero más que a nada en el mundo?*

La pregunta en realidad era ¿qué *no* harías?

Dio tres pasos en dirección a la puerta antes de acordarse de subirse los pantalones.

Su madre había realizado algunas tareas de secretaria en la parroquia cuando su padre ya no pudo seguir trabajando, y su máquina de escribir Olivetti aún seguía en el armario del pasillo. La O había desaparecido, pero Bing sabía que podía sustituirla con el número 0. Metió una hoja de papel y empezó a escribir.

> *Estimad0s* **XXXXX** *y respetad0s* **XXXX** *pr0pietari0s de Christmasland:*
>
> *Escrib0 p0r su anunci0 de la revista Amenaza Picante. ¿Que si quier0 trabajar en Christmasland? ¡Ya l0 cre0! He estad0 18 añ0s contratad0 en N0rChemPharm en Sugarcreek, Pensilvania, y durante 12 he sid0* **XXXX** *encargad0 de planta del equip0 de guardas de seguridad. Mis resp0nsabilidades incluyen el cuidad0 y la manipulaci0n de muchos gases c0mprimidos c0m0 0xígen0, hidr0gen0, heli0 y sev0fluran0. Adivinen cuánt0s accidentes ha habid0. ¡Ningun0!*
>
> *¿Que qué daría p0r que t0d0s l0s días fueran Navidad? ¿A quién hay que matar, ja, ja, ja? En N0rChemPharm he hech0 l0s trabaj0s más fe0s. He limpiad0 retretes, fregad0*

pis de paredes y envenenad0 ratas a mansalva. ¿Están buscand0 a alguien a quien n0 le imp0rte ensuciarse las man0s? ¡Pues ya l0 han enc0ntrad0!

S0y el h0mbre que estaban buscand0: ambici0s0, que le gustan much0 l0s niñ0s y que n0 tiene mied0 a la aventura. N0 pid0 gran c0sa, except0 un buen siti0 d0nde trabajar. Un emple0 c0m0 encargad0 de la seguridad me iría muy bien. Para serles sincer0, hub0 un tiemp0 en que pensé en servir a nuestra gran naci0n vestid0 de unif0rme, c0m0 mi padre, que luch0 en la guerra de C0rea, pero deslices de juventud y un0s tristes pr0blemas familiares me l0 impidier0n. Pero buen0, ¡n0 me quej0! Créanme, si pudiera vestir el unif0rme de vigilante de Christmasland me sentiría muy h0nrad0! S0y c0lecci0nista de 0bjet0s militares. Teng0 mi pr0pia arma y sé c0m0 usarla.

Para terminar, esper0 que se p0ngan en c0ntact0 c0nmig0 en la direcci0n que p0ng0 abaj0. S0y extremadamente leal y MATARÍA p0r esta 0p0rtunidad tan especial. N0 hay NADA que n0 esté dispuest0 a hacer a cambi0 de f0rmar parte del pers0nal de Christmasland.

XXXX Feliz Navidad
Bing Partridge
BING PARTRIDGE
25 BL0CH LANE
SUGARCREEK, PENSILVANIA 16323

Sacó el papel de la máquina y lo leyó moviendo los labios. El esfuerzo por concentrarse le había dejado el cuerpo voluminoso y con forma de patata empapado en sudor. Le pareció que había plasmado la información sobre sí mismo de forma clara y convincente. No sabía si era un error mencionar los «deslices de juventud» o el «triste pr0blema familiar», pero al final decidió que descubrirían lo de sus padres lo contara o no, y que era mejor ir con la verdad por delante en lugar de dar la impresión de que escondía algo. Aquello había ocurrido hacía mucho tiempo y desde que le soltaron del Centro Juvenil —más conocido como el Vertedero— había sido un trabajador modelo, no había faltado un solo día en NorChemPharm.

Dobló la carta y luego buscó un sobre en el armario de la entrada. En lugar de ello encontró una caja de felicitaciones de Navidad sin usar. Un niño y una niña con pijamas de pantalón largo afelpados asomaban por una esquina mirando con ojos como platos a Papá Noel, envuelto en sombras junto al árbol de Navidad. La parte de abajo del pijama de la niña estaba parcialmente desabotonada mostrando una nalga gordezuela. John Partridge solía decir que Bing no sería capaz de vaciar el agua de una bota ni aunque vinieran las instrucciones en el tacón, y quizá era verdad, pero sí sabía reconocer una oportunidad cuando la veía. Metió la carta dentro de una felicitación de Navidad y esta en un sobre decorado con hojas de acebo y arándanos rojo brillante.

Antes de echarla al buzón que había al final de la calle la besó, como hacen los curas cuando inclinan la cabeza y besan la Biblia.

Al día siguiente a las dos y media, cuando apareció el cartero calle arriba en su pequeña y ridícula furgoneta blanca, Bing le esperaba junto al buzón. Los molinetes de papel de plata del jardín delantero de Bing giraban perezosos emitiendo un zumbido apenas audible.

—Bing —dijo el cartero—. ¿No deberías estar trabajando?

—Tengo turno de noche —dijo Bing.

—¿Va a haber una guerra? —dijo el cartero señalando con un gesto de la cabeza las ropas de Bing.

Llevaba sus pantalones militares color mostaza, los que se ponía cuando quería tener buena suerte.

—Si la hay, estaré preparado —dijo.

No había nada de Christmasland. Pero ¿cómo iba a haberlo? Había enviado la tarjeta el día anterior.

AL DÍA SIGUIENTE TAMPOCO HUBO NADA.

NI AL SIGUIENTE.

EL LUNES ESTABA CONVENCIDO DE QUE HABRÍA ALGO Y SE PUSO A esperar en el escalón de entrada a su casa antes de la hora en que llegaba el cartero. Nubes de tormenta negras y feas coronaban la cima de la colina, detrás de la torre de la iglesia del Tabernáculo de la Nueva Fe Americana. A tres kilómetros de distancia y seis mil metros de altura resonaban truenos ahogados. No era tanto un ruido como una vibración, que le llegaba a Bing hasta la médula, hacía temblar sus huesos en su sedimento de grasa. Los molinetes de papel de plata giraban histéricos con un sonido que recordaba a un grupo de niños montando en bicicleta, bajando como locos una pendiente.

Todo aquel estruendo y estrépito ponían muy nervioso a Bing. El día en que se disparó la pistola de clavos (así es cómo se refería a él mentalmente, no como el día en que disparó a su padre, sino el día en que se disparó la pistola) había sido insoportablemente caluroso y tormentoso. Su padre había notado el cañón de la pistola contra la sien y mirando de reojo a Bing, de pie junto a él, dio un trago de cerveza, chasqueó los labios y dijo:

—Estaría asustado si pensara que tienes los huevos suficientes.

Después de apretar el gatillo Bing se había sentado y escuchado la lluvia golpear en el techo del garaje, mientras a su lado yacía John Partridge espatarrado en el suelo, con un tic nervioso en un pie y una mancha de orina extendiéndose por entrepierna de los pantalones.

Bing había seguido sentado hasta que su madre entró en el garaje y empezó a gritar. Entonces le había llegado el turno a ella, aunque no con la pistola de clavos.

Ahora desde su jardín Bing veía las nubes acumularse en el cielo sobre la iglesia situada en la cima de la colina en la que su madre había trabajado hasta sus últimos días... la iglesia a la que él había acudido devotamente, cada domingo, desde antes incluso de aprender a caminar o a hablar. Una de sus primeras palabras había sido «luya», aunque lo que quería decir era «aleluya». Su madre había estado llamándole Luya durante años.

Ya no había fieles. El pastor Mitchell había huido con los fondos y una mujer casada y el banco se había quedado con la propiedad. Los domingos por la mañana los únicos penitentes del Tabernáculo de la Nueva Fe Americana eran las palomas que anidaban en las vigas del techo. A Bing ahora le daba un poco de miedo el lugar, le asustaba que estuviera tan vacío. Se imaginaba que le despreciaba por haberlos abandonado, al templo y a Dios, y que a veces se despegaba un poco de sus cimientos para mirarle furioso con sus ojos de vidrio policromado. Había días —días como aquel— en que los bosques se llenaban del estruendo lunático de los insectos de verano, el aire temblaba de calor líquido y la iglesia parecía cernirse sobre él, amenazadora.

Por la tarde retumbó el trueno.

—Lluvia, lluvia, vete —susurró Bing para sí—. Y otro día vuelve.

La primera gota de lluvia cálida se estrelló en su frente. Le siguieron otras, brillando con fuerza en la luz del sol que llegaba oblicua desde el cielo azul y perezoso, al oeste. Era casi tan caliente como un chorro de sangre.

El correo se retrasaba, y para cuando llegó Bing estaba empapado y encorvado debajo del tejadillo de la entrada. Corrió bajo el aguacero hacia el buzón. Justo cuando lo alcanzaba, una chispa de rayo salió de entre las nubes y cayó con estrépito en algún lugar detrás de la iglesia. Bing gritó mientras el mundo parpadeaba azul y blanco, convencido de que estaba a punto de ser alcanzado, quemado vivo, tocado por el dedo de Dios por haberle disparado a su padre con la pistola de clavos y haberle hecho luego aquello a su madre en el suelo de la cocina.

En el buzón había una factura de la luz, un folleto anunciando una nueva tienda de colchones y nada más.

Nueve horas más tarde Bing estaba en la cama cuando le despertaron una música trémula de violines y una voz de hombre tan suave y cremosa como el glaseado de vainilla de una tarta. Era su tocayo, Bing Crosby. El señor Crosby soñaba con unas navidades blancas, como las que había conocido de niño.

Bing se acercó las mantas a la barbilla mientras escuchaba con atención. Mezclado con la música había un suave rasgar de una aguja en el vinilo.

Se levantó de la cama y fue hasta la puerta. El suelo estaba frío bajo sus pies desnudos.

Sus padres bailaban en el salón. Su padre le daba la espalda y vestía pantalones militares color mostaza. Su madre tenía la cabeza apoyada en el hombro de su marido, los ojos cerrados y la boca abierta, como si bailara en sueños.

Los regalos esperaban bajo el árbol feo, rechoncho y sobrecargado de oropel. Eran tres enormes bidones abollados de sevoflurano decorados con lazos carmesí.

Sus padres giraban despacio y mientras lo hacían Bing comprobó que su padre llevaba puesta una máscara antigás y que su madre estaba desnuda. Y dormida. Arrastraba los pies sobre el suelo de madera. Su padre la sujetaba por la cintura y tenía una mano enguantada posada en la curva de sus blancas nalgas. El trasero desnudo de su madre era tan luminoso como un cuerpo celeste, tan pálido como la luna.

—¿Papá? —llamó Bing.

Su padre siguió bailando, girando y llevando a la madre.

—¡BAJA, BING! —gritó una voz profunda y atronadora, tan potente que la porcelana tiritó en el aparador. Bing se sobresaltó y el corazón empezó a latirle desbocado. La aguja sobre el disco saltó y volvió a posarse cerca del final de la canción—. ¡BAJA YA! ¡PARECE QUE ESTE AÑO SE HAN ADELANTADO LAS NAVIDA-DES! JO, JO, JO.

Parte de Bing sentía el impulso de correr a su habitación y cerrar la puerta. Quiso taparse los ojos y los oídos a la vez, pero no encontraba la fuerza de voluntad necesaria para ninguna de las dos cosas. Vacilaba ante la idea de dar un solo paso y sin embargo sus pies le obligaron a avanzar, a dejar atrás el árbol y los bidones de sevoflurano, a su padre y a su madre, a salir al pasillo e ir hasta la puerta principal. Esta se abrió antes de que le diera tiempo a tocar el pomo.

Los molinetes de papel de aluminio del jardín giraban suavemente en la noche invernal. Bing tenía uno por cada año que llevaba trabajando en NorChemPharm, regalos al personal de seguridad que se entregaban en la fiesta anual de Año Nuevo.

Christmasland le esperaba detrás del jardín de su casa. El Trineo Ruso silbaba y rugía y los niños que iban subidos a los coches gritaban y levantaban los brazos en la gélida noche. La gran noria, el Ojo Ártico, giraba contra un telón de estrellas desconocidas. Todas las luces estaban encendidas en un árbol de Navidad tan alto como un edificio de diez pisos y tan ancho como la casa de Bing.

—¡FELIZ NAVIDAD, BING, SO PILLÍN! —bramó la voz atronadora, y cuando Bing miró al cielo vio que la luna tenía cara. Un único ojo saltón e inyectado en sangre le miraba desde una cara cadavérica, un paisaje de cráter y huesos. Sonrió—. BING, PEDAZO DE SINVERGÜENZA, ¿¿ESTÁS PREPARADO PARA LA MAYOR DIVERSIÓN DE TU VIDA??

Bing se sentó en la cama con el corazón desbocado. Esta vez sí que estaba despierto. Estaba tan empapado en sudor que el pijama de G. I. Joe se le había pegado a la piel. También notó, aunque de pasada, que tenía la verga tan dura que le dolía, asomando por la bragueta del pantalón.

Abrió la boca, pero no como si acabara de despertarse, sino de volver a la superficie después de pasar mucho tiempo debajo del agua.

La habitación estaba inundada por la luz fría, pálida y color hueso de una luna sin cara.

Bing estuvo tragando aire casi medio minuto antes de darse cuenta de que seguía escuchando *Blanca Navidad*. La canción le había seguido fuera del sueño. Llegaba desde muy lejos y parecía sonar cada vez más débilmente, y supo que si no se levantaba a mirar pronto desaparecería y al día siguiente pensaría que se lo había imaginado todo. Se levantó y caminó con piernas trémulas hasta la ventana para echar un vistazo al jardín.

Al final de la manzana un coche viejo se alejaba. Era un Rolls-Royce negro, con estribos y apliques cromados. Los faros traseros proyectaban haces rojos en la noche e iluminaban la matrícula: NOS4A2.

Después dobló la esquina y desapareció, llevándose con él los alegres sonidos navideños.

NorChemPharm

Bing sabía que el hombre de Christmasland iba a venir mucho antes de que Charles Manx le invitara a montar con él en el Trineo Ruso. También sabía que el hombre de Christmasland no iba a ser un hombre como los demás y que el trabajo como vigilante de seguridad en Christmasland tampoco sería un trabajo como los demás. Resultó que no se equivocaba en nada.

Lo sabía por los sueños, que le parecían más vívidos y más reales que cualquier cosa que le hubiera ocurrido en toda su vida estando despierto. En los sueños nunca conseguía entrar en Christmasland, pero podía mirar por las ventanas y a través de la puerta. Podía oler la menta y el cacao y ver las velas ardiendo en el árbol de Navidad tan alto como un edificio de diez pisos y oír los coches traquetear y entrechocar en el larguísimo y viejo Trineo Ruso de madera. También podía oír la música y a los niños gritar. De no haber sabido dónde estaban, uno habría podido pensar que los estaban descuartizando vivos.

Lo sabía por los sueños, pero también por el coche. La siguiente vez que lo vio estaba en el trabajo, en el muelle de carga. Unos chiquillos habían decorado la parte trasera del edificio, habían dibujado con espray una verga y unas pelotas gigantes vomitando semen sobre un par de globos rojos que podían haber sido tetas, pero que a Bing le parecían bolas de Navidad. Había salido, con su traje de protección química de plástico, su máscara industrial antigás y un cubo de cloro rebajado, para limpiar la pintura de la pared con un cepillo.

A Bing le encantaba trabajar con cloro, le encantaba ver cómo esta disolvía la pintura hasta hacerla desaparecer. Denis Loory, el chico autista que trabajaba en el turno de mañana, decía que era posible reducir una persona humana a un montón de grasa usando cloro. Denis Loory y Bing habían metido un murciélago muerto en un cubo de cloro y lo habían dejado allí un día entero. A la mañana siguiente no encontraron más que huesos semitransparentes que parecían de mentira.

Dio un paso atrás para admirar su trabajo. Las pelotas habían casi desaparecido y dejaban ver el ladrillo rojo de la pared; solo quedaban la gigantesca verga negra y las tetas. Mientras miraba la pared vio de repente dibujarse su sombra, nítida, claramente delineada contra el áspero ladrillo.

Se giró sobre sus talones para mirar lo que tenía detrás y allí estaba el Rolls-Royce negro. Estaba aparcado al otro lado de la valla de tela metálica y sus faros delanteros, altos y muy juntos, le deslumbraban.

Uno puede pasarse la vida viendo pájaros y no llegar a distinguir una golondrina de un mirlo, pero todos reconocemos a un cisne cuando lo vemos. Lo mismo ocurre con los coches. Igual no distinguimos un Firebird de un Pontiac Fiero, pero cuando ves un Rolls-Royce, lo reconoces.

Bing sonrió al verlo y la sangre se le agolpó en el corazón. Pensó: *Ahora abrirá la puerta y me dirá «¿Eres tú el joven Bing Partridge que escribió pidiendo un empleo en Christmasland?». Y mi vida empezará. Por fin.*

La puerta se abrió… pero no en ese momento. El hombre al volante —Bing no podía verle la cara por el resplandor de los faros— ni le llamó ni bajó la ventanilla. Sí le hizo una señal con los faros, a modo de saludo cordial, antes de trazar un amplio círculo con el coche y situarlo mirando al edificio de NorChemPharm.

Bing se quitó la máscara antigás y se la colocó debajo del brazo. Estaba acalorado y el aire fresco y umbrío en contacto con su piel le resultó agradable. Oía música navideña salir del coche. *Regocijémonos*. Sí, la canción explicaba perfectamente su estado de ánimo.

Se preguntó si el hombre al volante querría que fuera con él. Que dejara la máscara, el cubo de cloro, rodeara la valla y se sentara en el asiento del pasajero. Pero en cuanto dio un paso al frente el coche empezó a alejarse por la carretera.

—¡Espere! —gritó Bing—. ¡Espere, no se vaya!

La visión del Rolls abandonándole —de aquella matrícula, NOS4A2, haciéndose más y más pequeña a medida que se alejaba— le conmocionó.

En un estado de excitación abrumadora, casi rayana en el pánico, chilló:

—¡Lo he visto! ¡He visto Christmasland! ¡Por favor, deme una oportunidad! ¡Por favor, vuelva!

Se encendieron las luces de freno. El Rolls se detuvo un instante, como si hubiera oído a Bing, y después siguió su camino.

—¡Deme una oportunidad! —gritó Bing. Después vociferó aún más alto—. *¡He dicho que me dé una oportunidad!*

El Rolls se alejó por la carretera, dobló la esquina y desapareció, dejando a Bing colorado, empapado en sudor y con el corazón latiéndole a mil por hora.

Seguía allí cuando el capataz, el señor Paladin, salió a fumar un cigarrillo.

—Oye, Bing, todavía queda un trozo de verga en la pared —dijo—. ¿Estás de vacaciones esta mañana o qué pasa?

Bing miraba la carretera con expresión de desamparo.

—Vacaciones de Navidad —dijo, pero muy bajito, para que el señor Paladin no pudiera oírle.

Llevaba una semana sin ver el Rolls cuando le cambiaron de horario y tuvo que hacer un turno doble en NorChemPharm, de seis a seis. En los almacenes hacía un calor infernal, tanto que los tanques de gas comprimido te quemaban si los rozabas. Bing cogió el autobús de siempre para llegar a casa, un trayecto de cuarenta minutos durante los cuales de las rejillas de ventilación no dejó de salir aire apestoso y un niño no paró de berrear.

Se bajó en Fairfield Street y caminó las tres últimas manzanas. El aire ya no parecía gaseoso sino líquido, un líquido a punto de hervir. Subía del asfalto reblandecido y llenaba la atmósfera de distorsión, de manera que la hilera de casas al final de la manzana temblaba como un reflejo en una piscina con olas.

Calor, calor, vete, cantaba Bing para sí. *Otro día me cueces...*

El Rolls-Royce estaba aparcado al otro lado de la calle, frente a su casa. El hombre al volante se asomó por la ventanilla derecha, giró la cabeza para mirar a Bing y le sonrió como si fueran viejos amigos. Con un largo dedo le hizo una señal de: *Vamos, date prisa.*

Bing levantó la cabeza en un gesto de saludo involuntario y recorrió la calle con el trotecillo propio de un hombre gordo al que le bailan las carnes. Hasta cierto punto le desconcertaba ver allí plantado al Rolls. Parte de él había estado convencido de que el hombre de Christmasland terminaría viniendo a buscarle. Otra parte, sin embargo, había empezado a temer que los sueños y las apariciones de El Coche fueran como buitres que sobrevuelan una criatura enferma a punto de desplomarse: su mente. Con cada paso que daba hacia NOS4A2, más convencido estaba de que se pondría en marcha, arrancaría y desaparecería una vez más. Pero no lo hizo.

El hombre del asiento del pasajero no estaba sentado en el asiento del pasajero, porque evidentemente el Rolls-Royce era un coche inglés de los de toda la vida y llevaba el volante a la derecha. El hombre, el conductor, sonrió benévolo a Bing Partridge. A primera vista este supo que aunque el hombre podía aparentar alrededor de cuarenta años, era mucho mayor que eso. Tenía la mirada suave y apagada del azul vidrioso; aquellos eran unos ojos viejos, incalculablemente viejos. La cara era alargada y surcada de arrugas, sabia y amable, aunque tenía retrognatismo y los dientes algo torcidos. Era una de esas caras, supuso Bing, que la gente llamaría de hurón, pero que de perfil habría quedado perfecta en una moneda.

—¡Aquí está! —exclamó el hombre al volante—. ¡El dispuesto Bing Partridge! ¡El hombre del momento! Tenemos una conversación pendiente, jovencito. La conversación más importante de tu vida, ¡te lo aseguro!

—¿Es usted de Christmasland? —preguntó Bing en un susurro.

El hombre viejo o quizá sin edad se llevó un dedo a una de las aletas de la nariz.

—¡Charles Talent Manx Tercero para servirle, amigo mío! ¡Director general de Christmasland S. A., director de Atracciones Christmasland y presidente de la Diversión! También soy el Excelentísimo Rey Mierdero de la Colina del Zurullo, aunque eso no lo ponga en mi tarjeta.

Chasqueó los dedos y de la nada apareció una tarjeta de visita. Bing la cogió y la miró:

—Si la chupas probarás el caramelo —dijo Charlie.

Bing miró la tarjeta fijamente un instante y a continuación pasó la lengua áspera por la superficie. Sabía a papel y a pegamento.

—¡Era una broma! —exclamó Charlie y le dio a Bing un puñetazo en el brazo—. ¿Quién te has creído que soy? ¿Willy Wonka? ¡Venga, sube! Pero chico, ¡si pareces a punto de convertirte en un charco de jugo de Bing! Déjame que te lleve a tomar un refresco. ¡Tenemos algo muy importante de lo que hablar!

—¿De un trabajo? —dijo Bing.

—De un futuro —dijo Charlie.

Interestatal 322

ES EL COCHE MÁS BONITO EN EL QUE HE MONTADO EN MI VIDA —dijo Bing mientras circulaban por la interestatal 322 y el Rolls enfilaba las curvas igual que un rodamiento de acero inoxidable deslizándose por su ranura.

—Es un Rolls-Royce modelo Espectro, de 1938, uno de los cuatrocientos que se fabricaron en Bristol, Inglaterra. Todo un hallazgo, ¡lo mismo que tú, Bing Partridge!

—¿Significa algo la matrícula? —preguntó Bing—. ¿Ene-o-ese-for-a-tu?

—Nosferatu —dijo Charlie Manx.

—¿Nosfe quién?

Manx dijo:

—Es una broma mía. Mi primera mujer me acusó de ser un Nosferatu. No usó esa palabra exactamente, pero se acercó mucho. ¿Has tocado alguna vez hiedra venenosa, Bing?

—Hace mucho que no. Cuando era pequeño, antes de que mi padre muriera, me llevó de acampada y...

—Si te hubiera llevado de acampada después de muerto, eso sí que sería una historia interesante. Bueno, a lo que iba: Mi primera mujer era como la urticaria que te produce la hiedra venenosa. No podía soportarla, pero al mismo tiempo no podía quitarle las manos de encima. Era un sarpullido que no dejaba de rascarme hasta que me sangraba… ¡y entonces seguía rascándome! ¡Tu trabajo suena peligroso, señor Partridge!

La transición fue tan abrupta que Bing no estaba preparado y necesitó un momento para darse cuenta de que le tocaba hablar a él.

—¿Ah, sí?

—En la carta decías que trabajabas con gases comprimidos —dijo Manx—. ¿Los tanques de helio y oxígeno no son extremadamente volátiles?

—Sí, claro. A un chico que trabajaba en el muelle de carga se le ocurrió encender un pitillo cerca de un tanque de nitrógeno con la válvula abierta. Soltó un pitido y salió disparado como un cohete. Se estrelló contra la puerta de salida de incendios con tanta fuerza que la desencajó, y eso que es de hierro. Aunque nadie murió. Y mi equipo no ha tenido un accidente desde que yo soy el encargado. Bueno, casi ningún accidente. A Denis Loory se le ocurrió una vez ponerse a fumar jengibre, pero eso no cuenta. Ni siquiera se mareó.

—¿Se puede fumar el jengibre?

—Es un preparado de sevoflurano que mandamos a los dentistas y que huele a pan de jengibre. También se puede hacer sin aroma, pero a los niños les gusta más con.

—Vaya. Entonces, ¿es narcótico?

—Sí, no te enteras de lo que te está pasando. Pero no te duerme. Es más bien como si te quitara la voluntad, solo obedeces. Y pierdes la capacidad de intuición —Bing rio un poco, no pudo evitarlo, y después dijo casi contrito—: Le dijimos a Denis que estábamos en una discoteca y empezó a dar bofetadas al aire igual que John Ravolta* en aquella película. Casi nos morimos de risa.

El señor Manx abrió la boca con una sonrisa fea e irresistible que dejó ver unos dientes pequeños y marrones.

—Me gusta la gente con sentido del humor, señor Partridge.

—Puede llamarme Bing, señor Manx.

---

*Ravolta o Revolta es una manera despectiva de referirse al actor estadounidense John Travolta, resultado de la combinación de su apellido y del adjetivo *revolting* (asqueroso, repugnante) *(N. de la T.)*.

Esperaba que el señor Manx le diera permiso para llamarle Charlie, pero no lo hizo. En lugar de ello dijo:

—Imagino que la mayoría de la gente que baila música disco ha tomado alguna clase de droga. Es la única explicación. Aunque a esa manera absurda de menearse no la llamaría yo bailar, tampoco. ¡Más bien hacer el oso!

El Espectro entró en el aparcamiento de tierra del Franklin Dairy Queen. Parecía deslizarse sobre el asfalto como un barco de vela con el viento a favor. La sensación era de movimiento natural, silencioso. Sobre la tierra, en cambio, Bing tuvo una sensación distinta, de masa, velocidad y peso, como un panzer arañando el barro a su paso.

—¿Qué tal si nos compramos unas Coca-Colas y hablamos de negocios? —dijo Charlie Manx.

Se volvió de lado cogiendo el volante con un solo brazo desgarbado. Bing abrió la boca para contestar y se encontró con que tenía que hacer esfuerzos para no bostezar. Aquel largo y arrullador paseo en coche bajo los rayos del sol de la tarde le había dado sueño. Llevaba un mes sin dormir bien, y estaba levantado desde las cuatro de la mañana. Si Manx no se hubiera presentado en su calle habría cenado viendo la televisión y se habría ido a dormir enseguida. Lo que le hizo recordar algo.

—Lo he soñado—se limitó a decir—. Sueño todo el tiempo con Christmasland.

Rio, avergonzado. Charlie Manx iba a pensar que era tonto.

Solo que no fue así. En lugar de ello, la sonrisa de Manx se ensanchó.

—¿Has soñado con la luna? ¿Te ha dicho algo?

Bing se quedó repentinamente sin aliento. Miró a Manx asombrado y, quizá, un poco alarmado.

—Sueñas con Christmasland porque es tu sitio, Bing —dijo Manx—. Pero si quieres ir tienes que ganártelo. Y te voy a explicar cómo.

El señor Manx volvió de la ventanilla de pedidos para llevar al cabo de un par de minutos. Deslizó su cuerpo delgadísimo detrás del volante y le pasó a Bing una botella de Coca-Cola helada y perlada de gotitas de escarcha dentro de la cual se oía burbujear el gas. Bing pensó que nunca había visto una botella de aspecto tan apetecible.

Echó la cabeza hacia atrás y empezó a beber Coca-Cola a grandes tragos, uno, dos, tres. Cuando bajó la botella, estaba medio vacía. Inhaló profundamente y a continuación eructó, con un sonido intenso y basto, como si alguien estuviera haciendo jirones una sábana.

Se puso rojo de vergüenza, pero Manx se limitó a reír alegremente y dijo:

—Mejor echarlo fuera, es lo que siempre les digo a mis niños.

Bing se relajó y sonrió azorado. El eructo le había sabido mal, a Coca-Cola, pero también, cosa extraña, a aspirina.

Manx giró el volante y salieron a la carretera.

—Me ha estado vigilando —dijo Bing.

—Sí. Casi desde que leí tu carta. Me sorprendió bastante recibirla, he de decir. Hace mucho tiempo que no me llegan respuestas a aquel anuncio que puse en la revista. Pero tuve la corazonada, en cuanto leí tu carta, de que eras uno de los míos. Alguien que entendería desde el principio la importancia de mi trabajo. En fin, las corazonadas están bien, pero mejor todavía es saber. Christmasland es un sitio especial y mucha gente tendría reservas sobre la clase de trabajo que yo hago allí. Soy muy selectivo con las personas que contrato. Y da la casualidad de que estoy buscando a alguien que pueda ser mi nuevo encargado de seguridad. Necesito un *bsbsbsbs*...

A Bing le llevó cierto tiempo darse cuenta de que no había oído la última parte de lo que le decía Manx. El sonido de sus palabras se había perdido en el zumbido de los neumáticos sobre el asfalto. Estaban en la autopista, circulando entre abetos, bajo la sombra fresca y frondosa. Cuando Bing atisbó un pedazo de cielo rosado —el sol se había marchado sin que se hubiera dado cuenta y se acercaba el anochecer— vio la luna, blanca como un helado de limón, a la deriva en el cielo vacío.

—¿Qué ha dicho? —preguntó, obligándose a sentarse algo más recto y parpadeando varias veces. Era vagamente consciente de que corría el peligro de quedarse dormido. La Coca-Cola, con la cafeína, el azúcar y las refrescantes burbujas debería haberle espabilado, pero el efecto era justo el contrario. Dio un trago largo, pero los residuos del fondo de la botella le supieron amargos e hizo una mueca de desagrado.

—El mundo está lleno de gente estúpida y brutal, Bing —dijo Charlie —. ¿Y sabes qué es lo peor? Que algunos tienen niños. Algunos se emborrachan y pegan a sus pequeños. Les pegan y les insultan. Esa gente no debería tener hijos, es mi opinión. Si los pusieran en fila y les pegaran un tiro me parecería estupendo. Una bala en la cabeza a cada uno... o un clavo.

A Bing se le puso el estómago del revés. Se sentía repentinamente mareado, tanto que tuvo que apoyar una mano en el salpicadero para no caerse de lado.

—No recuerdo haberlo hecho —mintió con un susurro algo tembloroso—. Fue hace mucho tiempo —después añadió—: Daría cualquier cosa por que no hubiera pasado.

—¿Por qué? ¿Para darle la oportunidad a tu padre de matarte él a ti? Los periódicos decían que antes de que le dispararas te había dado tal paliza que tenías fracturado el cráneo. Decían que estabas cubierto de hematomas, ¡algunos de ellos de varios días de antigüedad! ¡Espero no tener que explicarte la diferencia entre homicidio y defensa propia!

—Pero es que también le hice daño a mi madre —susurró Bing—. En la cocina. Y no me había hecho nada.

Al señor Manx no pareció impresionarle demasiado aquello.

—¿Dónde estaba ella cuando tu padre te sacudía? Doy por hecho que no se interponía heroicamente entre tu padre y tú haciendo de escudo humano. ¿Por qué no llamó nunca a la policía? ¿Es que no encontraba el número en la guía de teléfonos? —Manx exhaló un suspiro prolongado—. Ojalá hubieras tenido a alguien, Bing. El fuego del infierno no es castigo suficiente para un hombre (o para una mujer) capaz de hacer daño a su hijo. Pero lo cierto es que a mí me interesa más la prevención que el castigo. ¡Habría sido mejor si no hubiera pasado nunca! Si tu hogar hubiera sido un lugar seguro. Si todos los días hubieran sido Navidad, Bing, en lugar de sufrimiento y dolor. Creo que los dos estamos de acuerdo en eso, ¿no?

Bing le miró con ojos confusos. Se sentía como si llevara días sin dormir y tenía que hacer verdaderos esfuerzos para no recostarse en el asiento de cuero y sumirse en la inconsciencia.

—Creo que me estoy durmiendo —dijo.

—No pasa nada, Bing —dijo Manx—. ¡La carretera a Christmasland está asfaltada de sueños!

De algún lugar caían brotes de flores blancas que surcaban fugaces el parabrisas. Bing los miró con una vaga sensación de placer. Se sentía caliente, bien y en paz, y le gustaba Charlie Manx. *El fuego del infierno no es castigo suficiente para un hombre (o para una mujer) capaz de hacer daño a su hijo.* Una afirmación de lo más acertada. Sonaba a certeza moral. Charlie Manx era un hombre que sabía lo que era eso.

—*Bsbsbs bsbsbs bsbsbs* —dijo Manx.

Bing asintió. Aquella afirmación también sonaba a certeza moral y sabia. Entonces señaló los brotes blancos que caían en el parabrisas.

—¡Está nevando!

—¡Ja! —dijo Manx—. Eso no es nieve. Cierra los ojos, Bing. Ciérralos y verás una cosa.

Bing obedeció.

No tuvo los ojos cerrados mucho tiempo, solo un instante. Pero era un instante que parecía durar y durar, prolongarse hasta una apacible eternidad, una oscuridad de manso sueño donde el único sonido era el de los neumáticos sobre el asfalto. Bing exhaló. Bing inhaló. Bing abrió los ojos y entonces se enderezó de un salto y miró por la ventana en dirección a

La carretera a Christmasland

Ｅ L DÍA SE HABÍA MARCHADO Y LOS FAROS DEL ESPECTRO TALADRABAN una oscuridad helada. Motas blancas atravesaban las luces a gran velocidad y se estrellaban suavemente en el parabrisas.

—¡Esto sí que es nieve! —exclamó Charlie Manx al volante.

Bing había pasado de la modorra a un estado de completa alerta en un momento, como si la consciencia fuera un interruptor y alguien lo hubiera pulsado. La sangre parecía agolpársele en el corazón. No habría estado más asombrado si se hubiera despertado y encontrado una granada en su regazo.

La mitad del cielo estaba asfixiada por nubes. Pero la otra mitad estaba bien espolvoreada de estrellas, y la luna flotaba entre ellas, aquella luna con nariz de gancho y boca ancha y sonriente. Miraba la carretera con una esquirla de ojo que asomaba desde debajo de un párpado entrecerrado.

Abetos deformes flanqueaban la carretera y Bing tuvo que mirarlos dos veces para darse cuenta de que no eran árboles, sino gomitas.

—Christmasland —murmuró.

—No —dijo Manx—. Todavía estamos muy lejos. Nos quedan por lo menos veinte horas de coche. Pero está ahí, al oeste. Y, una vez al año, Bing, llevo a alguien.

—¿A mí? —preguntó Bing con voz temblorosa.

—No, Bing —dijo Charlie con suavidad—. Este año no. Todos los niños son bien recibidos en Christmasland, pero con las personas mayores es distinto. Primero tienes que demostrar que te lo mereces. Tienes que demostrar tu amor por los niños y comprometerte a cuidar de ellos y servir a Christmasland.

Pasaron junto a un muñeco de nieve, que levantó un brazo hecho con un palito y saludó. Bing levantó despacio una mano y le devolvió el saludo.

—¿Cómo? —susurró.

—Tienes que ayudarme a salvar a diez niños, Bing. Tienes que salvarlos de los monstruos.

—¿Monstruos? ¿Qué monstruos?

—Sus padres —dijo Manx solemne.

Bing separó la cara del frío cristal del asiento del pasajero y se volvió a mirar a Manx. Al cerrar los ojos un segundo antes, el sol brillaba en el cielo y el señor Manx llevaba una camisa blanca sencilla y tirantes. Ahora sin embargo vestía un abrigo con faldones y una gorra oscura con visera de cuero negro. El abrigo tenía dos hileras de botones dorados y recordaba a la casaca de un oficial de un país extranjero, el teniente de una guardia real. Cuando Bing bajó la vista para mirarse, vio que también él llevaba ropas nuevas. El uniforme almidonado de la marina de su padre y botas negras y lustrosas.

—¿Estoy soñando? —preguntó.

—Te lo he dicho —dijo Manx—. La carretera a Christmasland está asfaltada de sueños. Este coche tiene la capacidad de abandonar el mundo de cada día e internarse en los caminos secretos del pensamiento. Dormir no es más que la rampa de salida. Cuando un pasajero se queda traspuesto, el Espectro se sale de la carretera en la que esté y coge la autovía de San Nicolás. Estamos compartiendo este sueño. Es *tu* sueño, Bing, pero conduzco yo. Ven, quiero enseñarte algo.

Mientras hablaba el coche se había ido deteniendo y acercándose a un lado de la carretera. La nieve crujía bajo las ruedas. Los faros iluminaron una silueta un poco más adelante, en la oscuridad. De lejos parecía una mujer con un vestido blanco. Estaba muy quieta y no parecía ver los faros del Espectro.

Manx se inclinó y abrió la guantera situada sobre las rodillas de Bing. Dentro había el desorden habitual de documentos y mapas. Bing también vio una linterna con un asa cromada y larga.

Un frasco de medicamentos naranja se cayó de la guantera y Bing lo cogió con una sola mano. Decía HANSOM, DEWEY —VALIUM 50 MG.

Manx cogió la linterna, se enderezó y abrió un resquicio de puerta.

—Desde aquí tenemos que ir andando.

Bing levantó el frasco.

—Esto... ¿me ha dado algo para dormirme, señor Manx?

Manx le guiñó un ojo.

—No me lo tengas en cuenta, Bing. Sabía que querrías llegar cuanto antes a la carretera de Christmasland y que no la verías hasta que no estuvieras dormido. Espero que no te hayas enfadado.

—Supongo que no —contestó Bing, y se encogió de hombros. Miró de nuevo el frasco—. ¿Quién es Dewey Hansom?

—Eras tú, Bing. Fue mi antes-de-Bing, un agente de cine en Los Ángeles especializado en niños actores. Me ayudó a salvar a diez niños y se ganó el derecho a ir a Christmasland. ¡Ay!, los niños de Christmasland adoraban a Dewey. ¡Se lo comían enterito! ¡Vamos!

Bing abrió su puerta y salió al aire silencioso y gélido. No hacía viento y la nieve caía en copos lentos que le besaban las mejillas. Para ser un hombre mayor (*¿Por qué sigo pensando que es mayor?*, se preguntó Bing. *Si no lo parece),* Charles Manx caminaba con agilidad, dando zancadas por el arcén y haciendo rechinar las botas al contacto con el asfalto. Bing corrió detrás de él abrazándose a sí mismo para no tiritar bajo el delgado uniforme.

No era una mujer con un vestido blanco, sino dos, las que flanqueaban una verja de hierro negra. Eran idénticas: damas esculpidas a partir de un mármol vidrioso. Ambas estaban inclinadas hacia delante con los brazos extendidos y sus vestidos vaporosos color hueso ondeaban a su espalda, desplegados como alas de ángel. Su belleza era serena, con los labios carnosos y la mirada ciega de las estatuas clásicas. Tenían los labios entreabiertos, de forma que parecían estar sofocando un grito y una mueca que sugería que estaban a punto de reír... o de llorar de dolor. Su escultor las había moldeado de manera que los pechos parecieran apenas contenidos por la tela de sus vestidos.

Manx cruzó la verja negra entre las dos damas. Bing vaciló, levantó la mano derecha y tocó uno de aquellos pechos suaves y fríos. Siempre había querido tocar un pecho que tuviera ese aspecto, un pecho firme y lleno, un pecho maternal.

La sonrisa de la dama de piedra se hizo más ancha y Bing retrocedió de un salto, mientras un grito le subía por la garganta.

—¡Venga, Bing! Hay que ponerse a trabajar. ¡No vas vestido para este frío! —gritó Manx.

Bing se disponía a dar un paso al frente cuando se detuvo a mirar el arco que coronaba la verja de hierro abierta.

CEMENTERIO DE LO QUE PODRÍA SER

Tan desconcertante declaración hizo fruncir el ceño a Bing, pero entonces el señor Manx le llamó de nuevo y apretó el paso.

Cuatro escalones de piedra ligeramente espolvoreados de nieve descendían hasta una superficie plana de hielo negro. El hielo estaba manchado por la nieve recién caída, pero esta no era espesa y bastaba una patada con la bota para dejarlo al descubierto. Bing no había dado más que dos pasos cuando vio una forma indefinida atrapada en el hielo, a pocos centímetros de la superficie. A primera vista parecía un plato llano.

Bing se agachó y miró a través del hielo. Manx, que iba solo unos pasos por delante, se volvió y proyectó su linterna hacia donde estaba mirando Bing.

El haz de la linterna iluminó una cara infantil atrapada en el hielo, el rostro de una niña con pecas en las mejillas y coletas en el pelo. Al verla Bing gritó y dio un paso atrás, tambaleándose.

Estaba tan pálida como las estatuas de mármol que guardaban la entrada al Cementerio de lo que Podría Ser, pero era de carne y no de piedra. Tenía la boca abierta en un grito silencioso y de los labios le salían unas pocas burbujas congeladas. Tenía las manos levantadas, como hacia Bing. En una llevaba una cuerda roja enrollada, que Bing identificó como una comba.

—¡Es una niña! —exclamó—. ¡Hay una niña muerta en el hielo!

—No está muerta, Bing —dijo Manx—. Todavía no. Y quizá no muera hasta dentro de muchos años.

Apartó la linterna y enfocó una cruz de piedra blanca que sobresalía del hielo.

Lily Carter
15 Fox Road
Sharpsville, PA
1980-¿?
Por su madre al pecado empujada,
¡lástima de infancia truncada!
¡Ay, si una segunda vida hubiera tenido,
en Christmasland podría haberla vivido!

Manx iluminó lo que Bing ahora identificó como un lago helado en el que había hileras de cruces, un cementerio del tamaño del de Arlington. La nieve bailaba alrededor de las lápidas, de los pedestales, del vacío. A la luz de la luna los copos de nieve parecían virutas de plata.

Bing miró de nuevo a la niña a sus pies. Esta le devolvió la mirada a través del hielo turbio... y parpadeó.

Bing gritó de nuevo y se alejó dando traspiés. La parte posterior de sus piernas chocó con otra cruz y le hizo dar media vuelta, antes de perder el equilibrio y caer a cuatro patas.

Escudriñó el hielo opaco. Manx enfocó con la linterna la cara de otro niño, un chico de ojos sensibles y pensativos bajo un flequillo pálido.

WILLIAM DELMAN
42B Mattison Avenue
Absbury Park, NJ
1981-¿?
Billy solo quería reír.
Pero su padre le abandonó
y su madre decidió huir.
Drogas, cuchillos, dolor padeció
¡ay, de haber tenido a quien recurrir!

Bing intentó ponerse de pie, hizo una pequeña pirueta y se cayó otra vez, un poco hacia la izquierda. El haz de la linterna de Manx reveló otra cara, la de una niña asiática agarrada a un oso de peluche con chaqueta de tweed.

SARAH CHO
1983-¿?
39 Fifth Street
Bangor, ME
Sarah está predestinada.
¡A los trece morirá ahorcada!
Y en cambio, ¡qué felicidad
si se marchara con Charles Manx!

Bing dejó escapar un graznido de terror. La niña, Sarah Cho, le miraba con la boca abierta en un grito silencioso. Había sido enterrada en el hielo con una cuerda de tender alrededor del cuello.

Manx lo cogió por un codo y lo ayudó a levantarse.

—Siento que hayas tenido que ver todo esto, Bing —dijo—. Me gustaría habértelo ahorrado. Pero necesitabas entender las razones por las que hago mi trabajo. Vamos al coche. Tengo un termo con cacao.

Ayudó a Bing a cruzar el hielo sujetándole fuerte del brazo para evitar que se cayera otra vez.

Se separaron delante del coche y Manx se dirigió hacia la puerta del conductor, pero Bing vaciló un instante, reparando por primera vez en el adorno del capó, la figura cromada de una señora sonriente con los brazos desplegados de manera que el vestido le ondeaba como si fueran unas alas. La reconoció al momento, era idéntica a los ángeles guardianes que custodiaban la entrada al cementerio.

Ya dentro del coche Manx buscó debajo de su asiento y sacó un termo plateado. Le quitó la tapa, la llenó de chocolate caliente y se la pasó a Bing. Este la cogió con las dos manos y se puso a sorber el líquido dulce y ardiente, mientras Manx giraba el coche y le alejaba del Cementerio de lo que Podría Ser. Volvieron por donde habían venido.

—Hábleme de Christmasland —dijo Bing con voz temblorosa.

—Es el mejor sitio que existe —dijo Manx—. Con permiso del señor Walt Disney, Christmasland es, de verdad, el lugar más feliz del mundo. Aunque, visto por otro lado, supongo que se podría decir que es el lugar más feliz de fuera de este mundo. En Christmasland todos los días son Navidad y los niños no conocen la infelicidad. No, los niños allí ni siquiera entienden el concepto de infelicidad. Solo hay diversión. Es como estar en el cielo, ¡solo que no están muertos! Viven eternamente, no dejan de ser niños y nunca tienen que luchar, sudar y humillarse como nosotros, los pobres adultos. Descubrí este lugar de verdadero ensueño hace muchos años y las primeras en vivir allí fueron mis propias hijas, que se salvaron así antes de ser destrozadas por la mujer lamentable y furiosa en que se convirtió su madre en sus últimos años.

»Es, de verdad, un sitio en el que lo imposible ocurre todos los días. Pero es un lugar para niños, no para adultos. Solo unas pocas personas mayores tienen permiso para vivir allí. Aquellas que han demostrado devoción a la causa. Solo aquellos que están dispuestos a sacrificarlo todo por el bienestar y la felicidad de los pequeñines. Gente como tú, Bing.

»Desearía de todo corazón que todos los niños del mundo pudieran llegar a Christmasland, donde conocerían una seguridad y una felicidad sin igual. ¡Eso sería una auténtica maravilla! Pero pocos adultos estarían dispuestos a consentir que sus hijos se marcharan con un hombre al que no conocen y a un sitio que no se puede visitar sin más. ¡Si hasta me tomarían por un despreciable secuestrador y un asaltacunas! Así que traigo solo uno o dos al año y siempre son niños que he visto en el Cementerio de lo que Podría Ser, niños buenos expuestos a sufrir a manos de sus padres. En tanto hombre que ha sufrido terriblemente de niño, ¡estoy convencido de saber lo importante que es ayudarles! El cementerio me muestra a los niños que, si yo no hago nada por impedirlo, se quedarán sin infancia por culpa de sus padres y madres. Les pegarán con cadenas, les darán comida para gatos, los venderán a pervertidos. Sus almas se convertirán en hielo y se volverán personas frías, sin sentimientos, que a su vez destruirán a otros niños. ¡Nosotros somos su única oportunidad, Bing! En los años que llevo de guardián de Christmasland he salvado a unos setenta niños y es mi más ferviente deseo salvar cien más antes de dar por concluida mi misión.

El coche circulaba a gran velocidad por la oscuridad fría y cavernosa. Bing movió los labios contando para sí.

—Setenta —murmuró—. Creía que rescataba usted un niño al año. Dos como máximo.

—Sí —dijo Manx—. Eso es.

—Pero entonces… ¿cuántos años tiene? —preguntó Bing.

Manx le sonrió de reojo dejando ver una boca llena de dientes marrones y afilados.

—Mi trabajo me mantiene joven. Termínate el cacao, Bing.

Bing dio un último sorbo caliente y azucarado y agitó lo que quedaba. Había un residuo amarillo lechoso en el fondo de la taza. Se preguntó si acaba de tragarse algo más del armario de las medicinas de Dewey Hansom, un nombre que sonaba a chiste o a personaje de un trabalenguas. Dewey Hanson, el ayudante de Manx antes-de-Bing, que había salvado a diez niños y ganado así su recompensa eterna en Christmasland. Si Charlie Manx había salvado a setenta, entonces ¿cuántos antes-de-Bing habría? ¿Siete? Qué suertudos.

Oyó un ruido, el estrépito, repiqueteo y gemido de un gran camión pesado que se acercaba por detrás. Se volvió para mirar mientras el ruido aumentaba a cada segundo, pero no vio nada.

—¿Oye eso? —preguntó sin ser consciente de que la taza vacía del termo se le había escurrido de sus manos repentinamente temblorosas—. ¿Oye cómo se acerca algo?

—Debe de ser la mañana —dijo Manx—. Está a punto de alcanzarnos. ¡No mires ahora, Bing, aquí llega!

El rugido del camión creció y creció y de repente los estaba adelantando por la izquierda de Bing. Este miró hacia la noche y vio el lateral de un enorme camión bastante cerca, a menos de un metro de distancia. Tenía un dibujo de un sol brillante y sonriente que salía de detrás de unas colinas. Los rayos del sol naciente iluminaban unas letras de medio metro de altura: EMPRESA DE REPARTOS AMANECER.

Durante un instante el camión oscureció la tierra y el cielo, y EMPRESA DE REPARTOS AMANECER llenó todo el campo visual de Bing. Después siguió traqueteante su camino, dejando una estela de polvo a su paso y entonces un cielo de mañana casi dolorosamente azul, sin nubes, sin límite, deslumbró a Bing, que parpadeó y vio

La campiña de Pensilvania

CHARLIE MANX CONDUJO EL ESPECTRO A UN LADO DE LA CARRETERA y puso punto muerto. Era una carretera rural, desigual y arenosa. En la cuneta había una maleza amarillenta que llegaba hasta el coche. Zumbido de insectos. Resplandor de sol bajo. No podían ser mucho más de las siete de la mañana, pero Bing ya notaba el intenso calor del día atravesando el parabrisas.

—¡Carajo! —dijo Bing—. ¿Qué ha pasado?

—Ha salido el sol —dijo Manx con tono amable.

—¿Me he dormido?

—Creo que en realidad has estado despierto. Quizá por primera vez en tu vida.

Manx sonrió y Bing se sonrojó y le devolvió una sonrisa insegura. No siempre entendía lo que le decía Charles Manx, pero eso hacía aún más fácil adorarle, venerarle.

Entre la hierba alta flotaban libélulas. Bing no reconocía dónde estaban. No era Sugarcreek. Algún camino vecinal en alguna parte. Cuando miró por la ventanilla distinguió en la brumosa luz dorada una casa de estilo colonial con contraventanas negras en una colina. En el sendero de tierra de la entrada, debajo de una falsa acacia, había una niña con un vestido estampado de flores carmesí tipo enagua que los miraba. En una mano tenía una comba, pero no estaba saltando, no la usaba, sino que se limitaba a observarlos como si estuviera algo desconcertada. Bing supuso que no había visto nunca un Rolls-Royce.

Guiñó los ojos y le devolvió la mirada, levantando una mano a modo de saludo. La niña no se lo devolvió, solo ladeó la cabeza mientras seguía estudiándolos. Las trencitas le caían hacia el hombro derecho y fue entonces cuando Bing la reconoció. La sorpresa le hizo saltar y se golpeó la rodilla con la parte inferior del salpicadero.

—¡Es la niña! —gritó—. ¡Es ella!

—¿Quién, Bing? —preguntó Manx con cierta complicidad en la voz.

Bing miró a la niña y la niña le miró a él. No habría estado más sorprendido de haber visto resucitar a un muerto. Aunque en cierto modo eso era lo que había visto.

—Lily Carter —recitó. Bing siempre había tenido buena memoria para los poemas—: Por su madre al pecado empujada. ¡Lástima de infancia truncada! ¡Ay, si una segunda vida hubiera tenido… —se calló cuando vio que la puerta del porche de la casa se abría unos centímetros y una mujer de aspecto delicado y bonita silueta, con un delantal manchado de harina, sacaba la cabeza.

—¡Lily! —gritó la mujer—. ¡Hace diez minutos que te he llamado a desayunar! ¡Entra ahora mismo!

Lily Carter no contestó, sino que empezó a retroceder despacio por el camino de entrada con ojos grandes y fascinados. No parecía asustada. Solo… interesada.

—Esa es la madre de Lily —dijo Manx—. He hecho una pequeña investigación de la pequeña Lily Carter y su madre. Esta trabaja de noche en un bar de carretera cerca de aquí. Y ya sabes lo que son las mujeres que trabajan en bares.

—¿El qué? —preguntó Bing.

—Putas —dijo Manx—. Casi todas. Al menos hasta que dejan de ser atractivas, y en el caso de la madre de Lily eso va a ocurrir pronto. Entonces me temo que dejará de ser puta para convertirse en alcahueta. En la de su hija. Alguien tiene que ganarse las lentejas y Evangeline Carter no tiene marido. Nunca ha estado casada. Probablemente ni siquiera sabe quién la dejó embarazada. Y sí, la pequeña Lily todavía es una niña, pero las niñas… Las niñas crecen mucho más deprisa que los niños. Pero, mírala, ¡si es toda una señorita! ¡Estoy seguro de que la madre sacará un buen pico a cambio de sacrificar su inocencia!

—¿Cómo lo sabe? —murmuró Bing—. ¿Cómo puede saber que todo eso va a pasar? ¿Está usted…? ¿Está usted seguro?

Charlie Manx levantó una ceja.

—Solo hay una forma de averiguarlo. Hacernos a un lado y dejar a Lily al cuidado de su madre. Quizá deberíamos echarle un vistazo dentro de unos años, para ver cuánto nos cobra su madre por una hora con ella. ¡Quizá nos haga un precio especial dos por uno!

Lily había llegado ya al porche.

Desde dentro de la casa su madre volvió a gritar con voz desabrida y enfadada. A Bing le sonó a voz de borracha con resaca. Una voz áspera e ignorante.

—¡Lily, entra ahora mismo o le doy los huevos al perro!

—Zorra —musitó Bing.

—Estoy de acuerdo, Bing —dijo Manx—. Cuando la hija se venga conmigo a Christmasland tendremos que ocuparnos también de la madre. En realidad lo ideal sería que madre e hija desparecieran juntas. Prefiero no llevarme a la señora Carter a Christmasland, pero igual tú sabes qué hacer con ella. Aunque solo se me ocurre una cosa para la que puede servir. En cualquier caso, no es asunto mío. Sencillamente tiene que desaparecer. Y, si piensas en lo que le hará a su hija algún día si nadie interviene… ¡pues no seré yo quien llore por ella!

El corazón de Bing le latía veloz y liviano dentro del pecho. Tenía la boca seca. Buscó a tientas el pestillo de la puerta.

Charlie Manx le sujetó por el brazo igual que había hecho cuando cruzaban el hielo en el Cementerio de lo que Podría Ser.

—¿Adónde vas, Bing? —preguntó.

Bing le dirigió una mirada feroz.

—¿A qué esperamos? Vamos a entrar. Vamos ahora mismo a salvar a esa niña.

—No —dijo Charlie—. Ahora no. Hacen falta preparativos. Pero llegará nuestro momento, muy pronto.

Bing le miró con asombro…. y cierto grado de veneración.

—Ah —dijo Manx— y otra cosa, Bing. Las madres pueden armar mucho escándalo si creen que les van a quitar a sus hijas, aunque sean malas madres, como la señora Carter.

Bing asintió.

—¿Crees que podrías conseguirnos algo de sevoflurano del trabajo? Y coge también la pistola y la máscara antigás. Nos vendrán bien.

LA BIBLIOTECARIA
1991

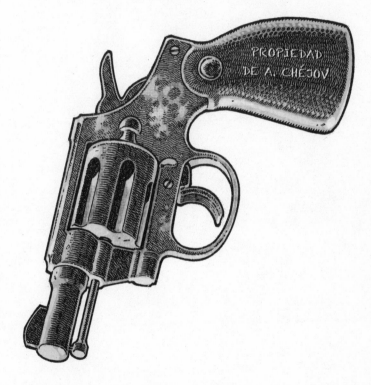

Haverhill, Massachusetts

Su MADRE LE HABÍA DICHO: *NI SE TE OCURRA SALIR ANDANDO POR esa puerta,* pero Vic no andaba, sino que corría, y además luchando por contener las lágrimas al mismo tiempo. Antes de salir oyó a su padre decirle a Linda: *Déjala en paz, bastante mal se siente ya,* lo que, en lugar de mejorar las cosas, las había empeorado. Cogió la bicicleta por el manubrio y corrió con ella y, al llegar al fondo del jardín, se subió y pedaleó hacia la sombra fresca y aromática del bosque de Pittman Street.

No pensaba en adónde iba. Sencillamente su cuerpo lo sabía y guiaba a la Raleigh cuesta abajo, por la inclinada pendiente de la colina hasta llegar al camino de tierra en que terminaba a casi cincuenta kilómetros por hora.

Fue hasta el río. El río estaba allí. Lo mismo que el puente.

Esta vez lo que se había perdido era una fotografía, una instantánea arrugada de un niño regordete con sombrero vaquero dando la mano a una mujer joven con un vestido de lunares. La mujer usaba la mano libre para sujetar el vestido contra los muslos; el viento soplaba tratando de levantarle la falda. Era la misma brisa que le había despeinado unas pocas mechas de pelo claro que ahora cubrían sus facciones arrogantes, adustas, casi bonitas. El niño apuntaba a la cámara con una pistola de juguete. Aquel pequeño pistolero de ojos desconcertados era Christopher McQueen a la edad de siete años. La mujer era su madre que, para cuando se tomó la fotografía, ya se estaba muriendo de un cáncer ovárico que acabaría con su vida a la venerable edad de treinta y tres años. La fotografía era el único recuerdo que su padre conservaba de ella y cuando Vic quiso llevársela al colegio para usarla en un trabajo de clase de dibujo, Linda se había mostrado contraria. Sin embargo Chris McQueen se había impuesto. Había dicho: *Oye, quiero que Vic la dibuje. Es lo más cerca de ella que podrá estar nunca. Eso sí, no la pierdas, Mocosa, porque no quiero olvidarme nunca de cómo era.*

A sus trece años Vic era la estrella de la clase de dibujo de séptimo curso con el señor Ellis. Este había elegido su acuarela, *Puente cubierto*, para la exposición anual del colegio en el ayuntamiento, donde era la única pintura de séptimo curso en una selección de cuadros de octavo que iban de malos a malísimo (Los malos eran innumerables dibujos de frutas contrahechas en cuencos deformes; el malísimo era un retrato de un unicornio saltando con un arco iris que le salía del culo como una flatulencia en tecnicolor). Cuando la *Haverhill Gazette* publicó un reportaje sobre la exposición, ¿qué cuadro eligieron para ilustrarlo? Desde luego no el del unicornio. Cuando *Puente cubierto* regresó a casa, el padre de Vic se gastó dinero en un marco de madera de pino y lo colgó en la pared donde antes había estado el póster de Vic de *El coche fantástico*. Vic se había deshecho de Hasselhoff años atrás. Era un imbécil, y el Pontiac Trans Am, una mierda sobre ruedas que perdía aceite. No le echaba de menos.

El último trabajo del curso consistía en «dibujar del natural» y se había pedido a los alumnos que usaran de modelo una fotografía que fuera especial para ellos. El padre de Vic tenía sitio encima del escritorio de su estudio para un cuadro y a Vic le hacía mucha ilusión que pudiera levantar la vista y ver a su madre, a color.

El cuadro ya estaba terminado, lo había llevado a casa el día anterior, el último de colegio, después de que Vic vaciara su taquilla. Y si bien aquella acuarela no era tan buena como *Puente cubierto*, Vic pensaba que sí captaba algo de la mujer de la fotografía, con esas caderas huesudas que se adivinaban debajo del vestido y una sonrisa entre temerosa y ensimismada. Su padre la había contemplado largo rato y pareció al mismo tiempo complacido y un poco triste. Cuando Vic le preguntó si le gustaba se limitó a decir:

—Sonríes igual que ella, Mocosa. Nunca me había dado cuenta.

El cuadro había vuelto a casa, pero la fotografía no. Vic no fue consciente de que no la tenía hasta que su madre empezó a preguntar por ella el viernes por la tarde. Lo primero que pensó fue que estaría en su mochila, en la habitación. Para cuando llegó la noche, sin embargo, había llegado a la angustiosa conclusión de que no la tenía y de que además no sabía cuándo la había visto por última vez. Para el sábado por la mañana —primer y maravilloso día de vacaciones— la madre de Vic había llegado a la misma conclusión, deduciendo que la fotografía había desaparecido para siempre y, en un estado rayano en la histeria, había dicho que era mucho más importante que una mierda de dibujo del instituto. Fue entonces cuando Vic se puso en marcha, tenía que irse, salir, pues temía que, de quedarse, también ella se pondría un poco histérica, una emoción que no podía sentir.

Le dolía el pecho como si llevara horas y no minutos montando en bicicleta, y le faltaba el aliento, como si estuviera subiendo una cuesta y no circulando sobre terreno llano. Pero cuando vio el puente sintió algo parecido a la paz. No, era mejor que la paz. Notaba cómo toda su mente consciente se desconectaba, se escindía del resto de su persona y dejaba que el cuerpo y la bicicleta hicieran todo el trabajo. Siempre le ocurría así. Había cruzado el puente casi una docena de veces en cinco años, y siempre era más una sensación que una experiencia. No era algo que hiciera, era algo que sentía: la conciencia difusa de estar deslizándose, un sensación lejana de ruido estático, parecida a la de estar adormeciéndose, dejándose envolver por el sueño.

Para cuando las ruedas empezaron a repiquetear sobre los tablones de madera, ya estaba escribiendo mentalmente la historia *verdadera* de cómo había encontrado la fotografía. El último día de clase se la había enseñado a su amiga Willa. Luego se habían puesto a hablar de otras cosas y Vic había tenido que salir corriendo para no perder el autobús. Ya se había marchado cuando Willa se dio cuenta de que seguía teniendo la fotografía, así que la guardó para devolvérsela. Cuando Vic llegara a casa después de montar en bicicleta tendría la fotografía en la mano y una historia que contar. Su padre la abrazaría y le diría que no había estado preocupado en ningún momento, y su madre pondría cara de tener ganas de escupir. Vic no habría sabido decir cuál de las dos reacciones esperaba con más ilusión.

Solo que esta vez sería distinto. Esta vez, cuando volviera, habría una persona a la que no conseguiría convencer cuando contara su historia verdadera-pero-en-realidad-no sobre dónde había estado la foto. Y esa persona era la propia Vic.

Salió por el otro extremo del túnel y enfiló el pasillo ancho y oscuro de la segunda planta del instituto. No eran ni las nueve de la mañana del primer día de vacaciones de verano, así que el espacio en penumbra, con eco y tan vacío, daba un poco de miedo. Vic tocó el freno y la bicicleta gimió con estridencia hasta detenerse.

Tuvo que darse la vuelta. No pudo resistir la tentación de hacerlo. Nadie en su lugar habría podido.

El Puente del Atajo atravesaba la pared de ladrillo del instituto y se adentraba tres metros en el pasillo, tan ancho como este. ¿Habría también una parte fuera, colgando sobre el aparcamiento? Vic no lo creía, pero no podía asomarse por una ventana para comprobarlo sin entrar en una de las aulas. La hiedra bloqueaba la entrada del puente con sus ramas verdes que colgaban flácidas.

La visión del Puente del Atajo le hizo sentirse ligeramente indispuesta y por un momento el pasillo del centro se hinchó a su alrededor, igual que una gota de agua cayendo de una ramita. Se sentía débil, sabía que si no se movía rápido empezaría a pensar y *pensar* no era bueno. Una cosa era fantasear con viajes al otro lado de un puente largo tiempo desaparecido cuando tenía ocho o nueve años y otra hacerlo a los trece. A los nueve era como soñar despierta. A los trece era engañarse a sí misma.

Sabía que iba al instituto (el nombre estaba escrito en pintura verde al otro lado del puente), pero había supuesto que saldría en la primera planta, cerca del aula de pintura del señor Ellis. En lugar de ello había aterrizado en la segunda, a unos cuatro metros de su taquilla. La había vaciado el día anterior mientras charlaba con los amigos. Habían sido muchas las distracciones y el ruido —gritos, risas, niños que pasaban corriendo—, pero a pesar de ello había revisado con cuidado la taquilla antes de cerrarla por última vez y estaba segura, bastante segura, de haberla vaciado. Pero el puente la había llevado allí y el puente no se equivocaba nunca.

No hay ningún puente, pensó. Willa tenía la fotografía. *Iba a devolvérmela en cuanto me viera.*

Apoyó la bicicleta contra las taquillas y miró dentro de la suya, por las paredes beis y el suelo oxidado. Nada. Palpó la estantería superior, a quince centímetros sobre su cabeza. Tampoco allí había nada.

Se le estaba revolviendo el estómago, tal era la preocupación que sentía. Quería encontrar la foto, salir de allí para poder empezar cuanto antes a olvidarse del puente. Pero si la fotografía no estaba en la taquilla, entonces no sabía dónde buscar. Se disponía a cerrar la puerta cuando se detuvo, se puso de puntillas y pasó la mano de nuevo por la estantería superior. Incluso entonces estuvo a punto de no tocarla. De alguna manera una esquina de la fotografía se había colado por la parte de atrás del estante, así que estaba vertical, pegada a la pared del fondo de la taquilla. Vic tuvo que meter la mano y alargar el brazo todo lo que era capaz para tocarla.

La empujó con las uñas, moviéndola de un lado a otro hasta que se soltó. Se apoyó de nuevo sobre los talones, ruborizándose de alegría.

—¡Sí! —dijo y cerró la taquilla de un golpe.

El conserje, el señor Eugley, estaba en la mitad del pasillo, con la trapeador metida dentro del gran cubo amarillo con ruedas y paseando la vista de Vic a la bicicleta de Vic y de esta al Puente del Atajo.

El señor Eugley era un viejo encorvado que, con sus gafas de montura dorada y sus pajaritas, tenía más aspecto de profesor que la mayoría del personal docente. También trabajaba ayudando a los escolares a cruzar la calle y el día antes de las vacaciones de Semana Santa siempre tenía preparadas bolsitas de gomitas para los niños que pasaban a su lado. Se rumoreaba que el señor Eugley había aceptado aquel trabajo para estar rodeado de niños, porque los suyos habían muerto en un incendio doméstico años atrás. Por desgracia los rumores eran ciertos, solo que pasaban por alto el detalle de que había sido el señor Eugley quien provocó el incendio al quedarse dormido con un pitillo encendido en la mano después de una borrachera. Ahora en lugar de hijos tenía a Jesús y en vez del bar, las reuniones de Alcohólicos Anónimos. Estando en la cárcel había abrazado la religión y la sobriedad.

Vic le miró y el señor Eugley le devolvió la mirada mientras abría y cerraba la boca como una carpa. Le temblaban violentamente las piernas.

—Tú eres la niña McQueen —dijo con un fuerte acento de Maine que no pronunciaba las erres. Respiraba con dificultad, como si estuvieran estrangulándolo—. ¿Qué es eso de la pared? Por Dios, ¿es que me estoy volviendo loco? Parece el Puente del Atajo, que no había visto desde hace siete años.

Tosió, una vez y otra más. Era un sonido húmedo, extraño y ahogado que tenía algo de espeluznante. El sonido de un hombre sometido a una gran tensión física.

¿Cuántos años tendría? Vic pensó: *Noventa.* Se equivocaba en casi veinte años, pero setenta y uno seguían siendo bastantes para un ataque al corazón.

—No pasa nada —dijo—. No… —empezó a decir, pero no sabía cómo continuar. ¿No qué? ¿No grite? ¿No se muera?

—Ay, Dios mío —dijo el señor Eugley—. Ay, Dios mío— solo que pronunciaba «Dios» como si fueran dos sílabas: *di-os.* La mano derecha le tembló con furia cuando la levantó para taparse los ojos. Empezó a mover los labios—. Di-os. El Señor es mi pastor, nada me falta…

—Señor Eugley —Vic lo intentó de nuevo.

—*¡Vete!* —gritó este—. ¡Vete y llévate tu puente! ¡Esto no está pasando! ¡No estás aquí!

Seguía tapándose los ojos con la mano. Empezó a mover de nuevo los labios. Vic no le oía, pero por cómo los ponía adivinaba las palabras que decía. *En verdes praderas me hace recostar; me conduce hacia fuentes tranquilas.*

Vic dio la vuelta a la bicicleta. Pasó un pie por encima y empezó a pedalear. También a ella le fallaban un poco las piernas, pero en un momento estuvo sobre el puente y deslizándose hacia la siseante oscuridad y el olor a murciélago.

Miró atrás una vez, cuando estaba a medio camino. El señor Eugley seguía allí, con la cabeza gacha y rezando, una mano sobre los ojos y la otra sujetando el trapeador pegado al cuerpo.

Vic siguió pedaleando, con la fotografía en una mano sudorosa, hasta salir del puente, y se internó en las sombras cambiantes y juguetonas del bosque de Pittman Street. Supo, antes siquiera de darse la vuelta para mirar —lo supo por la risa musical del río más abajo y por el elegante balanceo de los pinos en la brisa— que el Puente del Atajo había desaparecido.

Siguió adelante y se adentró en el primer día de verano mientras el pulso le latía de forma extraña. Durante todo el viaje de vuelta la acompañó una aprensión que hacía que le dolieran hasta los huesos.

Casa de los McQueen

VIC SALÍA DE CASA DOS DÍAS MÁS TARDE PARA IR EN BICICLETA A la de Willa —su última oportunidad de ver a su MAPS o "mejor amiga para siempre" antes de marcharse con sus padres a pasar seis semanas en el lago Winnipesaukee— cuando oyó a su madre en la cocina diciendo algo sobre el señor Eugley. El sonido de su nombre le infundió una sensación inmediata y casi paralizante de debilidad y casi necesitó sentarse. Había pasado todo el fin de semana haciendo verdaderos esfuerzos por no pensar en el señor Eugley, algo que no le había resultado difícil porque había estado toda la noche del sábado con una migraña tan fuerte que le daba ganas de vomitar. El dolor había sido especialmente intenso detrás del ojo izquierdo. Como si le fuera a estallar.

Subió los escalones de entrada y se quedó fuera de la cocina escuchando a su madre hablar de tonterías con una de sus amigas, Vic no estaba segura de cuál. Estuvo casi cinco minutos escuchando a escondidas la conversación telefónica de su madre, pero esta no volvió a mencionar al señor Eugley por su nombre. Dijo: *No me digas* y *pobre hombre*, pero sin decir su nombre.

Por fin la escuchó colgar el teléfono. Siguió un tintineo y ruido de platos en el fregadero.

Vic no quería saberlo. Le daba miedo saberlo y al mismo tiempo no podía evitar preguntar. Era así de sencillo.

—¿Mamá? —preguntó asomando la cabeza por la puerta—. ¿Has dicho algo del señor Eugley?

—¿Eh? —preguntó Linda. Se inclinó sobre la tarja dándole la espalda a Vic. Las cazuelas entrechocaron. Una burbuja de jabón solitaria tembló y estalló—. Ah, sí. Ha vuelto a la bebida. Le encontraron anoche delante del colegio gritando como un loco. Llevaba sobrio treinta años. Desde que… bueno, desde que decidió que ya no quería ser un borracho. Pobre hombre. Dottie Evans me ha contado que esta mañana estaba en la iglesia llorando como un niño pequeño y diciendo que va a dejar el trabajo. Que no puede volver. Supongo que le da vergüenza.

Linda miró a Vic y frunció el ceño con preocupación.

—¿Estás bien, Vicki? Sigues sin tener buena cara. Igual deberías quedarte en casa esta mañana.

—No —dijo Vic con voz rara y hueca, como salida de una caja—. Quiero salir. Que me dé el aire —dudó un momento y dijo—: Espero que no deje el trabajo. Es muy agradable.

—Sí. Y os quiere mucho a los niños. Pero la gente se hace mayor, Vic, y necesita cuidados. Las partes se van desgastando. El cuerpo y también la mente.

Pasar por el bosque le desviaba de su camino —había una ruta más directa a casa de Willa atravesando Bradbury Park—, pero en cuanto Vic se montó en la bicicleta decidió que necesitaba dar una vuelta, pensar un rato antes de ver a nadie.

Parte de ella sentía que era mala idea permitirse pensar en lo que había hecho, en lo que era capaz de hacer, en ese don insólito y desconcertante que solo ella tenía. Pero la caja de los truenos estaba destapada y le iba a llevar un tiempo volver a cerrarla. Había soñado despierta con un agujero en el mundo y conducido a través de él en su bicicleta, lo que era una locura. Porque solo un loco pensaría que algo así era posible, salvo por que el señor Eugley la había visto. El señor Eugley había visto lo ocurrido y algo se le había roto por dentro. Algo que le había hecho perder la sobriedad y tener miedo a volver al colegio, donde había trabajado durante más de una década.

Un lugar en el que había sido feliz. El señor Eugley —el pobre, viejo y hecho polvo señor Eugley— era la prueba de que el Atajo era real.

Pero Vic no quería pruebas. Lo que quería era no saber nada.

Y, a falta de eso, deseaba que hubiera alguien con quien pudiera hablar, que le dijera que no pasaba nada, que no estaba loca. Necesitaba encontrar a alguien que pudiera explicarle, hacer comprensible un puente que solo existía cuando lo necesitaba y que la llevaba siempre adonde necesitaba ir.

Empezó a bajar por la colina y entró en una bolsa de aire fresco que soplaba a ráfagas.

No quería solo eso. También quería encontrar el puente, verlo otra vez. Tenía la cabeza clara y se sentía segura de sí misma, anclada en el momento presente. Era consciente de cada salto y cada sacudida mientras la Raleigh traqueteaba sobre raíces y piedras. Conocía la diferencia entre fantasía y realidad, la tenía presente en sus pensamientos y creía que cuando llegara al camino de tierra el Puente del Atajo no estaría…

Pero sí estaba.

—No eres real —le dijo al puente, emulando inconscientemente al señor Eugley—. Te caíste al río cuando yo tenía ocho años.

El puente se obstinó en seguir donde estaba.

Detuvo la bicicleta y lo miró desde la seguridad que daban los seis metros de distancia. El río Merrimack se agitaba debajo.

—Ayúdame a encontrar a alguien que pueda decirme que no estoy loca —le dijo. A continuación apoyó los pies en los pedales y se dirigió hacia él.

Cuando se acercaba a la entrada vio las letras de siempre en pintura verde de espray en la pared a su izquierda.

AQUÍ →

Qué indicación más rara, pensó. ¿No estaba ya allí, es decir, *aquí*?

Todas las otras veces que había cruzado el Atajo lo había hecho en una suerte de trance, pedaleando de forma automática y sin pensar, como si fuera una prolongación del mecanismo de la bicicleta, lo mismo que las marchas o la cadena.

Esta vez se obligó a ir despacio y a mirar a su alrededor, aunque lo único que quería era salir del puente en cuanto estuvo dentro de él. Combatió el poderoso impulso de darse prisa, de pedalear como si el puente fuera a desplomarse a su espalda. Quería retener los detalles. Estaba medio convencida de que si miraba de verdad al Puente del Atajo, si lo miraba con detenimiento, se disolvería a su alrededor.

Y entonces ¿qué? ¿Qué sería de ella si el puente desaparecía de pronto? Daba igual. El puente persistía, por muy fijamente que lo mirara. La madera estaba vieja, gastada y astillada. Una capa de polvo recubría los clavos de las paredes. Notaba los tablones ceder bajo el peso de la bicicleta. No era posible hacer desparecer el puente con la imaginación.

Como siempre, oía la electricidad estática. Notaba su rugido atronador hasta en los dientes. La veía, veía la tormenta de ruido blanco a través de las grietas de las paredes combadas.

No se atrevía a frenar, a bajarse de la bicicleta y tocar las paredes, a caminar por el puente. Pensaba que si se bajaba de la bicicleta no volvería a subirse. Una parte de ella sentía que la existencia del puente dependía por completo de seguir adelante y no pensar demasiado.

El puente se dobló, se estiró y se dobló de nuevo. De entre las vigas salió polvo. ¿Había visto una paloma revolotear por allí una vez?

Levantó la cabeza para mirar y vio que el techo estaba alfombrado de murciélagos con las alas cerradas alrededor de las protuberancias pequeñas y nudosas de sus cuerpos. Estaban en movimiento constante y sutil, contoneándose, cambiando las alas de posición. Unos cuantos volvieron la cara para mirar a Vic con ojos miopes.

Eran todos idénticos y todos tenían la cara de Vic. Eran rostros retraídos, arrugados y rosáceos, pero Vic se reconoció en ellos. Eran ella a excepción de los ojos, que brillaban encarnados como gotas de sangre. Al verlos notó una fina aguja plateada de dolor atravesarle el globo ocular izquierdo hasta el cerebro. Oía sus gritos agudos, estridentes y subsónicos por encima del siseo y los chasquidos de la corriente de ruido blanco.

Era insoportable. Quería gritar, pero sabía que si lo hacía los murciélagos dejarían el tejado, la rodearían y eso sería su fin. Cerró los ojos y concentró todas sus fuerzas en pedalear hasta el otro extremo del puente. Algo temblaba violentamente. No sabía si era el puente, la bicicleta o ella misma.

Como iba con los ojos cerrados no supo que había llegado a la salida hasta que notó que la rueda delantera tocaba el bordillo. Notó una explosión de calor y luz —seguía sin mirar adónde iba— y oyó un grito. *¡Cuidado!* Abrió los ojos en el preciso instante en que la bicicleta chocaba contra el bordillo de una acera de cemento en

Aquí, Iowa

Y SE CAYÓ, RASPÁNDOSE LA RODILLA DERECHA.
Vic se tumbó de espaldas sujetándose la pierna.

—Au —dijo—. Au *au* **AU** au.

La voz subía y bajaba distintas octavas como un músico practicando escalas.

—¡Carambolas! ¿Estás bien? —Una voz salía de alguna parte de la deslumbrante luz del sol de mediodía—. Deberías tener más cuidado y no pegar esos saltos.

Vic guiñó los ojos y acertó a ver a una joven flacucha no mucho mayor que ella —tendría unos veinte años— con un sombrero flexible puesto de manera que dejaba ver un pelo morado fosforescente. Llevaba un collar hecho de anillas de latas de cerveza y aretes de fichas de Scrabble; tenía los pies embutidos en unas All Star abotinadas, sin cordones. Se parecía a Sam Spade, si Sam Spade hubiera sido una chica y tuviera una tocada de fin de semana como telonero para un grupo *ska*.

—Estoy bien. Solo me he hecho un raspón —dijo Vic, pero la chica ya no la escuchaba y miraba atentamente el Atajo.

—Siempre he querido que hubiera un puente aquí —dijo la chica—. No podía haber caído en un sitio mejor.

Vic se incorporó sobre los codos y miró el puente, que ahora se extendía sobre un torrente ruidoso y ancho de aguas marrones. Aquel río era casi tan ancho como el Merrimack, aunque las orillas eran

más bajas. Hileras apretadas de abetos y robles centenarios poblaban
los márgenes del agua, que discurría a menos de medio metro debajo
de un terraplén arenoso y precario.

—¿Eso es lo que ha hecho? ¿El puente ha caído? ¿Así de repente?
¿Del cielo?

La chica continuaba mirándolo. Tenía una de esas formas de mirar
imperturbables y apáticas que Vic asociaba con el hachís y con los
aficionados a la música de Phish.

—Mmm, no. Ha sido más bien como ver revelarse una polaroid.
¿Has visto alguna vez una polaroid revelándose?

Vic asintió pensando en cómo el recuadro marrón químico pali-
decía lentamente y los detalles iban encontrando su sitio, los colores
cobraban intensidad y los objetos adquirían su forma.

—Pues tu puente se ha «revelado» donde había un par de robles.
Adiós, robles.

—Creo que tus robles volverán cuando me vaya —dijo Vic, aunque,
ahora que lo pensaba, debía admitir que no tenía ni idea de si eso era
así. Tenía la sensación de que sí, pero no podía dar fe de ello—. No
pareces demasiado sorprendida de que mi puente haya aparecido
salido de ninguna parte.

Se acordaba del señor Eugley, de cómo había temblado y se había
tapado los ojos y le había gritado que se fuera.

—Estaba pendiente de ti. No sabía que fueras a hacer una entrada tan alucinante, pero sí sabía que —Y sin previo aviso la chica
con sombrero dejó de hablar a mitad de la frase. Abrió los labios para
pronunciar la siguiente palabra, pero esta no salía y puso cara de esfuerzo, como si intentara levantar algo pesado, un piano o un coche.
Los ojos le sobresalían. Las mejillas se le encarnaron. Se obligó a
expulsar el aire y después siguió hablando tan abruptamente como
había parado— t-t-tal vez no podías llegar como las personas normales. Perdona, soy t-t-tartamuda.

—¿Estabas pendiente de mí?

La chica asintió pero miraba de nuevo el puente. Con voz lenta y
somnolienta dijo:

—Tu puente... no llegará hasta el otro lado del río Cedar, ¿no?

—No.

—Entonces, ¿adónde va?

—Haverhill.

—¿Eso está aquí, en Iowa?

—No, en Massachusetts.

—Pues sí que vienes de lejos, chica. Estás en el cinturón del maíz, donde todo es plano, excepto las damas.

Por un momento Vic estuvo segura de que la expresión de la chica había sido lasciva.

—Perdona, pero... ¿te importa que volvamos a la parte de que estabas pendiente de mí?

—Pues claro, hija. ¡Llevo meses esperándot-t-te! Ya pensaba que no venías. Eres la Mocosa, ¿no?

Vic abrió la boca pero no le salían las palabras.

Su silencio era respuesta suficiente y su sorpresa claramente agradó a la otra chica, que sonrió y se metió un mechón de pelo fluorescente detrás de la oreja. Con su nariz respingona y orejas algo puntiagudas tenía cierto aire de elfo. Aunque quizá eso fuera un efecto del paisaje. Estaban en una colina verde, a la sombra de robles frondosos, entre el río y un edificio de gran tamaño que desde detrás parecía una catedral o una universidad, una fortaleza de cemento y granito con torres blancas y estrechas ranuras a modo de ventanas, perfectas para disparar flechas.

—Pensé que serías un chico. Estaba esperando uno de esos niños que odian la lechuga y se meten el dedo en la nariz. ¿Te gusta la lechuga?

—No me vuelve loca.

La chica cerró sus diminutos puños y los agitó por encima de su cabeza.

—¡Lo sabía! —Luego bajó los puños y frunció el ceño—. ¿Te metes mucho el dedo en la nariz?

—Límpiate el moco, y no harás poco —dijo Vic—. ¿Lo decís en Iowa también esto?

—¡Pues claro!

—Pero ¿en qué parte?

—¡Aquí! —dijo la chica del sombrero.

—Bueno ya —empezó a decir Vic, ya un poco molesta—. Ya lo sé, pero quiero decir, aquí ¿dónde?

—En Aquí, Iowa. Es el nombre del pueblo. Ahora mismo estás en la carretera que llega desde la bella localidad de Cedar Rapids a la biblioteca pública de Aquí. Y ya sabes por qué has venido. Estás hecha un lío con lo de tu puente y quieres entender lo que pasa. Pues chica, ¡es tu día de suerte! —Dio una palmada—. ¡Ya tienes bibliotecaria! Te puedo ayudar a entender lo que necesitas y, de paso, recomendarte algún buen libro de poesía. Es mi trabajo.

La biblioteca

LA CHICA SE RETIRÓ EL SOMBRERO CON EL DEDO PULGAR Y DIJO:
—Soy Margaret. Como en el libro: *¿Estás ahí, Dios? Soy yo, Margaret*, solo que odio que la gente me llame así.

—¿Margaret?

—No. Dios, ya tengo el ego bastante grande —sonrió—. Soy Margaret Leigh. Llámame Maggie. Si entramos para ponerte una b-b-bandita y que te tomes un té, ¿crees que el puente se quedará donde está?

—Pues creo que sí.

—Vale, genial. Espero que tu puente no se largue. Estoy segura de que podemos mandarte de vuelta a casa sin él —podríamos recaudar fondos o algo así— pero igual es mejor que vuelvas como has venido. Para que no tengas que explicarles a tus padres cómo terminaste en Iowa. Aunque bueno, ¡t-t-tampoco estaría mal que te quedaras un tiempo! Tengo una cama en Poesía Romántica. Algunas noches duermo allí. Pero te la podrías quedar tú y yo me acoplaría con mi tío en su remolque, al menos hasta que consiguiéramos el dinero para tu boleto de autobús.

—¿Poesía Romántica?

—Estanterías 821 punto 2 a la 821 punto 6. Se supone que no me puedo quedar a dormir en la bibliot-t-teca, pero la señora Howard me deja si es solo de vez en cuando. Le doy pena porque soy huérfana y un poco rara. No pasa nada, me da igual. La gente piensa que dar pena es una cosa horrible, pero yo me digo: ¡Oye! ¡Duermo en una biblioteca y puedo pasarme la noche leyendo! ¿Qué sería de mí si no diera pena? Soy t-t-totalmente adicta a dar pena.

Cogió a Vic del brazo y la ayudó a levantarse. Después se agachó, recogió la bicicleta y la apoyó contra un banco.

—No hace falta que le pongas el candado. No creo que en este pueblo haya nadie lo bastante imaginat-t-tivo como para robar algo.

Vic la siguió por el camino a través de una zona de parque arbolado, hasta la parte trasera del gran templo de piedra de los libros. La biblioteca había sido construida en la ladera de la colina, de manera que era posible entrar por una gran puerta de hierro en lo que Vic dedujo debía de ser un sótano. Maggie giró la llave que colgaba de la cerradura, empujó la puerta hacia dentro y Vic no dudó en entrar. Ni por un momento se le ocurrió desconfiar de Maggie, preguntarse si aquella chica mayor que ella no la estaría llevando a un oscuro sótano con gruesas paredes de piedra donde nadie la oiría gritar. Instintivamente comprendía que una chica que lleva fichas de Scrabble a modo de aretes y se llama a sí misma adicta a dar pena no suponía una amenaza especial. Además, Vic había estado buscando a alguien que le dijera si estaba loca, no a alguien que estuviera loco. No había motivo para tener miedo de Maggie, a no ser que decidiera que el Atajo podía engañarla deliberadamente, y eso era algo que, de alguna manera, no podía creer.

La habitación al otro lado de la puerta estaba varios grados más fría que el parque de fuera. Vic olió la enorme bóveda llena de libros antes de verla, porque sus ojos necesitaron tiempo para acostumbrarse a la oscuridad cavernaria. Aspiró profundamente el aroma a ficción decadente, a historia desintegrándose y a versos olvidados, y por primera vez reparó en que una habitación llena de libros huele a postre, un tentempié dulce hecho de higos, vainilla, pegamento e inteligencia. La puerta de hierro se cerró a sus espaldas y era tan pesada que hizo un fuerte ruido al chocar contra el marco. Maggie dijo:

—Si los libros fueran chicas y leer fuera coger, est-t-te sería el mayor burdel del país y yo sería la madame más despiadada del mundo. Les daría sus nalgadas a las chicas y las mandaría a atender a los clientes lo más rápido y con la mayor frecuencia que pudiera.

Vic rio y después se llevó una mano a la boca, al recordar que los bibliotecarios no soportan el ruido.

Maggie la condujo por el laberinto en penumbra de las estanterías, por estrechos pasillos con altas paredes forradas de libros.

—Si alguna vez tienes que salir corriendo —dijo Maggie—, por ejemplo, si te persiguiera la policía, recuerda: Mantente siempre a la derecha y sigue bajando las escaleras. Es la salida más rápida.

—¿Crees que voy a tener que salir corriendo de la biblioteca pública de Aquí?

—Hoy no —dijo Maggie—. ¿Cómo te llamas? ¿Tienes que tener algún nombre aparte de Mocosa?

—Victoria. Vic. La única persona que me llama Mocosa es mi padre. Es una broma suya. ¿Cómo es que te sabes mi apodo pero no mi nombre? ¿Y qué querías decir con eso de que me estabas esperando? ¿Cómo podías estar esperándome? Yo ni siquiera sabía que venía aquí hasta hace diez minutos.

—Bueno, enseguida te lo explico. Déjame que t-t-te cure primero la herida y después jugamos a las preguntas y respuestas.

—Creo que las respuestas son más importantes que mi rodilla —dijo Vic. Vaciló un momento y después, con una timidez que le resultaba desconocida, añadió—: Asusté a alguien con mi puente. A un señor mayor muy amable, en donde vivo. Puede que le haya arruinado la vida.

Maggie la miró con ojos que brillaban en la oscuridad de las estanterías. Estuvo un rato observándola con cuidado y después dijo:

—Eso que has dicho no es nada propio de una mocosa. No sé si ese apodo t-t-tuyo te pega mucho. —Las comisuras de su boca esbozaron la más pequeña de las sonrisas—. Si le has hecho daño a alguien, dudo que fuera adrede. Y también dudo que sea un daño irreparable. La gente tiene cerebros de lo más flexibles. Enseguida se reponen. Venga. Banditas y té. Y respuestas. Está todo por aquí.

Salieron de la zona de estanterías a una sala abierta y fresca con suelo de piedra, una especie de oficina destartalada. Parecía, pensó Vic, el despacho de un detective privado de una película en blanco y negro, y no de una bibliotecaria con pelo punk. Tenía los cinco elementos básicos de la base de operaciones de un detective privado: una mesa metálica gris, un calendario atrasado de fotos de modelos, un perchero, un lavabo con manchas de óxido y un revólver del calibre 38 en el centro de la mesa sujetando unos papeles. También había un acuario, muy grande, encajado en un hueco de un metro y medio de largo en una de las paredes.

Maggie se quitó el sombrero gris flexible y lo colgó del perchero. En la suave luz del acuario su pelo morado metálico brillaba como mil filamentos de neón encendidos. Mientras Maggie llenaba de agua una tetera eléctrica, Vic fue hasta el escritorio para inspeccionar el revólver, que resultó ser un pisapapeles de bronce con una inscripción en la lisa empuñadura: PROPIEDAD DE A. CHÉJOV.

Maggie volvió con banditas y le hizo un gesto a Vic para que se sentara en una esquina de la mesa. Esta obedeció y apoyó los pies en la gastada silla de madera. El acto de doblar las rodillas le devolvió la sensación de dolor y, con ella, una molesta e intensa punzada en el globo ocular izquierdo. Era como si tuviera el ojo atrapado entre las pinzas de acero de un cirujano y este las estuviera apretando. Se lo frotó con la palma de la mano. Maggie aplicó un paño frío y húmedo a la rodilla de Vic para lavar la tierra de la herida. En algún momento se había encendido un cigarrillo y el humo era dulce y agradable; trabajó en la rodilla de Vic con la silenciosa eficacia de un mecánico comprobando el nivel de aceite de un motor.

Vic examinó con detenimiento la enorme pecera encastrada en la pared. Tenía el tamaño de un ataúd. Un pez koi solitario, con largos bigotes que le daban aspecto de sabio, flotaba apático. Vic tuvo que mirar dos veces antes de identificar visualmente lo que constituía el fondo del acuario. No era un lecho de rocas, sino un revoltijo de fichas de Scrabble, cientos de ellas, pero solo tres letras: P E Z.

A través de la distorsión ondulante y tintada de verde de la pecera podía ver lo que había al otro lado: una biblioteca infantil con suelo de alfombra. Cerca de una docena de niños y sus madres formaban un semicírculo irregular alrededor de una mujer vestida con una pulcra falda de tweed, sentada en una silla demasiado pequeña para ella y que sostenía un libro-pizarrón de manera que los niños pudieran ver los dibujos. Les estaba leyendo, aunque Vic no podía oírla a través de la pared de piedra, por encima del borboteo del motor de aire de la pecera.

—Has llegado justo a tiempo para el Cuentacuentos —dijo Maggie—. Es la mejor hora del día. La única que me int-t-teresa.

—Me gusta tu acuario.

—Limpiarlo es una putada —dijo Maggie y Vic tuvo que apretar los labios para no estallar en carcajadas.

Maggie sonrió y se le dibujaron dos hoyuelos en las mejillas. Era, con sus mejillas regordetas y sus ojos brillantes, más o menos adorable. Un David El Gnomo en versión punk-rock.

—Las fichas de Scrabble las puse yo. Me chifla ese juego. Y ahora, dos veces al mes tengo que sacarlas y lavarlas en la pila. Es un verdadero grano en el culo, peor que un cáncer rectal. ¿Te gusta el Scrabble?

Vic miró de nuevo los aretes de Maggie y por primera vez se dio cuenta de que uno era la letra F y la otra la U.

—Nunca he jugado. Pero me gustan tus aretes —dijo—. ¿No te traen problemas?

—Que va. Nadie se fija tan de cerca en una bibliotecaria. A la gente le da miedo quedarse ciega por el resplandor de tanta sabiduría comprimida. Para que lo sepas: tengo veinte años y estoy entre los cinco mejores jugadores de Scrabble de todo el estado. Supongo que eso dice más de Iowa que de mí. —Cubrió la herida de Vic con una bandita—. Así está mejor.

Apagó el cigarrillo en una lata medio llena de tierra y se fue a hacer el té. Regresó un momento después con dos tazas desporti-

lladas. Una decía: BIBLIOTECAS, MENUDO CHISSSTE y la otra: NO ME
OBLIGUES A PONER MI TONO DE BIBLIOTECARIA. Cuando Vic cogió
su taza Maggie se agachó y alargó un brazo para abrir el cajón. Era
la clase de cajón en el que un detective privado guardaría su botella
de whisky barato. Maggie sacó una bolsita vieja y morada de falso
terciopelo con la palabra SCRABBLE estampada en letras doradas des-
vaídas.

—Me has preguntado cómo supe de ti. Cómo sabía que ibas a
venir. S-S-S…

Las mejillas se le enrojecieron por el esfuerzo.

—¿Scrabble? ¿Tiene algo que ver con el Scrabble? —preguntó Vic.
Maggie asintió.

—Gracias por terminar la frase. Muchas personas tartamudas lo
odian, que la gente les termine las frases. Pero, como ya te he dicho,
yo soy adicta a dar lástima.

Vic notó que se ponía colorada, aunque no había sarcasmo en el
tono de Maggie y de alguna forma eso empeoraba las cosas.

—Perdón.

Maggie hizo como si no la oyera. Se sentó en una silla de respaldo recto junto a la mesa.

—Cruzaste el puente en tu bicicleta —dijo Maggie—. ¿Podrías
llegar al puente cubierto sin ella?

Vic negó con la cabeza.

Maggie asintió.

—Claro que no. Usas la bicicleta para soñar despierta con el
puente y hacerlo real. Y luego usas el puente para encontrar cosas,
¿no? Cosas que necesitas, supongo. Y, da igual lo lejos que estén, s-
s-siempre las encuentras al f-f-final del puente, ¿no?

—Sí. Eso es. Lo que pasa es que no sé por qué puedo hacer eso,
o *cómo* lo hago, y a veces tengo la impresión de que todos mis viajes
cruzando el puente son imaginarios. A veces creo que me estoy volviendo loca.

—No estás loca, ¡eres creativa! Eres muy creat-t-tiva. Yo también. Tú tienes tu bicicleta y yo mis fichas con letras. Cuando tenía

III

doce años vi un juego de S-S-Scrabble de segunda mano en un mercadillo, costaba un dólar. El tablero estaba montado y alguien había formado ya la primera palabra. Cuando lo vi, supe que tenía que ser mío. Habría pagado lo que fuera y, de no haber estado en venta, lo habría cogido y habría salido corriendo. La primera vez que estuve cerca de aquel tablero fue como si la realidad se estremeciera. Un tren eléctrico se encendió solo y empezó a circular por sus vías. Calle abajo, la alarma de un coche saltó. En el garaje había un televisor encendido y cuando vi el S-S-Scrabble se volvió loco. Empezó a emitir ruido blanc-c-c...

—Ruido blanco —dijo Vic, olvidando la promesa que acababa de hacerse a sí misma de no terminar ninguna de las frases de Maggie por mucho que esta tartamudeara.

A Maggie no pareció importarle.

—Sí —dijo.

—A mí me pasa algo parecido —dijo Vic— cuando estoy cruzando el puente. Oigo ruido blanco todo el rato.

Maggie asintió, como si aquella fuera la cosa más normal del mundo.

—Hace unos minutos se quemaron los fusibles. Nos quedamos sin luz en toda la biblioteca. Por eso supe que estabas cerca. En realidad tu puente es un cortocircuito, igual que mis fichas. Tú encuentras cosas y mis fichas me deletrean cosas. Me dijeron que venía la Mocosa por un puente. Llevan meses hablando de ti como locas.

—¿Me lo enseñas? —pidió Vic.

—Creo que debo. Me parece que en parte estás aquí para eso. Igual mis fichas tienen algo que deletrearte.

Deshizo el nudo, metió la mano en la bolsa y sacó algunas fichas que desparramó sobre la mesa.

Vic se volvió para mirarlas, pero no eran más que un montón desordenado de letras.

—¿Dicen algo?

—Todavía no. —Maggie se inclinó sobre las letras y empezó a separarlas con el dedo meñique.

—Pero ¿van a decir algo?

Maggie asintió.

—¿Porque son mágicas?

—No creo que tengan nada de mágicas. Con cualquier otra persona no funcionarían. Simplemente son mi cuchillo. Algo que puedo usar para abrir un agujero en la realidad. Creo que t-t-tiene que ser una cosa que te guste mucho. A mí siempre me han encantado las palabras y el Scrabble me permite jugar con ellas. Ponme en un torneo de Scrabble y estate segura de que alguien va a salir con la cola entre las piernas.

Para entonces había dispuesto las letras de manera que decían: LA MOCOSA PODRÍA CANTAR EN SOL O RE P T C R.

—¿Qué significa p-t-c-r? —preguntó Vic girando la cabeza para leer las fichas de arriba abajo.

—Ni idea, todavía no lo he descifrado —dijo Maggie frunciendo el ceño y moviendo de nuevo las fichas.

Vic dio un sorbo de té. Estaba caliente y dulce, pero en cuanto lo hubo tragado notó el pinchazo de sudor frío en la ceja. Los fórceps imaginarios que le apretaban el ojo izquierdo se tensaron un poco más.

—Todos vivimos en dos mundos —dijo Maggie en tono distraído mientras estudiaba las letras—. Está el mundo real, con todos sus hechos y reglas, una lata. En el mundo real hay cosas que son verdad y otras que no lo son. La mayor parte del t-t-tiempo el mundo real es un asco. Pero todos vivimos también en el mundo que tenemos en la cabeza. Un *paisaje interior*, un mundo hecho de pensamientos. En un mundo hecho de pensamientos —en un paisaje interior— cada idea es un hecho. Las emociones son tan reales como la gravedad. Los sueños son tan poderosos como la historia. Las personas creativas, los escritores como Henry Rollins, por ejemplo, pasan mucho tiempo en su mundo de pensamient-t-tos. Los muy creativos, sin embargo, pueden usar un cuchillo para cortar las costuras que unen los dos mundos, pueden juntarlos. Tu bicicleta. Mis fichas. Esos son nuestros cuchillos.

Inclinó la cabeza una vez más y cambió las fichas de sitio con decisión. Ahora decían: LA MOCOSA ADORA AL RARO NENE RICO.

—No conozco a ningún rico —dijo Vic.

—También eres un poco joven para tener un nene —dijo Maggie—. Qué difícil. Ojalá tuviera otra *es-s-s...*

—Entonces mi puente es imaginario.

—No cuando vas en la bicicleta. Entonces es real. Es un paisaje interior llevado al mundo normal.

—Pero tu bolsa de fichas de Scrabble no es más que una bolsa. En realidad no es como mi bicicleta. No hace nada que sea obviamente imposible.

Pero mientras Vic hablaba Maggie cogió la bolsa, desató el cordón y metió la mano. Las fichas entrechocaron, tintinearon y chasquearon como si hubiera muchísimas. A la mano le siguieron la muñeca, el codo y el resto del brazo. La bolsa tenía quizá una profundidad de quince centímetros, pero al instante el brazo de Maggie desapareció dentro de ella hasta el hombro, sin que el falso terciopelo se abultara siquiera. Vic la oyó escarbar más y más profundo, entre lo que sonaba como miles de fichas.

—¡Vaya! —gritó Vic.

Al otro lado del acuario, la bibliotecaria que estaba leyendo cuentos a los niños miró a su alrededor.

—En realidad es un agujero inmenso —dijo Maggie. Ahora era como si el brazo izquierdo se le hubiera separado del hombro y el miembro amputado llevara, por alguna razón, una bolsa de fichas de Scrabble a modo de remate—. Estoy buscando en mi paisaje interior, no en una bolsa, a ver si encuentro las fichas que necesito. Cuando digo que tu bicicleta o mis fichas son un cuchillo para rajar la realidad no estoy hablando en sentido metafórico.

La presión espantosa en el ojo de Vic aumentó.

—¿Puedes sacar el brazo de la bolsa, por favor? —preguntó.

Con la mano que tenía libre, Maggie tiró del saquito rosa y el brazo reapareció. Dejó la bolsa en la mesa y Vic oyó las fichas tintinear.

—Sí, es bastante grimoso —dijo Maggie.

—¿Cómo lo haces? —preguntó Vic.

Maggie inspiró profundamente, casi suspiró.

—¿Cómo es que hay gente que habla doce idiomas? ¿Cómo consigue hacer Pelé su famosa chilena? Te toca y te toca, supongo. Poquísima gente tiene el atractivo, el talento y la suerte suficientes para ser una est-t-trella de cine. Poquísima gente sabía tanto de palabras como el poeta Gerard Manley Hopkins. ¡Sabía lo que eran los paisajes interiores! Él fue quien se inventó la palabra. Algunas personas son est-t-trellas del cine, otras estrellas del fútbol y t-t-tú eres supercreativa. Es un poco raro, pero también lo es nacer con ojos de distinto color. Y no somos las únicas. Hay más personas como nosotras, yo las he conocido. Y las fichas me han llevado a ellas. —Maggie se inclinó de nuevo hacia las letras y empezó a moverlas de un lado a otro—. Por ejemplo, una vez conocí a una chica que tenía una silla de ruedas, preciosa, antigua, con ruedas blancas. La usaba para desaparecer. Lo único que tenía que hacer era moverla hacia atrás, hacia lo que llamaba el Callejón Torcido. Ese era su paisaje interior. Podía entrar en su silla de ruedas en aquel callejón y abandonar la exist-t-tencia, pero seguir viendo lo que ocurría en nuestro mundo. No hay civilización sobre la tierra que no tenga historias sobre gente como tú y como yo, gente que usa tótems para darle la vuelta a la realidad. Los indios navajo...

Pero su voz bajaba de volumen, se apagaba.

Vic vio que la cara de Maggie adquiría una expresión de triste discernimiento. Miraba fijamente las fichas. Vic se inclinó hacia delante y las miró también. Le dio tiempo justo a leerlas antes de que la mano de Maggie las apartara con gesto rápido.

LA MOCOSA PODRÍA ENCONTRAR AL ESPECTRO.

—¿Qué significa? ¿Qué es el Espectro?

Maggie le dirigió una mirada de ojos brillantes que transmitía miedo y culpabilidad a partes iguales.

—Carambolas —dijo.

—¿Es algo que has perdido?

—No.

—Pero algo que quieres que encuentre. ¿Qué es? Te puedo ayudar si...

—No. No, Vic. Quiero que me prometas que no vas a ir a buscarle.

—¿Es un hombre?

—Es un problema. El peor que puedas imaginar. ¿Cuántos años tienes? ¿Doce?

—Trece.

—Vale. Así que t-t-t —se quedó atascada, incapaz de seguir. Tomó aire profunda y nerviosamente, sacó el labio inferior y se lo mordió con tal fiereza que casi hizo gritar a Vic. Exhaló y siguió hablando sin rastro de tartamudeo— tienes que prometérmelo.

—Pero ¿por qué tu bolsa de Scrabble iba a querer que supieras que yo puedo encontrarle? ¿Por qué iba a decir una cosa así?

Maggie negó con la cabeza.

—No funciona así. Las fichas no quieren nada, lo mismo que el cuchillo tampoco quiere nada. Puedo usar las fichas para llegar hasta hechos que están fuera de alcance, igual que se usa un abrecartas para abrir el correo. Y esto... esto es como recibir una carta bomba.

Maggie se chupó el labio inferior y se pasó la lengua una y otra vez por la superficie.

—Pero ¿por qué no debo buscarle? Tú misma has dicho que estoy aquí para que tus fichas me dijeran algo. ¿Por qué iban a hablar de este tal Espectro si luego no tengo que ir a buscarle?

Pero antes de que Maggie pudiera responder, Vic se inclinó hacia delante y se apretó el ojo izquierdo con la mano. No pudo evitarlo y soltó un leve gemido de dolor.

—Tienes muy mala cara. ¿Qué pasa?

—El ojo. Se me pone fatal cada vez que cruzo el puente. Igual es porque llevo aquí un rato ya sentada contigo. Normalmente mis viajes son rápidos.

Entre su ojo y el labio de Maggie aquella conversación estaba resultando de lo más dolorosa para ambas.

Maggie dijo:

—La chica de la que te he hablado, la de la silla de ruedas, ¿te acuerdas? Cuando empezó a usarla estaba sana. Era de su abuela y sencillamente le gustaba jugar con ella. Pero si se quedaba demasiado rato en el Callejón Torcido se le dormían las piernas. Para cuando la conocí estaba paralizada de cintura para abajo. Usar estas cosas tiene un precio, que lo sepas. Mantener el puent-t-te en su sitio te está costando algo ahora mismo. Deberías usarlo solo muy de cuando en cuando.

Vic dijo:

—¿Qué te cuesta a ti usar las fichas?

—Te voy a contar un secreto. ¡No siempre he sido t-t-tartamuda!

Y sonrió de nuevo con la boca ensangrentada. Vic tardó unos instantes en darse cuenta de que esta vez el tartamudeo de Maggie había sido fingido.

—Venga —dijo esta—. Tienes que volver ya. Como sigamos aquí mucho tiempo te va a explotar la cabeza.

—Será mejor que me cuentes lo del Espectro, o se te van desparramar los sesos por la mesa. No pienso irme hasta que me lo cuentes.

Maggie abrió el cajón, metió dentro la bolsa del Scrabble y después lo cerró con innecesaria violencia. Cuando volvió a hablar por primera vez no había en su voz rastro alguno de cordialidad.

—No hables como una… —Dudó, bien porque no encontraba la palabra adecuada o porque no le salía.

—¿…mocosa? —preguntó Vic—. ¿A que ya empieza a cuadrarme el apodo?

Maggie exhaló despacio con las aletas de la nariz hinchadas.

—No estoy de broma, Vic. El Espectro es alguien de quien debes mantenerte alejada. No todos los que podemos hacer estas cosas somos gente buena. No sé gran cosa del Espectro, salvo que es un tipo viejo con un coche viejo. Y que el coche es su cuchillo. Pero es que el cuchillo lo usa para degollar. Se lleva a niños a dar una vuelta y les hace algo. Los utiliza (como si fuera un vampiro) para seguir con vida. Los lleva a su paisaje interior particular, un sitio malo que soñó una vez, y los deja allí. Cuando salen del coche ya no son niños. Ni siquiera son humanos ya, sino criat-t-turas que solo podrían vivir en ese lugar frío que es la imaginación de Espectro.

—Y todo eso ¿cómo lo sabes?

—Por las fichas. Empezaron a hablarme del Espectro hace un par de años, después de que secuestrara a un niño en Los Ángeles. Entonces trabajaba en la Costa Oeste, pero las cosas cambiaron y empezó a centrarse en el este. ¿Viste la not-t-ticia sobre aquella niñita rusa que desapareció en Boston? ¿Hace solo unas semanas? ¿La qué se esfumó junto a su madre?

Vic la había visto. Donde ella vivía no se había hablado de otra cosa durante varios días y su madre había visto cada reportaje televisivo sobre el caso con una suerte de fascinación horrorizada. La niña desaparecida era de la edad de Vic, tenía el pelo oscuro y era delgada, con una sonrisa tímida, pero bonita. Una monada. *¿Crees que estará muerta?*, le había preguntado la madre de Vic a su marido, y este había contestado: *Más le vale*.

—La niña Gregorski —dijo Vic.

—Sí. Un conductor de limusina fue a su hotel a recogerla, pero alguien lo dejó inconsciente y se llevó a Marta Gregorski y a su madre. Era él. El Espectro. Vampirizó a la niña y después la tiró donde tira a todos los otros niños que ha usado, en ese mundo imaginario suyo. Un paisaje interior que nadie querría visitar. Como tu puente, solo que más grande. Mucho más grande.

—¿Y qué pasó con la madre? ¿También la vampirizó?

—No creo que pueda alimentarse de adultos. Solo de niños. T-t-tiene a alguien que trabaja para él, una especie de Renfield que le ayuda con los secuestros y se ocupa de los adultos. ¿Sabes quién es Renfield?

—¿El sicario de Drácula o algo así?

—Más o menos. Sé que el Espectro es muy viejo y que ha tenido unos cuantos Renfield. Les cuenta mentiras, les llena la cabeza de patrañas, lo mismo hasta los convence de que son unos héroes en lugar de secuestradores. Así es como le resultan más útiles. De esa manera, cuando se descubren sus crímenes puede echarle la culpa a los cretinos que ha reclutado como ayudantes. Lleva mucho tiempo llevándose niños y se le da muy bien esconderse. He averiguado muchos detalles de él, pero nada que me ayude a identificarlo.

—¿Por qué no puedes preguntarle a las fichas cómo se llama?

Maggie parpadeó y luego dijo con un tono mezcla de tristeza y algo de perplejidad:

—Son las reglas. En el S-s-scrabble no sirven los nombres propios. Por eso las letras me dijeron que venía la Mocosa, no Vic.

—Y si yo lo encuentro, descubro cómo se llama y qué aspecto tiene —dijo Vic—, ¿podríamos detenerle?

Maggie dio una palmada en el escritorio, tan fuerte que las tazas de té saltaron. Tenía ojos furiosos... y asustados.

—¡Pero bueno, Vic! ¿Es que no me estás escuchando? ¡Si le encontraras podrías morir y entonces sería culpa mía! ¿Crees que quiero tener ese peso sobre mi conciencia?

—Pero ¿y qué pasa con todos esos niños que va a secuestrar si no hacemos nada? ¿No sería como mandarlos a la...? —Vic dejó que su voz se apagara al ver la cara de Maggie.

Las facciones de esta revelaban dolor y malestar. Pero alargó un brazo, sacó un pañuelo de papel de una caja y se lo ofreció a Vic.

—El ojo izquierdo —dijo sosteniendo el pañuelo humedecido—. Estás llorando. Venga, Vic, tienes que volver. Ahora.

Vic no protestó cuando Maggie la cogió de la mano y la condujo fuera de la biblioteca y por el camino bajo la sombra de los robles.

Un colibrí bebía néctar de los bulbos transparentes que colgaban de uno de los árboles mientras agitaba las alas como pequeños motores. Las libélulas volaban llevadas por corrientes térmicas, sus alas brillantes como el oro en el sol del Medio Oeste.

La Raleigh estaba donde la habían dejado, apoyada contra un banco. Más allá había una carretera de asfalto de un solo carril que rodeaba la parte trasera de la biblioteca y luego estaba la ribera alfombrada de hierba del río. Y el puente.

Vic hizo ademán de coger el manubrio, pero antes de que le diera tiempo Maggie la sujetó por la muñeca.

—¿Crees que es buena idea que entres ahí? ¿Tal y como te encuentras?

—Hasta ahora nunca me ha pasado nada malo—dijo Vic.

—Tienes una manera de explicar las cosas que no es nada t-t-tranquilizadora. ¿Estamos de acuerdo entonces en lo del Espectro? Eres demasiado pequeña para andar por ahí buscándolo.

—Vale —dijo Vic, enderezando la bicicleta y subiéndose a ella—. Soy demasiado pequeña.

Pero mientras lo decía pensaba en la Raleigh y en la primera vez que la había visto. El dependiente había dicho que era demasiado grande para ella, había dicho que quizá cuando fuera un poco mayor. Y luego, tres semanas más tarde, por su cumpleaños, allí estaba, a la puerta de su casa. *Bueno,* había dicho su padre, *ya eres mayor ¿no?*

—¿Cómo podré saber si has cruzado el puente? —dijo Maggie.

—Siempre lo consigo —dijo Vic.

El sol era una cabeza de alfiler que se clavaba en su ojo izquierdo. El mundo se volvió borroso. Por un momento Maggie Leigh se duplicó y cuando volvió a ser una le estaba tendiendo a Vic una hoja de papel doblada en cuatro.

—Toma —dijo—. Todo lo que no me ha dado tiempo a contarte sobre los paisajes interiores y lo que se puede o no hacer está explicado aquí por un experto en la materia.

Vic asintió y se guardó el papel en el bolsillo.

—¡Ah! —la llamó Maggie. Se tiró del lóbulo de una oreja, después del otro y deslizó algo en la mano de Vic.

—¿Qué son? —dijo Vic mirando las fichas de Scrabble en la palma de su mano.

—Un escudo —dijo Maggie—. Y también la guía breve de una t-t-tartamuda sobre cómo enfrentarse al mundo. La próxima vez que alguien te decepcione, póntelos. Te sentirás más fuerte. Garantía de Maggie Leigh.

—Gracias, Maggie. Por todo.

—Para eso est-t-tamos. Una fuente de sabiduría, esa soy yo. Vuelve a que te rocíe con ella cuando quieras.

Vic asintió de nuevo, no se sentía capaz de decir nada más. El sonido de su propia voz amenazaba con hacerle añicos la cabeza, como una bombilla bajo un zapato de tacón de aguja. Así que en lugar de ello le apretó la mano a Maggie y esta hizo lo mismo con ella.

Luego se inclinó hacia delante, puso los pies en los pedales y enfiló la oscuridad y la mortífera electricidad estática.

Haverhill, Massachusetts

LO SIGUIENTE DE LO QUE FUE CONSCIENTE FUE DE ESTAR SUBIENDO la colina atravesando el bosque de Pittman con el estómago dolorido y la cara febril. A empellones y con las piernas flojas, salió de los árboles y entró en el jardín de su casa.

No veía nada con el ojo izquierdo. Era como si se lo hubieran sacado con un cucharón. Tenía uno de los lados de la cara pegajoso. Como si el ojo le hubiera explotado como una uva y estuviera resbalando por la mejilla.

Se tropezó con uno de los columpios y lo apartó con un golpe que hizo tintinear las oxidadas cadenas.

Su padre había sacado la Harley al camino de entrada y le estaba sacando brillo con una gamuza. Cuando escuchó el entrechocar de los columpios levantó la vista, dejó caer la gamuza y abrió la boca como si fuera a gritar, conmocionado.

—Puta madre —dijo—. Vic, ¿estás bien? ¿Qué ha pasado?

—Ha sido en la bicicleta —dijo. Tenía la sensación de que eso lo explicaba todo.

—¿Y dónde está la bicicleta? —preguntó su padre y miró detrás de ella, por si estuviera tirada en el jardín.

Fue entonces cuando Vic se dio cuenta de que no iba empujándola. No sabía lo que había sido de ella. Recordaba haber chocado contra la pared del puente, a mitad de camino, y caerse de la bicicleta, recordaba los murciélagos chillando en la oscuridad y volando hacia ella, asestándole golpecitos suaves y afelpados. Empezó a temblar violentamente.

—Me han tirado —dijo.

—¿Cómo tirado? ¿Te ha atropellado un coche? —Chris la cogió en brazos—. Por Dios bendito, Vic, tienes sangre por todas partes. ¡Lin!

Entonces fue lo mismo que otras veces, su padre que la levantaba y la llevaba hasta su habitación, su madre que acudía corriendo y salía a toda prisa a buscar agua y Tylenol.

Solo que aquella no fue como las otras veces, porque Vic estuvo delirando veinticuatro horas, y llegó a tener hasta treinta y nueve grados de fiebre. David Hasselhoff no hacía más que entrar en la habitación, con monedas en lugar de ojos y las manos enfundadas en guantes de cuero negro. Le cogía una pierna e intentaba arrastrarla fuera de la casa, a su coche, que no era Kitt, para nada. Vic se resistía. Gritaba, peleaba y le pegaba y entonces David Hasselhoff le hablaba con la voz de su padre y le decía que no pasaba nada, que tratara de dormir, que estuviera tranquila, que la quería. Pero tenía la cara lívida de odio y el motor del coche estaba en marcha y Vic sabía que era el Espectro.

Otras veces era consciente de haber gritado pidiendo su Raleigh. «¿Dónde está mi bicicleta?», chillaba mientras alguien la sujetaba por los hombros. «¿Dónde está? *La necesito*. ¡La necesito! ¡Sin la bici no puedo *encontrarle!*». Y alguien la besaba en la cara e intentaba tranquilizarla. Alguien lloraba. Alguien que se parecía horriblemente a su madre.

Mojó la cama. Varias veces.

Al segundo día fue hasta el jardín delantero desnuda y estuvo allí cinco minutos deambulando, buscando su bicicleta hasta que el señor De Zoet, el anciano que vivía al otro lado de la calle, la vio y corrió hasta ella con una manta. La envolvió y la metió en brazos en casa. Había pasado mucho tiempo desde que Vic cruzara a la casa del señor De Zoet para ayudarle a pintar soldados diminutos y escuchar sus viejos discos, y en los años transcurridos había empezado a considerarle un viejo gruñón nazi y metomentodo que una vez llamó a la policía cuando sus padres, Chris y Linda, estaban discutiendo en voz alta. Ahora sin embargo recordó que le caía bien, que le gustaba su olor a café recién hecho y su curioso acento austriaco. Una vez le había dicho que se le daba bien dibujar. Le había dicho que podría llegar a ser artista.

—Los murciélagos andan revueltos —le dijo al señor De Zoet en tono confidencial mientras este la dejaba con su madre—. Pobrecillos. Creo que algunos se han salido del puente y ahora no saben volver.

Durante el día dormía y por la noche permanecía despierta con el corazón latiéndole demasiado deprisa, asustada de cosas que no entendía. Si un coche pasaba delante de la casa y la luz de sus faros recorría el techo a veces tenía que meterse un puño en la boca para no gritar. El ruido de una portezuela cerrándose le resultaba tan pavoroso como un disparo.

La tercera noche salió de un estado de semiinconsciencia al oír a sus padres hablar en la habitación contigua.

—Cuando le diga que no la he encontrado se va a quedar destrozada. Le encantaba esa bicicleta —dijo su padre.

—Pues yo me alegro de que ya no la tenga —dijo su madre—. Lo único bueno que va a salir de todo esto es que ya no volverá a montarla.

Su padre dejó escapar una risa áspera.

—Qué bonito.

—Pero ¿tú te acuerdas de las cosas que decía de la bicicleta el día que volvió? ¿Lo de montarla para encontrar la muerte? Creo que eso es lo que estaba haciendo mentalmente, cuando estaba tan enferma. Marcharse en la bicicleta para huir de nosotros y llegar al... yo qué sé. Al cielo. Al más allá. Casi me muero del susto, Chris. No quiero volver a ver ese trasto en la vida.

Su padre estuvo callado un momento y luego dijo:

—Sigo pensando que deberíamos haber denunciado un atropello.

—Esa fiebre tan alta no es de un atropello.

—Entonces es que ya estaba mala. Dices que la noche anterior se acostó pronto. Que estaba pálida. Bueno, pues igual es eso. Igual tenía fiebre y montó por donde había coches. No se me va olvidar nunca cómo estaba cuando llegó a casa, sangrando por un ojo, como si llorara... —se interrumpió y cuando volvió a hablar su voz era distinta, desafiante y no del todo amable—. ¿Qué?

—Pues que... no entiendo por qué llevaba ya una bandita puesta en la rodilla izquierda.

Durante un rato Vic solo oyó la televisión. Luego su madre dijo:

—Le vamos a comprar una de marchas. En cualquier caso ya le tocaba cambiar de bicicleta.

—Y rosa —murmuró Vic para sí—. Ahora va a decir que la va a comprar rosa.

En cierto sentido Vic era consciente de que la pérdida de la Raleigh marcaba el final de algo maravilloso, de que había forzado demasiado las cosas y perdido la más valiosa de sus posesiones. Era su cuchillo, y parte de ella sabía ya que era poco probable que otra bicicleta fuera capaz de atravesar la realidad y volver al Puente del Atajo.

Deslizó una mano entre el colchón y la pared y buscó debajo de la cama hasta encontrar los aretes y la hoja de papel doblada. Había tenido la presencia de ánimo suficiente para esconderlos la tarde que volvió a casa y desde entonces seguían debajo de la cama.

En un arranque de lucidez psicológica, poco común en una niña de trece años, Vic se dio cuenta muy pronto de que recordaría todos sus viajes cruzando el puente como las fantasías de una niña con mucha imaginación y nada más. Cosas que habían sido reales —Maggie Leigh; Pete, de Terry's Primo Subs; encontrarse al señor Pentack en la bolera Fenway— con el tiempo se convertirían en meras ensoñaciones. Sin su bicicleta para llevarla de vez en cuando al otro lado del Atajo sería imposible seguir creyendo en un puente cubierto que aparecía y desaparecía por ensalmo. Sin la Raleigh, la única y definitiva prueba de sus excursiones en busca de cosas eran los aretes que sostenía en el hueco de la mano y un poema fotocopiado de Gerard Manley Hopkins.

F U, decían los pendientes. Cinco puntos.

—¿Por qué no te vienes con nosotras al lago? —decía con voz lastimera la madre de Vic al otro lado de la pared. Linda y Chris estaban hablando ahora de marcharse de la ciudad durante el verano, algo que la madre de Vic estaba deseando más que nunca, después de la enfermedad de esta—. ¿Se puede saber qué tienes que hacer aquí?

—Mi trabajo. Y si quieres pasar tres semanas en el lago Winnipesaukee, entonces prepárate a dormir en una tienda de campaña. Ese sitio al que te empeñas en ir cuesta ochocientos pavos al mes.

—¿Y te parece que pasar tres semanas yo sola con Vic son vacaciones? ¿Tres semanas haciendo de madre soltera, mientras tú te quedas aquí para trabajar tres días a la semana y el resto del tiempo hacer lo que sea que haces cada vez que te llamo al trabajo y me dicen que has salido con el supervisor? A estas alturas tenéis que haber supervisado ya hasta el último palmo de Nueva Inglaterra, vamos.

Su padre dijo algo más en un tono grave y feo que Vic no entendió y después subió el volumen del televisor, tanto que era probable que el señor De Zoet lo oyera desde el otro lado de la calle. También hubo un portazo tan fuerte que los vasos de la cocina tintinearon.

Vic se puso los pendientes y desdobló el poema, un soneto del que no entendía una sola palabra pero que ya le encantaba. Lo leyó a la luz de la puerta entreabierta, murmurando los versos para sí, recitándolo como si fuera una plegaria —en cierto modo lo era— y pronto dejó atrás cualquier pensamiento triste sobre sus padres.

Como arde el alción, centellea la libélula

Como arde el alción, centellea la libélula;
como arrojadas desde el brocal de profundos pozos
retumban las piedras, cada cuerda pulsada canta estremecida,
cada campana al oscilar halla en su vuelo la manera
de proclamar su nombre lejos.
Cada mortal hace una cosa, una y la misma,
muestra el ser que en su interior habita;
se anuncia, se busca, se descifra y dice esto soy,
proclama: lo que hago soy: a eso vine.

Digo más: el justo obra en justicia
cumple su gracia: sus pasos son gracias cumplidas.
Se cumple a los ojos de Dios lo que a los ojos de Dios es —
Cristo—, y Cristo juega en diez mil circunstancias,
con amables proporciones y agradable a los ajenos ojos
del Padre a través de las facciones de los hombres.

GERARD MANLEY HOPKINS

DESAPARICIONES
1991-1996

Escenarios varios

LA NIÑA RUSA QUE MAGGIE LEIGH HABÍA MENCIONADO SE LLAMABA
Marta Gregorski y era cierto que donde vivía Vic su desaparición
había acaparado las noticias durante varios días. Esto se debió en
parte a que Marta era una pequeña celebridad en el mundo del ajedrez, con Kaspárov como mentor, y había obtenido el rango de gran
maestro a la edad de doce años. También, en aquellos primeros días
después de la caída de la Unión Soviética, el mundo se estaba ajus-
tando aún a las nuevas libertades rusas y cundía el temor de que la
desaparición de Marta Gregorski y de su madre pudiera desencadenar
un incidente internacional, que se convirtiera en la excusa para un
nuevo pulso entre potencias al estilo de los de la Guerra Fría. Llevó un
tiempo darse cuenta de que la antigua unión de repúblicas soviéticas
estaba demasiado ocupada desintegrándose para reparar siquiera en lo
ocurrido. Boris Yeltsin andaba de aquí para allá subido a un tanque
con la cara roja de tanto gritar y los antiguos agentes de la KGB se
peleaban por conseguir empleos bien pagados dentro de la mafia rusa.
Pasaron semanas antes de que a nadie se le ocurriera acusar a Occidente de sociedad decadente y nido de delincuentes, y cuando se hizo,
fue de una manera nada entusiasta.

Una empleada de la recepción del hotel Hilton DoubleTree junto
al río Charles había visto a Marta y a su madre salir por una puerta
giratoria poco antes de las seis de una tarde cálida y lloviznosa. Las

Gregorski estaban invitadas a una cena en Harvard y esperaban un coche que tenía que llegar a buscarlas. A través de la ventana mojada de lluvia, la empleada vio a Marta y después a su madre subirse a un vehículo negro. Pensó que el coche tenía estribos porque vio a la niña rusa subir un escalón antes de sentarse en el asiento trasero. Pero afuera estaba oscuro y la empleada estaba hablando por teléfono con un huésped enojado que no conseguía abrir el minibar y no se había fijado en nada más.

Solo una cosa era segura. Las dos Gregorski no se habían subido al coche correcto, la limusina que habían alquilado para ellas. Su conductor, Roger Sillman, de sesenta y dos años, estaba aparcado al otro lado de la rotonda y no se encontraba en condiciones de recogerlas. Estaba inconsciente y seguiría allí aparcado, durmiendo detrás del volante, hasta que se despertó casi a medianoche. Se sentía enfermo y tenía resaca pero supuso que sencillamente (y como cosa excepcional) se había quedado traspuesto y que las mujeres habrían cogido un taxi. No empezó a tener dudas hasta la mañana siguiente y solo llamó a la policía cuando no consiguió localizar a las Gregorski en su hotel.

El FBI entrevistó a Sillman diez veces en diez semanas, pero su versión de los hechos fue siempre la misma y nunca pudo dar información de valor. Dijo que había estado escuchando los deportes en la radio para matar el tiempo —había llegado con cuarenta minutos de antelación a la cita— cuando unos nudillos golpearon su ventanilla. Alguien rechoncho con abrigo negro estaba bajo la lluvia. Sillman bajó la ventanilla y entonces…

Nada. Nada de nada. El recuerdo de la noche se fundía igual que un copo de nieve en la punta de la lengua.

Sillman tenía hijas —y nietas— y le ponía enfermo imaginar a Marta y a su madre en manos de algún lunático depravado tipo Ted Bundy o Charles Manson que las torturara hasta matarlas. No podía dormir, tenía pesadillas en las que veía a la pequeña rusa jugando al ajedrez con los dedos amputados de su madre. Intentaba por todos los medios hacer memoria para recordar algo, lo que fuera. Pero solo consiguió recuperar otro detalle.

—Jengibre —dijo con un suspiro a una investigadora federal picada de viruelas que se llamaba Paz pero a la que le habría pegado más llamarse Guerra.

—¿Jengibre?

Sillman miró a su interrogadora con impotencia.

—Creo que mientras estaba inconsciente soñé con las galletas de jengibre de mi madre. Igual el tipo que me dejó fuera de combate se estaba comiendo una.

—Hum —dijo Paz-y-no-Guerra—. Bueno. Eso ayuda. Pondremos una orden de busca y captura para el hombre de jengibre. No creo que sirva de mucho, sin embargo. Se rumorea que es imposible atraparlo*.

EN NOVIEMBRE DE 1991 UN CHICO DE CATORCE AÑOS LLAMADO Rory McCombers, que estudiaba primer curso en la Gilman School en Baltimore, se encontró un Rolls-Royce en el aparcamiento de su colegio mayor. Iba de camino al aeropuerto para pasar con su familia las vacaciones de Acción de Gracias en Cayo Oeste y pensó que el coche se lo había enviado su padre.

En realidad el chófer que el padre de Rory había enviado estaba inconsciente en su limusina a menos de un kilómetro de allí. Hank Tulowitzki había parado en un Night Owl para echar gasolina y usar el cuarto de baño, pero después de llenar el depósito no recordaba nada más. Se despertó a la una de la madrugada en el maletero de su coche, que estaba aparcado a menos de cien metros de la carretera abajo del establecimiento abierto veinticuatro horas, en un estacionamiento público. Se había pasado casi cinco horas gritando y dando patadas hasta que un corredor madrugador le oyó y llamó a la policía.

---

* *The Gingerbread Man* (El hombre de jengibre) es un cuento popular en Estados Unidos e Inglaterra protagonizado por un hombrecillo de galleta que echa a correr cuando le sacan del horno para evitar que se lo coman *(N. de la T.)*.

Un pedófilo de Baltimore confesó más tarde ser autor del delito y describió con detalles pornográficos cómo había abusado de Rory antes de estrangularlo. Pero afirmaba no recordar dónde había enterrado el cuerpo y el resto de pruebas no encajaban. No solo no tenía acceso a un Rolls-Royce, sino que siquiera tenía permiso de conducir en vigor. Para cuando la policía decidió que la pista del pederasta era un callejón sin salida —un pervertido más que se excitaba describiendo supuestos abusos sexuales a un menor— había nuevos secuestros que investigar y el caso de McCombers quedó archivado por falta de pruebas.

Ni al conductor de Rory, Tulowitzki, ni al de las Gregorski se les hicieron análisis de sangre hasta más de un día después de que se produjeran los secuestros, y si había rastros de sevoflurano en su organismo no fueron detectados.

A pesar de las coincidencias entre ambos casos, la desaparición de Marta Gregorski y el secuestro de Rory McCombers nunca se relacionaron.

Los dos tenían otra cosa en común. A ninguno de los desaparecidos se les volvió a ver jamás.

Haverhill

Chris McQueen se marchó el otoño en que Vic empezó el instituto.

Su primer curso en secundaria había tenido unos comienzos abruptos. Estaba sacando aprobados rayados excepto en educación artística. Su profesora de dibujo había escrito en su informe trimestral cinco palabras garabateadas a toda prisa: *«Victoria tiene talento; necesita concentrarse»*, y le había puesto un notable.

Victoria dedicaba todas las horas de estudio a dibujar. Se pintó tatuajes con rotulador permanente para irritar a su madre e impresionar a los chicos. Había hecho un trabajo sobre un libro en forma de cómic, para gran diversión de los alumnos que se sentaban con ella al fondo del aula. En la asignatura de entretener a los otros fracasados escolares, Vic se estaba ganando una matrícula de honor. La Raleigh había sido sustituida por una Schwinn con borlas rosas en el manillar. Le importaba una mierda la Schwinn y jamás la montaba. Le daba pena.

Cuando Vic llegó a casa después de tener que quedarse una hora castigada en el colegio, encontró a su madre en la otomana del cuarto de estar encorvada, con los codos apoyados en las rodillas y la cabeza entre las manos. Había estado llorando… Seguía llorando, las lágrimas resbalaban por las comisuras de sus ojos enrojecidos. Cuando lloraba se volvía una mujer vieja y fea.

—¿Mamá? ¿Qué ha pasado?

—Ha llamado tu padre. No viene a casa esta noche.

—¿Mamá? —dijo Vic, dejando que la mochila se le deslizara del hombro y cayera al suelo—. ¿Qué significa eso? ¿Adónde se va?

—No lo sé. No sé adónde se va ni por qué.

Vic la miró, incrédula.

—¿Qué quieres decir con que no sabes por qué? —le preguntó Vic—. No viene a casa por tu culpa, mamá. Porque no te soporta. Porque lo único que haces es pincharle. Te pones a pincharle cuando está cansado y quiere que le dejen en paz.

—He hecho todo lo que he podido. No sabes cuánto me he esforzado por acomodarme a él. Puedo tener cervezas en el refri y comida caliente para cuando llega a casa tarde, pero ya no puedo tener veinticuatro años, y eso es lo que le molesta de mí. Esa es la edad que tenía la última.

No había enfado en su voz. Solo cansancio.

—¿Qué quieres decir con eso de la última?

—La última chica con la que se ha estado acostando —dijo Linda—. Ahora ya no sé con quién está, ni por qué ha decidido irse con ella. Desde luego yo nunca le dado ningún ultimátum para obligarle a escoger entre su casa y la chica con la que estuviera. No sé por qué esta vez es distinta. Menuda loba debe de ser.

Cuando Vic habló de nuevo, lo hizo con voz sofocada y temblona.

—Qué mal mientes. Te odio. Te odio y si papá se va, yo me largo con él.

—Pero Vicki —dijo su madre en el mismo tono extraño, impreciso y agotado—. No te quiere con él. No es que me deje a mí sola. Nos abandona a las dos.

Vic se dio la vuelta y salió dando un portazo. Corrió perdiéndose en esa tarde de principios de octubre. La luz se colaba oblicua entre los robles al otro lado de la calle, dorada y verde. Cómo le gustaba aquella luz. No había luz comparable a la de Nueva Inglaterra a principios de otoño.

Se subió a su bicicleta rosa que tanto la avergonzaba. Llorando sin casi ser consciente de ello, respirando a hipidos, rodeó la casa y pedaleó hacia los árboles, luego colina abajo mientras el viento silbaba en sus oídos. La bicicleta de marchas no era como la Raleigh y notaba cada piedra y cada raíz bajo las delgadas ruedas.

Se dijo a sí misma que iba en su busca, iría ahora mismo. Él la quería y si Vic quería quedarse con su padre, sin duda este la acogería y así nunca volvería a casa, nunca más tendría que escuchar a su madre criticarla por llevar jeans negros, por vestir como un chico, por salir con fracasados escolares. Bastaba con que bajara la colina y allí estaría el puente.

Pero no estaba. El camino de tierra terminaba en el guardarraíl que daba al río Merrimack. Corriente arriba, el agua era oscura y lisa como cristal ahumado. Abajo en cambio fluía revuelta, chocando contra las rocas y levantando espuma blanca. Todo lo que quedaba del Atajo eran tres pilones de cemento que sobresalían del agua dejando a la vista la parte de arriba, resquebrajada, y las barras de acero.

Vic pedaleó con furia hacia el guardarraíl mientras convocaba mentalmente el puente. Pero justo antes de llegar a él soltó el manubrio, la bicicleta derrapó y Vic aterrizó en el suelo sobre sus jeans negros. No se detuvo a comprobar si se había hecho daño, sino que se levantó, agarró la bicicleta con las dos manos y la lanzó por encima del guardarraíl. El vehículo chocó contra la larga pendiente del terraplén, rebotó y se estrelló en la parte poco profunda del río, donde quedó atascada. Una rueda sobresalía del agua girando frenética.

Una bandada de murciélagos se sumergió en la creciente oscuridad.

Vic cojeó en dirección norte, siguiendo el curso del río sin tener claro adónde iba.

Por fin, en un terraplén junto al río, debajo de la autovía 495, se dejó caer entre maleza espinosa y basura desperdigada. Le dolía un costado. Por encima de su cabeza, los coches gemían y zumbaban produciendo un ruido armónico y febril que resonaba en el inmenso puente que cruzaba el Merrimack. Podía notar cómo pasaban, una vibración continua y extrañamente calmante en el suelo bajo sus pies.

No tenía intención de dormirse allí, pero durante un rato —veinte minutos más o menos— se quedó traspuesta, transportada a un estado de semiconsciencia y ensueño por el rugido atronador de motocicletas que circulaban a gran velocidad y en grupos de dos y tres, una banda de moteros que había decidido aprovechar la última noche cálida del otoño para viajar hasta donde las ruedas quisieran llevarlos.

Escenarios varios

Llovía con fuerza en Chesapeake, Virginia, la noche del 9 de mayo de 1993, cuando Jeff Haddon sacó a su springer spaniel para su paseo diario de después de cenar. A ninguno de los dos les apetecía estar fuera, ni a Haddon ni a su perra, Garbo. La lluvia caía con tal furia en Battlefield Boulevard que rebotaba en las aceras de cemento y el empedrado de las entradas a las casas. El aire era fragante, olía a salvia y acebo. Jeff llevaba una gran capa impermeable amarilla que el viento levantaba y agitaba con furia. Garbo separó las patas traseras y se agachó desconsolada para hacer pis. El pelo rizado le colgaba en mechones mojados.

Pasaron delante de la inmensa mansión estilo Tudor de Nancy Lee Martin, una viuda rica con una hija de nueve años. Más tarde Haddon contaría a los detectives de la policía de Chesapeake que había mirado hacia la entrada de la casa porque oyó música navideña, pero eso no era del todo cierto. Los villancicos no los escuchó entonces, con el estruendo de la lluvia en la carretera, pero siempre pasaba por delante de la casa y miraba hacia la entrada porque estaba un poco enamorado de Nancy Lee Martin. Esta, a sus cuarenta y dos, era diez años mayor que Haddon, pero seguía teniendo el mismo aspecto que cuando era jefa de animadoras del instituto Virginia Tech.

Haddon miró hacia el camino justo a tiempo de ver a Nancy salir por la puerta principal con su hija, Amy, corriendo delante. Un hombre alto con abrigo negro le sostenía un paraguas; las chicas llevaban vestidos ajustados y echarpes de seda y Haddon recordó haber oído decir a su mujer que Nancy Lee iba a una gala benéfica a favor de George Allen, quien acababa de anunciar su candidatura a gobernador.

Haddon, que tenía un concesionario Mercedes y sabía mucho de coches, reconoció el que esperaba a Nancy como uno de los primeros modelos de Rolls-Royce, el Fantasma o el Espectro, en todo caso uno de los años treinta.

La llamó y saludó con la mano. Era posible que Nancy Lee Martin le hubiera devuelto el saludo; no estaba seguro. Cuando el conductor abrió la portezuela, del interior del coche salió música y Haddon habría jurado escuchar los compases de *El tamborilero* cantado por un coro. Resultaba extraño oír una canción así en primavera. Quizá hasta a Nancy le resultó extraño, porque pareció vacilar antes de subir al coche. Pero llovía mucho y no lo dudó demasiado.

Haddon siguió con su paseo y cuando volvió el coche había desaparecido. Nancy Lee Martin y su hija, Amy, nunca llegaron a la gala de benéfica a favor de George Allen.

El chófer que tenía que haberlas recogido, Malcolm Ackroyd, también se esfumó. Encontraron su coche cerca de Bainbridge Boulevard, junto al pantano, con la puerta del conductor abierta. La gorra apareció entre los matorrales, empapada de sangre.

A finales de mayo de 1994 le tocó el turno a Jake Christensen de Buffalo, estado de Nueva York. Tenía diez años y viajaba solo desde Filadelfia, donde estudiaba en un internado. Le habían enviado un chófer a recogerlo, pero este, un hombre llamado Bill Black, sufrió un ataque al corazón en el aparcamiento y lo encontraron muerto al volante de la limusina extralarga. Nunca se averiguó quién recibió a Jake en el aeropuerto, ni quien se lo llevó.

La autopsia reveló que el corazón de Bill Black se había detenido después de absorber dosis letales de un gas llamado sevoflurano, muy usado por los dentistas. Aplicado con una mascarilla podía anular la sensación de dolor de una persona y volverla altamente sugestionable; en otras palabras, convertirla en un zombi. El sevoflurano no era fácil de conseguir —era necesario estar colegiado como médico o dentista para obtenerlo— y parecía una buena pista, pero las entrevistas con cirujanos maxilofaciales de todo el estado y con su personal no condujeron a ninguna parte.

En 1995 fueron Steve Conlon y su hija de doce años Charlie (Charlene en realidad, pero Charlie para los amigos), cuando iban de camino a un baile de padres e hijas en Plattsburgh, Nueva York. Pidieron una limusina extralarga, pero lo que se presentó a la puerta de su casa fue un Rolls-Royce. La madre de Charlie, Agatha, besó a su hija en la frente, le dijo que se divirtiera y nunca más volvió a verla.

A su marido en cambio sí. Su cuerpo apareció con una bala atravesándole el ojo izquierdo, detrás de unos arbustos en un área de descanso de la carretera interestatal 87. Agatha identificó enseguida el cadáver, a pesar de que la cara estaba muy desfigurada.

Meses más tarde sonó el teléfono en la casa de la familia Conlon, un poco después de las dos y media de la madrugada, y Agatha, medio dormida, contestó. Oyó un siseo y un crujido, como si fuera una conferencia a larga distancia, y a continuación varios niños empezaron a cantar *Campana sobre campana,* sus voces agudas y dulces temblando por la risa. Agatha creyó oír la de su hija entre ellas y empezó a gritar su nombre. «¡Charlie, Charlie! ¿Dónde estás?», pero su hija no contestó y al momento los niños colgaron el teléfono.

La compañía telefónica, sin embargo, dijo que no había habido ninguna llamada a su casa a aquella hora y la policía concluyó que se trataba de la fantasía nocturna de una mujer trastornada.

CADA AÑO CERCA DE CINCUENTA Y OCHO MIL NIÑOS SON SECUESTRADOS
en Estados Unidos por alguien que no es de su familia, y a principios
de la década de 1990 las desapariciones de Marta Gregorski, Rory
McCombers, Amy Martin, Jake Christensen, Charlene Conlon y
los adultos que los acompañaban —con escasos testigos, en estados
diferentes y bajo circunstancias también dispares— no se relacionaron hasta mucho más tarde. Hasta mucho después de lo sucedido a
Vic McQueen a manos de Charles Talent Manx III.

Haverhill

A FINALES DE MARZO, CUANDO VIC CURSABA SU ÚLTIMO AÑO DE instituto, una mañana su madre se la encontró en su dormitorio con Craig Harrison. No les descubrió cogiendo, ni siquiera besándose, pero Craig tenía una botella de Bacardi y Vic estaba bastante borracha.

Craig se marchó encogiéndose de hombros y con una sonrisa —*Buenas noches, señora McQueen, siento que la hayamos despertado*— y a la mañana siguiente Vic se fue a hacer el turno de sábado en Taco Bell sin dirigirle la palabra a su madre. No tenía ganas de volver a casa y desde luego no estaba preparada para lo que la esperaba allí.

Linda estaba sentada en la cama de Vic, perfectamente hecha con sábanas limpias y la almohada ahuecada, igual que en los hoteles. Solo faltaba la chocolatina.

Todo lo demás había desaparecido: el cuaderno de bocetos de Vic, sus libros, su ordenador. Encima del escritorio había un par de cosas, pero Vic no se fijó en ellas al principio. Al ver su habitación vacía se quedó sin respiración.

—¿Qué has hecho?

—Puedes recuperar tus cosas —dijo Linda— siempre que obedezcas mis nuevas reglas y respetes el nuevo toque de queda. A partir de ahora te voy a llevar yo a clase, al trabajo y a donde necesites ir.

—No tenías... No tenías ningún derecho...

—He encontrado algunas cosas en tus cajones —su madre siguió hablando como si Vic no hubiera abierto la boca—. Y me gustaría que me las explicaras.

Señaló con la cabeza al otro lado de la habitación. Vic se volvió, esta vez fijándose en lo que había sobre su escritorio: una cajetilla de tabaco, una lata de Altoids conteniendo lo que parecían ser dulces de San Valentín rojos y naranjas, algunas minibotellas de ginebra y dos condones con sabor a plátano en envoltorios morados. Uno estaba abierto y vacío.

Vic había comprado los condones en una máquina expendedora en el Howard Johnson's y había abierto uno para hacer una caricatura de globo, inflándolo y pintándole una cara en uno de los lados. Había llamado al personaje Carapicha y había divertido a sus compañeros de clase durante la tercera hora, paseándolo por su pupitre cuando el profesor se ausentó del aula. Cuando el señor Jaffey volvió, la habitación olía de tal manera a plátano que preguntó si alguien había llevado un pastel a clase, lo cual desató grandes carcajadas.

Craig se había dejado el tabaco una noche que estuvo de visita y Vic se lo había guardado. No fumaba (todavía), pero le gustaba sacar un cigarrillo del paquete y tumbarse en la cama aspirando el olor a tabaco dulce. El olor de Craig.

Las pastillas de éxtasis era lo que tomaba Vic las noches en que no podía dormir, cuando los pensamientos giraban y gritaban en su cabeza como una bandada de murciélagos desquiciados. Algunas noches cerraba los ojos y veía el Puente del Atajo, un rectángulo torcido que conducía a la oscuridad. Podía *olerlo*, la peste a amoniaco del pis de murciélago, el tufo a madera mohosa. Al final del puente parpadeaban los faros de un coche: dos círculos muy juntos de pálida luz. Aquellos faros eran brillantes y pavorosos y a veces Vic los veía brillar delante de ella aunque tuviera los ojos abiertos. Aquellos faros le daban ganas de gritar.

Un poco de éxtasis siempre ayudaba. Un poco de éxtasis la hacía sentir como si flotara con la brisa en la cara. El mundo a su alrededor empezaba a moverse de forma suave y sutil, como si estuviera en la moto de su padre, a punto de enfilar una curva. Cuando estaba colocada con éxtasis no necesitaba dormir, estaba demasiado enamorada del mundo como para dormir. En lugar de ello llamaba a sus amigos y les decía que les quería. Se quedaba despierta hasta tarde y esbozaba diseños de tatuajes que la ayudaran a salvar las distancias entre buena chica y puta alegre. Quería tatuarse un motor de moto encima de los pechos, que los chicos supieran de lo que era capaz en la cama, sin importarle el hecho de que, a sus diecisiete años era, para su vergüenza, casi la única virgen de su clase.

Las botellitas de ginebra no tenían importancia. Las usaba para tragarse las pastillas de éxtasis.

—Piensa lo que quieras —dijo—. Me importa una mierda.

—Supongo que debería sentirme agradecida de que por lo menos uses protección. Si te quedas embarazada antes de casarte no esperes que te ayude. No pienso tener nada que ver con ello. Ni contigo.

Vic quería decirle que le estaba dando la excusa perfecta para quedarse embarazada lo antes posible, pero en lugar de eso se contentó con responder:

—No me he acostado con él.

—Estás mintiendo. El siete de septiembre. Pensé que te quedabas en casa de Willa pero tu diario dice…

—¿Has leído mi diario? ¡Joder!

—… que dormiste con Craig toda la noche por primera vez. ¿Te crees que no entiendo lo que eso significa?

Lo que significaba era que habían dormido juntos, vestidos, debajo de un edredón, en el sótano de Willa con seis chicos y chicas más. Pero cuando se despertó Craig la abrazaba desde detrás, le había pasado un brazo por la cintura y le respiraba en la nuca. Vic había pensado: *Por favor, no te despiertes* y durante unos instantes había sido tan feliz que casi no había podido soportarlo.

—Sí, significa que cogimos, mamá —dijo con suavidad—. Porque me había cansado de chuparle la verga sin sacar nada a cambio.

El poco color que le quedaba a su madre en la cara desapareció.

—Voy a guardar tus cosas bajo llave —dijo—. Me importa un bledo que tengas casi dieciocho años, vives bajo mi techo y tendrás que obedecer mis normas. Si respetas el nuevo reglamento entonces dentro de unos meses…

—¿Eso es lo que hiciste cuando papá te decepcionó? ¿Guardarte la vagina bajo llave para ver si se adaptaba al nuevo reglamento?

—Te lo digo en serio. Si tuviera un cinturón de castidad te lo ponía ahora mismo —dijo la madre—. Puto deslenguado.

Vic soltó una carcajada salvaje y dolida.

—Mira que eres fea por dentro —dijo, lo peor que se le ocurrió—. Me largo.

—Si te vas, cuando vuelvas te encontrarás la puerta cerrada —dijo su madre.

Pero Vic no la escuchaba porque ya estaba saliendo por la puerta de su habitación.

A la intemperie

ECHÓ A ANDAR.

La lluvia era una fina aguanieve que le calaba la chamarra militar y le dejaba el pelo crujiente a causa del hielo.

Su padre y su novia vivían en Durham, New Hampshire, y había una manera de llegar hasta ellos usando la red estatal de transportes de Massachusetts —coger un tren T hasta la estación Norte y después un Amtrak— pero para eso hacía falta un dinero que Vic no tenía.

A pesar de ello fue a la estación y se quedó por allí un rato para guarecerse de la lluvia. Empezó a pensar a quién podría llamar para que le prestara el dinero del boleto de tren. Luego se decidió: a la mierda. Llamaría a su padre y le pediría que fuera a buscarla en coche. Lo cierto era que no estaba segura de por qué no se le había ocurrido aquello antes.

Solo le había visitado una vez, el año anterior, y había sido un desastre. Vic se había peleado con la novia y le había tirado un mando a distancia con tan mala suerte que le puso un ojo morado. Su padre la mandó de vuelta a casa aquella misma noche sin escuchar siquiera su versión de la historia. Desde entonces no había hablado con él.

Chris McQueen descolgó al segundo timbrazo y dijo que aceptaba la llamada a cobro revertido. Aunque no parecía muy contento. Tenía la voz áspera. La última vez que Vic le había visto, su pelo tenía muchas más canas que un año atrás. Había oído que los hombres con amantes jóvenes se mantienen también jóvenes. En el caso de su padre no era así.

—Oye —dijo Vic y de repente tuvo que hacer nuevos esfuerzos por no llorar—, resulta que mamá me ha echado, lo mismo que te echó a ti.

No era así cómo habían ocurrido las cosas, pero parecía lo más indicado para empezar la conversación.

—Escucha, Mocosa —dijo su padre—. ¿Dónde estás? ¿Estás bien? Me ha llamado tu madre y me ha dicho que te habías ido.

—Estoy en la estación de tren, pero no tengo dinero. ¿Puedes venir a buscarme?

—Te voy a llamar un taxi. Lo pagará mamá cuando llegues a casa.

—No puedo ir a casa.

—Vic. Tardaría una hora en llegar hasta allí y es medianoche. Mañana entro a trabajar a las cinco de la mañana. Ya debería estar acostado, pero en lugar de ello me has tenido sentado al lado del teléfono preocupándome por ti.

Vic escuchó una voz de fondo, la de la novia de su padre, Tiffany.

—¡Aquí no va a venir, Chrissy!

—Tienes que solucionar esto con tu madre —dijo el padre—. Yo no puedo tomar partido, Vic. Lo sabes.

—Aquí desde luego no va a venir —repitió Tiffany con voz estridente y enfadada.

—¿Te importaría decirle a esa zorra que cierre la puta boca? —exclamó, casi gritó Vic.

Cuando su padre volvió a hablar su tono era más duro.

—Sí, me importaría. Y teniendo en cuenta que la última vez que estuviste aquí le pegaste…

—¡Qué mierda!

—… y no le pediste perdón…

—No le toqué un pelo a esa zorra sin cerebro.

—… vale. Fin de la conversación. Por mí como si pasas la noche bajo la lluvia.

—O sea, que entre ella y yo la eliges a ella —dijo Vic—. A ella. Vete a la mierda, papá. Vete a la cama y descansa para que mañana puedas seguir volando cosas por los aires. Es tu especialidad.

Colgó.

Se preguntó si podría dormir en un banco de la estación de tren, pero para cuando dieron las dos supo que no. Hacía demasiado frío. Consideró llamar a su madre a cobro revertido y pedirle que le enviara un taxi, pero la idea de pedirle ayuda le resultaba insoportable, así que echó a andar.

En casa

CON LA PUERTA PRINCIPAL NI SIQUIERA LO INTENTÓ, CONVENCIDA de que estaría echado el cerrojo. La ventana de su dormitorio estaba a tres metros del suelo y por supuesto también cerrada. Lo mismo ocurría con las ventanas de la parte de atrás, así como con la puerta de cristal corredera. Pero en el sótano había una ventana que estaría abierta, porque no se podía cerrar del todo. Llevaba años abierta dos centímetros.

Encontró una cizalla oxidada y la usó para cortar la rejilla metálica, después empujó la ventana y se coló por la ranura larga y ancha.

El sótano era una habitación grande y sin terminar con cañerías que recubrían el techo. La lavadora y la secadora estaban en una pared, junto a las escaleras, y la caldera en la contraria. El resto era un batiburrillo de cajas, bolsas de basura con la ropa vieja de Vic y un sillón reclinable con tela de cuadros con una acuarela malísima de un puente cubierto, enmarcada, apoyada en el respaldo. Vic recordaba vagamente haberla pintado en el primer curso de instituto. Era más fea que un culo. Sin ningún sentido de la perspectiva. Se entretuvo un rato pintándole una bandada de pollas voladoras en el cielo con rotulador permanente, luego la tiró al suelo y bajó el respaldo de la butaca de manera que casi era una cama. Encontró ropa en la secadora. Quería secar los tenis pero sabía que el *tan-cata-clan* despertaría a su madre, así que las dejó en el primer peldaño de la escalera.

Encontró unos anoraks de plumas en una bolsa de basura, se acurrucó en el sillón y se tapó con ellos. El sillón no se ponía del todo horizontal y pensó que le resultaría imposible dormir, así hecha un ocho, pero en algún momento cerró los ojos y cuando los abrió por la ranura de la ventana se veía un trozo de cielo azul.

Lo que la despertó fue un ruido de pisadas arriba y la voz agitada de su madre. Hablaba por el teléfono de la cocina, Vic lo sabía por como caminaba de un lado a otro.

—Claro que he llamado a la policía, Chris —dijo—. Me han dicho que volverá a casa cuando esté preparada para hacerlo —y añadió—: ¡No! ¡No lo van a hacer porque no es una niña desaparecida! Tiene diecisiete años, joder, Chris. A esa edad ni siquiera la consideran fugitiva.

Vic estaba a punto de levantarse y subir cuando pensó: *Que se jodan. Que se jodan los dos.* Y se arrellanó de nuevo en el sillón.

Mientras tomaba la decisión sabía que era equivocada, que era una cosa horrible, esconderse allí abajo mientras su madre se volvía loca de preocupación en el piso de arriba. Pero registrar el dormitorio de una hija, leerle el diario, quitarle cosas que se había comprado con su dinero también era horrible. Y si Vic se tomaba un éxtasis de vez en cuando, eso también era culpa de sus padres, por haberse divorciado. Era culpa de su padre, por pegar a su madre. Ahora sabía que lo había hecho. No había olvidado el día en que le vio lavarse los nudillos en la pila. Incluso si la muy criticona y cotorra se lo merecía. Deseó tener algo de éxtasis. Guardaba una pastilla en la mochila, dentro del estuche, pero estaba arriba. Se preguntó si su madre saldría a buscarla.

—¡Pero tú no la estás educando, Chris! ¡Eso lo estoy haciendo yo sola!

Linda casi gritaba y Vic percibió llanto en su voz y por un instante casi estuvo a punto de cambiar de opinión. Pero de nuevo rectificó. Era como si el aguanieve caída durante la noche le hubiera traspasado la piel, hasta la sangre, y se la hubiera enfriado. Es lo que quería, frialdad interior, una paz gélida, un frío que dejara insensibles todos los sentimientos dolorosos, que congelara instantáneamente todos los malos pensamientos.

Querías perderme de vista. Pues lo has conseguido.

Su madre colgó el teléfono con brusquedad. Luego lo descolgó y volvió a colgarlo con otro golpe.

Vic se acurrucó debajo de las chamarras.

En cinco minutos se había dormido otra vez.

El sótano

CUANDO SE DESPERTÓ ERA MEDIA TARDE Y LA CASA ESTABA VACÍA. Lo supo en cuanto abrió los ojos, lo supo por la calidad de la quietud. Su madre no soportaba una casa en completo silencio. Cuando se iba a dormir encendía el ventilador. Cuando estaba despierta ponía la televisión o hablaba sin parar.

Vic se levantó del sillón, cruzó la habitación y se subió a una caja para mirar por la ventana que daba a la fachada de la casa. La mierda del viejo Datsun de su madre, una chatarra con ruedas, no estaba. Vic sintió una alegría malsana al pensar que Linda pudiera estar dando vueltas por Haverhill desesperada, buscándola en el centro comercial, por calles laterales, en las casas de sus amigos.

Podría estar muerta, pensó con voz hueca y portentosa. *Violada y dejada por muerta junto al río y sería tu culpa, zorra dominante.* Vic tenía toda una reserva de palabras tipo «portentosa» y «dominante». Puede que sacara solo aprobados rayados en el instituto, pero leía a Gerard Manley Hopkins y a W. H. Auden y tenía una inteligencia a años luz de las de sus padres, y lo sabía.

Puso los todavía húmedos tenis a dar tumbos en la secadora y subió a tomarse un cuenco de cereales Lucky Charms mientras veía la televisión. Sacó la pastilla de emergencia de éxtasis del estuche. A los veinte minutos se encontraba relajada y feliz. Cuando cerraba los ojos sentía una exuberante sensación de estar planeando, igual que un avión de papel remontando una corriente de aire. Tenía puesto el canal Viajar, y cada vez que veía un avión extendía los brazos como si fueran alas y hacía como que se elevaba. El éxtasis era movimiento en forma de pastilla, tan gozoso como circular a toda velocidad y de noche en un descapotable, aunque sin necesidad de levantarse del sofá.

Lavó el cuenco y la cuchara en la pila, los secó y los dejó en su sitio. Apagó el televisor. Se hacía tarde, lo sabía porque la luz que se colaba entre los árboles ya era oblicua.

Volvió al sótano para ver los tenis, pero seguían mojados. No sabía qué hacer. Debajo de las escaleras encontró su vieja raqueta de tenis y una lata de bolas. Pensó en jugar un rato contra la pared, pero primero tenía que hacer sitio, así que empezó a mover cajas. Entonces fue cuando la encontró.

La Raleigh estaba apoyada contra la pared de cemento, escondida detrás de unas cajas destinadas al ejército de salvación. Ver allí su bicicleta la desconcertó. Había tenido un accidente de alguna clase y la había perdido. Vic recordaba a sus padres hablando de ello cuando creían que no les escuchaba.

A no ser. A no ser que no hubiera oído lo que creía haber oído. Recordó a su padre decir que cuando supiera que la bicicleta había desaparecido se quedaría destrozada. Por alguna razón supuso que se había perdido y que su padre no había conseguido encontrarla. Su madre había dicho algo sobre estar contenta de que la Raleigh hubiera desaparecido porque Vic estaba obsesionada con ella.

Y lo había estado, era verdad. Tenía toda una colección de fantasías relacionadas con cruzar con aquella bicicleta un puente imaginario hasta lugares remotos y tierras inexistentes. Había ido con ella hasta un nido de terroristas y rescatado la pulsera desaparecida de su madre, también había ido a una cripta llena de libros donde había conocido a una duende que la había invitado a tomar el té y la había advertido sobre un vampiro.

Vic pasó un dedo por el manubrio y terminó con la yema del dedo negra de polvo. Durante todo aquel tiempo la Raleigh había estado allí, acumulando polvo solo porque sus padres no querían que la tuviera. A Vic le encantaba aquella bicicleta, había vivido mil historias con ella, así que claro, sus padres se la habían quitado.

Echaba de menos sus fantasías sobre el puente, echaba de menos a la niña que había sido entonces. Entonces era mejor persona, y lo sabía.

Siguió mirando la bicicleta mientras se ponía los tenis (para entonces estaban calientitos y olían fatal).

La primavera estaba en su punto justo, al sol daba la sensación de ser julio y a la sombra, enero. Vic no quería salir andando por la calle y arriesgarse a que su madre la viera, así que empujó la Raleigh hasta la parte de atrás de la casa y continuó por el sendero que conducía al bosque. A partir de ahí, subirse y empezar a pedalear le resultó lo más natural del mundo.

Rio cuando se sentó en la bicicleta. Era demasiado pequeña para ella, casi hasta extremos cómicos. Se imaginó un payaso encajonado en un coche diminuto. Las rodillas le chocaban con el manubrio y el culo le sobresalía del asiento. Pero si se ponía de pie sobre los pedales todavía podía montar.

Fue ladera abajo hasta una sombra donde la temperatura era varios grados más baja que al sol y el invierno le respiraba en la cara. Chocó con una raíz y la bicicleta se despegó del suelo. No lo había esperado, así que dio un gritito de sorpresa y felicidad y por un momento volvió a ser la niña de antes. Todavía se sentía bien, con las ruedas girando a sus pies y el viento jugando con su pelo.

No fue directa al río, sino que siguió un sendero estrecho que atravesaba horizontalmente la ladera de la colina. Cruzó por unos arbustos y se encontró entre un grupo de niños que habían formado un círculo alrededor de una fogata en un cubo de basura. Se pasaban un porro.

—¡Dadme una calada! —gritó al pasar pedaleando a su lado y haciendo como que les robaba el peta.

El chico que lo sostenía, delgaducho y con pinta de zumbado, vestido con una camiseta de Ozzy Osbourne, se sorprendió tanto que se atragantó con el humo. Vic sonrió mientras se alejaba, y entonces el chico del porro se aclaró la garganta y gritó:

—¡A lo mejor si vienes y nos la chupas, so zorra!

Se alejó pedaleando en el aire frío. Una asamblea de cuervos que graznaban en las ramas de un abeto de tronco grueso hizo comentarios sobre ella cuando pasó por debajo.

A lo mejor si vienes y nos la chupas, pensó, y por un momento la chica de diecisiete años en la bicicleta de niña se imaginó dando la vuelta, bajándose y diciendo: *Vale, ¿Quién es el primero?* Total, su madre ya pensaba que era una puta y Vic odiaba decepcionarla.

Por unos momentos se había sentido bien, atajando a través de la ladera de la colina en su vieja bicicleta, pero el sentimiento de felicidad se había consumido y dejado una estela de furia fría y afilada. Aunque ya no estaba segura de con quién estaba furiosa. Su ira no tenía un blanco específico, era un suave torbellino de emociones que giraba al ritmo de los radios de la bicicleta.

Pensó en ir hasta el centro comercial, pero la idea de devolverle la sonrisa a otras chicas en la zona de restaurantes la irritaba. No estaba de humor para ver a nadie conocido y no quería que le dieran consejos. No sabía adónde ir, solo sabía que tenía ganas de meterse en algún lío. Y estaba segura de que si seguía dando vueltas no tardaría en hacerlo.

En cuanto a su madre, sin duda pensaría que Vic ya se había metido en ese lío y que yacía desnuda y muerta en alguna parte. Se alegraba de haberle metido esa idea en la cabeza. Lamentaba que, para cuando llegara la noche, se terminaría la diversión y su madre sabría que seguía con vida. Casi deseaba que hubiera una forma de que Linda no se enterara nunca de lo que había sido de ella, de desaparecer de su propia vida, de marcharse y no volver jamás. Qué maravilla, dejar a su padre y a su madre preguntándose si estaba viva o muerta.

Disfrutó pensando en los días, en las semanas que pasarían echándola de menos, atormentados por espantosas fantasías sobre lo que podría haberle ocurrido. La imaginarían bajo el aguanieve, tiritando y sufriendo, subiendo agradecida al primer coche que se parara a recogerla. O quizá pensaran que seguía con vida en alguna parte, encerrada en el maletero de un coche antiguo (Vic no era consciente de que, en su imaginación, el coche antiguo tenía una marca y un modelo determinados). Y nunca sabrían por cuánto tiempo la habría retenido el viejo (había decidido que el conductor tenía que ser un viejo, porque su coche también lo era) o qué había hecho con ella y con su cadáver. Eso sería peor para ellos que la muerte, el no saber con qué persona horrible se había cruzado Vic, a qué lugar solitario la había llevado, cuál había sido su fin.

Para entonces había llegado al ancho camino de tierra que llevaba al Merrimack. Las bellotas estallaban bajo las ruedas de la bicicleta. Escuchó el murmullo del río más adelante, discurriendo sobre el lecho de rocas. Era uno de los sonidos más bonitos del mundo y levantó la cabeza para disfrutar del panorama, pero el Puente del Atajo le tapaba la vista.

Vic apretó el freno y dejó que la Raleigh se detuviera suavemente.

El puente estaba aún más desmoronado de lo que lo recordaba, todo él inclinado hacia la derecha de manera que parecía que un golpe de viento podría tirarlo al Merrimack. La entrada torcida estaba enmarcada por ramas de hiedra. Olía a murciélagos. Al otro extremo Vic atisbó una mancha de luz.

Tembló de frío… y también de algo parecido al placer. Supo, con bastante certeza, que en su cabeza algo iba mal. Ninguna de las veces que había tomado éxtasis había tenido alucinaciones. Supuso que para todo había una primera vez.

El puente estaba esperando a que lo cruzara. Cuando lo hiciera sabía que se precipitaría en la nada. La recordarían como la chica colocada que se tiró en bicicleta por un barranco y se partió el cuello. La idea no la asustó. Era lo segundo mejor que podía pasarle, después de ser secuestrada por algún viejo asqueroso (el Espectro) y desaparecer para siempre.

Al mismo tiempo, aunque sabía que el puente no estaba allí, parte de ella quería averiguar lo que había al otro lado, donde la estructura de madera se apoyaba en el suelo de tierra.

En la pared de dentro, a la izquierda, había escritas dos palabras con pintura de espray verde.

LA CASA TRINEO
1996

Haverhill

VIC SE AGACHÓ, COGIÓ UN TROZO DE ESQUISTO Y LO LANZÓ EN horizontal hacia el puente. La piedra chocó contra la madera, cayó al suelo y rebotó. Se escuchó una agitación que provenía del techo del puente. Los murciélagos.

Parecía una alucinación bastante sólida. Aunque era posible que también hubiera imaginado el trozo de esquisto. Si el puente era imaginario, tal vez le diera tiempo a retroceder justo antes de caerse.

O podía cruzarlo en bicicleta. Cerrar los ojos y dejar que la Raleigh la llevara hasta lo que fuera que la estaba esperando.

Tenía diecisiete años, no sentía miedo y le gustaba el ruido del viento agitando la hiedra alrededor de la entrada del puente. Apoyó los pies en los pedales y se puso en marcha. Escuchó los neumáticos traquetear contra la madera y los tablones sacudirse a su paso. La sensación no era de estar cayendo, precipitándose desde una altura de diez pisos al frío ártico del Merrimack. En cambio percibió un estruendo de ruido blanco. También una punzada de dolor en el ojo izquierdo.

Navegó por una oscuridad que le resultaba conocida, con el parpadeo intermitente de electricidad estática colándose entre las grietas de los tablones. Ya había recorrido un tercio del puente cuando vio una casa blanca y lóbrega con un garaje adosado. La Casa Trineo, fuera lo que fuera eso. El nombre no le decía nada y no hacía falta. Intuía, de una manera abstracta, qué era hacia lo que pedaleaba, aunque no supiera exactamente dónde estaba.

Había querido meterse en algún lío y el Puente del Atajo nunca la había decepcionado.

Al otro lado del puente

LOS INSECTOS CHIRRIABAN DETRÁS DE LA ALTA MALEZA. EN NEW Hampshire la primavera había sido una pesadez fría y embarrada pero aquí —donde quiera que estuviera— el aire era cálido y soplaba la brisa. Por el rabillo del ojo Vic vio ráfagas de luz, destellos de claridad entre los árboles, pero en aquel primer momento no les prestó atención.

Salió del puente y entró en un camino de tierra apretada. Frenó, se detuvo y apoyó un pie en el suelo. Se volvió para mirar el puente.

El Atajo se había asentado entre los árboles a un lado de la casa. El otro extremo se internaba muy lejos, en pleno bosque. Cuando aguzó la vista distinguió Haverhill, verde y umbroso en la última luz de la tarde.

La casa, encalada, al estilo Cape Cod, se alzaba solitaria al final de un camino de tierra. En el jardín la hierba llegaba a la altura de la cintura y el zumaque había invadido la propiedad con arbustos tan altos como Vic.

Las persianas estaban echadas y los mosquiteros de las puertas, oxidados y combados. Tampoco había un coche a la entrada ni razón alguna para pensar que alguien viviera allí, pero a Vic el sitio enseguida le dio miedo y no creyó que estuviera vacío. Era un lugar espantoso y lo primero que pensó fue que cuando la policía lo registrara encontrarían cuerpos enterrados en el jardín trasero.

Al entrar en el puente había sentido que se elevaba con la facilidad de un halcón transportado por una corriente de aire. Sentía que
planeaba y que nada podía hacerle daño. E incluso ahora, allí quieta,
se sentía en movimiento, navegando hacia delante, pero la impresión
no era agradable. Ahora era como si tiraran de ella hacia algo que no
quería ver, de lo que no quería saber nada.

Desde algún lugar llegó el sonido apagado de un televisor o una
radio.

Miró de nuevo el puente. Estaba a menos de un metro. Exhaló
profundamente, se dijo que no había peligro. Si la veían podía coger
la bicicleta, volver a meterse en el puente y desaparecer antes de que
a nadie le diera tiempo siquiera a gritar.

Se bajó de la bicicleta y echó a andar. Con el suave crujido de
cada pisada se convencía más de que lo que la rodeaba era real y no
una alucinación producida por el éxtasis. El ruido de la radio fue
poco a poco subiendo de volumen a medida que se acercaba a la casa.

Al mirar hacia los árboles vio de nuevo las luces centelleantes,
esquirlas de claridad que colgaban de los pinos. Tardó un momento
en asimilar lo que veían sus ojos y cuando lo hizo se detuvo y miró.
De los abetos alrededor de la casa colgaban adornos de Navidad,
cientos de ellos, pendiendo de docenas de árboles. Grandes bolas
doradas y plateadas, espolvoreadas con purpurina, se mecían entre
las ondeantes ramas. Ángeles de hojalata soplaban mudas trompetas.
Papá noeles rechonchos se llevaban un dedo gordezuelo a los labios
advirtiendo a Vic de que no hiciera ruido.

Mientras observaba todo aquello el ruido de la radio se transformó en la inconfundible voz de barítono de Burl Ives, animando al
mundo entero a disfrutar de una Navidad dulce y feliz, aunque fuera
la tercera semana de marzo. La voz llegaba del garaje contiguo a la
casa, un edificio destartalado con una única puerta enrollable y cuatro
ventanas cuadradas lechosas por la suciedad.

Vic dio un paso muy pequeño y después otro, caminando hacia el
garaje de la misma manera de la que uno caminaría sobre una cornisa
a gran altura. Al tercer paso se volvió para asegurarse de que el

puente seguía allí y de que podría volver a meterse corriendo en él si era necesario. Así era.

Otro paso más y luego un quinto. Para entonces estaba lo bastante cerca para mirar por una de las ventanas mugrientas. Apoyó la Raleigh contra la pared a uno de los lados de la puerta del garaje.

Pegó la cara al cristal. Dentro había un coche viejo y negro con una ventanilla trasera muy pequeña. Era un Rolls-Royce, de esos de los que siempre aparecía bajándose Winston Churchill en las fotografías y en las películas viejas. Podía ver la matrícula: NOS4A2.

Ya está. Con eso ya lo tienes. Es suficiente para que la policía lo localice, pensó Vic. *Ahora tienes que irte. Salir* **corriendo.**

Pero cuando se disponía a alejarse del garaje le pareció ver algo por la ventanilla trasera del coche. Alguien sentado en el asiento de atrás se movió levemente, retorciéndose para encontrar una postura más cómoda. A través del cristal empañado Vic reconoció la silueta difusa de una cabeza de pequeño tamaño.

Un niño. Había un niño dentro del coche. Pensó que era un niño por el corte de pelo.

Para entonces el corazón le latía con tal fuerza que le temblaban los hombros. Aquel hombre tenía a un niño en el coche y si Vic volvía al puente igual la policía cogería al dueño de aquel viejo coche, pero no encontrarían al niño, porque para entonces ya estaría bajo medio metro de tierra en alguna parte.

No entendía por qué el niño no gritaba o salía del coche y echaba a correr. Igual estaba drogado, o atado, era imposible saberlo. Cualquiera que fuera la razón, el caso era que no iba a salir a no ser que Vic fuera y lo sacara.

Se separó de la ventana y se giró de nuevo. El puente esperaba entre los árboles. De repente parecía estar muy lejos. ¿Cómo se había alejado tanto?

Dejó la Raleigh y fue hasta el lateral del garaje. Había esperado que la puerta estuviera cerrada, pero cuando giró el pomo, se abrió. Del interior salieron voces temblorosas, agudas, como las que se tienen después de inhalar helio. Alvin y las ardillas cantaban su villancico infernal.

Solo de pensar en entrar allí se le encogía el corazón. Puso un pie en el umbral, con cuidado, como si pisara el hielo de un estanque que todavía no estaba helado del todo. El viejo coche, obsidiano y lustroso, ocupaba casi todo el garaje. El poco espacio que quedaba estaba lleno de cachivaches: latas de pintura, rastrillos, escaleras de mano, cajas.

El compartimento trasero del Rolls era espacioso y el asiento estaba tapizado en piel de cabritillo color carne. Sobre él dormía un niño. Llevaba una chaqueta de piel y botones hechos de hueso. Tenía el pelo oscuro y una cara redonda y carnosa, con un toque de rubor saludable en las mejillas. Parecía estar teniendo dulces sueños, con golosinas quizá. Ni estaba atado ni parecía desgraciado y Vic tuvo un pensamiento sin sentido. *Está bien. Deberías irte. Seguramente está aquí con su padre. Se ha quedado dormido y su padre le ha dejado descansar y tú deberías marcharte.*

Aquel pensamiento le hizo dar un respingo, el mismo que habría dado de haber visto un tábano. Algo fallaba en aquel pensamiento. No pintaba nada dentro de su cabeza y no sabía cómo había llegado hasta ella.

El Puente del Atajo la había llevado allí en busca del Espectro, un hombre malo que hacía daño a la gente. Vic buscaba meterse en algún lío y el puente nunca se equivocaba de dirección. En los últimos minutos, cosas que había borrado de su memoria habían empezado a volver. Maggie Leigh había sido real, no una ensoñación. Vic había ido en bicicleta a buscar la pulsera de su madre a Terry's Primo Subs; no eran cosas *imaginadas,* sino cosas que había *conseguido hacer.*

Dio un golpe en el cristal. El niño no se movió. Era más pequeño que ella, debía de tener alrededor de doce años. Tenía una ligera pelusa oscura sobre el labio superior.

—Eh —le llamó en voz baja—. Eh, chico.

El niño cambió de postura, pero solo para darse la vuelta y situarse de costado, dándole la espalda.

Vic intentó abrir la portezuela. Estaba cerrada por dentro.

El volante estaba en el lado derecho del coche, el mismo en que estaba Vic. La ventanilla del conductor estaba bajada casi por completo. Vic fue hacia ella. No había demasiado espacio entre el coche y los trastos apilados contra la pared.

Las llaves estaban puestas y el coche estaba gastando batería. El frontal de la radio estaba iluminado con un verde radioactivo. Vic no sabía quién cantaba ahora, algún carcamal de esos de Las Vegas, pero era otro villancico. El espejo retrovisor había dejado atrás la Navidad hacía ya tres meses y escuchar música navideña cuando era casi verano tenía algo de siniestro. Como ver un payaso bajo la lluvia con el maquillaje descorrido.

—Oye, chico —susurró—. Chico, despierta.

El muchacho se movió un poco, después se sentó y se volvió a mirarla. Vic le vio la cara y tuvo que morderse el labio para no gritar.

No se parecía en nada a la cara que había visto por la ventanilla trasera. El niño del coche parecía estar cerca de la muerte… o más allá de la muerte. El semblante, de tan pálido, tenía un tono lunar, excepto en la zona de alrededor de los ojos, que estaba amoratada. Unas venas negras y de aspecto tóxico se transparentaban bajo la piel, como si por ellas circulara tinta en vez de sangre, y se bifurcaban en feas ramificaciones en las comisuras de la boca, de los ojos y en las sienes. El pelo era del color de la escarcha en un alféizar.

El niño parpadeó. Tenía ojos brillantes y curiosos, la única parte de su anatomía que parecía llena de vida.

A continuación exhaló. Humo blanco. Como si estuviera dentro de un congelador.

—¿Quién eres? —preguntó. Cada palabra iba acompañada de una nubecilla de vapor blanco—. No deberías estar aquí.

—¿Cómo es que estás tan frío?

—No lo estoy —dijo el niño—. Deberías irte. Esto es peligroso. Su aliento era vapor.

—Dios mío, chico —dijo Vic—. Hay que sacarte de aquí. Vamos. Vente conmigo.

—No puedo abrir mi puerta.

—Pues pásate al asiento de delante —dijo Vic.

—No puedo —repitió el niño. Hablaba como si estuviera sedado y Vic decidió que tenía que estar drogado. ¿Podía una droga bajar tanto la temperatura corporal que te hiciera exhalar vapor al respirar? No lo creía—. No puedo salir del asiento de atrás. En serio, no deberías estar aquí. Está a punto de volver.

De la nariz salía humo blanco y gélido.

Vic le oyó con claridad pero no entendió demasiado lo que dijo, excepto la última parte. Lo de *Está a punto de volver* era lógico. Pues claro que estaba a punto de volver, quienquiera que fuera (el Espectro). No habría dejado el coche en marcha si no pensara regresar pronto, y para cuando eso ocurriera ella ya no debía estar allí y el niño tampoco.

Lo que más deseaba era largarse, correr hacia la puerta, decirle al niño que volvería con la policía. Pero no podía. Si se iba corriendo no solo le estaría dando la espalda a un niño enfermo y secuestrado. También le estaría dando la espalda a lo mejor de sí misma.

Metió el brazo por la ventanilla, quitó el pestillo de la puerta delantera y la abrió.

—Venga —dijo—. Dame la mano.

Alargó la mano por encima del respaldo del asiento del conductor hasta la parte trasera.

El chico le miró la palma por un momento con expresión pensativa, como si fuera a leerle el futuro, o como si le hubiera ofrecido una chocolatina y estuviera decidiendo si la quería o no. No era así como debía reaccionar un niño secuestrado y Vic lo sabía, pero aún así no retiró la mano a tiempo.

El niño le agarró la muñeca y su tacto hizo gritar a Vic. La mano del chico le quemaba la piel, era como tocar una sartén caliente. Tardó un instante en darse cuenta de que la sensación no era de calor, sino de frío.

El claxon sonó con gran estrépito. En el estrecho espacio del garaje, el ruido era casi insoportable. Vic no sabía por qué había sonado. No había tocado el volante.

—Suéltame. Me estás haciendo daño —dijo.

—Ya lo sé —dijo el chico.

Cuando sonrió Vic vio que tenía la boca llena de pequeños ganchos, hileras de ellos, y cada uno pequeño y delicado como una aguja de coser. Las hileras parecían llegarle hasta la garganta. La bocina sonó otra vez.

El chico levantó la voz y gritó:

—*¡Señor Manx, señor Manx! ¡He capturado a una chica! Señor Manx, venga a verlo!*

Vic apoyó un pie contra el asiento del conductor y se echó hacia atrás, empujando fuerte con la pierna y tirando del niño hacia delante. Pensó que no iba a soltarla, pues era como si tuviera la mano soldada a su muñeca, la piel congelada contra la suya. Pero cuando tiró por entre los asientos hacia la parte delantera del coche, el niño la soltó. Vic cayó de espaldas contra el volante y la bocina saltó de nuevo. Esta vez sí había sido ella.

El niño daba saltos de entusiasmo en el asiento trasero.

—*¡Señor Manx, señor Manx! ¡Venga a ver qué chica tan guapa!*

Le salía vapor de la boca y de la nariz.

Vic se cayó del coche por la puerta abierta del conductor. Una vez en el suelo de cemento, se golpeó el hombro con una colección de rastrillos y palas quitanieves, que se le desplomaron encima con gran alboroto.

El claxon sonó una y otra vez, en una serie de estruendos ensordecedores.

Vic se quitó de encima las herramientas de jardín. Cuando logró ponerse de rodillas, se miró la muñeca. Tenía un aspecto horrible, con una quemadura negra con la forma de la mano del niño.

Cerró con fuerza la portezuela del conductor y echó un último vistazo al chico. Tenía expresión impaciente, brillante de excitación. Sacó una lengua negra y se la pasó por los labios.

—*¡Señor Manx, se escapa!* —gritó y su aliento se congeló al entrar en contacto con el cristal de la ventana—. *¡Venga a ver, venga!*

Vic se levantó y dio un paso torpe y tambaleante hacia la puerta lateral que daba al jardín.

El motor de la puerta eléctrica del garaje se despertó con un rugido y la cadena tiró de esta con un clamor chirriante. Vic comenzó a retroceder, tan rápido como pudo. La enorme puerta se levantó más y más hasta dejar ver unas botas negras y unos pantalones gris plata. Vic pensó: *¡El Wraith, es el Wraith!*

Rodeó deprisa el coche por la parte delantera. Dos escalones conducían a lo que sabía sería el interior de la casa.

El pomo se giró. La puerta se abrió a la oscuridad.

Vic cruzó el umbral, cerró la puerta a su espalda y empezó a cruzar

Un zaguán

QUE TENÍA EL SUELO DE LINÓLEO LEVANTADO POR UNA ESQUINA. Nunca había sentido menos fuerza en las piernas, y le pitaban los oídos por un grito que había retenido en la cabeza, porque sabía que si gritaba de verdad el Espectro la encontraría y la mataría. Sobre esto no tenía ninguna duda. La mataría, la enterraría en el jardín trasero y nadie sabría qué había sido de ella.

Cruzó una segunda puerta interior que daba a

Un pasillo

QUE RECORRÍA LA CASA CASI EN SU TOTALIDAD Y ESTABA ALFOMBRADO de pared a pared con una alfombra verde.

Olía a pavo con guarnición.

Corrió sin molestarse en abrir las puertas a ambos lados, sabedora de que darían a cuartos de baño o a dormitorios. Se sujetaba la muñeca derecha respirando hondo para controlar el dolor.

Recorridos diez pasos el pasillo terminaba en un pequeño recibidor. La puerta al jardín delantero estaba a la izquierda, justo debajo de una estrecha escalera que conducía al segundo piso. De las paredes colgaban estampas de caza. Hombres sonrientes y de piel curtida sujetaban varios gansos muertos y se los enseñaban a unos golden retrievers de aspecto noble. Unas puertas batientes a la derecha de Vic daban a la cocina. El olor a pavo era más fuerte allí. También hacía más calor. Un calor febril.

Vio su oportunidad, la vio claramente. El hombre llamado el Espectro estaba entrando por el garaje. La seguiría por la puerta lateral hasta la casa. Si echaba a correr y cruzaba a toda prisa el jardín delantero llegaría andando al Puente del Atajo.

Atravesó el recibidor tan deprisa que se golpeó en la cadera con una mesa auxiliar. Una lámpara con pantalla decorada con borlas de cuentas se tambaleó y estuvo a punto de caer.

Vic agarró el pomo de la puerta, lo giró y se disponía a tirar de él cuando miró por la ventana lateral.

Estaba en el jardín y era uno de los hombres más altos que Vic había visto nunca, dos metros por lo menos. Era calvo y había algo obsceno en su pálido cráneo plagado de venas azules. Llevaba un abrigo de otra época, una prenda con faldones y doble hilera de botones dorados en la pechera. Parecía un soldado, un coronel al servicio de alguna nación extranjera donde un ejército no se llamaba ejército, sino legión.

Estaba ligeramente vuelto de espaldas a la casa y hacia el puente, de manera que Vic lo vio de perfil. Se encontraba delante del Atajo y tenía una mano apoyada en la bicicleta.

Vic no pudo moverse. Era como si le hubieran inyectado una sustancia paralizante. Ni siquiera conseguía ordenar a sus pulmones que tomaran aire.

El Espectro ladeó la cabeza con el lenguaje corporal de un perro inquisidor. A pesar de su gran cráneo, tenía facciones de comadreja, apelotonadas en el centro de la cara. La barbilla hundida y retraída le daba un aspecto débil, casi retrasado. Parecía uno de esos palurdos que no saben pronunciar la palabra «homosexual».

Estudiaba el puente de Vic, que se adentraba en los árboles con toda su longitud. Después miró hacia la casa y Vic separó la cara de la ventana y pegó la espalda a la puerta.

—¡Buenas tardes, quienquiera que seas! —gritó el hombre—. ¡Sal a saludar! ¡No muerdo!

Vic se acordó de respirar. Le supuso un esfuerzo, como si llevara correas de sujeción alrededor del pecho.

El Espectro gritó:

—¡Has dejado la bicicleta tirada en mi jardín! ¿No la quieres? —después de un momento añadió—: ¡También te has dejado el puente cubierto en mi jardín! ¡Eso también te lo puedes llevar!

Rio. Su risa era como el relincho de un potro, *¡hiii-hiii!* y a Vic se le pasó por la cabeza que tal vez fuera retrasado mental.

Cerró los ojos y se mantuvo muy quieta pegada a la puerta. Entonces se dio cuenta de que el hombre no había dicho nada más y de que podía estar acercándose a la entrada de la casa. Echó el cerrojo y puso la cadena. Colocarla en su sitio le llevó tres intentos. Tenía las manos resbaladizas por el sudor y se le soltaba todo el tiempo.

Pero en cuanto hubo cerrado la puerta el hombre habló de nuevo y por su voz Vic supo que seguía en medio del jardín lleno de malas hierbas.

—Creo que conozco este puente. La mayoría de la gente se disgustaría al encontrarse un puente cubierto en el jardín delantero de su casa, pero no el señor Charles Talent Manx Tercero. El señor Charlie Manx es un hombre que sabe un par de cosas de puentes y carreteras que aparecen donde no deben. Yo mismo he conducido por alguna autopista que no tenía que estar donde estaba. Llevo conduciendo mucho tiempo. Te sorprendería saber cuánto, me apuesto cualquier cosa. Solo conozco una carretera y únicamente puedo circular por ella en mi Espectro. No sale en ningún mapa, pero está ahí siempre que la necesito. Está ahí siempre que tengo un pasajero dispuesto a ir a Christmasland. Tu puente ¿adónde va? ¡Deberías salir! Estoy seguro de que tenemos muchas cosas en común. Me apuesto cualquier cosa a que enseguida nos haremos amigos.

Entonces Vic se decidió. Cada momento que seguía allí escuchando era un momento menos que tenía para ponerse a salvo. Se puso en marcha, se separó de la puerta, corrió por el vestíbulo, cruzó las puertas con forma de alas de murciélago y entró en

La cocina

ERA UNA HABITACIÓN PEQUEÑA Y MUGRIENTA CON UNA MESA DE aglomerado amarilla y un teléfono negro y feo en la pared, debajo de un dibujo infantil desvaído por el sol.

Del techo colgaban serpentinas de lunares amarillos cubiertas de polvo, perfectamente inmóviles en el aire quieto, como si alguien hubiera dado una fiesta allí años atrás y no hubiera terminado de recoger. A la derecha de Vic había una puerta metálica abierta, que dejaba entrever una lavadora y secadora, unos cuantos estantes con alimentos no perecederos y un armario de acero inoxidable empotrado. Junto a la puerta de la despensa había un refrigerador de gran tamaño de esos con forma abombada que recuerdan a las bañeras antiguas.

Hacía calor en la habitación y olía a cerrado y a rancio. En el horno se calentaba una bandeja de comida precocinada. Vic imaginaba las rebanadas de pavo en un compartimento, puré de papa en el otro y el postre tapado con papel de aluminio. En la encimera había dos botellas de refresco de naranja. Una puerta daba al jardín trasero. En tres pasos Vic llegó hasta ella.

El niño muerto vigilaba la parte de atrás. Para entonces Vic ya sabía que estaba muerto, o algo peor. Que era uno de los niños de aquel hombre, Charlie Manx.

Estaba completamente inmóvil, enfundado en su abrigo de piel sin curtir, jeans y con los pies descalzos. La capucha estaba echada hacia atrás y dejaba ver sus cabellos pálidos y las negras ramificaciones venosas de las sienes. La boca abierta revelaba las hileras de dientes de aguja. El niño vio a Vic y sonrió, pero no se movió cuando esta gritó y descorrió el cerrojo. Había dejado un rastro de pisadas blancas allí donde la hierba se había congelado al contacto con sus pies. La cara tenía la tersura vidriosa del esmalte. Los ojos estaban empañados de escarcha.

—Venga —dijo exhalando vapor en su aliento—. Ven aquí y deja de hacer el tonto. Así nos vamos todos a Christmasland.

Vic se alejó de la puerta y se golpeó la cadera con el horno. Se volvió y empezó a abrir cajones buscando un cuchillo. El primero que abrió estaba lleno de trapos de cocina. En el segundo había batidores, espátulas, moscas muertas. Volvió al primer cajón, cogió un puñado de trapos, abrió el horno y los puso encima de la bandeja con la comida. Dejó la puerta del horno sin cerrar del todo.

Encima de la cocina había una sartén. La cogió por el mango. Era un alivio tener algo en la mano con lo que defenderse.

—¡Señor Manx, señor Manx, la he visto! ¡Es una tonta! —gritó el niño. Después aulló—: ¡Qué divertido!

Vic se dio la vuelta y cruzó de nuevo por las puertas batientes hacia la parte delantera de la casa. Miró de nuevo por la ventana que había junto a la puerta.

Manx había acercado su bicicleta al puente y estaba a la entrada de este examinando la oscuridad con la cabeza ladeada, escuchando tal vez. Por fin pareció decidir algo. Se agachó y dio un fuerte empujón a la bicicleta en dirección al puente.

La Raleigh cruzó el umbral de este y desapareció en la oscuridad.

Una aguja invisible se deslizó por el ojo izquierdo de Vic y se clavó en su cerebro. Gimió —no pudo evitarlo— y se dobló hacia delante. La aguja se retiró y entró de nuevo. Quería que la cabeza le explotara, quería morirse.

Escuchó un chasquido, los oídos se le destaparon y la casa tembló. Fue como si la hubiera sobrevolado un reactor, rompiendo la barrera del sonido.

El vestíbulo de la entrada empezó a oler a humo.

Vic levantó la cabeza y escudriñó por la ventana.

El Atajo había desaparecido.

Lo había sabido al oír aquel chasquido fuerte y penetrante. El puente había implosionado, como un sol moribundo transformándose en nova.

Charlie Manx caminó hacia la casa con los faldones de su abrigo aleteando a su espalda. De su cara fea y contraída había desaparecido todo rastro de humor. En lugar de ello parecía un hombre de escasa inteligencia decidido a cometer alguna crueldad.

Vic miró hacia las escaleras, pero supo que si subía por ellas no bajaría nunca. Así que le quedaba la cocina.

Cuando cruzó las puertas batientes vio al niño en la puerta de atrás, con la cara pegada contra el cristal. Sonreía mostrando su cara llena de delicados ganchos, las delgadas hileras de huesos curvos. Su aliento formaba plumas de escarcha plateada sobre el cristal.

Sonó el teléfono. Vic gritó como si alguien la hubiera agarrado por sorpresa y miró a su alrededor. Su cara chocó con las serpentinas de lunares amarillos que colgaban del techo.

Solo que no eran serpentinas, sino tiras de papel matamoscas, con docenas de carcasas de mosca marchitas pegadas. Vic tenía la garganta llena de bilis, un sabor agridulce, como un raspado de Terry's pasado de fecha.

El teléfono sonó otra vez. Vic apoyó la mano en el auricular pero, antes de que pudiera descolgarlo sus ojos se detuvieron en el dibujo infantil que había pegado encima del teléfono. El papel estaba seco, marrón y tieso por el paso del tiempo y el durex se había vuelto amarillo. Era el dibujo a pastel de un bosque de árboles de Navidad y del hombre llamado Charlie Manx con un gorro de Papá Noel y con dos niñas pequeñas sonrientes con la boca llena de colmillos. Las niñas del dibujo se parecían a aquella cosa del jardín que alguna vez había sido un niño.

Vic se llevó el auricular a la oreja.

—¡Ayuda! —gritó—. ¡Ayuda, por favor!

—¿Desde dónde llama, señora? —dijo una voz infantil.

—No lo sé. ¡No lo sé! ¡Me he perdido!

—Ya tenemos allí un coche. Está en el garaje. Suba al asiento trasero y nuestro conductor la llevará a Christmasland —quien estuviera al otro lado de la línea soltó una carcajada—. Nos ocuparemos de usted cuando esté aquí. Usaremos sus ojos para decorar nuestro árbol de Navidad gigante.

Vic colgó.

Escuchó un crujido a su espalda, se viró y vio que el niño había embestido la ventana con la frente. Una araña de vidrio roto cubrió la ventana. El niño parecía ileso.

De vuelta en el vestíbulo escuchó a Manx intentar forzar la puerta, que chocó contra la cadena.

El niño separó la cabeza y después embistió de nuevo y su frente golpeó la ventana con otro gran crujido. Cayeron esquirlas de cristal. El niño rio.

Del horno entreabierto empezaron a salir las primeras llamaradas amarillas que hacían un ruido como el de una paloma batiendo las alas. El papel de la pared a la derecha del horno se ennegrecía y combaba. Vic ya no recordaba por qué había querido provocar un incendio. Algo relacionado con aprovechar la confusión del humo para escapar.

El niño metió el brazo por la ventana rota y con la mano buscó a tientas el cerrojo. Los trozos de cristal le arañaron la muñeca, arrancándole trozos de piel y haciendo brotar sangre negra. No pareció importarle.

Vic le golpeó la mano con la sartén. Lo hizo con todas sus fuerzas y el impulso la llevó directamente a la puerta. Retrocedió, se tambaleó y cayó hasta quedar sentada. El niño sacó la mano de la puerta y Vic comprobó que le había aplastado tres dedos, que ahora estaban doblados de forma grotesca.

—¡Qué divertida eres! —gritó el niño y rio.

Vic empezó a retroceder, arrastrando el culo por los azulejos color crema. El niño metió la cara por la ventana rota y le sacó una lengua negra.

Del horno salían llamas rojas y por un momento el pelo del lado derecho de la cabeza de Vic se prendió, los finos cabellos se arrugaron, chamuscaron y encogieron. Lo apagó con la mano y volaron chispas.

Manx embistió la puerta principal y la cadena saltó con un sonido metálico y tintineante; el cerrojo se descorrió con un fuerte chasquido. Vic oyó la puerta chocar contra la pared con un golpe que hizo temblar toda la casa.

El niño metió de nuevo el brazo por la ventana y abrió el pestillo de la puerta trasera.

Alrededor de Vic empezaron a caer tiras de papel matamoscas ardiendo.

Se puso de pie y se giró, pero Manx estaba al otro lado de las puertas batientes a punto de entrar en la cocina. La miraba con ojos muy abiertos y una expresión de ávida fascinación en su fea cara.

—Cuando vi tu bicicleta pensé que serías más joven —dijo—, pero ya eres mayor. Es una verdadera pena. Christmasland no es un buen sitio para chicas mayores.

La puerta detrás de Vic se abrió... y cuando lo hizo fue como si todo el aire desapareciera de la habitación, como si el mundo exterior lo succionara. Un ciclón de llamas rojas salió del horno y con él, mil chispas ardiendo. También grandes bocanadas de humo negro.

Cuando Manx empujó las puertas batientes para ir hacia Vic, esta le evitó, esquivándole y agachándose detrás del enorme frigorífico y refugiándose en el único lugar que le quedaba:

La despensa

AGARRÓ EL TIRADOR DE METAL Y CERRÓ LA PUERTA DESPUÉS DE entrar.

Era una puerta pesada que chirrió mientras tiraba de ella. En su vida había movido una puerta tan pesada.

No tenía pestillo de ninguna clase. El tirador era una U de hierro unida a la superficie de metal. Vic lo agarró y pegó los pies al marco de la puerta con las piernas separadas. Un instante después, Manx tiró desde el otro lado, pero Vic hizo fuerza con las rodillas y la mantuvo cerrada.

Manx soltó y al momento tiró una segunda vez, intentando agarrarla desprevenida. Debía de pesar al menos treinta kilos más que Vic y tenía unos brazos largos como los de un orangután, pero con los pies contra la puerta se le desencajarían los hombros antes de que a ella le cedieran las piernas.

Manx dejó de tirar y Vic dispuso de un instante para mirar a su alrededor y ver un trapeador con un largo mango de metal azul. Estaba justo a su derecha, al alcance de la mano. La encajó en el tirador en forma de U de manera que el mango hacía fuerza contra la puerta.

Vic dio un paso atrás, las piernas le temblaron y estuvo a punto de caer sentada. Tuvo que apoyarse en la lavadora para conservar el equilibrio.

Manx tiró otra vez de la puerta y el mango del trapeador chocó con el marco de esta.

Paró. Luego tiró de nuevo, pero esta vez con suavidad, de forma casi experimental.

Vic le oyó toser. Le pareció oír también susurros infantiles. Le temblaban las piernas. Le temblaban con tal violencia que sabía que si se apartaba de la lavadora se caería.

—¡Ahora sí que la has hecho buena, pequeña pirómana! —dijo Manx desde el otro lado de la puerta.

—¡Vete! —gritó Vic.

—¡Hace falta mucha cara para colarse en la casa de alguien y luego decirle que se largue! —dijo, pero con buen humor—. Supongo que te da miedo salir. Si tuvieras algo de sentido común te daría más miedo quedarte donde estás.

—¡Vete! —gritó de nuevo Vic. Era lo único que se le ocurría decir.

Manx tosió otra vez. El resplandor rojizo del fuego parpadeaba debajo de la puerta, interrumpido por dos sombras que señalaban donde tenía Manx los pies. Hubo más susurros.

—Niña —dijo Manx—. Me da igual que la casa se queme. Tengo otros sitios adonde ir y, en todo caso, este agujero ya no puedo seguir usándolo. Sal. Sal o te asfixiarás ahí dentro y nadie identificará tus restos calcinados. Abre la puerta. No voy a hacerte daño.

Vic se reclinó contra la lavadora agarrándose al borde con las dos manos. Las piernas le temblaban de forma furiosa, casi cómica.

—Es una pena —continuó Manx—. Me habría gustado conocer a una chica que tiene un vehículo propio, que puede viajar por las carreteras del pensamiento. Los de nuestra especie no somos muchos. Deberíamos aprender los unos de los otros. En fin. Ahora te voy a dar yo una lección, aunque no creo que te guste mucho. Me quedaría a charlar un rato, pero empieza a hacer un poco de calor aquí. A decir verdad, yo soy más bien de clima frío. ¡Me gusta tanto el invierno que prácticamente soy uno de los elfos de Papá Noel! —y rio de nuevo, con esa risa que parecía el relincho de los vaqueros en un rodeo. *¡Hiiii!*

Algo se volcó en la cocina. Cayó con tal estrépito que Vic gritó y estuvo a punto de subirse de un salto a la lavadora. El impacto sacudió toda la casa e hizo vibrar de forma horrible las baldosas a sus pies. Por un momento temió que el suelo pudiera hundirse.

Supo, por el sonido, por el peso, por la fuerza, lo que había hecho Manx. Había agarrado el viejo y enorme refrigerador de forma abombada semejante a una bañera antigua, y lo había volcado delante de la puerta.

VIC SE QUEDÓ LARGO RATO APOYADA EN LA LAVADORA, ESPERANDO a que las piernas dejaran de temblarle.

Al principio no se creía que Manx se hubiera marchado de verdad. Tenía la sensación de que estaba esperando a que se lanzara hacia la puerta, golpeándola y suplicando que la dejaran salir. Podía oír el fuego. Oía cosas saltar y chisporrotear en el calor. El papel de la pared crujía y silbaba, igual que si alguien estuviera alimentando una fogata con agujas de pino.

Pegó la oreja a la puerta para oír mejor lo que pasaba en la otra habitación, pero en cuanto su piel rozó el metal retiró la cabeza con un grito. La puerta de hierro quemaba como una sartén puesta al fuego.

Un sucio humo marrón comenzó a filtrarse por el lateral izquierdo de la puerta.

Quitó el mango de la fregona de la puerta y lo tiró a un lado. Agarró el tirador con idea de darle un empujón, de ver hasta dónde podía empujarlo, pero enseguida lo soltó y retrocedió de un salto. El tirador curvo de metal estaba tan caliente como la superficie de la puerta. Agitó la mano en el aire para aliviar la sensación de quemazón en las yemas de los dedos.

Respiró la primera bocanada de humo. Apestaba a plástico derretido. Olía tan mal que se atragantó y se dobló, tosiendo tan fuerte que creyó que iba a vomitar.

Giró sobre sus talones. Dentro de la despensa apenas había espacio para más.

Estantes. Arroz precocinado. Un cubo. Un bote de amoniaco. Una botella de cloro. La puerta de una especie de armario o cajón de acero inoxidable empotrado en la pared. La lavadora y la secadora. No había ventanas. No había otra puerta.

En la habitación contigua explotó algo de cristal. Vic se dio cuenta de que el aire a su alrededor iba formando una película, como si estuviera dentro de una sauna.

Levantó la vista y vio que el techo de escayola blanco se empezaba a ennegrecer justo por encima del marco de la puerta.

Abrió la secadora y encontró una sábana blanca vieja ajustable. La sacó. Se tapó con ella la cabeza y los hombros, se envolvió una mano con parte de la tela e intentó otra vez empujar la puerta.

Aún con la sábana puesta, apenas podía tocar el tirador de metal y no resistiría empujar con el hombro durante demasiado tiempo. Pero la embistió con fuerza una y otra vez. La puerta tembló y se sacudió en el marco y se abrió quizá un par de centímetros, lo suficiente para dejar entrar una bocanada de humo marrón. Al otro lado de la puerta había demasiado humo para ver nada, ni siquiera llamas.

Vic tomó impulso y embistió la puerta por tercera vez. Le dio tan fuerte que rebotó contra ella, se le enredaron los tobillos en la sábana y se cayó. Gritó de desesperación y se quitó la sábana. La despensa estaba llena de humo.

Se levantó, se agarró a la lavadora con una mano y con la otra asió el tirador de la portezuela de metal. Pero mientras se ponía de pie esta se abrió con un chirrido de bisagras y Vic volvió a caerse, las rodillas incapaces de sostenerla.

Descansó un poco antes de intentarlo de nuevo y volvió la cara de manera que tenía la frente apoyada contra el metal fresco de la lavadora. Cuando cerró los ojos le vino la imagen de su madre poniéndole una mano fría en la frente caliente.

Se puso en pie con piernas vacilantes. Soltó el tirador del armarito metálico, que se cerró con un muelle. El aire tóxico le irritaba los ojos.

Abrió de nuevo la trampilla. Daba a un hueco para la ropa sucia, un conducto de metal oscuro y estrecho.

Metió la cabeza por la abertura y miró hacia arriba. Atisbó otra puerta pequeña, a unos tres o cuatro metros de altura.

La estaba esperando allí arriba, lo sabía.

Pero daba igual. Quedarse en la despensa no era una opción.

Se sentó en la trampilla metálica abierta, que colgaba de la pared con dos muelles de aspecto resistente. Metió la mitad superior del cuerpo por la abertura, tiró de las piernas y se deslizó dentro de

El conducto de la ropa sucia

A SUS DIECISIETE AÑOS, VIC PESABA SOLO DIECIOCHO KILOS MÁS Y era ocho centímetros más alta que cuando tenía doce. Seguía siendo una niña flacucha, toda piernas. Pero el hueco era muy estrecho. Se preparó, pegando la espalda a la pared, con las rodillas a la altura de la cara y los pies apoyados en la pared contraria.

Reptó por el conducto impulsándose con las almohadillas de los pies, avanzando de diez en diez centímetros. A su alrededor subían ráfagas de humo que le irritaban los ojos.

Empezaban a dolerle y escocerle los tendones. Avanzó otros diez centímetros, trepando por el conducto encogida, doblada de una manera grotesca. También le dolía la región lumbar.

Estaba a mitad de camino hacia el segundo piso cuando el pie izquierdo resbaló de pronto, desequilibrándola. Notó un desgarrón en el muslo derecho y gritó. Por un momento logró quedarse donde estaba, doblada, con la rodilla derecha en la cara y la izquierda colgando. Pero el peso en la pierna derecha era excesivo. El dolor era demasiado intenso. Dejó de hacer fuerza con el pie derecho y se precipitó hasta abajo del todo.

Fue una caída fea, dolorosa. Chocó contra el suelo de aluminio del conducto y se clavó la rodilla derecha en la cara. El otro pie rebotó contra la trampilla de acero inoxidable y llegó hasta la despensa.

Durante un peligroso instante estuvo a punto de sucumbir al pánico. Se echó a llorar y cuando se puso de pie en el hueco no intentó volver a trepar, sino que empezó a *saltar*, sin importarle que la parte de arriba estuviera fuera de su alcance y que no hubiera nada en el conducto de aluminio a lo que agarrarse. Gritó. Gritó pidiendo ayuda. El conducto estaba lleno de humo que le nublaba la visión y mientras gritaba empezó a toser, una tos áspera, seca y dolorosa. Siguió tosiendo y pensó que no pararía nunca. Tosió con tal fuerza que casi vomitó y al final escupió un gran chorro de saliva que le supo a bilis.

No era el humo lo que la aterraba, tampoco el dolor en la parte posterior del muslo, donde sin duda se había desgarrado un músculo. Era la soledad inexorable, desesperada. ¿Qué le había gritado su madre a su padre? *Pero tú no la estás educando, Chris. ¡Lo estoy haciendo yo sola!* Era horrible encontrarse en un agujero completamente sola. No recordaba la última vez que había abrazado a su madre, a su asustada, siempre malhumorada e infeliz madre, que cuando había estado enferma se había quedado a su lado y había posado una mano fría en su frente febril. Era horrible pensar en morir allí, dejando las cosas tal y como estaban.

Entonces empezó a trepar de nuevo por el conducto, otra vez con la espalda contra una pared y los pies apoyados en la otra. Le lloraban los ojos. La bajante se había llenado ya de humo, que subía en oleadas de color parduzco. Algo terrible le ocurría en la parte posterior de la pierna derecha. Cada vez que se impulsaba hacia arriba con los pies, era como si el músculo se le desgarrara de nuevo.

Parpadeó, tosió, empujó y culebreó conducto arriba. El tacto del metal contra su espalda quemaba desagradablemente. Pensó que faltaba muy poco para que empezara a dejarse la piel en las paredes, que el hueco no tardaría en ponerse al rojo vivo. Solo que ya no era un hueco, sino una chimenea, con un fuego humeante abajo y ella era Papá Noel subiendo a buscar a los renos. Tenía aquel estúpido villancico, os deseo una puta Navidad dulce y feliz, dando vueltas en reproducción continua. No quería quemarse viva con la música de un villancico en la cabeza. Para cuando estuvo cerca del final del hueco era casi imposible ver nada con el humo. No paraba de llorar y contenía el aliento. El músculo del muslo derecho le temblaba sin que pudiera hacer nada por evitarlo.

Vio una luz tenue en forma de U invertida en algún lugar situado justo encima de sus pies. Era la escotilla que daba al segundo piso. Le ardían los pulmones. Abrió la boca involuntariamente e inhaló una gran bocanada de humo que le hizo toser. Toser le dolía. Notaba el tejido blando detrás de sus costillas romperse, desgarrarse. La pierna derecha cedió sin avisar. Al perder pie, se agarró a la escotilla cerrada y mientras lo hacía pensó: *No se va a abrir. La habrá atrancado con algo y no se va a abrir.*

Sacó los brazos por la trampilla abierta hacia un aire maravillosamente fresco. Aguantó y se sujetó al borde de la abertura con las axilas. Las piernas cayeron dentro del conducto y las rodillas chocaron con la pared de acero.

Con la escotilla abierta entró aire en el hueco y Vic notó una brisa caliente y hedionda que subía hacia ella. Alrededor de su cabeza flotaba el humo. No podía dejar de toser y parpadear, tosía tan fuerte que tenía convulsiones. La boca le sabía a sangre, tenía sangre en los labios y se preguntó si no estaría echando algo importante por la boca.

Durante un largo instante permaneció allí colgada, demasiado débil para impulsarse y salir. Después empezó a dar patadas, apoyando las puntas de los pies contra la pared. Pataleó y coceó. No podía darse demasiado impulso, pero tampoco lo necesitaba. Ya tenía la cabeza y los brazos fuera, y salir del conducto no era tanto cuestión de trepar como de inclinarse hacia delante.

Se dio impulso de nuevo y aterrizó en la alfombra raída de un pasillo del segundo piso. El aire sabía bien. Se quedó un rato tumbada boqueando como un pez. Qué bendición, aunque dolorosa, resultaba estar viva.

Tuvo que apoyarse en la pared para ponerse en pie. Había esperado que la casa entera estuviera en llamas y llena de humo, pero no era así. En el pasillo de arriba, el aire estaba algo cargado, pero nada comparado con el hueco. A su derecha vio la luz del sol y caminó cojeando por una tupida alfombra de los años setenta hasta el rellano del que arrancaban las escaleras. Bajó los escalones tambaleándose, en una suerte de caída controlada, y vadeando a través del humo.

La puerta principal estaba medio abierta. La cadena colgaba del marco y de ella pendían a su vez la base de metal y una gran astilla de la puerta. El aire que entraba era frío y húmedo y Vic sintió deseos de zambullirse en él, pero no lo hizo.

En la cocina no se veía nada. Era todo humo y luces parpadeantes. Había una puerta abierta que daba a un cuarto de estar. El papel de la pared del extremo más lejano se estaba quemando y dejaba ver el yeso de debajo. La alfombra echaba humo. Había un jarrón con un ramo en llamas. Lenguas de fuego naranja trepaban por unas cortinas de nailon blanco. Vic pensó que toda la parte trasera de la casa estaría ardiendo, pero allí, en la parte delantera, en el recibidor, solo había humo en el pasillo.

Miró por la ventana situada a uno de los lados de la puerta. El camino de entrada a la casa era de tierra, largo y estrecho y se internaba entre los árboles. No parecía haber ningún coche, pero desde donde se encontraba no alcanzaba a ver el garaje. Manx podría estar sentado fuera esperando a ver si Vic salía. Podía estar al final del camino esperando a ver si Vic huía corriendo por él.

A su espalda algo crujió dolorosamente y se desplomó con gran estrépito. A su alrededor las explosiones de humo se sucedían. Una chispa ardiendo le alcanzó el brazo y la quemó. Y entonces supo que no había nada que pensar. Podía estar esperándola o no, pero no tenía adonde ir excepto

Fuera

EL JARDÍN ESTABA TAN LLENO DE MALEZA QUE ERA COMO CORRER entre una maraña de alambres. La hierba le tendía trampas para enredarle los tobillos. En realidad no había un jardín como tal, solo una extensión de arbustos silvestres y zarzas y, más allá, el bosque.

No se volvió en ningún momento a mirar ni el garaje ni la casa, y tampoco corrió hacia el sendero. No se atrevía a coger aquel camino largo y estrecho por miedo a que el hombre pudiera estar aparcado en algún punto del mismo, espiándola. En su lugar corrió hacia los árboles. No vio que había un terraplén hasta que se precipitó por él, un desnivel de casi un metro respecto al suelo del bosque.

Al aterrizar se hizo daño en los dedos de los pies y un intenso dolor se apoderó de la parte posterior de su muslo derecho. Se había estrellado contra un revoltijo de ramas secas; se liberó de ellas y cayó de espaldas.

Los pinos se cernían sobre ella. Se mecían en el viento. Los adornos que colgaban de sus ramas espejeaban, lanzaban destellos y formaban arco iris titilantes, así que era como ver las estrellas después de un golpe.

Cuando recuperó el aliento rodó hasta ponerse de rodillas y miró hacia el jardín.

La enorme puerta del garaje estaba abierta, pero el Rolls-Royce había desaparecido.

Le sorprendió —casi decepcionó— que hubiera tan poco humo. Vio una película gris subir desde la parte trasera de la casa. También salía humo por la boca abierta de la puerta principal. Pero no oía quemarse nada y tampoco veía llamas. Había esperado que la casa fuera una hoguera.

Después se levantó y se puso de nuevo en marcha. No podía correr, pero sí renquear al trote. Le quemaban los pulmones y un paso sí y otro no, un dolor le desgarraba la parte posterior del muslo derecho. Menos consciente era de otros innumerables dolores y heridas: la fría quemazón en su muñeca derecha, la punzada continua en el ojo izquierdo.

Avanzó en paralelo al sendero, manteniéndose a unos quince metros a la izquierda, lista para esconderse detrás de un arbusto o un tronco de árbol si veía el Rolls. Pero el camino de tierra se alejaba de verdad y en línea recta de la casita blanca sin que hubiera rastro ni del viejo coche ni de aquel hombre, Charles Manx, ni tampoco del niño muerto que viajaba con él.

Siguió el estrecho camino de tierra durante un periodo de tiempo indeterminado. Había perdido la noción del tiempo, no tenía ni idea, ni la tuvo después, de cuánto le llevó atravesar el bosque. Cada momento era el momento más largo de su vida hasta que llegaba el siguiente. Más tarde tuvo la impresión de que su asombrosa huida por el bosque había durado tanto como el resto de su infancia. Para cuando vio la autopista había dejado la infancia muy atrás. Esta se había quemado y consumido hasta desaparecer, lo mismo que la Casa Trineo.

El terraplén que conducía a la carretera era más alto que por el que se había caído y tuvo que trepar con manos y pies, agarrándose a matojos de hierba para tomar impulso. Cuando llegó al final de la pendiente, escuchó el petardeo y el silbido de una moto que se acercaba. Llegaba desde su derecha, pero para cuando Vic estuvo arriba ya se alejaba. Era una Harley montada por un tipo corpulento vestido de negro.

La autopista discurría en línea recta a través de un bosque y bajo una confusión de nubes tormentosas. A su izquierda había un montón de colinas altas y azules, y por primera vez Vic tuvo la sensación de estar en algún lugar elevado. En Haverhill, Massachusetts, rara vez se paraba a pensar en la altitud, pero ahora entendía que no era que las nubes estuvieran bajas, sino que ella estaba en un sitio alto.

Echó a correr por el asfalto persiguiendo a la Harley, gritando y agitando los brazos. *No me va a oír*, pensó; era imposible que la oyera por encima del estruendo del motor. Pero el hombre corpulento se volvió y la rueda delantera de su Harley cabeceó, antes de que la enderezara y se echara a un lado de la carretera.

No llevaba casco y vio que era un hombre gordo con barba en el mentón y en la papada; llevaba el pelo castaño corto por delante y largo por detrás, al más puro estilo de los años ochenta. Vic corrió hacia él notando una punzada en el muslo derecho a cada paso que daba. Cuando llegó hasta la moto, no perdió el tiempo en explicaciones, sino que se subió y le pasó al hombre los brazos alrededor de la cintura.

La mirada de este era de asombro y algo de miedo. Llevaba guantes de cuero negro con los dedos cortados y una chaqueta de cuero también negra, pero con la cremallera abierta de manera que dejaba ver una camiseta de Weird Al. Ya de cerca Vic se dio cuenta de que no era tan mayor como había pensado. Tenía la piel tersa y rosa debajo de la barba y sus emociones, de tan evidentes, parecían casi infantiles. Era posible incluso que no fuera mucho mayor que ella.

—¡Puta! —dijo—. ¿Estás bien? ¿Has tenido un accidente?

—Tengo que hablar con la policía. Hay un hombre. Quería matarme. Me encerró en una habitación y prendió fuego a la casa. Tiene a un niño pequeño. Había un niño pequeño y yo he estado a punto de no escapar, y se ha llevado al niño. Tenemos que irnos. Puede volver.

No estaba segura de si nada de aquello era comprensible. La información era la correcta, pero tenía la impresión de haberla expuesto mal.

El hombre gordo y con barba la miraba con ojos como platos, como si le estuviera parloteando en un idioma extranjero. En tagalo, quizá, o en klingon. Aunque luego resultaría que, de haberle hablado en klingon, Louis Carmody probablemente la habría entendido.

—¡Fuego! —gritó Vic—. ¡Fuego!

Y señaló con un dedo hacia el camino de tierra.

Desde la autopista no podía ver la casa y la fina columna de humo que subía desde los árboles podía haber sido de una chimenea o de alguien quemando hojas en un jardín. Pero aquellas palabras bastaron para sacar al hombre de su trance y espabilarlo.

—¡Agárrate, tía! —gritó con la voz quebrándosele en un gallo, y aceleró tanto la moto que Vic pensó que iba a hacer un caballito.

El estómago se le fue a los pies y apretó los brazos alrededor de la panza del hombre de manera que las puntas de los dedos casi, solo casi, se tocaban. Pensó que se iban a caer; la moto bailó peligrosamente, la rueda delantera cabeceando hacia un lado y la trasera a otro.

Pero el chico consiguió enderezarla y la línea blanca del centro de la carretera empezó a parpadear como en una ráfaga de ametralladora, lo mismo que los pinos que la flanqueaban.

Vic no se atrevía a mirar atrás. Esperaba ver el viejo coche negro salir desde el camino de tierra, pero la autopista estaba vacía. Volvió la cabeza y la apretó contra la espalda del chico gordo mientras dejaban atrás la casa del viejo en dirección a las colinas azules. Se alejaron y estaban a salvo y todo había terminado.

Al norte de Gunbarrel, Colorado

ENTONCES EL CHICO AFLOJÓ LA MARCHA.

—¿Qué haces? —gritó Vic.

Habían recorrido menos de un kilómetro de autopista. Vic se giró. Todavía veía el camino de tierra que conducía a aquella casa espantosa.

—Hey —dijo el chico—, tenemos que pedir ayuda. Ahí tienen teléfono.

Se acercaban a un camino de asfalto picado y agrietado que salía hacia la derecha y en la esquina de la intersección había una tienda-gasolinera con un par de surtidores a la entrada. El chico llevó la moto justo hasta el porche.

El motor se caló de repente, en cuanto retiró el pie del pedal, porque no se había molestado en poner el punto muerto. Vic quería decirle que no, que allí no, que estaban demasiado cerca de la casa del tipo, pero el chico gordo ya se había bajado de la moto y le tendía una mano para ayudarla a bajar a ella también.

Al dar el primer paso hacia el porche, Vic se tambaleó y estuvo a punto de caerse. El chico la sujetó. Se volvió y le miró, parpadeando para contener las lágrimas. ¿Por qué lloraba? No lo sabía, lo único que sabía era que no podía evitar sorber aire a intervalos cortos y ahogados.

Curiosamente el chico gordo, Louis Carmody, de solo veinte años, un chaval con un historial delictivo de lo más tonto —vandalismo, hurto, fumar siendo menor de edad—, también parecía a punto de echarse a llorar. Vic no supo su nombre hasta más tarde.

—Oye —dijo el chico—. No voy a dejar que te pase nada. Ahora estás bien, yo me encargo.

Vic quería creerle. Aunque para entonces ya entendía la diferencia entre ser un niño y un adulto. La diferencia es que cuando le dices a un niño que no va a pasarle nada malo estando contigo, te cree. Vic quería creerle, pero no podía, así que en lugar de ello decidió besarle. No en ese momento, sino más tarde. Más tarde le daría el mejor beso del mundo. Estaba gordito y tenía un pelo fatal, y sospechaba que no había besado nunca a una chica guapa. Vic no iba para modelo de catálogo de ropa interior, pero era bastante atractiva. Sabía que el chico también lo pensaba, por como le había costado soltarle la muñeca.

—Vamos a entrar y llamar a las fuerzas de la ley —dijo el chico—. ¿Qué te parece?

—Y a los bomberos— dijo Vic.

—Eso también —dijo el chico.

Lou entró en la tienda con suelo de madera de pino. Sobre el mostrador, unos huevos encurtidos flotaban como ojos de vaca en un fluido amarillento dentro de un frasco.

Unos pocos clientes hacían cola delante de la única caja registradora. El hombre detrás del mostrador tenía una pipa de maíz en uno de los lados de la boca. Con la pipa, los ojos bizcos y una barbilla prominente, se parecía bastante a Popeye El Marino.

Un joven con pantalones militares estaba el primero de la fila con unos pocos billetes en la mano. A su lado esperaba su mujer, con un bebé en brazos. Su mujer era, como mucho, cinco años mayor que Vic y llevaba el pelo rubio sujeto en una coleta con una goma elástica. El niño rubito que tenía en brazos llevaba una ranita de Batman con manchas de salsa de tomate en la parte delantera, la prueba de una nutritiva comida rápida cortesía de Chef Boyardee.

—Perdón —dijo Lou elevando su voz fina y aguda.

Nadie le miró.

—¿Tú no tuviste una vaca lechera, Sam? —preguntó el joven con pantalón militar.

—Pues sí —dijo el tipo que se parecía a Popeye mientras pulsaba algunas teclas de la caja registradora—. Pero no creo que te apetezca oír hablar otra vez de mi exmujer.

Los «muchachos» reunidos en torno al mostrador estallaron en risas. La rubia con el bebé sonrió indulgente y miró a su alrededor. Su vista se posó en Vic y Lou y frunció el ceño con preocupación.

—*¡Por favor, que todo el mundo me escuche!* —gritó Lou, y esta vez todos volvieron la cabeza y le miraron—. Necesitamos llamar por teléfono.

—Oye, cariño —dijo la rubia del bebé hablándole directamente a Vic. Por como lo dijo, esta supo que era camarera y llamaba a todo el mundo cariño, cielo o tesoro—. ¿Estás bien? ¿Qué ha pasado? ¿Habéis tenido un accidente?

—Tiene suerte de estar viva —dijo Lou—. Hay un hombre carretera abajo que la ha encerrado en su casa. Intentó quemarla viva, la casa sigue ardiendo. Ella se acaba de escapar. Ese cabrón tiene a un niño con él.

Vic negó con la cabeza. No... no, así no era la cosa exactamente. El niño no estaba allí contra su voluntad. Ni siquiera era ya un niño, sino otra cosa, algo tan frío que te dolía si le tocabas. Pero no se le ocurría cómo corregir a Lou, de forma que no dijo nada.

Los ojos de la rubia estuvieron fijos en Lou mientras hablaba y cuando volvió a mirar a Vic, lo hizo de una manera ligeramente distinta. Era una mirada de evaluación calmada e intensa, una mirada que Vic le había visto muchas veces a su madre. Era la forma en que Linda valoraba una herida, decidía cómo de grave era y qué tratamiento merecía.

—¿Cómo te llamas, cariño? —preguntó la rubia.

—Victoria —dijo Vic, algo que nunca hacía, referirse a sí misma por su nombre de pila.

—Ya estás a salvo, Victoria —dijo la rubia con una voz tan amable que Vic empezó a sollozar.

La rubia se hizo discretamente con el control de la habitación y de todos los que estaban en ella, sin necesidad de levantar la voz ni de soltar a su hijo. Más tarde, cuando Vic pensara en qué era lo que más le gustaba de las mujeres, siempre recordaba a la mujer del soldado, en su seguridad y en su tranquila compostura. Le venía a la cabeza la expresión «cuidados maternales», que era en realidad sinónima de estar presente y preocuparse por lo que le pasara a alguien. Quería esa seguridad para sí, esa percepción correcta de las cosas que había visto en la mujer del soldado y decidió que le gustaría ser una mujer como ella. Una madre poseedora del instinto firme, fiable y femenino que te dice qué hacer en un momento de crisis. Hasta cierto punto Bruce, el hijo de Vic, fue concebido en aquel momento, aunque no se quedaría embarazada de él hasta tres años más tarde.

Vic se sentó en unas cajas a uno de los lados del mostrador. El hombre que se parecía a Popeye ya estaba hablando por teléfono, pidiéndole a una operadora que le pusiera con la policía. Su voz era tranquila. Nadie había perdido la calma porque la rubia no lo había hecho y los demás seguían su ejemplo emocional.

—¿Eres de por aquí? —le preguntó la mujer del soldado.

—Soy de Haverhill.

—¿Eso está en Colorado? —preguntó el soldado, que se llamaba Tom Priest. Había estado dos semanas de permiso y aquella misma noche tenía que presentarse en Fort Hood para volver a Arabia Saudí.

Vic negó con la cabeza.

—Massachusetts. Tengo que llamar a mi madre. Lleva días sin verme.

A partir de aquel momento Vic fue incapaz de recorrer el camino de vuelta hacia la verdad. Llevaba dos días fuera de Massachusetts. Ahora estaba en Colorado y había escapado de un hombre que la había encerrado en su casa, que había intentado quemarla viva. Aunque no mencionó que había sido secuestrada, todo el mundo daba por hecho que eso era lo que había ocurrido.

Eso se convirtió en la nueva verdad, incluso para la propia Vic, del mismo modo que había sido capaz de convencerse de que había encontrado la pulsera de su madre en el coche familiar y no en Terry's Primo Subs en Hampton Beach. Las mentiras eran fáciles de contar porque no parecían en absoluto mentiras. Cuando le preguntaron sobre su viaje a Colorado, dijo que no recordaba haber estado en el coche de Charles Manx y los oficiales de policía intercambiaron miradas tristes y comprensivas. Cuando le insistieron, dijo que había estado todo oscuro. ¿Oscuro como dentro del maletero? Sí, puede ser. Alguien puso por escrito su declaración y Vic la firmó sin molestarse en leerla.

El soldado dijo:

—¿Dónde conseguiste escapar del hombre?

—Ahí, junto a la carretera, un poco más abajo —dijo Lou contestando por Vic, que se había quedado sin voz—. A menos de un kilómetro. Os puedo llevar. Es en el bosque, colega. Como no lleguen rápido los coches de bomberos la colina entera va a arder.

—Esa es la casa de Papá Noel —dijo Popeye apartando la boca del auricular del teléfono.

—¿Papá Noel? —dijo el soldado.

Un hombre con silueta de calabaza que llevaba una camisa a cuadros rojos y blancos dijo:

—Yo la conozco. He estado cazando por allí. Es muy rara. Los árboles de fuera tienen adornos de Navidad todo el año. Aunque nunca he visto a nadie por allí.

—¿El tío le ha pegado fuego a su propia casa y después se ha largado? —preguntó el soldado.

—Y tiene un niño con él —dijo Lou.

—¿Qué coche lleva?

Vic abrió la boca para responder y entonces vio algo moverse fuera, por el cristal de la puerta y miró por encima del soldado. Era el Espectro, que se detenía delante de los surtidores, como convocado por la pregunta. Incluso de lejos y a través de la puerta cerrada, se oía la música navideña.

Tienda-gasolinera de Sam

Vic no podía gritar, no podía hablar, pero tampoco hizo falta. El soldado le vio la cara y hacia dónde miraba y se volvió para comprobar quién se había detenido junto a los surtidores.

El conductor se bajó y rodeó el coche para poner gasolina.

—¿Es ese? —preguntó el soldado—. ¿El chófer?

Vic asintió.

—No veo que lleve ningún niño —dijo Lou alargando el cuello para mirar por la ventana delantera.

Siguió un momento de silencio angustiado, mientras todos en la tienda asimilaban lo que aquello implicaba.

—¿Lleva un arma? —dijo el soldado.

—No lo sé —dijo Vic—. No le vi ninguna.

El soldado se giró y echó a andar hacia la puerta. Su mujer le miró con dureza.

—¿Adónde crees que vas?

El soldado dijo:

—¿Tú qué crees?

—Deja que se ocupe la policía, Tom Priest.

—Por supuesto. Cuando vengan. Pero no pienso dejar que se marche antes de que lleguen.

—Voy contigo, Tommy —dijo el tipo corpulento con camisa de cuadros blancos y rojos—. Además es mi obligación. Soy el único en esta habitación que lleva placa.

Popeye bajó el auricular del teléfono, lo tapó con una mano y dijo:

—Alan, tu placa es de guarda forestal y tiene pinta de haberte tocado en una piñata.

—No me ha tocado en ninguna piñata —dijo Alan Warnes ajustándose una corbata invisible y arqueando sus cejas plateadas, simulando estar furioso—. Tuve que pedirla por correo a una institución de lo más respetable. La misma donde me compré una pistola de agua y un parche de ojo de pirata de verdad.

—Si insistís en salir ahí —dijo Popeye metiendo una mano debajo del mostrador—, llevaos esto.

Apoyó una enorme automática negra del 45 cerca de la caja registradora y la empujó con una mano hacia el guarda forestal.

Alan Warner frunció el ceño y sacudió ligeramente la cabeza.

—Mejor no. No sé a cuántos ciervos he disparado, pero no me gustaría a apuntar a ningún hombre. ¿Tommy?

El soldado llamado Tom Priest dudó, después cruzó la habitación y cogió la 45. Le dio la vuelta para comprobar el seguro.

—Thomas —dijo su mujer mientras mecía al niño en los brazos—. Tienes un hijo de dieciocho meses. ¿Qué vas a hacer si ese hombre te saca una pistola?

—Dispararle —dijo Tom.

—Puta —dijo la mujer con una voz que era poco más que un susurro—. Pu-ta.

El soldado sonrió... y cuando lo hizo parecía un niño de diez años a punto de soplar las velas de su cumpleaños.

—Cady, tengo que hacerlo. Soy un miembro en activo del ejército de Estados Unidos y estoy autorizado para hacer cumplir la ley federal. Acabamos de saber que ese tipo ha cruzado fronteras estatales con una menor y en contra de la voluntad de esta. Eso es secuestro. Estoy obligado a hacer que ponga el culo en el suelo y esperar a las autoridades civiles. Y basta de charlas.

—¿Por qué no esperas a que entre a pagar la gasolina? —dijo Popeye.

Pero Tom y el guarda, Alan, avanzaban ya juntos hacia la puerta. Alan se volvió.

—Igual se larga sin pagar. Dejad de preocuparos. Esto va a ser divertido. No he tenido que enfrentarme a nadie desde mi último año de instituto.

Lou Carmody tragó saliva con esfuerzo y dijo:

—Yo os cubro.

Y salió detrás de ellos. La rubia guapa, Cady, le cogió del brazo antes de que hubiera dado tres pasos. Probablemente le salvó la vida.

—Tú ya has hecho bastante. Ahora quiero que te quedes aquí. Igual tienes que ponerte al teléfono para informar de los hechos a la policía —le dijo en una voz que no daba lugar a objeciones.

Lou suspiró de forma algo temblorosa y relajó los hombros. Parecía aliviado, tenía pinta de necesitar acostarse. Vic pensó que le comprendía. El heroísmo era una cosa agotadora.

—Señoras —dijo Alan Warner saludando con la cabeza a Cady y a Vic mientras salía.

Tom Priest fue delante de él hasta la puerta y la cerró cuando hubieron salido, haciendo tintinear la campanilla. Vic miraba desde las ventanas delanteras. El resto también.

Vieron a Priest y a Warner cruzar el asfalto, el soldado delante llevando la 45 pegada a la pierna derecha. El Rolls estaba en el último surtidor y el conductor les daba la espalda a los dos hombres. No se volvió cuando estos se acercaron, sino que continuó llenando el depósito.

Tom Priest ni esperó ni se molestó en dar explicaciones. Le puso una mano en la espalda a Manx y le empujó hasta el lateral del coche. A continuación le puso el cañón de la pistola en la espalda. Alan se mantuvo a una distancia prudencial, detrás de Tom y entre los dos surtidores, dejando hablar al soldado.

Charlie Manx trató de ponerse recto, pero Priest le empujó de nuevo contra el coche, aplastándole contra el Espectro. El Rolls, fabricado en Bristol en 1938 por una compañía que pronto diseñaría tanques para la Marina Real británica, ni se movió. La cara bronceada de Tom Priest era una máscara rígida y severa. Ni rastro de la sonrisa infantil; parecía un hijo de puta con botas y chapas de identificación como las que llevan los perros. Dio una orden en voz baja y despacio, muy despacio, Manx levantó las manos y las apoyó en el techo del Rolls-Royce.

Tom metió la mano que tenía libre en el bolsillo del abrigo negro de Manx y sacó algunas monedas, un encendedor de metal y una cartera plateada. Lo dejó todo en el techo del Rolls-Royce.

En aquel momento se oyó un ruido metálico, o sordo, procedente de la parte trasera del Rolls. Fue lo bastante fuerte como para sacudir todo el coche. Tom miró a Alan.

—Alan —dijo, con voz lo bastante alta para que lo oyeran desde dentro—, ve y quita las llaves del contacto. A ver lo que hay en el maletero.

Alan asintió y empezó a rodear el coche mientras sacaba un pañuelo para sonarse la nariz. Llegó hasta la puerta del conductor, donde la ventana estaba abierta unos veinte centímetros y cogió las llaves. Fue entonces cuando todo empezó a ir mal.

La ventanilla se subió. Dentro del coche no había nadie; nadie podía accionar la manivela. Pero la ventanilla subió de pronto y se cerró, atrapando el brazo de Alan. Este chilló, echó la cabeza hacia atrás y cerró los ojos, poniéndose de puntillas por el dolor.

Tom Priest apartó la vista de Manx un segundo —solo uno— y la puerta del pasajero se abrió de pronto. Le golpeó el costado derecho, lo lanzó contra el surtidor y lo puso mirando de espaldas. La pistola chocó contra el asfalto. La puerta del coche parecía haberse abierto sola. Desde donde estaba Vic, parecía que nadie le había puesto una mano encima. Esta pensó automáticamente en *El coche fantástico,* una serie que llevaba años sin ver, y en cómo el elegante coche de Michael Knight conducía solo, pensaba, expulsaba a gente que no le gustaba y abría las puertas a quien sí.

Manx dejó caer la mano izquierda y cuando la levantó sostenía la manguera de la gasolina. Le dio a Tom en la cabeza con la boquilla de metal, golpeándolo en el puente de la nariz a la vez que apretaba el gatillo de manera que un chorro de gasolina salió disparado hacia la cara del soldado y le chorreó por los pantalones militares.

Tom profirió un grito ahogado y se llevó las manos a los ojos. Manx le golpeó de nuevo dándole con la boquilla en plena cabeza, como si quisiera trepanársela. La gasolina clara y brillante brotó a borbotones sobre la cabeza de Priest.

Alan gritaba y gritaba. El coche empezó a avanzar despacio, arrastrándolo con él.

Priest intentó lanzarse contra Manx, pero este ya se había apartado y Priest cayó a cuatro patas sobre el asfalto. Manx le roció la espalda con gasolina con la meticulosidad que pondría un hombre en regar su jardín con una manguera.

Los objetos que estaban en el techo del coche —las monedas, el encendedor— empezaron a caerse mientras el vehículo seguía avanzando despacio. Manx alargó un brazo y cogió el mechero de metal brillante con la misma ligereza que un jugador de primera base sale a atrapar una bola lenta a media altura.

Alguien empujó a Vic desde la izquierda —Lou Carmody— y chocó contra la rubia llamada Cady. Esta gritaba el nombre de su marido, casi doblada en dos por la fuerza de sus gritos. El niño que tenía en brazos también chillaba: *¡Papi! ¡Papi!* La puerta se abrió de par en par, los hombres salieron al porche y por un momento Vic no vio nada, porque la gente corriendo a su lado le bloqueaba la vista.

Cuando vio de nuevo el asfalto, Manx había dado un paso atrás y prendido el encendedor. Lo dejó caer sobre la espalda del soldado, que empezó a arder con una gran explosión de fuego azul que desprendía una ráfaga de calor suficiente para hacer temblar los cristales de la tienda.

El Espectro proseguía su marcha arrastrando con él a un indefenso Alan Warner. El grueso hombre gritaba golpeando la puerta del coche con la mano que tenía libre, como si así pudiera convencerla de que lo soltara. A uno de los lados del coche le había salpicado gasolina y la rueda del lado del pasajero era un anillo de fuego rodante.

Charlie Manx dio otro paso alejándose del soldado en llamas, que se retorcía, y fue golpeado en la espalda por otro de los clientes, un hombre delgaducho con tirantes. Los dos cayeron al suelo. Lou Carmody saltó por encima de ellos y se quitó la chamarra para echársela por encima a Priest.

La ventanilla del asiento del conductor se bajó abruptamente y soltó a Alan Warner, quien cayó al asfalto casi debajo de las ruedas del coche. Estas hicieron un ruido seco al pasarle por encima.

Sam Cleary, el dueño de la tienda que se parecía a Popeye, pasó corriendo junto a Vic con un extintor en la mano.

Lou Carmody gritaba alguna cosa mientras sacudía su chamarra contra Tom Priest, pegándole con ella. Era como si estuviera atizando un montón de periódicos ardiendo; por el aire subían grandes copos de humo negro. Vic no comprendió hasta más tarde que eran jirones de carne quemada.

El niño en brazos de Cady golpeaba la ventana delantera de la tienda con una mano gordezuela. «¡Quema! ¡Papi quema!». Cady pareció darse cuenta de repente de que su hijo lo estaba viendo todo, se volvió y se fue con él hasta el otro extremo de la habitación, lejos de la ventana, sollozando.

El Rolls avanzó unos sesenta metros más antes de detenerse cuando el parachoques se encontró con un poste de teléfono. Las llamas tapaban toda la parte trasera y, si había un niño en el maletero, habría muerto asfixiado o quemado. Pero no había ningún niño. Lo que había era un bolso propiedad de Cynthia McCauley, desaparecida tres días antes del aeropuerto JFK de Nueva York junto con su hijo Brad, pero a ninguno de los dos se los volvió a ver. Nadie fue capaz de explicar el ruido sordo que pareció salir del maletero del coche, ni tampoco lo de la ventanilla bajando sola o la puerta golpeando a Tom Priest. Era casi como si el coche actuara por voluntad propia.

Sam Cleary llegó hasta los dos hombres que forcejeaban en el suelo y usó por primera vez el extintor, sujetándolo con ambas manos, para golpear a Charlie Manx en la cara. Lo usaría por segunda vez con Tom Priest, apenas treinta segundos después, pero para entonces este ya estaba muerto y muy muerto.

Por no decir muy hecho.

INTERLUDIO:
EL ESPÍRITU DEL ÉXTASIS
2000-2012

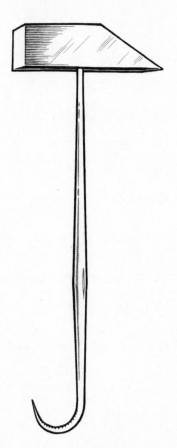

Gunbarrel, Colorado

LA PRIMERA VEZ QUE VIC MCQUEEN ACEPTÓ UNA CONFERENCIA desde Christmasland era madre soltera, vivía con su novio en un remolque y en Colorado nevaba.

Había vivido toda su vida en Nueva Inglaterra y pensaba que lo sabía todo sobre la nieve, pero en las Rocosas era distinta. Las tormentas eran distintas. Tal y como lo veía Vic, las tormentas de nieve en las Rocosas eran tiempo *azul*. La nieve caía muy deprisa, con fuerza y sin parar y había algo *azul* en la luz, de manera que le parecía estar atrapada en un glaciar, un lugar invernal donde siempre era Nochebuena.

Salía con mocasines y una de las camisetas extra grandes de Lou (que usaba de camisón) para quedarse de pie en la penumbra azulada y escuchar caer la nieve. Esta silbaba en las ramas de los pinos como ruido blanco, parásito. Vic aspiraba el dulce aroma a leña y a pinos tratando de explicarse cómo narices había acabado con los pezones irritados y sin trabajo, a más de tres mil kilómetros de casa.

La única explicación que se le ocurría era la venganza. Había vuelto a Colorado después de terminar la escuela secundaria en Haverhill para estudiar Bellas Artes. Quería hacer Bellas Artes porque su madre se oponía por completo y su padre se había negado a pagarle los estudios. Otras elecciones de Vic que su madre no soportaba y de las que su padre no quería ni oír hablar eran que fumara porros, que se saltara clases para irse a esquiar, ligara con chicas, se fuera a vivir con el delincuente gordo que la había rescatado de Charlie Manx o se quedara embarazada sin molestarse en casarse antes. Linda le había dicho siempre que no querría saber nada si tenía un hijo fuera del matrimonio, así que Vic no la invitó después de que este naciera y, cuando Linda se ofreció a visitarla, le dijo que prefería que no lo hiciera. En cuanto a su padre, ni siquiera se había molestado en mandarle una fotografía del bebé.

Todavía recordaba lo agradable que había sido mirar a Lou Carmody a la cara mientras se tomaban un café en un local de gente pija de Boulder y soltarle, a bocajarro y con amabilidad: «Supongo que te debo coger por haberme salvado la vida, ¿no? Es lo menos que puedo hacer. ¿Quieres terminarte el café o nos vamos ahora mismo?».

Después de la primera vez Lou le confesó que no se había acostado nunca con una chica; lo dijo con la cara al rojo vivo por el esfuerzo y la vergüenza. Veintipocos años y todavía virgen. ¿Quién dijo que ya no quedaban cosas asombrosas en este mundo?

A veces Vic odiaba a Lou por no haberse contentado solo con el sexo. También tenía que quererla. Necesitaba tanto hablar como acostarse con ella, quizá más; quería hacer cosas por ella, comprarle regalos, tatuarse juntos, irse de viaje. A veces se odiaba a sí misma por haberse dejado arrinconar hasta que fueron amigos. Tenía la impresión de que sus planes habían sido otros: echarle un par de cogidas, demostrarle que era una chica capaz de apreciar a un tipo y después dejarle y buscarse una novia alternativa, que tuviera un mechón rosa en el pelo y unos cuantos piercings en la lengua. El problema de aquel plan era que le gustaban más los chicos que las chicas, y Lou le gustaba más que la mayoría de los chicos: olía bien, se movía despacio y era casi tan difícil hacerle enfadar como a un personaje de Winnie the Pooh. También era suave como los personajes de Winnie the Pooh. La irritaba que le gustara tocarle y recostarse en él. Su cuerpo actuaba siempre en contra de sus deseos y según sus propios e inútiles propósitos.

Lou trabajaba en un taller mecánico que había abierto con algo de dinero que le habían dado sus padres y vivían en un remolque detrás de este, a tres kilómetros de Gunbarrel, a mil quinientos de cualquier parte. Vic no tenía coche y probablemente pasaba ciento sesenta horas a la semana en casa. Esta olía a pañales empapados de orina y a piezas de recambio y la pila estaba siempre llena de platos sucios.

Cuando echaba la vista atrás, le sorprendía no haberse vuelto loca antes. Le sorprendía que muchas madres jóvenes no lo hicieran. Cuando tus tetas se han convertido en una central lechera y la banda sonora de tu vida son llantos histéricos y risa desquiciada, ¿cómo puede una mantener la cordura?

Tenía una única vía de escape ocasional. Cada vez que nevaba dejaba a Wayne con Lou, cogía el camión y decía que se iba al pueblo a por un café y una revista. Era por decirles algo. Vic no quería contarles la verdad. Lo que en realidad iba a hacer se le antojaba curiosamente como algo privado, vergonzoso incluso. Algo totalmente personal.

Así ocurrió un día, estando todos atrapados, juntos, en casa. Wayne estaba aporreando un xilófono de juguete, Lou se dedicaba a quemar tortitas y la televisión estaba a todo volumen con *Dora, la puta exploradora*. Vic salió a fumar un cigarrillo. Afuera estaba azul y la nieve caía silbando entre los árboles y para cuando se terminó el American Spirit hasta que casi se quemó los dedos, sabía que necesitaba dar una vuelta.

Le pidió las llaves a Lou, se puso una sudadera con capucha de Colorado Avalanche y cruzó hasta el taller, que estaba cerrado aquella mañana gélida y azul de domingo. Dentro olía a metal y a aceite derramado, un olor muy parecido a la sangre. Wayne olía a eso todo el tiempo y Vic lo odiaba. El crío —Bruce para sus abuelos paternos, Wayne para Vic y Batboy para Lou— pasaba casi todo el día gorjeando dentro de un neumático para un camión gigante. Era lo que tenían en lugar de un parque. El padre de su bebé era un hombre que poseía solo dos mudas de ropa interior y llevaba un Joker tatuado en la cadera. Vaya asunto, repasar todas las cosas que habían terminado llevándola a aquel lugar de montañas rocosas, nevadas intermi-

nables y desolación. No lograba entender cómo había llegado hasta
allí cuando siempre se le había dado tan bien ir adónde quería.

Una vez en el garaje, se detuvo y apoyó un pie en el estribo del
camión. Lou había aceptado el encargo de pintarle la moto a un
amigo. Acababa de terminar de dar una primera capa de negro al
depósito de gasolina, que ahora tenía aspecto de arma, de bomba.

En el suelo, junto a la bicicleta, había una hoja de papel de calco
con una calavera en llamas y las palabras HARD CORE escritas debajo.
Vic echó un vistazo a lo que Lou había pintado y supo que iba a cagarla con el encargo. Y era curioso, algo de lo tosco de la ilustración,
de sus evidentes fallos, le hacía quererle tanto que casi se sintió enferma. Enferma y culpable. Ya entonces una parte de ella sabía que algún
día terminaría dejándole. Una parte de ella sabía que Lou —Lou y
también Wayne— se merecían algo mejor que Vic McQueen.

La carretera se extendía unos tres kilómetros en dirección a
Gunbarrel, un lugar donde había cafeterías, tiendas de velas y un spa
donde hacían tratamientos faciales con crema de queso. Pero Vic
solo hacía la mitad del recorrido antes de desviarse por una carretera
secundaria de tierra que se perdía entre los pinos de un frondoso
bosque.

Encendió los faros y pisó el acelerador. Era como tirarse por un
precipicio. Como suicidarse.

El enorme Ford avanzó aplastando arbustos, traqueteó por surcos,
se asomó por salientes. Conducía a velocidad peligrosa, derrapando
en las curvas y levantando nieve y piedras a su paso.

Iba en busca de algo. Miraba concentrada hacia las luces de los
faros, que abrían un hueco en la nieve que caía, un pasadizo blanco.
Los copos volaban a gran velocidad, como si estuviera circulando
por un túnel de electricidad estática.

Sentía que estaba cerca, el Puente del Atajo, esperándola en el
confín de las luces de los faros. Sentía que era una cuestión de velocidad. Si lograba ir lo bastante deprisa, podría obligarlo a volver a
existir, saltar desde ese camino forestal lleno de baches a los viejos
tablones del puente. Pero no se atrevía a llevar el camión a más velo-

cidad de la que era capaz de controlarlo y por eso nunca llegaba al Atajo.

Quizá si tuviera su bicicleta. O si fuera verano.

Quizá si no hubiera sido tan tonta como para tener un niño. Odiaba haber tenido aquel niño. Ahora estaba jodida. Quería demasiado a Wayne para pisar el pedal a fondo y volar hacia la oscuridad.

Había creído que el amor tenía algo que ver con la felicidad, pero resultó que no estaban en absoluto relacionados. El amor tenía más de necesidad, lo mismo que comer, que respirar. Cuando Wayne se dormía, con la cálida mejilla apoyada en su pecho desnudo y los labios oliendo al aroma dulzón de la leche de su propio cuerpo, Vic se sentía como si la alimentada fuera ella.

Quizá no conseguía convocar el puente porque no quedaba nada que encontrar. Quizá ya había encontrado todo lo que el mundo tenía que ofrecerle, una idea que le resultaba bastante desoladora.

Ser madre no tenía nada de bueno. Vic quería montar una página web, una campaña de concienciación pública, un boletín informativo para que la gente supiera que si eras mujer y tenías un hijo lo perdías todo, pasabas a ser prisionera del amor, un terrorista que no se conformaba hasta que le entregabas todo tu futuro.

El camino forestal terminaba en una gravera, donde había que dar la vuelta. Al igual que le había ocurrido otras veces, condujo de vuelta a la autopista con dolor de cabeza.

No. No era dolor de cabeza. El dolor no era en la cabeza, sino en el ojo izquierdo. Un dolor lento y pulsátil.

Volvió al garaje cantando al son de Kurt Cobain. Kurt Cobain sabía lo que era perder tu puente mágico, el medio de transporte a las cosas que necesitabas. Era como chupar el cañón de un arma.

Aparcó dentro y se quedó detrás del volante en el frío, mirando el vapor de su aliento. Podría haberse quedado allí para siempre, de no haber sonado el teléfono.

Estaba en la pared, justo fuera de la oficina que Lou nunca usaba. Era tan viejo que tenía dial giratorio, como el que había en la Casa Trineo de Charlie Manx. El timbrazo era áspero y metálico.

Vic arrugó el ceño.

Era una línea distinta de la de la casa y se referían a ella en broma como «el teléfono del trabajo». No sonaba jamás.

Vic saltó del asiento delantero, que estaba a más de un metro del suelo de cemento. Descolgó al tercer timbrazo.

—Taller mecánico de Carmody —dijo.

El teléfono estaba helado y la palma de la mano de Vic al sujetar el auricular dejó un pálido halo de escarcha en el plástico.

Hubo un silbido, como si la llamada viniera de muy lejos. De fondo Vic oyó cantar villancicos, el sonido de tiernas voces infantiles. Era un poco pronto para eso, mediados de noviembre.

Un niño dijo:

—Ejem.

—¿Hola? ¿Quién es?

—Ejem. Sí, soy Brad. Brad McCauley. Llamo de Christmasland.

Vic reconoció el nombre del niño pero al principio no lo situó.

—Brad —dijo—. ¿Qué querías? ¿De dónde dices que llamas?

—De Christmasland, tonta. Ya sabes quién soy. Estaba en el coche —dijo—. En la casa del señor Manx. Acuérdate, nos divertimos un montón.

A Vic se le congeló el pecho y le costaba trabajo respirar.

—Escucha niño, vete a la mierda con tu puta broma.

—Llamo porque tenemos hambre —dijo el niño—. Llevamos siglos sin nada que comer y ¿de qué nos sirven tantos dientes si no podemos usarlos para masticar nada?

—Como vuelvas a llamar, aviso a la policía, puto chiflado —dijo Vic, y colgó con furia el teléfono.

Se tapó la boca con un mano y profirió algo que era mitad sollozo, mitad grito de furia. Se dobló hacia delante y tembló en el gélido garaje. Cuando se hubo recuperado se enderezó, descolgó el teléfono y llamó con voz serena a la operadora.

—¿Puede darme el número de la persona que acaba de llamar a este teléfono? —preguntó—. Se ha cortado y quiero hablar con ella.

—¿Al número desde el que me está llamando?

—Sí, se acaba de cortar.

—Lo siento. Solo me figura una llamada el viernes por la tarde de un 800. ¿Quiere que le ponga?

—Me acaban de llamar ahora mismo. Quiero saber quién era.

Hubo un silencio antes de que la operadora contestara, una cesura en la que Vic distinguió las voces de otras operadoras de fondo.

—Lo siento. No ha tenido ninguna llamada desde el viernes.

—Gracias —dijo Vic, y colgó.

Estaba sentada en el suelo debajo del teléfono, abrazándose, cuando Lou la encontró.

—Llevas un rato aquí sentada —dijo—. ¿Quieres que te traiga una manta o un tautaun muerto o algo?

—¿Qué es un tautaun?

—Algo parecido a un camello. O a una cabra gigante. No creo que importe.

—¿Qué hace Wayne?

—Se ha quedado frito. Está bien. ¿Qué haces aquí?

Lou miró la penumbra de alrededor, como si pensara que Vic pudiera no estar sola.

Vic tenía que decirle algo, darle alguna explicación de por qué estaba sentada en el suelo de un garaje frío y oscuro, así que hizo un gesto hacia la moto a medio pintar.

—Estaba pensando en la moto en la que estás trabajado.

Lou la observó con los ojos entrecerrados. Vic se dio cuenta de que no la creía.

Pero entonces miró la moto y la plantilla en el suelo junto a esta y dijo:

—Me preocupa cagarla. ¿Crees que me quedará bien?

—Pues no, no lo creo. Lo siento.

Lou la miró sobresaltado.

—¿En serio?

Vic sonrió débilmente y asintió. Lou dejó escapar un gran suspiro.

—¿Me vas a decir lo que está mal?

—*Hardcore* es una palabra, no dos y la letra *e* se parece a un *8*. Pero es que además tienes que escribirlo de atrás adelante. Si no, cuando pegues la plantilla, *hardcore* te va a quedar al revés.

—Joder, si es que soy imbécil —Lou le dedicó otra mirada esperanzada—. Por lo menos te gusta la calavera, ¿no?

—¿Te digo la verdad?

Lou se miró los pies.

—Joder. Esperaba que Tony B. me diera cincuenta pavos o algo si le pintaba bien la moto. Si no llegas a decirme nada igual hasta tengo que pagárselos yo a él por estropeársela. ¿Es que no hay nada que se me dé bien?

—Eres un buen padre.

—Eso no es ciencia espacial.

No, pensó Vic. *Es más difícil.*

—¿Quieres que te lo arregle? —preguntó.

—¿Has pintado una moto alguna vez?

—No.

Lou asintió.

—Vale. Si la cagas decimos que he sido yo. A nadie le sorprenderá. Pero si lo haces de puta madre, entonces diremos quién la ha pintado de verdad. Igual nos salen más encargos —la miró de nuevo, estudiándola—. ¿Seguro que estás bien? ¿No te habrás venido aquí a pensar cosas de esas feas que pensáis las mujeres?

—No.

—¿No piensas alguna vez que igual dejaste el psicólogo demasiado pronto? Tía, has pasado por cosas muy gordas. Igual deberías hablar de ello. Hablar de él.

Acabo de hacerlo, pensó Vic. *Acabo de tener una agradable charla con el último niño al que secuestró Charlie Manx. Ahora es una especie de vampiro, vive en Christmasland y quiere algo de comer.*

—Creo que me he cansado de hablar —dijo, y cogió la mano de Lou cuando este se la tendió—. Ahora voy a probar a pintar.

Sugarcreek, Pensilvania

A PRINCIPIOS DEL VERANO DE 2001, BING SE ENTERÓ DE QUE. Charlie Manx estaba muy enfermo. Para entonces Bing tenía cincuenta y tres años y llevaba cinco sin ponerse la máscara antigás.

Se enteró por un artículo en AOL, al que había accedido con el enorme ordenador negro marca Dell que le había regalado NorChemPharm en reconocimiento a sus treinta años de servicio. Cada día entraba en AOL para ver si había noticias de Colorado referentes al señor Manx, pero durante muchísimo tiempo no hubo nada, hasta esto: Charles Talent Manx III, edad desconocida, asesino convicto, sospechoso de docenas de secuestros de niños, ha sido trasladado al hospital de la prisión federal de Englewood ante la imposibilidad de despertarle.

Manx fue examinado por el prominente neurocirujano de Denver, Marc Sopher, quien describió su estado como caso de estudio.

«El paciente parece sufrir progeria adulta o una forma rara de síndrome de Werner», declaró Sopher. «Dicho más sencillamente, ha empezado a envejecer con gran rapidez. Un mes equivale para él a más de un año. Y antes de la enfermedad no es que fuera un niño precisamente».

El doctor afirmó que no había forma de saber si la dolencia de Manx podría explicar en parte el comportamiento aberrante que le llevó a asesinar brutalmente al soldado de primera Thomas Priest en 1996. Asimismo se negó a calificar el estado actual de Manx de comatoso.

«No se ajusta estrictamente a la definición médica de coma. Su actividad mental es elevada, como si estuviera soñando. Lo que ocurre es que ya no puede despertarse. Su cuerpo está demasiado cansado. Ya no le queda combustible».

Bing a menudo había pensado en escribir al señor Manx para decirle que seguía siéndole fiel, que aún le quería y siempre lo haría, que estaba dispuesto a servirle hasta la muerte. Pero aunque Bing no era la más brillante de las luces del árbol de Navidad —ja, ja, ja—, tampoco era tan tonto como para no saber que el señor Manx se pondría furioso con él por escribirle, y además con razón. Una carta de Bing sin duda traería a hombres de traje a su puerta, hombres con gafas de sol y pistolas enfundadas debajo del sobaco. *Hola, señor Partridge, ¿le importaría contestar a unas cuantas preguntas? ¿Qué le parece si entramos en su sótano con una pala y excavamos un rato?* Así que nunca le había escrito y ahora era demasiado tarde, y solo de pensarlo se ponía enfermo.

El señor Manx le había enviado un mensaje una vez, aunque Bing no sabía por qué medio. Dos días después de que el señor Manx fuera condenado a cadena perpetua en Englewood, Bing se encontró un paquete sin remitente a la puerta de su casa. Dentro había dos matrículas de coche —NOS4A2/KANSAS— y una tarjeta pequeña de papel verjurado color marfil con un ángel de Navidad estampado en la parte delantera.

GUÁRDAMELAS.
IGUAL TARDO UN POCO
EN VOLVER A BUSCARLAS.

Bing tenía las matrículas en la despensa del sótano, donde estaba enterrado el resto de su vida con Charlie Manx: los bidones vacíos de sevoflurano, la pistola 45 de su padre y los restos de las mujeres; las madres que Bing se había llevado a casa después de numerosas misiones de rescate con el señor Manx... nueve en total.

Brad McCauley había sido el noveno niño al que habían salvado para llevarlo a Christmasland y su madre, Cynthia, la última puta de la que Bing había tenido que ocuparse en el cuarto silencioso del sótano. En cierto modo también ella había sido salvada antes de morir, pues Bing le había enseñado lo que era el amor.

Bing y el señor Manx habían planeado salvar a un niño más en el verano de 1997, y esta vez Bing iría con Manx hasta Christmasland, para vivir allí, en un lugar donde nadie envejecía y la infelicidad iba contra la ley, donde podría montarse en todas las atracciones, beber todo el cacao que quisiera y abrir regalos de Navidad cada mañana. Cuando pensaba en la injusticia cósmica de todo ello —en que se hubieran llevado al señor Manx antes de que Bing pudiera por fin traspasar el umbral de Christmasland— se sentía destrozado por dentro, como si la esperanza fuera un jarrón que le hubiera caído encima desde las alturas, *¡crac!*

Lo peor de todo, pensaba, no era quedarse sin el señor Manx o sin Christmasland. Lo peor era quedarse sin mamás.

La última, la señora McCauley, había sido la mejor. Habían tenido largas charlas en el sótano, con la señora McCauley desnuda, bronceada y en forma, pegada contra el cuerpo de Bing. Tenía cuarenta años, pero su cuerpo era fibroso por la musculatura que había fortalecido como entrenadora de baloncesto femenino. Su piel irradiaba calor y salud. Le había acariciado a Bing el pelo cano del pecho y le había dicho que le quería más que a su madre o a su padre, más que a Jesús, más que a su propio hijo, más que a los gatitos recién nacidos, más que a la luz del sol. Le gustaba oírle decir: «Te quiero, Bing Partridge. Te quiero tanto que me quemo por dentro. Soy todo fuego. Me quemo viva». Tenía el aliento dulce por el aroma a pan de jengibre; estaba tan en forma, era tan saludable, que Bing había tenido que darle una dosis de sevoflurano con aroma a jengibre cada tres horas. Le quería tanto que se cortó las venas cuando Bing le explicó que no podían vivir juntos. Hicieron el amor por última vez mientras ella se desangraba, mientras le cubría de sangre.

—¿Te duele? —le había preguntado Bing.

—Pero Bing, no seas tonto —dijo ella—. Llevo días ardiendo de amor. Cómo me van a doler unos cortecitos de nada.

Era tan bonita —tenía unas tetas de mamá tan perfectas— que no fue capaz de echarle el cloro hasta que empezó a oler. Incluso con moscas en el pelo era bonita; súper bonita, en realidad. Los moscardones relucían como piedras preciosas.

Bing había visitado el Cementerio de lo que Podría Ser con el señor Manx y sabía que, de no haber intervenido, Cynthia McCauley habría terminado matando a su hijo en un arranque de cólera causado por los esteroides. Pero allí abajo, en su habitación silenciosa, Bing le había enseñado a ser buena y cariñosa y también a chupar una verga, por lo que al menos había terminado sus días haciendo algo positivo.

De eso se trataba, de coger algo horrible y sacar de ello algo bueno. El señor Manx salvaba a los niños y Bing a las mamás. Ahora, sin embargo, las mamás se habían terminado. El señor Manx estaba encerrado para siempre y la máscara antigás de Bing colgaba de un gancho detrás de la puerta trasera de la casa, donde llevaba desde 1996. Cuando leyó la noticia de que el señor Manx se había quedado dormido —sumido en un sueño profundo e interminable, un valiente soldado víctima de un malvado hechizo— la imprimió, la dobló y decidió rezarle un poco.

A sus cincuenta y tres años Bing había empezado de nuevo a ir a la iglesia, había vuelto al Tabernáculo de la Nueva Fe Americana con la esperanza de que Dios brindara consuelo a uno de sus hijos más solitarios. Bing rezaba para que llegara el día en que oyera *Blanca Navidad* a la entrada de su casa y, al retirar la cortina de lino, viera al señor Manx al volante del Espectro, la ventanilla bajara y el Hombre

Bueno le mirara. *¡Venga, Bing, vamos a dar una vuelta! ¡El número diez nos espera! Vamos a coger a otro niño más y luego a llevarte a Christmasland. ¡Dios sabe que te lo has ganado!*

Subió por la empinada colina en el calor sofocante de una tarde de julio. Los molinetes de aluminio del jardín delantero —veintinueve en total— estaban completamente quietos y en silencio. Los odiaba. También odiaba el cielo azul y el desquiciante estruendo armónico de las chicharras palpitando en los árboles. Avanzó pesadamente colina arriba con el artículo en una mano («Asesino convicto diagnosticado con extraña enfermedad») y la nota del señor Manx («Igual tardo un poco en volver a buscarlas. 9») en la otra con la idea de hablarle a Dios de las dos cosas.

La iglesia estaba construida en una hectárea de asfalto combado por entre cuyas grietas crecían altos brotes de hierba que le llegaban a Bing hasta las rodillas. Cerraban la puerta una pesada cadena y una cerradura de seguridad. Iba a hacer quince años desde que alguien, aparte de Bing, acudiera allí a rezar. El tabernáculo que había pertenecido un día al Señor era ahora propiedad de los acreedores. Eso decía un papel desvaído dentro de una funda de plástico transparente pegado en una de las puertas.

Las chicharras le zumbaban en los oídos, igual que un ataque de locura.

Pero al final del aparcamiento había un gran cartel, como los que se cuelgan a la puerta de un Dairy Queen o de una tienda de coches usados, que anunciaba a los fieles qué himnos iban a cantar aquel día. SOLO EN EL SEÑOR, HA VUELTO A NACER y EL SEÑOR NUNCA DUERME. La MISA sería a la una de la tarde. El cartel llevaba prometiendo los mismos himnos desde el segundo mandato de Reagan.

Algunas de las ventanas de vidrio policromado tenían agujeros hechos por niños que tiraban piedras, pero Bing no entraba por ninguno de ellos. Había un cobertizo en uno de los laterales de la iglesia, medio escondido entre los polvorientos chopos y el zumaque. En la puerta había una alfombra trenzada medio podrida y, debajo una llave de metal brillante escondida.

La llave abría la cerradura de las puertas inclinadas de un sótano situado en la parte posterior del edificio. Bing bajó. Cruzó una fresca habitación subterránea vadeando entre el olor a creosota y a libros mohosos, y llegó hasta la espaciosa nave de la iglesia.

A Bing siempre le había gustado ir a misa, desde los días en que su madre le llevaba de niño. Le había gustado la manera en que el sol entraba por las ventanas policromadas a seis metros de altura, llenando la sala de calidez y reflejos multicolor, y le había gustado cómo se vestían las mamás, con encaje blanco y medias de tonos lechosos. A Bing le encantaban las medias blancas y le encantaba oír cantar a una mujer. Todas las mamás que pasaban un tiempo con él en la Casa del Sueño cantaban antes de descansar para siempre.

Pero después de que el pastor se fugara con todo el dinero y el banco cerrara la iglesia, Bing comprobó que el lugar le inquietaba. No le gustaba la forma en que la sombra de la torre parecía querer llegar hasta su casa a última hora de la tarde. Cuando empezó a llevarse mamás a su casa —al lugar que el señor Manx había bautizado como Casa del Sueño— casi no podía soportar mirar colina arriba, hacia la iglesia. Esta se cernía amenazadora y la sombra de la torre era un dedo acusador que descendía por la colina y señalaba el jardín de su casa. *¡AQUÍ HAY UN ASESINO CRUEL! ¡TIENE A NUEVE MUJERES MUERTAS EN EL SÓTANO!*

Bing trataba de convencerse de que estaba siendo un tonto. El señor Manx y él eran unos héroes; hacían caridad cristiana. Si alguien escribiera un libro sobre su historia, ellos serían los buenos. Daba igual que muchas de las madres, después de haberles administrado sevoflurano, siguieran sin admitir que tenían intención de prostituir a sus hijas o pegar a sus hijos y que varias de ellas argumentaran que jamás habían consumido drogas, no bebían y no tenían antecedentes penales. Aquellas cosas estaban en el futuro, un futuro que Bing y el señor Manx se esforzaban mucho por prevenir. Si llegaban a arrestarle —porque, claro está, ningún representante de la ley entendería la importancia y la bondad intrínseca de su vocación—, Bing tenía la sensación de que podía hablar de su labor con orgullo. No había nada de qué avergonzarse en ninguna de las cosas que había hecho con el señor Manx.

Y sin embargo, de vez en cuando le costaba mirar a la iglesia.

Mientras subía las escaleras del sótano se decía que estaba siendo un cobarde, que todos los hombres eran bien recibidos en la casa del Señor y que el señor Manx necesitaba las plegarias de Bing ahora más que nunca. Desde luego, Bing nunca se había sentido tan solo y desamparado. Unas cuantas semanas antes, el señor Paladin le había preguntado qué tenía pensado hacer cuando se jubilara. Bing se había quedado perplejo y le había preguntado que por qué se iba él a jubilar. Le gustaba su trabajo. El señor Paladin había parpadeado sorprendido y le había dicho que después de cuarenta años le obligarían a retirarse. Que no tendría elección. Bing nunca se había parado a pensar en ello. Había dado por hecho que para entonces ya estaría bebiendo cacao en Christmasland, abriendo regalos por la mañana y cantando villancicos por la noche.

El vasto y vacío santuario no logró tranquilizarle aquella tarde. Todos los bancos seguían allí, aunque ya no formaban hileras rectas, sino que habían sido empujados a un lado y al otro y ahora estaban tan torcidos como los dientes del señor Manx. El suelo estaba cubierto de cristales rotos y trozos de plástico que crujían al pisarlos. Había un olor acre a amoniaco, a heces de pájaro. Alguien había estado allí bebiendo y había dejado botellas y latas de cerveza repartidas por los bancos.

Bing siguió andando, recorriendo la habitación y perturbando a las palomas en las vigas del techo. El batir de sus alas resonaba como el sonido de un prestidigitador barajando cartas en el aire.

La luz oblicua que entraba por las ventanas era fría y azul y las motas de polvo bailaban en los rayos de sol, como si la iglesia fuera el interior de una bola de cristal con nieve dentro que alguien acabara de sacudir.

Alguien —un adolescente, un vagabundo— había hecho un altar en uno de los salientes de las ventanas. Velas rojas deformes en charcos endurecidos de cera y, detrás de ellas, varias fotografías de Michael Stipe, de R.E.M., un homosexual escuálido con ojos y pelo pálidos. Alguien había escrito «*LOSING MY RELIGION*» en una de las fotografías con lápiz de labios color cereza. En opinión de Bing, no se había compuesto una canción que mereciera la pena escuchar desde *Abbey Road*.

Dejó la tarjeta del señor Manx y la noticia impresa del *Denver Post* en el centro de ese altar casero y encendió un par de velas por el Hombre Bueno. Limpió un poco el suelo apartando con el pie trozos de yeso roto y unos leotardos sucios —tenían corazoncitos y parecían ser de la talla de una niña de diez años— y se arrodilló.

Carraspeó. En el inmenso espacio vacío de la iglesia, la tos resonó tan fuerte como un disparo.

Una golondrina agitó las alas y voló de una viga a otra.

Bing veía una hilera de palomas mirarle con sus ojos brillantes color rojo rabioso. Le observaban con fascinación.

Cerró los ojos, juntó las manos y habló con Dios.

—Oye, Dios —dijo—. Soy Bing, el viejo tontín. Ay Dios, Dios, por favor, Dios. Ayuda al señor Manx. Tiene la enfermedad del sueño y está muy malito y no sé qué hacer, y si no se pone bueno y vuelve a buscarme me quedaré sin ir a Christmasland. He hecho lo posible por hacer algo bueno con mi vida. He hecho lo posible por salvar niños y por asegurarme de que conseguían su cacao y sus atracciones y todo eso. No ha sido fácil. Ninguno quería que lo salváramos. Pero incluso cuando las mamás gritaban y nos llamaban unas cosas horribles, incluso cuando los niños lloraban y se orinaban encima, yo les quería. He querido a esos niños y también a sus mamás, aunque fueran mujeres malas. Y sobre todo he querido al señor Manx. Todo lo que hace, lo hace para que otros sean felices. ¿No es lo mejor que puede hacer una persona? ¿Repartir un poco de felicidad? Por favor, Dios, si hemos hecho algún bien, por favor ayúdame, dame una señal, dime qué hacer. Por favor, por favor, por...

Tenía la cabeza echada hacia atrás y la boca abierta cuando algo caliente le cayó en la mejilla y notó un sabor salado y amargo en los labios. Dio un respingo, era como si alguien se le hubiera corrido encima. Se limpió la boca y se miró los dedos, cubiertos de una porquería verde blancuzca, un puré líquido y viscoso. Le llevó un momento comprender que era mierda de paloma.

Bing gimió, una vez y otra más. Tenía la boca llena del sabor salado y cremoso de la mierda de pájaro y la porquería que le manchaba la mano parecía una flema espesa. El gemido se convirtió en grito y Bing se echó hacia atrás, apartó a patadas escayola y cristal y apoyó el brazo libre en algo húmedo y pegajoso, con la textura suave del papel de cocina transparente. Bajó la vista y descubrió que había plantado la mano en un condón usado y lleno de hormigas.

La levantó horrorizado, asqueado y el condón se le pegó a los dedos. Sacudió la mano una vez, otra, y este se despegó y le aterrizó en el pelo. Bing chilló. Los pájaros salieron en estampida de las vigas.

—*¿Esto?* —gritó a la iglesia—. *¿Esto?* ¡Vengo aquí de rodillas! ¡DE RODILLAS! ¿Y me haces *esto?* **¿ESTO?**

Cogió la goma y tiró de ella con fuerza, arrancándose de paso un mechón de cabellos ralos y grises (¿desde cuándo tenía el pelo gris?). El polvo bailaba en la luz.

Bajó la colina arrastrando los pies, sintiéndose ultrajado y asqueado... Ultrajado y asqueado, y también furioso. Pasó a trompicones como un borracho entre los molinetes del jardín y cerró de un portazo después de entrar.

Veinte minutos más tarde salió convertido en el Hombre Enmascarado, con una máscara antigás y una lata de líquido para encendedor en cada mano. Casi todo el contenido de la primera lata lo repartió por los bancos, los montones de madera y la escayola agrietada del suelo. El otro lo vació sobre la imagen de Jesús subido a su cruz en el ábside. Parecía tener frío vestido solo con el taparrabos, así que Bing prendió un cerillo y lo vistió con una túnica de llamas. María miró con tristeza el último escarnio infligido a su hijo desde un mural situado encima. Bing metió dos dedos dentro de la abertura para la boca de la máscara y le lanzó un beso.

Con tal de tener la oportunidad de atrapar al niño número diez con el señor Manx, pensó Bing, no le importaba gasear y matar a la mamacita del mismísimo Cristo, si eso le ayudaba a capturar al pequeño cabrón.

Además, no había nada que el Espíritu Santo le hubiera hecho a la virgen María que Bing no hubiera podido hacer mejor, de haber tenido tres días a solas con ella en la Casa del Sueño.

Gunbarrel, Colorado

LOS NIÑOS NUNCA LLAMABAN CUANDO ESTABA PINTANDO.
Pasaron meses antes de que Vic comprendiera esto de manera consciente pero, en algún nivel de pensamiento que existía más allá de la razón, lo había sabido casi desde el principio. Cuando no estaba pintando, cuando no tenía algo creativo que hacer, sentía una creciente aprensión física, como si se encontrara debajo de una grúa de la que había suspendido un piano: en cualquier momento los cables podían romperse y todo ese peso caería sobre ella y la aplastaría hasta matarla.

Así que aceptó todos los encargos que consiguió y pasaba setenta horas a la semana en el garaje escuchando a Foreigner y pintando con un aerógrafo motos de tipos con antecedentes penales y prejuicios raciales de lo más ofensivos.

Pintaba llamas, armas, chicas desnudas, granadas, banderas confederadas, banderas nazis, a Jesucristo, tigres blancos, demonios putrefactos y más chicas desnudas. No se consideraba una artista. Pintar evitaba las llamadas de Christmasland y pagaba los pañales. Cualquier otra consideración carecía de importancia.

En ocasiones, sin embargo, no había encargos. A veces Vic tenía la impresión de haber pintado todas y cada una de las motos de las montañas Rocosas y que no tendría más trabajo. Cuando eso ocurría —cuando pasaba más de una o dos semanas sin pintar— se dedicaba a esperar sombríamente. A prepararse.

Entonces, un día, sonaba el teléfono.

Ocurrió en septiembre, un martes por la mañana, cinco años después de que Manx fuera a la cárcel. Lou había salido antes del amanecer a remolcar algún coche tirado en una cuneta y la dejó con Wayne, que quería perritos calientes para desayunar. Todos aquellos años olían a perritos calientes y a mierda humeante de bebé.

Wayne estaba plantado frente al televisor y Vic le estaba poniendo catsup a unos perritos hechos con salchichas baratas cuando sonó el teléfono.

Miró el auricular. Era demasiado temprano para que llamara nadie y ya sabía quién era, porque llevaba casi un mes sin pintar nada.

Tocó el auricular. Estaba *frío*.

—Wayne —dijo.

El niño la miró con un dedo en la boca y la camiseta de X-Men mojada de babas.

—¿Oyes el teléfono, Wayne? —preguntó Vic.

El niño la miró perplejo, al principio sin comprender, pero luego negó con la cabeza.

Sonó de nuevo.

—Escucha —insistió Vic—. Escucha. ¿Lo has oído? ¿Lo has oído sonar?

—No, *amá* —dijo Wayne mientras movía despacio la cabeza de un lado a otro.

Volvió a concentrarse en la televisión.

Vic descolgó.

Una voz infantil —esta vez no era Brad McCauley, sino una niña— dijo:

—¿Cuándo vuelve papá a Christmasland? ¿Qué has hecho con papá?

—No eres real —dijo Vic.

De fondo se oía a niños cantar villancicos.

—Sí lo soy —dijo la niña. Por los diminutos agujeros del auricular salía un aliento de escarcha—. Somos igual de reales que lo que está pasando en Nueva York esta mañana. Deberías ver lo que está pasando en Nueva York. ¡Es muy emocionante! ¡La gente da saltos hasta el cielo! Es emocionante y también muy divertido. Casi tan divertido como Christmasland.

—No eres real —susurró de nuevo Vic.

—Has mentido sobre papá —dijo la niña—. Muy mal hecho. Eres una mala madre. Wayne debería estar con nosotros. Así podríamos jugar todo el día. Le enseñaríamos a jugar a tijeras para el vagabundo.

Vic colgó el teléfono con furia. Después lo descolgó y volvió a colgarlo. Wayne la miró con ojos abiertos y alarmados.

Le hizo un gesto con la mano —no pasa nada— y le dio la espalda entre hipidos y esfuerzos por no llorar.

El agua de las salchichas estaba hirviendo y se salía de la cazuela, salpicando la llama azul del quemador de la cocina. Vic la ignoró, se sentó en el suelo y se tapó los ojos. Tuvo que hacer un esfuerzo por contener los sollozos. No quería asustar a Wayne.

—*Amá* —la llamó este y Vic le miró parpadeando—, le ha pasado una cosa a Oscar —Oscar era como Wayne llamaba a Barrio Sésamo—. Le ha pasado una cosa y se ha ido.

Vic se secó los ojos llorosos, inspiró con un escalofrío y apagó el gas. Caminó con paso vacilante hasta el televisor. Habían interrumpido Barrio Sésamo para dar un avance informativo. Un avión de gran tamaño se había estrellado contra una de las torres del World Trade Center en Nueva York. Un humo negro subía por el cielo azul, muy azul.

Unas semanas después, Vic hizo sitio en un segundo dormitorio del tamaño de un armario, lo ordenó y barrió el suelo. Montó un caballete y puso en él una cartulina de dibujo.

—¿Qué haces? —preguntó Lou asomando la cabeza por la habitación al día siguiente.

—He pensado en hacer un libro ilustrado —dijo Vic.

Había esbozado ya a lápiz la primera página y estaba a punto de empezar a colorear.

Lou miró por encima de su hombro.

—¿Vas a dibujar una fábrica de motos? —preguntó.

—Casi. Una fábrica de robots —dijo Vic—. El protagonista es un robot que se llama Buscador. En cada página tiene que recorrer un laberinto y encontrar cosas importantes. Células fotoeléctricas, planes secretos, cosas así.

—Se me está poniendo dura solo de verlo. Es una chulada de regalo para Wayne. Se va a cagar de gusto.

Vic asintió. No le importaba que Lou creyera que lo hacía para el niño. Ella en cambio no se engañaba, lo hacía para sí misma.

Pintar aquel libro era mejor que pintar Harleys. Era un trabajo continuado y podía hacerse todos los días.

Después de empezar a dibujar *Buscador* el teléfono dejó de sonar, a no ser que llamara algún acreedor.

Y después de que vendiera el libro, también los acreedores dejaron de llamar.

Brandenburg, Kentucky

ICHELLE DEMETER TENÍA DOCE AÑOS LA PRIMERA VEZ QUE SU padre le dejó conducirlo. Una niña de doce años conduciendo un Rolls-Royce modelo Espectro de 1938 entre la hierba alta de los primeros días de verano, con las ventanillas bajadas y música navideña en la radio. Michelle cantaba con una voz profunda y alegre que parecía un rebuzno, fuera de tono y también de compás. Cuando no se sabía la letra, se la inventaba.

Venid, adoremos, todos tan contentos
venid y adoremos, decid sí a Jesús.

El coche discurría entre la hierba como un tiburón negro rasgando la superficie ondulada de un océano de amarillos y verdes. Las ruedas chocaban y traqueteaban contra surcos invisibles.

El padre, borracho y bebiendo todavía más, iba en el asiento del pasajero con una Coors caliente entre las piernas y jugueteaba nervioso con el dial. Solo que el dial no hacía nada. La radio pasaba de una frecuencia a otra, pero todo lo que se oía era ruido blanco. La única emisora que se podía sintonizar parecía muy lejana, estaba llena de silbidos de fondo y solo ponían esa música navideña de las narices.

—Pero ¿a quién se le ocurre poner esta mierda a mediados de mayo? —preguntó antes de soltar un eructo enorme y grotesco.

Michelle rio.

Ni siquiera se podía apagar la radio. El dial del volumen se movía, pero no hacía nada.

—Este coche es como tu padre —dijo Nathan Demeter sacando otra cerveza del *pack* de seis que llevaba a los pies—. Una sombra de lo que fue.

Aquello no era más que otra de sus bromas tontas. A su padre no le iba tan mal. Había inventado alguna clase de válvula para Boeing que le había servido para comprar un terreno de ciento veinte hectáreas sobre el río Ohio. Precisamente ahora lo estaban recorriendo.

En cambio el coche sí había conocido tiempos mejores. Las alfombrillas habían desaparecido y en su lugar había ahora solo metal que vibraba. Había agujeros debajo de los pedales a través de los cuales Michelle veía la hierba agitarse. La piel del salpicadero se estaba despegando. Una de las puertas traseras no iba a juego con las demás; estaba sin pintar y cubierta de óxido. No había parabrisas trasero, solo un agujero redondo. Tampoco asiento de atrás, y una mancha negra en el compartimento trasero hacía pensar que alguien había intentado encender una hoguera en él.

La niña controlaba con agilidad el embrague, el acelerador y el freno con el pie derecho, tal y como le había enseñado su padre. El asiento delantero estaba adelantado al máximo, pero aun así tenía que sentarse sobre un cojín para poder ver por encima del elevado salpicadero a través del parabrisas.

—Un día de estos me voy a poner a trabajar con esta criatura. Me voy a arremangar y devolver a la vida a esta vieja dama. ¿Te imaginas tenerlo arreglado para que pudieras llevarlo a tu baile de graduación? —dijo el padre—. Cuando tengas edad de ir a bailes de graduación, claro.

—Sí, muy buena idea. En el asiento de atrás hay sitio de sobra para cachondear —dijo Michelle girando el cuello para mirar por el espejo retrovisor.

—Aunque, pensándolo bien, también podrías llevártelo a un convento de monjas. Mantén los ojos en la carretera, haz el favor —dijo el padre señalando con la lata de cerveza hacia los desniveles del terreno y las marañas de hierba, maleza y vara de oro sin que por ningún lado aparecieran signos de carretera. Los únicos indicios de presencia humana eran un establo que se veía a lo lejos por el espejo retrovisor y las estelas de aviones en el cielo.

Michelle pisó los pedales, que resollaron y jadearon.

Lo único que no le gustaba a Michelle del coche era la decoración del capó, una siniestra dama plateada con ojos ciegos y un vestido ondeante. Chocaba contra los altos matojos y sonreía lunática mientras estos la flagelaban. La dama plateada debería haber sido mágica y bonita, pero su sonrisa lo estropeaba todo. Tenía la mueca demente de una mujer desquiciada que acaba de empujar a su amante desde una cornisa y se dispone a seguirle hasta la eternidad.

—Es horrorosa —dijo levantando la barbilla en dirección a la capota del coche—. Como una vampira.

—La Dama Vampiro —dijo el padre recordando una novela que había leído una vez.

—¿La qué? No se llama Dama Vampiro.

—No —dijo Nathan—. Se llama Espíritu del Éxtasis. Es un clásico. Es un accesorio clásico de un coche clásico.

—¿Éxtasis? ¿Como la droga? —preguntó Michelle—. Guau, tachas. ¿Entonces ya se tomaban?

—No, como la droga no, como la diversión. Es un símbolo de la diversión sin fin. A mí me parece guapa.

Aunque lo cierto es que pensaba que se parecía a una de las víctimas del Joker, una señora rica que se hubiera muerto de risa.

—*Voy a Christmasland conduciendo sin parar* —cantó Michelle en voz baja. Por el momento la radio era solo un guirigay de ruido estático y gemidos, así que podía cantar sin competencia—. *Voy a Christmasland para en el trineo de Papá Noel montar.*

—¿Qué villancico es ese? No me lo sé —dijo el padre.

—Es adónde vamos —dijo Michelle—. A Christmasland, lo acabo de decidir.

El cielo estaba probándose una colección de tonos cítricos. Michelle se sentía en paz con el mundo, capaz de conducir para siempre.

Hablaba en voz baja por la emoción y la alegría y, cuando su padre
la miró, tenía un rocío de sudor en la frente y la mirada perdida.

—Está ahí, papá —dijo—. En las montañas. Si seguimos podemos llegar a Christmasland esta misma noche.

Nathan Demeter entrecerró los ojos y escudriñó por la ventanilla
polvorienta. Una cadena montañosa inmensa y pálida se alzaba al
oeste, con cimas pintadas de nieve más altas que las de las Rocosas,
una cadena montañosa que no había estado allí aquella mañana o ni
siquiera cuando salieron con el coche, veinte minutos atrás.

Apartó enseguida los ojos y parpadeó para ver mejor. Luego
volvió a mirar y la cordillera se disolvió en una masa amenazadora de
nubes tormentosas que coronaban el oeste del horizonte. El corazón
siguió latiéndole a mil por hora unos cuantos minutos.

—Es una pena que tengas tarea. Me parece que hoy te quedas sin
Christmasland —dijo, aunque era sábado y ningún padre del mundo
obligaría a su hija de doce años a hacer ejercicios de álgebra un
sábado—. Es hora de dar la vuelta, cariño. Papá tiene cosas que
hacer.

Se reclinó en el asiento y dio un sorbo de cerveza, pero ya no le
apetecía. Empezaba a notar la primera punzada de la resaca del día
siguiente en la sien izquierda. Judy Garland deseaba con voz trágica
unas felices navidades a todos. ¿Qué carajo se habría fumado el DJ
para poner *Feliz Navidad a todos* en pleno mes de mayo?

Pero la música solo duró hasta que llegaron al lindero lleno de
maleza de su propiedad y entonces, y con gran esfuerzo, Michelle
dio la vuelta al Espectro para situarlo en dirección a casa. Mientras el
Rolls trazaba un semicírculo, la radio perdió la escasa recepción que
tenía y se convirtió en un murmullo de desquiciante ruido estático.

Era el año 2006 y Nathan Demeter se había comprado, en una
subasta federal, el viejo cacharro para arreglarlo, algo a lo que dedicarse en su tiempo libre. Uno de estos días se iba a poner en serio a
ello. Uno de estos días la Dama Vampiro volvería a brillar.

Nueva York (y en todas partes)

Esto es lo que se publicó sobre la segunda entrega de la serie *Buscador* en el *New York Times Book Review*, sección literatura infantil, el domingo, 8 de julio de 2007, la única ocasión en que dicho periódico publicó una crítica de los libros de Vic Mc-Queen.

Buscador mete la segunda

Por Vic McQueen
22 páginas. HarperCollin's Children's Books. $16,95
(Libro ilustrado/rompecabezas; para niños de 6 a 12 años)

Si se contratara a M. C. Escher para que hiciera una nueva versión de ¿Dónde está Wally? el resultado sería algo parecido a esta colección fascinante y merecidamente popular de Buscador, de Vic McQueen. El protagonista que da nombre a los libros —un robot alegre y aniñado que parece un cruce entre C-3PO y una Harley-Davidson— persigue la Malvada Cinta de Moebius a lo largo de una serie de construcciones vertiginosamente imposibles y laberintos surrealistas. Uno de los desconcertantes puzles no se puede terminar sin situar un espejo contra el borde del libro; otro enigma requiere que los niños formen un cilindro con la página para hacer un puente cubierto mágico; un tercero hay que arrancarlo del libro y formar con él una moto de origami para que así Buscador *pueda proseguir su persecución a toda máquina. Y aquellos jóvenes lectores que logren terminar* Buscador mete la segunda *habrán de enfrentarse al rompecabezas más terrible de todos: ¿para cuándo el tercer libro?*

Prisión federal de Englewood, Colorado

L**A ENFERMERA** T**HORNTON PASÓ POR EL PABELLÓN DE LOS** enfermos de larga estancia un poco antes de las ocho con una bolsa de sangre caliente para Charlie Manx.

Denver, Colorado

EL PRIMER SÁBADO DE OCTUBRE DE 2009 LOU LE DIJO A VICTORIA McQueen que se llevaba al niño un rato a casa de su madre. Por alguna razón se lo dijo en un susurro, con la puerta cerrada, de manera que Wayne, desde el cuarto de estar, no les oyera hablar. La cara redonda de Lou brillaba con un sudor nervioso y mientras hablaba se pasaba la lengua por los labios.

Estaban los dos en el dormitorio, Lou sentado en el extremo de la cama, con lo que el colchón rechinaba y se hundía hacia el suelo. A Vic le costaba trabajo estar cómoda en el dormitorio. No hacía más que mirar el teléfono de la mesilla, esperando que sonara. Había intentado deshacerse de él unos cuantos días atrás, lo había desconectado y metido en el último cajón, pero en algún momento Lou lo encontró y volvió a conectarlo.

Lou dijo más cosas, sobre lo preocupado que estaba, sobre cómo todos lo estaban. Vic no le escuchaba. Sus pensamientos estaban concentrados en el teléfono y lo miraba esperando que sonara. Sabía que lo haría y la espera era horrible. Le molestaba que Lou la hubiera metido allí, en vez de hablar con ella en el porche. Le hacía perder fe en él. Era imposible mantener una conversación en un cuarto donde había un teléfono. Era como hablar en una habitación con un murciélago colgando del techo. Incluso si estaba dormido, ¿cómo ibas a pensar en otra cosa o a mirar a otra parte? Si el teléfono sonaba lo arrancaría de la pared, lo sacaría al porche y lo tiraría. Estaba tentada a no esperar, a hacerlo en aquel preciso instante.

Le sorprendió cuando Lou le dijo que quizá ella también debía ir a ver a su madre. La madre de Vic estaba a un mundo de distancia, en Massachusetts, y Lou sabía que no se llevaban bien. La única cosa más ridícula que habría podido sugerir era que Vic fuera a visitar a su padre, con el que llevaba años sin hablarse.

—Antes prefiero la cárcel que ir a ver a mi madre, por Dios, Lou. ¿Sabes cuántos teléfonos tiene mi madre en su casa? —preguntó.

Lou la miró con una mezcla de tristeza y cansancio. Era la mirada de alguien que se daba por vencido, pensó Vic.

—Si quieres hablar, de lo que sea, me llevo el móvil —dijo Lou.

Vic se rio al oír aquello y no se molestó en decirle que había desmontado su móvil y lo había tirado a la basura el día anterior.

Lou la rodeó con los brazos, la envolvió en su abrazo de oso. Era un tío grande, al que entristecía estar gordo, pero olía mejor que cualquier hombre que había conocido Vic. El pecho le olía a cedro, a aceite de motor y a aire libre. Olía a responsabilidad. Por un momento y mientras la abrazaba, Vic recordó lo que era ser feliz.

—Tengo que irme —dijo Lou por fin—. Tengo muchos kilómetros por delante.

—¿Adónde te vas? —preguntó Vic sobresaltada.

Lou parpadeó. Luego dijo:

—Pero Vic, tía… ¿me has estado escuchando?

—Atentamente —dijo Vic.

Y era verdad, había estado escuchando, solo que no a él. Había estado escuchando para ver si oía el teléfono. Había estado esperando que sonara.

Después de que se fueran Louis y el niño, recorrió las habitaciones de la casa de ladrillo en Garfield Street que había comprado con el dinero que ganó con *Buscador*, en la época en que todavía dibujaba, mucho antes de que los niños de Christmasland volvieran a empezar a llamarla todos los días. Llevaba unas tijeras que usó para cortar todos los cables telefónicos.

Después reunió los teléfonos y los llevó a la cocina. Los metió en el horno, en la bandeja superior y le dio a GRATINAR. Al fin y al cabo, le había funcionado la última vez que necesitó enfrentarse a Charlie Manx, ¿no?

Cuando el horno empezó a calentarse abrió las ventanas y encendió el ventilador.

Después se sentó en el cuarto de estar y se dedicó a ver la televisión vestida solo con unas bragas. Primero vio Headline News. Pero en los estudios de la CNN sonaban demasiados teléfonos y le ponían nerviosa. Cambió a Bob Esponja. Cuando sonó el teléfono del Crustáceo Crujiente, cambió de nuevo de canal. Encontró un programa de pesca deportiva. Parecía seguro —no habría teléfonos en un programa así— y estaba rodado en el lago Winnipesaukee, donde Vic había pasado los veranos cuando era niña. Siempre le había gustado el lago justo después del amanecer, un espejo terso y negro envuelto en la seda blanca de la niebla matutina.

Primero bebió whisky con hielo, pero luego tuvo que tomarlo solo porque en la cocina olía demasiado mal para ir a por hielo. Toda la casa apestaba a plástico quemado a pesar del ventilador y las ventanas abiertas.

Estaba viendo a un pescador forcejear con una trucha cuando un teléfono empezó a gorjear en algún lugar a sus pies. Miró hacia los juguetes esparcidos por el suelo, la colección de robots de Wayne: un RD-D2, un Dalek y, por supuesto, un par de figuritas de Buscador. Uno de los robots era de esos Transformers, negro con pecho abultado y una lente roja por cabeza. Temblaba visiblemente mientras pitaba.

Vic lo cogió y empezó a doblarle los brazos y las piernas hacia dentro. Le hundió la cabeza dentro del cuerpo. Le separó las dos partes del torso y, de repente, este se había convertido en un teléfono de juguete, de plástico y de mentira.

El teléfono de juguete de plástico y de mentira sonó de nuevo. Vic pulsó el botón de CONTESTAR y se lo acercó a la oreja.

—Eres una mentirosa —dijo Millicent Manx— y papá se pondrá furioso contigo cuando salga. Te va a clavar un tenedor en los ojos y sacártelos como si fueran dos corchos.

Vic llevó el juguete a la cocina y abrió el horno, del que salió una ráfaga de humo negro y tóxico. Los teléfonos se habían chamuscado como malvavisco en una hoguera de campamento. Echó el Transformer encima del engrudo derretido y cerró la puerta del horno.

El hedor era tal que tuvo que salir de casa. Se puso la chamarra de motero de Lou y las botas, cogió la botella de whisky y cerró la puerta a su espalda justo cuando el detector de humos empezaba a pitar.

Ya había doblado la esquina de la calle cuando se dio cuenta de que no llevaba nada puesto aparte de la cazadora y las botas. Estaba vagabundeando por Gran Denver a las dos de la madrugada con unas bragas rosas desgastadas. Por lo menos se había acordado de coger el whisky.

Quiso regresar a casa y ponerse unos jeans, pero se perdió intentando encontrar el camino de vuelta, algo que no le había ocurrido nunca, y terminó paseando por una bonita calle de edificios de ladrillo de tres plantas. La noche era fragante, con olor a otoño y el aroma metálico a asfalto recién humedecido. Cómo le gustaba a Vic el olor a carretera, el asfalto ardiente y reblandecido en pleno julio, los caminos de tierra con su perfume a polvo y polen en junio, senderos rurales perfumados con el olor a hojas pisadas en el sobrio octubre, el aroma a arena y sal de la autopista, tan parecido al de un estuario, en febrero.

A aquella hora de la noche tenía la calle casi para ella sola, aunque en algún momento pasaron a su lado tres hombres en Harleys. Aflojaron la marcha para mirarla. No eran moteros, sino yupis que probablemente volvían a casa con sus mujercitas después de una noche de chicos en un club caro de *striptease*. Lo supo por sus chamarras de cuero italianas, jeans de Gap y motos de exposición que estaban más habituadas a la pizzería Unos que a la vida en la carretera. Con todo, se tomaron su tiempo en examinarla. Vic levantó la botella de whisky a modo de saludo y con los dedos de la otra mano les silbó. Ellos apretaron el acelerador y se largaron, con el tubo de escape entre las piernas.

Terminó frente a una librería. Cerrada, claro. Era uno de esos establecimientos pequeños e independientes y tenía un escaparate dedicado a los libros de Vic. Esta había dado una charla allí un año antes. Con los pantalones puestos, claro.

Escudriñó en la penumbra de la tienda y se inclinó hacia el cristal para ver cuál de sus libros estaban promocionando. El cuarto. ¿Ya había salido? Vic tenía la impresión de estar todavía trabajando en él. Perdió el equilibrio y terminó con la cara pegada al cristal y el culo en pompa.

Se alegraba de que hubiera salido el cuarto libro. Había habido momentos en que pensó que no lo terminaría nunca.

Cuando Vic empezó a dibujar los libros dejó de recibir llamadas de Christmasland. Por eso había empezado *Buscador*, porque cuando pintaba, los teléfonos no sonaban. Pero entonces, en mitad del tercer libro, las emisoras de radio que le gustaban empezaron a poner villancicos en pleno verano y las llamadas se reanudaron. Había intentado construir un foso a su alrededor lleno de bourbon, pero lo único que había conseguido ahogar en él era su creatividad.

Estaba a punto de separarse del escaparate cuando sonó el teléfono de la librería.

Lo vio encenderse sobre la mesa, al fondo de la tienda. En el silencio racheado y cálido de la noche escuchó el timbrazo con nitidez y supo que eran ellos. Millie Manx, Brad McCauley y el resto de niños de Manx.

—Lo siento —le dijo a la tienda—. Ahora mismo no puedo atenderte. Si quieres dejar un mensaje estás jodido.

Se apartó del escaparate con demasiada brusquedad y el impulso la llevó de espaldas al final la acera. Entonces tropezó con el bordillo y se cayó, se cayó de culo en el duro asfalto.

Le dolió, pero probablemente no tanto como debería. No estaba segura de si el whisky había atenuado el dolor o si es que llevaba tanto tiempo alimentándose a base de la dieta Lou Carmody que tenía amortiguación extra en el trasero. Le preocupaba haber tirado la botella y que se hubiera roto, pero no, seguía en su mano, sana y salva. Dio un trago. Sabía a barrica de roble y a dulce aniquilación.

Logró ponerse en pie y escuchó el pitido de otro teléfono, esta vez en otra tienda, un café con las luces apagadas. Además, el teléfono de la librería seguía sonando. Un tercero se unió, procedente de algún lugar de la segunda planta de un edificio a su derecha. Luego un cuarto y un quinto. En los apartamentos de arriba. A ambos lados de la calle, por toda la calle.

La noche se llenó de un coro de teléfonos. Eran como ranas en primavera, una armonía marciana de cantos, chirridos y pitidos. Como campanas tañendo el día de Navidad.

—*¡A la mierda!* —gritó y lanzó la botella contra su reflejo en un escaparate al otro lado de la calle.

El cristal estalló. Todos los teléfonos dejaron de sonar al mismo tiempo, los bromistas súbitamente silenciados por un disparo.

Una fracción de segundo después, dentro de la tienda saltó la alarma de seguridad, un *¡niinoo! ¡niinoo!* y una luz plateada intermitente. La luz plateada iluminó la silueta de los artículos expuestos en el escaparate: bicicletas.

La noche se detuvo por un momento, exuberante y delicado.

La bicicleta del escaparate era (por supuesto) una Raleigh, blanca y sencilla. Vic se estremeció. La sensación de amenaza desapareció con la misma rapidez que si alguien hubiera pulsado un interruptor.

Cruzó la calle hasta la tienda de bicicletas y para cuando pisaba los cristales rotos ya tenía un plan. Robaría la bicicleta y saldría con ella de la ciudad. Pedalearía hasta Dakota Ridge, hacia los árboles y la noche, pedalearía hasta encontrar el Atajo.

El Puente del Atajo la llevaría al otro lado de los muros de la prisión de máxima seguridad, hasta el ala de la enfermería donde estaba ingresado Charlie Manx. Menuda pinta tendría, una mujer de treinta y un años en ropa interior circulando a toda velocidad por el pabellón de pacientes de larga estancia de una cárcel de máxima seguridad a las dos de la madrugada. Se imaginó deslizándose por la oscuridad entre convictos dormidos en sus camas. Iría hasta donde estuviera Manx, bajaría la pata de cabra de la bicicleta, le quitaría la almohada de debajo de la cabeza y asfixiaría a ese cerdo pirómano. Con eso se terminarían para siempre las llamadas desde Christmasland. Estaba segura.

Entró por el escaparate roto, cogió la Raleigh y la sacó a la calzada. Entonces oyó el primer alarido de sirena, un sonido suplicante, agónico que resonaba en la noche cálida y húmeda.

Le sorprendió. No hacía ni medio minuto que había saltado la alarma. No pensaba que la policía reaccionara con tanta rapidez.

Pero la sirena no era de la policía. Era un camión de bomberos que se dirigía hacia su casa, aunque para cuando llegó no quedaba gran cosa que salvar.

Los coches de policía aparecieron unos minutos después.

Brandenburg, Kentucky

SE HABÍA DEJADO LO MÁS DIFÍCIL PARA EL FINAL. EN MAYO DE 2012 Nathan Demeter levantó el motor del Espectro con ayuda de una polea y se pasó dos días reconstruyéndolo, limpiando las barras de presión y sustituyendo los pernos por piezas especialmente pedidas a un taller de Inglaterra. El motor era un 4.257 C.C. de 6 cilindros en línea y sobre la mesa de trabajo parecía un inmenso corazón mecánico, que en realidad era lo que se suponía que era. Muchos de los inventos humanos —la jeringa, la espada, la pluma, la pistola— eran vergas metafóricas, pero el motor de combustión había tenido que ser imaginado por un hombre a partir del corazón humano.

—Saldría más barato alquilar una limusina —dijo Michelle— y además no te mancharías las manos.

—Si crees que me importa mancharme las manos —dijo Demeter—, entonces es que has estado bastante distraída los últimos dieciocho años.

—Supongo que tiene que ver con tu energía nerviosa —dijo Michelle.

—¿Quién está nervioso? —preguntó Demeter.

Pero Michelle se limitó a sonreír y a besarle.

A veces, después de trabajar en el coche unas cuantas horas, Demeter se sorprendía tumbado en el asiento delantero con una pierna colgando por la puerta abierta y una cerveza en la mano, recordando

JOE HILL

las tardes en que los dos salían en plan jinetes de la pradera por el oeste de la propiedad, con su hija al volante y los matojos batiendo los laterales del Espectro. Michelle había aprobado el examen de manejo a la primera, con solo dieciséis años. Ahora tenía dieciocho y un coche propio, un pequeño Jetta tipo deportivo, que pensaba conducir hasta Dartmouth después de la graduación. Solo de imaginarla sola en la carretera —durmiendo en moteles de mala muerte y observada por recepcionistas y camioneros del restaurante— le entraba la angustia, le invadía una energía nerviosa.

A Michelle le gustaba hacer la colada y a Demeter le gustaba dejar que la hiciera, porque cuando se encontraba su ropa interior en la secadora, de encaje de colores de Victoria's Secret, empezaba a preocuparse por cosas como embarazos no deseados y enfermedades venéreas. Lo que sí había sabido era hablarle de coches. Había disfrutado viéndola aprender a manejar el embrague, a guiar el volante. Se había sentido igual que Gregory Peck en *Matar a un ruiseñor*. En cambio no sabía cómo hablarle de hombres y de sexo, y le inquietaba la sensación de que, en cualquier caso, Michelle no pareciera necesitar sus consejos sobre estos temas.

—¿Quién está nervioso? —le preguntó al garaje vacío una noche, y brindó con su propia sombra.

Seis días antes del gran baile volvió a colocar el motor en el Espectro, cerró el capó y dio un paso atrás para admirar su labor, como el escultor que admira un desnudo que antes fue un bloque de mármol. Un invierno de nudillos desollados, aceite bajo las uñas y fragmentos de óxido entrándole en los ojos. Un tiempo sagrado, tan importante para él como podría ser transcribir un texto sacro para el monje de un monasterio. Se había esforzado por hacerlo bien y se notaba.

El cuerpo caoba brillaba como un torpedo, como un fragmento pulido de tierra volcánica. La puerta lateral trasera, que había estado oxidada y desparejada, había sido reemplazada por una original, enviada desde una de las antiguas repúblicas soviéticas. Demeter también había retapizado todo el interior con piel de cabritillo, sustituido las bandejas plegables y los cajones de la parte posterior con piezas nuevas de madera de nogal, hechas a mano por un carpintero de Nueva Escocia. Era todo original, incluso la radio a válvulas. Aunque le había dado vueltas a la idea de instalar un reproductor de discos compactos, adosando un altavoz marca Bose en el maletero, al final había cambiado de idea. Cuando tenías una *Gioconda* no le pintabas una gorra de béisbol con aerosol.

Una tarde de verano calurosa y tormentosa de hacía mucho tiempo le había prometido a su hija que le arreglaría el Rolls para su baile de graduación y aquí estaba, terminado por fin, con poco menos de una semana de antelación. Después del baile podría venderlo: completamente restaurado como estaba, el Espectro se cotizaría a un cuarto de millón de dólares en el mercado de coleccionistas. No estaba mal para un coche que costaba solo cinco mil dólares americanos cuando salió a la venta. No estaba mal si se tenía en cuenta que él había pagado el doble de esa cantidad al comprarlo en una subasta del FBI, diez años antes.

—¿De quién crees que sería antes? —le preguntó Michelle en una ocasión, después de que le contara de dónde lo había sacado.

—De un traficante, supongo.

—Madre mía —dijo Michelle—, espero que no asesinaran a nadie dentro.

El coche tenía buen aspecto, pero el aspecto no lo era todo. Demeter decidió que Michelle no debía sacarlo a la carretera antes de que él lo hubiera probado unos pocos kilómetros, para ver cómo se comportaba cuando tenía que funcionar normalmente.

—Venga, cabroncete —dijo—. Vamos a despertarte a ver qué tal te portas.

Se sentó al volante, cerró la puerta de un golpe y giró la llave de contacto.

El motor se puso en marcha enseguida —una explosión de ruido abrupta, casi salvajemente triunfal— que cedió el paso de inmediato a un runrún quedo y lozano. El asiento delantero de cuero color crema era más cómodo que el colchón Tempur en el que Demeter dormía. En la época en que el Espectro había sido fabricado se construían las cosas como si fueran tanques, para que duraran. Demeter estaba convencido de que aquel coche viviría más que él.

Y tenía razón.

Se había dejado el teléfono móvil en la mesa de trabajo y quería cogerlo antes de salir con el coche, no fuera a quedarse tirado en alguna parte porque al Espectro se le rompiera una biela o cualquier otra cosa. Fue a abrir la portezuela y se llevó la primera sorpresa de la tarde. El pestillo bajó haciendo tanto ruido que Demeter casi dio un grito.

Estaba tan sorprendido —tan poco preparado— que no estaba seguro de si aquello había ocurrido de verdad. Pero entonces el resto de pestillos también bajaron —*bang, bang, bang*— como alguien disparando un arma y supo que no lo estaba imaginando.

—Pero ¿qué coño?

Tiró del pestillo de la puerta del pasajero, pero este no se movió, era como si estuviera soldado.

El coche temblaba por la fuerza del motor y el humo del tubo de escape se arremolinaba en los estribos.

Demeter se inclinó hacia delante para apagar el contacto, y entonces recibió la segunda sorpresa del día. La llave se negaba a girar. Forcejó atrás y adelante, después trató de empujar con la muñeca, pero estaba fija, completamente encajada, no se podía sacar.

La radio se encendió de golpe y empezó a sonar *Jingle Bell Rock* a todo volumen —tan alto que a Demeter le dolían los oídos—, una canción que no venía a cuento en primavera. Al escucharla toda la piel de su cuerpo se le puso de gallina y sintió frío. Le dio al botón de OFF, pero su capacidad de asombro empezaba a agotarse, y por eso no le sorprendió que no se apagara. Pulsó más botones para intentar cambiar de emisora, pero daba lo mismo dónde estuviera el dial, en todas ponían *Jingle Bell Rock*.

Para entonces el humo del tubo de escape nublaba el aire. Lo notaba en la boca, el olor nauseabundo, y empezó a sentirse indispuesto. Por la radio, Bobby Helms le aseguraba que las Navidades eran el momento de pasarlo bomba montando en trineo. Tenía que cerrarle la bocaza, necesitaba un poco de silencio, pero cuando giró el botón del volumen este no bajó, no hizo nada.

La niebla danzaba alrededor de los faros. Lo siguiente que respiró fue una bocanada de humo tóxico que le provocó una tos tan dolorosa como si le estuvieran arrancando el revestimiento interno de la garganta. Los pensamientos le venían a la cabeza como caballos en un carrusel desbocado. Michelle no volvería hasta hora y media más tarde. Los vecinos más cercanos estaban a medio kilómetro. Por tanto no había nadie que le oyera gritar. El coche no se apagaba, los pestillos se negaban a colaborar, era como una escena de una puta película de espías: imaginó a un asesino a sueldo con un nombre tipo Joe Fellatio que manejaba el Rolls-Royce por control remoto, pero era un disparate. Él mismo había desmontado el Espectro y vuelto a montarlo y sabía que no había nada dentro que permitiera a otra persona controlar el motor, los pestillos, la radio.

Mientras pensaba estas cosas palpaba el salpicadero buscando el mando a distancia de la puerta del garaje. Si no conseguía que entrara un poco de aire, no tardaría en desmayarse. Durante un instante de pánico no encontró nada y pensó *No está, no está,* pero entonces sus dedos lo localizaron detrás de la carcasa donde iba encajado el volante. Lo cogió, apuntó con él hacia la puerta y pulsó el botón.

La puerta empezó a subir hacia el techo. La palanca de cambios se colocó en marcha atrás y el Espectro salió disparado con las ruedas chirriando contra el cemento.

Demeter gritó y se agarró al volante, no para controlar el coche, sino por tener algo a lo que sujetarse. Los delgados neumáticos blancos rodaron por el camino de grava levantando piedrecillas que golpeaban los bajos del coche. El Espectro parecía el vagón de una montaña rusa desquiciada bajando por la pendiente de casi cien metros de inclinación hacia la carretera. Demeter tuvo la impresión de ir gritando todo el camino, aunque en realidad dejó de hacerlo antes de que el coche hubiera llegado a la mitad de la colina. El grito que oía estaba dentro de su cabeza.

Al llegar a la carretera, el Espectro no aminoró la marcha, sino que aceleró, de manera que, de haber venido un vehículo por cualquiera de los dos carriles, lo habría embestido desde un lateral a sesenta kilómetros por hora. Por supuesto, aunque no venía nadie, el Espectro cruzó la carretera a toda velocidad hasta los árboles que había al otro lado y Demeter supuso que saldría disparado por el parabrisas después del impacto. El Espectro, como todos los coches de su época, no tenía cinturones de seguridad, ni siquiera de los de cadera.

La carretera estaba vacía y cuando las ruedas traseras tocaron el asfalto el volante giró en las manos de Demeter, tan rápido que se las quemó y tuvo que soltarlo. El Espectro giró noventa grados a la derecha y después Nathan salió despedido hacia la portezuela del lado izquierdo, dándose con la cabeza en el marco de hierro.

Durante un momento no fue consciente del daño que se había hecho. Yació con las piernas abiertas en el asiento delantero mirando parpadeante el techo del coche. Por la ventanilla del pasajero veía el cielo de última hora de la tarde, de un azul intensamente profundo con un plumaje de cirros en la parte superior de la atmósfera. Se llevó la mano a la frente, donde le dolía y cuando la retiró vio sangre en las yemas de los dedos, justo cuando una flauta atacaba los primeros compases de *Los doce días de Navidad*.

El coche se movía, había ido cambiado solo de marchas hasta meter la quinta. Demeter conocía las carreteras de alrededor de su casa y tuvo la impresión de que iban hacia el este por la 1638 hacia la interestatal Dixie. En un minuto llegarían a la intersección y ¿entonces qué? Cruzarla directamente, chocar quizá con un camión que viniera por el norte y ser arrollado. El pensamiento le vino a la cabeza como una posibilidad, pero sin sensación de apremio, pues no le parecía que el Espectro fuera de misión kamikaze y tuviera intención de hacer algo así. No tenía ninguna intención respecto a él, quizá ni siquiera era consciente de quién llevaba dentro, lo mismo que un perro no es consciente de que tiene una garrapata en el pelo.

Se incorporó sobre un codo, tomó impulso, se sentó y se miró en el espejo retrovisor.

Llevaba puesta una máscara roja de sangre. Cuando se tocó de nuevo la frente, palpó un tajo de unos quince centímetros que le atravesaba la parte superior del cuero cabelludo. Hundió un poco los dedos y notó el hueso que había debajo.

El Espectro empezó a detenerse al llegar al stop de la intersección con la interestatal Dixie. Demeter contempló fascinado como la palanca de cambios pasaba de cuarta a tercera y de esta a segunda. Empezó a gritar otra vez.

Delante había una camioneta, esperando en el stop. Tres niños rubitos, de cara regordeta y hoyuelos en las mejillas viajaban en el asiento trasero y se volvieron a mirar al Espectro.

Demeter golpeó el parabrisas dejando huellas color rojo óxido en el cristal.

—¡SOCORRO! —gritó mientras un reguero de sangre caliente le manaba de la cabeza y le resbalaba por la cara—. ¡SOCORRO, **SOCORRO,** *AYUDA,* **SOCORRO!**

Los niños, incomprensiblemente, sonrieron como si fueran tontos y le saludaron con la mano. Demeter empezó a gritar incoherencias, como una vaca en el matadero resbalando con la sangre de las que le han precedido.

La camioneta giró a la derecha en cuanto tuvo ocasión. El Espectro lo hizo a la izquierda, acelerando con tal rapidez que Demeter tuvo la sensación de que una mano invisible lo aplastaba contra el asiento.

Incluso con las ventanillas subidas percibía los aromas frescos y limpios de finales de primavera, la hierba recién segada, el humo de las barbacoas y la fragancia verde de los árboles en flor.

El cielo se enrojeció como si también sangrara. Las nubes eran como jirones de papel de oro pegadas a él.

Distraído, reparó en que el Espectro iba como la seda. El motor nunca había sonado tan bien. Pensó que no había duda de que el cabroncete estaba completamente restaurado.

Estaba convencido de haberse quedado traspuesto al volante, aunque no recordaba el momento en que se había quedado dormido. Solo sabía que en el algún momento antes de que anocheciera por completo había cerrado los ojos y que, cuando los abrió, el Espectro circulaba por un túnel de copos de nieve, un túnel de noche de diciembre. El parabrisas y las ventanillas delanteras estaban borrosos por las huellas de sus manos ensangrentadas, pero aún así vio remolinos de nieve girando sobre el asfalto negro de una autopista de dos carriles que no reconoció. Madejas de nieve que se movían como seda viva, como fantasmas.

Intentó pensar si habían podido ir lo bastante al norte mientras él dormía como para encontrarse con una tormenta de nieve intempestiva, pero decidió que la idea era absurda. Sopesó la noche fría y la carretera desconocida y se dijo a sí mismo que estaba soñando, pero no lo creía. El recuento de las experiencias táctiles una a una —dolor de cabeza, cara tirante y pegajosa por la sangre, espalda contraída por llevar demasiado tiempo sentado al volante— eran prueba suficiente de que estaba despierto. El coche se agarraba a la carretera igual que un panzer, sin derrapar, sin dar bandazos, sin bajar nunca de los noventa y cinco kilómetros por hora.

Las canciones seguían sonando: *De regalo de Navidad te quiero solo a ti, Regocijaos, Una medianoche clara*. A ratos Demeter era consciente de la música, a ratos no. No había anuncios, ni noticias, solo coros navideños dando gracias al señor y Eartha Kitt prometiendo que sería una niña buena si Papá Noel la apuntaba en su lista de niños con derecho a regalo.

Si cerraba los ojos veía su teléfono móvil en la mesa del garaje. ¿Le habría buscado ya allí Michelle? Seguro, en cuanto hubiera llegado a casa y encontrado la puerta del garaje abierta y este vacío. En estos momentos estaría muerta de preocupación y deseó llevar con él el teléfono, no para pedir ayuda —estaba convencido de que ya nadie ni nada podían ayudarle— sino porque se sentiría mejor si oía su voz. Quería llamar y decirle que seguía queriendo que fuera al baile, que intentara divertirse. Quería decirle que no le daba miedo que fuera ya una mujer, que si algo le preocupaba era hacerse viejo y sentirse solo sin ella, pero que ahora todo indicaba que esa preocupación no tenía sentido. Quería decirle que era lo mejor que le había pasado en su vida. Últimamente no se lo había dicho y desde luego no se lo había repetido las veces suficientes.

Después de seis horas en el coche no sentía miedo, solo una especie de asombro insensible. En cierto modo la situación le parecía natural. A todo el mundo le llegaba el momento de subirse a un coche negro. Este venía y te apartaba de tus seres queridos y ya nunca volvías.

Perry Como cantaba en tono alegre anunciando que la Navidad parecía estar a la vuelta de la esquina.

—No me digas, Perry —dijo Nathan y después, con voz áspera y rasposa, empezó a cantar al tiempo que daba golpes a la portezuela del conductor. Cantó con Bob Seger, cantó el rock de la Navidad, ese que te llena de paz. Cantó tan alto como pudo, una estrofa y luego la otra y cuando se calló comprobó que la radio había hecho lo mismo.

Bien, pues ahí tenía su regalo de Navidad. *El último que tendré*, pensó.

Cuando volvió a abrir los ojos tenía la cabeza pegada al volante, el coche estaba parado y había tanta luz que le dolían los ojos.

Parpadeó y vio un cielo borroso de color azul profundo. La cabeza le dolía más que nunca. El dolor de cráneo era tan intenso que pensó que iba a vomitar. Le dolía detrás de los ojos, como un resplandor que era, extrañamente, amarillo. Tanta claridad era injusta.

Empezó a lagrimear y poco a poco el mundo fue cobrando nitidez, dejó de estar desenfocado.

Un hombre gordo con máscara antigás y pantalones militares le miraba por la ventanilla del conductor, escudriñando entre las huellas de sangre en el cristal. Era una máscara antigua, de la Segunda Guerra Mundial más o menos, de color verde mostaza.

—¿Quién coño eres? —le preguntó Demeter.

El hombre gordo parecía dar saltitos. Demeter no podía verle la cara, pero pensó que estaba bailando de puntillas por la emoción.

El pestillo de la portezuela del conductor se abrió con un golpe metálico y fuerte.

El hombre gordo tenía algo en la mano, un cilindro, parecía una lata de aerosol. AMBIENTADOR CON AROMA A JENGIBRE, decía en uno de los lados junto al dibujo anticuado de una madre de aspecto alegre sacando un pan de jengibre del horno.

—¿Dónde estoy? —preguntó Demeter—. ¿Qué coño es este sitio?

El Hombre Enmascarado tiró del picaporte y abrió la puerta del coche a la fragante mañana de primavera.

—Última parada —dijo.

Centro médico St Luke's, Denver

Cuando moría alguien interesante Ernest Hicks siempre se sacaba una foto con el cadáver.

Había habido una presentadora del telediario local, una bonita chica de treinta y dos años con espléndida melena rubia clara y ojos azul pálido que se había emborrachado y asfixiado en su propio vómito. Hicks se había colado en la morgue a las diez de la mañana, la había sacado de su cajón y la había sentado. Después de pasarle un brazo por encima, se había inclinado para lamerle un pezón mientras sostenía el teléfono móvil y sacaba una foto. No había llegado a lamérselo. Eso habría sido asqueroso.

También había una estrella del rock, bueno, una estrella menor. Era uno de los miembros de aquella banda que había conocido cierto éxito a raíz de la película de Stallone. Había fallecido de cáncer, y muerto tenía el aspecto de una mujer anciana y consumida, con el pelo castaño y ralo, largas pestañas y labios anchos y un poco femeninos. Hicks lo sacó del cajón y le dobló la mano de manera que los dedos formaran cuernos de diablo, después se inclinó hacia él y se puso también cuernos para sacar una foto en la que pareciera que los dos estaban haciendo el tonto. La estrella del rock tenía los párpados caídos y parecía tener sueño y frío.

La novia de Hicks, Sasha, fue quien le dijo que había un asesino en serie famoso en el depósito. Sasha era enfermera del servicio de pediatría, ocho plantas más arriba. Le encantaban sus fotos con gente famosa muerta, Hicks siempre se las mandaba por correo electrónico antes que a nadie. Sasha pensaba que Hicks era divertidísimo. Le decía que debería salir en *The Daily Show*. A Hicks también le gustaba mucho Sasha. Tenía acceso al armario de los medicamentos y los sábados por la noche siempre sacaba alguna cosilla, un poco de oxígeno o cocaína farmacéutica, y durante los descansos buscaba una sala de partos vacía, se quitaba los pantalones del pijama de enfermera y se subía a la camilla con estribos.

Hicks nunca había oído hablar de aquel tipo, así que Sasha se metió en la computadora de las enfermeras para imprimirle la información. La fotografía de la ficha policial era bastante mala, un tipo calvo con cara estrecha y la boca llena de dientes afilados y torcidos. Tenía ojos brillantes, redondos y hundidos con expresión estúpida. El pie de foto decía que era Charles Talent Manx, condenado a prisión federal más de una década antes por quemar vivo a un pobre desgraciado delante de una docena de testigos.

—No me parece nada del otro mundo —dijo Hicks—. Solo ha matado a un tío.

—De eso nada. Es peor que John Wayne Stacy. Mató a montones de niños. Montones. Tenía una casa donde lo hacía. Colgaba angelitos en los árboles, uno por cada niño muerto. Es alucinante, como un simbolismo criminal. Angelitos navideños. La Casa Trineo la llamaban. ¡Muy fuerte!, ¿no?

—¿El qué?

—Pues que los mató en la Casa Trineo, en la casita de Papá Noel, como si dijéramos.

—¿Y?

No entendía qué tenía que ver Papá Noel con un tipo como Manx.

—La casa se quemó, pero los adornos siguen allí, colgados de los árboles, a modo de conmemoración —Sasha se soltó el cordón del pijama de enfermera—. Los asesinos en serie me ponen. No hago más que pensar en todas las guarrerías que me harían antes de matarme. Hazte una foto con él y me la mandas. Y también dime todo lo que me vas a hacer si no me quito la ropa cuando me lo ordenes.

Hicks no vio motivos para negarse y en todo caso le tocaba hacer las rondas. Además, si el tipo había matado a un montón de gente, igual merecía la pena sacarse una foto con él para su colección. Ya tenía algunas bastante divertidas y se le ocurrió que estaría bien hacerse una con un asesino en serie para así mostrar su lado más serio y oscuro.

Solo en el ascensor, Hicks desenfundó el arma mirándose al espejo y dijo, ensayando el guión para su encuentro con Sasha:

—Puedes elegir entre meterte en la boca esto o mi vergota.

Todo fue bien hasta que se encendió el walkie-talkie y la voz de su tío espetó:

—Oye, imbécil, tú sigue jugando con la pistolita, a ver si te pegas un tiro y podemos contratar a alguien que haga tu trabajo como Dios manda.

Se le había olvidado que había una cámara en el ascensor. Por fortuna lo que no había era micrófono. Enfundó la pistola del 38 y bajó la cabeza con la esperanza de ocultar su sonrojo bajo el ala de la gorra. Se tomó diez segundos para superar la furia y la vergüenza y después pulsó HABLAR en el walkie-talkie con la idea de soltar alguna barbaridad y cerrarle la boca a ese viejo idiota. Pero lo único que consiguió decir fue «Recibido» con un gallo en la voz que odiaba.

Su tío Jim le había conseguido el trabajo de vigilante, mintiendo sobre el expediente académico de Hicks y su arresto por escándalo público. Llevaba solo dos meses en el hospital y ya le habían amonestado en dos ocasiones, una por impuntualidad y otra por no contestar al walkie-talkie (era su turno de subirse a la camilla). Su tío Jim ya le había advertido que si le amonestaban por tercera vez antes de llevar un año entero en el puesto tendrían que despedirle.

Su tío tenía un historial intachable, seguramente porque lo único que hacía era sentarse en el despacho del departamento de seguridad seis horas al día y mirar las pantallas del circuito de televisión con un ojo y ver cine porno con el otro. Treinta años de ver

la televisión por catorce dólares la hora y seguro médico. Eso era a
lo que aspiraba Hicks, pero si perdía su empleo de vigilante —si
volvían a amonestarle— igual tenía que volver al McDonald's. Eso
sería fatal. Cuando entró en el hospital había tenido que dejar el
puesto más glamuroso de todos, en la ventanilla del McAuto, y
odiaba la idea de tener que empezar de nuevo desde abajo. Y, lo que
era aun peor, sería el fin de lo suyo con Sasha, de las incursiones al
armario de los medicamentos y de lo bien que se lo pasaban tur-
nándose en la camilla de ginecología. A Sasha le gustaba el uniforme de Hicks y este no pensaba que el atuendo de McDonald's
fuera a convencerla.

Llegó al sótano y salió. Cuando se cerró la puerta del ascensor se
giró hacia ella, se agarró la entrepierna y le lanzó un beso húmedo.

—¡Chúpame los huevos, gordo maricón! —dijo—. Seguro que te
apetece.

No había demasiada acción en el sótano a las once y media de la
noche. La mayoría de las luces estaban apagadas, excepto una serie
de fluorescentes en el techo cada quince metros, una de las nuevas
medidas de austeridad del hospital. El único tráfico peatonal era
alguna que otra persona que accedía al hospital desde el aparcamiento cruzando un túnel subterráneo.

La preciada posesión de Hicks estaba en dicho aparcamiento, un
Pontiac Trans Am negro con tapicería de estampado de cebra y luces
azules de neón en la parte inferior de la carrocería, de manera que
cuando aceleraba parecía un ovni salido directamente de la película
E.T. Otra cosa más a la que tendría que renunciar si se quedaba sin
trabajo. Imposible pagar los plazos friendo hamburguesas. A Sasha
le encantaba cogerle en el Pontiac. Le chiflaban los animales y la
tapicería de cebra sacaba su lado salvaje.

Hicks pensaba que el asesino en serie estaría en la morgue, pero
resultó que lo habían llevado ya a la sala de autopsias. Uno de los
médicos la había empezado y se había ido a casa sin terminarla.
Hicks encendió las luces sobre las camillas, pero dejó el resto de la
habitación a oscuras. Corrió la cortina de la ventanilla de la puerta.

No había pestillo, pero metió una cuña de madera todo lo que pudo para que nadie pudiera entrar sin avisar.

Quienquiera que hubiera estado trabajando en la autopsia de Charlie Manx le había tapado con una sábana antes de irse. Era el único cadáver en la sala aquella noche y su camilla estaba aparcada debajo de una placa que decía HIC LOCUS EST UBI MORS GAUDET SUCCURRERE VITAE. Algún día, decidió Hicks, buscaría aquella frase en Google para saber qué coño significaba.

Le retiró la sábana a Manx hasta los tobillos y le echó un vistazo. Le habían abierto el pecho con una sierra y luego se lo habían cosido con un hilo negro y tosco. Era un corte en forma de Y que le llegaba hasta el hueso pélvico. La verga de Manx era larga y delgada como una salchicha kosher. Tenía un retrognatismo marcadísimo, de manera que los dientes de arriba, marrones y torcidos se le clavaban en el labio inferior. Tenía los ojos abiertos y parecía mirar a Hicks con una suerte de perpleja fascinación.

A Hicks eso no le gustó demasiado. Había visto unos cuantos fiambres, pero por lo general tenían los ojos cerrados. Y si no era así, al menos la mirada era como lechosa, como si algo en su interior se les hubiera agriado; la vida tal vez. Pero aquellos ojos parecían despiertos y alerta, eran unos ojos de alguien vivo, no muerto. Había en ellos una curiosidad ávida, como de pájaro. No, a Hicks eso no le gustaba nada.

En líneas generales, sin embargo, a Hicks los muertos no le ponían nervioso. Tampoco le tenía miedo a la oscuridad. Sí le tenía un poco de miedo a su tío Jim y también le preocupaba que Sasha quisiera meterle un dedo por el culo (algo que ella no dejaba de decirle que le iba a gustar) y tenía pesadillas recurrentes en las que se presentaba a trabajar sin pantalones y se paseaba por los pasillos con el pene colgándole entre las piernas mientras la gente se volvía a mirarle. Pero ahí se acababan sus miedos y sus fobias.

No estaba seguro de por qué no habían vuelto a meter a Manx en su cajón, ya que daba la impresión de que el examen de la cavidad abdominal estaba terminado. Pero cuando Hicks lo incorporó hasta sentarlo —lo apoyó contra la pared con las manos largas y flacas en el regazo— vio una línea de puntos que le recorría el cráneo hecha con rotulador permanente. Ah, claro. Había leído en el artículo que le había dado Sasha que Manx había estado entrando y saliendo de un coma durante casi una década, así que era lógico que los médicos quisieran echarle un vistazo a su cabeza. Además, ¿quién no querría hurgar en el cerebro de un asesino en serie? Seguro que luego se publicaba un artículo médico.

El instrumental de autopsias —la sierra, los fórceps, el costótomo y el martillo— estaban en una bandeja con ruedas junto al cadáver. Al principio Hicks pensó en hacerle la foto con el escalpelo, que le pegaba mucho a un asesino en serie. Pero era demasiado pequeño. Lo supo con solo mirarlo. No quedaría bien en una fotografía hecha con su porquería de teléfono.

El martillo era otra cosa: un gran mazo plateado con la cabeza en forma de ladrillo, pero con uno de los lados en punta y tan afilado como un cuchillo de carne. Al otro extremo de la empuñadura había un gancho, que se usaba para clavar en el borde del cráneo y quitarlo, como si fuera el tapón de una botella. El martillo era genial.

Hicks tardó un minuto en ponérselo a Manx en la mano. Dio un respingo cuando vio las uñas largas y asquerosas de este, abiertas en las puntas y tan amarillas como los dientes. Se parecía al actor de la película *Alien*, Lance Henriksen, después de que alguien le hubiera afeitado la cabeza y atizado un par de veces con un palo. Manx también tenía unas tetillas flacas, color blanco rosáceo y flácidas que le recordaron, qué horror, a lo que su madre escondía dentro del sujetador.

Cogió la sierra ósea para él y le pasó a Manx un brazo por los hombros. Manx se resbaló hasta apoyar su gran cabeza calva en el pecho de Hicks. Eso estaba bien. Ahora parecían compañeros de juerga con unas copas de más. Hicks sacó el móvil de su funda y lo sostuvo lo más lejos posible. Entornó los ojos, hizo una mueca amenazadora y sacó la foto.

Soltó el cadáver y comprobó la pantalla. No era una foto demasiado buena. Había querido poner cara de tipo peligroso, pero su expresión forzada sugería más bien que Sasha por fin había conseguido hincarle el meñique por el culo. Estaba pensando en sacar otra cuando escuchó voces fuertes justo a la puerta de la sala de autopsias. Durante un momento de terror pensó que la primera era de su tío Jim.

—Ese cabrón se la ha ganado. No tiene ni idea...

Hicks cubrió el cadáver con la sábana mientras el corazón le latía como un tirador disparando a ráfagas una Glock. Las voces sonaban al lado de la puerta y estaba seguro de que se disponían a abrirla y a entrar. Se dirigió hacia ella para quitar la cuña cuando se dio cuenta de que tenía la sierra en la mano. La dejó en el carrito del instrumental con mano temblorosa.

Para cuando regresó a la puerta empezaba a recuperarse del susto. Un segundo hombre reía y el primero había vuelto a hablar.

—... arrancarle todos los molares. Le gasearán con el sevoflurano y después le partirán las muelas. No se enterará de nada, pero cuando se despierte le va a doler como si le hubieran cogido por la boca con una excavadora...

Hicks no sabía a quién le iban a sacar las muelas, pero una vez hubo oído un poco más la voz, supo que no era su tío Jim quien estaba en el pasillo, sino algún viejo cabrón con voz cascada de viejo cabrón. Esperó hasta que oyó a los dos hombres alejarse y se agachó para quitar la cuña. Contó hasta cinco y salió. Necesitaba beber agua y lavarse las manos. Todavía seguía algo temblón.

Caminó a grandes zancadas respirando hondo para tranquilizarse. Cuando por fin llegó al baño de hombres no solo necesitaba beber agua, también vaciar el intestino. Eligió el cubículo para minusválidos para tener más sitio para las piernas. Mientras plantaba un pino le mandó por correo electrónico a Sasha la foto de él y Manx juntos y escribió: *Agáchate y bájate las bragas que como no hagas lo que te digo so putón va a venir papaíto con el serrucho. Espérame en la sala de castigos.*

Pero para cuando estaba inclinado sobre el lavabo sorbiendo agua ruidosamente empezó a tener pensamientos preocupantes. Se había puesto tan nervioso al oír las voces en el pasillo que no se acordaba de si había dejado el cuerpo tal y como lo había encontrado. Peor aún, creía recordar que había dejado el martillo en la mano de Manx. Si lo encontraban allí por la mañana, algún doctor listillo probablemente querría saber por qué y seguro que el tío Jim interrogaba a todo el personal. Hicks no sabía si podría soportar esa clase de presión.

Decidió volver a la sala de autopsias y asegurarse de que había dejado todo recogido.

Se detuvo en la puerta para echar un vistazo por el cristal, pero se dio cuenta de que había dejado las cortinas echadas. Una de las cosas que tenía que arreglar. Abrió la puerta y frunció el ceño. Con las prisas por salir había apagado todas las luces, no solo de encima de las camillas sino también las luces de seguridad que se quedaban siempre encendidas, en las esquinas de la habitación y sobre la mesa. La sala olía a yodo y a benzaldehído. Hicks dejó que la puerta se cerrara con un suspiro a su espalda y se detuvo, aislado en la oscuridad.

Recorría la pared con la mano buscando los interruptores de la luz cuando oyó una rueda chirriar y el suave tintineo de metal contra metal.

Se detuvo a escuchar y entonces notó que alguien corría a través de la habitación hacia él. No es que oyera o viera nada. Fue una sensación en la piel y en los tímpanos, como un cambio de presión. Le entraron ganas de ir al cuarto de baño. Había extendido la mano derecha para buscar el interruptor y la bajó para buscar su pistola. La había desenfundado parcialmente cuando sintió que algo silbaba hacia él en la oscuridad y le golpearon en el estómago con lo que parecía un bate de béisbol de aluminio. Hicks se dobló en dos con un bufido y la pistola regresó a su funda.

El bate se apartó y volvió. Le dio a Hicks en el lado izquierdo de la cara, encima de la oreja, haciéndole girar sobre los talones y caer al suelo. Lo hizo de espaldas, planeando y precipitándose por un cielo nocturno y gélido, cayendo, cayendo, y aunque trató con todas sus fuerzas de gritar no emitió ningún sonido, ya que le habían sacado a golpes todo el aire de los pulmones.

CUANDO ERNEST HICKS ABRIÓ LOS OJOS HABÍA UN HOMBRE INCLINADO sobre él que le sonreía tímidamente. Abrió la boca para preguntar qué había pasado y entonces el dolor le inundó la cabeza y se volvió y vomitó encima de los mocasines del hombre. Su estómago escupió la cena —pollo frito— en una bocanada agriopicante.

—Lo siento mucho —dijo Hicks cuando cesaron las arcadas.

—No pasa nada, hijo —dijo el médico—. No intentes ponerte de pie. Vamos a llevarte a urgencias. Has tenido una conmoción y queremos asegurarnos de que no tienes una fractura de cráneo.

Pero Hicks empezaba a recordar lo que había pasado, aquel hombre en la oscuridad golpeándole con una porra metálica.

—¿Qué coño? —gritó—. ¿Qué coño? ¿Y mi pistola? ¿Ha visto alguien mi pistola?

El médico —su placa decía SOPHER— le puso una mano en el pecho para impedir que se incorporara.

—Creo que te has quedado sin ella, hijo —dijo Sopher.

—No intentes levantarte, Ernie —dijo Sasha a menos de un metro de él y con una expresión que tenía bastante de horrorizada. Había otras dos enfermeras con ella y también parecían pálidas y angustiadas.

—Puta… madre, me han robado la pistola. ¿Se han llevado algo más?

—Solo tus calzoncillos —dijo Sopher.

—¿Cómo que solo…? ¿Qué?

Giró el cuello para mirarse y comprobó que estaba desnudo de cintura para abajo, con el pene a la vista del médico, de Sasha y de las otras enfermeras. Pensó que iba a vomitar otra vez. Era como la pesadilla que tenía a veces, en la que iba a trabajar sin pantalones ni calzoncillos y todos le miraban. De repente le asaltó la idea espantosa de que el enfermo que le había quitado los calzoncillos quizá le había metido un dedo por el culo, lo mismo con lo que siempre le amenazaba Sasha.

—¿Me ha tocado? ¿Me ha tocado, joder?

—No lo sabemos —dijo el médico—. Probablemente no. Probablemente solo quería que no te levantaras y le persiguieras, y supuso que no lo harías si te desnudaba. Es muy posible que se llevara la pistola porque te la vio en la funda, en el cinturón.

En cambio, el tipo no se había llevado la camisa de Hicks. La chamarra sí, pero no la camisa.

Se echó a llorar. Después se tiró un pedo, un pedo húmedo y sibilante. En su vida se había sentido tan desgraciado.

—¡Oh Dios mío, Dios mío! ¿Pero qué mierda le pasa a la gente? —gritó Hicks.

El doctor Sopher sacudió la cabeza.

—Quién sabe lo que le pasaría por la cabeza a ese tipo. Lo mismo iba puesto de algo. O igual no es más que un pervertido enfermo que buscaba un trofeo especial. Que la policía se preocupe por eso, yo quiero concentrarme en ti.

—¿Un trofeo? —chilló Hicks mientras imaginaba sus calzoncillos colgados en una pared dentro de un marco.

—Supongo —dijo el doctor Sopher mirando por encima de su hombro hacia el otro lado de la habitación—. Es la única razón que se me ocurre por la que alguien quisiera entrar aquí y robar el cadáver de un asesino en serie famoso.

Hicks volvió la cabeza —un gong retumbó en su cerebro y le reverberó en todo el cráneo— y vio que la camilla estaba en el centro de la habitación y que alguien se había llevado el cuerpo. Gimió de nuevo y cerró los ojos.

Escuchó el ruido de tacones de botas acercarse por el pasillo y pensó que reconocía los andares de ganso de su tío Jim, a quien habrían sacado de detrás de su mesa y por lo tanto no estaría demasiado contento. No había razón lógica para tenerle miedo. La víctima allí era Hicks. Le habían atacado, por el amor de Dios. Pero solo y desgraciado en su único refugio —la oscuridad detrás de sus párpados—, tuvo la sensación de que la lógica allí no tenía cabida. Venía su tío Jim y la tercera amonestación estaba al llegar, le iba a caer encima como un martillo. Le habían agarrado literalmente con los pantalones bajados y se daba cuenta de que, al menos en un sentido, nunca volvería a enfundarse esos pantalones de guarda de seguridad.

Estaba todo perdido, se lo habían arrebatado en un instante, entre las sombras de la sala de autopsias. Un empleo decente, los buenos ratos con Sasha, las camillas de ginecología, las inyecciones del gabinete de medicamentos y las fotos divertidas con gente muerta. Incluso se había quedado sin su Pontiac con tapicería de cebra, aunque eso no lo sabría nadie hasta horas después. El cabrón enfermo que le había dejado inconsciente a porrazos le había robado las llaves y se lo había llevado.

Estaba todo perdido. Todo. Absolutamente todo.

Perdido para nunca volver, igual que el cuerpo de Charlie Manx.

MALA MADRE
16 DE DICIEMBRE DE 2011 -
6 DE JULIO DE 2012

Centro de rehabilitación Lamar, Massachusetts

Lou LLEVÓ AL NIÑO DE VISITA ANTES DE LAS NAVIDADES, CUANDO Vic McQueen estaba en rehabilitación, cumpliendo los veintiocho días preceptivos. El árbol de la sala de estar era de alambre y oropel y los tres comieron rosquillas de azúcar compradas en el supermercado.

—¿Este es un sitio para locos? —preguntó Wayne sin asomo de timidez; nunca había sido tímido.

—Para borrachos —dijo Vic—. El de los locos era el otro.

—Entonces ¿este sitio es mejor?

—Es un ascenso —le dijo Lou—. En esta familia somos muy de ascensos.

Haverhill

A Vic le dieron el alta una semana más tarde. Sobria por primera vez en su vida adulta, fue a su casa a ver morir a su madre, a ser testigo de los intentos heroicos de Linda McQueen por acabar consigo misma.

Vic la ayudó, comprándole a su madre cartones de cigarrillos Virginia extrafinos, los que le gustaban, y fumándoselos con ella. Junto a la cama de Linda había una maltrecha botella verde de oxígeno con las palabras ALTAMENTE INFLAMABLE escritas en un lado junto a un dibujo de llamas rojas. Linda se ponía la máscara en la cara para una bocanada de oxígeno, después se la quitaba y daba un jalón al cigarro.

—No te importa, ¿verdad? ¿No te preocupa? —Linda señaló con el pulgar la botella de oxígeno.

—¿El qué? ¿Qué me hagas saltar por los aires? —preguntó Vic—. Demasiado tarde, mamá. Ya me he destrozado la vida yo solita.

Vic no había pasado un solo día en la misma casa con su madre desde que se marchó para siempre al cumplir dieciocho años. De niña no había sido consciente de la oscuridad que reinaba en el hogar de su infancia. Estaba a la sombra de altos pinos y casi no recibía luz natural, de manera que incluso a mediodía había que encender luces para ver por dónde ibas. Ahora apestaba a cigarrillos e incontinencia. Para finales de enero, estaba loca por huir de allí. La oscuridad y la falta de aire le recordaban al conducto de la ropa sucia en la Casa Trineo de Charlie Manx.

—En verano deberíamos irnos. Podríamos alquilar una casa en el Lago, como antes —no hacía falta que dijera lago Winnipesaukee. Siempre lo habían llamado el Lago, como si no hubiera otra superficie de agua digna de mención, lo mismo que la Ciudad siempre había sido Boston—. Tengo dinero.

No tanto, en realidad. Se las había arreglado para beberse una parte significativa de sus ahorros. Y mucho de lo que no se había echado al coleto lo habían devorado costas legales y deudas a varias instituciones. Sin embargo quedaba suficiente para dejar a Vic en una situación mejor que la del típico ex alcohólico con tatuajes y antecedentes penales. Y habría más dinero si conseguía terminar el siguiente libro de *Buscador*. En ocasiones pensaba que había conseguido mantenerse cuerda y sobria solo para terminar el siguiente libro. Qué Dios se apiadara de ella, debería haberlo hecho por su hijo, pero no era así.

Linda sonrió de esa manera traviesa y somnolienta que dejaba claro que sabía que no iba a llegar a junio, que aquel año pasaría las vacaciones de verano a tres manzanas de allí, en el cementerio, donde estaban enterrados sus hermanas mayores y sus padres. Pero dijo:

—Claro que sí. Que Lou te deje al niño y lo traes. Me gustaría pasar tiempo con él… si crees que no le voy a arruinar la vida, claro.

Vic lo dejó pasar. Estaba en el octavo paso de su programa y había ido a Haverhill a resarcir a su madre del daño que le había hecho. Durante años se había negado a que Linda conociera a Wayne, a que formara parte de su vida. Había disfrutando restringiendo el contacto de su madre con su hijo, había tenido la sensación de que era su deber proteger a Wayne de Linda. Ahora deseaba que hubiera habido alguien para proteger a Wayne de ella misma. A él también tenía que resarcirle.

—Y ya puestos, podrías presentarle al niño a tu padre —dijo Linda—. Vive allí, no sé si lo sabes. En Dover. No lejos del Lago. Sigue volando cosas por los aires. Sé que le encantaría conocer a su nieto.

También esta la dejó pasar Vic. ¿Tenía que resarcir además a Chris McQueen? A veces pensaba que sí... y entonces lo recordaba aclarándose los nudillos desollados bajo el grifo de agua fría y rechazaba la idea.

Llovió toda la primavera, arrinconando a Vic dentro de la casa con su madre agonizante. En ocasiones la lluvia caía con tal fuerza que era como estar atrapada dentro de un tambor. Linda expectoraba grandes flemas con puntitos de sangre en una palangana y veía el Canal Cocina con el volumen demasiado alto. Huir —salir de allí— empezaba a parecer una empresa desesperada, una cuestión de supervivencia. Cuando Vic cerraba los ojos veía una extensión plana del lago al atardecer, con libélulas del tamaño de golondrinas planeando sobre la superficie del agua.

Pero no se decidió a alquilar algo allí hasta que Lou la llamó una noche desde Colorado para sugerirle que pasara el verano con Wayne.

—El niño necesita a su madre —dijo Lou—. ¿No te parece que ya es hora?

—Me encantaría —dijo Vic intentando mantener un tono de voz neutral. Le dolía respirar. Habían pasado tres largos años desde que Lou y ella lo habían dejado. No había podido soportar sentirse tan completamente querida por él y hacer tan poco por corresponderle. No le había quedado más remedio que dejarle.

Pero una cosa era dejar a Lou y otra dejar al niño. Lou decía que Wayne necesitaba a su madre, pero Vic creía que ella le necesitaba aún más. Cuando pensaba en la idea de pasar el verano con él —de empezar de cero, de intentar de nuevo ser la madre que Wayne se merecía— la asaltaban ráfagas de pánico. Pero también de una esperanza trémula. No le gustaba sentir las cosas con tanta intensidad. Le recordaba a cuando estaba loca.

—¿Vas a poder hacer eso? ¿Confiarme a Wayne? ¿Después de todas las barbaridades que he hecho?

—Oye, amiga —dijo Lou—, si estás dispuesta a volver al cuadrilátero, nosotros también.

Vic no le mencionó que cuando las personas se subían al cuadrilátero por lo general era para darse de hostias. Bien pensado, quizá no era una mala metáfora. Desde luego que Wayne tenía razones de sobra para querer darle unas cuantas patadas y puñetazos. Y si necesitaba un saco de boxeo, ella estaba dispuesta a serlo. Sería una manera de resarcirle.

Cómo le gustaba aquella palabra: «resarcir».

Se puso a buscar como loca un sitio donde pasar el verano, un lugar que casara con la idea que tenía en la cabeza. De haber tenido todavía la Raleigh, habría encontrado el sitio perfecto en cuestión de minutos, un viaje rápido de ida y vuelta por el Atajo. Claro que ahora sabía que esos viajes nunca habían existido. Se había enterado de la verdad sobre sus expediciones de búsqueda estando ingresada en el hospital para enfermos mentales en Colorado. Su cordura era una cosa frágil, como una mariposa en el hueco de la mano que llevaba con ella a todas partes temerosa de lo que podría pasar si la dejaba ir. O si se descuidaba y la aplastaba.

A falta del Atajo, tuvo que recurrir a Google, como todo el mundo. Tardó hasta finales de abril en encontrar lo que quería, la casa de una solterona con treinta metros de jardín delantero, embarcadero, lancha propia y cochera. Era de una sola planta, de manera que Linda no tuviera que subir escaleras. Para entonces una parte de Vic creía de verdad que su madre iría con ella, que podría *resarcirla*. Incluso había una rampa de entrada en la parte posterior de la casa para su silla de ruedas.

El agente inmobiliario le envió media docena de fotografías tamaño folio y Vic se subió a la cama de su madre para verlas con ellas.

—¿Ves la cochera? La voy a limpiar y hacer un estudio para dibujar. Seguro que huele fenomenal —dijo—. Seguro que huele a hierba. A caballos. Me preguntó por qué nunca me dio por los caballos. Pensaba que era una fase obligatoria en las niñas mimadas.

—Chris y yo nunca nos matamos exactamente por mimarte, Vicki. A mí me daba miedo. Ahora ni siquiera estoy segura de que ningún padre sea capaz. De mimar demasiado a un hijo, quiero decir. Pero yo eso no lo supe hasta que fue demasiado tarde para arreglarlo. Nunca se me dio muy bien eso de ser madre. Tenía tanto miedo a equivocarme que casi nunca acertaba.

Vic ensayó distintas frases mentalmente. *Ni tú ni yo,* era una. *Hiciste lo que pudiste, que es más de lo que puedo decir yo,* era otra. *Me quisiste todo de lo que eras capaz. Daría cualquier cosa por volver atrás y quererte mejor,* era la tercera. Pero no le salía la voz —de repente tenía la garganta paralizada— y se le pasó el momento.

—En todo caso —continuó Linda—, no necesitabas un caballo. Tenías la bicicleta. El bólido de Vic McQueen. Te llevaba más lejos de lo que habría podido llevarte ningún caballo. Hace un par de años la busqué. Pensé que tu padre la habría metido en el garaje y se me ocurrió regalársela a Wayne. Siempre pensé que era una bicicleta de chico. Pero no estaba. No sé adónde fue a parar —se calló con los ojos medio cerrados. Vic se bajó de la cama. Antes de que pudiera llegar a la puerta, Linda dijo—: No sabes qué fue de ella, ¿no? ¿De tu bólido?

Había un asomo de malicia y peligro en su voz.

—Que no está —dijo Vic—. Es lo único que sé.

—Me gusta el chalé. Tu casa del lago. Has encontrado un buen sitio, Vic —le alabó—. Sabía que lo harías. Siempre se te dio bien encontrar cosas.

A Vic se le puso la carne de los brazos de gallina.

—Descansa un poco, mamá —repuso mientras iba hacia la puerta—. Me alegra que te haya gustado el sitio. En cuanto firme los papeles será nuestro para todo el verano. Deberíamos hacerle una visita. Pasar un par de días en ella, las dos solas.

—Claro que sí —dijo la madre—. Y de vuelta podemos parar en Terry's Primo Subs, para tomarnos unas malteadas.

La habitación en penumbra pareció ensombrecerse brevemente, como si una nube estuviera tapando el sol.

—Raspados —corrigió Vic con voz ronca por la emoción—. Si lo que quieres es una malteada tendrás que ir a otro sitio.

Su madre asintió.

—Es verdad.

—Este fin de semana —propuso Vic—. Vamos este fin de semana.

—Tendrás que mirar mi agenda —dijo la madre—. Igual tengo planes.

A la mañana siguiente dejó de llover, pero en lugar de llevar a su madre al lago Winnipesaukee, Vic la llevó al cementerio y la enterró bajo el primer cielo azul y cálido de mayo.

LLAMÓ A LOU A LA UNA DE LA MAÑANA HORA DE LA COSTA ESTE, las once en las montañas Rocosas y le dijo:

—¿Crees que Wayne va a querer venir? Van a ser dos meses y no sé si seré capaz de mantenerle entretenido dos días seguidos.

Lou parecía completamente desconcertado por la pregunta.

—Tiene doce años. Es un niño tranquilo. Estoy seguro de que le gustarán las mismas cosas que a ti. ¿A ti qué te gusta?

—El bourbon.

Lou hizo un sonido como de estar pensando.

—Yo me refería más bien a algo tipo jugar al tenis.

Vic compró raquetas de tenis, aunque ignoraba si Wayne sabía jugar. Ella llevaba tanto tiempo sin hacerlo que ni siquiera recordaba cómo se contaban los tantos. Solo sabía que incluso cuando no tenías ningún punto, seguías teniendo amor.*

Compró trajes de baño, chanclas, gafas de sol, *frisbees*. Compró crema de protección solar confiando en no tener que pasar demasiado tiempo al sol. Entre sus visitas al manicomio y al centro de rehabilitación, había terminado teniendo los brazos y las piernas completamente cubiertos de tatuajes, y el exceso de sol en la tinta podía resultar tóxico.

Había dado por supuesto que Lou volaría a la costa este con Wayne y le sorprendió cuando le dio el número de vuelo del niño y le pidió que la llamara en cuanto hubiera llegado.

---

*En inglés, *love* en tenis equivale a «cero». *(N. de la T.).*

—¿Ha volado solo alguna vez?

—No ha subido a un avión en su vida, pero yo no me preocuparía, compañera —repuso Lou—. Sabe muy bien cuidarse solo, lleva haciéndolo un tiempo. Tiene doce años pero es como si estuviera a punto de cumplir cincuenta. Creo que le hace más ilusión ir en avión que estar allí —a esto siguió un silencio violento—. Perdón. Eso ha quedado de horror, no era mi intención.

—No pasa nada, Lou —dijo Vic.

No le había molestado. No había nada que Lou o Wayne pudieran decir que la molestara. Se merecía cualquier cosa. Todos esos años de odiar a su madre... nunca habría supuesto que ella lo haría todavía peor.

—Además, en realidad no viaja solo. Va con Hooper.

—Sí, claro —dijo Vic—. Por cierto, ¿qué come?

—Por lo general lo que encuentra por el suelo. El mando a distancia. Tu ropa interior. La alfombra. Es como el tiburón tigre de *Tiburón*. El que Dreyfuss disecciona en el sótano del pescador. Por eso le llamamos Hooper. ¿Te acuerdas del tiburón tigre? ¿Y de que se había tragado una matrícula?

—No he visto *Tiburón*. Cuando estaba en rehabilitación vi una de las secuelas en la tele. Esa en la que sale Michael Caine.

Siguió otro silencio, este lleno de pasmo y perplejidad.

—Joder. No me extraña que nos separásemos —dijo Lou.

Tres días después Vic estaba en el aeropuerto de Logan a las seis de la mañana, junto a la ventana que daba a las pistas para ver el 727 en el que viajaba Wayne cruzar la plataforma de estacionamiento hasta el tubo. Los pasajeros salieron del túnel y pasaron junto a ella, desplazándose en silenciosos grupos, tirando de maletas con ruedas. Cada vez quedaba menos gente y tuvo que hacer un gran esfuerzo para no ponerse nerviosa. ¿Dónde coño estaba su hijo? ¿Le había dado bien Lou la información del vuelo? Wayne todavía no estaba a su cargo y ya la había cagado... Entonces apareció con los brazos alrededor de la mochila como si esta fuera su oso de peluche favorito. La dejó caer y Vic lo abrazó, le sorbió la oreja y le mordisqueó el cuello hasta que el niño le pidió entre gritos y risas que lo soltara.

—¿Te ha gustado volar? —le preguntó Vic.

—Me ha gustado tanto que me quedé dormido al despegar y me lo perdí todo. Hace diez minutos estaba en Colorado y ahora estoy aquí. ¿No es una locura? ¿Ir tan lejos así tan de repente?

—Desde luego que sí, una locura total —dijo Vic.

Hooper había viajado en un trasportín para animales del tamaño de una cuna de bebé y tuvieron que bajarlo entre los dos de la cinta transportadora de equipajes. De la boca del enorme San Bernardo salía un reguero de baba. En el suelo de la jaula había unos restos de guía telefónica.

—¿Eso qué era? —preguntó Vic—. ¿La comida?

—Cuando está nervioso le gusta entretenerse con cosas —dijo Wayne—. Como a ti.

Fueron a la casa de Linda y comieron sándwiches de pavo. Hooper se tomó un tentempié a base de comida enlatada para perros, uno de los pares de chanclas nuevos y la raqueta de tenis de Vic, que seguía en su funda de plástico. Incluso con las ventanas abiertas, la casa olía a ceniza de cigarrillo, mentol y sangre. Vic estaba deseando marcharse de allí. Cogió los trajes de baño, las cartulinas de dibujo, las tintas y las acuarelas, el perro y al niño que tanto quería pero al que tenía miedo de no conocer ni merecer y se dirigieron hacia el norte a pasar el verano.

Vic McQueen intenta ser una madre, parte II, pensó.

Les esperaba un triunfo.

Lago Winnipesaukee

La mañana que Wayne encontró la Triumph Vic estaba en el embarcadero intentando desenredar dos cañas de pescar. Las había sacado de un armario de la casa, reliquias oxidadas de los años ochenta, los sedales monofilamento enredados en una maraña del tamaño de un puño. Creía recordar haber visto una caja de aparejos de pesca en la cochera y mandó a Wayne a buscarla.

Se había sentado en el extremo del embarcadero sin zapatos y sin calcetines, con los pies rozando el agua para luchar con el nudo. Cuando estaba enganchada a la coca —sí, también la había dado a la cocaína— podría haberse pasado una hora forcejeando con aquel nudo encantada de la vida, disfrutándolo tanto como el sexo. Habría jugado con aquel nudo igual que Slash tocando un solo de guitarra.

Pero ahora desistió a los cinco minutos. No tenía sentido. En la caja de aparejos habría una navaja. Uno tenía que distinguir entre cuando intentar desenredar algo y cuando meterle un tajo directamente.

Además, el sol reflejándose en el agua le hacía daño en los ojos. Sobre todo en el izquierdo. Lo notaba sólido y pesado, como si estuviera hecho de plomo en lugar de tejido blando.

Se tumbó al sol para esperar a Wayne. Quería echar una cabezada, pero cada vez que lograba adormecerse se espabilaba sobresaltada, escuchando a aquella chica loca en su cabeza.

Había oído por primera vez la canción de la loca en el hospital para enfermos mentales de Denver, que es adónde la llevaron después de quemar la casa. La canción de la chica loca solo tenía cuatro versos, pero nadie —ni Bob Dylan, ni John Lennon, ni Byron ni Keats— había logrado jamás componer cuatro versos tan perspicaces y tan directos emocionalmente.

> *Toda la noche pienso cantar*
> *esta canción para molestar.*
> *Vic en su bici quiere huir*
> *¡Más le valdría en trineo ir!*

La canción la había despertado la primera noche que pasó en la clínica. Una mujer la cantaba desde algún lugar del manicomio. Y no estaba cantando para sí, era una serenata dedicada a Vic.

La chica loca cantaba a gritos la canción tres o cuatro veces cada noche, por lo general justo cuando Vic se estaba quedando dormida. A veces la chica loca se reía tanto que no conseguía terminar la canción.

Vic también había gritado bastante. Gritaba para que alguien le callara la boca a aquella zorra. Entonces se unía más gente y el pabellón entero empezaba a gritar, a gritar que les dejaran dormir, que pararan. Vic chillaba hasta quedarse ronca, hasta que aparecían los celadores a sujetarla y ponerle una inyección.

Durante el día Vic examinaba furiosa las caras de los otros pacientes buscando signos de culpabilidad o agotamiento. Pero todos tenían cara de culpabilidad y agotamiento. En las sesiones de terapia de grupo escuchaba con atención a los demás pensando que descubriría a la cantante nocturna por su voz ronca. Pero todos tenían la voz ronca por las noches difíciles, el café de mala calidad o el tabaco.

De pronto una noche Vic dejó de oír a la chica loca y su loca canción. Pensó que la habrían trasladado a otro pabellón, en un gesto de consideración a los otros pacientes. Llevaba ya medio año fuera del hospital cuando finalmente reconoció la voz y supo quién era la chica loca.

—¿La moto del garaje es nuestra? —preguntó Wayne. Y a continuación, antes de que Vic pudiera asimilar la pregunta, añadió—: ¿Qué estás cantando?

Hasta aquel momento Vic no fue consciente de haber estado murmurando para sí. La canción sonaba mucho mejor en voz baja que cuando la cantaba a voz en cuello en el manicomio.

Se sentó frotándose la cara.

—No sé. Nada.

Wayne la miró con sombría desconfianza.

Subió al embarcadero a pasitos cortos y trabajosos, con Hooper siguiéndole cabizbajo igual que un oso domesticado. Llevaba una maltrecha caja de herramientas amarilla que sujetaba por el asa con las dos manos. A un tercio del camino se le soltó y cayó al suelo con gran estrépito. El embarcadero tembló.

—Tengo la caja de aparejos—dijo Wayne.

—Eso no es una caja de aparejos.

—Me dijiste que buscara una caja marrón.

—Esa es amarilla.

—Tiene puntos marrones.

—Es que está oxidada.

—Pues eso. El óxido es marrón.

Wayne abrió el cierre de la caja de herramientas, retiró la tapa y al ver lo que había dentro frunció el ceño.

—Era fácil confundirse —dijo Vic.

—¿Esto es para pescar? —preguntó Wayne sacando un instrumento curioso. Parecía la hoja desafilada de una guadaña en miniatura, lo bastante pequeña para caberle en la palma de la mano—. Tiene forma de anzuelo.

Vic sabía lo que era, aunque hacía años que no había visto una. Entonces cayó por primera vez en la pregunta que le había hecho Wayne al subir al embarcadero.

—Déjame ver la caja —dijo Vic.

Le dio la vuelta y contempló una serie de llaves planas y oxidadas, un manómetro y una llave vieja de cabeza rectangular con la
palabra TRIUMPH grabada.

—¿Dónde has encontrado esto?

—Estaba en el asiento de la moto. ¿La moto venía con la casa?

—Enséñamela —dijo Vic.

La cochera

VIC SOLO HABÍA ENTRADO UNA VEZ EN LA COCHERA, CUANDO visitó la propiedad. Le había hablado a su madre de su intención de limpiarla y usarla de estudio. Hasta el momento, sin embargo, sus lápices y pinturas no habían salido del armario del dormitorio y la cochera seguía tan llena de trastos como el día que llegaron.

Era una habitación larga y estrecha, tan atestada de trastos que era imposible caminar en línea recta hasta la pared del fondo. Había unos cuantos boxes donde en otro tiempo se habían guardado los caballos. A Vic le encantaba el olor del lugar, un aroma hecho de gasolina, tierra, paja vieja seca y madera recalentada y envejecida durante ochenta veranos.

De haber tenido la edad de Wayne, se habría pasado el día en las vigas, entre palomas y ardillas voladoras. Pero a Wayne no parecía irle demasiado aquello. Wayne no interactuaba con la naturaleza. Sacó fotografías con su iPhone y después se inclinó sobre la pantalla y las miró. Lo que más le gustaba de la casa era que tenía wi-fi.

No era que prefiriera quedarse dentro. Quería quedarse dentro con el teléfono. Este era su puente para alejarse de un mundo en el que su madre era una alcohólica demente y su padre un mecánico de ciento treinta kilos de peso que no había terminado el instituto y se ponía un disfraz de Iron Man para ir a convenciones de aficionados al cómic.

La moto estaba al fondo de la cochera, tapada con una lona salpicada de pintura bajo la cual, sin embargo, se adivinaba su silueta.
Vic la vio nada más entrar y se preguntó cómo podía habérsele pasado
la primera vez que asomó la cabeza en aquel lugar.

Pero la incomprensión duró solo un momento. Nadie sabía mejor
que ella lo fácil que era no reparar en algo importante en medio de
una gran cantidad de morralla visual. La cochera se parecía a una de
esas escenas que pintaba en sus libros de *Buscador*. Intenta llegar
hasta la motocicleta por el laberinto de trastos —sin cruzar el cable
puesto a modo de trampa— y ¡escápate! No estaba mal como escenario, pensó, lo archivaría en su mente para darle vueltas en otro momento. No podía permitirse el lujo de ignorar una buena idea. ¿Acaso
alguien podía?

Wayne agarró una de las esquinas de la lona y Vic la otra y la
retiraron.

La moto tenía una capa de mugre y serrín de dos centímetros de
espesor. El manubrio y los indicadores estaban envueltos en telarañas. El faro colgaba de la carcasa sujeto por cables. Debajo del polvo,
el depósito de gasolina con forma de lágrima era color arándano y
plata, con la palabra TRIUMPH repujada en cromo.

Parecía sacada de una película antigua sobre motocicletas. No de
esas con muchas tetas, colores desvaídos y Peter Fonda, sino de las
más viejas, más convencionales, una aventura en blanco y negro en la
que había muchas carreras y se hablaba todo el tiempo del Hombre.
A Vic le encantó nada más verla.

Wayne pasó una mano por el asiento y miró el polvo gris que se
le había pegado a la palma.

—¿Nos la podemos quedar?

Como si fuera un gato que se había perdido.

Pues claro que no se la podían quedar. No era suya. Pertenecía a
la anciana que les había alquilado la casa.

Y sin embargo…

Y sin embargo Vic tenía la sensación de que ya era suya.

—Dudo de que funcione —dijo.

—¿Y? —dijo Wayne con la convicción propia de un niño de doce años—. Arréglala. Papá puede enseñarte.

—Ya me ha enseñado.

Durante ocho años Vic se había esforzado por ser la chica de Lou. No siempre había sido agradable, no siempre había sido fácil, pero en el garaje había habido días felices en que Lou arreglaba motos y Vic las pintaba con un aerógrafo, Soundgarden sonaba en la radio y en la nevera se enfriaban botellas de cerveza. Vic estudiaba las motos con él, sosteniéndole una linterna y preguntándole cosas. Lou le explicó para que servían un fusible, una guarnición de frenos, un colector de escape. A Vic le había gustado estar a su lado entonces y casi se había gustado a sí misma también.

—Entonces ¿crees que podemos quedárnosla? —preguntó de nuevo Wayne.

—Es de la señora mayor que nos alquila la casa. Puedo preguntarle si nos la vende.

—Seguro que nos la regala —dijo Wayne y escribió la palabra *NUESTRA* en el polvo de uno de los laterales del depósito—. ¿Qué señora mayor va a querer pasear el culo en una moto como esta?

—Una como la que tienes al lado ahora mismo —dijo Vic, y alargó la mano y borró la palabra *NUESTRA*.

Una nube de polvo flotó en el haz de luz de primera hora de la mañana, una ráfaga de copos dorados.

Debajo de donde había estado la palabra *NUESTRA* Vic escribió *MÍA*.

Wayne la enfocó con el iPhone y sacó una foto.

Haverhill

CADA DÍA DESPUÉS DE COMER SIGMUND DE ZOET DEDICABA UNA hora a pintar sus soldaditos. Era su hora preferida del día. Escuchaba a la Filarmónica de Berlín tocar el sexteto de Frobisher *El atlas de las nubes*, y pintaba a los alemanes del siglo XIX con sus cascos, casacas con faldones y máscaras antigás. Tenía un paisaje en miniatura en una madera contrachapada de dos por dos metros que se suponía representaba media hectárea de Verdun-sur-Meuse, una extensión de barro empapado de sangre, árboles calcinados, intricados matorrales, alambradas de púas y cadáveres.

Sig estaba orgulloso de su trabajo con los pinceles. Pintaba hilo de oro en charreteras, botones microscópicos de latón en casacas, manchas de óxido en cascos. Le parecía que sus hombrecillos estaban bien pintados, que tenían tensión, que daban la impresión de, en cualquier momento, ir a moverse solos y cargar contra las líneas francesas.

Estaba trabajando en ellos el día que por fin ocurrió, el día en que por fin empezaron a moverse.

Estaba pintando a un alemán herido, un hombrecillo sujetándose el pecho, su boca abierta en un grito silente. Sig había mojado la punta del pincel en pintura roja con la intención de pintar una mancha alrededor de los dedos del soldado pero, cuando fue a hacerlo, este retrocedió.

Sigmund lo miró fijamente y estudió al soldado de dos centímetros y medio bajo el fuerte resplandor de la lámpara articulada. De
nuevo acercó la punta del pincel y el soldado se apartó.

Lo intentó una tercera vez —*Estate quiero, cabroncete*, pensó— y
falló por completo, ni siquiera se acercó y únicamente acertó a pintar
una raya en la pantalla metálica de la lámpara.

Y no era solo un soldado el que se movía. Eran todos. Daban
tumbos los unos contra los otros, temblando como llamas de vela.

Sig se pasó una mano por la frente y notó un sudor caliente y
viscoso. Inspiró profundamente: olía a galletas de jengibre.

Un ictus, pensó. *Me está dando un ictus*. Solo que lo pensó en holandés, porque por un momento el inglés no le vino a la cabeza, por
mucho que fuera su lengua materna desde que tenía cinco años.

Se agarró al borde de la mesa para ponerse en pie, pero falló y se
cayó. Se golpeó contra el suelo en el costado derecho y notó un chasquido en la cadera. Algo se había roto igual que una rama seca bajo
una bota alemana. Toda la casa tembló con la fuerza de su caída y
pensó —en holandés—. *Ahora vendrá Giselle.*

—*Hulp* —llamó—. *Ik heb een slag. Nr. Nr* —aquello no le sonaba
bien, pero necesitaba pensar por qué. Era holandés. Giselle no entendía holandés—. ¡Giselle, me he caído!

Giselle ni vino ni reaccionó de forma alguna. Sig intentó pensar
qué podía estar haciendo para no oírle y entonces se preguntó si no
estaría fuera con el técnico del aire acondicionado. El técnico, un
hombrecillo regordete llamado Bing algo, se había presentado allí
con un overol manchado de grasa para cambiar una bobina de con-
densación como parte del servicio de mantenimiento de la empresa.

Una vez en el suelo pudo pensar con más claridad. Sentado en el
taburete, el aire había empezado a volverse espeso y lento, sobreca-
lentado y un poco empalagoso, con ese repentino olor a jengibre. Allí
abajo sin embargo, pensó, se estaba más fresco y el mundo parecía
más inclinado a comportarse como era debido. Vio un destornillador
que llevaba meses desaparecido entre varias pelusas de polvo debajo
de la mesa de trabajo.

Se había roto la cadera. De eso estaba seguro, notaba la fractura como un cable caliente incrustado en la piel. Pero pensó que si lograba levantarse podría usar el taburete a modo de andador improvisado para cruzar la habitación hasta la puerta y salir al pasillo.

Igual conseguía llegar hasta la puerta y gritarle al hombre del aire acondicionado. O a Vic McQueen, al otro lado de la calle. Solo que no, Vicki se había marchado a algún lugar de New Hampshire con su hijo. No, si lograba llegar hasta el teléfono de la cocina tendría que llamar a urgencias y confiar en que Giselle le encontrara antes de que llegara la ambulancia. No quería asustarla más de lo necesario.

Alargó un brazo con torpeza, se agarró al taburete e intentó ponerse de pie sin apoyar el peso en la pierna izquierda. Escuchó un chasquido de hueso.

—¡Giselle! —gritó de nuevo con rugido gutural—. *Gott damm*, Giselle!

Se apoyó en el taburete con una mano en cada extremo del mismo, inspiró profunda y temblorosamente e inhaló de nuevo aquel aroma navideño a jengibre. Casi se estremeció, de lo fuerte e inconfundible que era.

Un ictus, pensó otra vez. Eso era lo que te pasaba cuando te daba un ictus. El cerebro enviaba señales falsas y olías cosas que no existían mientras el mundo parecía desplomarse a tu alrededor, derritiéndose como nieve sucia en una cálida lluvia de verano.

Se volvió para mirar a la puerta, a menos de doce pasos de distancia. La puerta de su estudio estaba abierta. No entendía cómo Giselle no le oía gritar si estaba dentro de la casa. O bien no le oía por el ruido del aire acondicionado, o se había ido de compras. O estaba muerta.

Consideró de nuevo estas distintas posibilidades —sorda por el aire acondicionado, de compras o muerta— y le inquietó darse cuenta de que la tercera no era tan inverosímil.

Levantó el taburete unos centímetros del suelo, lo empujó hacia delante, volvió a apoyarlo y avanzó con él. Ahora que estaba de pie empezaba a marearse de nuevo y sus pensamientos volaban a la deriva como plumas de ganso en una brisa cálida.

Había una canción que no se le iba de la cabeza, como en un bucle absurdo. *Estaba la rana cantando debajo del agua. Cuando la rana se puso a cantar. ¡Vino una mosca y la hizo callar!* Solo que la canción iba subiendo de volumen, más y más, hasta que ya no parecía estar dentro de su cabeza, sino en el aire que le rodeaba, acercándose por el pasillo.

Estaba la mosca cantando debajo del agua. Cuando la mosca se puso a cantar, canturreaba la voz. Era aguda, desentonada y curiosamente hueca, como una voz oída en la distancia a través de un conducto de ventilación.

El señor De Zoet levantó la vista y por la puerta abierta vio a un hombre con una máscara antigás. Tenía a Giselle cogida por el pelo y la arrastraba por el pasillo. A Giselle no parecía importarle. Llevaba un pulcro vestido de lino azul con zapatos de tacón a juego, pero mientras la arrastraba uno se le salió y se cayó. El Hombre Enmascarado se había enrollado sus cabellos castaños entreverados de canas alrededor del puño. Giselle tenía los ojos cerrados y la expresión de su cara estrecha y adusta era serena.

El Hombre Enmascarado volvió la cabeza y miró a Sig. Este nunca había visto una cosa tan horrible. Era como esa película de Vincent Price en la que un científico se fusiona con un insecto. La cabeza era un foco de goma con gafas brillantes a modo de ojos y una válvula grotesca que hacía las veces de boca.

Algo le pasaba al cerebro de Sig, algo quizá peor que un ictus. ¿Podía un ictus provocarle alucinaciones? Uno de sus alemanes pintados se había salido de la maqueta de Verdun y ahora caminaba por el pasillo de su casa después de raptar a su mujer. Quizá por eso le costaba tanto mantenerse derecho. Los alemanes estaban invadiendo Haverhill y habían bombardeado la calle con gas mostaza. Aunque no olía a mostaza, sino a galletas.

El Hombre Enmascarado sostuvo un dedo en alto para indicarle que enseguida volvía y después siguió avanzando por el pasillo llevando a Giselle a remolque cogida por los pelos. Empezó a cantar otra vez.

El perro al gato —cantaba el Hombre Enmascarado—, *el gato al ratón, el ratón a la araña, la araña a la mosca. Cuando el perro se puso a cantar…. ¡vino una vieja y le hizo callar! ¡Menuda zorra mandona!*

Sig se desplomó sobre el taburete. Las piernas… no las sentía. Intentó secarse el sudor de la frente y se metió un dedo en el ojo.

Oyó pisadas fuertes de botas en el suelo del estudio.

Sig hizo un enorme esfuerzo y levantó la cabeza. Era como si tuviera una pesa puesta encima, un bloque de diez kilos de hierro.

El Hombre Enmascarado estaba frente a la maqueta de Verdun estudiando el paisaje devastado y pespunteado de alambre de púas. Tenía las manos en las caderas. Sig reconoció al fin sus ropas. Llevaba el overol manchado de grasa del técnico del aire acondicionado.

—¡Hurra! ¡Enanitos! —dijo el Hombre Enmascarado—. ¡Me encantan los enanitos! *¡Arriba en la montaña, abajo en la cañada, estamos calladitos, por miedo a los enanitos!* —miró a Sig y dijo—: El señor Manx dice que soy un demonio rimador. Yo digo que soy simplemente un poeta y que no lo sabía ¿Cuántos años tiene su mujer, señor?

Sig no tenía intención de contestar. Quería preguntarle al técnico qué había hecho con Giselle, pero en lugar de eso dijo:

—Me casé con ella en 1976. Tiene cincuenta y nueve años. Quince menos que yo.

—¡Será sinvergüenza! ¡Menudo asaltacunas! ¿Y no tienen hijos?

—*Nr.* No. Tengo hormigas en el cerebro.

—Es por el sevoflurano —dijo el Hombre Enmascarado—. Lo he puesto en el aire acondicionado. Ya se ve que su mujer nunca ha tenido hijos. Esas tetas tan duras… Les he dado un pellizco y le aseguro que las mujeres que han parido no tienen esas tetas.

—¿Por qué hace esto? ¿A qué ha venido? —preguntó Sig.

—Viven ustedes enfrente de Vic McQueen. Y tienen un garaje para dos coches y solo un coche —le dijo el Hombre Enmascarado—. Cuando llegue el señor Manx tendrá un sitio donde aparcar. *Las ruedas del Espectro giran ya, giran ya sin parar. Las ruedas del Espectro giran ya. Sin parar.*

Sig de Zoet fue consciente de una serie de sonidos —un silbido, un chirrido y un golpe seco— que se repetían una y otra vez. Los ruidos parecían estar dentro de su cabeza, lo mismo que la canción del Hombre Enmascarado parecía haber estado al principio dentro de su cabeza. Ahora el silbido, chirrido y golpe seco eran lo que tenía en el cerebro en lugar de pensamientos.

El Hombre Enmascarado le miró.

—Victoria McQueen, en cambio, tiene tetas de mamacita. Usted las ha visto de cerca. ¿Qué le parecen?

Sig se le quedó mirando. Entendía lo que le preguntaba el Hombre Enmascarado, pero era incapaz de pensar en una respuesta. Vic McQueen no tenía más que ocho años; en su imaginación volvía a ser niña, una niña con una bicicleta de chico. Le visitaba de vez en cuando para pintar figuritas. Era un placer verla trabajar, los ojos casi cerrados como si escudriñara un largo túnel, tratando de ver lo que había al otro lado.

—Esa casa de enfrente es la suya, ¿no? —preguntó el Hombre Enmascarado.

Sig tenía intención de no decírselo. De no colaborar. «Colaborar» era la palabra que le venía a la cabeza, no «cooperar».

—Sí —se oyó decir. Y luego añadió—: ¿Por qué le he dicho eso? ¿Por qué estoy contestando preguntas? No soy ningún colaboracionista.

—Eso también es por el sevoflurano —dijo el Hombre Enmascarado—. No se creería las cosas que me cuenta la gente después de aspirar un poquito de jengibre. Hubo una abuela, lo menos tenía sesenta y cuatro años, que me dijo que la única vez que se vino fue cuando se la metieron por el culito. ¡Sesenta y cuatro años! Qué asco, ¿no? *¿Me querrás, me la hincarás, cuando cumpla los sesenta y cuatro?* —rio con la risa inocente y burbujeante de un niño.

—¿Es un suero de la verdad? —preguntó Sig. Le costó un esfuerzo inmenso verbalizar esta pregunta; cada palabra era un cubo de agua que tenía que sacar laboriosamente a mano de un pozo profundo.

—No exactamente, pero sí que relaja la mente. Te desinhibe. Espere a que su mujer se despierte. Me va a comer la verga como si fuera la hora del almuerzo y no hubiera desayunado. ¡Pensará que es lo que tiene que hacer! Pero no se preocupe, no voy a obligarle a mirar. Para entonces ya estará usted muerto. Escuche: ¿dónde está Vic McQueen? Llevo todo el día vigilando la casa y no parece que haya nadie. No se habrá ido fuera a pasar el verano, ¿verdad? Eso sería una putada. ¡Qué putada, mi brigada!

Pero Sig no le contestó porque estaba ocupado. Por fin había descubierto lo que estaba oyendo, lo que estaba causando aquel silbido, aquel chirrido, aquel golpe seco.

No estaba dentro de su cabeza. Era el disco que había estado escuchando, la Filarmónica de Berlín tocando el sexteto de *El atlas de las nubes*.

Se había terminado la música.

Lago Winnipesaukee

Cuando Wayne se marchaba al campamento de día Vic se ponía trabajar en el libro... y en la Triumph.

Su editor le había sugerido que quizá había llegado el momento de hacer un libro de *Buscador* con el tema de las vacaciones, pensaba que una aventura navideña sería un éxito. La idea, al principio, fue como un sorbo de leche agria: Vic la rechazó en un acto reflejo, asqueada. Pero después de unas semanas de darle vueltas en la cabeza se dio cuenta de lo comercial que podría ser aquello. También imaginaba lo monísimo que estaría Buscador con una gorra y una bufanda de rayas rojas y blancas, como un bastón de caramelo. Ni se le pasó por la cabeza que un robot inspirado en el motor de una moto Vulcan no necesitaría bufanda. Era dibujante de cómics, no ingeniera, así que a la mierda el realismo.

Hizo espacio en una esquina del fondo de la cochera para el caballete y se puso a trabajar. El primer día estuvo tres horas y usó el lápiz azul de abocetar para dibujar un lago con la superficie helada resquebrajándose. Buscador y su amiguita Bonnie se aferraban el uno al otro en un trozo de hielo flotante. La Malvada Cinta de Moebius estaba bajo el agua, en un submarino diseñado de manera que pareciera un kraken que les amenazaba con sus tentáculos. Por lo menos Vic pensaba que eran tentáculos. Trabajaba, como siempre, con la música alta y desconectada de todo. Mientras dibujaba el

rostro se le ponía liso y terso como el de un niño, e igual de despreo-
cupado.

Continuó hasta que empezó a dolerle la mano, entonces paró y
salió, estirando la espalda y levantando los brazos por detrás de la
cabeza mientras escuchaba crujir su columna. Fue hasta la casa a
servirse un vaso de té helado —no se molestó en hacerse nada de
comer, casi nunca comía cuando estaba trabajando en un libro— y
volvió a la cochera para pensar en lo que dibujaría en la página dos.
Decidió que mientras lo pensaba no pasaría nada si trabajaba un rato
en la moto. Su intención era dedicarle cerca de una hora y después
volver a *Buscador*. En lugar de ello trabajó durante tres horas y llegó
diez minutos tarde a recoger a Wayne.

Después de aquello empezó a dedicarse al libro por las mañanas
y a la moto por las tardes. Se acostumbró a ponerse una alarma para
llegar siempre puntual a recoger a Wayne. Para finales de junio tenía
un fajo de páginas abocetadas y la Triumph se había quedado reducida al motor y la armazón de metal.

Mientras trabajaba cantaba, aunque rara vez era consciente de
ello. *Toda la noche pienso cantar esta canción para molestar*, cantaba
mientras trabajaba en la moto.

Y cuando estaba con el libro cantaba: *A Christmasland nos lleva
papá, para en el Trineo Ruso montar. A Christmasland nos lleva papá.
¡Vámonos ya!*

Pero eran la misma canción.

Haverhill

EL UNO DE JULIO VIC Y WAYNE DEJARON EL LAGO WINNIPESAUKEE en el espejo retrovisor y regresaron a la casa de su madre en Massachusetts. A la casa de Vic. Le costaba acordarse de que era así.

Lou iba a volar a Boston para pasar el cuatro de julio con Wayne y ver unos cuantos fuegos artificiales en la gran ciudad, algo que no había hecho nunca antes. Por su parte, Vic pensaba dedicar el fin de semana a ordenar las cosas de su madre muerta y a intentar no pensar. Su intención era vender la casa en otoño y volver a Colorado. Era algo de lo que tenía que hablar con Lou. Podía trabajar en *Buscador* en cualquier parte.

En la 495 había mucho tráfico. Estaban atrapados en la carretera bajo un sol migrañoso de nubes bajas y humeantes. A Vic le parecía que nadie debería estar obligado a soportar un sol así estando sobrio.

—¿Te preocupan los fantasmas? —preguntó Wayne mientras pasaban el rato, esperando a que los coches delante de ellos se movieran.

—¿Por qué? ¿Te da miedo pasar la noche en casa de la abuela? Si su espíritu sigue allí no te haría ningún daño. Tu abuela te quería.

—No —dijo Wayne con tono de indiferencia—. Es que sé que antes los fantasmas te hablaban. Por eso lo digo.

—Ya no —dijo Vic, y el tráfico por fin se despejó y pudo coger el carril para salir de la autovía—. Nunca más, hijo. Tu madre no estaba bien de la cabeza, por eso tuve que ir al hospital.

—¿No eran de verdad?

—Pues claro que no. Los muertos están muertos. El pasado, pasado está.

Wayne asintió.

—¿Quién es esa? —preguntó mirando hacia el jardín delantero de la casa, mientras enfilaban el sendero de entrada.

Vic había estado distraída pensando en fantasmas y no había visto a la mujer sentada a las escaleras de la casa. Cuando Vic aparcó el coche la visitante se levantó.

Llevaba jeans lavados a la piedra, deshilachados en las rodillas y muslos, pero en absoluto a la moda. En una mano sostenía un cigarrillo del que salía una fina columna de humo. En la otra, una carpeta. Tenía el aspecto fibroso e inquieto de una yonqui. Vic no la situaba, pero estaba segura de conocerla. No tenía ni idea de quién era, pero de alguna manera tenía la sensación de que llevaba años esperándola.

—¿La conoces? —preguntó Wayne.

Vic negó con la cabeza. Por unos momentos se había quedado sin voz. Llevaba el último medio año aferrada a la cordura y a la sobriedad, como una anciana a la bolsa de la compra. Al mirar al jardín tuvo la sensación de la que parte de abajo de la bolsa empezaba a romperse y a ceder.

La chica yonqui de las All Star abotinadas con los cordones desatados levantó una mano con un gesto nervioso y que a Vic le resultó terriblemente familiar.

Vic abrió la puerta del coche, salió y se colocó delante del mismo, entre Wayne y la mujer.

—¿Quería algo? —graznó. Necesitaba un vaso de agua.

—Eso esp-p-pero —hablaba como si estuviera a punto de estornudar. Su rostro se ensombreció y habló de nuevo con gran esfuerzo—: Anda suelto.

—¿De qué habla?

—El Espectro —dijo Maggie Leigh—. Está de nuevo en la carretera. Creo que deberías usar el p-p-uente e intentar encontrarle, Vic.

Esta escuchó a Wayne salir del coche a su espalda y cerrar
la puerta de un golpe. Después abrió la de atrás y Hooper saltó del
asiento. Vic quería decirle a Wayne que volviera al coche, pero no
podía hacerlo sin delatar lo asustada que estaba.

La mujer le sonrió. En su cara había una inocencia y una amabilidad franca que Vic asociaba a los locos. Había visto esa misma expresión en el hospital psiquiátrico.

—Lo s-s-siento —dijo la visitante—. No quería em-m —ahora
era como si tuviera arcadas— -mpezar. Soy M-m-m, Dios, M-m-
m-*MAGGIE*. Soy tartamuda. As-s-sí que discúlpame. Una vez
tomamos el té juntas. Te hicist-t-te una herida en la rodilla.
No eras mucho mayor que t-t-t —dejó de hablar, inspiró profundo y lo intentó otra vez— tu hijo. Pero estoy segura de que te
acuerdas.

Era horrible oírla intentar hablar, como ver a alguien sin piernas
arrastrarse por la acera de la calle. Vic pensó: *antes no tartamudeaba
tanto,* y al mismo tiempo seguía convencida de que la chica yonqui
era una desconocida pirada y posiblemente peligrosa. De alguna
forma era capaz de conjugar estas dos impresiones sin sentir en absoluto que se contradecían.

La chica yonqui apoyó un instante una mano en la de Vic, pero
la tenía tan caliente y húmeda que Vic se apartó enseguida. Miró los
brazos de la chica y vio que eran un campo de batalla de cicatrices
redondeadas y brillantes hechas por quemaduras de cigarrillo. Tenía
muchas y algunas eran rosa pálido y recientes.

Maggie la miró brevemente con una perplejidad que bordeaba en
el dolor, pero antes que de Vic pudiera hablar, Hooper llegó corriendo a meter el hocico en la entrepierna de Maggie. Esta rio y
apartó al perro.

—Vaya, ya veo que tenéis vuestro yeti particular. Es una chulada
—dijo mirando al hijo de Vic—. Y tú debes de s-s-ser Wayne.

—¿Cómo sabes su nombre? —preguntó Vic con voz ronca mientras le venía a la cabeza un disparate: *Las fichas de Scrabble no le dan nombres propios.*

—Le dedicast-t-te el primer libro —dijo Maggie—. En la biblioteca los teníamos todos. Yo estaba súper alucinada cont-t-tigo.

Vic dijo:

—Wayne, llévate a Hooper adentro.

Wayne silbó, chasqueó los dedos y pasó junto a Maggie con el perro detrás. Cuando hubieron entrado los dos, cerró la puerta con firmeza. Maggie dijo:

—Siempre pensé que escribirías. Es lo que dijiste. M-m-me pregunté si tendría noticias tuyas cuando arrestaron a M-m-Manx, pero luego pensé que querrías olvidarte de él. Estuve a punto de escribirte varias veces, p-p-pero primero me p-p-preocupaba que t-t-tus padres te hicieran preguntas y luego p-p-pensé que igual no querías saber nada de mí.

Intentó sonreír otra vez y Vic vio que le faltaban dientes.

—Señorita Leigh, no la conozco y no puedo ayudarla. Me parece que me está confundiendo con otra persona —dijo.

Lo que más la asustaba era la sensación de que aquello no era cierto. Maggie no era la que parecía estar confundida, toda la cara le brillaba de convicción. Si había alguien confuso allí, esa era Vic. Lo veía todo en su cabeza, la oscuridad fresca de la biblioteca, las fichas amarillentas de Scrabble repartidas sobre la mesa, el pisapapeles de bronce que parecía una pistola.

—Si no me conoces, ¿cómo es que sabes mi apellido? —dijo Maggie, solo que tartamudeando. Le llevó cerca de un minuto terminar la frase.

Vic levantó una mano pidiendo silencio e ignoró la pregunta, dado que era absurda. Pues claro que Maggie le había dicho su apellido. Fue cuando se presentó, estaba segura de ello.

—Veo que sabe bastantes cosas de mí —continuó Vic—. Debe entender que mi hijo no sabe nada de Charles Manx. Nunca le he hablado de él y no quiero que se entere por una... una desconocida.

Estuvo a punto de decir *por una loca.*

—Claro. No quería alarm-m-maros ni a ti ni a t-t-t...

—Pero lo ha hecho.

—P-p-pero Vic...

—Deje de llamarme así. No nos conocemos.

—¿Prefieres que te llame M-m-Mocosa?

—No quiero que me llame de ninguna manera. Quiero que se vaya.

—P-p-pero tienes que saber lo de M-m-m —en su desesperación por decir la palabra parecía estar mugiendo.

—Manx.

—Gracias, sí. Tenemos que d-d-decidir qué hacem-m-mos con él.

—¿Cómo hacer? ¿Qué quiere decir con que ha vuelto a la carretera? No le dan la condicional hasta 2016 y lo último que he sabido de él es que estaba en coma. Incluso si se despertara y lo soltaran, tendría como unos doscientos años. Pero no le han soltado, porque me lo habrían comunicado.

—No es tan mayor. Más bien cient-t-to qu-qu-qu —parecía una gallina cacareando— ¡quince!

—Por Dios, no sé qué hago aquí escuchando tonterías. Mire, señora, tiene tres minutos para largarse. Si al cabo de tres minutos sigue usted en mi césped, llamo a la policía.

Vic dejó el camino y puso un pie en la hierba con la intención de rodear a Maggie para entrar en casa.

No lo consiguió.

—No te comunicaron que lo habían soltado porque no le han soltado. Creen que murió. El pasado m—m-mayo.

Vic se detuvo en seco.

—¿Cómo que creen que murió?

Maggie le tendió una carpeta marrón.

Dentro de la tapa delantera había escrito un número de teléfono. Vic lo vio y se sorprendió, porque después del prefijo de área, los tres primeros dígitos correspondían a su cumpleaños y los cuatro siguientes no eran números, sino las letras FUFU, en sí mismas una suerte de tartamudeo obsceno.

En la carpeta había cerca de una docena de artículos de varios periódicos impresos en un papel con membrete que decía BIBLIO-TECA PÚBLICA – AQUÍ, IOWA. El papel tenía manchas de agua y estaba arrugado, emborronado por las esquinas.

El primer artículo era del *Denver Post*.

EL PRESUNTO ASESINO EN SERIE CHARLES TALENT MANX MUERE DEJANDO PREGUNTAS SIN RESOLVER

Había una fotografía de su ficha policial. Aquella cara demacrada con los ojos saltones y boca pálida casi sin labios. Vic intentó leer el artículo, pero le constaba enfocar la vista.

Recordó el conducto de la ropa sucia, los ojos llorosos y los pulmones llenos de humo. Recordó la sensación de pánico inconsciente al compás de *Navidad, dulce y feliz*. Leyó frases sueltas: «*enfermedad degenerativa tipo Parkinson... coma intermitente... sospechoso de doce secuestros... Thomas Priest... dejó de respirar a las dos de la madrugada*».

—No lo sabía —dijo—. Nadie me lo contó.

Estaba demasiado alterada para seguir furiosa con Maggie. No hacía más que pensar: *Está muerto. Está muerto y te puedes olvidar de él. Se ha ido y con él esa parte de tu vida.*

Aquel pensamiento no le producía alegría, pero intuía la posibilidad de algo mejor: alivio.

—No entiendo por qué no me dijeron que se había muerto —dijo.

—Esto... creo que porque les daba vergüenza. Mira la siguiente página.

Vic miró a Maggie con desconfianza, mientras recordaba lo que había dicho respecto a que Manx había vuelto a la carretera. Sospechaba que estaban llegando a esa parte, a la parte en que Maggie Leigh estaba loca y por eso había viajado desde Aquí, Iowa, a Haverhill, Massachusetts, solo para darle aquella carpeta.

Pasó la página.

EL CADÁVER DE UN PRESUNTO ASESINO EN SERIE
DESAPARECE DE LA MORGUE

EL DEPARTAMENTO DEL SHERIFF HABLA
DE «VANDALISMO MORBOSO»

Vic leyó los primeros párrafos por encima, cerró la carpeta y se la
devolvió a Maggie.

—Algún pervertido ha robado el cuerpo —dijo.

—N-n-no lo creo —contestó Maggie.

Vic no aceptó la carpeta y, por primera vez, se dio cuenta del
calor que hacía en el jardín. Aunque había nubes, el sol le quemaba
la cabeza.

—Así que crees que simuló su muerte. Lo bastante bien como
para engañar a dos médicos. Que se las arregló de alguna manera.
Aunque habían empezado a hacerle la autopsia. No, espera. Crees
que murió de verdad pero que cuarenta y ocho horas más tarde volvió
a la vida. Se salió de su cajón del depósito de cadáveres, se vistió y se
largó.

La cara de Maggie —todo su cuerpo— se relajó con una expresión de profundo alivio.

—Sí. Eso es lo que he venido a c-c-contarte, Vic, porque sabía,
estaba segura, de que me ibas a c-c-creer. Y ahora, mira el siguiente
artículo. Hay un t-t-tipo en Kentucky que d-d-desapareció de su
casa en un Rolls-Royce antiguo. El Rolls-Royce de M-m-Manx.
Eso el artículo no lo dice, pero si miras la f-f-foto...

—No pienso mirar una mierda —dijo Vic y le tiró a Maggie la
carpeta a la cara—. Lárgate de mi jardín, puta chiflada.

La boca de Maggie se abrió y se cerró igual que la del viejo pez
koi del acuario que era la pieza estrella de su pequeña oficina en la
biblioteca pública de Aquí y que Vic recordaba a la perfección,
aunque nunca había estado.

Ahora sí que Vic estaba furiosa y quería hacérselo pagar a Maggie.
No era solo que no la dejara entrar en casa, o que intentara alterar su
percepción de la realidad, robarle su cordura, con todo ese parloteo

disparatado. Era que Manx estaba muerto, muerto de verdad, y aquella lunática no dejaba que lo aceptara. Charlie Manx, que había raptado a Dios sabía cuántos niños, que la había secuestrado, aterrorizado y casi matado a ella, a Vic, Charlie Manx estaba criando malvas. Por fin había logrado escapar de él. Solo que ahora la Margaret Leigh aquella de la mierda parecía decidida a sacarlo, a desenterrarlo para que Vic volviera a tenerle miedo.

—Cuando te vayas, llévate esa mierda —le dijo.

Pisó algunos de los papeles al rodear a Maggie para entrar en casa. Tuvo cuidado de no tocar el sombrero flexible sucio y desvaído por el sol que estaba en el primer escalón.

—No s-s-se ha ido, Vic —dijo Maggie—. Por eso quería... confiaba en que intentaras encontrarlo. Ya sé que la p-p-primera vez que nos vimos te dije que no lo hicieras. No estabas preparada. Pero ahora creo que eres la única que p-p-puede encontrarle. La única capaz de detenerle. Si aún sabes cómo. Porque si no sabes, me p-p-preocupa que él intente encontrarte a ti.

—Lo único que tengo intención de encontrar es el teléfono para llamar a la policía. Yo de ti no esperaría a que llegaran —dijo Vic y después, volviéndose y acercando su cara a la de Maggie —: NO TE CONOZCO. Vete con tus locuras a otra parte.

—P-p-pero Vic... —dijo Maggie y levantó un dedo—. ¿No te acuerdas? Yo t-t-te regalé esos aretes.

Vic entró en la casa y dio un portazo.

Wayne, que estaba a solo tres pasos de la puerta y que probablemente lo había oído todo, se sobresaltó. Hooper, que estaba justo detrás de él, se encogió y gimió quedamente, después se volvió y se alejó buscando un sitio más grato donde estar.

Vic se giró hacia la puerta, apoyó la frente contra ella e inspiró hondo. Tardó medio minuto en estar preparada para mirar el jardín delantero por la mirilla.

Maggie se estaba levantando del primer escalón y poniéndose cuidadosamente el sombrero con cierto aire de dignidad. Dirigió una última mirada de tristeza a la puerta de Vic, después se volvió y cruzó cojeando el césped. No tenía coche y la esperaba un largo y caluroso paseo de seis manzanas hasta la parada de autobús más próxima. Vic la miró hasta que desapareció de su vista, la miró mientras se acariciaba distraída los pendientes que llevaba puestos, sus favoritos desde niña, dos fichas de Scrabble que decían: **F** y **U**.

En la calle

Cuando Wayne salió, media hora más tarde, para pasear al perro —no, eso no es verdad, fue para huir de su madre y su estado de ánimo de infelicidad mal reprimida— la carpeta estaba en el primer escalón con los papeles dentro y ordenados.

Miró por encima de su hombro hacia la puerta aún abierta, pero su madre estaba en la cocina, fuera de la vista. Wayne cerró la puerta. Se inclinó, cogió la carpeta, la abrió y miró el delgado fajo de hojas impresas. «Presunto asesino en serie», «Vandalismo morboso», «Ingeniero de Boeing desaparecido».

Dobló los papeles en cuatro y se los metió en el bolsillo trasero del pantalón. Después escondió la carpeta vacía detrás de los setos que había plantados delante de la casa.

Wayne no estaba seguro de querer mirar aquellas hojas y, con solo doce años, no tenía el grado de consciencia necesario para saber que ya había decidido mirarlas, que la decisión estaba tomada desde el momento en que escondió la carpeta detrás del seto. Cruzó el césped y se sentó en la acera. Se sentía como si llevara nitroglicerina en el bolsillo del pantalón.

Miró al otro lado de la calle hacia una extensión de hierba marchita y amarillenta. El señor mayor que vivía allí tenía el jardín abandonado. Tenía un nombre muy curioso —Sig de Zoet— y un cuarto lleno de soldaditos de modelismo. Wayne había ido allí el día del funeral de la abuela y el señor mayor se los había enseñado, muy amable. Le había dicho a Wayne que años atrás su madre, Vic, había pintado algunos de los soldados. «Ya entonces a tu madre se le daban bien los pinceles», le había dicho con acento de nazi. Después su mujer, también mayor y muy simpática, le había preparado un vaso de té helado con rajitas de naranja que le había sabido a gloria.

Pensó en ir a ver otra vez los soldados del señor mayor. Así huiría del calor y se olvidaría de los papeles que tenía en el bolsillo y que seguramente no debía mirar.

Llegó a levantarse de la acera y a prepararse para cruzar la calle, pero entonces miró su casa y se sentó otra vez. A su madre no le gustaría que se fuera por ahí sin avisar y no creía que pudiera entrar a pedir permiso todavía. Así que se quedó donde estaba y miró el césped marchito al otro lado de la calle, echando de menos las montañas.

Wayne había visto una vez un alud, el invierno último. Había subido hasta Longmont con su padre para remolcar un Mercedes que se había salido de la carretera y caído por un terraplén. La familia que viajaba en el coche estaba asustada, pero ilesa. Eran una familia normal, una madre, un padre y dos niños. La niña pequeña incluso llevaba dos coletas rubias. Así es como eran las personas normales. Wayne sabía, solo con mirarles, que la madre nunca había estado en un hospital de enfermos mentales y que el padre no tenía un uniforme de soldado imperial de *Star Wars* colgado en el armario. Supo que los niños tenían nombres normales, tipo John y Sue, en lugar de sacados de un cómic. En la baca del Mercedes llevaban esquís y el padre le preguntó a Lou si aceptaba AmEx. No American Express, AmEx. A los pocos minutos de conocerla, Wayne se había enamorado loca e irracionalmente de aquella familia.

Lou le mandó bajar al terraplén con el gancho y el cable, pero cuando se acercaba al coche se escuchó un ruido procedente de las alturas, un chasquido penetrante, como un disparo. Todos miraron hacia las cumbres nevadas, hacia las escarpadas montañas Rocosas que se asomaban detrás de los pinos.

Una sábana de nieve, tan ancha y tan larga como un campo de rugby, se desprendió y empezó a caer. Estaba a casi un kilómetro al sur, de manera que no corrían peligro. Después del primer chasquido del bloque al soltarse apenas lo oían, era poco más que un trueno lejano. Pero Wayne lo sentía. Se manifestaba en forma de suave vibración bajo sus pies.

La gran sábana de nieve se deslizó unos cuantos metros, chocó contra los árboles y explotó en una detonación blanca, un tsunami de nieve de diez metros de alto.

El padre que usaba AmEx levantó a su hijo y se lo sentó sobre los hombros para que pudiera verlo.

—Eso es naturaleza en estado salvaje, peque —dijo mientras media hectárea de bosque quedaba asfixiada bajo seiscientas toneladas de nieve.

—Menuda pasada —dijo Lou mirando hacia el terraplén, donde estaba Wayne. La cara le brillaba de felicidad—. ¿Te imaginas estar debajo? ¿Te imaginas que te cae encima toda esa mierda?

Wayne se lo imaginaba, y de hecho no hacía otra cosa. Pensaba que era la mejor manera de morir. Borrado de la faz de la tierra por una explosión resplandeciente de nieve y luz, el mundo rugiendo a tu alrededor mientras se desplomaba.

Bruce Wayne Carmody llevaba tanto tiempo siendo desgraciado que había dejado de prestar atención a su estado de ánimo. A veces tenía la sensación de que el mundo llevaba años desmoronándose. Seguía esperando a que lo arrastrara con él, a que lo enterrara de una vez por todas.

Su madre había estado loca una temporada, pensaba que sonaba el teléfono cuando no era así, hablaba con niños muertos que no estaban allí. A veces Wayne tenía la sensación de que su madre había hablado más con los niños muertos que con él. Había incendiado su casa. Estuvo un mes en un hospital psiquiátrico, se saltó una comparecencia ante un tribunal y desapareció de la vida de Wayne durante casi dos años. Pasó un tiempo de gira promocionando su libro, visitando librerías por la mañana y bares por la noche. Estuvo seis meses

en Los Ángeles trabajando en una adaptación al cine de *Buscador* que
no llegó a cuajar y en una adicción a la cocaína que sí cuajó. También se
dedicó un tiempo a dibujar puentes cubiertos para una exposición en
una galería que nadie visitó.

El padre de Wayne se cansó del alcoholismo de Vic, de sus au-
sencias y de su locura, y empezó a salir con la señora que le había
hecho la mayoría de los tatuajes, una chica llamada Carol que tenía
pelo flotante y se vestía como si todavía fueran los ochenta. Solo que
Carol tenía otro novio, y entre los dos le robaron a Lou una identificación y se fugaron a California, donde se gastaron diez mil dólares
a crédito con cargo a las tarjetas de Lou. Este todavía tenía que vér-
selas con los acreedores.

Bruce Wayne Carmody quería querer a sus padres y disfrutar
de ellos y de vez en cuando lo hacía. Pero se lo ponían difícil. Por
eso los papeles que llevaba en el bolsillo del pantalón eran como
nitroglicerina, una bomba que podía explotar en cualquier momento.

Decidió que, siendo así, debería echar un vistazo y calcular los
posibles daños para ver cómo podía protegerse mejor. Sacó los papeles del bolsillo, lanzó una última mirada furtiva a su casa y los des-
plegó encima de una rodilla.

El primer artículo de periódico incluía una fotografía de Charles
Talent Manx, el asesino en serie muerto. La cara era tan alargada
que parecía que se le había derretido un poco. Tenía ojos saltones,
dientes de conejo y un cráneo calvo y gordo que recordaba a un huevo
de dinosaurio de los que salen en los dibujos animados.

El tal Charles Manx había sido arrestado al norte de Gunbarrel
hacía casi quince años. Era un secuestrador que había cruzado varios
estados con una menor cuyo nombre no se mencionaba y después
había quemado vivo a un hombre que intentó detenerle.

Cuando le encerraron nadie sabía cuántos años tenía. En la cárcel
no le fue bien. Para 2001 estaba en coma en el ala hospitalaria de la
cárcel de máxima seguridad de Denver. Permaneció allí once años
antes de fallecer, el mayo pasado.

A partir de ahí, el artículo se perdía en especulaciones sensacionalistas. Manx tenía una casa en un coto de caza al norte de Gunbarrel con árboles de los que colgaban cientos de adornos navideños. La prensa la llamaba la «Casa Trineo» y hacía un par de chistes comparando a Manx con Papá Noel que no tenían la más mínima gracia. También insinuaba que Manx había encerrado y asesinado a niños allí durante años, mencionando, pero solo de pasada, que no se habían encontrado cuerpos en el lugar.

¿Qué tenía todo aquello que ver con Victoria McQueen, madre de Bruce Wayne Carmody? Nada, por lo que sabía este. Igual si leía los otros artículos se enteraba. Así que eso hizo.

«Presunto asesino en serie desaparece de la morgue», decía el siguiente. Alguien había burlado la seguridad del centro médico St Luke's en Denver, dado una paliza a un guarda de seguridad y desaparecido con el cadáver de Charlie Manx. El ladrón de cuerpos también se había llevado un Pontiac del aparcamiento situado frente al hospital.

La tercera hoja era un recorte de un periódico en Louisville, Kentucky, y no tenía nada que ver con Charles Manx.

Se titulaba «Ingeniero aeronáutico desaparecido; un enigma que preocupa a la policía y a la Tesorería de EE. UU.». Iba acompañado por la fotografía de un hombre bronceado y musculoso con bigote negro y poblado apoyado en un Rolls-Royce antiguo, los codos descansando en el capó.

Wayne leyó la historia con el ceño fruncido. La hija adolescente de Nathan Demeter había denunciado la desaparición de este, pues cuando volvió del colegio se encontró la casa sin cerrar, el garaje abierto, un almuerzo a medio comer encima de la mesa y el Rolls-Royce antiguo de su padre desaparecido. El departamento de Tesorería se inclinaba a pensar que Demeter había huido para evitar ser perseguido por evasión de impuestos. Su hija no lo creía, afirmaba que estaba o secuestrado o muerto, pero que de ninguna manera podía haberse marchado sin decirle adónde iba.

Lo que no entendía Wayne era qué tenía que ver todo aquello con Manx. Pensó que igual se había perdido algo, se preguntó si no debería volver al principio y releerlo todo. Se disponía a sacar la primera de las fotocopias cuando vio a Hooper agachado en el jardín de la casa de enfrente plantando pinos del tamaño de plátanos en el césped. Por el color también parecían plátanos, y de los verdes.

—¡Oye, no! —gritó Wayne—. ¡No, colega!

Dejó los papeles en la acera y empezó a cruzar la calle.

Lo primero en que pensó fue en sacar a Hooper del jardín antes de que nadie lo viera. Pero entonces una cortina de la casa de enfrente se agitó. Alguien —el señor mayor tan agradable o su simpática mujer también mayor— les había visto.

Supuso que lo mejor que podía hacer era presentarse allí, intentar quitarle importancia y pedir una bolsa para limpiar el estropicio. El señor mayor con su acento holandés parecía un hombre con sentido del humor.

Hooper se enderezó, terminada su faena, estirando su cuerpo encorvado. Wayne le silbó.

—Perro malo. Muy malo.

Hopper movió el rabo, encantado de tener su atención.

Wayne se disponía a subir las escaleras de entrada a la casa de Sigmund de Zoet cuando reparó en unas sombras que parpadeaban por el resquicio inferior de la puerta. Alguien estaba a menos de un metro, al otro lado de la puerta, observándole.

—¿Hola? —dijo desde el peldaño de abajo—. ¿Señor De Zoet?

Las sombras se movieron debajo de la puerta, pero nadie respondió. La ausencia de respuesta inquietó a Wayne y se le erizó el pelo de la parte posterior de los brazos.

Ya vale, pensó. *Te estás portando como un tonto después de haber leído esas historias de miedo sobre Charlie Manx. Sube las escaleras y toca el timbre.*

Se sacudió la inquietud y empezó a subir por los peldaños de ladrillo alargando una mano hacia el timbre. No se dio cuenta de que el pomo de la puerta ya estaba girando y de que la persona que estaba detrás se preparaba para abrir.

Al otro lado de la puerta

BING PARTRIDGE SE PEGÓ A LA MIRILLA CON LA MANO IZQUIERDA en el pomo de la puerta. En la derecha tenía la pistola del 38 que el señor Manx se había traído de Colorado.

—Niño, niño, vete —susurró con un hilo de voz llena de ansiedad— y otro día vuelve.

Bing tenía un plan, pero era desesperado. Cuando el chico llegara al final de los escalones abriría la puerta y lo metería a la fuerza dentro de la casa. Tenía una lata de gas de jengibre en el bolsillo y en cuanto el chico estuviera dentro lo rociaría con ella.

¿Y si se ponía a gritar? ¿Si se ponía a gritar e intentaba soltarse?

Alguien estaba haciendo una barbacoa al final de la calle, había unos niños en un jardín delantero jugando al *frisbee* y adultos bebiendo demasiado, hablando demasiado alto y tostándose al sol. Bing podía no ser el cuchillo más afilado de la cocina, pero tampoco era tonto. Pensaba que un hombre con una máscara antigás y una pistola en la mano podría llamar la atención si se ponía a forcejear con un niño que gritaba. Y luego estaba el perro. ¿Y si le atacaba? Era un San Bernardo, grande como un osezno. Si metía su cabeza de osezno por la puerta, Bing nunca conseguiría echarlo. Sería como intentar cerrar la puerta a un rebaño de vacas.

El señor Manx sabría qué hacer, pero estaba dormido. Llevaba ya más de un día durmiendo, descansando en el dormitorio de Sigmund de Zoet. Cuando estaba despierto era el mismo de antes ¡El bueno del señor Manx!, pero cuando se quedaba traspuesto a veces daba la impresión de no ir a despertar nunca. Decía que se encontraría mejor cuando estuviera de camino a Christmasland y Bing sabía que era verdad, pero nunca había visto al señor Manx tan mayor y cuando dormía era como si estuviera muerto.

¿Y si conseguía meter al niño en casa? Bing no estaba seguro de poder despertar al señor Manx estando como estaba. ¿Durante cuánto tiempo podrían seguir escondidos allí antes de que Victoria McQueen saliera a la calle llamando a gritos a su hijo? ¿Antes de que la policía empezara a buscar casa por casa? Estaban en el lugar equivocado y en el momento equivocado. El señor Manx le había dejado claro que por el momento solo debían vigilar y Bing, aunque no era el lápiz más afilado del pupitre, entendía por qué. Aquella calle soñolienta no era lo bastante soñolienta y solo tendrían una oportunidad con la puta de los tatuajes de puta y su puta boca mentirosa. El señor Manx no había hecho amenazas, pero Bing sabía lo importante que aquello era para él y comprendía cuál sería la penalización si la cagaba. El señor Manx nunca le llevaría a Christmasland. Nunca nunca nunca nunca nunca.

El niño subió el primer escalón. Y el segundo.

—Estrellita, estrellita, la primera que veo —susurró Bing y cerró los ojos disponiéndose a actuar—. Por favor sé buena y concédeme un deseo. Lárgate, niño cabrón. No estamos preparados todavía.

Tragó aire que sabía a caucho y levantó el percutor de la enorme pistola.

Entonces alguien apareció en la calle y gritó al niño:

—¡No! ¡Wayne, no!

Las terminaciones nerviosas de Bing empezaron a temblar y la pistola estuvo a punto de resbalarle de la mano sudorosa. Un coche con aspecto de gran barco plateado circulaba calle abajo, las llantas despidiendo destellos de luz. Se detuvo justo enfrente de la casa de Victoria McQueen. La ventanilla estaba bajada y el conductor sacó un brazo fofo y saludó con él al niño.

—¡Eh! —gritó otra vez—.¡Eh, Wayne!

Había dicho «eh», no «no». Bing estaba tan tenso que le había oído mal.

—¿Qué pasa, amigo? —gritó el hombre gordo.

—¡Papá! —chilló el niño. Se olvidó de subir las escaleras y llamar a la puerta, se giró y echó a correr por el camino de entrada a la casa con el puto oso que tenía por mascota galopando a su lado.

Bing tuvo la impresión de haberse quedado sin huesos, le temblaban las piernas como gelatina por el alivio. Se dejó caer hacia delante, apoyó la frente en la puerta y cerró los ojos.

Cuando los abrió y espió por la mirilla, el niño estaba en brazos de su padre. Este tenía obesidad mórbida, era un hombre grande con cabeza rapada y piernas como postes de teléfono. Tenía que ser Louis Carmody, el padre. Bing había leído sobre la familia en Internet y tenía una idea general de quién era, pero nunca había visto una fotografía suya. Estaba asombrado. No lograba imaginar a Carmody y a McQueen teniendo relaciones sexuales, aquella bestia gorda la partiría en dos. Bing no era ningún adonis, pero comparado con Carmody podía pasar por una estrella de cine.

Se preguntó qué influencia tendría aquel hombre sobre McQueen para inducirla a acostarse con él. Igual tenían un acuerdo económico. Bing había examinado detenidamente a la mujer y no le sorprendería. Todos aquellos tatuajes. Una mujer podía tatuarse lo que quisiera que daba igual, todos decían la misma cosa. Eran el equivalente a un cartel de SE ALQUILA.

La brisa se llevó los papeles que tenía el niño en la mano y los metió debajo del coche del hombre gordo. Cuando este dejó a su hijo en el suelo, Wayne se puso a buscarlos y los vio, pero no se agachó a cogerlos. Aquellos papeles preocupaban a Bing. Significaban algo. Eran importantes.

Una señora escuálida, llena de cicatrices y con aspecto de yonqui los había traído y había intentado dárselos a McQueen. Bing lo había visto todo desde detrás de la cortina de la habitación delantera. A Victoria McQueen no le gustaba la señora yonqui. Le había gritado y la había mirado mal. Le había tirado los papeles a la cara. Bing las había oído hablar, aunque no con la claridad suficiente para entenderlo todo sí para oír a una de ellas decir «Manx». Habría querido despertarle, pero no se le podía despertar estando como estaba.

Porque no está realmente dormido, pensó Bing, y después apartó aquel pensamiento tan triste.

Había entrado una vez en el dormitorio para verle, tumbado encima de las sábanas y vestido solo con unos calzoncillos. En el pecho tenía un gran corte en forma de Y cosido con tosco hilo negro. El corte estaba parcialmente curado, pero supuraba pus y sangre rosa, era como una cañada brillante en su pecho. Bing había permanecido allí escuchando durante varios minutos pero no le oyó respirar ni una sola vez. La boca del señor Manx se había abierto, exudando el olor entre químico y empalagoso del formaldehído. También tenía abiertos los ojos, neutros, inexpresivos, mirando al techo. Bing se había acercado para tocarle la mano y la había encontrado fría y rígida, tan fría y rígida como la de cualquier cadáver y le había asaltado la espantosa certidumbre de que el señor Manx estaba muerto. Pero entonces los ojos de este se habían movido, solo un poco, y le habían mirado, fijamente y sin reconocerle, y Bing se había retirado.

Ahora que había pasado la crisis, dejó que las piernas temblorosas y débiles le llevaran hasta el cuarto de estar. Se quitó la máscara antigás y se sentó con el señor y la señora De Zoet a ver la televisión porque necesitaba un poco de tiempo para recuperarse. Le cogió la mano a la señora De Zoet.

Estuvo viendo deportes y de vez en cuando echaba un vistazo a la calle, vigilando la casa de McQueen. Poco antes de las siete escuchó voces y un portazo. Volvió a la puerta principal y espió por la mirilla. El cielo era de color nectarina pálida y el niño y su grotescamente gordo padre cruzaban el jardín delantero de la casa en dirección al coche de alquiler.

—Estaremos en el hotel si nos necesitas —le dijo Carmody a Victoria McQueen, que estaba en las escaleras de entrada.

A Bing no le gustaba la idea de que el niño se marchara con el padre. El niño y la mujer tenían que estar juntos. Manx los quería a los dos, lo mismo que Bing. El niño era para Manx, pero la mujer era el regalo de Bing, podría divertirse con ella en la Casa del Sueño. Solo mirar sus delgadas piernas desnudas hacía que se le resecara la boca. Una última juerga en la Casa del Sueño y luego a Christmasland con el señor Manx. Christmasland para siempre jamás.

Pero no, no había motivo para preocuparse. Bing había revisado todo el correo del buzón de Victoria McQueen y había encontrado la factura de un campamento de día en New Hampshire. El niño estaba apuntado para todo el mes de agosto. De acuerdo, a Bing le faltaban todavía un par de payasos para tener el circo completo, pero no se le ocurría por qué nadie iba a apuntar a su hijo a un campamento que costaba ochocientos dólares a la semana y luego decidir pasar del tema. Al día siguiente era cuatro de julio. Lo más probable era que el padre hubiera ido a pasar la fiesta con el niño.

El padre y el hijo se marcharon en el coche dejando atrás al feo fantasma de Victoria McQueen. Los papeles debajo del coche —los que Bing había deseando tanto poder ver— se habían quedado atrapados en la estela del Buik y lo seguían revoloteando.

También Victoria McQueen se dio la vuelta. Volvió a entrar en la casa, pero dejó la puerta abierta y tres minutos después salió con las llaves del coche en una mano y bolsas para ir a hacer la compra en la otra.

Bing la vigiló hasta que desapareció, después vigiló un rato más la calle y por fin salió. El sol había descendido e irradiaba un fulgor naranja en el horizonte. Arriba, en el firmamento, unas cuantas estrellas taladraban la oscuridad.

—*Un Hombre Enmascarado había y una pistola tenía* —cantó Bing para sí, lo que hacía siempre que estaba nervioso—. *Con balas de plomo, de plomo, de plomo. Fue hasta el río y disparó a McQueen en todo el coco, el coco, el coco.*

Recorrió la acera de un lado a otro pero solo encontró una hoja de papel, arrugada y sucia.

Fuera lo que fuera que estaba esperando, no era la fotocopia del artículo sobre el hombre de Kentucky que había llegado a casa de Bing dos meses atrás en el Espectro, dos días antes de que lo hiciera el señor Manx. El señor Manx se había presentado de repente, pálido, con aspecto de muerto de hambre, los ojos brillantes y ensangrentado, en un Pontiac con tapicería de cebra y un enorme martillo plateado en el asiento del pasajero. Para entonces Bing ya le había vuelto a poner la matrícula al Espectro y NOS4A2 estaba preparado para salir a la carretera.

El hombre de Kentucky, Nathan Demeter, había estado bastante tiempo en el pequeño sótano de la Casa del Sueño antes de pasar a mejor vida. Bing prefería a las chicas, pero Nathan Demeter sabía usar la boca y para cuando Bing terminó con él habían compartido muchas amorosas conversaciones de hombre a hombre.

Le consternó verle de nuevo en la foto que acompañaba un artículo titulado «Ingeniero de Boeing desaparecido». Le empezó a doler la barriga. No lograba entender por qué la mujer yonqui había ido a ver a Victoria McQueen para darle aquello.

—Ay, Dios —musitó, meciéndose de atrás adelante. Automáticamente empezó otra vez a recitar: *Un Hombre Enmascarado había y una pistola tenía. Con balas de plomo, de plomo…*

—Así no es —dijo una voz leve y aflautada a su espalda.

Bing volvió la cabeza y vio a una niñita rubia en una bicicleta rosa con ruedines. Se había escapado de la barbacoa del final de la calle. El aire cálido y húmedo de la tarde transportaba risas adultas.

—Mi papá me la leyó —dijo la niña—. «Había un hombrecito con una pistolita». Y le dispara a un pato, que lo sepas. ¿Quién es el Hombre Enmascarado?

—Pues… —dijo Bing—. Es muy simpático. Todo el mundo le quiere.

—Pues yo no.

—Si le conocieras sí.

La niña se encogió de hombros, trazó un círculo amplio con la bicicleta y pedaleó calle abajo. Bing la miró marcharse y luego volvió a la casa de los De Zoet con el artículo sobre Demeter impreso en papel con membrete de una biblioteca de Iowa en la mano.

Una hora más tarde estaba sentado frente al televisor con los De Zoet cuando salió el señor Manx, completamente vestido, con camisa de seda, abrigo con faldones y botas de punta. Su cara hambrienta y cadavérica despedía un lustre enfermizo en las sombras azules danzarinas.

—Bing —dijo—. ¡Creo haberte dicho que pusieras al señor y la señora De Zoet en el cuarto de invitados!

—Ya —dijo Bing—, pero aquí no molestan a nadie.

—Pues claro que no molestan a nadie, ¡como que están muertos! Pero esa no es razón para tenerlos por medio. ¿Se puede saber qué haces ahí sentado con los dos, por el amor de Dios?

Bing le miró largo rato. El señor Manx era la persona más lista, observadora y sesuda que había conocido en su vida, pero a veces no entendía las cosas más elementales.

—Peor solo que mal acompañado —dijo.

Boston

Lou y el niño tenían una habitación en el último piso del hotel Logan Airport Hilton —cada noche costaba lo que Lou ganaba en una semana, un dinero que no tenía, pero que precisamente por eso le era más fácil gastar, qué coño— y aquella noche no se acostaron hasta después del programa de Letterman. Era casi la una de la mañana y Lou estaba convencido de que el niño se había dormido, así que le pilló por sorpresa cuando este habló, su voz resonando en la oscuridad. Solo dijo ocho palabras, pero bastaron para que a Lou el corazón se le pusiera en la garganta y se le quedara ahí atascado, como un bocado de comida que se negara a bajar.

—El tipo este, Charlie Manx —dijo Wayne—. ¿Es muy peligroso?

Lou se dio un puñetazo entre las dos grandes tetas de hombre y el corazón le volvió a su sitio. Lou y su corazón no se llevaban demasiado bien. Se le cansaba tanto cada vez que tenía que subir escaleras... Wayne y él habían pasado la tarde paseando por Harvard Square y el paseo marítimo y había tenido que pararse en dos ocasiones para recuperar el aliento.

Se decía a sí mismo que era la falta de costumbre de estar al nivel del mar, que sus pulmones y su corazón estaban más adaptados al aire de la montaña. Pero Lou Carmody no era tonto. No había sido su intención engordar tanto. A su padre también le había ocurrido.

El hombre se había pasado los últimos seis años de su vida recorriendo el supermercado en uno de esos cochecitos de golf para personas que están demasiado gordas para caminar. Lou prefería cortarse las capas de grasa con una sierra mecánica antes que subirse en uno de esos putos carritos.

—¿Te ha hablado mamá de él? —preguntó.

Wayne suspiró y se quedó callado un momento, lo bastante para que Lou se diera cuenta de que, sin quererlo, ya había contestado a la pregunta de su hijo.

—No —dijo este por fin.

—Entonces, ¿dónde has oído hablar de él?

—Hoy ha venido una señora a la casa de mamá. Maggie no sé qué. Quería hablar de Charlie Manx y mamá se ha puesto furiosa. Hasta pensé que le iba a pegar.

—Vaya —dijo Lou, mientras se preguntaba quién sería Maggie no sé qué y cómo había sabido lo de Vic.

—Manx fue a la cárcel por matar a un hombre, ¿no?

—La tal Maggie esa que ha ido a ver tu madre, ¿dijo que Manx había matado a un hombre?

Wayne suspiró de nuevo. Se volvió en la cama para mirar a su padre. Los ojos le brillaban como puntitos de tinta en la oscuridad.

—Si te cuento lo que ha hecho Manx ¿me la voy a cargar?

—Conmigo no —dijo Lou—. ¿Qué pasa? ¿Es que lo has buscado en Google?

Wayne abrió más los ojos y Lou se dio cuenta de que ni se le había ocurrido buscar a Charlie Manx en Google. Pero ahora lo haría. Lou quería darse de bofetadas. Te has lucido, Carmody. Te has lucido pero de verdad. Además de gordo, imbécil.

—La mujer dejó una carpeta con artículos de periódico y los he leído. No creo que mamá quisiera que los leyera. No se lo vas a contar, ¿verdad?

—¿Qué artículos?

—Sobre cómo murió.

Lou asintió, creyó que empezaba a comprender.

Manx había muerto tres días después de que falleciera la madre de Vic. Él lo había oído el mismo día que pasó, en la radio. Hacía solo cinco meses que Vic había terminado la rehabilitación, se había pasado la primavera viendo morir a su madre y Lou no había querido contarle nada, le daba miedo que la noticia la volviera de nuevo del revés. Había tenido intención de contárselo, pero la oportunidad nunca se presentaba y luego, llegado cierto punto, se hizo imposible sacar el tema a relucir. Había esperado demasiado.

La tal Maggie debía de haber descubierto que Vic era la chica que había escapado de Charlie Manx. La única que lo había conseguido. Quizá la tal Maggie fuera una periodista, o una autora de libros de esos basados en historias de crímenes reales. Había ido a ver a Vic en busca de una declaración y Vic se la había dado, aunque seguro que no se podía publicar y probablemente era de contenido ginecológico.

—No merece la pena pensar en Manx. No tiene nada que ver con nosotros.

—Entonces ¿para qué querría alguien hablar con mamá de él?

—Eso tendrás que preguntárselo a mamá —dijo Lou—. Yo en realidad no debería hablar del tema. Porque si lo hago el que se la va a cargar soy yo, más bien.

Y es que ese era el trato, su acuerdo con Victoria McQueen, al que habían llegado después de que esta supiera que estaba embarazada y hubiera decidido tener el niño. Dejó que Lou eligiera el nombre; le dijo a Lou que se iría a vivir con él; que se ocuparía del bebé y que, cuando el bebé estuviera dormido, los dos podrían divertirse un rato. Dijo que sería una esposa en todo menos en nombre. Pero que el niño no sabría nada de Charlie Manx a no ser qué ella decidiera contárselo.

En aquel momento Lou accedió, la cosa parecía bastante razonable. Pero no había previsto que el acuerdo le impediría a Wayne conocer la única cosa buena de su padre, a saber, que en una ocasión había dejado de lado su miedo y había protagonizado un acto de heroísmo digno del Capitán América. Había subido a una chica guapa en su moto y la había salvado de un monstruo. Y cuando el monstruo les alcanzó y prendió fuego a un hombre, Lou había sido el encargado de apagar las llamas (de acuerdo, no había llegado a tiempo, pero había estado en el lugar oportuno y había actuado sin pensar en el riesgo que corría).

Odiaba pensar que, en lugar de ello, lo que su hijo sabía de él era que era un chiste gordo con patas, que malvivía a base de sacar coches de cunetas nevadas y reparar correas de transmisión, y que había sido incapaz de retener a Vic.

Deseó tener otra oportunidad. Deseó poder rescatar a alguien más y que Wayne estuviera allí para verlo. De buen grado habría usado su grueso cuerpo para parar una bala, siempre que Wayne pudiera presenciarlo. Entonces podría desangrarse en un halo de gloria.

¿Acaso existía un anhelo humano más triste —o más intenso— que desear otra oportunidad en algo?

Su hijo suspiró y se colocó boca arriba.

—Cuéntame qué tal el verano —dijo Lou—. ¿Qué ha sido lo mejor por ahora?

—Que nadie está en rehabilitación —dijo Wayne.

Junto a la bahía

LOU ESTABA ESPERANDO QUE ALGO DETONARA —ESTABA A PUNTO, no faltaba nada— cuando Vic se acercó con las manos en los bolsillos de su chaqueta militar y dijo:

—¿Esa silla es para mí?

Lou miró a la mujer que nunca había sido su esposa pero que le había dado, cosa increíble, un hijo y también sentido a su vida. La idea de que alguna vez le había cogido la mano, probado el sabor de su boca y hecho el amor con ella ahora le parecía tan improbable como que le mordiera una araña radioactiva.

Aunque para ser justos, Vic estaba loca, y no había manera de saber para quién se iba a bajar las bragas una esquizofrénica.

Wayne estaba subido a la valla de piedra que daba al puerto con otros niños. Todos los huéspedes del hotel se habían reunido allí para ver los fuegos artificiales y se apretujaban asomados a los ladrillos rojos que daban al agua y al horizonte urbano de Boston. Algunos estaban sentados en sillas de terraza de hierro. Otros se paseaban con copas de champán en la mano. Los niños correteaban con bengalas que dibujaban arañazos rojos en la oscuridad.

Vic miraba a su hijo de doce años con una mezcla de afecto y añoranza. Wayne aún no había reparado en ella y Vic no fue a buscarle, no hizo nada por hacerle saber que estaba allí.

—Llegas a tiempo para la traca final —dijo Lou.

Su chamarra de motorista estaba doblada en una silla vacía que había a su lado. La cogió y se la puso sobre las rodillas haciendo sitio a Vic para que se sentara a su lado.

Esta sonrió antes de hacerlo, con esa sonrisa tan suya donde solo se le levantaba una de las comisuras de la boca, una expresión que parecía sugerir, de alguna manera, tanto arrepentimiento como felicidad.

—Mi padre lo hacía —dijo—. Tirar cohetes cada cuatro de julio. Montaba un buen espectáculo.

—¿No has pensado nunca en acercarte un día a Dover a verle con Wayne? Está a una hora del Lago.

—Supongo que me pondré en contacto con él cuando necesite volar algo por los aires —dijo Vic—. Cuando me haga falta un poco de ANFO.

—¿Info? ¿Sobre qué?

—Info no. ANFO. Un explosivo, el que usa mi padre para arrancar tocones, rocas, puentes y esas cosas. Básicamente es un montón grande y resbaladizo de mierda pensada para destruir cosas.

—¿Quién? ¿Tu padre o el ANFO?

—Los dos —dijo Vic—. Ya sé de qué quieres hablar.

—Igual solo me apetecía que pasáramos juntos el cuatro de julio, como una familia —dijo Lou—. ¿Tan raro sería?

—¿Te ha contado algo Wayne sobre la mujer que se presentó ayer en casa?

—Me ha preguntado sobre Charlie Manx.

—Mierda. Le mandé dentro, no pensé que nos hubiera oído hablar.

—Bueno, pues algo oyó.

—¿Cuánto? ¿Y qué partes?

—Esto y lo otro. Lo bastante para querer saber más.

—¿Tú sabías que Manx estaba muerto? —preguntó Vic.

Lou se limpió las palmas sudorosas en los pantalones cortos chinos.

—Pues sí, colega, pero es que primero estabas en rehabilitación, después tu madre que se moría… No quería darte otro motivo de preocupación. Pensaba contártelo en algún momento, en serio. Pero no me gusta estresarte, ya lo sabes. No queremos que te pongas...

Le falló la voz y dejó de hablar. Vic le regaló otra sonrisa torcida:

—¿Cómo una regadera?

Lou escudriñó la oscuridad en busca de Wayne. Este acababa de encender dos bengalas. Subía y bajaba los brazos agitando las manos mientras las bengalas ardían y escupían. Parecía Ícaro antes de que se le estropeara la excursión.

—Quiero que estés tranquila, para que puedas pasar tiempo con Wayne. No te estoy echando la culpa de nada, ¿eh? —se apresuró a añadir—. No quiero hacerte pasarlo mal... por haberlo pasado mal. Wayne y yo hemos estado bien los dos solos. Me aseguro de que se lave los dientes y haga sus tareas. Vamos juntos a trabajar, le dejo accionar el torno de la grúa. Eso le encanta. Le vuelven loco los tornos y esas cosas. Solo que creo que sabe cómo hablar contigo. O quizá es que tú sabes escuchar. Debe de ser una cosa de madres —hizo una pausa y añadió—, pero debería haberte avisado de que Manx se había muerto. Para que supieras que podían aparecer periodistas.

—¿Periodistas?

—Sí, como la señora que fue a verte ayer. ¿No era periodista?

Estaban sentados bajo un árbol cuyas ramas casi podían tocar y Vic tenía flores rosas en el pelo. Era romántico, como una canción de Journey, una de las buenas.

—No —dijo Vic—. Era una pirada.

—¿Quieres decir alguien del hospital? —preguntó Lou.

Vic frunció el ceño, pareció reparar en los pétalos que tenía en el pelo y con un gesto de la mano se los quitó. Adiós al momento romántico. Lo cierto es que Vic tenía de romántica lo que una caja de bujías.

—Tú y yo nunca hemos hablado mucho de Charlie Manx —dijo—. Sobre cómo terminé con él.

La conversación estaba tomando unos derroteros que a Lou no le gustaban. No hablaban nunca sobre cómo había acabado Vic en manos de Charlie Manx porque Lou no tenía ganas de oír como aquel viejo cerdo la había atacado sexualmente y encerrado en el maletero de su coche durante dos días. Las conversaciones serias siempre le provocaban mariposas en el estómago, prefería charlas informales sobre los cómics de Linterna Verde.

—Supuse que cuando quisieras hablar del tema —dijo—, tú misma lo sacarías.

—Nunca te he hablado de ello porque no sé lo que pasó.

—Quieres decir que no lo recuerdas. Sí, eso lo entiendo. Yo también trataría de olvidarme de algo así.

—No —dijo Vic—. Quiero decir que no lo sé. Me acuerdo, pero no lo sé.

—Pero... si te acuerdas, entonces sabes lo que pasó. ¿Recordar y saber no son lo mismo?

—No, si lo recuerdas de dos maneras distintas. Tengo en la cabeza dos historias sobre lo que me pasó y las dos parecen verdaderas. ¿Quieres que te las cuente?

Pues no. Para nada.

Pero asintió.

—En una de las versiones, la que le conté al fiscal federal, discutí con mi madre. Me escapé. Terminé en la estación del ferrocarril de noche, tarde. Llamé a mi padre para ver si me podía quedar con él y me dijo que me fuera a casa. Cuando colgué noté un pinchazo en la espalda. Al volverme se me nubló la vista y me desplomé en brazos de Manx. Manx cruzó el país conmigo en el maletero de su coche. Solo me sacaba para seguir drogándome. Yo era vagamente consciente de que llevaba un niño con él, un niño pequeño, pero nos mantuvo separados casi todo el tiempo. Cuando llegamos a Colorado me dejó dentro del maletero y se fue a hacer algo con el niño. Yo me salí. Conseguí abrir el maletero. Le prendí fuego a la casa para distraerle y corrí a la autopista. Crucé ese bosque horrible con los adornos de Navidad colgando de los árboles. Corrí hasta ti, Lou. Y el resto ya lo conoces —dijo—. Esa es una las maneras en que recuerdo las cosas. ¿Quieres oír la otra?

Lou no estaba seguro, pero asintió para que Vic continuara.

—Según la otra versión de mi vida, yo tenía una bicicleta. Mi padre me la regaló cuando era pequeña. Y podía usarla para encontrar cosas que se hubieran perdido. Iba con ella por un puente cubierto imaginario que siempre me llevaba adonde quería ir. Como una vez que mi madre perdió una pulsera y yo crucé el puente con la bicicleta y aparecí en New Hampshire, a sesenta y cinco kilómetros de mi casa. Y la pulsera estaba allí, en un restaurante llamado Terry Primo's Subs. ¿Me sigues por ahora?

—Puente imaginario. Bici con superpoderes. Vale.

—Durante varios años usé la bicicleta y el puente para encontrar toda clase de cosas. Peluches que se habían perdido, o fotografías. Cosas así. Y no salía mucho en «expediciones de búsqueda», solo una o dos veces al año. Y según me hice mayor, menos todavía. Me empezó a dar miedo, porque sabía que era imposible, que el mundo no funciona así. Cuando era pequeña fingía, pero a medida que crecí me empezó a parecer una locura. Empezó a darme miedo.

—Me sorprende que no usaras tus superpoderes para encontrar a alguien que te dijera que no te pasaba nada.

Vic abrió los ojos sorprendida y entonces Lou comprendió que precisamente eso era lo que había hecho.

—¿Cómo…? —empezó a decir.

—Leo muchos cómics. Es el siguiente paso lógico —dijo Lou. Descubrir el anillo mágico, buscar a los Guardianes del Universo. Son los protocolos de actuación estándar. ¿Quién fue?

—El puente me llevó hasta una biblioteca de Iowa.

—Tenía que ser un bibliotecario.

—Una chica. La bibliotecaria —no era mucho mayor que yo— también tenía poderes especiales. Usaba fichas de Scrabble para revelar secretos. Descifrar mensajes del más allá, ese tipo de cosas.

—Una amiga imaginaria.

Vic le brindó una sonrisa tímida, asustada y también contrita.

—A mí nada me parecía imaginario. En ningún momento. Todo me parecía muy real.

—¿Ni siquiera la parte en que ibas en bicicleta hasta Iowa?

NOS4A2 323

—Por el Puente del Atajo.

—¿Y cuánto tardabas de Massachusetts a la capital del maíz de Estados Unidos?

—No sé, unos treinta segundos. Un minuto como mucho.

—¿Tardabas treinta segundos en pedalear de Massachusetts a Iowa y no te parecían imaginaciones?

—No, lo recuerdo todo como si hubiera pasado.

—Vale, lo entiendo. Sigue.

—Pues como te decía, esta chica de Iowa tenía una bolsa de fichas de Scrabble. Sacaba letras y las ordenaba para formar mensajes. Las fichas la ayudaban a revelar secretos, lo mismo que mi bicicleta me ayudaba a encontrar objetos perdidos. Me dijo que había más gente como nosotras. Gente capaz de hacer cosas imposibles si tenían el vehículo apropiado. Me habló de Charlie Manx. Me advirtió acerca de él. Dijo que había un hombre, un hombre malo con un coche malo. Usaba el coche para vampirizar a niños. Era como una especie de Drácula, pero de la carretera.

—¿Me estás diciendo que supiste de la existencia de Manx antes de que te secuestrara?

—No. Porque según esta versión de mi vida Manx no me secuestró. Según esta versión tuve una discusión tonta con mi madre y después usé la bicicleta para ir a buscarle. Quería meterme en algún lío y lo hice. Crucé el Puente del Atajo y salí en la Casa Trineo de Charlie Manx. Este hizo todo lo posible por matarme, pero conseguí escapar y te encontré a ti. Y la historia que le conté a la policía, todo lo de que me había encerrado en el maletero y abusado de mí me lo inventé, porque sabía que nadie me iba a creer si decía la verdad. Podía inventarme lo que quisiera sobre Manx porque sabía que lo que había hecho en realidad era peor que cualquier mentira. Recuerda: según esta versión de mi vida, Manx no es un secuestrador pervertido, es un puto vampiro.

Vic no lloraba, pero tenía los ojos húmedos y brillantes, tan luminosos que en comparación las bengalas del cuatro de julio parecían de mentira.

—Así que vampirizaba a niños pequeños —dijo Lou—. ¿Y después qué? ¿Qué les pasaba?

—Iban a un sitio llamado Christmasland. No sé dónde está —ni siquiera estoy segura de que exista en nuestro mundo—, pero tiene que tener un servicio de telefonía buenísimo, porque los niños no hacían más que llamarme —Vic miró a los niños en la valla de piedra, Wayne entre ellos, y susurró—: Para cuando Manx terminaba con ellos estaban hechos una pena. Solo les quedaban odio y dientes.

Lou se estremeció.

—Por Dios.

Cerca de ellos un grupito de hombres y mujeres rompió a reír Lou les miró furioso. No era momento de que nadie que estuviera cerca de ellos se lo pasara bien. Miró a Vic y dijo:

—Entonces, resumiendo. Hay una versión de tu vida según la cual Charlie Manx, un hijo de puta asesino de niños te secuestró en una estación de tren. Y te escapaste por los pelos. Ese es el recuerdo oficial, digamos. Pero luego está la otra versión, en la cual cruzaste un puente imaginario con una bicicleta con poderes paranormales y fuiste a buscarle a Colorado por tu cuenta. Y ese es el recuerdo no oficial. El *making of,* como si dijéramos.

—Sí.

—Y los dos recuerdos para ti son igual de reales.

—Sí.

—Pero sabes —Lou la miró con atención— que la historia sobre el Puente del Atajo es mentira. En el fondo sabes que es algo que te contaste a ti misma para no tener que pensar en… en que te habían secuestrado y todo lo demás.

—Sí —dijo Vic—. Esa es la conclusión a la que llegué en la clínica psiquiátrica. Mi historia sobre el puente mágico es un ejemplo clásico de fantasía compensatoria. No podía soportar la idea de ser una víctima, así que me inventé esta historia y toda una colección de recuerdos de cosas que nunca ocurrieron para convertirme en heroína.

Lou se recostó en su silla con la chamarra de motorista doblada sobre una rodilla y se relajó, inspirando hondo. Bueno, no era para tanto. Ahora entendía lo que quería decirle Vic. Que había pasado por algo horrible y que durante un tiempo la había vuelto loca. Se había refugiado en una fantasía —¡cualquiera en su lugar lo habría hecho!— pero ahora estaba dispuesta a renunciar a ella, a enfrentarse a las cosas tal y como eran.

—Una cosa —dijo casi como si se le acabara de ocurrir—. Mierda. Igual está relacionado con lo que estábamos hablando. ¿Qué tiene todo lo que me has contado que ver con la mujer que fue a visitarte ayer?

—Esa era Maggie Leigh —dijo Vic.

—¿Maggie Leigh? ¿Y quién es?

—La bibliotecaria. La chica que conocí en Iowa cuando tenía trece años. Me localizó en Haverhill y vino a decirme que Charlie Manx ha regresado de entre los muertos y viene a por mí.

La cara grande, redonda y peluda de Lou tenía una expresión casi cómica. Cuando Vic le contó que se había encontrado con una mujer salida de su propia imaginación, no se limitó a abrir los ojos. Estos parecieron salírsele de las órbitas como los del personaje de un cómic que acaba de dar un trago a una botella en la que pone XXX. De haberle salido humo por las orejas, la similitud habría sido perfecta.

A Vic siempre le había gustado tocarle la cara y apenas pudo resistirse a hacerlo ahora. Le resultaba tan tentadora como una pelota de goma a un niño.

Había sido una niña la primera vez que le besó. Ambos lo habían sido, en realidad.

—Pero amiga, ¿qué carajo me estás contando? ¿No habías dicho que la bibliotecaria era inventada? Lo mismo que tu puente cubierto.

—Sí. Eso es lo que decidí en el hospital. Que todos esos recuerdos eran imaginarios. Una historia retorcida que me había inventado para protegerme a mí misma de la verdad.

—Pero… No puede ser imaginaria. Estaba en tu casa. Wayne la vio. Se dejó un carajo. Ahí es donde leyó Wayne lo de Charlie Manx —dijo Lou. Y entonces su enorme cara adoptó una expresión de desconsuelo—. Joder. Se supone que no tenía que contártelo. Lo de la carpeta.

—¿Wayne la ha leído? ¡Mierda! Le dije a la mujer que se la llevara. No quería que Wayne la viera.

—Que no se entere de que te lo he contado —Lou cerró el puño y se golpeó una de sus rodillas elefantiásicas—. Se me da de pena guardar secretos, mierda.

—No tienes malicia, Lou. Es una de las razones por las que te quiero.

Lou levantó la cabeza y la miró desconcertado.

—Sí, te quiero. No es culpa tuya que yo la cagara. No es culpa tuya que toda mi vida sea una colosal cagada.

Lou bajó la cabeza y consideró lo que había dicho Vic.

—¿No vas a decirme que no soy tan mala? —preguntó esta.

—Esto… No. Estaba pensando en que los hombres siempre se enamoran de chicas guapas con un historial de equivocaciones. Porque siempre cabe la posibilidad de que cometan una contigo.

Vic sonrió, alargó un brazo por el espacio que les separaba y le cogió la mano.

—Yo tengo un largo historial de equivocaciones, Louis Carmody, pero tú no eres una de ellas. Ay, Lou, estoy hasta las narices de vivir dentro de mi cabeza. Las cagadas son malas y las excusas, aún peor. Eso es lo que las dos versiones de mi vida tienen en común. Lo único. En la primera versión, soy un desastre con patas porque mi madre no me abrazaba lo suficiente y mi padre no me enseñaba a volar cometas, o cosas así. En la otra se me permite ser una puta calamidad…

—Chiss. Calla.

—… y arruinaros la vida a ti y a Wayne…

—Deja de fustigarte.

—… porque todos esos viajes por el Puente del Atajo de alguna manera me dejaron hecha polvo. En primer lugar porque no era un puente seguro y cada vez que lo cruzaba se deterioraba un poco más. Porque es un puente, pero también está en mi cabeza. No espero que lo entiendas. Casi ni lo entiendo yo. Es todo de lo más freudiano.

—Freudiano o no, hablas de ello como si fuese real —dijo Lou. Miró hacia la noche que les rodeaba. Tomó aire con una inspiración lenta, como para tranquilizarse—. Entonces ¿es real?

Sí, pensó Vic con doloroso apremio.

—No —dijo—. No puede serlo. Necesito que no lo sea. Lou, ¿te acuerdas de ese tipo que disparó a una congresista en Arizona? ¿Loughner? Pensaba que el gobierno estaba intentando esclavizar a la humanidad controlando la gramática. No tenía ninguna duda de que era así. Veía pruebas por todas partes. Cuando miraba por la ventana y veía a alguien paseando a un perro pensaba inmediatamente que era un espía, alguien que la CIA había enviado para vigilarle. Los esquizofrénicos se inventan recuerdos constantemente: encuentros con gente famosa, raptos, victorias heroicas. Los delirios son así. La química corporal altera tu percepción de la realidad. ¿Te acuerdas de la noche que metí todos los teléfonos en el horno y quemé la casa? Estaba convencida de que me llamaban niños muertos de Christmasland. Oía sonar teléfonos que nadie oía. Oía voces que nadie oía.

—Pero, Vic. Maggie Leigh estuvo en tu casa. La bibliotecaria. Eso no lo imaginaste, Wayne también la vio.

Vic intentó forzar una sonrisa.

—Vale, voy a intentar explicarte cómo puede ser eso. Es más sencillo de lo que piensas. No tiene nada de mágico. Yo tengo estos recuerdos del Puente del Atajo y de la bicicleta que me ayudaba a encontrar cosas. Solo que no son recuerdos, sino alucinaciones, ¿vale? Y en el hospital hacíamos sesiones de terapia de grupo en la que cada uno hablaba de las locuras que se le pasaban por la cabeza. Muchísimos pacientes de ese hospital escucharon mi historia sobre Charlie Manx y el Puente del Atajo. Creo que Maggie Leigh es una de ellas, una de las otras locas. Se enganchó a mi fantasía y se la apropió.

—¿Qué quieres decir con eso de que crees que era paciente del hospital? ¿Estaba en tus sesiones de terapia de grupo o no?

—No recuerdo haberla visto en ninguna. Lo que sí recuerdo es conocerla en una pequeña biblioteca de Iowa. Pero así es como funcionan las alucinaciones. Me paso el día «recordando» cosas —Vic levantó los dedos y dibujó una comillas imaginarias en el aire para subrayar la naturaleza poco fiable de dicho recuerdo—. Son recuerdos que me vienen de repente, como capítulos de esta historia sin pies ni cabeza que escribí en mi imaginación. Pero por supuesto que no tienen nada de cierto. Están inventados sobre la marcha. Mi imaginación me los proporciona y alguna parte de mí decide aceptarlos como hechos de forma instantánea. Maggie Leigh me dijo que la conocí siendo una niña y mi mecanismo alucinatorio enseguida se inventó una historia para respaldarlo, Lou. Hasta recuerdo un acuario que había en su despacho. Tenía un koi enorme dentro y, en el fondo, en lugar de piedras, fichas de Scrabble. Dime si no es una locura.

—Pensaba que te estabas medicando. Que ya estabas bien.

—Las pastillas que tomo no son más que un pisapapeles. Lo único que hacen es sujetar las fantasías. Pero siguen ahí, y en cuanto sopla una racha de viento fuerte empiezan a revolotear, intentando liberarse —le miró a los ojos—. Lou, puedes confiar en mí. Me voy a cuidar. No solo por mí, por Wayne. Estoy bien.

No le dijo que una semana antes se había quedado sin Abilify, el antipsicótico que le habían prescrito, y que había tenido que dosificar las últimas pastillas para no sufrir síndrome de abstinencia. No quería preocuparle más de lo necesario y, además, tenía intención de ir a comprar más al día siguiente por la mañana.

—Y te voy a decir otra cosa. No recuerdo haber conocido a Maggie en el hospital, pero es muy posible que fuera así. Me tenían tan drogada que podían haberme presentado a Barack Obama y no me acordaría. Y Maggie Leigh, que Dios la bendiga, es una lunática. Lo supe en cuanto la vi. Olía a refugio para gente sin hogar y tenía los brazos llenos de cicatrices de haberse chutado o quemado con cigarrillos. O las dos cosas. Probablemente las dos.

Lou pensaba, cabizbajo y con el ceño fruncido.

—¿Y qué pasa si vuelve? Wayne se asustó bastante.

—Mañana nos vamos a New Hampshire. No creo que allí nos encuentre.

—Podríais venir a Colorado. No tienes que vivir conmigo. No tendríamos que vivir juntos, no te estoy pidiendo nada. Pero podríamos buscarte un sitio para que trabajaras en *Buscador*. El niño podría estar conmigo por el día y contigo por la noche. En Colorado también tenemos árboles y agua, por si no lo sabías.

Vic se recostó en la silla. El cielo estaba nuboso y lleno de humo y las nubes reflejaban las luces de la ciudad, por lo que su fulgor tenía un tono rosa pálido. En las montañas al norte de Gunbarrel, donde Wayne había sido concebido, de noche el cielo se llenaba por completo de estrellas, más de las que podrían verse desde el mar. En lo alto de aquellas montañas había otros mundos. Otras carreteras.

—Me parece bien, Lou —dijo—. Wayne volverá a Colorado en septiembre, para cuando empiece el colegio. Y yo iré con él... si te parece bien.

—Pues claro que me parece bien. ¿Estás loca?

Por un instante, el suficiente para que se le cayera otra flor en el pelo a Vic, ninguno de los dos habló. Después se miraron y rompieron a reír. Vic rio tan fuerte, con tanta libertad, que tuvo que parar para recuperar el aliento.

—Perdona. No he estado muy fino que digamos.

Wayne, a seis metros de allí, se volvió desde la valla para mirarles. En la mano tenía una única bengala de la que salía un tirabuzón de humo. Saludó.

—Vete a Colorado y búscame una casa —le dijo Vic a Lou. Después le devolvió el saludo a Wayne—. Y a finales de agosto Wayne cogerá un avión de vuelta y yo con él. Iría ahora mismo, pero tengo alquilada la casa del lago hasta finales de agosto y ya he pagado tres semanas de campamento.

—Y tienes que terminar de arreglar la moto —dijo Lou.

—¿Te lo ha contado Wayne?

—No solo me lo ha contado. Me ha mandado fotos. Toma.

Lou le alargó su chaqueta.

La chamarra de motorista de Lou era grande y pesada, hecha de una fibra sintética parecida al nailon y con refuerzos rígidos, una armadura de teflón. La primera vez que la rodeó con sus brazos, dieciséis años atrás, Vic había pensado que era la mejor cazadora del mundo. Las solapas delanteras estaba cubiertas con parches deshilachados y desvaídos: ROUTE 66, SOUL, un escudo del Capitán América. Olía a Lou, olía a casa. A árboles, sudor, grasa y a las brisas dulces y límpidas que silbaban entre los pasos de montaña.

—Igual te sirve para no matarte —dijo Lou—. Úsala.

Y en aquel momento el cielo sobre el puerto palpitó con un fogonazo color rojo intenso. Un cohete detonó en un estallido ensordecedor. El firmamento se abrió y llovieron chispas blancas.

Empezó el estruendo.

I-95

VEINTICUATRO HORAS DESPUÉS VIC, WAYNE Y HOOPER VOLVIERON en coche al lago Winnipesaukee. Llovió todo el día, un fuerte chaparrón de verano que aporreaba el asfalto y obligaba a Vic a conducir a menos de ochenta kilómetros por hora.

Ya había cruzado la frontera interestatal con New Hampshire cuando se dio cuenta de que se le había olvidado ir a la farmacia a por más Abilify.

Tuvo que hacer uso de toda su capacidad de concentración para ver la carretera y no salirse del carril. Pero incluso si hubiera estado mirando por el espejo retrovisor no habría identificado el coche que la seguía a doscientos metros de distancia. De noche los faros se parecen mucho los unos a los otros.

Lago Winnipesaukee

WAYNE SE DESPERTÓ EN LA CAMA DE SU MADRE ANTES DE TIEMPO. Algo le había sobresaltado y sacado del sueño, pero no supo qué era hasta que lo oyó de nuevo: *toc, toc, toc,* alguien que golpeaba con suavidad la puerta del dormitorio.

Tenía los ojos abiertos pero no se sentía despierto, una impresión que le acompañaría el resto del día, de manera que las cosas que veía u oía tenían la cualidad mágica propia de los sueños. Todo lo que ocurría parecía hiperreal y cargado de significados ocultos.

No recordaba haberse dormido en la cama de su madre, pero tampoco le sorprendió encontrarse allí. A menudo Vic lo trasladaba después de que se hubiera dormido. Wayne aceptaba que su compañía era a veces algo necesario, como una manta extra en una noche fría. Pero ahora su madre no estaba en la cama. Casi siempre se despertaba antes que él.

—¿Hola? —dijo frotándose los ojos con los nudillos.

Los golpes cesaron... y empezaron de nuevo, de una manera titubeante, casi interrogante. ¿*Toc, toc, toc?*

—¿Quién es? —preguntó Wayne.

Dejaron de llamar. La puerta se abrió unos centímetros y una sombra trepó por la pared, la silueta de un hombre de perfil. Wayne vio el arco marcado de la nariz y la frente curva a lo Sherlock Holmes de Charlie Manx.

Intentó gritar. Intentó llamar a su madre. Pero el único sonido que fue capaz de emitir fue un ridículo silbido, una suerte de cascabeleo, como un engranaje suelto dentro de una máquina vieja.

En la fotografía de la policía Charlie Manx había mirado hacia la cámara, con ojos saltones y el labio superior apretado contra el inferior de manera que parecía un tonto desconcertado. Wayne no sabía qué aspecto tenía de perfil, y sin embargo reconoció su sombra de un solo vistazo.

La puerta se abrió un poco más y sonó de nuevo el *toc, toc, toc*. Wayne se esforzó por respirar. Quería decir algo —*¡Por favor, ayuda!*—, pero aquella sombra le dejaba mudo, como si tuviera una mano tapándole la boca.

Cerró los ojos, tomó aire con desesperación y gritó:

—¡Vete!

Escuchó la puerta abrirse un poco más con un lamento de bisagras. Una mano se apoyó pesadamente en la cama, a la altura de la rodilla de Wayne. Este emitió un quejido lastimero y apenas audible. Abrió los ojos y miró. Era Hooper.

El perro grande y pálido le miraba preocupado con las pezuñas apoyadas en la cama. Su mirada húmeda era de tristeza, de consternación incluso.

Wayne miró hacia la puerta entreabierta, pero la sombra de Manx había desaparecido. Parte de Wayne comprendía que nunca había estado allí, que su imaginación la había creado a partir de una sombra sin significado. Pero otra parte estaba segura de haberla visto, un perfil tan nítido que podía haber estado dibujado con tinta en la pared. La puerta estaba lo bastante abierta como para permitirle ver el pasillo que recorría toda la casa. No había nadie.

Y sin embargo estaba convencido de haber oído que llamaban a la puerta, eso no podía haberlo imaginado. Y mientras miraba hacia el pasillo, el ruido empezó de nuevo, *toc, toc, toc,* y entonces comprobó que Hooper estaba golpeando el suelo con el rabo.

—Oye, chavo —dijo mientras le acariciaba la suave parte posterior de las orejas—. Me has asustado, que lo sepas. ¿Qué buscas?

Hooper siguió mirándole. Si alguien le hubiera pedido a Wayne que describiera la expresión de la cara grande y fea de Hooper, habría contestado que era como si estuviera diciendo que lo sentía. Pero lo más probable es que tuviera hambre.

—Te voy a dar de comer. ¿Es eso lo que quieres?

Hooper hizo un ruido, un resuello sibilante, el sonido de un engranaje desdentado que no consigue engancharse.

Solo que… no. Wayne ya había oído aquel sonido, momentos antes además. Había pensado que lo había hecho él mismo. Pero no salía de él ni tampoco de Hooper. Estaba fuera, en alguna parte de la oscuridad del amanecer.

Y Hooper seguía mirándole a la cara con ojos suplicantes e infelices. *Lo siento mucho,* le decían los ojos. *Quería ser un perro bueno. Quería ser tu perro bueno.* Wayne escuchó este pensamiento en su cabeza como si Hooper lo estuviera diciendo, igual que el perro parlante de un cómic.

Empujó a Hooper a un lado, se levantó y miró por la ventana, al jardín delantero. Fuera estaba tan oscuro que al principio no vio más que su débil reflejo en el cristal.

Y entonces el Cíclope abrió un ojo tenebroso al otro lado del cristal, a menos de dos metros de distancia.

A Wayne se le agolpó la sangre en la cabeza y por segunda vez en tres minutos notó como un aullido le subía por la garganta.

El ojo se abrió, despacio y por completo, como si el Cíclope se estuviera despertando en ese momento. Brillaba con un tono sucio a medio camino entre el naranja Tang y la orina. Entonces y antes de que a Wayne le diera tiempo a gritar, empezó a esfumarse hasta que solo quedó un iris color cobrizo reluciendo en la oscuridad. Un instante después desapareció por completo.

Wayne exhaló nervioso. Un faro. Era el faro delantero de la motocicleta.

Su madre se puso en pie junto a esta y se retiró el pelo de la cara. Vista a través del cristal viejo y ondulado no parecía estar de verdad allí, era como su propio fantasma. Llevaba una camiseta blanca sin mangas y con dos tiras anudadas tras el cuello, pantalones cortos de algodón desgastados y sus tatuajes. En la oscuridad resultaba imposible distinguir los detalles de aquellos tatuajes. Era como si llevara la noche adherida a la piel. Pero Wayne siempre había sabido que su madre tenía un lado oscuro y oculto.

Hooper estaba con ella, agitando la cola y chorreando. Estaba claro que acaba de salir del lago. A Wayne le llevó un momento darse cuenta de que Hooper estaba con su madre, lo que no tenía sentido, porque Hooper seguía allí, a su lado. Solo que cuando se volvió a mirar se dio cuenta de que estaba solo.

No le dio mayor importancia. Seguía demasiado cansado. Igual le había despertado un perro de un sueño. Igual se estaba volviendo loco, como su madre.

Se puso unos pantalones vaqueros cortados a la altura de la rodilla y salió al fresco que precede al amanecer. Su madre estaba trabajando en la moto, con un trapo en una mano y una herramienta rara en la otra, aquella llave que más parecía un gancho o una daga curva.

—¿Cómo es que me he despertado en tu cama? —preguntó.

—Una pesadilla —dijo Vic.

—No me acuerdo de haber tenido ninguna pesadilla.

—Es que no eres tú el que la ha tenido.

Pájaros oscuros volaban surcando a gran velocidad la niebla que reptaba sobre la superficie del lago.

—¿Has encontrado la bujía rota? —preguntó Wayne.

—¿Cómo sabes que es una bujía rota?

—No sé. Por cómo ha sonado cuando intentabas darle la vuelta.

—¿Pasas tiempo en el taller? ¿Trabajando con papá?

—A veces. Dice que le soy útil porque tengo las manos pequeñas. Puedo meterlas y desenroscar piezas a las que él no llega. Se me da genial desmontar cosas. Montarlas no tanto.

—Bienvenido al club —dijo Vic.

Se pusieron a trabajar en la moto. Wayne no estaba seguro de cuánto tiempo, solo de que cuando pararon hacía calor y el sol estaba muy por encima de la línea de los árboles. Mientras trabajaron casi no hablaron. Daba igual. No había razón alguna para estropear el esfuerzo grasiento y los nudillos desollados que acompañaban la reparación de una moto hablando de sentimientos, de papá o de chicas.

En determinado momento Wayne se sentó sobre los talones y miró a su madre. Esta estaba de grasa hasta los codos y también tenía tiznada la nariz. En la mano derecha le sangraban varios arañazos. Wayne estaba puliendo el tubo de escape sucio de óxido con un estropajo de aluminio y se detuvo para echarse un vistazo. Estaba igual de sucio que su madre.

—No sé cómo nos vamos a quitar toda esta roña —dijo.

—Tenemos un lago —dijo Vic apartándose un mechón de pelo y señalando hacia este con un gesto de la cabeza—. Te propongo una cosa. Si llegas a la boya antes que yo, te invito a desayunar en el Greenbough.

—¿Y si me ganas tú a mí, qué sacas?

—El placer de demostrar que una mujer anciana todavía puede darle una paliza a un chisgarabís.

—¿Qué es un chisgarabís?

—Es un...

Pero Wayne ya había echado a correr mientras se agarraba la camiseta, se la sacaba por la cabeza y se la tiraba a Hooper a la cara. Sus piernas corrían rápidas, acompasadas y sus pies descalzos se deslizaban por el rocío brillante de la hierba crecida.

Vic echó a correr también y cuando lo alcanzó le sacó la lengua. Llegaron al embarcadero al mismo tiempo. Sus pies desnudos resonaron en los tablones.

A mitad de camino Vic extendió un brazo, le puso una mano a Wayne en el hombro y le empujó. Este la oyó reír mientras se tambaleaba e intentaba conservar el equilibrio pedaleando en el aire con los brazos. Cayó al agua y se hundió en un verde turbio. Un instante después escuchó el *plaf* bajo y profundo de su madre tirándose detrás de él.

Pataleó y salió a la superficie, escupiendo, y empezó a nadar lo más deprisa que pudo hacia la boya, una gran plataforma de tablones grises y astillados apoyada en bidones de gasolina oxidados. Tenía aspecto de ser una amenaza para el medioambiente. Hooper aullaba furioso desde el embarcadero. Por lo general Hooper desaprobaba la diversión, excepto cuando el que se divertía era él.

Wayne estaba a punto de alcanzar la boya cuando se dio cuenta de que estaba solo en el lago. El agua era una plancha de cristal negro. No se veía a su madre por ninguna parte. No estaba.

—¿Mamá? —llamó. No estaba asustado—. ¿Mamá?

—Has perdido —dijo Vic con voz profunda, hueca, con eco.

Wayne buceó, aguantó la respiración, se impulsó debajo del agua y salió debajo de la boya.

Su madre estaba allí, en la oscuridad, la cara brillándole por el agua, el pelo reluciente. Cuando Wayne llegó a su lado le sonrió.

—Mira —dijo—. He encontrado un tesoro.

Señaló una tela de araña temblorosa, al menos de medio metro de ancho con mil cuentas brillantes de plata, ópalo y diamante.

—¿Podemos ir a desayunar de todas maneras?

—Sí —dijo Vic—. No nos queda más remedio. Ganarle a un chisgarabís tiene muchas cosas buenas, pero no llena el estómago.

Camino de grava

S U MADRE ESTUVO TODA LA TARDE TRABAJANDO EN LA MOTO.

El cielo era de color migraña. En un momento dado se escucharon truenos, un *bum* y un *pum*, como un camión pesado cruzando un puente de hierro. Wayne esperó a que lloviera.

No llovió.

—¿A veces no preferirías haber adoptado una Harley-Davidson en vez de tener un niño? —le preguntó a Vic.

—Habría sido más barata de alimentar —repuso esta—. Pásame ese trapo.

Wayne se lo pasó.

Vic se limpió las manos, encajó el asiento de cuero encima de la batería nueva y se subió. Con los vaqueros cortos y las grandes botas negras de motociclista, los tatuajes garabateados en los brazos y piernas no tenía pinta de una mujer a la que alguien pudiera llamar «mamá».

Giró la llave y le dio al interruptor. El Cíclope abrió el ojo.

Vic apoyó un pie en el pedal de acelerar, se enderezó y se dejó caer con fuerza. La moto estornudó.

—Salud —dijo Wayne.

Vic se levantó y volvió a dejarse caer. El motor exhaló, expulsó polvo y hojas por los tubos de escape. A Wayne no le gustaba que apoyara todo el peso del cuerpo en el pedal. Le daba miedo que algo se rompiera. No necesariamente la moto.

—Venga —dijo Vic en voz baja—. Las dos sabemos por qué te encontró mi hijo, así que vamos a ello.

Pisó otra vez el pedal, y otra más y el pelo le cayó sobre la cara. El arranque carraspeó y el motor soltó un pedo débil, breve y sordo.

—No pasa nada si no funciona —dijo Wayne. De repente no le gustaba nada aquello. De repente le parecía una locura, de la clase que no había visto hacer a su madre desde que era pequeño—. Luego lo intentas otra vez, ¿vale?

Vic le ignoró. Se levantó y colocó la bota justo encima del acelerador.

—Vámonos de expedición de búsqueda, amiga —increpó Vic a la moto dándole una patada—. Dime algo.

El motor se encendió con un gran estrépito y empezó a salir humo azul de los tubos de escape. Wayne estuvo a punto de caerse del poste de la valla en el que estaba sentado. Hooper agachó la cabeza y después ladró asustado.

Vic aceleró al máximo y el motor rugió. Daba miedo, el ruido que hacía. Pero también era emocionante.

—¡FUNCIONA! —gritó Wayne.

Vic asintió.

—¿QUÉ ESTÁ DICIENDO? —aulló Wayne.

Vic le miró sin comprender.

—LE HAS PEDIDO QUE TE DIJERA ALGO. ¿QUÉ TE DICE? NO HABLO EL IDIOMA DE LAS MOTOS.

—AH —dijo Vic—. HI-YO, SILVER.

—VOY A POR MI CASCO —gritó Wayne.

—TÚ NO VIENES.

Los dos gritaban para hacerse oír por encima del ruido del motor azotando el aire.

—¿POR QUÉ NO?

—TODAVÍA NO ES SEGURO. NO VOY A IR LEJOS. VUELVO EN CINCO MINUTOS.

—¡ESPERA! —gritó Wayne. Levantó un dedo y echó a correr hacia la casa.

El sol era un punto blanco y frío que brillaba entre montones de nubes bajas.

Vic quería moverse. La necesidad de salir a la carretera era una insoportable picazón, tan difícil de ignorar como una picadura de mosquito. Quería salir a la carretera, ver de lo que era capaz la moto. Ver lo que encontraba.

La puerta principal se cerró. Su hijo corría hacia ella llevando un casco y la chamarra de Lou.

—VUELVE VIVA, ¿VALE? —dijo.

—ESE ES EL PLAN —dijo Vic. Después se puso la chamarra y añadió—. ENSEGUIDA ESTOY AQUÍ. NO TE PREOCUPES.

Wayne asintió.

El mundo vibraba a su alrededor por la fuerza del motor. Los árboles, la carretera, el cielo, la casa, todo temblaba con furia como a punto de hacerse añicos. Ya había colocado la moto mirando hacia la carretera.

Se encajó el casco y se dejó la cazadora sin cerrar.

Antes de que soltara el freno, su hijo se agachó delante de la moto y cogió algo del suelo.

—¿QUÉ PASA? —preguntó Vic.

Wayne se lo dio, era aquella llave inglesa con forma de cuchillo curvo y la palabra TRIUMPH grabada. Vic le hizo un gesto de agradecimiento con la cabeza y se la metió en el bolsillo de los pantalones.

—VUELVE —dijo Wayne.

—ESTATE AQUÍ CUANDO LO HAGA —dijo Vic.

Después levantó el pie, metió primera y se puso en marcha.

En cuanto lo hizo, el mundo dejó de temblar. La valla de troncos quedó atrás, a su derecha. Al llegar a la carretera se inclinó hacia un lado y fue como ir en un avión. No tenía la sensación de estar tocando el asfalto.

Metió segunda. A su espalda la casa se hizo pequeña. Volvió la cabeza y echó un último vistazo. Wayne le decía adiós con la mano desde el camino de entrada. Hooper estaba en la calle mirándola con una curiosa expresión de desesperanza.

Vic aceleró y metió tercera, la Triumph saltó y tuvo que agarrarse al manillar para no caerse. Le asaltó un pensamiento, el recuerdo de una camiseta de ciclista que había tenido durante un tiempo y que decía: SI PUEDES LEER ESTO, ES QUE ME HE CAÍDO.

Llevaba la cremallera de la chamarra abierta, por lo que recogía el aire y se hinchaba a su alrededor como un globo. Entró en un banco de niebla baja.

No vio las luces de dos faros muy juntos que avanzaban por la carretera detrás de ella, brillando tenues en la bruma.

Tampoco las vio Wayne.

Interestatal 3

EJÓ ATRÁS ÁRBOLES, CASAS Y KILÓMETROS, FORMAS BORROSAS solo adivinadas entre la niebla.

No pensaba en nada. La moto la alejaba de cualquier pensamiento. Había sabido que sería así, en cuanto la vio en la cochera supo que sería lo bastante rápida y potente para alejarla del lado malo de sí misma, el lado que se obstinaba por encontrarle lógica a las cosas.

Cambió de marcha con el pie una vez, y otra y otra, y la Triumph saltó, engullendo la carretera bajo sus ruedas.

La niebla se espesaba contra Vic, soplándole en la cara. Era perlada, evanescente y la luz del sol intentaba traspasarla desde algún lugar situado en lo alto y a la izquierda, proyectando un fulgor que hacía brillar todo a su alrededor.

La carretera húmeda silbaba como electricidad estática bajo las ruedas.

Un dolor suave, delicado casi, le acariciaba el ojo izquierdo.

Entre las brumas cambiantes vio un cobertizo, un edificio alargado, alto e inclinado. Por efecto de la bruma parecía estar en mitad de la carretera y no a unos cien metros de esta, aunque Vic sabía que la autopista torcería a la izquierda enseguida y lo dejaría atrás. Tanto le recordaba a su puente imaginario que estuvo a punto de sonreír.

Agachó la cabeza y escuchó el susurro de los neumáticos sobre el asfalto húmedo, ese sonido que tanto se parecía al parásito, al que salía de la radio. ¿Qué escuchaba uno cuando sintonizaba ruido blanco?, se preguntó. Creyó recordar haber leído en alguna parte que era la radiación de fondo en la que se bañaba el universo entero.

Esperaba que la carretera girara a la izquierda y rodeara el cobertizo, pero continuaba recta. Aquella forma alta, oscura y angular se alzó ante sus ojos hasta que Vic estuvo dentro de su sombra. No era ningún cobertizo, y Vic no se dio cuenta de que la carretera conducía directamente allí hasta que fue demasiado tarde para evitarlo. La niebla se oscureció y bajó de temperatura hasta resultar tan fría como un chapuzón en el lago.

Los tablones vibraron bajo las ruedas y luego se escuchó algo parecido a un tiroteo.

La niebla se disipó en cuando la moto entró en el puente. Vic aspiró el aire y percibió el hedor a murciélago.

Llevó el talón al freno y cerró los ojos. *Esto no está pasando,* se susurró a sí misma.

El pedal del freno bajó del todo, se mantuvo un momento y después se desprendió y cayó sobre los tablones con un golpe profundo y hueco. Le siguieron una tuerca y una colección de arandelas.

El cable que llevaba el líquido de frenos aleteaba contra la pierna de Vic, salpicándola. El talón de su bota tocaba los tableros gastados y era como meter el pie en una trilla del siglo xix. Una parte de ella seguía insistiendo en que todo aquello no eran más que alucinaciones. Otra parte notaba la bota chocar contra el puente y comprendía que las alucinaciones la partirían en dos si se bajaba de la moto.

Tuvo tiempo de mirar hacia abajo y hacia atrás en un intento por procesar lo que ocurría. Una junta salida de alguna parte revoloteó por el aire y dibujó un arco caprichoso en las sombras. La rueda delantera cabeceó. El mundo balbuceaba alrededor de Vic, la rueda trasera de la moto derrapaba, patinaba a gran velocidad sobre los tablones sueltos.

Se levantó del asiento y echó el peso del cuerpo a la izquierda, sujetando la moto más a base de voluntad que de fuerza. Esta patinó lateralmente, haciendo temblar los tablones. Por fin las ruedas se agarraron y entonces la moto se detuvo con una sacudida y estuvo a punto de volcar. Vic consiguió poner un pie en el suelo y sostenerla, aunque a duras penas, apretando los dientes y forcejando con el peso.

Sus jadeos resonaron en el interior del Puente del Atajo similar a un cobertizo, que seguía igual que la última vez que lo había visto, dieciséis años atrás.

Vic tiritó, sudorosa y fría dentro de la gruesa cazadora de motociclista.

—Esto no es real —dijo, y cerró los ojos.

Escucho el suave batir de alas de murciélago en el techo.

—Esto no es real —repitió.

El ruido blanco silbaba con suavidad al otro lado de las paredes.

Se concentró en respirar, inhalando despacio y de forma controlada, luego espirando con los labios apretados. Se bajó de la moto y la sujetó por el manubrio.

Abrió los ojos pero mantuvo la vista fija en el suelo. Vio los tablones viejos, color marrón grisáceo, desgastados. Vio el parpadeo de la electricidad estática entre los tablones.

—Esto no es real —dijo por tercera vez.

Cerró de nuevo los ojos y giró la moto de manera que apuntara al lugar por donde había venido. Echó a andar. Notaba la madera hundirse bajo sus pies por el peso de la *Triumph Boneville*. Le dolían los pulmones y le costaba tomar aire, se encontraba mal. Iba a tener que volver a ingresar en el hospital psiquiátrico. Después de todo no iba a poder ser una madre para Wayne. Este pensamiento casi le cerró la garganta por el dolor.

—Esto no es real. No hay ningún puente. He dejado la medicación y estoy viendo cosas. Eso es todo.

Dio un paso, otro más y otro y entonces abrió los ojos y se encontró en la carretera empujando una moto estropeada.

Cuando volvió la cabeza, solo vio autopista.

La Casa del Lago

LA NIEBLA DE ÚLTIMA HORA DE LA TARDE ERA COMO UNA CAPA QUE se abría para dejar pasar a Vic McQueen y a su súper bólido y se cerraba inmediatamente después, engullendo incluso el sonido del motor.

—Venga, Hooper —dijo Wayne—. Vamos dentro.

Hooper se quedó en el borde de la carretera mirándole sin comprender.

Wayne le llamó otra vez ya dentro de la casa. Sujetó la puerta para que el perro entrara pero, en lugar de ello, Hooper giró su enorme cabeza peluda y miró carretera abajo, aunque no en la dirección en la que se había marchado la madre de Wayne.

Este no entendía lo que estaba mirando. ¿Cómo saber lo que veían los perros? ¿Qué significaban para ellos las sombras en la niebla? ¿Qué ideas extrañas y supersticiosas se harían de ellas? Wayne estaba convencido de que los animales eran igual de supersticiosos que los humanos. Más, incluso.

—Tú mismo —dijo, y cerró la puerta.

Se sentó frente al televisor con el iPhone en la mano y estuvo unos minutos intercambiando mensajes de texto con su padre:

Stas ya en el aeropuerto?

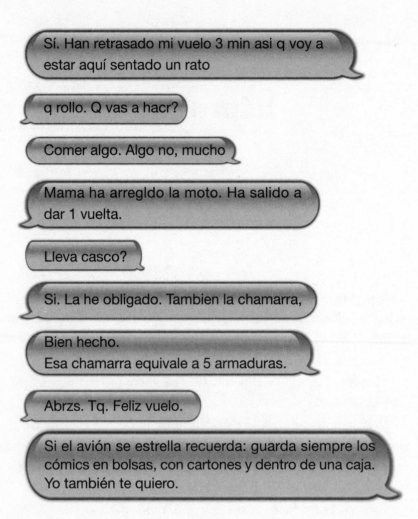

Sí. Han retrasado mi vuelo 3 min asi q voy a estar aquí sentado un rato

q rollo. Q vas a hacr?

Comer algo. Algo no, mucho

Mama ha arregldo la moto. Ha salido a dar 1 vuelta.

Lleva casco?

Si. La he obligado. Tambien la chamarra,

Bien hecho.
Esa chamarra equivale a 5 armaduras.

Abrzs. Tq. Feliz vuelo.

Si el avión se estrella recuerda: guarda siempre los cómics en bolsas, con cartones y dentro de una caja. Yo también te quiero.

Y no había nada que añadir. Wayne cogió el mando a distancia, encendió el televisor y encontró un canal donde ponían Bob Esponja. Aunque su postura oficial era que era demasiado mayor para que le gustara Bob Esponja, cuando su madre no estaba podía olvidarse de la postura oficial y hacer lo que le apetecía.

Hooper ladró.

Wayne se levantó y fue hasta el ventanal, pero no vio a Hooper por ninguna parte. El enorme perro había desaparecido entre los vapores blanco acuoso.

Wayne escuchó con atención preguntándose si no estaba volviendo la moto. Tenía la sensación de que su madre llevaba fuera más de cinco minutos.

Entonces se fijó en el reflejo del televisor en la ventana. Bob Esponja llevaba una bufanda de Papá Noel. Papá Noel hundía un gancho de acero en el cerebro de Bob Esponja y después lo metía en su saco de los juguetes.

Wayne giró la cabeza, pero en la pantalla Bob Esponja estaba hablando con Patricio y no había ningún Papá Noel.

Se disponía a volver al sofá cuando escuchó a Hooper en la puerta por fin, llamando con el rabo, *toc, toc, toc* igual que había hecho por la mañana.

—Voy —dijo—. Tranquilo.

Cuando abrió la puerta no se encontró con Hooper, sino con un hombre gordo y peludo vestido con un pants negro de rayas doradas y arremangado hasta los codos. Tenía la cabeza llena de calvas, como si fuera sarnoso, y los ojos le sobresalían por encima de una nariz ancha y chata.

—Hola —dijo—. ¿Podría hacer una llamada? Hemos tenido un accidente horroroso. Acabamos de atropellar a un perro con nuestro coche.

Hablaba a trompicones, como un hombre leyendo algo que lleva apuntado pero al que le cuesta identificar las palabras.

—¿Qué? —preguntó Wayne—. ¿Qué ha dicho?

El hombre feo le miró preocupado y dijo:

—¿Hola?, ¿podría hacer una llamada? Hemos tenido un accidente horroroso. Acabamos de atropellar a un perro. ¡Con nuestro coche!

Eran las mismas palabras de antes, pero con los acentos puestos en distintos sitios, como si no estuviera seguro de cuál de las frases era una pregunta y cuál una afirmación.

Wayne miró más allá del feo hombrecillo. En la carretera vio lo que parecía una alfombra blanca sucia enrollada delante de un coche. Con el humo pálido y los bancos de niebla era difícil distinguir tanto el coche como el bulto blanco. Solo que el bulto no era una alfombra, claro. Wayne sabía exactamente lo que era.

—No lo vimos y estaba en medio de la carretera. Le hemos dado con el coche —dijo el hombrecillo gesticulando hacia el coche.

En la niebla había un hombre alto, cerca del neumático delantero derecho. Estaba inclinado hacia delante, con las manos apoyadas en las rodillas y examinando al perro de manera que podría llamarse especulativa, como si medio esperara que Hooper se levantase.

El hombrecillo se miró la palma de la mano un instante, luego levantó la vista y dijo:

—Ha sido un terrible accidente —sonrió esperanzado—. ¿Puedo llamar por teléfono?

—¿Qué? —dijo Wayne de nuevo, aunque había oído al hombre perfectamente a pesar de que le pitaban los oídos. Y además, había dicho la misma cosa, tres veces ya, y sin casi ninguna variación—. ¿Hooper? ¿Hooper?

Apartó al hombrecillo para que le dejara pasar. No corrió, sino que caminó despacio, con paso sobresaltado y rígido.

Era como si Hooper se hubiera tumbado de lado y quedado dormido delante del coche. Tenía las patas estiradas. El ojo izquierdo estaba abierto, mirando al cielo, velado y opaco, pero cuando Wayne se acercó se movió. Seguía vivo.

—Ay, amigo —dijo Wayne. Cayó de rodillas—. Hooper.

En el resplandor de los faros la niebla parecía adoptar la forma de pequeños granos de arena temblando en el aire. Demasiado ligeros para posarse, revoloteaban como una lluvia que no termina de caer.

Hooper sacó la lengua y de la boca le salió una baba espesa. El vientre subía y bajaba con la respiración rápida y jadeante. Wayne no veía sangre por ninguna parte.

—Ay, señor —dijo el hombre que había estado observando al perro—. ¡Esto sí que es tener mala pata! Cómo lo siento, pobrecillo. Aunque puedes estar seguro de que no sabe lo que le ha pasado. Por lo menos es un consuelo.

Wayne miró al hombre que estaba delante del coche. Llevaba botas negras que le llegaban casi hasta las rodillas y un abrigo con faldones e hileras de botones dorados en ambas solapas. Al levantar la vista para mirarle Wayne se fijó también en el coche. Era una antigüedad, una vieja gloria, habría dicho su padre.

El hombre alto llevaba un martillo plateado en la mano derecha, un martillo del tamaño de un mazo de croquet. La camisa debajo de la chaqueta era de muaré blanco, tan suave y sedosa como leche recién servida.

Wayne levantó la vista del todo. Charlie Manx le miraba con ojos grandes y fascinados.

—Que Dios bendiga a los perros y a los niños —dijo—. Este mundo es un lugar demasiado cruel para ellos. El mundo es un ladrón que te roba la infancia y también los mejores perros. Pero créeme, este ya va camino del cielo.

Charlie Manx seguía pareciéndose a la fotografía de la policía, aunque era más viejo, viejo tirando a viejísimo. Unos pocos cabellos plateados le cruzaban el cráneo desnudo y lleno de manchas. Sus labios exiguos dejaban ver una lengua horriblemente pálida, tan blanca como la piel muerta. Era tan alto como Lincoln y estaba igual de muerto. Wayne notaba su olor a muerte, el hedor de la putrefacción.

—No me toque —dijo.

Se levantó con piernas temblorosas y dio un paso atrás antes de chocarse con el hombre feo y pequeño situado a su espalda. Este le sujetó por los hombros y le obligó a seguir mirando a Manx.

Wayne giró la cabeza para apartar la vista. De haber tenido aire en los pulmones habría gritado. El hombre detrás de él ahora tenía una cara distinta. Llevaba una máscara de goma con una válvula grotesca en lugar de boca y ventanas de plástico brillante a modo de ojos. Si los ojos eran una ventana al alma, entonces el Hombre Enmascarado representaba el vacío más total.

—¡Socorro! —gritó Wayne—. ¡Que alguien me ayude!

—Eso es precisamente lo que quiero hacer —dijo Charlie Manx.

—¡**Socorro**! —gritó de nuevo Wayne.

—Socorro, auxilio. Peporro, Emilio —dijo el Hombre Enmascarado—. Sigue gritando y vas a ver lo que te pasa, idiota. Te vas a quedar sin postre por gritón.

—*¡SOCORRO!* —chilló Wayne.

Charlie Manx se tapó los oídos y puso cara de dolor.

—Mira que haces ruido, niño.

—Niños gritones los hay a montones —dijo el Hombre Enmascarado—. Niños que montan follón se quedan sin diversión.

Wayne quería vomitar. Abrió la boca para chillar una vez más, pero Manx le puso un dedo en los labios. *Chiss.* El olor casi le dio arcadas. Era olor a formaldehído y a sangre.

—No voy a hacerte daño. Nunca le haría daño a un niño. No hace falta que grites tanto. A mí quien me interesa es tu madre. Estoy seguro de que eres un niño estupendo. Todos los niños lo son... durante un tiempo. En cambio tu madre es una traidora mentirosa que ha dado falsos testimonios en mi contra. Pero no solo eso. Yo también tengo niños y tu madre me ha mantenido alejado de ellos años y años. He pasado una década sin ver sus dulces caras sonrientes, aunque les oía llorar en sueños. Les oía llamarme y sé que han pasado hambre. No puedes imaginarte lo que es saber que tus hijos están pasando necesidades y no poder ayudarles. Bastaría para volver loco a un hombre cuerdo. ¡Claro que muchos dirán que a mí no me falta demasiado para estar loco!

Ante esto, los dos hombres rieron.

—Por favor —dijo Wayne—, déjenme.

—¿Quiere que le gasee, señor Manx? ¿No es hora de aspirar un poco de jengibre?

Manx cruzó las manos a la altura de la cintura y frunció el ceño.

—Puede que una siestecita sea buena idea. Es difícil razonar con un niño cuando está tan alterado.

El Hombre Enmascarado empezó a tirar de Wayne hacia la parte delantera del coche. Wayne vio que se trataba de un Rolls-Royce y recordó uno de los artículos de periódico de Maggie Leigh, el que hablaba de un hombre que había desaparecido en Kentucky junto con un Rolls del 1938.

—¡Hooper! —gritó.

Pasó a rastras junto al perro, que giró la cabeza como para atrapar una mosca, moviéndose con más vitalidad de la que Wayne había esperado. A continuación mordió al Hombre Enmascarado. Le clavó los colmillos en el tobillo.

El Hombre Enmascarado chilló y se tambaleó. Por un instante Wayne pensó que podría soltarse, pero el hombrecillo tenía brazos largos y poderosos, como los de un babuino y le sujetaba por la garganta.

—*Au*, señor Manx —dijo el Hombre Enmascarado —. Me está mordiendo. ¡El perro me está mordiendo! ¡Me ha clavado los dientes!

Manx levantó el martillo plateado y lo dejó caer sobre la cabeza de Hooper igual que un hombre midiendo sus fuerzas en una atracción de feria, intentando hacer sonar la campana. El cráneo de Hooper crujió igual que un foco bajo el tacón de una bota. Manx le golpeó de nuevo para asegurarse. El Hombre Enmascarado liberó la pierna, se giró y le asestó a Hooper una patada con todas sus fuerzas.

—¡Perro asqueroso! —gritó—. Espero que te haya dolido. ¡Espero que te haya dolido mucho!

Cuando Manx se enderezó había sangre fresca y brillante formando una tosca Y en su camisa. Le empapaba la seda y manaba de alguna herida que tenía en el pecho.

—Hooper —dijo Wayne. Quería haberlo gritado, pero le salió como un susurro, apenas audible incluso para él.

El pelo blanco de Hooper estaba todo teñido de rojo. Era como sangre sobre la nieve. Wayne no se sentía capaz de mirarle la cabeza.

Manx se inclinó sobre el perro, jadeando.

—Bueno… pues se terminaron las correrías para este cachorro.

—Ha matado a Hooper —dijo Wayne.

—Sí. Eso parece —admitió Charlie Manx—. Pobrecillo, qué lástima. Siempre he intentado ser amigo de los perros y de los niños. Intentaré compensarte, hombrecito. Te debo una. Métele en el coche, Bing, y dale algo para que olvide sus preocupaciones.

El Hombre Enmascarado empujó a Wayne y le siguió cojeando, intentando no poner peso en el tobillo derecho.

La puerta trasera del Rolls chasqueó y se abrió de par en par. No había nadie dentro. Nadie había tocado el picaporte. Wayne estaba desconcertado —perplejo incluso—, pero no le dio más vueltas. Los acontecimientos se precipitaban y no podía permitirse el lujo de pararse a pensar en ello.

Sabía que si se metía en aquel coche, nunca saldría de él. Sería como entrar en su propia tumba. Hooper había tratado de enseñarle que incluso cuando parecía que estabas acabado, podías enseñar los dientes.

Volvió la cabeza y le clavó los dientes al hombre gordo en el antebrazo. Cerró la mandíbula y mordió hasta que notó sabor a sangre.

El Hombre Enmascarado aulló.

—¡Me duele! ¡Me está haciendo daño!

Mientras abría y cerraba la mano. Wayne vio en primer plano las letras que el Hombre Enmascarado llevaba escritas con tinta negra en la palma de la mano.

TELÉFONO
ACCIDENTE
COCHE

—¡Bing! —siseó Manx—. *Chiss*. Métele en el coche y haz que se calle.

Bing —el Hombre Enmascarado— cogió un puñado de pelos de Wayne y tiró. El niño tuvo la impresión de que le estaban arrancando el cuero cabelludo como si fuera una alfombra vieja. Aun así levantó un pie e hizo fuerza con él contra el lateral del coche. El Hombre Enmascarado gimió y le asestó un puñetazo en uno de los lados de la cabeza.

Fue como si se fundiera un foco. Solo que en lugar de un fogonazo de luz blanca hubo uno de oscuridad detrás de los ojos. Wayne dejó caer el pie que tenía apoyado contra el coche. Mientras se le aclaraba la visión, le empujaron adentro y aterrizó a cuatro patas sobre la alfombra.

—¡Bing! —gritó Manx—. ¡Cierra la puerta! ¡Viene alguien! ¡Viene esa mujer espantosa!

—Tu culo es la hierba —le dijo a Wayne el hombre de la máscara—. Tu culo es la hierba, tu culo es la hierba y yo el segador. Tu culo voy a segar y luego voy a follar y por el culo te voy a dar.

—¡Bing, obedece!

—¡Mamá! —gritó Wayne.

—¡Voy! —gritó Vic con una voz cansada que parecía llegar de muy lejos y en la que no había asomo de urgencia.

El Hombre Enmascarado cerró la puerta del coche.

Wayne se puso de rodillas. Le dolía la oreja derecha, donde le habían pegado, le quemaba contra el lado derecho de la cara. En la boca tenía un desagradable regusto a sangre.

Miró los asientos delanteros y el parabrisas.

Una sombra oscura se acercaba por el camino. La niebla creaba traviesos efectos ópticos, distorsionando y alargando la imagen. Parecía un jorobado grotesco empujando una silla de ruedas.

—¡Mamá! —gritó otra vez.

La puerta del pasajero —que estaba a la izquierda, donde en un coche americano habría estado el volante— se abrió. El Hombre Enmascarado se sentó, cerró la puerta, se volvió y apuntó a Wayne en la cara con una pistola.

—Más te vale cerrar la boca —dijo— o te frío. Te lleno de plomo hasta las orejas. ¿Te gustaría? No mucho, ¿a que no?

El Hombre Enmascarado se examinó el brazo derecho. Tenía un cardenal amorfo que le atravesaba la piel donde Wayne le había mordido.

Manx se sentó al volante. Dejó el martillo plateado en el reposabrazos de cuero entre el Hombre Enmascarado y él. El coche estaba en marcha, el motor emitía un ronroneo penetrante y lejano que se sentía más que oírse, como una suerte de vibración lujosa.

El jorobado con la silla de ruedas atravesó la niebla y de repente cobró la forma de una mujer empujando una moto con gran esfuerzo y agarrándola por el manillar.

Wayne abrió la boca para llamar de nuevo a su madre. El Hombre Enmascarado movió la cabeza de un lado a otro. Wayne miró fijamente el círculo negro del cañón de la pistola. No daba miedo, era fascinante, como la vista de una caída en picado desde gran altura.

—Basta de risas —dijo el Hombre Enmascarado —. Se acabó la diversión. Los cuáqueros empiezan su reunión.

Charlie Manx metió la directa con un sonido metálico. Después se volvió otra vez a mirar a Wayne.

—No le hagas ni caso —le dijo—. Es un aguafiestas y me parece que nos vendrá bien divertirnos un rato. Estoy seguro de que lo vamos a conseguir. Es más, yo ya me estoy divirtiendo.

La Casa del Lago

E L ESPECTRO CHOCÓ CONTRA LA VALLA DE TRONCOS PELADOS Y Wayne salió disparado del asiento trasero y cayó al suelo del coche. Los dientes le entrechocaron con un golpe seco.

Los troncos saltaron y volaron en todas direcciones. Uno de ellos hizo un ruido violento al estamparse contra el capó. Wayne pensó que lo que chocaba era el cuerpo de su madre y empezó a gritar.

Manx detuvo el coche y se volvió hacia el Hombre Enmascarado.

—No quiero que vea esto —dijo—. Ya es bastante triste ver a tu perro morir en la carretera. ¿Me haces el favor de dormirle, Bing? Es evidente que está agotado.

—Debería ayudarle con la mujer.

—Gracias, Bing. Es muy considerado por tu parte, pero la tengo controlada.

El coche se balanceó al bajarse los dos hombres.

Wayne se puso de rodillas y levantó la cabeza para mirar por el parabrisas hacia el jardín delantero de la casa.

Manx tenía el martillo plateado en una mano y rodeaba el coche por la parte de delante. Su madre estaba tumbada en la hierba, rodeada de troncos.

La puerta trasera izquierda del Rolls se abrió y el Hombre Enmascarado se sentó al lado de Wayne. Este se lanzó hacia la

derecha intentado salir por la otra puerta, pero el Hombre Enmascarado le sujetó por el brazo y tiró de él hasta situarle a su
lado.

En una mano tenía un bote azul con algún aerosol. En uno de los
lados decía AMBIENTADOR CON AROMA A JENGIBRE y mostraba a una
mujer sacando un pan de jengibre del horno.

—Te voy a explicar lo que es esto —dijo el Hombre Enmascarado—. Puede que diga que tiene aroma a jengibre, pero en realidad
a lo que huele es a la hora de irse a la cama. Una sola bocanada y te
quedas dormido hasta el miércoles.

—¡No! —gritó Wayne—. ¡Déjeme!

Se agitó como un pájaro con una de las alas clavada a una tabla
de madera. Imposible echar a volar.

—De eso nada —dijo el Hombre Enmascarado—. Me has mordido, cabroncete. ¿Cómo sabes que no tengo sida? Podrías haberte
infectado. Podrías haberte comido un gran bocado de mi sida.

Wayne miró por encima del asiento delantero a través del parabrisas, hacia el jardín. Manx caminaba de un lado a otro detrás de su
madre, que seguía sin moverse.

—Debería morderte yo a ti —dijo el Hombre Enmascarado—.
Debería morderte dos veces, una por ti y otra por tu perro asqueroso.
Podría morderte en esa carita bonita. Tienes carita de niña bonita,
pero sería menos bonita si te arranco la mejilla de un bocado y la
escupo en el suelo. Pero no, mejor vamos a quedarnos aquí sentados.
A disfrutar del espectáculo. Fíjate en lo que les hace el señor Manx a
las guarras que dicen sucias mentiras. Y cuando haya terminado con
ella... Cuando haya terminado será mi turno. Y yo no soy ni la mitad
de agradable que el señor Manx.

Vic movía la mano derecha, abriendo y cerrando los dedos, apretando el puño. Algo en el interior de Wayne se liberó, como si hubiera tenido a alguien pisándole el pecho y acabara de apartarse
dándole por primera vez, desde no sabía cuánto tiempo atrás, la posibilidad de respirar normalmente. Su madre no estaba muerta. No
estaba muerta. No lo estaba.

Vic movía la mano atrás y adelante, con suavidad, como si buscara en la hierba algo que se le hubiera caído. Luego movió la pierna derecha, doblándola por la rodilla. Parecía que intentaba levantarse.

Manx se dobló sobre ella con su gigantesco martillo plateado, lo levantó y lo dejó caer. Wayne nunca había oído antes el ruido de huesos quebrarse. Manx la había golpeado en el hombro izquierdo y Wayne escuchó un chasquido, como el que hace un leño nudoso en una hoguera de campamento. La fuerza del golpe obligó a Vic ponerse boca abajo.

Wayne gritó por ella. Gritó a pleno pulmón y luego cerró los ojos, agachó la cabeza...

Y el Hombre Enmascarado le sujetó por el pelo y le dio un tirón. Acto seguido, algo metálico le golpeó la boca. El Hombre Enmascarado le había pegado en la cara con el bote metálico de ambientador de jengibre.

—Abre los ojos y mira —dijo el Hombre Enmascarado.

La madre de Wayne movió la mano derecha, intentaba ponerse en pie y alejarse a rastras cuando Manx la golpeó de nuevo. La columna vertebral se hizo añicos con el mismo ruido de alguien pisoteando una vajilla de porcelana.

—Presta atención —dijo el Hombre Enmascarado. Jadeaba tan fuerte que de detrás de la careta empezaba a salir vapor—. Ahora viene lo mejor.

Grogui

VIC NADABA.

Estaba debajo del agua, en el lago. Al tirarse casi había llegado al fondo, donde el mundo era oscuro y parsimonioso. No necesitaba aire, no era consciente de estar conteniendo la respiración. Siempre le había gustado bucear hondo, hacia las regiones serenas, silenciosas y en penumbra de los peces.

Podría haberse quedado allí para siempre, estaba dispuesta a convertirse en trucha, pero Wayne la llamaba desde el mundo de la superficie. Su voz sonaba muy lejana, pero Vic percibió el apremio, se dio cuenta de que no la llamaba, sino que chillaba. Le costó un poco subir hasta la superficie. Sus brazos y piernas se negaban a moverse. Intentó concentrarse en una sola mano, agitándola en el agua. Abrió los dedos. Los cerró. Volvió a abrirlos.

Tocó hierba con la mano. Estaba en el suelo, boca abajo, aunque la sensación de encontrarse debajo del agua persistía. No conseguía imaginar —y dale con la imaginación— cómo había terminado espatarrada en el jardín. No recordaba qué le había golpeado. Porque le había golpeado alguna cosa. Le costaba trabajo levantar la cabeza.

—¿Sigue usted aquí, señorita sabihonda Victoria McQueen? —dijo alguien.

Le oía pero no lograba entender lo que le decía. Daba igual. Lo importante era Wayne. Le había oído llamarla a gritos, estaba segura.

Había sentido el grito en los huesos. Tenía que levantarse y comprobar que estaba bien.

Intentó ponerse a cuatro patas y entonces Manx le golpeó el hombro con el martillo plateado. Vic escuchó el hueso romperse y el brazo se le dobló. Se desplomó y aterrizó con la barbilla en el suelo.

—No te he dado permiso para levantarte. Te he preguntado si me estabas escuchando. Te interesa escucharme.

Manx. Manx estaba allí y no muerto. Manx con su Rolls-Royce y Wayne estaba dentro del Rolls-Royce. Vic estaba tan segura de esto como de su propio nombre, aunque llevaba media hora o más sin ver a su hijo. Wayne estaba en el coche y tenía que sacarle de allí.

Empezó a levantarse una vez más y entonces Manx volvió a golpearla con el martillo de plata, esta vez en la espalda. Vic notó como la columna se le rompía igual que cuando alguien pisa un juguete barato, un crujido quebradizo y plastificado. La fuerza del golpe la dejó sin respiración y la obligó a tumbarse de nuevo boca abajo.

Wayne chillaba otra vez, ahora sin palabras.

Vic quería ver dónde estaba, hacerse una composición de lugar, pero le resultaba casi imposible levantar la cabeza. La sentía pesada y extraña, no podía sostenerla, era demasiado para su delgado cuello. El casco, pensó. Todavía llevaba puestos el casco y la cazadora de Lou.

La cazadora de Lou.

Había movido una pierna, había levantado la rodilla como primera parte del plan para ponerse en pie. Notaba el suelo debajo de la rodilla y también el músculo de la parte posterior del muslo temblando. Había oído como Manx le pulverizaba la columna con su segundo martillazo y no estaba segura de sentir las piernas. Lo que más le dolía eran las corvas, por haber empujado la moto durante casi un kilómetro. Le dolía todo, pero no tenía nada roto. Ni siquiera el hombro, que había chasqueado. Inspiró profunda y temblorosamente y las costillas se le ensancharon sin esfuerzo, aunque las oyó crujir como ramas en un vendaval.

Pero no se le había roto ningún hueso. El chasquido lo habían hecho los refuerzos que llevaba la abultada chamarra de motociclista de Lou en la espalda y en los hombros. Lou le había dicho que con aquella chaqueta puesta uno podía estrellarse contra un poste de teléfonos a más de treinta kilómetros por hora y tener una posibilidad de volver a levantarse.

La siguiente vez que Manx la golpeó en el costado Vic gritó —más de sorpresa que de dolor— y escuchó otro fuerte chasquido.

—Haz el favor de contestar cuando te pregunto —dijo Manx.

Le dolía el costado, ese golpe le había hecho daño. Pero el chasquido lo había hecho otro refuerzo de la chaqueta. Tenía la cabeza casi despejada y pensó que, haciendo un gran esfuerzo, podría ponerse de pie.

Ni se te ocurra, le dijo su padre, tan cerca que podría haber estado susurrándole al oído. *Quédate donde estás y déjale que se divierta. Este no es el momento, Mocosa.*

Había renunciado a su padre. Pasaba de él e intentaba que sus conversaciones fueran lo más breves posible. No quería saber nada. Pero ahora estaba allí y le hablaba con la misma voz serena y contenida que usaba para explicar cómo había que lanzar una bola baja o por qué era tan importante Hank Williams.

Piensa que te ha dado una buena paliza, hija. Cree que estás hecha polvo. Si ahora intentas levantarte se dará cuenta de que no estás tan mal y entonces acabará contigo. Espera, espera a que llegue el momento oportuno. Lo reconocerás cuando llegue.

La voz de su padre, la chaqueta de su amante. Durante un momento fue consciente de que los dos hombres de su vida la estaban protegiendo. Había pensado que estaban mejor sin ella y que ella estaba mejor sin ellos, pero allí y en aquel momento, tendida en el suelo, supo que en realidad no había ido a ninguna parte sin ellos.

—¿Me oyes? ¿Me estás escuchando? —preguntó Manx.

Vic no contestó y permaneció completamente inmóvil.

—Igual sí o igual no —dijo Manx después de reflexionar un segundo. Vic llevaba más de una década sin oír aquella voz, que sin embargo conservaba el mismo acento de paleto sureño—. Menuda pinta de puta tienes, arrastrándote por el suelo con esos pantaloncitos cortos. Todavía me acuerdo de cuando, no hace tanto tiempo, hasta a una puta le habría dado vergüenza aparecer en público vestida así y abrirse de piernas para subirse a una moto en una parodia obscena del acto carnal —hizo otra pausa y añadió—: La otra vez montabas una bicicleta. No lo he olvidado como tampoco he olvidado el puente. ¿Qué pasa, que esta moto también es especial? Lo sé todo sobre tus viajecitos especiales, Victoria McQueen, y sobre tus carreteras secretas. Espero que hayas correteado por ahí todo lo que necesitabas, porque se acabaron las correrías.

Le asestó un martillazo en la zona lumbar y fue como recibir un pelotazo de béisbol en los riñones. Vic chilló con los dientes apretados. Notó las entrañas rotas, hechas gelatina.

Ahí no tenía protección. Ninguno de los otros golpes había sido así. Si le daban otro, necesitaría muletas para ponerse de pie. Otro golpe como ese y estaría orinando sangre.

—Se acabó lo de ir al bar, a la farmacia a buscar la medicina para tu cabeza chiflada. Sí, lo sé todo de ti, Victoria McQueen, doña mentirosa calientavergas. Sé que eres una borracha lamentable, una madre pésima y que has estado en el manicomio. Sé que tuviste a tu hijo sin pasar por el altar, lo que por supuesto es habitual en putas como tú. ¡Qué mundo este donde se permite a alguien como tú tener un hijo! Bien, pues tu hijo está ahora conmigo. Tú me robaste a mis niños a base de mentiras y ahora yo me voy a quedar con el tuyo.

A Vic se le encogió el corazón. Era como si le hubieran pegado otra vez. Tenía miedo de vomitar dentro del casco. Se apretaba con fuerza la mano derecha contra el costado, contra el dolor tirante que sentía en el abdomen. Entonces palpó con los dedos los contornos de algo que había dentro del bolsillo de la chaqueta. Algo en forma de guadaña.

Manx se inclinó sobre ella. Cuando volvió a hablar, lo hizo con voz suave.

—Tu hijo está conmigo y nunca volverás a verle. No espero que me creas cuando te diga esto, Victoria, pero lo cierto es que estará mejor conmigo. Le haré más feliz de lo que tú nunca serás capaz. En

Christmasland nunca volverá a ser desgraciado, te lo prometo. Si tuvieras un átomo de gratitud en las venas me darías las gracias —la pinchó con el martillo y se acercó más a ella—. Venga, Victoria, dilo. Di gracias.

Vic metió la mano derecha en el bolsillo y cerró los dedos alrededor de la llave inglesa afilada como un cuchillo. Con el dedo pulgar notó las letras en relieve que decían TRIUMPH.

Ahora. Ahora es el momento. Aprovéchalo, le dijo su padre.

Lou le rozó levemente la sien con un beso.

Vic se incorporó. Tuvo un espasmo de dolor en la espalda, un tirón fortísimo del muslo casi lo bastante intenso para hacerla desistir, pero ni siquiera se permitió gruñir.

Le veía desenfocado. Manx era alto, como las imágenes reflejadas en los espejos de feria: piernas como palillos y brazos interminables. Los ojos eran grandes y la miraban con fijeza, y por segunda vez en cuestión de minutos Vic pensó en un pez. Manx se parecía a un pez disecado. Los dientes superiores se le clavaban en el labio inferior, dándole una expresión de cómica e ignorante perplejidad. Resultaba inaudito que toda su vida hubiera sido un carrusel de infelicidad, alcoholismo, promesas rotas y soledad y todo por causa de un único encuentro con aquel hombre.

Sacó la llave del bolsillo. Se enganchó en la tela y por un terrible instante casi se le deslizó de entre los dedos. Pero la sujetó, tiró de ella y la dirigió contra los ojos de Manx. Erró un poco la puntería y el pico afilado de la llave le dio encima de la sien derecha desgarrando un colgajo de diez centímetros de piel fofa y curiosamente revenida. Vic notó cómo el filo arañaba el hueso.

—Gracias —dijo.

Manx se llevó una mano cadavérica a la frente. Parecía un hombre al que se le acaba de venir a la cabeza un pensamiento repentino y atroz. Retrocedió tambaleándose y uno de los tacones de sus botas resbaló en la hierba. Vic intentó clavarle la llave en la garganta, pero Manx estaba ya demasiado lejos, desplomándose sobre el capó del Espectro.

—¡Mamá! ¡Mamá! —gritó Wayne desde alguna parte.

Vic notaba las piernas flojas e inestables, pero no prestó atención. Fue a por Manx. Ahora que estaba de pie se daba cuenta de que era un hombre viejo, muy viejo. Tenía pinta de inquilino de residencia de ancianos, con una manta sobre las rodillas y una malteada de Metamucil en la mano. Podía con él. Le sujetaría contra el capó y le clavaría la llave puntiaguda en los putos ojos.

Ya estaba casi encima, cuando Manx levantó la mano derecha con el martillo plateado. Trazó con él un gran arco en el aire —Vic escuchó su silbido musical— y a continuación le asestó un mazazo en uno de los lados del casco lo bastante fuerte como para hacerla girar ciento ochenta grados y poner una rodilla en el suelo. Vic oyó timbales en el interior de su cráneo, lo mismo que un efecto especial de dibujos animados. Manx parecía tener entre ochenta y mil años, pero había una agilidad limpia en sus movimientos que recordaba a la fuerza de un adolescente desgarbado. Trocitos de la visera transparente del casco cayeron sobre la hierba. De no haberlo llevado puesto, el cráneo le estaría asomando en una mezcla de sesos color rojo.

—¡Ay! —gritaba Charlie Manx—. ¡Ay, Dios mío, me han rajado igual que a un buey desollado! *¡Bang! ¡Bang!*

Vic se puso en pie demasiado deprisa. A su alrededor el atardecer se ensombreció mientras la sangre se le agolpaba en la cabeza. Oyó cerrarse la puerta de un coche.

Se volvió sujetándose la cabeza —el casco— con las dos manos en un intento por atajar la reverberación en su interior. El mundo vibraba ligeramente a su alrededor, como si estuviera de nuevo montada en la moto.

Manx seguía desplomado sobre el capó del coche. Su cara estúpida y demacrada brillaba de sangre. Pero había otro hombre, de pie detrás del coche. O al menos parecía la silueta de un hombre, aunque la cabeza era la de un insecto gigante salido de una película en blanco y negro de los años cincuenta, una cabeza gomosa de monstruo del celuloide con una grotesca boca de erizo y ojos vidriosos e inexpresivos.

El hombre insecto tenía una pistola. Vic la vio levantarse y miró fijamente el cañón de la pistola, un agujero sorprendentemente pequeño, no mucho mayor que un iris humano.

—*Bang, bang* —dijo el hombre insecto.

El jardín

CUANDO BING VIO AL SEÑOR MANX DESPLOMARSE SOBRE EL CAPÓ del coche dio un respingo en el sentido físico del término, como el retroceso de un arma al disparar. Era muy parecido a lo que había sentido en el brazo el día que disparó a su padre en la sien con la pistola de clavos, solo que esta vez el retroceso le había alcanzado en el mismo centro de su ser. Al señor Manx, al Hombre Bueno, le habían cortado la cara, y la zorra se estaba acercando a él. La zorra tenía intención de matarle, una noción tan inimaginable, tan horrenda, como que se apagara el sol. La zorra se acercaba y el señor Manx le necesitaba.

Cogió el *spray* de ambientador de jengibre, apuntó a la cara del niño y le roció la boca y los ojos con un chorro de humo pálido. Tendría que haberlo hecho minutos antes. Y lo habría hecho de no haber estado tan enfadado, de no haber decidido obligar al niño a mirar. El niño se echó hacia atrás y trató de apartar la cara, pero Bing le sujetó por el pelo y siguió rociando. Wayne cerró los ojos y juntó los labios.

—¡Bing, Bing! —gritó Manx.

Bing también gritó, desesperado como estaba por salir del coche y hacer algo, pero al mismo tiempo consciente de que no había gaseado lo bastante al niño. Pero había tiempo y el niño estaba en el coche, no podría salir. Bing le soltó y se metió el bote en un bolsillo

del pantalón del chándal, mientras con la mano derecha sacaba la
pistola del otro bolsillo.

Salió, cerró de un portazo y sacó la enorme y bien engrasada
pistola. La mujer llevaba puesto un casco de motorista que dejaba ver
solo sus ojos, ahora muy abiertos al reparar en la pistola, asimilando
la que iba a ser su última imagen antes de morir. Estaba a menos de
tres pasos, justo dentro de su radio de matar.

—*Bang, bang* —dijo—. ¡Es la hora de palmar!

Había empezado a apretar el gatillo cuando el señor Manx se
levantó del capó y se colocó justo entre Bing y Vic. La pistola se disparó y la oreja izquierda de Manx explotó en una lluvia de piel y
sangre.

Manx chilló y se llevó la mano al lado de la cabeza del que colgaban jirones de oreja.

Bing también chilló y disparó de nuevo, hacia la niebla. El ruido
del disparo le pilló desprevenido, y se sobresaltó tanto que se le
escapó un pedo, un intenso graznido dentro de los pantalones.

—¡Señor Manx! ¡Ay, Dios mío! Señor Manx, ¿está usted bien?

El señor Manx se desplomó contra uno de los laterales del coche
y giró la cabeza para mirarle.

—¿A ti qué te parece? Me han clavado un cuchillo en la cara y
me han destrozado una oreja. ¡Tengo suerte de no tener los sesos
desparramados por la camisa, cabeza de chorlito!

—¡Ay Dios mío! ¡Si es que soy imbécil! ¡No quería hacerlo!
¡Señor Manx, me mataría antes de hacerle daño! ¿Qué hago? ¡Ay
Dios mío! ¿Qué hago? ¿Me pego un tiro?

—¡Lo que tienes que hacer es pegárselo a ella! —gritó el señor
Manx quitándose la mano de la cabeza. Retazos negros de oreja colgaban y se balanceaban—. ¡Vamos, hazlo! ¡Mátala! ¡Tírala al suelo y
cárgatela de una vez!

Bing apartó con esfuerzo la vista del Hombre Bueno mientras el
corazón le aporreaba el pecho, *cataplán, cataplán*, como un piano
bajando por las escaleras en medio de un gran clamor de notas dis-
cordantes y madera entrechocando. Recorrió el jardín con la vista y en-

contró a McQueen, ya corriendo, alejándose de él con sus piernas largas y bronceadas. A Bing le pitaban los oídos de tal manera que apenas oyó la pistola cuando la disparó de nuevo y el fogonazo rasgó el velo sedoso y espectral de la niebla.

Aeropuerto de Logan

Lou Carmody pasó los controles de seguridad y todavía le sobraba una hora, así que se metió en el McDonald's. Se dijo que pediría la ensalada con pollo a la parrilla y una botella de agua, pero el aire estaba cargado de ese olor a papas fritas que siempre da hambre y cuando llegó hasta la caja se escuchó decir al joven dependiente con acné que quería dos Big Mac, una ración grande de papas y una malteada de vainilla extragrande, el mismo menú que llevaba pidiendo desde los trece años.

Mientras esperaba miró a su derecha y vio a un niño pequeño de no más de ocho años, con ojos oscuros como los de Wayne, de pie junto a su madre en la caja de al lado. El niño le miraba —miraba su doble papada y sus tetas— no con asco, sino con extraña lástima. El padre de Lou había estado tan gordo cuando se murió que tuvieron que encargarle un ataúd especial, de doble ancho, que parecía una mesa de comedor con tapa.

—La maletada que sea pequeña —le dijo Lou al chico que le estaba sirviendo la comida. Se sentía incapaz de volver a mirar al niño, le daba miedo comprobar si seguía con los ojos fijos en él.

Lo que le avergonzaba no era ser, como decía su médico, obeso mórbido (menudo calificativo, «mórbido» como si hasta cierto punto el sobrepeso fuera algo similar a la necrofilia). Lo que odiaba, lo que le abochornaba y le daba asco era su incapacidad para cambiar de hábitos.

Era verdaderamente incapaz de decir las cosas que necesitaba decir, era incapaz de pedir una ensalada cuando olía papas fritas. El último año que había estado con Vic se había dado cuenta de que esta necesitaba ayuda —de que bebía en secreto, de que contestaba llamadas de teléfono imaginarias—, pero no había sido capaz de ponerle límites, de plantearle exigencias o darle un ultimátum. Y cuando Vic estaba colocada y quería coger, no era capaz de decirle que estaba preocupado por ella: lo único que podía hacer era ponerle las manos en el culo y enterrar la cara entre sus pechos desnudos. Había sido su cómplice hasta el día en que llenó el horno de teléfonos y quemó la casa hasta los cimientos. Lo había hecho todo menos encender él mismo la cerilla.

Se sentó en una mesa diseñada para un enano anoréxico y en una silla pensada para el culo de un niño de diez años. ¿Qué les pasaba a los de McDonald's? ¿No se enteraban de quiénes eran sus clientes? ¿Cómo se les ocurría poner sillas como aquellas para hombres como él? Sacó su laptop y se conectó al wi-fi gratuito.

Comprobó sus correos y echó un ojo a unas cuantas tías buenas disfrazadas de Power Girl. Entró en los foros de la página de Mark Millar; algunos amigos suyos estaban debatiendo de qué color debería ser el siguiente Hulk. Los chiflados de los cómics le avergonzaban por las tonterías sobre las que discutían. Era evidente que Hulk tenía que ser o gris o verde. Cualquier otro color sería una estupidez.

Se estaba preguntando si podría echarle un vistazo a Suicide Girls sin que nadie se diera cuenta cuando empezó a vibrarle el teléfono en el bolsillo de los pantalones chinos cortos. Levantó el trasero y se puso a buscarlo.

Lo había encontrado cuando reparó en la canción que sonaba en el hilo musical del aeropuerto. Era, cosa incomprensible, aquel viejo tema de Johnny Mathis, *Paseo en trineo.* Incomprensible porque aquella tarde de julio en Boston hacía más o menos la misma temperatura que en Venus. Pero no solo eso, pues en el hilo musical del aeropuerto había estado escuchándose otra canción justo hasta que sonó el teléfono. Lady Gaga, Amanda Palmer o algo así. Alguna lunática de buen ver y con un piano.

Ya había sacado el teléfono, pero se entretuvo mirando a la mujer de la mesa de al lado, una mamá cogible que se parecía un poco a Sarah Palin.

—Pero, amiga —le dijo Lou señalando al techo—. ¿Tú estás oyendo? ¡Están poniendo villancicos! ¡Pero si estamos en pleno verano!

La mujer se detuvo justo cuando se disponía a llevarse un bocado de ensalada de col a unos labios que eran para comérselos y le miró entre confusa e incómoda.

—La canción —dijo Lou—. ¿No la oyes?

La mujer arrugó el ceño. Le miraba como podría mirar a un charco de vómito, como algo que evitar.

Lou comprobó el teléfono y vio que era Wayne. Qué raro, acaban de intercambiar mensajes de texto unos minutos antes. Igual Vic había vuelto de montar la Triumph y quería contarle qué tal iba.

—Olvídalo —le dijo a la pseudo Sarah Palin y agitó una mano en el aire como quitando importancia al asunto.

Contestó el teléfono.

—¿Qué pasa, amigo? —dijo.

—Papá —dijo Wayne en apenas un susurro ronco. Se esforzaba por no llorar—. Papá, estoy en la parte de atrás de un coche y no puedo salir.

Lou sintió un dolor casi dulce, detrás del esternón, en el cuello y, cosa extraña, detrás de la oreja izquierda.

—¿De qué hablas? ¿Qué coche?

—Van a matar a mamá. Los dos hombres. Hay dos hombres, me han metido en un coche y no puedo salir del asiento de atrás. Es Charlie Manx, papá. Y uno con una máscara. Uno... —chilló.

Lou escuchó una serie de pequeñas explosiones de fondo y lo primero que le vino a la cabeza fueron petardos. Pero no eran petardos. Wayne gritó:

—¡Están disparando, papá! ¡Están disparando a mamá!

—Sal del coche —Lou se escuchó decir con una voz extraña, demasiado débil, demasiado aguda. Apenas era consciente de haberse puesto de pie—. Abre la puerta y sal corriendo.

—No puedo. ¡No puedo! No se abre y cuando intento pasarme al asiento de delante termino otra vez en el de atrás —Wayne ahogó un sollozo.

La cabeza de Lou era como un globo de aire caliente, lleno de gases flotantes que le levantaban del suelo y le elevaban hacia el cielo. Corría el riesgo de cruzar volando los confines del mundo real.

—La puerta tiene que abrirse. Mira bien, Wayne.

—Tengo que colgar. Están volviendo. Llamaré cuando pueda. No me llames tú por si lo oyen. Igual lo oyen incluso si lo pongo en silencio.

—¡Wayne! ¡Wayne! —gritó Lou. Le pitaban los oídos de forma extraña.

El teléfono enmudeció.

Todos en la zona de restaurantes le miraban. Nadie decía una palabra. Un par de policías de seguridad se dirigían hacia él, uno con la mano apoyada en la empuñadura de plástico moldeado de su pistola del 45.

Lou pensó: *Llama a la policía del estado. Llama a la policía del estado de New Hampshire. Ahora mismo.* Pero cuando se apartó el teléfono de la cara para marcar el 911 se le resbaló de la mano. Y cuando se agachó para cogerlo se encontró sujetándose el pecho porque el dolor se había duplicado de repente y parecía clavarle puntas afiladas. Era como si alguien le hubiera disparado con una pistola de clavos en uno de los pezones. Apoyó una mano en la mesita para recuperar el equilibrio, pero entonces el brazo se le dobló y cayó de cara. Se golpeó con el borde de la mesa, los dientes de arriba chocaron con los de abajo, gruñó y se desplomó en el suelo. La malteada le acompañó. El vaso de papel estalló y Lou se encontró en medio de un charco frío y dulce de helado de vainilla.

Tenía solo treinta y seis años. Demasiado joven para un ataque al corazón, incluso con sus antecedentes médicos familiares. Sabía que no pedir la ensalada terminaría por salirle caro.

Lago Winnipesaukee

CUANDO APARECIÓ EL HOMBRE ENMASCARADO CON LA PISTOLA, Vic intentó dar marcha atrás, pero no parecía ser capaz de enviar la señal a sus piernas. El cañón del arma la tenía petrificada, era tan cautivador como el reloj de bolsillo de un hipnotizador. Le resultaba imposible moverse, como si estuviera enterrada en el suelo hasta las caderas.

Entonces Manx se colocó entre ella y el pistolero, y el arma del 38 se disparó y la oreja de Manx se deshizo con un fogonazo rojo.

Manx gritó. Fue un grito desesperado, no de dolor, sino de furia. La pistola volvió a disparar. Vic vio la niebla agitarse y girar a su derecha atravesada por una línea de aire muy recta que señalaba la trayectoria de la bala.

Como te quedes aquí un segundo más te va a matar delante de Wayne, le dijo su padre poniéndole una mano en la cintura. *No te quedes aquí, no dejes que Wayne vea una cosa así.*

Echó una mirada rápida hacia el coche, a través del parabrisas y vio a su hijo en el asiento trasero. Tenía la cara colorada y rígida y agitaba furioso una mano en el aire tratando de llamar su atención. *¡Vete, vete! ¡Escápate!*

Vic no quería tampoco que la viera salir corriendo, dejándole allí. Todas las otras veces que le había fallado no eran nada comparadas con este decisivo e imperdonable fracaso.

Un pensamiento se le cruzó por la cabeza como una bala abriéndose paso entre la niebla. *Si mueres aquí, nadie encontrará a Manx.*

—¡Wayne! —gritó—. ¡Iré a buscarte! ¡Te encontraré donde estés! No sabía si la había oído. Apenas podía oírse a sí misma. Le silbaban los oídos, el rugido de la pistola del 38 del Hombre Enmascarado la había dejado prácticamente sorda. Apenas oía a Manx gritar: *¡Dispara, mátala de una vez!*

El tacón chirrió contra la hierba húmeda cuando se dio la vuelta. Por fin había logrado ponerse en marcha. Agachó la cabeza y se agarró el casco, con idea de tenerlo quitado antes de llegar adónde iba. Se notaba cómicamente lenta, los pies girando furiosos debajo de ella pero sin avanzar, mientras la hierba parecía desenrollarse a su paso igual que una alfombra. El único sonido en el mundo era el pesado tamborileo de sus pies en el suelo y su respiración, amplificada dentro del casco.

El Hombre Enmascarado iba a dispararle por la espalda, le iba a meter una bala en la columna vertebral y Vic esperaba que eso la matara, porque no quería quedarse allí tumbada en el suelo paralizada, esperando a que le disparara otra vez. *Por la espalda,* pensó. *Por la espalda, por la espalda.* Eran las únicas tres palabras que su cabeza parecía capaz de hilar. Todo su vocabulario había quedado reducido a aquellas tres palabras.

Iba ya por la mitad de la pendiente.

Por fin logró arrancarse el casco y lo tiró a un lado.

Sonó un disparo.

Algo saltó en el agua a su derecha, como si un niño hubiera tirado una piedra plana al lago.

Vic tenía ya los pies en el borde el embarcadero. Este cabeceaba y golpeteaba bajo sus pies. Cogió impulso en tres zancadas y se tiró al agua.

Atravesó la superficie —pensó de nuevo en la bala rasgando la niebla— y entonces se encontró dentro del lago, bajo el agua.

Bajó casi hasta el fondo, donde el mundo era oscuro y parsimonioso.

Tenía la sensación de haberse encontrado, solo momentos antes, en el mundo submarino de verdosa penumbra del lago, y de que estaba regresando a un estado plácido y silencioso de inconsciencia.

Nadó a través de la fría quietud.

Una bala se estrelló en el lago, a su izquierda, a apenas treinta centímetros de donde estaba, perforando un túnel en el agua, taladrando la oscuridad y deteniéndose enseguida. Vic se apartó y dio un manotazo a ciegas, como si así pudiera alejarla. Tocó algo caliente. Abrió la mano y se miró la palma, en ella tenía algo parecido al plomo de una caña de pescar. La corriente se lo arrebató y la cosa se hundió en el lago y solo entonces se dio cuenta de que había tocado una bala.

Se retorció, movió las piernas en tijera y miró hacia arriba. Empezaban a dolerle los pulmones. Miró la superficie del lago, una lámina de plata brillante encima de su cabeza. La boya estaba todavía a tres o cuatro metros de distancia.

Emergió a la superficie y avanzó a través de esta.

Su pecho era una bóveda pulsátil llena de fuego.

Pataleó y pataleó. Y lo consiguió. Estaba debajo del rectángulo negro de la plataforma.

Se aferró a ella como pudo. Pensó en su padre y en lo que usaba para dinamitar rocas, en los resbaladizos paquetes de plástico blanco de ANFO. Sentía el pecho como si estuviera lleno de ANFO, listo para explotar.

Sacó la cabeza del agua y abrió la boca para llenarse los pulmones de aire.

Estaba entre las sombras, oculta bajo las tablas de la plataforma, entre hileras de tambores de hierro oxidado. Olía a creosota y a podrido.

Se esforzó por respirar despacio. Cada exhalación resonaba en aquel espacio pequeño y estrecho.

—¡Sé dónde estás! —gritó el Hombre Enmascarado—. ¡No puedes esconderte de mí!

Tenía una voz aflautada, entrecortada e infantil. Era un niño, se dio cuenta Vic. Era posible que tuviera treinta, cuarenta y cincuenta años, pero no era más que otro de los niños envenenados de Manx.

Y sí, probablemente sabía dónde estaba Vic.

Ven a por mí, pringado cabrón, pensó, y se secó la cara.

Entonces escuchó otra voz. La de Manx. Manx la llamaba. Casi cantaba.

—¡Victoria, Victoria, Victoria McQueen!

Había una abertura entre dos de los bidones de metal, un espacio de unos dos centímetros y medio. Vic nadó hasta él y se asomó. Vio a Manx a unos diez metros de distancia, en el borde el embarcadero, y al Hombre Enmascarado detrás de él. Manx tenía la cara embadurnada de sangre, como si hubiera estado pescando manzanas en un cubo lleno de eso, de sangre.

—¡Caramba, caramba, Victoria McQueen! Me has hecho un buen corte. Me has hecho la cara picadillo y aquí mi compañero me ha arrancado una oreja de un disparo. Con amigos así, ¿quién necesita enemigos? En fin, que estoy de sangre hasta arriba. A partir de ahora no van a volver a sacarme a bailar. Tú espera y verás —rio y siguió hablando—. Es verdad lo que dicen de que el mundo es un pañuelo. Aquí estamos otra vez. Eres más escurridiza que un pez. Este lago te va que ni pintado —hizo otra pausa—. Pero bueno, las cosas como son. No me mataste, solo me separaste de mis hijos. Seamos justos. Puedo irme y dejar las cosas como están. Pero entiende que tu hijo ahora está conmigo y que nunca lo vas a recuperar. Aunque supongo que te llamará alguna vez desde Christmasland. Allí será feliz. Nunca le haré daño. Por muy mal que te sientas ahora, verás cuando te llame y oigas su voz. Te darás cuenta de que está mejor conmigo que contigo.

El muelle crujió en el agua. El motor del Rolls-Royce estaba en marcha. Vic se desembarazó del peso de la cazadora empapada de Lou. Pensó que se hundiría directamente, pero flotó. Parecía un vertido negro y tóxico.

—Claro que a lo mejor se te ocurre venir a buscarnos —dijo Manx, con voz taimada—. Ya me encontraste una vez. He tenido años y años para pensar en el puente del bosque. Tu puente imposible. Lo sé todo sobre esa clase de puentes. Lo sé todo sobre carreteras que existen solo en la imaginación. Una de ellas es la que me llevó a Christmasland. Tenemos por ejemplo, la Carretera Nocturna, las vías de tren de Villaorfanato, las puertas al Mundo Intermedio y el viejo camino a la Casa del Árbol Imaginario. Y luego está el maravilloso puente cubierto de Victoria. ¿Sabes cómo llegar hasta él todavía? Ven a buscarme si puedes, Vic. Te estaré esperando en la Casa del Sueño. Haré una paradita allí de camino a Christmasland. Ven a buscarme y seguiremos charlando.

Se volvió y echó a andar por el embarcadero.

El Hombre Enmascarado dejó escapar un gran suspiro de infelicidad, levantó la pistola del 38 y esta eructó una llamarada.

Uno de los tablones de pino encima de Vic chasqueó, deshaciéndose en astillas. Una segunda bala pasó rozando el agua a su derecha, trazando una raya en la superficie del lago. Vic se echó hacia atrás, alejándose de la estrecha grieta por la que había estado espiando. Una tercera bala rebotó en la oxidada escalerilla de acero. La última levantó una burbuja sin importancia delante de la boya.

Vic manoteó avanzando por el agua.

Se oyeron puertas del coche cerrarse.

Vic permaneció atenta al crujido de las ruedas mientras el coche salía marcha atrás del jardín y después pasaba por encima de los troncos caídos de la valla.

Pensó que igual era una trampa, que Manx iba en el coche y el Hombre Enmascarado se había quedado atrás, escondido, con la pistola. Cerró los ojos y escuchó con atención.

Cuando los abrió tenía delante una enorme araña peluda colgada de lo que quedaba de su telaraña, la mayor parte de la cual estaba reducida a jirones. Algo —una bala, todo aquel alboroto— la había rasgado. Al igual que Vic, se había quedado sin el mundo que había tejido para sí.

BUSCADOR
6-7 DE JULIO

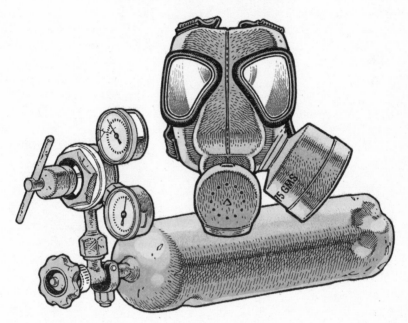

El Lago

CUANDO WAYNE SE VIO SOLO EN EL ASIENTO TRASERO DEL ROLLS-Royce hizo la única cosa sensata que podía hacer. Intentó salir.

Su madre se había ido volando —aquello parecía más volar que correr— cuesta abajo y el Hombre Enmascarado había salido detrás de ella dando grandes zancadas que parecían torpes y ebrias. Y entonces hasta el señor Manx se había marchado en dirección al lago, presionándose con la mano uno de los lados de la cabeza.

La visión de Manx colina abajo le paralizó durante un instante. El día había adquirido una tonalidad azul acuoso y turbio, el mundo parecía líquido. Una espesa niebla del color del lago colgaba de los árboles. El lago del color de la niebla aguardaba a los pies de la pendiente. Desde la parte de atrás del coche Wayne apenas alcanzaba a ver la boya en el agua.

Con el vapor flotante como telón de fondo, Manx parecía un personaje de un espectáculo circense, alguien a medio camino entre el esqueleto humano y el zancudo, una figura inverosímilmente alta, demacrada y escuálida enfundada en un arcaico frac. La cabeza deforme y calva y la nariz de gancho recordaban a un buitre. La niebla alteraba su sombra de manera que parecía caminar colina abajo cruzando una serie de umbrales con la forma de su silueta, cada uno más grande que el anterior.

Apartar la vista de él era lo más difícil del mundo. *Gas de jengibre,* pensó Wayne. Había inhalado algo de la sustancia con la que le
había rociado el Hombre Enmascarado, por eso tardaba en reaccionar. Se frotó la cara con ambas manos en un intento por espabilarse
del todo y se puso a manos a la obra.

Ya había intentado abrir las puertas traseras, pero los cierres se
negaban a ceder por mucho que tirara de ellos y las ventanas no
bajaban. El asiento delantero, en cambio, era otro cantar. No solo
se veía claramente que la puerta del pasajero no estaba cerrada, sino que además la ventanilla estaba medio bajada. Lo bastante para que Wayne se escabullera por ella si la portezuela se negaba a
cooperar.

Se obligó a levantarse y emprendió el largo y cansado viaje, de un
metro de distancia, desde el compartimento trasero al delantero. Se
agarró al respaldo del asiento de delante, tomó impulso y...

Cayó al suelo de la parte de atrás del coche.

Lo rápido del movimiento hizo que la cabeza le diera vueltas de
forma extraña. Permaneció varios segundos a cuatro patas, respirando hondo y tratando de apaciguar la inquietud que empezaba a
invadirle, al tiempo que intentaba comprender lo que le había pasado.

El gas le había llegado al cerebro, le había desorientado y ahora
no distinguía entre arriba y abajo. Había perdido las referencias desplomándose en la parte de atrás del coche. Eso era todo.

Intentó levantarse una vez más. El mundo empezó a girar peligrosamente a su alrededor pero esperó a que se detuviera. Inhaló de
nuevo (más sabor a jengibre), trató de pasar sobre el respaldo y terminó, una vez más, sentado en el suelo del compartimento trasero.

El estómago le subió a la garganta y por un momento notó el desayuno en la boca. Se lo volvió a tragar. Le había sabido mejor la
primera vez que lo tomó.

Desde el final de la cuesta Manx parecía estar diciendo algo, le
hablaba al lago con voz calmada, sin prisas.

Wayne examinó el compartimento trasero en un intento por explicarse cómo había terminado otra vez allí. Era como si el asiento de

atrás no tuviera fin. Como si no hubiera otra cosa en el mundo que asiento trasero. Se sentía igual de mareado que si acabara de bajarse del Gravitrón del parque de atracciones, donde girabas cada vez más deprisa hasta que terminabas pegado a la pared por efecto de la fuerza centrífuga.

Levántate. No te rindas. Leyó estas palabras mentalmente con la misma claridad que si hubieran estado escritas en letras negras sobre una valla blanca.

Esta vez agachó la cabeza, tomó impulso, saltó por encima de la separación y se precipitó del compartimento trasero hasta el... compartimento trasero, donde aterrizó en el suelo alfombrado. El iPhone se le salió del bolsillo de los pantalones cortos.

Se colocó a cuatro patas, pero tuvo que apoyarse con fuerza en la alfombra para no caerse, de lo mareado y desorientado que estaba. Era como si el coche se estuviera moviendo, girando sobre hielo negro, trazando un enorme y nauseabundo círculo. La sensación de desplazamiento lateral era casi insoportable y necesitó cerrar un momento los ojos para huir de ella.

Cuando se atrevió a levantar la cabeza y mirar a su alrededor lo primero que vio fue su teléfono descansando en la alfombra a pocos centímetros de él.

Estiró el brazo para agarrarlo en un gesto lento, el mismo que haría un astronauta para coger un caramelo flotante.

Llamó a su padre, el único número que tenía almacenado en FA-VORITOS y por tanto el más fácil de marcar. Tenía la impresión de que tocar una vez la pantalla era todo de lo que era capaz.

—¿Qué pasa? —contestó Louis Carmody con una voz tan cálida, tan amistosa y tan libre de preocupación que al oírla a Wayne le subió un sollozo por la garganta.

Hasta aquel momento no se había dado cuenta de las ganas que tenía de llorar. La garganta se le había cerrado peligrosamente. No estaba seguro de poder respirar, mucho menos hablar. Cerró los ojos y le asaltó un recuerdo táctil breve y casi doloroso de su mejilla contra la cara áspera de su padre con su barba de oso de tres días.

—Papá —dijo—. Papá, estoy en la parte de atrás de un coche
y no puedo salir.

Intentó explicarse, pero era difícil. Era difícil conseguir el aire
que necesitaba para decir algo y también hablar mientras lloraba. Le ardían los ojos y tenía la visión borrosa. Era complicado
explicar lo del Hombre Enmascarado y Charlie Manx y Hooper
y el gas de jengibre y cómo el asiento trasero no se acababa nunca.
No supo muy bien lo que decía. Algo sobre Manx. Algo sobre el
coche.

Entonces el Hombre Enmascarado empezó a disparar de nuevo.
Sonaron varios balazos dirigidos hacia la boya. La pistola parecía
saltar en su mano, resplandeciendo en la oscuridad. ¿Cuándo se
había hecho de noche?

—¡Están disparando, papá! —dijo Wayne con un tono de voz
ronco y forzado que no parecía suyo—. ¡Están disparando a mamá!

Miró por el parabrisas delantero hacia la oscuridad, pero no fue
capaz de distinguir si alguna de las balas había alcanzado a su madre
o no. No podía verla. Su imagen se perdía en el lago, en la oscuridad.
Cómo le gustaba a su madre la oscuridad. Con qué facilidad se esca-
bullía de su lado.

Manx no se había quedado a mirar al Hombre Enmascarado
disparar al agua y ya subía por la pendiente. Se sujetaba uno de los
lados de la cabeza como si llevara un auricular y estuviera recibiendo
instrucciones de sus superiores. Aunque era imposible imaginar a
nadie que fuera el superior de Manx.

El Hombre Enmascarado vació el cargador de su pistola y se
alejó también del embarcadero. Subió la cuesta dando tumbos,
como si llevara un gran peso a la espalda. Pronto llegarían al
coche. Wayne no sabía qué pasaría entonces, pero estaba lo bastante lúcido como para saber que si le veían el teléfono se lo quita-
rían.

—Tengo que colgar —le dijo a su padre—. Están volviendo. Llamaré cuando pueda. No me llames tú por si lo oyen. Igual lo oyen
incluso si lo pongo en silencio.

Su padre repetía su nombre a gritos, pero no había tiempo para decir nada más. Wayne le dio a FINALIZAR LLAMADA y puso el teléfono en silencio.

Buscó un lugar donde meterlo, con la idea de esconderlo entre la tapicería. Pero entonces se fijó en que había unos cajones de madera de nogal con pomos de plata bruñida debajo de los asientos delanteros. Abrió uno, deslizó el teléfono dentro y lo cerró en el instante en que Manx abría la puerta del conductor.

Manx tiró el martillo plateado en el asiento delantero y se dispuso a entrar en el coche. Se tapaba el lado de la cabeza con un pañuelo de seda, pero lo retiró cuando vio a Wayne arrodillado en el suelo del coche. Este emitió un pequeño aullido de horror al verle la cara. Dos trozos de oreja le colgaban de un lado de la cabeza. Su rostro largo y demacrado estaba cubierto de sangre oscura y opaca. Un jirón de carne le colgaba de la frente y se le había pegado a la ceja. Debajo brillaba un trozo de hueso.

—Supongo que debo de dar bastante miedo —dijo Manx y sonrió dejando ver unos dientes manchados de rosa. Se señaló la cabeza—. Estoy como Malco después de que san Pedro le cortara la oreja.

Wayne se encontraba mal. El asiento trasero estaba extrañamente oscuro, como si Manx hubiera traído la noche con él al abrir la puerta.

Manx se sentó al volante. Entonces la puerta se cerró —sola— y el cristal de la ventanilla subió. No había sido él, era imposible que lo hubiera hecho, ya que con una mano se sujetaba la oreja y con la otra se presionaba la carne desgarrada de la frente.

El Hombre Enmascarado había llegado a la portezuela del lado del pasajero. Tiró del picaporte y al hacerlo el pestillo bajó.

La palanca de cambios se movió y se colocó en marcha atrás. El coche retrocedió unos centímetros, levantando piedrecitas con las ruedas.

—¡No! —gritó el Hombre Enmascarado. Seguía agarrado al picaporte cuando el coche se movió y a punto estuvo de perder el equilibrio. Corrió detrás del coche tratando de apoyar una mano en el capó, como si así pudiera evitar que el Rolls se moviera—. ¡No, señor Manx! ¡No se vaya! ¡Lo siento mucho! ¡No quería hacerlo, ha sido un error!

Hablaba con voz desgarrada por el pánico y el dolor. Corrió hasta la puerta del pasajero y trató una vez más de abrirla.

Manx se inclinó hacia él y le dijo a través de la ventanilla cerrada:

—Has pasado a mi lista negra, Bing Partridge. Estás muy equivocado si piensas que voy a llevarte a Christmasland después de este estropicio. Me da miedo dejarte entrar allí. ¿Quién me asegura que si vienes con vosotros no vas a acribillar el coche a balazos?

—Juro que voy a ser bueno. De verdad, más bueno que el centeno. ¡No se vaya! ¡Lo siento mucho! ¡Muchííííísimo!— tenía el interior de la máscara lleno de vaho y hablaba entre sollozos—. ¡Ojalá me hubiera pegado un tiro a mí! ¡Ojalá fuera mi oreja! ¡Ay, Bing, Bing, eres un tontín!

—Deja de decir ridiculeces. Ya me duele bastante la cabeza sin necesidad de oírte.

El pestillo subió. El Hombre Enmascarado tiró de la puerta, que se abrió y se metió en el coche.

—¡No quería! ¡Le juro que no quería! ¡Haré lo que sea, lo que sea! —abrió los ojos en un arranque de inspiración—. ¡Me puedo cortar una oreja! ¡Mi propia oreja! No me importa, no la necesito. ¡Tengo dos! ¿Quiere que me corte una oreja?

—Quiero que te calles. Si tienes ganas de cortarte algo, que sea la lengua. Así por lo menos tendremos un poco de tranquilidad.

El coche aceleró marcha atrás y se incorporó al asfalto, con un crujido del chasis. Una vez en la carretera giró a la derecha para situarse en dirección a la autopista. La palanca de cambios se movió de nuevo y se colocó en directa.

En ningún momento tocó Manx ni el volante ni la palanca, sino que continuó sujetándose la oreja y se volvió para hablarle al Hombre Enmascarado.

El gas de jengibre, pensó Wayne con una suerte de asombro resignado. Le hacía ver cosas raras. Los coches no se conducen solos, los asientos delanteros no son interminables.

El Hombre Enmascarado se balanceaba de atrás adelante, emitiendo sonidos lastimeros y negando con la cabeza.

—Idiota —susurraba—. Cómo puedo ser tan idiota —se dio un cabezazo fuerte contra el salpicadero. Dos veces.

—O te estás quieto o te dejo en la cuneta. No hay razón para que mi bonito coche pague por tus meteduras de pata —dijo Manx.

El coche cogió velocidad y empezó a alejarse de la casa. Manx no se quitó las manos de la cara en ningún momento. El volante se movía despacio de un lado a otro, guiando el Rolls-Royce por la carretera. Wayne entrecerró los ojos y lo miró con atención. Se pellizcó la mejilla, muy fuerte, tirando de la carne, pero el dolor no le ayudó a ver mejor. El coche seguía conduciendo solo, así que, o bien el jengibre le hacía alucinar o... Pero no había manera de terminar aquella frase. No quería ponerse a pensar en posibles alternativas.

Se giró y miró por el cristal trasero. Vio por última vez el lago bajo su manto de niebla. El agua estaba lisa como una plancha de acero recién cortada, tan lisa como el filo de un cuchillo. Si su madre estaba allí, no había señal alguna de ella.

—Bing, si miras en la guantera creo que encontrarás unas tijeras y también esparadrapo.

—¿Quiere que me corte la lengua? —preguntó el Hombre Enmascarado con voz esperanzada.

—No, quiero que me vendes la cabeza. A no ser que prefieras mirarme mientras me desangro. Supongo que sería un espectáculo muy entretenido.

—¡No! —gritó el Hombre Enmascarado.

—Muy bien. Pues entonces haz lo que puedas con mi oreja y mi cabeza. Y quítate esa máscara. Es imposible hablar contigo cuando la llevas puesta.

La cabeza del Hombre Enmascarado emitió un chasquido parecido a cuando se descorcha una botella de vino. La cara que surgió de debajo estaba roja y sofocada, con las mejillas fofas y temblorosas cubiertas de lágrimas. Buscó en la guantera y sacó un rollo de cinta quirúrgica y unas tijeritas plateadas. Se abrió la cremallera del chándal, dejando ver una sucia camiseta blanca de tirantes y unos hombros tan peludos que recordaban a los gorilas de lomo plateado. Se la quitó y se subió la cremallera del chándal.

El intermitente del coche se encendió y el Rolls se detuvo en un stop y se incorporó a la autopista.

Big cortó con las tijeras largos trozos de camiseta. Luego dobló uno de ellos con cuidado y se lo aplicó a Manx en la oreja.

—Sujételo —dijo, e hipó como si fuera muy desgraciado.

—Me gustaría saber con qué me ha cortado esa mujer—dijo Manx. Miró de nuevo hacia el asiento trasero y sus ojos se encontraron con los de Wayne—. Tengo un historial de desencuentros con tu madre, no sé si lo sabes. Es como pelear con un saco lleno de gatos.

—Espero que la estén royendo los gusanos. Espero que le coman los ojos —maldijo Bing.

—Qué imagen tan cruel.

Bing enrolló otra tira de camiseta alrededor de la cabeza de Manx de manera que le sujetara la oreja colgante y le cubriera el corte de la frente. Luego empezó a fijar la tela con el esparadrapo en forma de zigzag.

Manx seguía mirando a Wayne.

—No hablas mucho. ¿No tienes nada que decir?

—Déjeme irme —dijo Wayne.

—Lo haré —dijo Manx.

Pasaron junto al Greenbough, donde Wayne y su madre habían desayunado unos sándwiches aquella mañana. Volver a recordar esa mañana era como recordar un sueño medio olvidado. ¿Había visto la sombra de Manx al despertarse? Al parecer sí.

—Sabía que iba a venir —dijo Wayne. Le sorprendió oírse decir una cosa así—. Lo he sabido todo el día.

—Es difícil evitar que un niño piense en regalos la noche de antes de Navidad —repuso Manx. Hizo un gesto de dolor cuando Bing le colocó otra tira de esparadrapo.

El volante se movía despacio de un lado a otro mientras el coche abrazaba las curvas.

—¿Este coche se conduce solo? —preguntó Wayne—. ¿O es que estoy viendo cosas raras por lo que me habéis echado en la cara?

—¡No hables! —le gritó el Hombre Enmascarado—. ¡Los cuáqueros empiezan su reunión, así que se acabó la diversión! Si la risa no mengua ¡te cortarán la lengua!

—¿Quieres dejar ya lo de cortar lenguas? —dijo Manx—. Empiezo a pensar que estás obsesionado. Estoy hablando con el niño y no necesito que hagas de intermediario.

Avergonzado, el Hombre Enmascarado se puso a cortar más tiras de esparadrapo.

—No estás viendo cosas raras y no se conduce solo —dijo Manx—. Lo estoy conduciendo yo. Yo soy el coche, el coche y yo somos la misma cosa. Es un Rolls-Royce modelo Espectro, fabricado en Bristol en 1937, enviado por barco a los Estados Unidos en 1938, uno de los escasos quinientos que hay a este lado del charco. Pero también es una prolongación de mis pensamientos y puede llevarme por carreteras que existen solo en mi imaginación.

—Ya está —indicó Bing—. Como nuevo.

Manx rio.

—Para que yo esté como nuevo tendríamos que volver a ese jardín y buscar el resto de mi oreja entre el césped.

Bing arrugó la cara en una mueca, sus ojos quedaron reducidos a dos rayitas mientras sacudía los hombros en silenciosos sollozos.

—Pero él me ha echado algo en la cara —dijo Wayne—. Algo que olía a jengibre.

—Solo para tranquilizarte. Si Bing te hubiera puesto la dosis completa ahora mismo estarías descansando tranquilamente —Manx miró con desprecio a su compañero de viaje.

Wayne consideró lo que había dicho Manx. Pensar en algo detenidamente era como empujar una caja enorme por una habitación. Requería muchísimo esfuerzo.

—¿Y por qué a ustedes dos no les da sueño? —preguntó por fin.

—¿Eh? —dijo Manx. Estaba mirándose la camisa blanca de seda, ahora carmesí por la sangre—. Ah, pues porque ahí detrás estás en

un universo estanco. No dejo que nada llegue hasta aquí delante —suspiró pesadamente—. ¡Esta camisa no tiene arreglo! Creo que deberíamos guardar un minuto de silencio por ella. Es una camisa de seda
de Riddle-McIntyre, el mejor fabricante de camisas de Occidente de
los últimos cien años. Gerald Ford no se ponía otra cosa que camisas
Riddle-McIntyre. Ahora está para limpiar motores y no hay manera
de quitar la sangre de la seda.

—No hay manera de quitar la sangre de la seda —murmuró
Wayne. Aquella afirmación tenía algo de epigramática, sonaba importante.

Manx le observaba con calma desde el asiento delantero y Wayne
le sostenía la mirada entre fogonazos de luz y oscuridad, como si
hubiera nubes atravesando el cielo a gran velocidad y tapando el sol.
Pero no hacía sol, y aquel resplandor pulsátil estaba en realidad en su
cabeza, detrás de los ojos. Se encontraba al borde mismo de la conmoción, en un lugar donde el tiempo era distinto, avanzaba a trompicones, deteniéndose en un mismo sitio y de nuevo saltando hacia
delante.

Escuchó un ruido que procedía de muy lejos, un lamento enfadado y apremiante. Por un momento pensó que era alguien gritando
y entonces se acordó de Manx golpeando a su madre con el martillo
plateado y pensó que iba a vomitar. Pero a medida que el sonido se
acercaba y subía de volumen lo identificó como la sirena de un coche
policía.

—Le ha faltado tiempo —dijo Manx—. Eso hay que reconocér-
selo a tu madre. Cuando se trata de meterme en un lío, no se anda
con contemplaciones.

—¿Qué va a hacer cuando nos vea la policía? —preguntó Wayne.

—No creo que nos molesten. Van a casa de tu madre.

Los coches que circulaban delante de ellos empezaron a hacerse
a un lado de la carretera. La sirena azul apareció en lo alto de una
leve pendiente que tenían delante, descendió por esta y avanzó hacia
ellos a gran velocidad. El Espectro se echó a un lado y aminoró la
marcha, pero no se detuvo.

El coche de policía pasó a su lado a casi cien kilómetros por hora. Wayne volvió la cabeza para verlo marchar. El conductor ni les miró. Manx siguió conduciendo. Mejor dicho, el coche siguió conduciendo, todavía seguía sin tocar el volante. Había bajado la visera y se estaba examinando en el espejo.

Las ráfagas claroscuras llegaban ahora más despacio, como una ruleta deteniéndose, la bola a punto de decidirse entre el rojo y el negro. Wayne seguía sin estar realmente asustado, había dejado el miedo atrás, en el jardín, con su madre. Se levantó del suelo del coche y se acomodó en el asiento.

—Debería verle un médico —dijo—. Si me dejan en el bosque luego pueden ir al médico a que le arreglen la cabeza y la oreja antes de que yo vuelva al pueblo y alguien me encuentre.

—Te agradezco tu preocupación pero no me gustaría recibir tratamiento médico mientras estoy esposado —dijo Manx—. La carretera me curará. Siempre lo hace.

—¿Adónde vamos? —preguntó Wayne. Su voz parecía llegar de muy lejos.

—Christmasland.

—¿Christmasland? —repitió Wayne—. ¿Eso qué es?

—Un sitio especial. Un sitio especial para niños especiales.

—¿En serio? —Wayne consideró aquello unos instantes y añadió—: No le creo. Me lo dice para que no me asuste —hizo otra pausa y decidió arriesgarse a hacer una pregunta más—: ¿Me va a matar?

—Me sorprende que lo preguntes siquiera. Podría haberte matado fácilmente en casa de tu madre. No. Y Christmasland existe de verdad. Lo que pasa es que no es fácil de encontrar. No se puede llegar por ninguna carretera de este mundo, pero hay otras carreteras que no salen en los mapas. Christmasland está fuera del mundo y al mismo tiempo a solo unos kilómetros de Denver. Está aquí, dentro de mi cabeza —se tocó la sien derecha con un dedo— y va conmigo adonde quiera que yo voy. Hay más niños y ninguno está allí contra su voluntad. No se irían por nada del mundo. Están deseando conocerte, Wayne Carmody. Están deseando ser amigos tuyos. Enseguida les verás y cuando lo hagas te sentirás como en casa.

El asfalto traqueteaba y zumbaba bajo las ruedas del coche.

—Ha sido una hora llena de emociones —dijo Manx—. Intenta descansar un poco, hijo. Si ocurre algo interesante te despertaré, puedes estar seguro.

No había razón alguna para obedecer a Charlie Manx, pero no pasó mucho tiempo antes de que Wayne se encontrara tumbado de lado con la cabeza apoyada en el mullido asiento de cuero. Si había un ruido más placentero en el mundo que el murmullo de la carretera al contacto con unas ruedas de coche, Wayne no lo conocía.

La rueda de la ruleta se detuvo por fin con un *clic*. La bola cayó en negro.

El lago

VIC NADÓ A BRAZA HASTA LA ORILLA Y DESPUÉS GATEÓ HASTA LA playa. Una vez allí, se acostó de espaldas con las piernas todavía en el agua. Temblaba furiosamente, sacudida por intensos espasmos, casi paralizantes, emitiendo sonidos demasiado coléricos para considerarse sollozos. Quizá aquello era llanto, no estaba segura. Le dolía mucho el estómago, como si hubiera pasado todo un día entero, con su noche incluida, vomitando.

En un secuestro lo más importante es lo que ocurre en los treinta minutos siguientes, pensó, recordando algo que había escuchado alguna vez en la televisión.

No pensaba que lo que hiciera en los treinta minutos siguientes fuera a suponer ninguna diferencia, no pensaba que ningún agente de policía tuviera el poder de encontrar a Charlie Manx y al Espectro. No obstante se puso en pie, porque tenía que hacer todo cuanto estaba en su mano, supusiera o no una diferencia.

Caminó como una borracha con el viento en contra, dando tumbos y siguiendo el camino serpenteante que conducía a la puerta trasera de la casa, donde volvió a caer al suelo. Trepó por los escalones a cuatro patas y usó la barandilla para ponerse de pie. En el interior el teléfono empezó a sonar. Se obligó a avanzar a pesar de una nueva oleada de dolor penetrante, lo bastante intenso para dejarla sin aliento.

Cruzó la cocina renqueando hasta el teléfono y lo descolgó al tercer timbrazo, antes de que saltara el buzón de voz.

—Necesito ayuda —dijo—. ¿Quién es? Tienen que ayudarme. Se han llevado a mi hijo.

—Ah, no pasa nada, señora McQueen —dijo una niña pequeña al otro lado de la línea—. Papaíto conducirá con cuidado y se asegurará de que Wayne lo pasa bien. Pronto estará aquí con nosotros. Estará aquí en Christmasland y le enseñaremos todos nuestros juegos. ¿A que es genial?

Vic le dio a FINALIZAR LLAMADA y marcó el 911.

Una mujer le informó que estaba en comunicación con los servicios de emergencia. Hablaba con voz calmada y distante.

—Dígame su nombre y la razón de su llamada.

—Victoria McQueen. Me han atacado. Un hombre ha secuestrado a mi hijo. Puedo describir el coche. Se acaban de marchar. Por favor envíe a alguien.

La telefonista trató de mantener el mismo tono de calma pero no lo consiguió. La adrenalina lo cambiaba todo.

—¿Está herida de gravedad?

—Olvídese de mí. Lo importante es el secuestrador. Se llama Charles Talent Manx. Tiene… No sé, es muy mayor —*Está muerto,* pensó, aunque no lo dijo—. Setenta y tantos años. Mide más de un metro ochenta, tiene poco pelo, pesará unos noventa kilos. Va con otro hombre, más joven. No lo vi demasiado bien —*porque por alguna razón llevaba puesta una puta máscara antigás.* Pero eso tampoco lo dijo—. Van en un Rolls-Royce Espectro, un modelo antiguo, de los años treinta. Mi hijo va en el asiento trasero. Tiene doce años. Su nombre es Bruce pero no le gusta —se echó a llorar, no pudo evitarlo—. Tiene pelo oscuro y mide un metro cincuenta. Lleva una camiseta blanca lisa.

—Victoria, la policía va de camino. ¿Iba armado alguno de los hombres?

—Sí, el más joven tiene una pistola. Y Manx una especie de martillo. Me golpeó con él un par de veces.

—Estoy enviando una ambulancia para que vean sus heridas. ¿Consiguió ver la matrícula del coche?

—Es un puto Rolls-Royce de los años treinta con mi hijo pequeño en el asiento de atrás. ¿Cuántos coches así cree que habrá circulando? —La voz se le quebró en un sollozo. Tosió para ahuyentarlo y de paso soltó la matrícula—: N, O, S, 4, A, 2. Es una matrícula personalizada. Pronunciada en inglés equivale a una palabra alemana: *Nosferatu*.

—¿Qué significa?

—¿Y qué más da? Búsquelo.

—Lo siento. Comprendo que esté usted alterada. Vamos a enviar una alerta ahora mismo. Vamos a hacer todo lo posible por recuperar a su hijo. Sé que está asustada. Intente tranquilizarse —Vic tenía la sensación de que la telefonista hablaba para sí misma. Le temblaba la voz, como si estuviera haciendo esfuerzos por no llorar—. La ayuda está de camino. Victoria...

—Llámeme Vic. Gracias. Perdóneme por hablarle en mal tono.

—No tiene importancia, no se preocupe. Vic, que vayan en un coche tan llamativo como un Rolls-Royce es bueno. Llamarán la atención. Con un vehículo así no pueden llegar muy lejos. Si están en alguna carretera alguien les verá.

Pero nadie lo hizo.

CUANDO LOS PARAMÉDICOS TRATARON DE LLEVARLA A LA AMBULANCIA, Vic se resistió y les dijo que le quitaran las putas manos de encima.

Una oficial de policía, una mujer india baja y corpulenta, se interpuso entre Vic y los paramédicos.

—Pueden examinarla aquí —dijo conduciendo a Vic de vuelta al sofá. Hablaba con un ligerísimo acento, un deje que hacía que cualquier frase sonara musical y, al mismo tiempo, como una interrogación—. Es mejor que no se mueva. ¿Y si llama el secuestrador?

Vic se acurrucó en el sofá con los pantalones cortos mojados, envuelta en una manta. Un paramédico con guantes azules se colocó a su lado y le pidió que se retirara la manta y se quitara la camiseta. Esto llamó la atención de los agentes de la habitación, que miraron a Vic de reojo, pero esta obedeció sin decir palabra, sin pensarlo dos veces. Dejó caer al suelo su camiseta mojada. No llevaba sujetador y se cubrió el pecho con un brazo mientras se inclinaba hacia delante para que el paramédico le examinara la espalda.

Este suspiró.

La agente de policía india —la placa con su nombre decía Chitra— se colocó al otro lado de Vic y le miró la curva de la espalda. También ella emitió un ruido, un suave gemido de compasión.

—Pensé que había dicho que *intentó* atropellarla —dijo Chitra—. No que lo había conseguido.

—Va a tener que firmar un formulario —dijo el paramédico— donde explique que se ha negado a entrar en la ambulancia. Tengo que cubrirme el culo. Podría tener alguna costilla rota o rotura esplénica y yo no darme cuenta. Quiero que conste que no creo que tratarla aquí sea lo aconsejable desde el punto de vista de la paciente.

—De la paciente puede que no —dijo Vic—, pero del suyo sí.

Escuchó un ruido que recorría la habitación y que no era exactamente risa, pero se le parecía, una leve ola de júbilo. Para entonces había seis o siete personas allí, simulando no mirarle el pecho o el tatuaje de un motor de seis cilindros que tenía justo encima.

Vic tenía un policía sentado a su lado, el primero que veía sin uniforme. Llevaba un saco azul que le quedaba corto de mangas, una corbata roja manchada de café y una cara que habría ganado un concurso de feos: pobladas cejas blancas tirando a amarillas en los extremos, dientes sucios de nicotina, una grotesca nariz con forma de calabaza y la barbilla partida y prominente.

El policía buscó en un bolsillo de su saco, luego en otro, después levantó su gordo trasero y sacó un bloc de notas del bolsillo trasero. Lo abrió y se quedó mirándolo con expresión de total perplejidad, como si le hubieran mandado escribir una redacción de quinientas palabras sobre pintura impresionista.

Aquella mirada de perplejidad, más que ninguna otra cosa, convenció a Vic de que no era el Hombre al Mando. No era más que un interino. La persona que importaba —la que dirigiría la búsqueda de su hijo, la que coordinaría recursos y compilaría información— no había llegado todavía.

Aún así contestó paciente a sus preguntas. Empezó por donde debía, con Wayne: su edad, altura, peso, lo que llevaba puesto, si Vic tenía una foto reciente. En algún momento Chitra se fue para regresar poco después con una sudadera extragrande que decía POLICÍA DE NEW HAMPSHIRE en la parte delantera. Vic se la puso. Le llegaba por las rodillas.

—¿El padre? —preguntó el hombre feo, que se llamaba Daltry.

—Vive en Colorado.

—¿Están divorciados?

—No llegamos a casarnos.

—¿Está de acuerdo con que usted tenga la custodia del niño?

—No tengo la custodia. Wayne está… Tenemos una buena relación. Lo de la custodia no supone ningún problema.

—¿Tiene un número al que podamos llamarle?

—Sí, pero ahora mismo está en un avión. Vino para el cuatro de julio y se volvía esta tarde.

—¿Está segura de eso? ¿Cómo sabe que se ha subido al avión?

—Estoy segura de que no ha tenido nada que ver con esto, si es lo que me está preguntando. No discutimos nunca por el niño. Mi ex es el hombre más inofensivo y de mejor carácter del mundo.

—Bueno, eso nunca se sabe. He conocido a muchos tipos con buen carácter. Hay uno en Maine que dirige un grupo de terapia budista. Enseña a la gente a controlar su temperamento y sus adicciones con meditación trascendental. La única vez que perdió los estribos fue el día que su mujer le puso una orden de alejamiento. Primero se olvidó del pensamiento zen y luego le metió dos balazos en la cabeza. Pero su terapia budista sigue teniendo mucho éxito en la cárcel de Shawshank. Allí hay un montón de tipos con problemas de autocontrol.

—Lou no ha tenido nada que ver con esto. Ya se lo he dicho. *Sé* quién se ha llevado a mi hijo.

—Vale, muy bien, pero yo tengo que hacerle estas preguntas. Hábleme del que le atropelló con el coche. No, primero hábleme del coche.

Vic lo hizo.

Daltry negó con la cabeza y emitió un sonido que podía haber sido una carcajada, de haber expresado buen humor. Pero lo único que expresaba era incredulidad.

—No parece un tipo muy listo. Si está en la carretera le doy menos de media hora.

—¿Media hora antes de qué?

—Antes de que esté con la cara pegada al suelo y con la bota de un agente federal en el cuello. Uno no se lleva a un niño en un coche antiguo y se va de rositas. Es como intentar huir con el camión de los helados. Vamos, que llama la atención. La gente se fija. Todo el mundo se fija en un Rolls-Royce antiguo.

—No va a llamar la atención.

—¿Qué quiere decir?

Vic no lo sabía, así que no dijo nada.

Daltry continuó:

—Y dice que reconoció a sus atacantes. Este tal… Charles… Manx —miró algo que había apuntado en la libreta—. ¿De qué le conoce?

—Me secuestró cuando yo tenía diecisiete años. Me retuvo durante dos días.

Se hizo el silencio en la habitación.

—Búsquelo —dijo Vic—. Está en su historial. Charles Talent Manx. Y se le da muy bien escapar. Tengo que quitarme estos pantalones mojados y ponerme unos pants. Me gustaría hacerlo en mi dormitorio, si no les importa. Me parece que esta mamacita ya se ha exhibido bastante por un día.

No se le iba de la cabeza la última vez que había visto a Wayne, atrapado en el asiento trasero del Rolls. Agitaba una mano —*Vamos, vete*— casi como si estuviera enfadado con ella. Estaba ya tan pálido como un cadáver.

Le veía a ráfagas y era como si el martillo la golpeara de nuevo, esta vez en el pecho en lugar de en la espalda. Estaba sentado desnudo en un arenero, detrás de la casa que tenían en Denver, un niño regordete de tres años con grueso cabello negro, usando una pala de plástico para enterrar un teléfono también de plástico. También le recordaba el día de Navidad en la clínica de rehabilitación, cogiendo un regalo, quitándole el envoltorio a un iPhone dentro de una caja blanca. O caminando por el embarcadero con una caja de herramientas que pesaba demasiado para él.

Zas. Cada vez que le veía era como un mazazo que le dolía por dentro. Zas, Wayne era un bebé, dormido desnudo sobre su pecho también desnudo. Zas. Arrodillado en la grava a su lado, impregnado de grasa hasta los codos, ayudándola a colocar la cadena de la moto en la rueda dentada. A veces el dolor era tan intenso, tan puro, que la habitación se oscurecía a su alrededor y se sentía desfallecer.

En algún momento tendría que moverse. No podía seguir en aquel sofá.

—Si alguien tiene hambre puedo preparar algo de comer —dijo al salir del dormitorio. Para entonces ya eran casi las nueve y media de la noche—. Tengo la nevera llena.

—Mandaremos a buscar algo —dijo Daltry—. No se moleste.

Tenían la televisión puesta, la cadena estatal por cable NECN de noticias de Nueva Inglaterra. Una hora antes habían hecho pública la orden de búsqueda de Wayne. Vic había visto el aviso dos veces y se sentía incapaz de hacerlo una tercera.

Primero pondrían la fotografía que les había dado de Wayne con una camiseta de Aerosmith y una gorra de lana de Avalanche, deslumbrado por el fuerte sol primaveral. Vic ya se estaba arrepintiendo, no le gustaba cómo la gorra le tapaba el pelo y hacía sobresalir las orejas.

A continuación seguiría una foto de ella, la de la página web de *Buscador*. Supuso que la enseñaban por aquello de poner a una chica guapa en la pantalla. Llevaba maquillaje, falda negra y botas de cowboy y reía con la cabeza echada hacia atrás, una imagen que desentonaba mucho, considerando la situación.

No sacaban a Manx, ni siquiera citaban su nombre. Se limitaban a decir que los secuestradores eran dos hombres blancos en un Rolls-Royce antiguo.

—¿Por qué no le dicen a la gente a quién están buscando? —preguntó Vic la primera vez que vio la noticia.

Daltry se encogió de hombros, se levantó del sofá y salió al jardín a hablar con otros agentes. Al regresar, sin embargo, no le ofreció información nueva y, cuando volvieron a dar la noticia, seguían siendo dos hombres blancos, dos más de entre los cerca de catorce millones que vivían en Nueva Inglaterra.

Como la pasaran una tercera vez y siguieran sin sacar una fotografía de Manx —ni decir su nombre— sabía que iba a estampar una silla contra el televisor.

—Por favor —dijo—. Tengo ensalada de col y jamón. Y una bolsa de pan de molde. Puedo hacer unos sándwiches.

Daltry cambió de postura y miró indeciso a los otros policías, debatiéndose entre el deber y el hambre.

La oficial Chitra tomó la palabra.

—Me parece muy bien. Claro que sí. Yo la ayudo.

Fue un alivio salir del cuarto de estar, que estaba demasiado lleno de gente, con policías entrando y saliendo y *walkie-talkies* graznando sin parar. Vic se detuvo para mirar el jardín por la puerta delantera, abierta. Gracias a la luz de los reflectores se veía mejor ahora por la noche que de día, con la niebla. Vio la valla destrozada y un hombre con guantes de goma midiendo las marcas de neumáticos en el suelo arcilloso.

Los coches de policía tenían encendidas las luces rotativas como si aquel fuera el escenario de una emergencia, daba igual que esta se hubiera producido horas antes. La imagen de Wayne rotaba en su cabeza de la misma manera y durante un momento se sintió preocupantemente mareada.

Chitra que se dio cuenta, la sujetó por el codo y la ayudó a llegar hasta la cocina. Allí se estaba mejor. Tenían la habitación para las dos solas.

Las ventanas de la cocina daban al embarcadero y al lago. También el embarcadero estaba iluminado por grandes focos montados en trípodes. Un agente con una linterna se había metido en el agua hasta los muslos, pero Vic no sabía para qué. Un hombre de paisano le miraba desde el embarcadero y le daba instrucciones verbales y con gestos.

Un barco se balanceaba a veinte metros de la orilla. En la proa había un niño con un perro mirando a los policías, las luces, la casa. Cuando Vic vio al perro se acordó de Hooper. No había pensado en él ni una sola vez desde que vio los faros del Espectro en la niebla.

—Alguien tiene… que ir a buscar al perro —dijo Vic—. Debe de estar fuera… en alguna parte.

Tenía que interrumpirse cada pocos segundos para recobrar el aliento.

Chitra la miró, comprensiva.

—No se preocupe ahora por el perro, señora McQueen. ¿Ha bebido algo de agua? Es importante que se mantenga hidratada.

—Me sorprende que no… esté ladrando… como loco —dijo Vic—. Con todo este jaleo.

Chitra le pasó la mano por un brazo y, una vez más, le apretó el hombro. De repente Vic la miró, ahora lo entendía.

—Ya tenía usted bastantes preocupaciones.

—¡Ay, Dios! —exclamó, y rompió a llorar de nuevo, temblando de pies a cabeza.

—No queríamos disgustarla.

Se meció, abrazándose a sí misma y llorando como no lo hacía desde que su padre las abandonó a su madre y a ella. Tuvo que apoyarse un momento en la encimera, pues no estaba segura de que las piernas pudieran seguir sosteniéndola. Chitra alargó una mano y le acarició la espalda, indecisa.

—*Chist* —dijo la madre de Vic, que llevaba muerta dos meses—. Tú respira, Vicki, que yo te vea respirar.

Lo dijo con un leve acento indio, pero aún así Vic reconoció la voz de su madre. Reconoció el tacto de la mano de su madre en la espalda. Todos a quienes has perdido siguen contigo, así que es posible que nunca perdamos a nadie del todo.

A no ser que se lo llevara Charlie Manx.

Al cabo de un rato, Vic se sentó y bebió un vaso de agua. Se lo bebió entero en cinco tragos sin detenerse para tomar aire, lo necesitaba. El agua estaba tibia, dulce y rica, sabía a lago.

Chitra empezó a abrir armarios buscando platos de papel. Vic se levantó y, desoyendo sus protestas, se puso a ayudarla con los sándwiches. Formó una hilera de platos de papel y colocó dos rebanadas de pan en cada uno mientras las lágrimas le rodaban por la nariz y caían en la miga.

Esperaba que Wayne no supiera que Hooper estaba muerto. A veces pensaba que Wayne quería más a Hooper que a ella o a Lou.

Encontró el jamón, la ensalada de col y una bolsa de Doritos y empezó a repartirlos por los platos.

—Los policías tenemos un secreto para hacer los sándwiches —dijo una mujer a su espalda.

Vic la miró y supo que era el Hombre al Mando que había estado esperando, aunque no fuera un hombre. Aquella mujer tenía pelo castaño crespo y naricilla respingona. A primera vista parecía fea, a segunda, guapísima. Llevaba una chaqueta de tweed con coderas de pana y jeans y podría haber pasado por una estudiante universitaria de humanidades de no ser por la pistola de nueve milímetros que llevaba debajo de la axila izquierda.

—¿Cuál es? —preguntó Vic.

—Se lo voy a enseñar.

Cogió la cuchara y puso un poco de ensalada de col en uno de los sándwiches encima del jamón. Después construyó un techo de Doritos encima, añadió mostaza de Dijon, untó de mantequilla una de las rebanadas de pan y lo aplastó todo.

—La mantequilla es lo más importante.

—Porque hace de pegamento, ¿no?

—Sí. Y porque los policías son, por naturaleza, imanes del colesterol.

—Pensaba que el FBI solo intervenía en casos así cuando los secuestradores cruzaban las fronteras entre estados —dijo Vic.

La mujer de pelo crespo frunció el ceño. Vic miró la identificación que llevaba prendida en la solapa de su chaqueta, la cual decía

FBI

EVALUADORA PSIQUIAT.

Tabitha K. Hutter

encima de una fotografía de ella con rostro serio.

—Técnicamente no hemos intervenido todavía —dijo—. Pero está usted a cuarenta minutos de la frontera con tres estados y a menos de dos horas de Canadá. Sus asaltantes se han llevado a su hijo hace ya casi...

—¿Mis asaltantes? —dijo Vic. Notó que la sangre se le agolpaba en las mejillas—. ¿Por qué todo el mundo no hace más que hablar de mis asaltantes, como si no supiéramos nada de ellos? Estoy empezando a cabrearme. Charlie Manx es el hombre. Charlie Manx y otro individuo son los que se han llevado a mi hijo.

—Charles Manx está muerto, señora McQueen. Lleva muerto desde mayo.

—¿Tienen el cadáver?

Aquella pregunta dio que pensar a Hutter, que apretó los labios y dijo:

—Tenemos su certificado de defunción. Se le hicieron fotografías en la morgue. Le hicieron la autopsia. Le abrieron el pecho. El forense le sacó el corazón y lo pesó. Son razones convincentes para pensar que no ha sido él quien le ha atacado.

—Y yo tengo una docena de razones para creer que sí era él —dijo Vic—. Las tengo todas en la espalda. ¿Quiere que me quite la camiseta y le enseñe los moratones? Todos los demás policías ya los han visto.

Hutter la miró sin responder. Sus ojos expresaban una curiosidad propia de los niños pequeños. A Vic le puso nerviosa que la estudiaran con tan poco disimulo. Muy pocos adultos se atrevían a hacer algo así.

Por fin Hutter apartó la vista y la posó en la mesa de la cocina.

—¿Nos sentamos un momento?

Sin esperar respuesta cogió una bolsa de cuero que se había traído y la dejó sobre la mesa. Levantó la vista expectante, esperando a que Vic se sentara con ella.

Vic miró a Chitra, como pidiéndole consejo, recordando que, hacía un momento, aquella mujer la había consolado y susurrando como solía hacerlo su madre. Pero la agente de policía estaba terminando de hacer los sándwiches y sacándolos de la cocina.

Vic se sentó.

Hutter sacó un iPad de su maleta y la pantalla brilló. Más que nunca parecía una estudiante universitaria, preparando un trabajo sobre las hermanas Brönte, por ejemplo. Pasó el dedo por la pantalla, arrastró alguna clase de carpeta digital y a continuación miró a Vic.

—En su último examen médico se calculó que Charles Manx tenía unos ochenta y cinco años.

—¿Cree que es demasiado mayor para hacer lo que ha hecho? —preguntó Vic.

—Creo que está demasiado muerto. Pero cuénteme lo que pasó y haré todo lo posible por entenderlo.

Vic no se quejó por tener que contar la historia una cuarta vez de principio a fin. Las otras veces no contaban porque aquella mujer era el primer agente de policía importante. Si es que había alguno. Vic no estaba segura. Charlie Manx había segado vidas durante mucho tiempo y nunca le habían cogido, había traspasado las redes que le lanzaban las fuerzas del orden como humo plateado. ¿Cuántos niños se habían subido a su coche y desaparecido para siempre?

Cientos. La respuesta le llegó en forma de un pensamiento susurrado.

Vic contó su historia... al menos las partes que sentía que *podía* contar. No mencionó a Maggie Leigh. Tampoco que había ido en moto hasta un puente cubierto imaginado poco antes de que Manx intentara atropellarla. Tampoco habló de los medicamentos psicotrópicos que había dejado de tomar.

Cuando Vic llegó a la parte en que Manx la había golpeado con el martillo, Hutter frunció el ceño y le pidió que se lo describiera con detalle mientras tocaba su pantalla del iPad. También se detuvo cuando Vic le dijo que se había levantado del suelo y golpeado a Manx con un taqué hidráulico.

—¿Cómo dice?

—Taqué hidráulico —dijo Vic—. La casa Triumph fabrica esas llaves especiales para sus motos. Sirven para cambiar piezas. Como una llave inglesa. Estaba arreglando la moto y la tenía en el bolsillo.

—¿Dónde está ahora?

—No lo sé. Lo tenía en la mano cuando tuve que escapar. Seguramente aún lo llevaba cuando me tiré al lago.

—Que es cuando el otro hombre empezó a dispararla. Cuéntemelo.

Vic lo hizo.

—¿Le disparó a Manx en la cara? —dijo Hutter.

—No exactamente. Le dio en la oreja.

—Vic, necesito que me ayude a entender esto. Este hombre, Charlie Manx, hemos quedado en que tenía unos ochenta y cinco años cuando le hicieron el último examen médico. Estuvo diez años en coma. La mayoría de los pacientes comatosos necesitan meses de recuperación antes de volver a caminar. Ahora me está contando que le cortó con una llave inglesa...

—Un taqué.

—... y que después le dispararon, pero aún así tuvo fuerzas para conducir y marcharse.

Lo que Vic no podía decir era que Manx no era como el resto de las personas. Lo había sabido cuando la golpeó con el martillo, había percibido toda esa fuerza agazapada detrás de su edad avanzada y su apariencia escuálida. Hutter insistía en que a Manx le habían abierto el cuerpo y Vic no lo dudaba. Para un hombre al que le han sacado y vuelto a poner el corazón, un arañazo en la oreja no tenía importancia. Pero en lugar de eso dijo:

—Igual conducía el otro tipo. ¿Quiere una explicación? No la tengo. Solo puedo contarle lo que pasó. ¿Qué es lo que intenta decirme? Manx tiene a mi hijo de doce años en el coche y va a matarle para vengarse de mí, pero por alguna razón lo que estamos discutiendo aquí es hasta dónde llega la imaginación del FBI. ¿Por qué? —miró a Hutter, vio sus ojos inexpresivos y serenos y entonces comprendió—. Puta, no se creen una sola palabra de lo que digo, ¿verdad?

Hutter deliberó unos instantes y cuando habló, Vic tuvo la impresión de que escogía las palabras con cuidado:

—Me creo que su hijo haya desaparecido y también que usted ha sido atacada. Me creo que ahora mismo está pasando por un infierno. Aparte de eso, estoy abierta a distintas interpretaciones. Las dos queremos lo mismo. Recuperar a su hijo sano y salvo. Si pensara que iba a servir de algo, yo misma saldría a buscarle. Pero así no es como encuentro yo a los malos. Lo hago reuniendo información y separando la que es útil de la que no lo es. En realidad no es tan distinto de lo que hace usted con sus libros. Las historias de *Buscador*.

—¿Las conoce? Pero, bueno, si es usted jovencísima.

Hutter sonrió levemente.

—No tan joven. Está en su expediente y además hay un profesor en Quantico que usa dibujos de *Buscador* en sus clases, para enseñarnos a entresacar detalles relevantes de una avalancha de información visual.

—¿Y qué más sale en mi expediente?

La sonrisa de Hutter se quebró. Su mirada no.

—Que en 2009 en Colorado la declararon culpable de incendio intencionado. Que pasó un mes en un hospital psiquiátrico en Colorado donde le diagnosticaron estrés postraumático severo y esquizofrenia. Que toma antipsicóticos y que tiene un historial de alcoholis...

—Por Dios, ¿piensan que la paliza que me han dado ha sido una *alucinación?* —dijo Vic con el estómago encogido—. ¿Piensan que lo de que me dispararon ha sido una *alucinación?*

—Todavía tenemos que confirmar que hubo disparos.

Vic echó su silla hacia atrás.

—Me disparó. Disparó seis balas, el cargador entero —se puso a pensar. Estaba de espaldas al lago. Era posible que todas las balas, incluso la que le había atravesado la oreja a Manx, hubieran terminado en el agua.

—Todavía estamos buscando los casquillos.

—¿Y mis contusiones? —dijo Vic.

—No dudo de que se peleara con alguien —dijo la agente del FBI—. Eso no creo que *nadie* lo ponga en duda.

Había algo en aquella afirmación —cierta peligrosa implicación— que Vic aún no era capaz de identificar. ¿Quién la habría atacado si no fue Manx? Pero estaba demasiado exhausta, demasiado agotada emocionalmente para intentar entenderlo. No se sentía capaz de averiguar lo que Hutter estaba sugiriendo.

Miró de nuevo su placa. EVALUADORA PSIQUIAT.

—Un momento. Un momento, joder. Usted no es policía, es médico.

—¿Qué tal si echamos un vistazo a algunas fotografías? —dijo Hutter.

—No —dijo Vic—. Eso sería perder el tiempo. No necesito mirar fotos de fichas policiales. Ya se lo he dicho. Uno de ellos llevaba una máscara antigás y el otro era Charlie Manx. Conozco perfectamente a Charlie Manx. Pero, ¿se puede saber qué coño hago hablando con un médico? Lo que necesito es un *detective.*

—No pensaba enseñarle fotos de delincuentes —dijo Hutter—, sino de martillos.

Era una respuesta tan desconcertante, tan inesperada que Vic se quedó con la boca abierta, incapaz de pronunciar palabra.

Antes de que pudiera hacerlo se escuchó jaleo en la otra habitación. Chitra levantó la voz, vacilante y descontenta, Daltry dijo algo y luego hubo una tercera voz, con acento del Medio Oeste muy alterada. Vic la reconoció de inmediato, pero no lograba entender qué hacía en su casa cuando debería estar en un avión, o incluso en Denver ya. La confusión le impidió reaccionar con rapidez, así que acababa de levantarse de la silla cuando Lou entró en la cocina seguido de un séquito de agentes de policía.

No parecía él. Tenía la tez cenicienta y los ojos le sobresalían en la cabeza grande y redonda. Parecía haber perdido cinco kilos desde la última vez que Vic le había visto, dos días antes. Se levantó, fue hasta él y de inmediato Lou la rodeó con los brazos.

—¿Qué vamos a hacer? —dijo Lou—. ¿Qué coño vamos a hacer ahora, Vic?

La cocina

CUANDO VOLVIERON A SENTARSE A LA MESA, VIC LE COGIÓ LA mano a Lou como si fuera la cosa más natural del mundo. Le sorprendió notar el calor de sus dedos gordezuelos y volvió a mirarle la cara pálida y brillante por el sudor. Le pareció que estaba muy enfermo, pero pensó que sería del susto.

Para entonces ya eran cinco en la cocina. Lou, Vic y Hutter estaban sentados a la mesa y Daltry reclinado contra una encimera, sonándose su nariz de alcohólico con un pañuelo. La oficial Chitra estaba en la puerta y había hecho salir a los otros agentes siguiendo órdenes de Hutter.

—Usted es Louis Carmody —dijo Hutter. Hablaba como el director de una obra teatral de fin de curso informando a Lou de que actuaría en la representación de primavera—. Usted es el padre.

—Culpable —dijo Lou.

—¿Cómo dice? —preguntó Hutter.

—Que soy culpable de los cargos. Vamos, que soy el padre. ¿Y usted quién es? ¿Una trabajadora social o algo así?

—Soy agente del FBI. Me llamo Tabitha Hutter. Muchos compañeros de la oficina me llaman Tabby de Hutt —sonrió un poco.

—Muy bueno. Donde yo trabajo muchos me llaman Jabba de Hutt. En mi caso es porque estoy como una foca.

—Pensé que estaba usted en Denver —dijo Hutter.

—He perdido el avión.

—¿En serio? —dijo Daltry—. ¿Qué ha pasado?

Hutter dijo:

—Detective Daltry. Las preguntas las haré yo si no le importa.

Daltry rebuscó en el bolsillo de su abrigo.

—¿Le importa a alguien si fumo?

—Sí —dijo Hutter.

Daltry sostuvo el paquete de cigarrillos durante un momento, mirando fijamente a Hutter, y luego se lo metió en el bolsillo. Sus ojos tenían una mirada insulsa, inconcreta, que a Vic le recordó a la membrana que recubría los ojos de un tiburón cuando se dispone a morder a una foca.

—¿Por qué perdió el avión, señor Carmody? —preguntó Hutter.

—Porque me llamó Wayne.

—¿Cómo que le llamó?

—Desde el coche, con su iPhone. Dijo que estaban disparando a Vic, Manx y otro tipo. Solo hablamos un minuto. Tenía que colgar porque Manx y el otro individuo volvían hacia el coche. Estaba asustado, mucho, pero más o menos tranquilo. Es muy maduro. Siempre lo ha sido —Lou apoyó los puños cerrados en la mesa y bajó la cabeza. Hizo una mueca como si le doliera en alguna parte del abdomen, parpadeó y sobre la mesa cayeron varias lágrimas. Entonces soltó de repente, sin avisar—: No le ha quedado otro remedio en vista de que a Vic y a mí se nos dio de pena hacernos adultos.

Vic puso sus manos sobre la suya.

Hutter y Daltry se intercambiaron una mirada, apenas parecían conscientes de que Lou estaba llorando.

—¿Cree que su hijo apagó el teléfono después de hablar con usted? —preguntó Hutter.

—Yo creía que con la tarjeta SIM da igual si lo tiene apagado —dijo Daltry—. Pensaba que los federales teníais algún modo de llamar igualmente.

—Pueden usar el teléfono para encontrarlo —dijo Vic mientras se le aceleraba el pulso.

Hutter la ignoró y le dijo a Daltry.

—Eso se puede hacer, pero llevará un rato. Tendría que llamar a Boston. Pero si es un iPhone y está encendido podemos usar la función Buscar mi iPhone para localizarle ahora mismo.

Levantó un poco el iPad.

—Sí —dijo Lou—. Claro que sí. Le activé Buscar mi iPhone el día que se lo compré porque no quería que lo perdiera.

Rodeó la mesa para acercarse a Hutter y a su pantalla. Con el resplandor del monitor, su cara tenía aún peor aspecto.

—¿Cuáles son su dirección de correo electrónico y su contraseña? —preguntó Hutter levantando la cabeza para mirar a Lou.

Este alargó una mano para escribirlas él mismo pero, antes de que pudiera hacerlo, la agente del FBI le sujetó la muñeca y le colocó dos dedos sobre la piel como si le estuviera tomando el pulso. Incluso desde donde estaba, Vic vio un punto donde la piel de Lou brillaba y parecía tener pegada una especie de pasta seca.

Hutter volvió a mirar a Lou.

—¿Le han hecho un electro?

—Me desmayé. Estaba muy alterado. Fue como… un ataque de pánico, amigo. Un hijo de puta lunático se ha llevado a mi hijo. Eso me pasa por estar tan gordo.

Hasta entonces Vic había estado demasiado concentrada en Wayne para pensar en Lou, en la mala cara que tenía, en lo exhausto que parecía. Al darse cuenta ahora sintió un terror repentino y angustioso.

—Ay, Lou. ¿Cómo que te desmayaste?

—Fue después de que Wayne me colgara el teléfono. Perdí el conocimiento un minuto. Me encontraba bien, pero los de seguridad del aeropuerto me obligaron a sentarme en el suelo y hacerme un electro, no me fuera a morir y tuvieran que cargar ellos con el problema.

—¿Les dijo que habían secuestrado a su hijo? —preguntó Daltry.

Hutter le dirigió una mirada de advertencia que Daltry simuló ignorar.

—No estoy seguro de lo que les conté. Al principio estaba confuso. Como mareado. Sé que les dije que mi hijo me necesitaba. En lo único que podía pensar era en coger el coche. En algún momento dijeron que me iban a meter en una ambulancia y les mandé a... a paseo. Así que me levanté y me largué. Es posible que alguno intentara sujetarme del brazo y le arrastrara unos cuantos metros. Tenía prisa.

—¿Así que no habló con la policía del aeropuerto sobre lo que le había pasado a su hijo? —insistió Daltry—. ¿No se le ocurrió que llegaría aquí antes si le escoltaba la policía?

—Ni se me pasó por la cabeza. Quería hablar primero con Vic —dijo Lou y Vic vio que Hutter y Daltry intercambiaban otra mirada.

—¿Por qué quería hablar antes con Victoria? —preguntó Hutter.

—¿Y qué más da? —exclamó Vic—. ¿No podemos concentrarnos en Wayne?

—Sí —dijo Hutter parpadeando y volviendo a su iPad—. Eso es, vamos a centrarnos en Wayne. ¿Cuál es la contraseña?

Vic empujó su silla mientras Lou pulsaba la pantalla con un dedo regordete. Se levantó y rodeó la mesa para mirar. Jadeaba. La impaciencia que sentía era tan intensa como una cuchillada.

La pantalla de Hutter cargó la pagina Buscar mi iPhone, donde aparecía un mapamundi, continentes azul pálido contra un fondo de océano azul oscuro. En la columna superior derecha una ventana anunciaba:

iPhone de Wayne
Buscando
Buscando
Buscando
Buscando

Una mancha gris tapó el mapamundi y en el resplandor plateado se dibujó un punto azul vidrioso. Empezaron a aparecer recuadros de paisaje y el mapa se redefinió para mostrar en primer plano la localización del iPhone. Vic vio el punto azul circular por una carretera marcada como AUTOVÍA DE SAN NICOLÁS.

Todos se habían inclinado para mirar y Daltry estaba tan cerca de Vic que esta sentía su cuerpo pegado a su espalda y su aliento en la nuca. Olía a café y a nicotina.

—Dale al zoom y retrocede —dijo Daltry.

Hutter tocó de nuevo la pantalla, y otra vez, y otra.

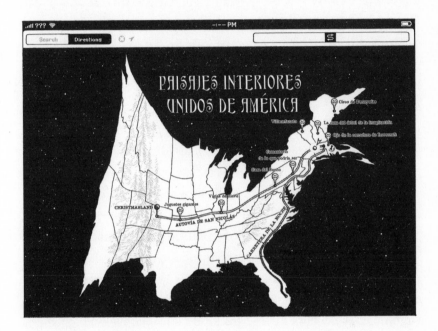

El mapa mostraba un continente que se parecía un poco a Estados Unidos. Era como si alguien hubiera moldeado el país con miga de pan y después lo hubiera hundido por el centro. En aquella nueva versión del país, Cape Cod era casi como la mitad de Florida y las montañas Rocosas parecían los Andes, mil seiscientos kilómetros de tierra grotescamente torturada, enormes esquirlas de roca empujándose las unas a las otras. Sin embargo, el país en su conjunto se había encogido considerablemente y se hundía en el centro.

Casi todas las grandes ciudades habían desaparecido, siendo reemplazadas por otros lugares de interés. En Vermont había un espeso bosque construido alrededor de un lugar llamado VILLAORFA-

NATO; en New Hampshire había un punto marcado como LA CASA DEL ÁRBOL DE LA IMAGINACIÓN. Al norte de Boston, había algo llamado OJO DE LA CERRADURA DE LOVECRAFT, un cráter con forma de candado. En Maine, por la zona de Lewiston/Auburn/Derry, había un lugar llamado CIRCO DE PENNYWISE. Una vía estrecha con el nombre de CARRETERA DE LA NOCHE conducía al sur y se volvía más roja conforme descendía hasta convertirse en una mera línea color sangre que bajaba goteando hasta Florida.

La autovía de San Nicolás estaba particularmente llena de lugares de interés. En Illinois, VIGÍAS DE NIEVE. En Kansas, JUGUETES GIGANTES. En Pensilvania, la CASA DEL SUEÑO y el CEMENTERIO DE LO QUE PODRÍA SER.

Y en las montañas de Colorado, en las altas cumbres, en el lugar donde terminaba la autovía: CHRISTMASLAND.

El continente entero flotaba en un mar de desechos negros tachonado de estrellas y debajo del mapa no decía ESTADOS UNIDOS DE AMÉRICA, sino PAISAJES INTERIORES UNIDOS DE AMÉRICA.

El punto azul continuaba, atravesando lo que debería haber sido Massachusetts hacia Christmasland. PAISAJES INTERIORES UNIDOS no se correspondía exactamente a Estados Unidos. Se extendía a lo largo de unos ochenta kilómetros desde Laconia, New Hampshire, hasta Springfield, Massachusetts. Pero en el mapa apenas aparentaba la mitad de esa extensión.

Todos lo miraron asombrados.

Daltry se sacó el pañuelo del bolsillo y se sonó la nariz, pensativo.

—¿Alguien ve Dulcelandia por alguna parte? —soltó un áspero carraspeo que no fue exactamente una tos, pero tampoco una risa.

Vic sentía que la cocina se desvanecía. Todo a su alrededor estaba borroso, sin forma. Solo veía con claridad el iPad encima de la mesa, pero parecía estar muy lejos.

Necesitaba algo a lo que sujetarse. Le daba miedo acabar en el suelo de la cocina, a la deriva… como un globo que se le escapa a un niño de la mano. Cogió la muñeca de Lou, era algo a lo que aferrarse. Lou siempre estaba allí cuando necesitaba aferrarse a algo.

Pero cuando le miró vio en su cara un reflejo de su propia conmoción. Sus pupilas eran como cabezas de alfiler. Le faltaba el aliento y respiraba con dificultad.

En un tono de voz sorprendentemente normal, Hutter dijo:

—No sé lo que estoy mirando. ¿Alguno de los dos entiende algo de esto? ¿De este mapa tan raro? ¿Christmasland? ¿Autovía de San Nicolás?

—¿Tú lo entiendes? —preguntó Lou mirando impotente a Vic.

Esta supo que lo que realmente le preguntaba era: *¿Les hablamos de Christmasland? ¿Le hablamos de todas esas cosas en las que creías cuando estabas loca?*

—No —dijo Vic contestando así a todas las preguntas (las explícitas y las implícitas) al mismo tiempo.

El dormitorio

VIC DIJO QUE NECESITABA DESCANSAR, PREGUNTÓ SI PODÍA ECHARSE un rato y Hutter dijo que por supuesto, que no iba a conseguir nada agotándose de aquella manera.

Una vez en el dormitorio, sin embargo, fue Lou quien se tumbó en la cama. Vic era incapaz de relajarse. Fue hasta las persianas, las separó y observó el carnaval en que se había convertido el jardín delantero. La noche estaba envuelta por la cháchara de las radios y los susurros de voces masculinas. Alguien rio suavemente. Era asombroso pensar que a unos pocos cientos de pasos de la casa pudiera existir la felicidad.

Si alguno de los policías de fuera reparó en ella, probablemente supuso que estaba mirando la carretera, con la penosa esperanza de que apareciera por ella un coche de policía con las luces de emergencia, las sirenas cortando el aire y su hijo en el asiento trasero. A salvo. De vuelta a casa. Con los labios pegajosos y rosas por el helado que le habían comprado los agentes.

Pero Vic no miraba la carretera con la esperanza de que alguien le trajera a Wayne de vuelta. Si alguien podía traerlo era ella. Vic estaba mirando la Triumph, tirada justo donde la había dejado.

Lou seguía tendido en la cama como un manatí varado. Cuando habló se dirigió al techo.

—¿Por qué no te tumbas un rato? Aunque solo sea... para estar conmigo.

Vic dejó las persianas y fue hasta la cama. Colocó una pierna sobre las de Lou y se pegó a su espalda, como llevaba años sin hacer.

—El tipo ese que parece el gemelo malvado de Mickey Rooney, Daltry, me ha dicho que estás herida.

Vic se dio cuenta entonces de que Lou no conocía lo sucedido. Nadie se lo había explicado.

Se lo contó. Al principio se limitó a repetir lo que le había dicho a Hutter y a los otros detectives. La historia ya sonaba a guión ensayado y casi la podía recitar de memoria.

Pero entonces le explicó que había salido a dar una vuelta con la Triumph y se dio cuenta de que ya no tenía que omitir la parte del puente. Podía y debía contarle que había descubierto el Atajo en la niebla porque había ocurrido. Había ocurrido *de verdad*.

—Vi el puente —dijo con voz queda, incorporándose para mirarle a la cara—. Llegué a él con la moto, Lou. Había salido a buscarlo y allí estaba. ¿Me crees?

—Te creí la primera vez que me hablaste de él.

—Mira que eres mentiroso, joder —dijo Vic, pero no pudo evitar sonreírle.

Lou alargó un brazo y apoyó la mano en el montículo del pecho derecho de Vic.

—¿Por qué no iba a creerte? Aquello te explicaba mejor que cualquier otra cosa. Y además, yo soy como el cartel de la pared que salía en *Expediente X:* «Quiero creer». Es la historia de mi vida, señora mía. Sigue. Cruzaste el puente ¿y luego qué?

—No llegué a cruzarlo. Me dio miedo, Lou. Pensé que era una alucinación. Que se me había ido la pinza otra vez. Pisé el freno tan fuerte que empezaron a salírsele las piezas a la moto.

Le contó cómo había dado la vuelta a la moto y había salido caminando del puente, con los ojos cerrados y las piernas temblorosas. Le describió los sonidos del Atajo, el murmullo y el rugido, como cuando estás detrás de una cascada. Le habló de cómo había sabido que el puente ya no estaba cuando dejó de oír los ruidos y tuvo que caminar de vuelta a casa empujando la moto.

Después continuó y le contó que Manx y el otro hombre la esperaban y que Manx la había atacado con el martillo. Aquí Lou no se mostró nada estoico. Se horrorizó, se retorció y soltó maldiciones. Cuando Vic le dijo que había atacado a Manx en la cara con el taqué soltó:

—Ojalá le hubieras roto el puto cráneo.

Vic le aseguró que había hecho todo lo posible. Cuando llegó a la parte en que el Hombre Enmascarado le disparaba a Manx en la oreja, Lou se golpeó la pierna con el puño. La escuchaba con todo el cuerpo, asaltado por una suerte de vibrante rigidez, como cuando se tensa al máximo la cuerda de un arco antes de disparar.

No la interrumpió, sin embargo, hasta que llegó a la parte en que Vic echaba a correr ladera abajo, hacia el lago, para escapar de ellos.

—Eso es lo que estabas haciendo cuando llamó Wayne —dijo.

—¿Qué te pasó en el aeropuerto? Dime la verdad.

—Lo que os he contado —movió la cabeza como para relajar el cuello y luego dijo—: El mapa. Con la carretera a Christmasland. ¿Dónde está eso?

—No lo sé.

—Pero no está en nuestro mundo, ¿verdad?

—No lo sé. Creo… Me parece que sí está en nuestro mundo, por lo menos en una versión de él. La versión que tiene Charlie Manx en la cabeza. Todo el mundo vive en dos mundos, ¿no? Está el mundo físico… pero luego también nuestros mundos interiores privados, el mundo de nuestros pensamientos. Un mundo hecho de *ideas* en lugar de *cosas*. Es tan real como el otro, pero se encuentra dentro de nosotros. Es un paisaje *interior*. Todos tenemos un paisaje interior y todos estamos conectados, de la misma forma que New Hampshire está conectado con Vermont. Y a lo mejor algunas personas pueden entrar en ese mundo pensado si tienen el vehículo apropiado. Una llave. Un coche. Una bicicleta o una moto. Lo que sea.

—¿Cómo podría tu mundo pensado conectarse con el mío?

—No lo sé. Pero… A ver. Si por ejemplo Keith Richards se inventa una canción en sueños y luego tú la escuchas en la radio, entonces sus pensamientos pasan a tu cabeza. Mis ideas pueden pasar a la tuya con la misma facilidad con la que un pájaro cruza una frontera entre estados.

Lou arrugó el ceño y dijo:

—Entonces, Manx saca a niños de este mundo de cosas y se los lleva en su coche a su mundo privado de ideas. Vale, eso lo entiendo. Es raro, pero lo entiendo. Así que sigue contándome. El tipo con la máscara antigás llevaba una pistola.

Vic le contó lo de tirarse al lago, que el Hombre Enmascarado la había disparado y Manx le había hablado mientras estaba escondida debajo de la boya. Cuando terminó cerró los ojos y acurrucó la cara contra el cuello de Lou. Estaba exhausta. Más que exhausta, en realidad, había abierto fronteras en lo que a cansancio se refería. La fuerza de la gravedad era menor en aquel nuevo mundo. De no haber estado asida a Lou, habría salido flotando.

—Quiere que salgas a buscarle —señaló Lou.

—Y puedo —dijo Vic—. Puedo encontrar su Casa del Sueño, ya te lo he dicho. Antes de romper la moto llegué hasta el puente.

—Lo más seguro es que se saliera la cadena. Tienes suerte de no haberte partido la crisma.

Vic abrió los ojos y dijo:

—Tienes que arreglarla, Lou. Tienes que arreglarla esta noche, lo más rápido que puedas. Diles a Hutter y a la policía que no puedes dormir. Diles que necesitas hacer algo para distraerte. La gente reacciona al estrés de las maneras más raras y tú eres mecánico. No les extrañará.

—Manx te dice que vayas a buscarle. ¿Qué crees que te va a hacer cuando te tenga?

—Debería preocuparle más bien lo que voy a hacerle yo a *él*.

—¿Y qué pasa si no está en la Casa del Sueño? ¿La moto te llevará a dondequiera que esté? ¿Incluso si no se está quieto en un sitio?

—No lo sé —dijo Vic, pero pensó: *No*. No estaba segura de dónde le venía aquella certeza, no entendía cómo podía saber una cosa así, pero la sabía. Recordaba, vagamente, que una vez había salido a buscar un gato —*Taylor*, pensó— y estaba convencida de que lo había encontrado solo porque estaba muerto. De haber estado vivo y moviéndose, el puente no habría tenido una referencia a la que anclarse. El puente salvaba la distancia entre cosas perdidas y encontradas, pero solo si lo que se había perdido se quedaba quieto. Lou leyó la duda en su rostro, pero Vic continuó hablando—. De todas formas no importa. Manx tendrá que parar en algún momento, ¿no? ¿Para dormir? ¿A comer?

En realidad no estaba segura de que Manx necesitara comer o dormir. Había muerto, le habían hecho la autopsia, le habían sacado el corazón... y a continuación se había levantado y se había marchado como si tal cosa. ¿Quién sabía lo que necesitaba aquel hombre? Quizá pensar en él como un hombre era, de entrada, una equivocación. Y sin embargo sangraba. Se le podía hacer daño. Ella lo había visto pálido y tambaleante. Decidió que al menos necesitaría recuperarse un poco, quedarse en algún sitio y dormitar un rato, lo mismo que cualquier criatura herida. La matrícula de su coche era un chiste o una fanfarronada, *nosferatu,* que en alemán significa «vampiro», una proclamación, hasta cierto punto, de lo que era Manx. Pero en la ficción incluso los vampiros se arrastran hasta sus ataúdes y cierran la tapa de tanto en tanto. Apartó estos pensamientos de su cabeza y terminó lo que estaba diciendo:

—Tarde o temprano tendrá que parar para algo, y cuando lo haga podré alcanzarle.

—Me preguntaste si creía que estabas loca, con todas esas historias sobre el puente. Y te dije que no. ¿Pero *esto?* Esta parte es una locura total. Usar la moto para llegar hasta él de manera que te pueda liquidar. Terminar lo que empezó esta mañana.

—Es todo lo que tenemos —Vic miró hacia la puerta—. Y Lou, es la única manera en que tal vez podamos —*podamos* no, podremos— recuperar a Wayne. Esta gente no va a ser capaz de encontrarle. Yo sí. ¿Vas a arreglar la moto?

Lou suspiró con una exhalación grande y temblorosa.

—Lo intentaré, Vic. Lo intentaré. Pero con una condición.

—¿Cuál?

—Que cuando la moto esté arreglada —dijo Lou— me lleves contigo.

Autovía de San Nicolás

WAYNE DURMIÓ LARGO RATO —UN PERIODO INTERMINABLE DE paz y tranquilidad— y cuando abrió los ojos supo que todo iba a ir bien.

NOS4A2 circulaba a gran velocidad por la oscuridad como un torpedo atravesando profundidades insondables. Ascendían por colinas bajas y el Espectro tomaba las curvas como si fuera sobre raíles. Wayne subía hacia algo maravilloso y estupendo.

La nieve caía en copos suaves como plumas de ganso. Los limpiaparabrisas hacían *zum, zum,* apartándolos con delicadeza.

Dejaron atrás una farola solitaria, un bastón de caramelo de más de tres metros de altura rematado con una bola de chicle y que proyectaba una luz color cereza que convertía los copos de nieve en plumas de fuego.

El Espectro enfiló una ancha curva después de la cual se divisaba, abajo, en el valle, una vasta meseta, plateada, lisa y llana y, a continuación, ¡unas montañas! Wayne nunca había visto montañas como aquellas, a su lado las Rocosas parecían unos tristes montículos. La más pequeña tenía el tamaño del Everest. Era una cordillera inmensa de dientes hechos de roca, una hilera torcida de colmillos lo bastante afilados y grandes para devorar el cielo. Rocas de siete mil metros de altura rasgaban la noche, sostenían la oscuridad y se alzaban hasta las estrellas.

Encima de todo ello flotaba una luna como el filo de una guadaña. Wayne la miró una y otra vez. La luna tenía una nariz ganchuda, una boca horriblemente fruncida y un único ojo que dormía. Cuando exhalaba, el viento arrugaba la llanura y capas de nubes plateadas se desplazaban por el cielo a gran velocidad. Era un espectáculo tan maravilloso que Wayne casi aplaudió.

Era imposible, no obstante, mantener la vista apartada de las montañas demasiado tiempo. Aquellas cumbres ciclópeas e inmisericordes atraían la mirada de Wayne igual que un imán las virutas de hierro. Y es que allí, en una grieta situada a dos tercios de altura de la montaña más alta, había una joya reluciente sujeta a la pared rocosa. Brillaba más que la luna y más que cualquier estrella. Ardía en la noche igual que una antorcha.

Christmasland.

—Deberías bajar la ventanilla e intentar atrapar uno de esos copos de azúcar —le aconsejó el señor Manx desde el asiento delantero.

Por un momento Wayne se había olvidado que quién conducía el coche. Había dejado de preocuparse por ello. No era importante. Lo importante era llegar. Se sentía impaciente por estar ya en aquel lugar, por atravesar las puertas hechas de caramelo.

—¿Copos de azúcar? Querrá decir copos de nieve.

—¡De haber querido decir «copo de nieve» lo habría dicho! Son copos de azúcar pura de caña y si fuéramos en avión estaríamos atravesando nubes de algodón de azúcar. ¡Venga, baja la ventanilla! ¡Coge uno y verás que no te miento!

—¿No hará frío? —preguntó Wayne.

El señor Manx le miró por el espejo retrovisor y, cuando sonrió, se le dibujaron pequeñas patas de gallo a ambos lados de los ojos.

Ya no daba miedo. Era joven y, si no guapo, al menos resultaba elegante, con sus guantes de cuero negro y el abrigo del mismo color. Ahora también tenía el pelo negro, recogido bajo la gorra de visera de cuero, de manera que la frente ancha y desnuda quedaba a la vista.

El Hombre Enmascarado dormía a su lado, con una sonrisa dulce dibujada en su cara regordeta y peluda. Vestía uniforme blanco de marine con un montón de medallas en la pechera. Si uno lo miraba con atención, sin embargo, comprobaba que las monedas eran en realidad monedas de chocolate envueltas en papel dorado. Tenía nueve.

Para entonces Wayne ya se había dado cuenta de que ir a Christmasland era mejor que ir al colegio Hogwarts, a la fábrica de chocolate de Willy Wonka, a la Ciudad de las Nubes de *Star Wars* o a Rivendel de *El señor de los anillos*. A casi ningún niño se le permitía la entrada en Christmasland, solo a los que lo necesitaban de verdad. Allí era imposible no ser feliz, en un lugar donde cada mañana era Navidad y cada noche, Nochebuena. Donde llorar iba en contra de la ley y los niños volaban como ángeles. O flotaban. Wayne no tenía clara la diferencia.

También sabía otra cosa. Que su madre odiaba al señor Manx porque no quería llevarla a Christmasland. Y puesto que ella no podía ir, no quería que Wayne fuera tampoco. La razón de que su madre hubiera bebido tanto era que emborracharse era la única manera de llegar a sentir algo aproximado a lo que se sentía estando en Christmasland, por mucho que una botella de ginebra se pareciera a Christmasland lo mismo que una galleta a un solomillo.

Su madre siempre había sabido que algún día Wayne terminaría por ir a Christmasland. Por eso no soportaba estar con él. Por eso había estado huyendo de él todos aquellos años.

No quería pensar en ello. La llamaría en cuanto llegara a Christmasland. Le diría que la quería y que no pasaba nada. Si era necesario, la llamaría todos los días. Era verdad que su madre a veces le odiaba, que odiaba ser madre, pero Wayne estaba decidido a quererla de todas maneras, a compartir con ella su felicidad.

—¡Qué va a hacer frío! —le dijo Manx, devolviendo a Wayne al aquí y ahora—. Eres más miedoso que mi tía Mathilda. ¡Anda, baja la ventana! Además, te conozco, Wayne Bruce Carmody. Estabas pensando en cosas serias, ¿a que sí? ¡Eres un niño de lo más serio!

Vamos a tener que ponerle remedio a eso. Sí señor. El doctor Manx te receta una copa de cacao con menta y una vuelta en el Ojo del Ártico con los otros niños. Si después de eso sigues tristón, entonces es que no tienes cura. ¡Vamos, baja la ventanilla! Que el aire de la noche se lleve tus pensamientos tristones. No seas como una vieja gruñona. ¡Tengo la sensación de llevar en el coche a la abuela de alguien en vez de a un niño!

Wayne se volvió para bajar la ventanilla y cuando lo hizo se llevó una sorpresa desagradable. Su abuela Linda estaba sentada a su lado. Hacía meses que no la veía. Era complicado visitar a familiares que ya estaban muertos.

Y esta seguía muerta. Llevaba una bata de hospital sin atar de manera que se le veía la espalda desnuda y esquelética cada vez que se inclinaba hacia delante. Estaba sentada en el asiento beige de cuero del bueno sin las bragas puestas. Las piernas eran delgadísimas y horribles, muy blancas en la oscuridad y recorridas por multitud de venas varicosas. Sus ojos ocultos detrás de dos nuevas y relucientes monedas de medio dólar.

Wayne abrió la boca para gritar pero la abuelita Lindy se llevó un dedo a los labios. *Chist.*

—.tiempo ganarás ,atrás hacia piensas Si .Wayne ,verdad la de alejando está Te.

Manx inclinó la cabeza como si escuchara un ruido procedente del motor del coche que no le gustara. Lindy había hablado lo bastante alto como para que Manx la oyera, pero este no se volvió del todo para mirarla y su expresión daba a entender que pensaba que había oído algo, pero que no estaba seguro.

Ver a su abuela ya era bastante malo, pero las cosas sin sentido que decía y que sin embargo bordeaban de forma exasperante lo comprensible estremecieron a Wayne. Las monedas en los ojos de su abuela emitían destellos.

—Vete —susurró Wayne.

— .juventud tu quedará se y alma el robará Te .rompas te que hasta, goma de cinta una como estirará Te .alma propia tu de alejará

Te —explicó la abuela llevándose un frío dedo al esternón de vez en cuando para dar más énfasis a lo que decía.

Wayne emitió un pequeño gemido desde la parte de atrás de la garganta y se alejó de su abuela. Al mismo tiempo no podía evitar intentar descifrar el galimatías que esta recitaba con tanta gravedad. *Te estirará*, eso lo había entendido. *¿Goma de cinta?* No, tenía que ser *cinta de goma*. Eso sí. Estaba hablando al revés y, de alguna manera, Wayne comprendió que por eso el señor Manx no la escuchaba bien desde el asiento de delante. No podía oírla porque él iba hacia delante y su abuela hacia atrás. Intentó recordar qué más cosas había dicho, para ver si era capaz de desentrañar su sintaxis de mujer muerta, pero ya se le habían empezado a olvidar.

El señor Manx dijo:

—Baja la ventana, hombrecito. ¡Obedece! —de repente su voz se había vuelto severa, no tan amable como antes—. Quiero que disfrutes de las golosinas. ¡Deprisa! ¡Estamos ya casi en un túnel!

Pero Wayne no podía bajar la ventanilla. Para hacerlo habría tenido que acercarse a Linda y le daba miedo. Le daba tanto miedo como Manx. Quería taparse los ojos para no tener que volver a verla. Respiró jadeante, como un corredor en el último tramo de carrera, y al exhalar de su boca salió vapor, como si hiciera frío en la parte trasera del coche, aunque él no lo sintiera.

Miró hacia el asiento delantero en busca de ayuda, pero el señor Manx había cambiado. Le faltaba la oreja izquierda, que estaba hecha jirones, pequeños cordeles carmesí que le colgaban a la altura de la mejilla. Tampoco llevaba la gorra y la cabeza que esta había cubierto era ahora calva, con bultos y manchas, y solo unos pocos cabellos plateados peinados de oreja a oreja. De la ceja le colgaba un gran desgarrón de carne sanguinolenta. En lugar de ojos tenía dos agujeros rojos que chisporroteaban: no eran cuencas sangrientas, sino cráteres con brasas encendidas.

A su lado, el Hombre Enmascarado dormía enfundado en su uniforme inmaculado y sonreía como un hombre con el estómago lleno y los pies calientes.

Por el parabrisas Wayne vio que se acercaban a un túnel perforado en una pared de roca, una tubería negra que conducía al otro lado de la colina.

—¿Quién está ahí atrás contigo? —preguntó Manx con una voz zumbona y terrorífica. No era una voz de hombre, sino de mil moscas zumbando al unísono.

Wayne se giró en busca de Lindy, pero esta había desaparecido, lo había abandonado.

El túnel engulló al Espectro. En la oscuridad solo se veían los dos agujeros rojos donde deberían haber estado los ojos de Manx, fijos en Wayne.

—No quiero ir a Christmasland —dijo este.

—Todo el mundo quiere ir a Christmasland —replicó la cosa del asiento delantero que antes había sido un hombre pero ya no, y que quizá llevaba cien años sin serlo.

Se acercaban deprisa a un círculo brillante de luz natural al final del túnel. Al entrar en el agujero excavado en la montaña había sido de noche, pero ahora avanzaban hacia un resplandor estival cuyo brillo, cuando aún estaban a cincuenta metros de él, ya le hacía daño en los ojos a Wayne.

Gimió y se tapó la cara con las manos. La luz le quemó los dedos y creció en intensidad hasta que brilló a través de ellos y pudo ver los huesos de estos recubiertos de un tejido luminoso. Tuvo la sensación de ir a arder en cualquier momento.

—¡No me gusta! ¡No me gusta! —gritó.

El coche traqueteaba ahora por una carretera de baches y se zarandeaba tanto que Wayne no pudo mantener las manos pegadas a la cara. La luz de la mañana le hizo parpadear.

Bing Partridge, el Hombre Enmascarado, se enderezó y se volvió para mirar a Wayne. Ya no llevaba uniforme, sino los pants del día anterior.

—No —dijo mientras se metía un dedo en la oreja—. A mí tampoco me gusta madrugar.

Sugarcreek, Pensilvania

SOL, SOL, VETE YA —dijo el HOMBRE ENMASCARADO, Y BOSTEZÓ—. Otro día volverás —se calló un momento y a continuación dijo, tímidamente—: He tenido un sueño muy bonito. He soñado con Christmasland.

—Pues espero que te gustara —dijo Manx—. Porque con el estropicio que has montado, ¡soñar con Christmasland es lo máximo que te voy a dejar hacer!

El Hombre Enmascarado se encogió en su asiento y se tapó los oídos.

Estaban en un lugar montañoso y de hierba alta bajo un cielo azul estival. A la izquierda brillaba un lago glaciar, una franja alargada de espejo hundida entre pinos de treinta metros de altura. Había jirones de niebla matinal adheridos a los valles, pero no tardarían en disiparse.

Wayne se frotó con fuerza los ojos aún tenía el cerebro medio dormido. Le ardían la frente y las mejillas. Suspiró y le sorprendió ver salir vaho de sus fosas nasales, igual que en el sueño que había tenido. No se había dado cuenta del frío que hacía en el asiento trasero.

—Estoy helado —dijo, aunque realidad lo que sentía no era frío, sino calor.

—Las mañanas aquí pueden ser muy frescas —dijo Manx—. Pronto te encontrarás mejor.

—¿Dónde estamos? —preguntó Wayne.

Manx se volvió para mirarle.

—En Pensilvania. Hemos conducido toda la noche y tú has dormido como un bebé.

Wayne parpadeó, inquieto y desorientado, aunque tardó un poco en comprender por qué. Lo que quedaba de la oreja izquierda de Manx seguía cubierta con una gasa blanca, pero se había quitado el vendaje de la cabeza. El corte de quince centímetros de la frente era ahora negruzco y de aspecto añejo, igual que una cicatriz de Frankenstein, y sin embargo daba la impresión de haber sido hecho doce días antes, en lugar de solo doce horas. Manx tenía mejor aspecto y los ojos alerta, rebosantes de buen humor y de amor a la humanidad.

—Tiene mejor la cara —dijo Wayne.

—Estoy algo más presentable, supongo, ¡pero de momento no creo que me admitan en un concurso de belleza!

—¿Cómo es que está mejor? —preguntó Wayne.

Manx reflexionó un instante y a continuación respondió:

—El coche me cuida. También cuidará de ti.

—Es porque estamos en la carretera a Christmasland —dijo el Hombre Enmascarado mirando a Manx y sonriendo—. Te quita el dolor y te pone mejor. ¿A que sí, señor Manx?

—No estoy de humor para tus rimas tontas, Bing— dijo Manx—. ¿Por qué no juegas un ratito a los cuáqueros?

El NOS4A2 circuló en dirección sur y durante un rato nadie habló. Wayne aprovechó el silencio para recapacitar.

En toda su vida había pasado tanto miedo como la tarde anterior. Todavía estaba ronco de todo lo que había chillado. Ahora, sin embargo, se sentía como si fuera un frasco al que han vaciado de todo sentimiento negativo. El interior del Rolls-Royce resplandecía con una claridad dorada. Motas de polvo bailaban en los haces de luz y Wayne levantó una mano para agitarlas, para verlas bailar igual que la arena en el agua...

Su madre se había tirado al agua para escapar del Hombre Enmascarado. Se acordó y tuvo un escalofrío. Por un momento revivió el miedo del día anterior y le quemó la piel como si hubiera tocado un cable de cobre pelado y le hubiera dado un calambre. Lo que le asustaba no era pensar que Charlie Manx le tenía prisionero, sino que por un instante se había *olvidado* de que estaba prisionero. Por un instante había admirado la luz del sol y casi se había sentido feliz.

Fijó la vista en el cajón de madera de nogal bajo el asiento delantero, donde había escondido el teléfono. Después la levantó y comprobó que Manx le observaba por el espejo retrovisor con una leve sonrisa. Wayne se encogió de nuevo en el asiento.

—Dijo que me debía una —le recordó.

—Lo dije y lo mantengo —afirmó Manx.

—Quiero llamar a mi madre. Quiero decirle que estoy bien.

Manx asintió con los ojos en la carretera y una mano en el volante. ¿El coche no se había conducido solo el día antes? A Wayne le parecía recordar ver el volante girar solo mientras Manx gemía y el Hombre Enmascarado le limpiaba la sangre de la cara, pero el recuerdo tenía la cualidad brillante e hiperrealista de esa clase de sueños que le asaltan a uno cuando está con una fuerte gripe. Ahora, a la clara luz del día, Wayne no estaba seguro de que hubiera ocurrido de verdad. Además empezaba a hacer menos frío. Ya no se veía el aliento.

—Es lógico que quieras llamarla y decirle que estás bien. Vas a ver como cuando lleguemos a nuestro destino ¡querrás llamarla todos los días! Es muy considerado por tu parte. Y claro que ella querrá saber cómo estás. Tendremos que llamarla en cuanto podamos, ¡eso no cuenta como ningún favor! ¿Qué clase de persona sería yo si no te dejara llamar a tu madre? El problema es que no es fácil parar en ningún sitio para que llames y a ninguno se nos ha ocurrido traer un teléfono —dijo Manx. Se volvió y miró de nuevo a Wayne por entre los dos asientos delanteros—. Porque supongo que tú no te lo has traído tampoco, ¿verdad?

Y sonrió.

Lo sabe, pensó Wayne. Se le encogió el estómago y durante un segundo estuvo a punto de llorar.

—No —dijo con una voz que sonó casi normal. Tenía que hacer esfuerzos para mantener la vista apartada del cajón de madera a sus pies.

Manx volvió a concentrarse en la carretera.

—Bueno. De todas formas es demasiado temprano para llamarla. No son ni las seis de la mañana, y después del día que tuvo ayer será mejor que la dejemos descansar —suspiró y añadió—: Tu madre tiene más tatuajes que un marinero.

—Una mujer de LaFayette —dijo el Hombre Enmascarado— se tatuó todo el culete. Y en beneficio de un ciego, que era un señor muy culero, de tatuajes en braille se cubrió el ojete entero.

—Haces demasiadas rimas —dijo Wayne.

Manx rio —una gran carcajada que sonó como un relincho— y dio una palmada al volante.

—¡Eso sin duda! ¡Este Bing Partridge es un demonio rimador! Si consultas la Biblia, verás que son los demonios de menor rango, pero que sin embargo tienen su utilidad.

Bing apoyó la frente en la ventanilla y contempló el paisaje. Había ovejas pastando.

Ovejita, ovejita —canturreó para sí—. *¿Por qué no me das tu lanita?*

Manx continuó:

—Esos tatuajes que lleva tu madre.

—¿Sí? —dijo Wayne pensando que, si miraba en el cajón, seguramente el teléfono no estaría. Decidió que había muchísimas posibilidades de que se lo hubieran quitado mientras dormía.

—Llámame anticuado, pero a mí me parece una invitación a que la gente se la quede mirando. ¿Crees que le gusta llamar la atención?

—Había una puta en Perú —susurró el Hombre Enmascarado mientras reía en voz queda y para sí.

—Son bonitos —dijo Wayne.

—¿Por eso se divorció tu padre de ella? ¿Por qué no le gustaba que fuera por ahí pidiendo guerra, con las piernas al aire y pintadas para atraer a los hombres?

—No se divorció de ella. Nunca se llegaron a casar.

Manx rio otra vez.

—Menuda sorpresa.

Habían dejado la autovía y salido de las colinas para entrar en un centro urbano somnoliento. Era un lugar de aspecto triste y abandonado. Los escaparates de las tiendas estaban pintados de blanco y llevaban letreros de Se Alquila. El cine tenía la puerta clausurada con tablones de aglomerado y en la marquesina ponía FEL Z NAV DAD SUGAR EEK PE S LV NIA. Había luces de Navidad colgadas, aunque era julio.

Wayne no podía soportar la incertidumbre sobre su teléfono. Si movía el pie podía tocar el cajón. Acercó la punta al tirador.

—Tiene un cuerpo bastante atlético, eso lo reconozco —dijo Manx, aunque Wayne apenas le escuchaba—. Imagino que tiene novio.

Wayne dijo:

—Dice que su novio soy yo.

—Ja, ja. Todas las madres les dicen eso a sus hijos. ¿Tu padre es mayor que tu madre?

—No lo sé. Supongo. Un poco.

Wayne enganchó el cajón con el pie y lo abrió unos centímetros. El teléfono seguía allí. Lo empujó hasta cerrarlo. Más tarde. Si intentaba cogerlo ahora igual se lo quitaban.

—¿Crees que le interesan los hombres mayores? —preguntó Manx.

Wayne no entendía por qué Manx no dejaba de hablar de su madre y sus tatuajes y de lo que opinaba de hombres mayores que ella. Aquello le dejaba más perplejo que si Manx hubiera empezado a hacerle preguntas sobre leones marinos o coches deportivos. Ni siquiera recordaba cómo habían llegado a aquel tema de conversación y se esforzó por cambiarlo, por darle la vuelta, por avanzar hacia atrás.

Si piensas hacia atrás, pensó. *Atrás. Hacia. Piensas. Si.* La difunta abuela Lindy se le había aparecido en sueños y todo lo que decía se oía al revés. La mayor parte de lo que le había dicho se le había ido ya —lo había olvidado—, pero aquella parte le vino a la cabeza con total claridad, como un mensaje escrito en tinta invisible que se vuelve oscuro y aparece en un papel sostenido sobre una llama. Si piensas hacia atrás, ¿qué pasaba? Wayne no lo sabía.

El coche se detuvo en un cruce. Una mujer de mediana edad estaba en la acera, a unos dos metros. Llevaba pantalones cortos y una cinta elástica en el pelo y corría sin moverse del sitio. Esperaba a que se abriera el semáforo, aunque no pasaba ningún coche.

Wayne actuó sin pensar. Se lanzó hacia la puerta y se puso a dar puñetazos en el cristal.

—¡Socorro! —gritó—. ¡Ayuda!

La mujer frunció el ceño y buscó a su alrededor. Después fijó la vista en el Rolls-Royce.

—¡Ayuda, ayuda! —gritó Wayne dando palmadas a la ventana.

La mujer sonrió y le saludó con la mano.

Se abrió el semáforo y Manx cruzó despacio la intersección.

A la izquierda, en el otro lado de la calle, Wayne vio un hombre de uniforme saliendo de una tienda de donas. Llevaba lo que parecía ser una gorra de policía y una chamarra azul.

Wayne se desplazó hacia el otro lado del coche y golpeó la ventana con los puños. Mientras lo hacía pudo ver al hombre mejor y se dio cuenta de que era un cartero, no un policía. Un hombre gordinflón de cincuenta y tantos años.

—¡Ayúdeme, por favor! ¡Me han secuestrado! *¡Ayuda, ayuda, ayuda!* —Wayne gritó con voz ronca.

—No te oye —dijo Manx—. O, más bien, no oye lo que quieres que oiga.

El cartero miró el Rolls cuando pasaba a su lado. Sonrió y se llevó dos dedos a la visera de la gorra a modo de pequeño saludo. Manx le dejó atrás.

—¿Se puede saber por qué estás armando tanto jaleo? —preguntó.

—¿Por qué no me oyen? —preguntó Wayne.

—Es como lo que dicen de Las Vegas. Quien en el Espectro entra, allí se queda.

Estaban saliendo del pequeño centro urbano y empezando a acelerar, dejando atrás las cuatro manzanas de edificios de ladrillo y escaparates polvorientos.

—Si estás cansado de la carretera —dijo Manx—, no te preocupes. Pronto la dejaremos. Yo desde luego necesito descansar de tanta carretera. Estamos ya muy cerca de nuestro destino.

—¿De Christmasland? —preguntó Wayne.

Manx frunció los labios en un mohín pensativo.

—No, eso todavía está lejos.

—De la Casa del Sueño —le dijo el Hombre Enmascarado.

El lago

VIC CERRÓ LOS OJOS UN MOMENTO, Y CUANDO LOS ABRIÓ SE ENCONTRÓ mirando el reloj de la mesilla, que marcaba las 5:59. Entonces las pestañas de celuloide cambiaron a 6.00 y sonó el teléfono.

Ambas cosas ocurrieron tan seguidas que lo primero que pensó Vic fue que había saltado el despertador y no entendía por qué lo había puesto tan pronto. Entonces sonó de nuevo el teléfono y la puerta del dormitorio se abrió un poco. Tabitha Hutter se asomó con ojos brillantes detrás de unas gafas.

—Es un número que empieza por 603. Corresponde a una empresa de demoliciones en Dover. Será mejor que lo coja. Seguramente no es él, pero…

—No es él —dijo Vic y descolgó con torpeza el teléfono.

—He tardado en enterarme —dijo su padre—. Y me ha costado un rato localizar tu número. He esperado todo lo que he podido por si estabas dormida. ¿Cómo estás, hija?

Vic apartó la boca del teléfono y dijo:

—Es mi padre.

Tabitha Hutter dijo:

—Dígale que le estamos grabando. De momento vamos a grabar todas las llamadas a este número.

—¿Has oído eso, Chris?

—Sí. No pasa nada. Que hagan lo que tengan que hacer. Dios, qué alegría oír tu voz, niña.

—¿Qué quieres?

—Quiero saber cómo estás. Quiero que sepas que aquí me tienes si me necesitas.

—Siempre hay una primera vez para todo, ¿no?

Su padre dejó escapar un leve suspiro de impaciencia.

—Entiendo por lo que estás pasando. Yo también pasé por ello una vez, ya lo sabes. Te quiero, cariño. Dime si puedo ayudarte en algo.

—No puedes —dijo Vic—. Ahora mismo no hay nada que puedas hacer saltar por los aires. Ya está todo bastante patas arriba. No me llames más, papá. Bastante mal lo estoy pasando ya y tú no haces más que empeorar las cosas.

Colgó. Tabitha Hutter la miraba desde la puerta.

—¿Han puesto a los expertos en telefonía móvil a intentar localizar el teléfono de Wayne? ¿Ha pasado lo mismo que con lo de Buscar mi iPhone? Supongo que sí. De haber tenido información nueva me habrían despertado.

—No han podido localizar el teléfono.

—¿No han podido o es que les ha llevado a la autovía de San Nicolás, en algún lugar al este de Christmasland?

—¿Le dice algo ese sitio? Charlie Manx tenía una casa en Colorado. Los árboles de alrededor tenían adornos de Navidad. La prensa le dio un nombre, lo llamó Casa Trineo. ¿Es eso Christmasland?

No, pensó Vic automáticamente. *Porque la Casa Trineo está en nuestro mundo y Christmasland es un paisaje interior de Manx. Un manx-paisaje.*

La cara de Hutter era totalmente de póquer, mientras miraba a Vic con estudiada calma. A esta se le ocurrió que si le decía a aquella mujer que Christmasland era un lugar situado en una cuarta dimensión, donde niños muertos cantaban villancicos y hacían llamadas a larga distancia el gesto de su cara sería el mismo. Seguiría mirándola con la aquella expresión serena, clínica, mientras los agentes de policía sujetaban a Vic y le administraban un sedante.

—No sé dónde está Christmasland ni qué es —dijo Vic, lo que en gran medida era verdad—. No entiendo por qué sale cuando intentan localizar el teléfono de Wayne. ¿Qué tal si miramos martillos?

La casa seguía llena de gente, aunque ahora tenían menos pinta de policías y más de empleados del servicio técnico de MediaMarkt. Tres hombres jóvenes habían instalado computadoras en la mesa baja del cuarto de estar. Eran un asiático desgarbado con tatuajes de motivos tribales, un chaval delgadísimo pelirrojo con peinado afro y un hombre negro con un suéter negro de cuello vuelto que parecía robado del armario de Steve Jobs. La casa olía a café. Había una cafetera recién hecha en la cocina. Hutter le sirvió a Vic una taza y le añadió leche y una cucharada de azúcar, justo como lo tomaba.

—¿Eso también sale en mi ficha? —preguntó esta—. ¿Cómo tomo el café?

—La leche estaba en la nevera. Debe usarla para algo. Y en el azucarero había metida una cucharilla de café.

—Elemental, querido Watson —dijo Vic.

—Antes en Halloween me disfrazaba siempre de Sherlock Holmes —dijo Hutter—. Con la pipa, la gorra de cazador y todo lo demás. ¿Y usted? ¿Qué se ponía para salir a pedir golosinas?

—Una camisa de fuerza —dijo Vic—. Iba de paciente huida de un psiquiátrico. Luego me vino muy bien la práctica.

La sonrisa de Hutter desapareció.

Se sentó a la mesa con Vic y le pasó su iPad. Le explicó cómo desplazarse por la galería de imágenes para ver las distintas fotografías de martillos.

—¿Por qué es tan importante saber con qué me pegó? —preguntó Vic.

—Uno no sabe lo que es importante hasta que lo ha visto. Así que hay que intentar verlo todo.

Vic deslizó el dedo por martillos hidráulicos, martillos de albañilería, mazos de croquet.

—¿Se puede saber qué es esto? ¿Una base de datos de asesinos en serie que matan con un martillo?

—Sí.

Vic la miró. Hutter había recobrado su expresión habitual de neutral impasibilidad.

Pasó más imágenes y se detuvo:

—Es este.

Hutter miró la pantalla. Era la fotografía de un martillo con cabeza rectangular de acero inoxidable, asa reticulada y terminado en un gancho afilado.

—¿Está segura?

—Sí, por el gancho. Es este. ¿Qué clase de martillo es?

Hutter sacó el labio inferior, empujó la silla y se puso en pie.

—De los que no venden en las ferreterías. Tengo que hacer una llamada.

Vaciló con una mano en el respaldo de la silla de Vic.

—¿Se siente capaz de hacer una declaración para la prensa esta tarde? Estamos teniendo mucho eco en los informativos de las emisoras de televisión por cable. Los enfoques son numerosos. Todo el mundo conoce los libros de *Buscador*, así que... Me temo que algunos hablan de esto como si fuera un juego real a vida o muerte de una de las aventuras de Buscador. Una petición personal de ayuda servirá para mantener viva la historia. Y que la gente esté informada es nuestra mejor arma.

—¿Sabe ya la prensa que Manx me secuestró cuando era una adolescente? —preguntó Vic.

Hutter frunció el ceño como si pensara.

—Esto... no, aún no lo saben. Y no creo que deba mencionarlo en su declaración. Es importante que los medios se centren en la información esencial. Necesitamos que la gente esté avisada sobre su hijo y sobre el coche. Todo lo demás es, en el mejor de los casos, irrelevante y en el peor, una distracción.

—El coche, mi hijo, Manx —dijo Vic—. Nos interesa que todos estén avisados sobre Manx.

—Sí, por supuesto —Hutter dio dos pasos hacia la puerta, se volvió y dijo—: Está usted portándose de maravilla, Victoria. Demostrando una gran fuerza en un momento aterrador. Ha hecho ya tanto que odio tener que pedirle más cosas. Pero cuando se encuentre preparada, tenemos que sentarnos y me tiene que contar la historia completa de Manx con sus propias palabras. Necesito saber más sobre lo que le hizo. Así habrá más probabilidades de que encontremos a su hijo.

—Ya le he dicho lo que me hizo. Se lo conté todo ayer. Me pegó con un martillo, me persiguió hasta el lago y se llevó a mi hijo.

—Lo siento, no me he explicado bien. No me refiero a lo que le hizo ayer; estoy hablando de 1996. De cuando la secuestró.

Vic tenía la impresión de que Hutter era una mujer metódica, paciente y sensata y que estaba, a su manera paciente y sensata, tratando de convencerla de que se engañaba respecto a Charlie Manx. Pero, si no creía que Manx se había llevado a Wayne, entonces ¿qué pensaba que había ocurrido?

Vic tenía una extraña sensación de amenaza que no sabía concretar. Era como estar conduciendo y darse cuenta de repente de que hay hielo invisible en el asfalto y que cualquier movimiento brusco hará derrapar el coche.

Me creo que su hijo haya desaparecido y también que usted ha sido atacada, había dicho Hutter. *No creo que nadie ponga eso en duda.*

Y: *Que pasó un mes en un hospital psiquiátrico en Colorado donde le diagnosticaron estrés postraumático severo y esquizofrenia.*

Sentada ante una taza de café, en un estado de tranquilidad y silencio relativos, Vic por fin lo comprendió. Y cuando lo hizo notó una sensación fría y seca en la nuca que le subía por el cuero cabelludo, síntomas físicos de asombro y horror al mismo tiempo. Era consciente de sentir las dos cosas en igual medida. Tragó un poco de café templado para ahuyentar el escalofrío y la correspondiente sensación de alarma. Hizo un esfuerzo por sobreponerse y pensar despacio.

La cosa era así: Hutter pensaba que Vic había matado a Wayne en un brote psicótico. Que había matado al perro y ahogado a Wayne en el lago. No tenían más que su palabra como prueba de que hubiera habido disparos; no había aparecido ni una sola bala, ni un solo casquillo. El plomo había caído al agua y el metal se había quedado dentro de la pistola. La valla estaba destrozada y el jardín arrasado, la única parte de su relato para la que aún no habían encontrado explicación. Tarde o temprano, sin embargo, la encontrarían.

La habían tomado por una Susan Smith, aquella mujer de Carolina del Sur que había ahogado a sus hijos y después contado una mentira sobre que un hombre de raza negra los había secuestrado, que tuvo al país sumido en un frenesí de histeria racial durante una semana. Por eso las televisiones no decían nada de Manx. La policía no creía en él. Ni siquiera creía que hubiera habido un secuestro, pero le seguían la corriente a Vic posiblemente para cubrirse las espaldas desde el punto de vista legal.

Se terminó el café, dejó la taza en el fregadero y salió por la puerta de atrás.

Tenía el jardín para ella sola. Cruzó la hierba húmeda de rocío hasta la cochera y miró por la ventana.

Lou se había dormido en el suelo, junto a la moto. Esta estaba desmontada, con la cubierta quitada y la cadena suelta. Lou se había puesto una lona alquitranada debajo de la cabeza a modo de almohada improvisada. Tenía las manos cubiertas de grasa y huellas negras en las mejillas, donde se había tocado mientras dormía.

—Ha pasado aquí toda la noche trabajando —dijo una voz detrás de Vic.

Daltry la había seguido al jardín. Tenía la boca abierta en una sonrisa que dejaba ver un diente de oro. En una mano sostenía un cigarrillo.

—Es normal. Lo veo a menudo. Es cómo reacciona la gente cuando se siente impotente. No se imagina cuántas mujeres se dedican a hacer punto mientras esperan en urgencias a saber si su hijo va a sobrevivir a una operación de vida o muerte. Cuando te sientes impotente recurres a lo que sea para mantener la cabeza ocupada y no pensar.

—Sí —dijo Vic—. Exacto. Es mecánico. En vez de hacer punto, Lou arregla motores. ¿Me da un cigarrillo?

Pensó que la tranquilizaría, la ayudaría a estar menos nerviosa.

—No he visto ceniceros en la casa —dijo Daltry. Sacó una cajetilla de Marlboro de su abrigo barato y le ofreció uno.

—Lo dejé por mi hijo —dijo Vic.

Daltry asintió y no dijo nada. Sacó un encendedor, un Zippo grande de metal con un dibujo infantil en uno de los lados. Giró el encendedor y este chasqueó y escupió chispas.

—Está casi sin gasolina —dijo.

Vic lo cogió, probó a encenderlo y de la punta salió un llamita amarilla. Se encendió el cigarrillo, cerró los ojos y dio una calada. Era como meterse en un baño caliente. Levantó la vista con un suspiro y miró el dibujo en el lateral del mechero. Popeye daba un puñetazo. ¡BUUUM!, decía en una explosión de ondas expansivas amarillas.

—¿Sabe lo que me llama la atención? —preguntó Daltry mientras Vic daba otra larga calada al cigarrillo y se llenaba los pulmones de humo—. Que nadie haya visto ese Rolls-Royce antiguo. ¿Cómo puede un coche así pasar desapercibido? ¿A usted no le sorprende que no lo haya visto nadie?

La miraba con ojos brillantes, casi alegres.

—No —dijo Vic, y decía la verdad.

—No —dijo Daltry—. Ya lo veo. ¿Por qué cree que es?

—Porque a Manx se le da muy bien pasar desapercibido.

Daltry se volvió y miró hacia el lago.

—Es rarísimo. Dos hombres en un Rolls-Royce Espectro de 1938. He consultado una base de datos *online*. ¿Sabía que quedan menos de cuatrocientos Rolls-Royce de ese modelo en todo el mundo? Y en el país, menos de cien. Es un coche raro de verdad. Y la única persona que lo ha visto es usted. Debe de pensar que se está volviendo loca.

—No estoy loca —dijo Vic—, sino asustada. Hay una diferencia entre las dos cosas.

—Una diferencia que usted conoce mejor que nadie, supongo —dijo Daltry. Tiró el cigarro al suelo y lo apagó con la punta del pie.

Ya había entrado en la casa cuando Vic se dio cuenta de que se había quedado con su encendedor.

La Casa del Sueño

EL JARDÍN DE BING ESTABA LLENO DE FLORES DE PAPEL DE ALUMINIO de colores brillantes que giraban en el sol de la mañana.

La casa era como un pastelito color rosa, con adornos blancos y lirios azules. Era de esos lugares donde una ancianita invitaría a un niño a galletas de jengibre, lo encerraría en una jaula, lo engordaría durante semanas y después lo metería en el horno. Era la Casa del Sueño. Solo de mirar las flores de aluminio girar, a Wayne le entraban ganas de dormir.

Subiendo la colina desde la casa de Bing Partridge había una iglesia quemada casi hasta los cimientos. No quedaba apenas nada de ella, excepto la fachada frontal con su torre apuntada, puertas altas y blancas y ventanas de vidrio policromado sucias de hollín. La parte trasera era una escombrera de vigas calcinadas y cemento ennegrecido. A la entrada había un cartel de esos escritos con letras magnéticas en el que el pastor informaba a los fieles del horario de misas. Alguien se había puesto a jugar con las letras y había escrito un mensaje que con toda probabilidad no era representativo del espíritu de la congregación. Decía:

EL TABERNÁCULO DE LA FE

DE LA NUEVA AMÉRICA

DIOS QUEMADO VIVO

AHORA SOLO QUEDAN DEMONIOS

El viento agitaba los altos robles que enmarcaban el aparcamiento alrededor de los restos calcinados de la iglesia. Wayne notó el olor a quemado incluso con las ventanillas subidas.

NOS4A2 enfiló el camino de entrada hacia un garaje separado de la casa. Bing se retorció rebuscando en su bolsillo y sacó un mando a distancia. La puerta subió y el coche entró.

El garaje era un bloque de cemento hueco, con un interior fresco y umbrío donde olía a aceite y a hierro. El olor metálico procedía de los bidones. Había media docena de bidones verdes, cilindros largos y moteados de óxido con letras estarcidas en uno de los lados: INFLAMA-BLE, CONTENIDO A PRESIÓN y SEVOFLURANO. Estaban alineados como soldados de un ejército de robots marcianos esperando una inspección. Detrás había una escalera que conducía a una segunda planta.

—Hora de desayunar —dijo Bing y miró a Charlie Manx—. Le voy a hacer el mejor desayuno de su vida. Palabrita de niño Jesús. El mejor. Dígame qué le apetece.

—Lo que me apetece es estar solo, Bing —dijo Manx—. Necesito descansar la cabeza. Y si no tengo demasiada hambre probablemente es porque tu parloteo me ha dejado ahíto. Eso sí que son calorías vacías.

Bing se encogió y se tapó los oídos.

—No te tapes los oídos para hacer que no me oyes. Lo has hecho todo fatal.

Bing arrugó la cara. Cerró los ojos. Empezó a llorar de una manera feísima.

—¡Me quiero pegar un tiro! —gritó.

—Eso no son más que tonterías —dijo Manx—. Y además, lo más probable es que fallaras y acabaras dándome a mí.

Wayne rio.

Aquello sorprendió a todos, incluido él mismo. Había sido como estornudar, una reacción involuntaria. Manx y Bing se volvieron a mirarle. Bing lloraba y tenía la cara mofletuda y fea distorsionada por la infelicidad. Manx, en cambio, miraba a Wayne con una suerte de perplejidad divertida.

—¡Cállate! —le gritó Bing—. ¡No te rías de mí o te arranco la cara! ¡Saco las tijeras y te corto en trocitos!

Manx tenía el martillo plateado en la mano y le asestó a Bing un golpe en el pecho que le dejó pegado a la puerta del pasajero.

—Cállate —dijo—. Todos los niños se ríen con las tonterías que dicen los payasos. Es algo de lo más natural.

Por un momento, a Wayne le pasó por la cabeza lo divertido que sería si Manx le daba un martillazo a Bing en la cara y le partía la nariz. La imaginó explotando como un globo de agua relleno de Red Bull, una imagen tan desternillante que estuvo a punto de reír otra vez.

Una parte de él, una parte muy distante y silenciosa, se preguntaba cómo era posible que determinadas cosas le parecieran divertidas. Quizá es que aún seguía confuso por aquel gas con el que le había rociado Bing Partridge. Había dormido toda la noche, pero no se sentía descansado. Se encontraba enfermo, agotado y acalorado. Sobre todo acalorado. Tenía la sensación de estar ardiendo y soñaba con una ducha fría, un chapuzón en el lago, un bocado de nieve.

Manx le miró de reojo una vez más y le guiñó un ojo. Wayne sintió rechazo y el estómago le dio una voltereta a cámara lenta.

Este hombre es veneno, pensó y se lo repitió, pero de atrás adelante. *Veneno es hombre este.* Y una vez compuesta esta frase, forzada y al revés, se sintió, cosa extraña, curiosamente mejor consigo mismo, aunque no habría sabido decir exactamente por qué.

—Si te apetece cocinar, le puedes freír una rebanada de tocino a este hombrecito. Estoy seguro de que le apetece.

Bing agachó la cabeza y lloró.

—Vamos —dijo Manx—. Vete a llorar como un bebé a la cocina, donde yo no pueda oírte. Después hablaremos.

Bing salió del coche, cerró la portezuela y echó a andar hacia el camino de entrada a la casa. Cuando pasó junto a las ventanillas traseras del Rolls miró a Wayne con odio. Wayne nunca había visto a nadie mirarle así, como si de verdad tuviera ganas de matarle, de estrangularle hasta morir. Era divertido. Estuvo a punto de soltar otra carcajada.

Exhaló despacio y con dificultad. No quería pensar en ninguna de las cosas en las que estaba pensando. Alguien había destapado un frasco de polillas negras que aleteaban como locas dentro de su cabeza. Un torbellino de ideas. De ideas divertidas. Lo mismo que son divertidos una nariz rota o un hombre pegándose un tiro en la cabeza.

—Prefiero conducir de noche —dijo Manx—. En el fondo soy una persona nocturna. Todo lo bueno que tiene el día mejora por la noche. Un carrusel, una noria, el beso de una chica... Todo. Y además, cuando cumplí ochenta y cinco años el sol empezó a hacerme daño en los ojos. ¿Necesitas hacer pipirripí?

—¿Quiere decir hacer pipí? —preguntó Wayne.

—O porropopó —preguntó Manx.

Wayne rio de nuevo —un ladrido alto y agudo— y acto seguido se llevó una mano a la boca como si quisiera tragarse la risa.

—¿Qué me está haciendo? —preguntó.

—Te estoy alejando de todas las cosas que te hacían desgraciado —dijo Manx—. Y cuando lleguemos a nuestro destino habrás dejado atrás la infelicidad por completo. Ven. Hay un baño en el garaje.

Bajó del coche y en ese mismo instante la puerta de Wayne se desbloqueó, el pestillo hizo tanto ruido que lo asustó.

Había planeado escapar en cuanto se pusiera en pie, pero el aire era húmedo, caliente y pesado. Se le pegaba. O tal vez era él quien se pegaba al aire, igual que una mosca atrapada en una tira de papel adhesivo. Dio un único paso antes de que Manx le apoyara una mano en la nuca. No le hacía daño ni lo apretaba con fuerza, pero sí con firmeza. Sin ningún esfuerzo obligó a Wayne a volverse y lo alejó de la puerta abierta del garaje.

La mirada de Wayne se posó en las hileras de bidones abollados y frunció el ceño. SEVOFLURANO.

Manx se dio cuenta y esbozó media sonrisa con una de las comisuras de la boca.

—El señor Partridge trabaja como personal de seguridad de una planta química a cinco kilómetros de aquí. El sevoflurano es un narcótico y anestésico muy usado por los dentistas. En mis tiempos los dentistas anestesiaban a sus pacientes (incluso a los niños) con coñac, pero el sevoflurano se considera más humano y efectivo. A veces los bidones están defectuosos y Bing los compra con descuento. A veces no están tan defectuosos como parecen.

Manx guió a Wayne hacia unas escaleras que conducían a la segunda planta del garaje. Debajo había una puerta entreabierta.

—¿Me permites que te coma la oreja un momento, Wayne?

Wayne se imaginó a Manx arrancándole la oreja izquierda y metiéndosela en la boca. Una parte de sí mismo, horrible y oculta, encontraba gracioso también aquello; al mismo tiempo, la piel de la nuca, en contacto con la mano cadavérica de Manx, se le erizó de forma extraña.

Antes de que le diera tiempo a responder, Manx dijo:

—Hay algunas cosas que no entiendo y espero que tú puedas aclararme el misterio.

Con su otra mano buscó debajo del abrigo gris y sacó una hoja doblada, sucia y llena de manchas. La desdobló y la sostuvo para que Wayne la viera.

DESAPARECE INGENIERO DE BOEING

—Una mujer con un pelo de color ridículo se presentó el otro día en casa de tu madre. Estoy seguro de que te acuerdas de ella. Llevaba una carpeta llena de historias sobre mí. Tu madre y ella montaron una escenita en el jardín, Bing me lo contó. Te sorprenderá saber que Bing lo vio todo desde la casa de enfrente.

Wayne arrugó el ceño y se preguntó cómo podía haberlo visto Bing desde la casa de enfrente. Allí vivían los De Zoet. Se le ocurrió una respuesta que no era en absoluto divertida.

Llegaron a la puerta que estaba bajo las escaleras. Manx tiró del pomo y apareció un cuarto de baño pequeño con techo abuhardillado.

Manx buscó un cordón que colgaba de una bombilla desnuda y tiró de él, pero el cuarto seguía oscuro.

—Bing tiene este sitio hecho una pena. Dejaré la puerta abierta para que tengas un poco de luz.

Empujó a Wayne suavemente hacia el aseo en penumbra. La puerta se quedó entreabierta unos pocos centímetros, pero Manx se apartó para darle intimidad.

—¿De qué conoce tu madre a esa señora tan peculiar y por qué hablaban de mí?

—No lo sé. Era la primera vez que la veía.

—Pero te has leído las historias que llevó. Historias sobre mí, la mayoría. Quiero que sepas que las noticias publicadas en prensa sobre mi caso son auténticos libelos. En mi vida he matado a un niño. Ni a uno solo. Y tampoco soy un asaltacunas. El fuego del infierno no es castigo bastante para esa clase de gente. La visitante de tu madre parecía pensar que yo no había muerto, una idea de lo más llamativa, puesto que los periódicos informaron extensamente no solo de mi defunción, sino también de mi autopsia. ¿Por qué crees que estaba convencida de que sigo vivo?

—Tampoco lo sé —Wayne tenía la picha en la mano y era incapaz de mear—. Mi madre dijo que era una chiflada.

—No me estarás tomando el pelo, ¿verdad, Wayne?

—No, señor.

—¿Qué dijo de mí aquella mujer de pelo tan curioso?

—Mi madre me mandó entrar en casa. No oí nada de lo que dijo.

—Ahora sí que me estás metiendo una bola, Bruce Wayne Carmody.

Pero no lo dijo como si estuviera enfadado.

—¿Tienes dificultades con el manubrio?

—¿Con el qué?

—La minga, la pilila.

—Ah, pues… un poco.

—Es porque estás hablando. No es fácil hacer pipí cuando alguien te está escuchando. Me voy a apartar tres pasitos.

Wayne oyó las pisadas de Manx sobre el suelo de cemento mientras se apartaba. Casi de inmediato la vejiga se le relajó y empezó a orinar.

Mientras lo hacía dejó escapar un suspiro de alivio y echó la cabeza hacia atrás.

Encima del retrete había un póster. Era de una mujer desnuda con las manos atadas a la espalda. Tenía la cabeza dentro de una máscara antigás. Un hombre vestido con el uniforme nazi estaba de pie a su lado sujetándola con una correa unida a un collar que la mujer llevaba alrededor del cuello.

Wayne cerró los ojos, se guardó el manubrio —mejor dicho, el pene, «manubrio» era una palabra ridícula— otra vez en la bragueta y se apartó. Se lavó las manos en un lavabo de uno de cuyos lados colgaba una cucaracha. Mientras lo hacía le tranquilizó comprobar que el póster no le había hecho nada de gracia.

Es el coche. Estar en el coche es lo que hace que todo parezca divertido, aunque sea horrible.

En cuanto tuvo este pensamiento supo que era cierto.

Salió del aseo y allí estaba Manx, sosteniendo la puerta al asiento trasero del Espectro. En la otra mano llevaba el martillo plateado. Sonrió dejando ver sus dientes manchados. Wayne pensó que podría correr hasta el camino de entrada antes de que Manx le empujara por la cabeza para hacerle entrar en el coche.

—Te voy a decir una cosa —dijo este—. Me gustaría saber más cosas sobre la confidente de tu madre. Estoy seguro de que si te concentras, recordarás algunos detalles que has olvidado. ¿Por qué no te quedas un rato sentado en el coche y le das una vuelta? Mientras tanto iré a buscarte el desayuno. A lo mejor cuando vuelva ya te has acordado de algo. ¿Qué te parece?

Wayne se encogió de hombros, pero el corazón le dio un vuelco ante la idea de quedarse solo en el coche. El teléfono. Bastaría un minuto a solas para llamar a su padre y contárselo todo: Sugarcreek, Pensilvania; casa rosa, bajando la colina desde una iglesia quemada. La policía estaría allí antes de que Manx volviera con los huevos con beicon. Subió al coche de buen grado, sin vacilar.

Manx cerró la puerta y golpeó el cristal con los nudillos.

—¡Vuelvo en un periquete! ¡No te escapes! —y rio mientras el pestillo se bloqueaba.

Wayne se arrodilló en el asiento para mirar por la ventanilla trasera como Manx se marchaba. Cuando el viejo hubo desaparecido dentro de la casa se volvió, bajó al suelo del coche, agarró el cajón de madera de nogal debajo del asiento y lo abrió para coger su teléfono.

Había desaparecido.

El garaje de Bing

En alguna parte un perro ladró, una segadora de césped se puso en marcha y el mundo siguió girando, pero no dentro del Rolls-Royce, porque el teléfono había desaparecido.

Wayne abrió del todo el cajón y metió la mano para palpar el tapete interior, como si el teléfono pudiera estar escondido debajo del forro. Pero allí tampoco había nada.

—¿Dónde estás? —gritó Wayne, aunque ya lo sabía. Mientras se lavaba las manos Manx había entrado en el coche y cogido el teléfono. Probablemente en ese mismo instante se paseaba con él dentro del abrigo. Tenía ganas de llorar. Había construido, en lo más recóndito de su corazón, una precaria catedral de esperanza, y Manx había entrado en ella y le había pegado fuego. DIOS QUEMADO VIVO, AHORA SOLO QUEDAN DEMONIOS.

Era una estupidez —no tenía sentido—, pero Wayne volvió a abrir el primer cajón para echar otro vistazo.

Dentro había adornos de Navidad.

No estaban allí hacía un momento. Hacía un momento el cajón había estado completamente vacío. Ahora sin embargo contenía un ángel esmaltado con ojos lánguidos y trágicos, un gran copo de nieve plateado y revestido de purpurina y una media luna azul dormida con un gorro de Papá Noel.

—¿Qué es esto? —dijo Wayne apenas consciente de que hablaba en voz alta.

Fue cogiendo cada uno de los adornos por separado.

El ángel colgaba de un cordel dorado y giraba despacio tocando la trompeta.

El copo de nieve tenía aspecto de arma letal. Una estrella fugaz ninja.

La luna sonreía, enfrascada en sus pensamientos.

Wayne metió los adornos en el cajón donde los había encontrado y lo cerró con suavidad.

Entonces se abrió de nuevo.

Y estaba vacío.

Dejó escapar un suspiro de impaciencia, que formó una nubecilla de vapor, y cerró el cajón con fuerza, susurrando furioso:

—Quiero mi teléfono.

Algo chasqueó en el asiento delantero y Wayne levantó la vista a tiempo de ver abrirse la guantera.

Su teléfono estaba encima de unos mapas.

Wayne se puso de pie en el asiento trasero. Tenía que encorvarse y pegar la cabeza al techo, pero podía hacerse. Se sintió como si acabara de presenciar un truco de prestidigitación: un mago había pasado la mano por un ramo de flores y lo había transformado en su iPhone. Mezclada con la sorpresa —asombro, incluso— sentía una punzada de terror.

El Espectro le estaba provocando.

El Espectro o Manx.

Wayne empezaba a pensar que eran una misma cosa, que cada uno era la prolongación del otro. El Espectro formaba parte de Manx lo mismo que la mano derecha de Wayne formaba parte de Wayne.

Miró su teléfono, sabedor de que debía intentar cogerlo, pero también de que el coche tenía alguna forma de impedírselo.

Pero qué importaba el teléfono. La puerta del conductor estaba abierta, nada le impedía salir del coche y escapar corriendo. Nada excepto el hecho de que las tres últimas veces que había intentado pasarse al asiento delantero, había terminado de alguna manera de nuevo en el trasero.

Pero entonces había estado drogado, pensó. El Hombre Enmascarado le había rociado un poco con gas de jengibre, impidiéndole pensar con claridad. Apenas había podido levantarse del suelo. No era de extrañar, por tanto, que hubiera terminado volviendo siempre al asiento trasero. Lo verdaderamente asombroso era que hubiera logrado mantenerse consciente tanto tiempo.

Levantó la mano derecha preparándose para alargarla y entonces reparó en que seguía sujetando el adorno de Navidad con forma de luna. De hecho llevaba ya un minuto pasando el pulgar por su superficie lisa con forma de guadaña, un gesto inconsciente que le resultaba curiosamente reconfortante. Parpadeó, algo desconcertado, pues habría jurado que había vuelto a meter los tres adornos en el cajón.

Cuando alargó los dedos hacia el asiento delantero, estos se encogieron. Se convirtieron en protuberancias carnosas que terminaban en el primer nudillo. Cuando Wayne vio que esto sucedía, encogió los hombros en un acto reflejo, pero no retiró la mano. Aquello era grotesco, pero también, de alguna manera, fascinante.

Todavía podía sentir las puntas de los dedos. Podía frotar un dedo contra el otro y notar la almohadilla rugosa del pulgar acariciando la punta del dedo índice. Lo que no podía era *verlas*.

Alargó la mano un poco más y cruzó la barrera invisible que separaba los asientos delantero y trasero. El brazo menguó hasta quedar reducido a un muñón suave y rosado, una amputación indolora. Abrió y cerró un puño que no veía pero que estaba allí. Lo estaba; notaba que seguía teniendo la mano. Solo que no estaba seguro de dónde.

Alargó la mano un poco más en dirección a la guantera y a su teléfono.

Algo le pinchó en la espalda en el mismo momento en que los dedos de su mano invisible tocaban algo sólido.

Volvió la cabeza para mirar a su espalda.

Un brazo —su brazo— atravesaba el asiento detrás de él. No parecía que lo hubiera rasgado, sino más bien que hubiera crecido a partir de él. La mano al final del brazo era de piel, lo mismo que la muñeca. Pero cerca del asiento la piel se convertía en cuero beis gastado que surgía de la tapicería y la daba de sí.

Lo natural habría sido gritar, pero Wayne ya había superado esa fase. Cerró el puño de la mano derecha y la mano que nacía del asiento trasero apretó los dedos. El estómago empezó a bailarle por la sensación que le producía controlar un brazo nacido de un asiento tapizado.

—Deberías probar a jugar a pelea de pulgares tú solo —dijo Manx.

Wayne saltó y el susto le hizo retirar el brazo derecho. La extremidad que sobresalía del asiento desapareció, la tapicería la *inhaló* y al instante siguiente estaba unida de nuevo a su hombro, en el lugar que le correspondía. La cerró contra su pecho y notó que el corazón le latía a gran velocidad.

Manx se había inclinado para mirar por la ventanilla del conductor. Sonrió mostrando los dientes superiores torcidos y saltones.

—¡Este coche tiene un montón de cosas para divertirse! —dijo—. ¡Imposible encontrar una diversión de cuatro ruedas mejor que esta!

En una mano llevaba un plato con huevos revueltos, tocino y tostadas. En la otra, un vaso de jugo de naranja.

—¡Te gustará saber que esta comida no tiene nada de saludable! Mantequilla, sal y colesterol. Incluso el jugo de naranja es malo, en realidad es algo llamado «naranjada». Yo, sin embargo, no he tomado una sola vitamina en mi vida y he cumplido muchos años. ¡La felicidad alimenta más que cualquier droga milagrosa que puedan inventar los boticarios!

Wayne se sentó el asiento trasero. Manx abrió la puerta, se inclinó y le ofreció el plato y el vaso. Wayne se fijó en que no había tenedor. Manx seguía comportándose como si fueran los mejores amigos del mundo, pero no estaba dispuesto a proporcionar a su pasajero algo que pudiera ser un arma… Una sencilla manera de recordarle que no era un amigo, sino un prisionero. Wayne cogió el plato y entonces Manx se sentó a su lado.

Manx había dicho que las llamas del infierno no eran suficiente castigo para los asaltacunas, pero Wayne se preparó para que le tocaran. Manx le metería una mano entre las piernas y le preguntaría si no le apetecía jugar con su manubrio.

Cuando Manx se movió Wayne se había preparado para pelear, perder y que abusaran de él. Le tiraría el desayuno a la cara. Le mordería.

Daría igual. Si Manx quería bajarle los pantalones y hacerle... lo que fuera, lo haría. Era más grande que él, así de sencillo. Wayne tendría que aguantar lo mejor que pudiera. Haría como que su cuerpo no le pertenecía y pensaría en la avalancha de nieve que había visto con su padre. Solo esperaba que su madre no llegara a enterarse. Bastante desgraciada era ya, se había esforzado tanto por no estar loca que Wayne no quería ni pensar en ser una fuente añadida de infelicidad para ella.

Pero Manx no le tocó, sino que suspiró y estiró las piernas.

—Veo que ya has cogido un adorno para colgarlo cuando estemos en Christmasland —dijo—, para señalar tu entrada en ese mundo.

Wayne miró su mano derecha y le sorprendió comprobar que sostenía de nuevo la luna durmiente. No recordaba habérsela sacado del bolsillo.

—Mis hijas llevaron angelitos para señalar el final de su viaje —dijo Manx con voz distante y pensativa—. Cuídalo, Wayne. ¡Protégelo como si fuera tu vida!

Le dio una palmada en la espalda y señaló con la cabeza hacia la parte delantera del coche, a la guantera abierta. Al teléfono.

—¿De verdad pensabas que podías ocultarme algo? —dijo— ¿Aquí? ¿En este coche?

No parecía de esas preguntas que requieren respuesta.

Manx cruzó los brazos contra el pecho, casi como si quisiera abrazarse. Sonreía para sí. No parecía enfadado en absoluto.

—Esconder algo en este coche es como meterlo en el bolsillo de mi abrigo. Es imposible que no me dé cuenta. Aunque no te culpo por intentarlo. Cualquier niño lo haría. Deberías comerte los huevos, se te van a enfriar.

Wayne se esforzaba por no llorar. Tiró la luna al suelo.

—¡Venga, hombre, no te pongas triste! ¡No puedo soportar ver a un niño infeliz! ¿Te sentirías mejor si hablaras con tu madre?

Wayne parpadeó y una lágrima solitaria cayó sobre una grasienta loncha de beicon. La idea de oír la voz de su madre le desató una pequeña explosión interior, una punzada de añoranza.

Asintió.

—¿Sabes lo que me haría sentirme mejor a mí? Que me hablaras de aquella mujer que le llevó todos esos recortes de prensa a tu madre. Un favor por otro, ¿qué te parece?

—No le creo —susurró Wayne—. No la va a llamar, haga lo que haga.

Manx miró hacia el asiento delantero.

La guantera se cerró con un fuerte ¡*zas!* Fue tan inesperado que Wayne estuvo a punto de tirar el plato de huevos revueltos.

El cajón bajo el asiento del conductor se abrió solo, casi sin hacer ruido.

El teléfono estaba dentro.

Wayne lo miró respirando entrecortadamente, con esfuerzo.

—Hasta ahora no te he dicho ninguna mentira —dijo Manx—, pero entiendo que te resistas a creerme. Esto es lo que vamos a hacer. Sabes que no te daré el teléfono si no me hablas de la visita de tu madre. Lo pondré en el suelo del garaje y luego pasaré por encima con el coche. ¡Será divertido! Si te digo la verdad, opino que los teléfonos móviles son un invento del diablo. Así que piensa en si de verdad me has contado lo que quería saber. De una forma u otra, habrás aprendido algo importante. Si no te dejo llamar a tu madre, habrás aprendido que soy un mentiroso como la copa de un pino y nunca tendrás que volver a fiarte de mí. Pero si te dejo llamarla, entonces sabrás que cumplo mi palabra.

Wayne dijo:

—Pero es que yo no sé nada de Maggie Leigh que usted no sepa.

—Mira por donde, acabas de decirme su nombre. Así que el proceso de aprendizaje ya ha empezado.

Wayne se encogió con la sensación de haber cometido una traición imperdonable.

—La señorita Leigh le dijo a tu madre algo que la asustó. ¿Qué fue? ¡Cuéntamelo y te dejaré llamar a tu madre ahora mismo!

Wayne abrió la boca, sin saber muy bien qué iba a decir, pero Manx le detuvo. Luego le puso una mano en el hombro y le dio un suave apretón.

—No te inventes cosas, Wayne. ¡No hay trato si desde el principio me mientes! Como cambies la verdad aunque sea un poquito, ¡te arrepentirás!

Se inclinó y cogió un trozo de beicon del plato. En él brillaba una lágrima de Wayne, una perla aceitosa y reluciente. Manx mordió la mitad y empezó a masticarla con lágrima y todo.

—¿Y bien? —preguntó.

—Dijo que usted estaba suelto —dijo Wayne—. Que había salido de la cárcel y que mi madre debía tener cuidado. Supongo que eso fue lo que la asustó.

Manx frunció el ceño mientras masticaba articulando la mandíbula de forma exagerada.

—Y no oí nada más. En serio.

—¿De qué se conocían esta mujer y tu madre?

Wayne se encogió de hombros.

—Maggie Leigh dijo que conoció a mi madre cuando era una niña, pero mi madre dijo que no la había visto en su vida.

—¿Y cuál de las dos crees que decía la verdad? —preguntó Manx.

Aquella pregunta pilló a Wayne desprevenido y tardó en contestar.

—Esto... mi madre.

Manx se tragó el trozo de beicon y sonrió.

—¿Ves que fácil? Bueno, pues estoy seguro de que a tu madre le alegrará saber de ti —hizo ademán de alcanzar el teléfono... pero volvió a recostarse en el asiento—. ¡Ah, otra cosa más! ¿Dijo algo la tal Maggie Leigh sobre un puente?

El cuerpo entero de Wayne pareció reaccionar a esta pregunta, fue como si un escalofrío le recorriera y pensó: *Eso no se lo cuentes.*

—No —dijo antes que tener tiempo de pensarlo.

Le pesaba la lengua y le costaba tragar, como si la mentira fuera un trozo de tostada que se le hubiera quedado atascado en la garganta.

Manx le miró con expresión taimada y somnolienta. Tenía los párpados a media asta. Empezó a moverse, sacó un pie por la puerta abierta y se dispuso a salir del coche. Al mismo tiempo el cajón donde estaba el teléfono cobró vida, cerrándose de golpe.

—¡Quería decir que sí! —gritó Wayne mientras le sujetaba por el brazo. El movimiento brusco desbarató el plato que tenía en el regazo. Se volcó y el tocino y los huevos cayeron al suelo—. ¡Sí, vale! ¡Le dijo que tenía que salir a buscarle otra vez! ¡Le preguntó si todavía podía usar el puente para encontrarle a usted!

Manx se detuvo con medio cuerpo fuera del coche y la mano de Wayne aún sujetándole el brazo. La miró con aquella expresión de regocijo distraído.

—Pensaba que habías quedado en contarme la verdad desde el principio.

—¡Y lo he hecho! ¡Solo se me ha olvidado un momentito! ¡Por favor!

—Se te olvidó, sí. ¡Se te olvidó decirme la verdad!

—¡Lo siento!

Manx no parecía en absoluto disgustado. Dijo:

—Bueno. Ha sido un lapsus momentáneo. Creo que te voy a dejar llamar a tu madre. Pero te voy a hacer una última pregunta y quiero que pienses antes de responder. Y cuando respondas, quiero que me digas la verdad, así que ándate con ojo. ¿Dijo algo Maggie Leigh sobre cómo conseguiría tu madre llegar al puente? ¿Qué le dijo de la bicicleta?

—Pues… no dijo nada de una bicicleta. ¡Lo juro! —y puesto que Manx había empezado a soltarse, añadió—: No creo que supiera nada de la Triumph.

Manx parecía no comprender.

—¿La Triumph?

—La moto de mamá. La que estaba empujando por la carretera. Ha estado semanas arreglándola. No hace otra cosa, ni siquiera dormir. ¿Era eso a lo que se refería con lo de la bicicleta?

Los ojos de Manx se volvieron fríos y distantes. La expresión de su cara se suavizó y se mordió el labio con los dientecillos. Era un gesto que le daba aspecto de retrasado mental.

—¡Vaya! Así que tu madre se está fabricando un nuevo medio de locomoción. Para volver a hacerlo. Para encontrarme. Ya supuse que había vuelto a las andadas en cuanto la vi empujando aquella moto. Y esta tal Maggie Leigh supongo que cuenta con su propio medio de transporte. O al menos sabe lo de la gente que cuenta con carreteras propias. Bien, pues tengo algunas preguntas más, pero será mejor que se las haga directamente a la señorita Leigh.

Manx deslizó una mano en el bolsillo de su abrigo, sacó la fotocopia del artículo sobre Nathan Demeter y le dio la vuelta de manera que Wayne pudiera leerla. Después señaló con el dedo el membrete del papel.

BIBLIOTECA PÚBLICA DE AQUÍ
AQUÍ, IOWA

—¡Y *Aquí* es donde tengo que buscarla! —dijo—. ¡Qué bien que nos viene de camino!

Wayne jadeaba como si acabara de recorrer corriendo una gran distancia.

—Quiero llamar a mi madre.

—No —dijo Manx liberando su brazo—. Teníamos un trato. La verdad, toda la verdad y nada más que la verdad y todavía me escuecen las orejas de las tonterías que has intentado colarme. Una lástima. ¡Pronto te darás cuenta de que a mí es muy difícil dármelas con queso!

—¡No! —gritó Wayne—. ¡Le he contado todo lo que quería saber! ¡Me lo prometió! ¡Me dijo que me daba otra oportunidad!

—Dije que *a lo mejor* te dejaba llamar por teléfono si me contabas la verdad sobre la bicicleta de tu madre. Pero no sabías nada, y además en ningún momento he dicho que la llamada pudieras hacerla hoy. Me parece que habrá que esperar a mañana, así aprenderás una lección muy importante. ¡A nadie le gustan los cuenteros, Wayne!

Cerró la puerta y el pestillo bajó solo.

—¡No! —volvió a gritar Wayne, pero Manx ya le daba la espalda y cruzaba el garaje, pasando entre bidones verdes de gas hacia las escaleras que conducían al segundo piso—. ¡No! ¡No es justo!

Se deslizó del asiento hasta quedar sentado en el suelo. Asió el tirador metálico del cajón donde estaba su teléfono y tiró de él, pero no se abrió. Era como si estuviera sujeto con clavos. Apoyó un pie en la separación entre los asientos delantero y trasero y echó todo el peso hacia atrás. Las manos sudorosas resbalaron del tirador y Wayne cayó de espaldas hasta quedar sentado.

—¡Por favor! —gritó—. ¡Por favor!

Desde el pie de las escaleras, Manx se volvió hacia el coche. La expresión de su cara era de trágico hastío. Los ojos le brillaban de compasión. Negó con la cabeza, aunque resultaba imposible saber si se trataba de un gesto de rechazo o de mera decepción.

Acto seguido pulsó un botón que había en la pared y la puerta automática del garaje bajó con gran alboroto. Luego le dio a un interruptor y apagó las luces antes de subir y dejar a Wayne a solas en el Espectro.

El lago

AQUELLA TARDE, PARA CUANDO HUTTER HUBO TERMINADO CON ella Vic se encontraba exhausta, como si estuviera recuperándose de una gripe estomacal. Le dolían las articulaciones y también la espalda. Estaba muerta de hambre, pero cuando le ofrecieron un sándwich de pavo casi le dieron ganas de vomitar. Ni siquiera consiguió tragar una tostada.

Le contó a Hutter todas las mentiras de siempre sobre Manx. Como le había inyectado algo y metido en su coche, como había conseguido escapar de él en Colorado, en la Casa Trineo. Hablaron en la cocina, Hutter haciendo las preguntas y Vic contestándolas lo mejor que podía, mientras los agentes de policía entraban y salían.

Después de que Vic le contara la historia de su secuestro, Hutter quiso que le hablara de los años después del mismo. Quería saber sobre el trastorno que la había llevado a ingresar en un hospital psiquiátrico. Quiso que le hablara de cuando intentó quemar su casa.

—No quería quemarla —dijo Vic—. Lo que quería era deshacerme de los teléfonos. Los metí todos en el horno. Me pareció la manera más fácil de terminar con las llamadas.

—¿Las llamadas de gente muerta?

—De niños muertos, sí.

—¿Ese es el tema predominante en sus alucinaciones? ¿Siempre son niños muertos?

—Era. Eran. En pretérito —dijo Vic.

Hutter la miró con el mismo afecto de un cuidador de serpientes acercándose a una cobra venenosa. Vic pensó, *Vamos, pregúntamelo. Pregúntame si he matado a mi hijo. Suéltalo ya.* Le sostuvo la mirada a Hutter sin parpadear ni vacilar. Le habían pegado con un martillo, disparado, medio atropellado, internado, había sido una adicta, había estado a punto de ser quemada viva y había tenido que salir corriendo para escapar de la muerte en varias ocasiones. Una mirada poco amistosa no era nada comparado con todo aquello.

Hutter dijo:

—A lo mejor le apetece descansar un poco y refrescarse. He programado su declaración para las cinco y veinte. Así salimos en horario de máxima audiencia.

Vic dijo:

—Ojalá hubiera algo —algo que pudiera decirles— que les ayudara a encontrarle.

—Ha sido de gran ayuda —dijo Hutter—. Gracias. Tengo un montón de información.

Apartó la vista y Vic supuso que la entrevista había terminado, pero cuando se levantó para marcharse Hutter cogió algo que había apoyado contra la pared, unas cartulinas.

—Vic —dijo—, una cosa más.

Vic se quedó quieta con una mano en el respaldo de la silla.

Hutter puso las cartulinas sobre la mesa y les dio la vuelta de manera que Vic pudiera ver las ilustraciones. *Sus* ilustraciones, las páginas de su nuevo libro, *Buscador mete quinta,* la aventura navideña. En lo que había estado trabajando cuando no arreglaba la Triumph. Hutter empezó a cambiar las cartulinas de sitio, lo que le dio tiempo a Vic de mirar cada dibujo, realizados en lápiz de abocetar azul, tintadas y luego terminadas con acuarela. El ruido que hacían los papeles al rozar entre sí le recordó al de una pitonisa barajando las cartas del tarot, preparándose para leer un destino de lo más negro.

Hutter dijo:

—Ya le he comentado que en Quantico usan los rompecabezas de *Buscador* para enseñar a los alumnos a observar con atención. Cuando vi que tenía un libro empezado en la cochera, no pude resistirme. Me asombra lo que ha conseguido en esta lámina. No tiene nada que envidiar a Escher. Entonces lo miré con atención y se me ocurrió una cosa. Esto es para un libro de Navidad, ¿no?

La necesidad de alejarse de las cartulinas —de huir de sus propios dibujos como si fueran fotografías de animales desollados— creció en el interior de Vic y por un momento casi la asfixió. Quería decir que no había visto jamás esos dibujos, quería gritar que no sabía de dónde salían. Ambas afirmaciones habrían sido fundamentalmente verdaderas, pero las abortó, y cuando habló lo hizo con voz neutra y desinteresada.

—Sí, ha sido idea de mi editor.

—¿Y cree…? —dijo Hutter—, quiero decir, ¿es posible que esto sea Christmasland? ¿Qué la persona que se llevó a su hijo sepa en lo que ha estado usted trabajando y que haya alguna clase de relación entre su nuevo libro y lo que vimos cuando intentamos rastrear el iPhone?

Vic miró la primera ilustración. Mostraba a Buscador y a la pequeña Bonnie agarrados el uno al otro en un bloque de hielo roto en algún lugar del océano Ártico. Recordó haber dibujado un calamar mecánico en el que los tentáculos eran la Malvada Cinta de Moebius saliendo de debajo del hielo para atacarles. Pero en aquel dibujo había niños con ojos de muerto bajo el hielo intentando meter pezuñas blancas como huesos por entre las grietas. Sonreían dejando ver bocas con finos colmillos en forma de gancho.

En otra lámina, Buscador buscaba la salida de un laberinto hecho de bastones de caramelo. Vic recordó haber dibujado aquello en un trance perezoso y grato con los Black Keys de música de fondo. No recordaba en cambio haber dibujado a esos niños que se agazapaban en rincones y callejones con tijeras en la mano. Tampoco dibujar a la pequeña Bonnie dando tumbos y tapándose los ojos con las manos. *Están jugando a tijeras para el vagabundo,* pensó de repente.

—No veo cómo —dijo—. Nadie ha visto estos dibujos.

Hutter pasó el pulgar por uno de los bordes del montón de cartulinas y dijo:

—Me extrañó un poco que pintara escenas navideñas en pleno verano. Trate de pensar. ¿Hay alguna posibilidad de que el libro en el que ha estado trabajando tenga relación...?

—¿Con la decisión de Charlie Manx de vengarse de mí por mandarle a la cárcel? —preguntó Vic—. No lo creo. Está bastante claro. Yo le fastidié sus planes y ahora se está vengando. Si hemos terminado, me gustaría echarme un rato.

—Sí. Tiene que estar cansada. Y ¿quién sabe? Igual si descansa un rato se le ocurrirá algo.

El tono de Hutter era bastante calmado, pero a Vic le pareció detectar una insinuación en la última frase, la sugerencia de que ambas sabían que Vic se estaba guardando cosas.

Esta no reconocía su propia casa. En el cuarto de estar había pizarras magnéticas apoyadas en los sofás. Una de ellas mostraba un mapa del noreste del país; la otra un calendario escrito con rotulador rojo. En cada superficie disponible había carpetas rebosantes de papeles. Los informáticos del equipo de Hutter estaban apretujados en el sofá como estudiantes universitarios delante de una Xbox; uno de ellos hablaba por un dispositivo Bluetooth, mientras los otros trabajaban en sus portátiles. Nadie la miró. Vic no importaba.

Lou estaba en el dormitorio, sentado en la mecedora del rincón. Vic cerró la puerta despacio y se acercó a él en la oscuridad. Las cortinas estaban echadas y la habitación estaba tristona y mal ventilada.

Lou tenía la camiseta manchada de huellas de grasa. Olía a moto y a cochera, un perfume que no era desagradable. En el pecho llevaba pegado un papel marrón. En la penumbra, su cara llena y redonda se veía gris, y con aquella nota colgando parecía el daguerrotipo de un pistolero muerto. ASÍ TRATAMOS A LOS PROSCRITOS.

Vic le miró, primero preocupada y luego alarmada. Se disponía a tocarle el brazo gordezuelo para buscarle el pulso —estaba segura de que no respiraba— cuando de repente Lou tomó aire y un silbido se le escapó de una de las fosas nasales. Solo estaba dormido. Se había quedado dormido con las botas puestas.

Vic retiró la mano. Nunca le había visto con un aspecto ni tan fatigado ni tan enfermo. Tenía canas en la barba. No parecía natural que Lou, a quien le encantaban los cómics, su hijo, las tetas, la cerveza y las fiestas de cumpleaños, se hubiera hecho tan mayor.

Leyó la nota, que decía:

«La moto no está arreglada todavía. Hay que pedir piezas que tardarán semanas. Despiértame cuando quieras que lo hablemos».

Leer esas seis palabras —«La moto no está arreglada todavía»— era casi tan malo como leer: «Wayne ha aparecido muerto». A Vic le pareció que ambas cosas estaban peligrosamente cercanas.

Deseó —y no era la primera vez— que Lou nunca la hubiera recogido aquel día en su moto, deseó haber resbalado y caído al fondo del conducto para la ropa sucia y muerto ahogada allí, lo que le hubiera ahorrado tener que vivir el resto de su miserable vida. Manx no le habría quitado a Wayne, porque Wayne no existiría. Morir por inhalación de humo era más fácil que sentir lo que sentía ahora, una suerte de desgarro interior que no cesaba nunca. Era como una sábana de la que no hacen más que tirar y que pronto terminará hecha trizas.

Se sentó en el borde de la cama y se puso a mirar la oscuridad y a repasar mentalmente sus dibujos, las láminas del nuevo libro de *Buscador* que Tabitha Hutter le había enseñado. No concebía que nadie pudiera mirar aquellas láminas y considerarla inocente. Todos esos niños ahogados, tormentas de nieve, bastones de caramelo. Toda aquella desolación. Pronto la meterían en la cárcel y entonces sería demasiado tarde para ayudar a Wayne. La iban a encerrar y no les culpaba en absoluto; de hecho le parecía que Tabitha Hutter se estaba mostrando demasiado blanda por tardar tanto en ponerle las esposas.

Al sentarse, el peso de su cuerpo arrugó el colchón. Lou había dejado su dinero y su móvil en el centro de la colcha y ahora se deslizaron hacia Vic y se detuvieron junto a una de sus caderas. Deseó tener alguien a quien llamar, alguien que le dijera qué hacer y que todo iba a salir bien. Entonces se le ocurrió que esa persona existía.

Cogió el teléfono de Lou, se metió en el cuarto de baño y cerró la puerta. Había otra en el extremo opuesto que daba a la habitación de Wayne. Fue hasta ella para cerrarla y entonces dudó.

Estaba *allí*. Wayne estaba allí, en su dormitorio, debajo de la cama, mirándola con cara pálida y muy asustada. Para Vic fue como si una mula la hubiera coceado el pecho, el corazón le latía desbocado detrás del esternón. Miró de nuevo y comprobó que no era más que un mono de peluche tirado de costado. Sus ojos marrones eran vidriosos y desesperanzados. Vic cerró la puerta que daba al dormitorio y apoyó la frente en ella para recuperar el aliento.

Si cerraba los ojos veía el número de teléfono de Maggie: el prefijo de Iowa, 319, seguido de su cumpleaños y las letras FUFU. Maggie había pagado una bonita suma por aquel número, estaba segura de ello, porque sabía que Vic lo recordaría. Quizá sabía que Vic necesitaría recordarlo. Quizá cuando se conocieron ya sabía que Vic terminaría recurriendo a ella. Eran muchos *quizás*, pero a Vic solo le importaba uno: ¿Quizá Wayne seguía vivo?

El teléfono sonó y sonó y Vic pensó que si le saltaba el buzón de voz no sería capaz de dejar un mensaje, no conseguiría que de su encogida garganta saliera sonido alguno. Al cuarto timbrazo, cuando ya había decidido que Maggie no iba a coger, esta lo hizo.

—¡V-V-Vic! —dijo Maggie antes de que Vic pudiera decir una palabra. En la pantalla de su móvil tenía que haberle salido que tenía una llamada del taller mecánico de Carmody, no podía saber que era Vic, pero lo sabía y a esta no le sorprendió—. He querido llamarte d-d-desde que me enteré, pero no sabía si sería una buena idea. Han d-d-dicho que te han atacado.

—Olvídate de eso. Necesito saber si Wayne está bien. Sé que tú te puedes enterar.

—*Ya* me he enterado. No le han hecho daño.

A Vic empezaron a temblarle las piernas y tuvo que apoyar la mano en una encimera para tranquilizarse.

—¿Vic? ¿V-V-Vic?

No conseguía contestar. Tuvo que concentrarse al máximo para no llorar.

—Sí —dijo por fin—. Estoy aquí. ¿Cuánto tiempo tenemos? ¿Cuánto tiempo tiene Wayne?

—No sé cómo funciona esa p-p-parte, no lo sé. ¿Qué le has dicho a la p-p-policía?

—Lo que tenía que decirles. No les he hablado de ti. He hecho lo que he podido por que sonara creíble, pero me parece que no se lo creen.

—Vic, p-p-por favor. Quiero ayudar. Dime cómo puedo ayudar.

—Acabas de hacerlo —dijo Vic, y colgó.

No estaba muerto. Y aún había tiempo. Se repitió este pensamiento como si fuera un himno, un cántico de alabanza. *No está muerto, no está muerto, no está muerto.*

Quería volver al dormitorio y despertar a Lou para decirle que la moto tenía que funcionar, que tenía que arreglarla, pero dudaba de que llevara dormido más de unas pocas horas y no le gustaba su palidez cenicienta. Tenía la impresión de que no había sido del todo sincero al contar lo que le había hecho desplomarse en el aeropuerto de Logan.

Igual podía echarle ella un vistazo a la moto. No entendía qué podía estar tan estropeado para que Lou no fuera capaz de arreglarlo. El día anterior funcionaba.

Salió del cuarto de baño y tiró el teléfono sobre la cama, pero este se deslizó por la colcha y aterrizó en el suelo con gran ruido. Lou sacudió los hombros y Vic contuvo el aliento, pero no se despertó.

Abrió la puerta del dormitorio y entonces fue ella la sobresaltada. Tabitha Hutter estaba justo fuera. Vic la había sorprendido con un puño en alto disponiéndose a llamar.

Las dos mujeres se miraron y Vic pensó: *algo va mal.* Lo segundo que pensó, claro, fue que habían encontrado a Wayne, tirado en alguna cuneta, sin una gota de sangre en las venas y la garganta rajada de lado a lado.

Pero Maggie había dicho que estaba vivo y Maggie sabía lo que decía, así que no podía ser eso. Tenía que ser otra cosa.

A unos metros de Hutter vio al detective Daltry y a un agente de la policía estatal.

—Victoria —dijo Hutter con voz neutra—. Tenemos que hablar.

Vic salió al pasillo y cerró despacio la puerta del dormitorio.

—¿Qué pasa?

—¿Podemos hablar en privado en alguna parte?

Vic miró a Daltry y al agente de uniforme, de un metro ochenta de estatura y bronceado, con el cuello tan grueso como la cabeza. Daltry tenía los brazos cruzados y las manos bajo las axilas; su boca era una delgada línea blanca. En una de las manos rugosas sostenía un frasco de algo, gas lacrimógeno seguramente.

Señaló el dormitorio de Wayne con la cabeza.

—Aquí no molestaremos a nadie.

Siguió a la mujer menuda dentro de la habitación que había sido de Wayne durante unas pocas semanas solamente. Antes de que se lo llevaran. La cama estaba hecha con sus sábanas —con dibujos de *La isla del tesoro*— y el embozo retirado, como esperando a que se acostara. Vic se sentó en la esquina del colchón.

Vuelve, le dijo a Wayne de todo corazón. Quería coger las sábanas y olerlas, llenarse la nariz del aroma de su hijo. *Vuelve conmigo, Wayne.*

Hutter se apoyó contra el armario y el abrigo se abrió y dejó ver la Glock que llevaba bajo la axila. Vic levantó la vista y se dio cuenta de que la mujer llevaba puestos pendientes, dos pentágonos de oro con la insignia de Superman esmaltada.

—Que no le vea Lou esos pendientes —dijo— porque pueden entrarle deseos incontenibles de abrazarla. Los pirados de los superhéroes son su criptonita particular.

—Tiene que contarme la verdad —dijo Hutter.

Vic se inclinó hacia delante, encontró el mono de peluche y lo sacó. Tenía pelo gris y brazos desgalichados y llevaba chaqueta de cuero y casco de motorista. Un parche en el lado derecho decía GREASE MONKEY. Vic no recordaba haber comprado aquel muñeco.

—¿Sobre qué? —preguntó mirando a Hutter.

Dejó el mono sobre la cama, con la cabeza en la almohada, el sitio de Wayne.

—No ha sido sincera conmigo. En ningún momento. Y no sé por qué. Igual es que hay cosas de las que le asusta hablar. Seguramente hay cosas que le da vergüenza contar en una habitación llena de hombres. O puede ser que esté intentando proteger a su hijo de alguna forma. O a otra persona. No sé lo que es, pero es el momento de que me lo cuente.

—No le he mentido sobre nada.

—Corte el rollo —dijo Hutter con su voz serena y desapasionada—. ¿Quién es Margaret Leigh? ¿Qué relación tiene con usted? ¿Y cómo sabe ella que no le han hecho daño a su hijo?

—¿Han intervenido el teléfono de Lou?

Según terminaba de hablar se daba cuenta de la estupidez que estaba diciendo.

—Pues claro. Por lo que nosotros sabemos, hasta puede estar implicado en esto. Le ha dicho a Margaret Leigh que ha intentado contarnos una historia verosímil, pero que pensaba que no nos la creíamos. Y tiene razón. No me la creo. No me la he creído en ningún momento.

Vic se preguntó si podría abalanzarse contra Hutter, empujarla contra el armario y quitarle la pistola. Pero la listilla esa del FBI seguro que sabía kung fu y además, ¿de qué serviría? ¿Qué haría entonces?

—Última oportunidad, Vic. Quiero que entienda que voy a tener que detenerla como sospechosa de connivencia…

—¿En qué? ¿En atacarme a mí misma?

—No sabemos quién la ha atacado. Por lo que a nosotros respecta pudo ser su hijo intentando defenderse de usted.

Por fin. A Vic le interesó comprobar lo poco que le sorprendía aquello. Quizá lo sorprendente era que no hubieran llegado antes a aquel punto.

—Me resisto a creer que haya participado en la desaparición de su hijo, pero conoce a alguien que puede darle información sobre su bienestar. Nos ha ocultado cosas. Su explicación de los hechos parece salida de un manual sobre delirios paranoides. Es su última oportunidad de aclarar las cosas, si es que es capaz. Piense antes de hablar, porque cuando haya acabado con usted voy a empezar con Lou. Él también nos ha estado ocultando información, estoy segura. Ningún padre se pasa diez horas seguidas intentando arreglar una moto el día siguiente a que hayan secuestrado a su hijo. Le hago preguntas que se resiste a contestar, pone el motor en marcha para no oírme. Igual que un adolescente cuando sube la música para no escuchar a su madre cuando esta le manda ordenar su habitación.

—¿Qué quiere decir con lo de que pone el motor en marcha? —preguntó Vic—. ¿Ha conseguido que la Triumph arranque?

Hutter soltó una exhalación larga, lenta y cansada. Hundió la cabeza y dejó caer los hombros. En su cara había por fin algo que no era autocontrol ni profesionalidad. Por fin había agotamiento y, quizá también derrota.

—Muy bien —dijo—. Lo siento, Vic, de verdad. Tenía la esperanza de que pudiéramos…

—¿Puedo preguntarle una cosa?

Hutter la miró.

—El martillo. Me hizo mirar cincuenta martillos distintos y pareció sorprendida con el que elegí, el que dije que había usado Manx para pegarme. ¿Por qué?

Vic vio algo en los ojos de Hutter, un fugaz parpadeo de incertidumbre.

—Es un martillo forense. De los que se usan en las autopsias.

—¿El que desapareció en la morgue en Colorado, de la sala donde estaba el cuerpo de Manx?

A esto Hutter no respondió, pero sacó la lengua involuntariamente y se la pasó por el labio superior, lo más parecido a un gesto de nerviosismo que Vic le había visto hasta entonces. A su manera, aquello era una respuesta a su pregunta.

—Todo lo que le he contado es verdad —dijo Vic—. Si me he dejado cosas es solo porque sé que no las aceptaría. Las calificaría de delirios y nadie podría culparla.

—Tenemos que irnos, Vic. Voy a tener que ponerle las esposas. Pero si quiere puede colocarse un suéter en el regazo y así taparlas. Nadie tiene por qué verlo. En el coche se sentará delante, conmigo. Cuando nos vean marchar nadie le dará mayor importancia.

—¿Y qué pasa con Lou?

—Me temo que no puedo dejarla hablar con él ahora mismo. Nos seguirá en otro coche.

—¿No pueden dejarle dormir un rato? No está bien y lleva despierto veinticuatro horas.

—Lo siento, mi trabajo no es preocuparme por el estado de salud de Lou, sino por el de su hijo. Póngase de pie, por favor.

Hutter retiró la parte derecha de la chaqueta y Vic vio que llevaba unas esposas sujetas al cinturón.

La puerta a la derecha del armario se abrió y Lou apareció en el cuarto de baño tratando de abrirse la bragueta. Tenía los ojos inyectados en sangre por el cansancio.

—Ya estoy despierto. ¿Qué pasa? Cuéntame, Vic.

—¡Agente! —llamó Hutter mientras Lou daba un paso al frente.

Su cuerpo ocupaba un tercio de la habitación y cuando se situó en el centro de la misma estaba entre Hutter y Vic. Esta se levantó y le rodeó para salir por la puerta abierta del cuarto de baño.

—Me tengo que ir —dijo.

—Pues vete —dijo Lou, y se plantó entre ella y Hutter.

—¡Agente! —gritó de nuevo Hutter.

Vic cruzó el cuarto de baño, entró en su dormitorio y cerró la puerta detrás de ella. No había pestillo, así que cogió una cómoda y la arrastró chirriando por el suelo de madera de pino para bloquear el paso. Luego echó el pestillo en la puerta que daba al pasillo. En dos zancadas más estuvo en la ventana que daba al jardín trasero.

Subió la persiana y abrió la ventana.

En el pasillo, los hombres gritaban.

Vic oyó a Lou levantando la voz, indignado.

—A ver, amigos, ¿qué problema tenéis? Vamos a tranquilizarnos un poquito. ¿Os parece? —dijo.

—¡Agente! —gritó Hutter por tercera vez, pero en esta ocasión añadió—. ¡Guarde el arma!

Vic subió la ventana, apoyó un pie en el mosquitero y empujó. El mosquitero se salió del marco y cayó al jardín. Vic lo siguió; se sentó en el alféizar con las piernas colgando y saltó un metro y medio hasta aterrizar en la hierba.

Llevaba puestos los jeans cortos del día anterior y una camiseta de Bruce Springsteen de la gira The Rising Tour, no tenía ni casco ni chaqueta. Ni siquiera sabía si las llaves estarían puestas en la moto o con las monedas de Lou encima de la cama.

Oyó a alguien embestir la puerta de su dormitorio.

—¡Tranquilo, tío! —gritó Lou—. Oye, tío, ¡te lo digo en serio!

El lago era una lámina de plata lisa que reflejaba el sol. Parecía cromo fundido. El aire estaba hinchado con un peso líquido y plomizo.

Tenía el jardín para ella sola. Dos hombres bronceados por el sol con pantalones cortos y sombreros de paja pescaban en una lancha de aluminio a unos cien metros de la orilla. Uno de ellos la saludó con la mano, como si ver a una mujer saliendo de su casa por una ventana trasera fuera algo de lo más normal.

Vic entró en la cochera por la puerta lateral.

La Triumph estaba apoyada en la pata de cabra. La llave puesta.

Las puertas tipo granero de la cochera estaban abiertas y se podía ver el camino de entrada a la casa, donde se habían congregado los medios de comunicación para escuchar la declaración que Vic ya no iba a hacer. Al final del sendero había un bosquecillo de cámaras enfocadas hacia un conjunto de micrófonos en una de las esquinas del jardín. Montones de cables serpenteaban hasta las camionetas de los distintos canales. No sería fácil girar a la izquierda y sortearlas, pero a la derecha, en dirección al norte, la carretera continuaba, despejada.

Desde la cochera no oía el jaleo dentro de la casa, solo el silencio ahogado de una tarde de pleno verano demasiado calurosa. Era el momento de echar la siesta, de la tranquilidad, de perros dormitando bajo los porches. Hacía demasiado calor hasta para la moscas.

Se subió a la moto y giró la llave a la posición de encendido. El faro se encendió, buena señal.

La moto no está arreglada, recordó. No arrancaría. Lo sabía. Cuando Tabitha Hutter entrara se la encontraría empujando histérica el pedal una y otra vez, saltando en el asiento. Ya pensaba que estaba loca y aquello no haría más que confirmar sus sospechas.

Se levantó, empujó el pedal con todas sus fuerzas y el motor de la Triumph arrancó con un rugido que levantó hojas y tierra del suelo e hizo vibrar los cristales de las ventanas.

Vic metió primera, soltó el freno y la Triumph salió de la cochera.

Una vez fuera, miró a la derecha y examinó brevemente el jardín trasero. Tabitha Hutter iba hacia la cochera, colorada y con un mechón de pelo rizado pegado a la mejilla. No había desenfundado la pistola y tampoco lo hizo ahora, sino que se limitó a ver marchar a Vic. Esta le hizo un gesto con la cabeza como si tuvieran un trato y estuviera agradecida a Huttter por cumplir su parte del mismo. En un momento la dejó atrás.

Solo había medio metro de distancia entre el borde del jardín y la isleta picuda de cámaras de televisión, y Vic se dirigió hacia allí. Pero cuando se acercaba a la carretera, un hombre se colocó en la isleta y la enfocó con su cámara. La sostenía a la altura de la cintura y miraba por un monitor desplegado a la derecha. Permaneció atento a la pequeña pantalla, aunque la imagen en esta debía resultar de lo más amenazadora: doscientos kilos de hierro con ruedas pilotados por una loca que parecían a punto de arrollarle. No se iba a apartar, al menos no a tiempo.

Vic pisó el freno, que suspiró y no hizo nada.

La moto no está arreglada todavía.

Algo le golpeó la cara interna del muslo y al bajar la vista comprobó que un tubo de plástico negro estaba suelto. Era el cable del freno trasero. No estaba conectado a nada.

No había sitio para pasar por donde estaba el niñato de la cámara, a no ser que se saliera del camino. Vic aceleró, metió la segunda y aumentó la velocidad.

Una mano invisible hecha de aire caliente le presionaba la mejilla. Era como acelerar para entrar en un horno.

La rueda delantera entró en contacto con la hierba y el resto de la moto la siguió. Por fin el cámara pareció oírla, pareció escuchar el rugido atronador del motor y levantó la cabeza justo a tiempo para ver a Vic pasar junto a él lo bastante cerca para darle una bofetada. Retrocedió tan deprisa que perdió el equilibrio y se tambaleó.

Vic se alejó a toda velocidad. Su estela hizo girar al hombre como una peonza y lo tiró al suelo sin que le diera tiempo de sujetar la cámara, la cual se estrelló contra el asfalto con un crujido que sonó muy caro.

En cuanto la rueda delantera de la moto pisó la carretera, la trasera se despegó de la capa superior de hierba, exactamente igual que cuando Vic se despegaba pegamento seco de la palma de la mano durante las clases de trabajos manuales de tercer curso. La Triumph se inclinó hacia un lado y Vic pensó que se iba a volcar y aplastarle la pierna.

Pero entonces su mano derecha recordó lo que tenía que hacer, aceleró, el motor tronó y la moto salió de la curva como un corcho sumergido a la fuerza en el agua al que sueltas de repente. El caucho se encontró con el asfalto y la Triumph se alejó de las cámaras, de los micrófonos, de Tabitha Hutter, de Lou, de la casa. De la cordura.

La Casa del Sueño

AYNE NO PODÍA DORMIR Y NO DISPONÍA DE NADA CON QUE distraerse. Sentía ganas de vomitar, pero tenía el estómago vacío. Quería salir del coche, pero no veía la manera de hacerlo.

Se le ocurrió sacar uno de los cajones de madera y golpearlo contra una ventana con la esperanza de romperla. Pero, como cabía esperar, los cajones se negaban a abrirse cuando tiraba de ellos. Cerró la mano y asestó un puñetazo tremendo a una de las ventanas, con todas las fuerzas que fue capaz de reunir. Una intensa descarga de dolor le subió desde los nudillos hasta la muñeca.

El dolor no le disuadió; en todo caso le volvió más desesperado y audaz. Echó la cabeza hacia atrás y estampó el cráneo contra el cristal. Fue como si alguien le hubiera apoyado un clavo de vía de ferrocarril en la frente y lo hubiera golpeado con el martillo plateado de Charlie Manx. Se le nubló la vista. Fue tan horrible como precipitarse por una larga escalera, como desplomarse repentinamente hacia las tinieblas.

Al poco rato recuperó la visión. Bueno, le pareció que había sido al poco rato, pero igual había transcurrido una hora. O tres. Con independencia del tiempo, una vez se le aclararon la vista y los pensamientos encontró que también había recuperado la calma. Tenía la cabeza llena de un vacío reverberante, como si alguien acabara de estar aporreando un piano con gran escándalo y los últimos ecos acabaran de empezar a desvanecerse.

Una lasitud aturdida —no del todo desagradable— le poseyó. No sentía deseos de moverse, de hacer planes, de llorar, de preguntarse qué pasaría a continuación. Se buscó despacio con la lengua uno de los dientes delanteros de abajo, que estaba suelto y sabía a sangre. Se preguntó si no se habría dado tan fuerte en la cabeza que se había arrancado parcialmente el diente. El paladar le escocía al contacto con la lengua, lo notaba rasposo, como papel de lija. No es que le preocupara demasiado, simplemente reparó en ello.

Cuando por fin se movió fue únicamente para estirar un brazo y recoger el adorno de Navidad con forma de luna del suelo. Era liso como el colmillo de un tiburón y su forma le recordaba un poco a esa herramienta tan rara que su madre había usado para arreglar la moto, el taqué. Era una especie de llave, decidió. La luna era la llave que abría las puertas de Christmasland y eso le llenaba de felicidad, no podía evitarlo. Era imposible resistirse a la sensación de felicidad. Era como una chica guapa con el sol en el pelo, como merendar pastel y chocolate caliente junto a la chimenea. La felicidad era una de las principales fuerzas motoras de la existencia, como la gravedad.

Una enorme mariposa color bronce estaba posada en la ventana de Wayne con un cuerpo peludo tan grande como uno de los dedos de este. Le reconfortaba verla desplazarse, desplegando las alas de tanto en tanto. De haber estado abierta la ventana, aunque hubiera sido solo un poco, la mariposa podría haberse unido a él en el asiento trasero y de esta manera Wayne habría tenido una mascota.

Acarició su luna de la suerte, repasándola de atrás adelante con el pulgar, un gesto sencillo, inconsciente y básicamente masturbatorio. Su madre tenía la moto y el señor Manx el Espectro, pero Wayne tenía una luna para él solo.

Se puso a soñar en lo que haría con su mariposa de compañía. Le gustaba la idea de enseñarla a posarse en su dedo. La imaginaba descansando en la punta del dedo índice, moviendo las alas despacio, con serenidad. La buena de la mariposa. La llamaría Sunny.

A lo lejos ladró un perro, la banda sonora de un perezoso día de verano. Wayne se sacó el diente suelto de la boca y se lo guardó en el bolsillo de los pantalones cortos. Se limpió la sangre con la camiseta. Cuando volvió a acariciar la luna, la manchó toda de sangre.

¿Qué comerán las mariposas?, se preguntó. Estaba seguro de que se alimentaban a base de polen. Se preguntó qué más cosas podría enseñarle a hacer. Igual podía entrenarla para que atravesara volando aros en llamas o a caminar por un alambre en miniatura. Se vio a sí mismo como un artista ambulante con chistera y un bigote de mentira. ¡El circo de mariposas raras del capitán Bruce Carmody! Se imaginaba con el adorno en forma de luna prendido de la solapa como la insignia de un general.

Se preguntó si podría enseñar a la mariposa a hacer acrobacias aéreas, como una avioneta en un desfile. Se le ocurrió que igual podía arrancarle un ala, entonces no le quedaría otro remedio que hacer acrobacias para volar. Imaginó que el ala se desprendería como un trozo de papel adhesivo, primero con un poco de resistencia, pero luego con un ruidito satisfactorio, como cuando se le quita la cáscara a algo.

La ventana bajó unos centímetros con un suave chirrido de la manivela. Wayne no se movió. La mariposa llegó al borde del cristal, agitó las alas una vez y voló hasta aterrizar en su rodilla.

—Hola, Sunny —dijo Wayne.

Alargó una mano para acariciarla y la mariposa intentó salir volando, lo que resultaba divertido. Wayne se enderezó en el asiento y la cogió con una mano.

Durante un rato intentó enseñarla a hacer cosas, pero la mariposa no tardó en cansarse. Wayne la dejó en el suelo y se tumbó en el asiento para descansar, él también lo necesitaba. Estaba cansado, pero se sentía bien. Había conseguido que la mariposa trazara un par de círculos en el aire antes de que dejara de moverse.

Cerró los ojos. Tenía la lengua apoyada en el escocido paladar. La encía todavía le sangraba, pero no pasaba nada. Le gustaba el sabor de su propia sangre. Mientras se quedaba dormido, siguió acariciando la luna, su curva tersa y brillante.

No abrió los ojos hasta que escuchó subir la puerta del garaje. Se sentó con algo de esfuerzo, puesto que tenía los músculos todavía agradablemente aletargados.

Manx aminoró el paso al acercarse al coche. Se inclinó, ladeó la cabeza —un movimiento malhumorado, perruno— y miró por la ventana a Wayne.

—¿Qué ha pasado con la mariposa? —preguntó.

Wayne miró al suelo. La mariposa estaba aplastada, con las alas y las patas arrancadas. Arrugó el ceño, confuso. Cuando empezaron a jugar estaba perfectamente.

Manx chasqueó la lengua.

—Bueno, ya nos hemos entretenido aquí demasiado tiempo. Será mejor que nos marchemos. ¿Tienes que hacer pipirripí?

Wayne negó con la cabeza. Miró de nuevo la mariposa con una creciente sensación de incomodidad, de vergüenza incluso. Recordaba haberle arrancado al menos un ala, pero en ese momento le había parecido… emocionante. Como arrancarle el papel a un regalo de Navidad.

Has asesinado a Sunny, pensó, e inconscientemente apretó el adorno de luna dentro del puño cerrado. *La has mutilado.*

No quería acordarse de cómo le había arrancado las patas de una en una mientras la mariposa se agitaba frenética. Recogió los restos de Sunny. En las puertas del coche había unos ceniceros de pequeño tamaño con tapas de madera de nogal. Abrió uno, metió la mariposa y dejó que se cerrara. Así mucho mejor.

La llave de contacto giró y el coche cobró vida. La radio se encendió. Elvis Presley prometía estar en casa por Navidad. Manx se deslizó detrás del volante.

—Te has pasado el día roncando —dijo—. Y después de todas las emociones de ayer, la verdad es que no me sorprende. Me temo que te has saltado la hora de la comida. Te habría despertado, pero supuse que necesitabas más dormir.

—No tengo hambre —dijo Wayne.

La imagen de Sunny hecha pedazos le había revuelto el estómago y solo pensar en comida —por alguna razón imaginó salchichas grasientas— le dio nauseas.

—Bueno, pues esta noche habremos llegado a Indiana. ¡Espero que para entonces hayas recuperado el apetito! Conozco una cafetería en la interestatal I-80 donde sirven un cucurucho de boniatos fritos con rebozado de canela. ¡Es un sabor único! No puedes dejar de comer hasta que los has terminado todos y entonces te pones a chupar el papel —suspiró—. ¡Mira que me gustan los dulces! Desde luego es un milagro que no se me hayan podrido todos los dientes.

Se volvió y sonrió a Wayne con la cabeza girada, exhibiendo una boca llena de colmillos manchados de marrón, cada uno de lo cuales apuntaba en una dirección distinta. Wayne había visto perros viejos con dentaduras más limpias y sanas que aquella.

Manx llevaba un fajo de papeles sujetos con un gran clip amarillo y se puso a echarles un vistazo, pasándolos deprisa con el pulgar. Las páginas parecían bastante usadas y Manx les dedicó solo medio minuto antes de inclinarse y guardarlas en la guantera.

—Bing ha estado entretenidísimo con la computadora —dijo—. Recuerdo los tiempos en que a uno le podían cortar la nariz si la metía en los asuntos del otro. Ahora, con solo pulsar un botón puedes saberlo todo de todo el mundo. No hay intimidad ni consideración y todo el mundo se ocupa de cosas que no son de su incumbencia. Si te metes en Internet es posible que consigas enterarte de qué color son los calzoncillos que llevo hoy. Con todo, ¡las nuevas tecnologías tienen alguna que otra ventaja! No te imaginas la cantidad de información que ha encontrado Bing sobre la tal Margaret Leigh. Siento decirte que la buena de la amiga de tu madre es una drogadicta y una mujer de mala vida. No puedo decir que me sorprenda. Con esos tatuajes y esa forma de hablar tan poco femenina que tiene tu madre, le pega bastante ir con esa clase de gente. Si quieres puedes leer tú mismo la información sobre la señora Leigh. No quiero que te aburras durante el viaje.

El cajón bajo el asiento se abrió. Dentro estaban los papeles que hablaban de Maggie Leigh. Wayne había presenciado este truco unas cuantas veces ya y debería haberse acostumbrado a él, pero no era así.

Se inclinó, cogió el fajo de hojas y el cajón se cerró de golpe, tan deprisa y con tanto ruido que Wayne gritó y dejó caer los papeles al suelo. Charlie Manx rio, el áspero relincho de un palurdo que acaba de oír un chiste en el que salen un judío, un negro y una feminista.

—No te has quedado sin dedo, ¿verdad? Hoy día los coches vienen con accesorios que no hacen ninguna falta. Tienen radio por satélite, calentadores de asientos y GPS para los que están demasiado ocupados para fijarse por dónde van, ¡que por lo general es a ninguna parte! Pero este Rolls tiene un accesorio que no se encuentra en muchos vehículos modernos: ¡sentido del humor! Más te vale estar alerta dentro del Espectro, Wayne, ¡si no quieres que la parca te coja desprevenido!

Y eso habría sido para mondarse de risa, claro. Wayne pensó que, de haber tardado un poco más en sacar la mano, el cajón podría haberle roto los dedos. Dejó los papeles en el suelo.

Manx apoyó el codo en el reposabrazos y giró la cabeza para mirar por el parabrisas trasero mientras salía marcha atrás del garaje. La cicatriz de la frente estaba pálida y rosácea y parecía tener dos meses de antigüedad. Se había quitado el vendaje de la oreja, que seguía sin estar en su sitio, pero aquellos trozos de carne que parecían masticados se habían curado, los había sustituido una protuberancia irregular que resultaba menos dolorosa a la vista.

NOS4A2 enfiló el camino de entrada a la casa y entonces Manx frenó. Bing Partridge, el Hombre Enmascarado, cruzaba el jardín con una maleta a cuadros. Se había puesto una gorra de béisbol sucia del cuerpo de bomberos de Nueva York a juego con una camiseta también sucia y unas grotescas gafas de sol rosas de lo más femeninas.

—Ah —murmuró Manx—. Más te habría valido seguir durmiendo y perderte esta parte del día. Me temo que los próximos minutos van a ser desagradables, joven Wayne. A un niño nunca le gusta ver peleas de adultos.

Bing fue a paso ligero hasta el maletero del coche, se inclinó e intentó abrirlo. Solo que el maletero siguió cerrado. Bing frunció el ceño y forcejeó. Manx se había girado en su asiento para verle por la ventanilla trasera con una sonrisa asomada a los labios.

—¡Señor Manx! —gritó Wayne—. ¡No consigo abrir el maletero!

Manx no contestó.

Bing cojeó hasta la puerta del pasajero intentando no apoyar el peso del cuerpo en el tobillo que le había mordido Hooper. La maleta le golpeaba la pierna al caminar.

Cuando apoyó una mano en el picaporte, el pestillo de la puerta del pasajero bajó solo.

Bing frunció el ceño y tiró.

—¿Señor Manx? —dijo.

—No puedo hacer nada, Bing —dijo este—. El coche no te quiere.

El Espectro empezó a retroceder.

Bing se negaba a soltar la puerta y el coche le arrastró. Tiró de nuevo del picaporte. Le temblaba la papada.

—¡Señor Manx, no se vaya! ¡Señor Manx, espéreme! ¡Me dijo que me llevaría!

—Eso fue antes de que la dejaras escapar, Bing. Nos has decepcionado. Es posible que yo te perdone. Sabes que siempre te he tratado como a un hijo. Pero mi voto aquí no cuenta. La dejaste escapar y ahora el Espectro te deja a ti. El Espectro es como una mujer, ¡por si no lo sabías! ¡Y con una mujer no se puede discutir! No son como los hombres. ¡No se guían por la razón! Y está furiosa contigo por ser tan descuidado con la pistola.

—¡No! ¡No, señor Manx! Deme otra oportunidad, por favor! ¡Quiero otra oportunidad!

Se tambaleó y la maleta volvió a golpearle la pierna. Después se abrió. Camisetas, ropa interior y calcetines se desparramaron por todo el camino de entrada a la casa.

—Bing —dijo Manx—. Bing, Bing, vete ya. Otro día jugarás.

—¡Puedo hacerlo mejor! ¡Haré lo que usted quiera! Por favor, por favor, señor Manx. ¡Quiero otra oportunidad!

Esto último lo dijo chillando.

Mientras avanzaba marcha atrás, el coche fue girando hasta situarse frente a la carretera. Bing fue arrastrado y cayó sobre el asfalto. El Espectro le llevó a remolque unos cuantos metros mientras Bing gritaba aferrado a la puerta.

—¡Lo que usted quiera! ¡Lo que usted quiera, señor Manx! ¡Por usted haré cualquier cosa! ¡Hasta daría la vida por usted!

—Mi pobre muchacho —dijo Manx—. Pobre muchacho de mi corazón. No hagas que me entristezca. ¡Me estás haciendo sentir fatal! Suelta la puerta, por favor. Esto ya es bastante difícil.

Bing se soltó, aunque Wayne no supo si estaba obedeciendo o se había quedado sin fuerzas. Se desplomó en la carretera boca abajo, sollozando.

El Espectro aceleró y fue alejándose de la casa de Bing, de las ruinas calcinadas de la iglesia en lo alto de la colina. Bing se puso en pie y corrió detrás de ellos unos diez metros, aunque pronto le dejaron atrás. Después se detuvo en mitad de la carretera y empezó a golpearse la cabeza con los puños, pegándose en los oídos. Las gafas rosas le colgaban torcidas y uno de los cristales se había roto. Su cara ancha y fea estaba de un brillante y tóxico tono rojo.

—¡Haría cualquier cosa! —gritaba—. ¡Cualquier cosa! ¡Deme! ¡Otra! ¡Oportunidad!

El Espectro se detuvo en un stop, después torció la derecha y Bing desapareció.

Wayne volvió la cabeza hacia delante.

Manx le miró por el retrovisor.

—Siento que hayas tenido que ver esto, Wayne —dijo—. Es terrible ver a alguien tan disgustado, especialmente un tipo de tan buen corazón como Bing. Terrible. Pero también… También resulta un poco ridículo ¿no te parece? ¿Te has fijado en cómo se agarraba a la puerta? ¡Por un momento pensé que íbamos a remolcarle hasta Colorado! —Manx rio de nuevo con bastantes ganas.

Wayne se tocó los labios y se dio cuenta, con una punzada de dolor en el estómago, de que también se estaba riendo.

Interestatal 3, New Hampshire

LA CARRETERA OLÍA A LIMPIO, A ÁRBOLES DE HOJA PERENNE, a agua y a bosque.

Vic pensaba que habría sirenas de policía, pero cuando miró por el espejo retrovisor izquierdo solo vio un kilómetro de asfalto vacío y no se oía más que el rugido controlado de la Triumph.

Un avión de pasajeros surcaba el cielo a siete mil kilómetros de altura, un rayo de luz que se dirigía hacia el oeste.

En el primer desvío, Vic dejó la carretera del lago y enfiló las colinas redondeadas sobre Winnipesaukee, también en dirección oeste.

No sabía cómo pasar a la parte siguiente, no sabía cómo conseguirlo y pensó que disponía de poco tiempo para pensar. El día anterior había encontrado el camino hasta el puente, pero eso ahora parecía increíblemente lejano en el tiempo, casi tanto como su infancia.

Ahora el día se le antojaba demasiado claro y soleado como para que ocurriera algo imposible. Era una luminosidad que insistía en un mundo lógico, regido por leyes conocidas. Después de cada curva solo había más kilómetros de carretera y el asfalto parecía nuevo y sólido a la luz de sol.

Vic siguió los desniveles de la carretera, ascendiendo por las pendientes y dejando atrás el lago. Notaba las manos resbaladizas en el manubrio y le dolía el pie de pisar el cambio de marchas. Aun así, no dejó de aumentar la velocidad, como si mediante ella fuera a perforar un agujero en el mundo.

Cruzó una ciudad que era poco más que un semáforo en ámbar colgando sobre una intersección de cuatro carreteras. Su intención era seguir montando hasta que la moto se quedara sin gasolina y después dejarla, abandonarla en el suelo y echar a correr por el centro de la carretera, correr hasta que el puto Puente del Atajo apareciera o las piernas le cedieran.

Solo que no iba a aparecer porque no había ningún puente. El Atajo únicamente existía en su imaginación. Con cada kilómetro que recorría lo veía más claro.

Era lo que su psiquiatra siempre le había dicho, una escotilla de escape por la que Vic huía cuando no era capaz de afrontar la realidad, la fantasía sustitutoria de una mujer profundamente deprimida incapaz de desenvolverse en el mundo real.

Aceleró, cogiendo las curvas a casi cien por hora.

Iba lo más rápido posible para así hacerse la ilusión de que las lágrimas que le manaban de los ojos eran un efecto del viento en la cara.

La Triumph empezó a ascender de nuevo, abrazando la cara interior de una colina. En una curva cerca ya de la cumbre se cruzó con un coche de policía que circulaba a toda velocidad en dirección contraria. Vic iba tan cerca de la raya doble de la carretera que quedó atrapada un momento en la estela del vehículo y estuvo a punto de perder el control de la moto. Por un instante el conductor casi la rozó. Llevaba la ventanilla bajada y un codo fuera, era un tipo con papada y un mondadientes en una de las comisuras de la boca. Vic le tuvo tan cerca que se lo podía haber quitado.

Al momento siguiente el coche había desaparecido y Vic ya estaba en lo alto de la colina. Seguramente la patrulla se dirigía hacia la intersección con el semáforo, con la intención de interceptarla allí. Pero había llegado tarde y ahora tendría que recorrer primero la carretera llena de curvas antes de poder dar la vuelta y salir en su busca. Así pues, le llevaba cerca de un minuto de ventaja.

La moto tomó una curva ascendente y muy cerrada y Vic atisbó la bahía de Paugus abajo, fría y de color azul oscuro. Se preguntó dónde la encerrarían y cuándo volvería a ver el agua. Había pasado gran parte de su vida adulta recluida en instituciones, comiendo comida institucional, obedeciendo reglas institucionales. Luces que se apagaban a las ocho y media. Pastillas en un vaso de papel. Agua con sabor a óxido, a cañerías viejas. Retretes de acero inoxidable y la única vez que veías agua color azul era cuando tirabas de la cadena del váter.

La carretera subió para después bajar, y al final de la curva, a la izquierda, divisó una pequeña tienda. Era una construcción de dos plantas hecha con troncos pelados y un letrero de plástico blanco que decía VIDEOCLUB NORTH COUNTRY. Por aquella zona las tiendas todavía alquilaban vídeos, no solo películas en DVD, también cintas. Vic casi había dejado atrás el lugar cuando decidió ir hasta el estacionamiento de tierra y esconderse. El estacionamiento estaba detrás de la tienda sumido en la oscuridad debido a la sombra de los pinos.

Pisó el pedal del freno trasero preparándose para dar la vuelta cuando recordó que no llevaba freno trasero. Colocó la mano sobre el delantero y por primera vez se le ocurrió que igual tampoco este funcionaba.

Pero sí funcionaba. La moto frenó de golpe y Vic estuvo a punto de salir despedida por encima del manubrio. La rueda de atrás gimió con fuerza al derrapar sobre el asfalto y dibujó una raya negra de goma. Seguía derrapando cuando llegó al aparcamiento. Los neumáticos se aferraron al suelo de tierra y levantaron nubes de humo marrón.

La Triumph siguió derrapando otros cuatro metros. Dejó atrás el videoclub North Country y se detuvo con un chirrido en el último tramo del aparcamiento.

Bajo los pinos la esperaba una oscuridad casi nocturna. Detrás del edificio, una cadena prohibía el acceso a un camino peatonal, una zanja polvorienta excavada entre helechos y matojos. Una vieja pista para motos, quizá, o de senderismo. No la había visto desde la carretera; era imposible, oculta como estaba entre las sombras.

No oyó la sirena hasta que la tuvo muy cerca, ya que estaba ensordecida por su respiración jadeante y los latidos desbocados de su corazón. La patrulla pasó a toda velocidad con los bajos rechinando al chocar contra el suelo levantado por las heladas.

Vic detectó movimiento por el rabillo del ojo y al alzar la vista se encontró con una ventana de cristal cilindrado parcialmente tapada por carteles con anuncios de la lotería. Una chica gorda con un anillo en la nariz la miraba con ojos de alarma. Tenía un teléfono pegado a la oreja y su boca se abría y cerraba.

Vic miró hacia el camino de tierra al otro lado de la cadena, un estrecho surco alfombrado de agujas de pino. Discurría por una pendiente pronunciada e intentó pensar qué habría al final. Seguramente la interestatal 11. Si el camino no llegaba hasta la carretera misma, al menos podría seguirlo hasta que desapareciera y aparcar la moto entre los árboles. Allí estaría tranquila, sería un buen sitio donde esperar a la policía.

Metió el punto muerto y empujó la moto hasta rodear la cadena. Después apoyó los pies en los estribos y dejó que la gravedad hiciera el resto.

Circuló por una oscuridad que olía agradablemente a abetos y a Navidad, un pensamiento que la hizo estremecer. Le recordó a Haverhill, al bosque de la ciudad y a la pendiente detrás de la casa en la que había crecido. Los neumáticos chocaban contra rocas y raíces y la moto vibraba al contacto con el terreno irregular. Hacía falta gran concentración para conducir a lo largo del estrecho surco. Vic tuvo que ponerse de pie sobre los estribos para controlar la rueda delantera. Tuvo que dejar de pensar, vaciar la mente, ya que no había espacio en ella para la policía, Lou, Manx, ni siquiera para Wayne. Ahora no podía ocuparse de nada eso, tenía que concentrarse en no perder el equilibrio.

Pero es que además era difícil sentirse nerviosa en aquella penumbra de pinos, con la luz penetrando oblicua por entre las ramas y un atlas de nubes blancas impreso arriba, en el cielo.

El viento agitaba las copas de los pinos con un suave bramido, como un río que se desborda.

Vic deseó haber tenido la oportunidad de llevar a Wayne en la moto. Así habría podido enseñarle aquello, aquel bosque con su extensa alfombra de agujas de pino envejecidas, bajo un cielo iluminado por la mejor luz de primeros de julio. Habría sido un recuerdo que los dos habrían conservado toda su vida. Qué maravilla habría sido poder bajar entre aquellas sombras aromáticas con Wayne asiéndola fuerte, seguir el sendero hasta encontrar un lugar apacible donde parar, compartir un almuerzo casero y unos refrescos, echar una cabezada junto a la moto, en aquella antiquísima casa del sueño, con su suelo de tierra musgosa y su altísima bóveda de ramas entrecruzadas. Si cerraba los ojos casi podía notar los brazos de Wayne alrededor de la cintura.

Pero solo se atrevió a cerrarlos un momento. Exhaló y levantó la vista, y en aquel preciso instante la moto llegó al final de la cuesta abajo y cruzó diez metros de terreno llano hasta el puente cubierto.

El Atajo

P ISÓ EL FRENO TRASERO, UN GESTO AUTOMÁTICO QUE NO SIRVIÓ de nada. La moto continuó avanzando, casi hasta la entrada del Puente del Atajo, antes de que Vic se acordara de accionar el freno delantero y la hiciera detenerse.

Era ridículo, aquel puente de cien metros de longitud plantado directamente en el suelo en medio de un bosque y encima de nada. Detrás de la entrada enmarcada en hiedra, la oscuridad era atroz.

—Vale —dijo Vic—. Hay que reconocer que esto es de lo más freudiano.

Pero no era verdad. Ni vagina materna ni canal del parto, y tampoco la moto era un falo simbólico o una metáfora del acto sexual. Era un puente que salvaba la distancia entre lo perdido y lo encontrado, un puente que pasaba por encima de lo plausible.

Algo aleteaba entre las vigas. Vic tomó aire y olió a los murciélagos, un olor animal rancio, intenso y acre.

Ninguna de las veces que había cruzado el puente, ninguna, había sido la fantasía de una mujer trastornada emocionalmente. Aquello era confundir causa y efecto. En determinados momentos de su vida Vic había estado emocionalmente trastornada debido a todas las veces que había cruzado el puente. El puente no era un símbolo, quizá, sino una expresión del pensamiento, de sus pensamientos, y todas las veces que lo había cruzado había despertado lo que había en su interior. Los tablones del suelo habían rechinado. La basura se había dispersado. Los murciélagos se habían despertado y puesto a revolotear de un lado a otro.

Nada más entrar, escritas en pintura verde de espray, estaban las palabras CASA DEL SUEÑO →.

Primero metió la moto, empujando la rueda delantera. No se preguntó si el Atajo estaba de verdad allí, no se planteó si estaba teniendo una alucinación. No había duda posible. El puente estaba allí.

El techo estaba cubierto de murciélagos con las alas cerradas ocultando sus rostros, esos rostros que eran el de Vic. Se agitaban inquietos.

Los tablones hacían *plan cataplán* bajo las ruedas de la moto. Estaban sueltos y desgastados, en algunas partes incluso faltaban. Toda la estructura se sacudió por la fuerza y el peso de la moto. De las vigas del techo caía una fina lluvia de polvo. La última vez que Vic había circulado por el puente, este no se encontraba en tan mal estado. Ahora sí que estaba torcido, con las paredes visiblemente inclinadas hacia la derecha, como el pasillo de la casa del terror de un parque de atracciones.

Pasó junto a un agujero en la pared donde faltaba una tabla. Una ráfaga de partículas de luz se colaba como nieve por la ranura. Vic redujo la velocidad al máximo, quería echar un vistazo. Pero entonces un tablón crujió bajo la rueda delantera con la fuerza de un disparo y el neumático se hundió unos centímetros. Tocó el acelerador y la moto saltó hacia delante y, mientras lo hacía, Vic escuchó otro tablón saltar bajo la rueda de atrás.

El peso de la moto era más de lo que el viejo puente podía aguantar. Si se detenía, los tablones podridos empezarían a ceder y se precipitaría hacia… hacia… hacia lo que fuera. El abismo entre pensamiento y realidad, entre imaginar y tener, quizá.

No lograba ver en qué desembocaba el túnel. Detrás de la salida atisbó únicamente un resplandor, una claridad que le hacía daño en los ojos. Apartó la cara y entonces vio su vieja bicicleta azul y amarilla, con el manillar y los radios de las ruedas cubiertos de telarañas. Estaba tirada contra la pared.

Entonces el neumático delantero de la moto chocó contra el reborde de madera y después tocó asfalto.

Vic detuvo el motor y apoyó un pie en el suelo. Se colocó una mano sobre los ojos a modo de visera e inspeccionó el lugar.

Aquello eran unas ruinas. Estaba detrás de una iglesia destruida por el fuego y de la que solo quedaba la fachada, lo que le daba aspecto de decorado de una película, una única pared construida para dar la impresión de que detrás había un edificio entero. Quedaban unos cuantos bancos ennegrecidos y una alfombra de cristales ahumados y rotos salpicada de latas de refresco oxidadas. Nada más. Un estacionamiento desgastado por el sol, vacío y sin delimitar, se extendía, solitario e interminable, hasta donde alcanzaba la vista.

Vic metió primera y fue hasta la entrada de lo que supuso era la Casa del Sueño. Una vez allí se detuvo de nuevo, con el motor en marcha rugiendo e hipando de vez en cuando.

A la puerta había un tablón de anuncios, de esos con letras de plástico trasparente que pueden combinarse para escribir distintos mensajes. Pegaba más en un establecimiento de la cadena Dairy Queen que delante de una iglesia. Vic leyó lo que había escrito y un escalofrío le recorrió el cuerpo.

EL TABERNÁCULO
DE LA FE DE LA NUEVA AMÉRICA
DIOS QUEMADO VIVO
AHORA SOLO QUEDAN DEMONIOS

Detrás de la iglesia, una calle de un barrio residencial dormitaba en el calor letárgico de la última hora de la tarde. Vic se preguntó dónde estaría. Igual seguía en New Hampshire. No, aquella luz no era la de New Hampshire, donde el día era despejado, azul y soleado. Aquí hacía más calor, con nubes opresivas arremolinadas en el cielo que ensombrecían el día. Era un tiempo tormentoso y, de hecho, mientras seguía allí, a horcajadas sobre la moto, Vic escuchó los primeros truenos en la distancia. Pensó que en un minuto o dos empezaría a llover a cántaros.

Se fijó de nuevo en la iglesia. Sobre los cimientos de hormigón había dos puertas inclinadas. Puertas a un sótano. Estaban cerradas con una pesada cadena y un candado de metal brillante.

Detrás, recortado contra los árboles, había una especie de cobertizo o granero, blanco y con tejado azul. Las tejas estaban recubiertas de un musgo parduzco y entre ellas habían brotado incluso hierbas y algún diente de león. La puerta delantera era lo bastante grande como para que entrara un coche y había otra lateral, con una única ventana tapada desde dentro con una hoja de papel.

Ahí, pensó Vic y tragó saliva con la garganta tan seca que chasqueó. *Está ahí dentro.*

Había vuelto a Colorado. El Espectro estaba aparcado en el cobertizo y Wayne y Manx estaban dentro, esperando a que se hiciera de noche.

Se levantó un viento caliente que rugió entre las hojas. Había también otro sonido, detrás de Vic, una suerte de chirrido histérico y mecánico, un murmullo metálico. Miró hacia la carretera. La casa más cercana era un chalé pequeño y cuidado, con paredes rosa fresa y remates blancos que le daban aspecto de pastelito de Hostess, uno de esos que tienen coco. *Bolas de nieve,* le parecía recordar a Vic que se llamaban. El césped estaba lleno de esas flores de papel de aluminio que la gente pone en sus jardines para que giren cuando hace viento. En aquel momento giraban como locas.

Un jubilado feo y con barba de varios días estaba en el camino de entrada sosteniendo unas tijeras de podar y mirándola con los ojos entrecerrados. Seguramente era de esos a los que les encanta espiar a los vecinos, lo que quería decir que, tormenta o no tormenta, Vic disponía de cinco minutos antes de que llegara la policía.

Llevó la moto al final del aparcamiento, apagó el motor y dejó las llaves puestas. Quería estar preparada para salir corriendo en cualquier momento. Miró de nuevo el cobertizo, a un lado de la iglesia en ruinas. Fue entonces cuando reparó en que se había quedado sin saliva. Tenía la boca tan seca como las hojas que agitaba el viento.

Empezó a notar presión detrás del ojo izquierdo, una sensación que recordaba de la infancia.

Dejó la moto y echó a andar hacia el cobertizo; de repente le temblaban las piernas. A mitad de camino se agachó y cogió un trozo de asfalto roto del tamaño de un plato llano. El aire vibraba por efecto de truenos distantes.

Sabía que sería un error llamar a su hijo por su nombre, pero sus labios formaron la palabra sin que pudiera evitarlo: *Wayne, Wayne.*

La sangre le latía con fuerza detrás de los ojos, de manera que el mundo parecía contraerse nervioso a su alrededor. El viento olía a virutas de acero.

Cuando estuvo a cinco pasos de la puerta lateral, leyó el letrero escrito a mano y pegado por dentro del cristal.

PROHIBIDO EL PASO
¡SOLO PERSONAL MUNICIPAL!

El trozo de asfalto atravesó la ventana con un golpe limpio y arrancó el letrero. Vic había dejado de pensar y se limitaba a moverse. Había vivido ya aquella escena y sabía lo que le esperaba.

Igual tenía que coger a Wayne en brazos, si no estaba bien, lo mismo que Brad McCauley no había estado bien. Si estaba como McCauley —mitad espíritu malévolo, mitad vampiro congelado— le curaría. Le conseguiría los mejores médicos. Lo arreglaría lo mismo que había arreglado la moto. Vic le había hecho con su propio cuerpo y ahora Manx no iba a deshacerle con un simple coche.

Metió la mano por la ventana rota para abrir la puerta. Buscó el pestillo, aunque enseguida comprobó que el Espectro no estaba allí porque, aunque cabía un coche, no había ninguno. Contra las paredes se apilaban sacos de fertilizante.

—¡Eh, oiga! ¿Qué hace? —dijo una voz débil y aflautada a su espalda—. ¡Que llamo a la policía! ¡La voy a llamar ahora mismo!

Vic giró el pestillo, abrió la puerta y estudió jadeante el interior pequeño, fresco y oscuro del cobertizo vacío.

—¡Tenía que haberles llamado ya! ¡Voy a hacer que les arresten a todos por allanamiento de morada! —gritó quienquiera que fuera. Vic apenas le prestaba atención, pero aunque lo hubiera hecho no habría reconocido la voz, que era ronca y tensa, como si el hombre acabara de llorar o estuviera a punto de hacerlo. Allí en la colina ni se le pasó por la imaginación que pudiera haberla oído antes.

Se giró sobre sus talones y se encontró con un hombre feo y rechoncho con una camiseta del cuerpo de bomberos de Nueva York, el jubilado que había visto en su jardín con las tijeras de podar. Tenía ojos saltones y gafas de gruesa montura plástica color negro. El pelo corto, tieso y con calvas, estaba salpicado de gris.

Vic le ignoró. Examinó el suelo, encontró un trozo de roca azul, lo cogió y fue hasta las puertas inclinadas que daban al sótano de la iglesia quemada. Hincó una rodilla en el suelo y empezó a dar golpes al enorme candado de seguridad. Si Wayne y Manx no estaban en el cobertizo, entonces aquel era el único sitio que quedaba. No sabía dónde habría metido Manx el coche y si le encontraba dormido allí abajo no tenía intención de preguntárselo antes de darle con la piedra en la cabeza.

—Venga —se dijo—. Ábrete de una puta vez. ¡Venga!

Golpeó el candado con la piedra y saltaron chispas.

—¡Eso es propiedad privada! —gritó el hombre—. ¡Usted y sus amigos no tienen derecho a entrar! ¡Se acabó, voy a llamar a la policía!

Fue entonces cuando Vic reparó en lo que decía. No la parte sobre llamar a la policía, sino la otra.

Tiró la piedra, se enjugó el sudor de la cara y se puso de pie. Cuando se acercó al hombre, este reculó asustado y estuvo a punto de tropezar. Sostenía las tijeras de podar entre Vic y él.

—¡No! ¡No me haga daño!

Vic supuso que debía de tener aspecto de criminal y de lunática. Si así la veía aquel hombre no se le podía culpar, pues había sido ambas cosas en distintos momentos de su vida.

Extendió las manos en lo que quería ser un gesto tranquilizador.

—No voy a hacerle daño. No quiero nada de usted. Solo estoy buscando a unas personas. Me ha parecido que ahí dentro podía haber alguien —dijo señalando con la cabeza hacia las puertas del sótano—. ¿Qué ha dicho de «mis amigos»? ¿De qué amigos habla?

El gnomo menudo y feo tragó saliva, nervioso.

—No están aquí. Las personas que busca. Se han ido. Se han ido en coche hace un rato. Como media hora, igual menos.

—¿Quién? Por favor, ayúdeme. ¿Quién se ha ido? ¿Era alguien en…?

—En un coche viejo —dijo el hombrecillo—, uno antiguo. Lo tenía aparcado aquí en el cobertizo… ¡Creo que ha pasado aquí la noche! —señaló las puertas del sótano—. Pensé en llamar a la policía. No es la primera vez que se mete gente aquí a drogarse. ¡Pero se han ido! Ya no están. Se marcharon hace un rato, una media hora…

—Eso ya lo ha dicho —dijo Vic. Sentía deseos de cogerle del cuello gordezuelo y sacudirle—. ¿No iba un niño con él? ¿No había un niño en el asiento de atrás?

—¡Y yo qué sé! —dijo el hombre. Se llevó un dedo a los labios y miró hacia el cielo con una expresión de perplejidad casi cómica—. Me pareció que había alguien con él. En el asiento de atrás. Sí. Sí. ¡Estoy seguro de que en el coche iba un niño! —miró de nuevo a Vic—. ¿Está usted bien? No tiene buena cara. ¿Quiere llamar por teléfono? Debería beber algo.

—No. Sí, esto… gracias. Sí.

Estaba mareada, como si se hubiera puesto en pie demasiado deprisa. Wayne había estado allí. Había estado allí y se había marchado. Hacía media hora.

El puente la había dirigido mal. El puente, que siempre la ayudaba a salvar la distancia entre lo perdido y lo encontrado, no la había dejado en el lugar correcto. Quizá aquella era la Casa del Sueño, aquella iglesia abandonada, aquella alfombra de vigas carbonizadas y cristales rotos. Quizá era el lugar que Vic había querido encontrar, lo había deseado de todo corazón, pero solo porque suponía que Wayne estaba allí. Wayne debería haber estado allí, y no en la carretera con Charlie Manx.

Así es como funcionaba la cosa, dedujo con cierto cansancio. De la misma manera que las fichas de Scrabble de Maggie no daban nombres propios —se acordaba ahora de eso, aquella mañana estaba recordando muchas cosas—, el puente de Vic necesitaba estar anclado sobre tierra firme en ambos extremos. Si Manx estaba por alguna carretera perdida, el puente no podía llevarla hasta él. Sería como intentar darle a una bala en el aire con un palo (Vic recordó de pronto una bala de plomo atravesando el lago, cogerla y tenerla en la mano). El Atajo no sabía llevarla hasta algo que no estuviera quieto y, a falta de eso, había hecho lo que había podido. En lugar de conducirla hasta donde estaba Wayne, la había llevado al último sitio por el que había pasado.

La casa rosa tenía plantadas flores rojo chillón alrededor de los cimientos. Estaba situada calle arriba y lejos de las otras viviendas, un emplazamiento casi tan solitario como la cabaña de la bruja en un cuento infantil, y resultaba, a su manera, tan irreal como una casa hecha de pan de jengibre. La hierba estaba bien cuidada. El hombrecillo feo guió a Vic hasta la parte trasera, hasta una puerta con mosquitero que daba a una cocina.

—Ojalá tuviera otra oportunidad —dijo.

—¿Oportunidad de qué?

El hombre pareció pensar un momento.

—De cambiar las cosas. Así les habría impedido marcharse. Al hombre y a su hijo.

—¿Y cómo iba usted a saberlo? —preguntó Vic.

El hombrecillo se encogió de hombros.

—¿Viene de muy lejos? —le preguntó con su voz débil y desafinada.

—Sí. Más o menos —dijo Vic—. Bueno, en realidad no.

—Ah, ya veo —dijo el hombre sin el menor asomo de sarcasmo.

Le sostuvo la puerta a Vic mientras esta entraba en la cocina. El aire acondicionado suponía un alivio, casi tanto como un vaso de agua fría aromatizado con una hoja de menta.

Aquella era la cocina de una mujer mayor que hacía galletas caseras con forma de hombrecillos de jengibre. Hasta olía un poco a jengibre. De las paredes colgaban cuadros coquetones de esos que adornan las cocinas, todos con rimas.

DE RODILLAS A DIOS LE RECÉ
PARA QUE MAMÁ NO ME DIERA PURÉ

Vic se fijó en un cilindro verde metálico abollada que estaba apoyada contra una silla y que le recordó a las botellas de oxígeno que cada mañana le llevaban a su madre durante los últimos meses de su vida. Supuso que la mujer del hombrecillo estaba enferma.

—Mi teléfono es su teléfono —dijo el hombrecillo con su voz chillona y desentonada.

Afuera retumbaba el trueno, con tal fuerza que el suelo tembló.

Vic pasó junto a la mesa de la cocina de camino a un teléfono negro de los antiguos, sujeto a la pared junto a una puerta abierta que daba al sótano. Algo llamó su atención. Sobre la mesa había una maleta con la cremallera abierta cuyo interior revelaba un revoltijo de ropa interior y camisetas, así como un gorro de lana y unos mitones. El correo que debía de haber estado apilado sobre la mesa se había caído al suelo, pero Vic no se dio cuenta hasta que lo pisó. Se apartó enseguida.

—Perdón —dijo.

—¡No se preocupe! —dijo el hombre—. Lo he desordenado yo, así que me toca a mí recogerlo —se inclinó y empezó a coger sobres con sus manos grandes de gruesos nudillos—. ¡Ay, Bing, Bing, chiquitillo! ¡Menudo revoltillo!

Era una cancioncilla malísima y Vic deseó que no la hubiera cantado. Le pareció de esa clase de cosas que la gente hace en un sueño justo antes de que se convierta en pesadilla.

Se volvió hacia el teléfono, un mamotreto con disco giratorio. Su intención era descolgar, pero en lugar de ello apoyó la cabeza en la pared y cerró los ojos. Joder, estaba tan cansada y le dolía tanto el ojo izquierdo... Quería contarle a Tabitha Hutter lo de la iglesia en la cima de la colina, los restos calcinados de la casa de Dios (DIOS QUE-MADO VIVO, AHORA SOLO QUEDAN DEMONIOS) donde Manx y su hijo habían pasado la noche. Quería que fuera hasta allí y hablara con el viejo que les había visto, aquel viejo llamado Bing (¿Bing?). Pero ni siquiera sabía dónde era *allí* y no estaba segura de que llamar a la policía antes de saberlo fuera una buena idea.

Bing. Aquel nombre le resultaba extrañamente desconcertante.

—¿Cómo ha dicho que se llama? —preguntó, pensando que igual le había oído mal.

—Bing.

—¿Cómo el buscador de internet?

—Sí. Pero yo uso Google.

Vic rio —más por cansancio que porque le hubiera hecho gracia el chiste— y miró al hombre de reojo. Este le daba la espalda y parecía estar cogiendo algo de una percha junto a la puerta. Un sombrero negro sin forma definida. Vic miró de nuevo el cilindro verde abollada y comprobó que, después de todo, no era oxígeno. Las letras en uno de los lados decían: SEVOFLURANO. INFLAMABLE.

Se volvió hacia el teléfono y lo descolgó, pero no sabía a quién llamar.

—Qué curioso —dijo—. Yo tengo mi propio buscador. ¿Puedo hacerle una pregunta un poco rara, Bing?

—Claro —dijo este.

Vic metió un dedo en el disco giratorio pero lo dejó quieto.

Bing… Bing. Más que un nombre, parecía el tintineo de un martillito de plata contra una campana de cristal.

—Estoy un poco cansada y no consigo acordarme de cómo se llama este pueblo —dijo—. ¿Puede decirme dónde estamos?

Manx tenía un martillo plateado y el hombre que lo acompañaba, una pistola. *Bang*, había dicho. *Bang*. Justo antes de dispararle. Solo que lo había dicho con una voz extraña, cantarina, de manera que había sonado, más que a amenaza, a rima de patio de colegio.

—Pues claro —dijo Bing con voz ahogada, como si se estuviera sonando la nariz con un pañuelo.

Fue entonces cuando la reconoció. La última vez que la había oído también sonaba ahogada, ya que a Vic le pitaban los oídos por los disparos. Pero por fin sabía de quién era aquella voz.

Se giró sobre sus talones, preparada para lo que iba a encontrarse.

Bing llevaba puesta la máscara antigás de la Segunda Guerra Mundial. En la mano derecha aún sostenía las tijeras de podar.

—Estamos en la Casa del Sueño —dijo—. Se acabó, zorra.

A continuación la golpeó en la cara con las tijeras de podar y le rompió la nariz.

La Casa del Sueño

VIC DIO TRES PASOS ATRÁS TAMBALEÁNDOSE Y SUS TALONES CHOCARON con un umbral. La única puerta abierta era la que conducía al sótano. Tuvo tiempo de recordar esto antes de que ocurriera lo siguiente. Las piernas le cedieron y cayó hacia atrás, como si fuera a sentarse, solo que no había ninguna silla. Tampoco suelo. Así que cayó y cayó.

Esto me va a doler, pensó. Pero no con alarma, sino como quien constata un hecho.

Por un momento tuvo la sensación de estar suspendida, con el estómago elástico y raro. El viento le silbaba en los oídos. Sobre su cabeza veía un foco desnudo y placas de aglomerado entre las vigas.

Chocó de culo contra una escalera, rebotó con un crujido y, a continuación, subió igual que una moneda lanzada al aire. Le recordó a cuando su padre tiraba una colilla por la ventana de un coche en marcha, a cómo esta chocaba contra el asfalto y saltaban chispas.

Aterrizó en el peldaño siguiente con el hombro derecho y de nuevo salió despedida. La rodilla izquierda chocó contra alguna cosa. La mejilla izquierda con otra, como si le estuvieran pegando en la cara con una bota.

Supuso que cuando llegara al final se haría añicos como un jarrón. Pero en lugar de ello aterrizó en un montículo suave y forrado de plástico. Primero apoyó la cara, el resto del cuerpo tardó un poco más y estuvo unos instantes pedaleando en el aire. *¡Mira, mamá, hago* *el pino!*, se recordó gritando un cuatro de julio, viendo un mundo donde el cielo estaba hecho de hierba y el suelo de estrellas. Por fin se detuvo, tendida boca arriba sobre la masa plastificada, con la escalera ahora situada justo a su espalda.

Miró hacia los empinados peldaños, que veía al revés. Había perdido la sensación en el brazo derecho y en la rodilla derecha notaba una presión que, sospechaba, pronto se convertiría en un dolor insoportable.

El Hombre Enmascarado bajó por las escaleras con el cilindro de gas en una mano sujetada a la altura de la válvula. No traía, en cambio, las tijeras de podar. Era horrible, la manera en que la máscara le hacía desaparecer la cara, sustituyendo la boca por una espita grotesca y marciana y los ojos por visores de plástico transparente. Una parte de Vic quería gritar, pero estaba demasiado aturdida para emitir sonido alguno.

El hombre llegó al último peldaño y colocó las piernas a ambos lados de la cabeza de Vic. Esta tardó en darse cuenta de que se disponía a hacerle daño otra vez. El hombre levantó el cilindro de gas con ambas manos y la dejó caer sobre su estómago, cortándole la respiración. Vic tosió violentamente y se colocó de costado. Cuando recuperó el aliento pensó que iba a vomitar.

El cilindro hizo ruido al posarse en el suelo. El Hombre Enmascarado cogió un mechón del pelo de Vic y tiró. El dolor la hizo gemir débilmente, a pesar del que había decidido permanecer en silencio. El hombre quiso que se pusiera a cuatro patas y Vic obedeció porque era la única manera de que dejara de dolerle. A continuación le metió la mano que tenía libre entre las piernas y buscó su pecho, estrujándolo como alguien apretaría un pomelo para comprobar su frescura. Reía como un tonto.

Después empezó a tirar de Vic. Esta le siguió a cuatro patas todo lo que pudo, porque así sentía menos dolor, pero a él no le importaba si le dolía o no, y cuando los brazos de Vic cedieron siguió tirando de ella, sujetándola por el pelo. Le horrorizó oírse a sí misma gritar las palabras *«¡Por favor!»*.

Solo se hacía una idea confusa del sótano, que le daba impresión de ser no tanto una habitación como un largo pasillo. Vio una lavadora y una secadora, una maniquí desnuda con una máscara antigás; un busto sonriente de Jesús con la túnica abierta mostrando un corazón anatómicamente correcto y con uno de los lados de la cara quemado y cubierto de ampollas como si hubiera estado en un incendio. De alguna parte llegaba un tañido metálico y monótono. Era continuo, sin interrupción.

El Hombre Enmascarado se detuvo al final del pasillo y Vic oyó chirriar metal mientras descorría una pesada puerta encajada en un riel. Sus percepciones no le permitían seguir el curso de los acontecimientos. Una parte de ella continuaba en el pasillo, asimilando aquella imagen de Jesús calcinado, y otra en la cocina, fijándose en el cilindro abollado color verde sobre la silla, SEVOFLURANO, INFLAMABLE. Otra parte contemplaba los restos calcinados del Tabernáculo de la Nueva Fe Americana, sosteniendo una piedra con ambas manos y golpeando con ella un candado metálico reluciente con tanta fuerza como para levantar chispas. Y otra más estaba todavía en New Hampshire, fumándose un pitillo que le había dado el detective Daltry, con el encendedor de este, el que tenía el dibujo de Popeye, en la mano.

El Hombre Enmascarado la obligó a pasar de rodillas por encima del riel mientras le seguía tirando del pelo. Con la otra mano arrastraba el cilindro verde, SEVOFLURANO. Eso era lo que producía tañido, la base del cilindro tintineaba suave y continuamente contra el suelo de cemento. Era un zumbido similar al de un cuenco de oración tibetano, como si un monje pasara una y otra vez un mazo por el recipiente sagrado.

Cuando Vic salió del riel, el hombre tiró de ella con fuerza y Vic se encontró de nuevo a cuatro patas. El hombre le apoyó una bota en el culo, empujó y los brazos de Vic cedieron.

Se golpeó la barbilla contra el suelo. Los dientes le entrechocaron y la oscuridad brotó de cada objeto que había en la habitación —la lámpara de la esquina, la cama plegable, el fregadero— como si cada

mueble fuera poseedor de una sombra secreta a la que podía despertarse de golpe y asustar lo mismo que a una bandada de gorriones.

Durante un momento la bandada de sombras amenazó con descender sobre ella y Vic la ahuyentó con un grito. La habitación olía a
tuberías viejas, a cemento, a ropa de cama sucia y a violación.

Vic quería levantarse, pero ya le costaba bastante trabajo mantener la consciencia. Notaba aquella oscuridad temblorosa y viva dispuesta a desplegarse y envolverla. Si se desmayaba ahora, al menos
no sentiría nada cuando el hombre la violara. Tampoco cuando la
matara.

La puerta se sacudió y cerró de golpe con un estruendo metálico
que reverberó en el aire. El Hombre Enmascarado la cogió por un
hombro y la empujó hasta obligarla a tumbarse de espaldas. La
cabeza de Vic pareció separarse del cuello y su cráneo chocó contra
el suelo irregular de cemento. El hombre se arrodilló sobre ella con
una máscara de plástico transparente recortada en la mano de manera
que le cubriera la boca y la nariz. La cogió del pelo y tiró de su cabeza
para poder colocarle la máscara sobre la cara. Luego apoyó una mano
y la mantuvo allí. Un tubo de plástico transparente unía la máscara
con el cilindro de gas.

Vic empezó a aporrear la mano que sujetaba la máscara, intentó
arañar la muñeca, pero el Hombre Enmascarado se había puesto unos
gruesos guantes de jardinería y no pudo encontrar un trozo de carne
vulnerable.

—Respira hondo —le dijo el hombre—. Te sentirás mejor. Relá-
jate. El día se ha ido, el sol también. Dios ha muerto, yo le disparé.

Mantuvo una mano sobre la máscara y con la otra abrió una válvula de la bombona. Vic oyó un silbido y notó algo frío que le llegaba
a la boca, seguido de una explosión empalagosa que olía a pan de
jengibre.

Agarró el tubo, se lo enroscó alrededor de una mano y tiró. Este
se soltó de la bombona con un chasquido metálico y de la espita salió
un chorro de vapor blanco. El Hombre Enmascarado se volvió a mirarla, pero no pareció preocupado.

—La mayoría de la gente hace lo mismo —dijo—. No me gusta, porque se malgasta el cilindro, pero si quieres ponerme las cosas difíciles, por mí no hay problema.

Le arrancó la máscara de plástico de la cara y la tiró a un rincón. Vic hizo ademán de incorporarse apoyándose en los codos y el Hombre Enmascarado le dio un puñetazo en el estómago. Vic se dobló, abrazándose la zona dolorida con la fuerza con que se abraza a un ser querido. Respiró profundamente y con dificultad y la habitación se llenó de la mareante fragancia a gas con aroma a jengibre.

El Hombre Enmascarado era bajito —Vic le sacaba más de quince centímetros— y rechoncho, pero a pesar de ello se movía con la agilidad de un artista ambulante, uno de esos capaces de tocar el banjo mientras caminan sobre zancos. Agarró el cilindro con ambas manos y fue hacia Vic mientras la apuntaba con la válvula abierta. El gas salió en forma de lluvia blanca al principio, pero pronto se dispersó volviéndose invisible. Vic dio otra bocanada de aire con sabor a postre. Retrocedió como un cangrejo, impulsándose por el suelo ayudada de manos y pies, arrastrándose sobre el trasero. Quería contener la respiración, pero le era imposible. Sus trémulos músculos necesitaban oxígeno.

—¿Adónde vas? —le preguntó el Hombre Enmascarado. La siguió con la bombona de gas—. Esta habitación se cierra herméticamente. Vayas donde vayas tendrás que respirar. En este cilindro hay trescientos litros. Podría noquear una carpa llena de elefantes con trescientos litros, bonita.

Le dio una patada en un pie, obligándola a separar las piernas y luego le clavó la punta de la bota entre los muslos. Vic ahogó un grito de asco. Tuvo una sensación fugaz pero intensa de estar siendo violada y por un momento deseó que el gas la hubiera dejado inconsciente, porque no quería saber lo que ocurriría a continuación.

—Zorra, zorra, duérmete —dijo el Hombre Enmascarado—. Échate una siesta y te la meteré.

De nuevo esa risa de cretino.

Vic se impulsó hasta un rincón y se golpeó la cabeza contra la pared de yeso. El Hombre Enmascarado seguía avanzando hacia ella con el cilindro de gas empañando la habitación. El sevoflurano era una neblina blanca que parecía reblandecer y desdibujar los contornos de los objetos. Antes había habido una cama plegable en un rincón, pero ahora eran tres, muy apretadas las unas contra las otras y medio ocultas por el humo. En la creciente niebla también el Hombre Enmascarado se desdobló, y luego volvió a juntarse.

El suelo empezaba a inclinarse debajo de Vic, convirtiéndose en un tobogán y en cualquier momento se deslizaría por él, abandonaría la realidad y se sumergiría en la inconsciencia. Pataleó en un intento por aguantar, por resistir allí, en un rincón de la habitación. Contuvo la respiración, pero notó que sus pulmones ya no estaban llenos de aire sino de dolor, y el corazón le latía como si fuera el motor de la Triumph.

—¡Estás aquí y es una suerte! —gritaba el Hombre Enmascarado con la voz histérica de emoción—. ¡Eres mi segunda oportunidad! ¡Estás aquí y ahora el señor Manx tendrá que volver y yo conseguiré ir a Christmasland! ¡Estás aquí y yo por fin tendré lo que me merezco!

En la cabeza de Vic se sucedieron imágenes a gran velocidad, como cartas barajadas por un prestidigitador. Estaba en el jardín trasero y Daltry intentaba prender un encendedor, pero no lo conseguía, así que ella se lo quitaba y al primer intento salía una llama color azul. Se había detenido a mirar el dibujo en uno de los lados del encendedor, Popeye dando un puñetazo y un efecto de sonido, no recordaba cuál. Entonces visualizó la advertencia en el costado de la botella de sevoflurano: INFLAMABLE. A esto siguió un pensamiento muy sencillo; no era una imagen sino una resolución. *Llévatelo contigo. Cárgate a este zoquete.*

Tenía el encendedor —o eso creía— en el bolsillo derecho del pantalón. Fue a sacarlo, pero era como meter la mano en la bolsa sin fondo de fichas de Scrabble de Maggie. No se llegaba nunca al final.

El Hombre Enmascarado estaba a sus pies, apuntando la válvula hacia ella y sosteniendo la bombona con ambas manos. Vic le oía susurrarle una orden prolongada y letal para que se callara: *Chist.*

Sus dedos tocaron un trozo de metal y se cerraron en torno a él. Sacó la mano del bolsillo y sostuvo el mechero entre ella y el Hombre Enmascarado como si fuera una cruz para ahuyentar vampiros.

—No me obligues —dijo, y tragó otra bocanada de aquel tóxico humo de jengibre.

—¿Que no te obligue a qué?

Vic retiró la tapa al encendedor. El Hombre Enmascarado oyó un clic, reparó en el mechero y dio un paso atrás.

—Oye —dijo en tono de advertencia. Dio otro paso atrás acunando el cilindro como si fuera un bebé—. ¡No hagas eso! ¡Es peligroso! ¿Estás loca?

Vic pasó el dedo por la rueda de acero, que hizo un ruido áspero y rasposo y escupió chispas blancas y, durante un instante milagroso, dibujó un tirabuzón de fuego azul. La llama se desenroscó como una serpiente en el aire ardiente y fue directa a la bombona de gas. El manso vapor blanco que salía de la válvula se transformó en una lengua de fuego salvaje.

Durante unos segundos el cilindro de sevoflurano fue un surtidor de llamas de corto alcance, que escupía fuego de un lado a otro mientras el Hombre Enmascarado se alejaba de Vic. Dio tres tambaleantes pasos más hacia atrás, salvándole así la vida a Vic sin quererlo. En el resplandor, Vic logró leer lo que estaba inscrito en el encendedor:

¡¡BUUUM!!!

Fue como si el Hombre Enmascarado se apuntara a sí mismo con un lanzacohetes y disparara a quemarropa. El cohete salió despedido propulsado por una explosión en la cola, un cañonazo de gas blanco ardiendo y metralla que lo levantó por los aires y después le hizo estrellarse contra el suelo. Trescientos litros de sevoflurano a presión explotaron a la vez, convirtiendo el cilindro en un cartucho de TNT tamaño gigante. Vic no supo con qué comparar el ruido que hizo, un estallido descomunal que fue como si le clavaran agujas de coser en los tímpanos.

El Hombre Enmascarado chocó contra la puerta de hierro con tal fuerza que estuvo a punto de desencajarla del marco. Vic le vio estrellarse enmarcado en algo que parecía luz pura, el aire brillando con un fulgor vidrioso que hizo desaparecer por un instante la mitad de la habitación en un fogonazo blanco y cegador. Se llevó las manos a la cara en un gesto instintivo de protección y vio como el vello rubio de los brazos desnudos se le erizaba y encogía por efecto del calor.

Con la explosión el mundo había cambiado. El sótano latía igual que un corazón. Los objetos parecían vibrar al ritmo del pulso cardiaco de Vic y el aire se llenó de remolinos de humo dorado.

Al entrar, Vic había visto sombras que acechaban detrás de los muebles. Ahora, en cambio, proyectaban rayos de claridad. Lo mismo que la bombona de gas, parecían estar intentando tomar aire para después eructar.

Notó que algo húmedo le bajaba por la mejilla y pensó que serían lágrimas, pero cuando se tocó la cara vio que tenía los dedos rojos.

Decidió que debía irse. Se levantó, dio un paso y el cuarto se inclinó violentamente a la izquierda. Vic cayó de espaldas.

Apoyó primero una rodilla, tal y como te aconsejan en la liga infantil de béisbol cuando te has hecho daño. Por el aire revoloteaban ascuas. La habitación se inclinó a la derecha y Vic con ella, esta vez para caer de costado.

La luz rebotaba procedente de la cama plegable, de la pila, brillaba alrededor de los contornos de la puerta. Ignoraba que todos los objetos del mundo contienen un núcleo secreto de luz y oscuridad, y que basta una fuerte conmoción para que la una o la otra se hagan visibles. Con cada latido de su corazón, el resplandor crecía en intensidad. No oía nada que no fueran sus pulmones esforzándose por respirar.

Inhaló profundamente el perfume a jengibre quemado. El mundo era una burbuja de luz brillante que duplicaba su tamaño ante ella, hinchándose, abultándose, llenando su campo de visión, creciendo hacia el inevitable

Ploc.

CHRISTMASLAND
7-9 DE JULIO

Autovía de San Nicolás

AL NORTE DE COLUMBUS, WAYNE CERRÓ LOS OJOS UN MOMENTO y cuando los abrió la luna de Navidad dormía en el cielo y a ambos lados de la autovía había una multitud de muñecos de nieve que volvían la cabeza para ver pasar al Espectro.

Ante ellos se alzaban oscuras montañas, una pared monstruosa de piedra negra en los confines del mundo. Las cimas eran tan altas que daba la impresión de que la luna iba a quedarse enganchada en ellas.

En un pliegue situado debajo de la cumbre de la montaña más alta había una cesta de luces. Brillaba en la oscuridad y era visible a cientos de kilómetros, un adorno navideño enorme y reluciente. Verla resultaba tan emocionante que a Wayne le costaba mantenerse quieto en el asiento. Era una taza de fuego, una cucharada de brasas calientes. Latía, y Wayne latía con ella.

El señor Manx conducía con una sola mano. La carretera era tan recta que parecía trazada con una regla. La radio estaba encendida y un coro infantil cantaba *Venid, adoremos*. El corazón de Wayne tenía una respuesta a aquella invitación: *Estamos de camino. Llegaremos en cuanto podamos. Guardadnos un poco de Navidad.*

Los muñecos de nieve formaban grupos, familias, y la suave brisa generada por el coche agitaba sus bufandas a rayas.

Padres y madres de nieve con sus niños y perros de nieve.

Abundaban las chisteras, así como las pipas de maíz y las narices de zanahoria. Las figuras agitaban las ramas torcidas que hacían las veces de brazos y saludaban al señor Manx, a Wayne y a NOS4A2 al pasar. Las brasas negras de sus ojos brillaban, más oscuras que la noche, más resplandecientes que las estrellas. Un perro de nieve llevaba un hueso en la boca. Un papá de nieve sostenía una rama de acebo sobre su cabeza mientras que una mamá de nieve se había congelado en el acto de besarle la mejilla blanca y redonda. Había un niño de nieve sosteniendo un hacha entre un padre y una madre decapitados. Wayne rio y dio palmas; aquellos muñecos de nieves vivientes eran lo más chulo que había visto en toda su vida. ¡Qué gamberrada!

—¿Qué es lo primero que quieres hacer cuando lleguemos? —preguntó el señor Manx desde la penumbra del asiento delantero—. Cuando lleguemos a Christmasland, quiero decir.

Las posibilidades eran tan emocionantes que resultaba difícil elegir entre ellas.

—Voy a entrar en la cueva de roca de caramelo para ver al Abominable Muñeco de Nieve. ¡No! ¡Voy a montar en el trineo de Papá Noel y salvarle de los piratas de las nubes!

—¡Pues claro que sí! —dijo el señor Manx—. Primero montar en las atracciones y luego a jugar.

—¿A qué juegos?

—Los niños tienen uno que se llama «tijeras para el vagabundo», que es el juego más divertido del mundo. Luego está el de dar palos al ciego. Hijo, no sabrás lo que es la diversión hasta que hayas jugado a dar palos al ciego con alguien verdaderamente veloz. ¡Mira! ¡Ahí, a la derecha! ¡Hay un león de nieve arrancándole la cabeza a una oveja de nieve!

Wayne se giró por completo para mirar por la ventanilla derecha, pero se encontró con que su abuela se lo impedía.

Estaba igual a como la había visto la última vez. Brillaba más que cualquier cosa del asiento trasero, más que la luz de la luna. Tenía los ojos escondidos detrás de monedas de plata de medio dólar que centelleaban y refulgían. Siempre le mandaba monedas de medio dólar por su cumpleaños, pero nunca había ido a visitarle porque le daba miedo volar.

—.falso es cielo Ese —dijo Linda McQueen—. .mismo lo son no diversión la y amor El .atrás hacia hablar intentando estás No. luchando estás No.

—¿Qué quieres decir con lo de que el cielo es falso? —preguntó Wayne.

Linda señaló por la ventana y Wayne alargó el cuello para mirar. Un momento atrás, el cielo había estado poblado de copos de nieve. Ahora en cambio estaba lleno de electricidad estática, de miles de millones de partículas de blanco, negro y gris zumbando con furia contra las ventanas. Al ver aquello, a Wayne le empezaron a doler las terminaciones nerviosas detrás de los ojos. No es que el resplandor le hiriera la vista —de hecho era más bien tenue— sino que había algo en aquel movimiento furioso que hacía difícil mirarlo. Cerró los ojos con desagrado y se reclinó en el asiento. Su abuela le observaba con los ojos ocultos detrás de aquellas monedas.

—Si querías jugar conmigo tenías que haber venido a verme a Colorado —le dijo—. Podríamos haber hablado al revés todo lo que hubieras querido. Pero cuando vivías ni siquiera hablábamos normal. No entiendo por qué ahora sí quieres.

—¿Con quién hablas, Wayne? —preguntó Manx.

—Con nadie —dijo Wayne, y abrió la puerta del lado de Linda McQueen y la empujó fuera.

No pesaba nada, así que fue fácil, como empujar una bolsa llena de palitos de madera. Cayó del coche, tocó el asfalto con un golpe seco y se hizo añicos con un sonido bastante musical, y en aquel preciso instante Wayne se despertó en

Indiana

VOLVIÓ LA CABEZA Y MIRÓ POR EL PARABRISAS TRASERO. UNA BOTELLA se había estrellado contra la carretera. El cristal pulverizado formaba una telaraña sobre el asfalto y las esquirlas tintineaban y rodaban. Manx habría tirado una botella de alguna cosa; Wayne ya le había visto hacerlo un par de veces. No parecía de esos hombres interesados en reciclar.

Cuando Wayne se incorporó —frotándose los ojos con los nudillos— los muñecos de nieve habían desaparecido. También la luna durmiente, las montañas y la joya reluciente de Christmasland en la distancia.

En lugar de ello vio altos maizales verdes y un bar con un anuncio de neón de colores chillones que representaba a una rubia de nueve metros de altura ataviada con minifalda y botas de cowboy. Cuando el neón parpadeaba la mujer daba una patada, echaba la cabeza hacia atrás, cerraba los ojos y lanzaba un beso a la oscuridad.

Manx le miró en el espejo retrovisor. Wayne estaba sofocado y aturdido de tanto dormir y quizá por eso no le sorprendió ver el aspecto joven y saludable que tenía Manx.

Se había quitado el sombrero y seguía tan calvo como siempre, pero ahora tenía el cráneo liso y rosado, en lugar de blanco y moteado. Y pensar que el día anterior parecía un globo terráqueo con unos continentes que nadie en su sano juicio habría querido visitar:

la isla del Sarcoma, Lentigo del Norte. Los ojos le asomaban detrás de cejas finas y arqueadas del color de la escarcha. Wayne no recordaba haberle visto parpadear una sola vez en los días que llevaban juntos. Por lo que él sabía, aquel hombre carecía de pestañas.

La mañana anterior había tenido aspecto de cadáver andante, y ahora parecía un hombre de sesenta y tantos años, sano y vigoroso. Pero había en sus ojos una suerte de ávida estupidez, la estupidez glotona de un pájaro que ve carroña en la carretera y se pregunta si le dará tiempo a comerse un trozo antes de que le atropellen.

—¿Me va a comer? —preguntó Wayne.

Manx rio con un graznido áspero. Parecía un cuervo.

—Si a estas alturas no te he dado ya un bocado, entonces no creo que lo haga —dijo—. Además, no estoy seguro de que alimentes mucho. Tienes pocas carnes y las pocas que tienes empiezan a estar un poco pochas. Me estoy reservando para una ración de camote fritos.

Algo le pasaba a Wayne, lo notaba, aunque no lograba saber qué era exactamente. Era cierto que se sentía dolorido, exhausto y febril, pero aquello podía deberse a haber dormido en el coche, y esto en cambio era otra cosa. De lo único de lo que era consciente era de que no podía controlar sus reacciones a lo que decía Manx. Casi se había reído al oír a Manx decir la palabra «pocho». Jamás había oído aquella palabra en una conversación y la encontró desternillante. Una persona normal, sin embargo, no se reiría con las elecciones léxicas de su secuestrador.

—Pero usted es un vampiro —dijo—. Me está sacando algo y quedándoselo usted.

Manx le estudió unos instantes por el espejo retrovisor.

—El coche nos mejora a los dos. Es como esos vehículos que hay ahora llamados híbridos. ¿Conoces los híbridos? Funcionan a base de gasolina y buenas intenciones. ¡Pero este es el híbrido por excelencia! ¡Este coche funciona a base de malas intenciones! Los pensamientos y los sentimientos son una fuente de energía, lo mismo que el petróleo. Este Rolls-Royce modelo clásico funciona con todos los malos sentimientos y todas las cosas que alguna vez te hicieron daño o te asustaron. Y no estoy hablando en sentido metafórico. ¿Tienes alguna cicatriz?

Wayne dijo:

—Una vez me caí con una pala en la mano y me hice una herida aquí —levantó la mano derecha, pero cuando la miró no encontró la delgada cicatriz que siempre había tenido en la yema del pulgar. No entendía qué había sido de ella.

—La carretera a Christmasland te quita las penas, calma el dolor y borra las cicatrices. Se lleva aquellas partes de ti que no te hacían bien y lo que queda es limpio y puro. Para cuando lleguemos a nuestro destino estarás libre no solo de todo dolor, sino del recuerdo del dolor. Tu infelicidad es como mugre en una ventana. Cuando el coche haya terminado contigo habrá desaparecido y estarás limpio y reluciente. Lo mismo que yo.

—Ah —dijo Wayne—. ¿Y si yo no estuviera en el coche con usted? ¿Si fuera usted solo a Christmasland? ¿También quedaría limpio y reluciente?

—Pero bueno, qué de preguntas. Apuesto a que en el colegio sacas todo sobresalientes. No, no puedo llegar solo a Christmasland. Solo no puedo encontrar la carretera. Sin un pasajero, este coche no es más que un coche. ¡Es lo bueno que tiene! Puedo ser feliz y encontrarme bien únicamente logrando que otros sean felices y se encuentren bien. La carretera curativa a Christmasland es solo para los inocentes. El coche no me deja acapararla. Tengo que hacer el bien a otros si quiero que me hagan el bien a mí. ¡Ojalá el resto del mundo funcionara también así!

—¿Es esta la carretera curativa a Christmasland? —preguntó Wayne mirando por la ventana—. Porque se parece más a la I-80.

—Es que es la interestatal 80… ahora que estás despierto. Pero hace un minuto tenías dulces sueños y estábamos en la autovía de San Nicolás, con la señora Luna en el cielo. ¿No te acuerdas? ¿Te acuerdas de los muñecos de nieve y de las montañas a lo lejos?

Wayne no podría haberse sobresaltado más si hubieran cogido un gran bache en la carretera. No le gustaba la idea de que Manx hubiera estado con él en su sueño. Le vino a la cabeza el recuerdo de aquel cielo siniestro lleno de electricidad estática. *Falso es cielo ese.* Wayne sabía que la abuela Lindy intentaba decirle algo, intentaba proporcionarle un medio para protegerse de lo que Manx y el coche le estaban haciendo, pero no la entendía, e intentar hacerlo le suponía demasiado esfuerzo. Además, era un poco tarde ya para que su abuela empezara a darle consejos. No es que se hubiera matado precisamente por servirle de algo mientras vivía, y sospechaba que no le gustaba su padre solo porque Lou estaba gordo.

—Cuando te quedes dormido la encontraremos otra vez —dijo Manx—. Cuanto antes lleguemos, antes podrás montar en el Trineo Ruso y jugar a apalear al ciego con mis hijas y sus amigos.

Iban por un camino que atravesaba un bosque de maizales. Había unas máquinas que sobresalían entre las hileras de plantas, negros arbotantes que trazaban arcos en el cielo como el proscenio sobre un escenario. A Wayne se le ocurrió que eran máquinas de rociar pesticidas, llenas de veneno. Empaparían el maíz en una lluvia letal para que no se lo comieran especies invasoras. En su interior no dejaba de repetir aquellas palabras, «especies invasoras». Después el maíz se lavaría y la gente se lo comería.

—¿Ha salido alguien alguna vez de Christmasland? —preguntó.

—Una vez estés allí no querrás marcharte. Allí uno tiene todo lo que se puede desear. Los mejores juegos. Las mejores atracciones. Algodón de azúcar suficiente para cien años y más.

—Pero ¿podría marcharme de Christmasland si quisiera?

Manx le dirigió una mirada casi hostil por el espejo retrovisor.

—Serás buen estudiante, pero imagino que algunos de tus profesores debieron de terminar cansados de ti y todas tus preguntas. ¿Qué notas has sacado?

—No muy buenas.

—Pues entonces te gustará saber que en Christmasland no hay colegio. Yo siempre odié ir al colegio. Prefería hacer historia que estudiarla. Todas esas pamplinas sobre la aventura de aprender... Aprender es aprender. Y la aventura es la aventura. Creo que una vez sabes sumar, restar y leer más o menos bien, lo demás no conduce más que a delirios de grandeza y problemas.

Wayne interpretó esta respuesta como que no podría salir de Christmasland.

—¿Y puedo hacer mis últimas peticiones?

—Vamos a ver. Te estás comportando como si te hubieran condenado a muerte. Y no estás en el corredor de la muerte. ¡Cuando llegues a Christmasland te encontrarás mejor que nunca!

—Pero si no puedo volver, si tengo que quedarme para siempre en Christmasland... entonces quiero hacer unas cuantas cosas antes. ¿Tengo derecho a una última cena?

—¿Qué quieres decir? ¿Crees que en Christmasland no te van a dar de comer?

—Pero ¿qué pasa si la comida no me gusta? ¿En Christmasland puede conseguirse cualquier comida?

—Hay algodón de azúcar, perritos calientes y rico helado de piña para el niño y la niña. Todo lo que un pequeño como tú puede desear.

—Pues a mí me apetece una mazorca. Una mazorca con mantequilla —dijo Wayne—. Y una cerveza.

—Estoy seguro de que te encontraremos una mazorca y... ¿qué has dicho? ¿Cerveza de jengibre? Aquí por esta zona la tienen muy buena. Y la zarzaparrilla está más rica todavía.

—De jengibre no, cerveza normal. Quiero una Coors Silver Bullet.

—¿Y por qué quieres cerveza?

—Mi padre me dijo que podría tomarme una con él en el porche de casa cuando cumpliera veintiún años. El cuatro de julio, mientras veíamos los fuegos artificiales. Me hacía mucha ilusión, pero supongo que ese momento ya no va a llegar. Además usted ha dicho que en Christmasland todos los días son Navidad. Así que supongo que se acabaron los cuatros de julio. Me parece que en Christmasland no deben ser muy patrióticos. También quiero bengalas. En Boston me compraron bengalas.

Entraron en un puente largo y bajo. El metal estriado vibró bajo los neumáticos. Manx no volvió a hablar hasta que no hubieron terminado de cruzarlo.

—Estás muy charlatán esta noche. Hemos recorrido mil seiscientos kilómetros y hasta ahora no te había oído hablar tanto. Veamos si lo he entendido. Quieres que te compre una lata de cerveza, una mazorca de maíz y fuegos artificiales para que puedas celebrar tu propio cuatro de julio. ¿Estás seguro de que no quieres nada más? ¿Por casualidad tu madre y tú no teníais planeado comer caviar y foie de pato cuando terminaras el instituto?

—No quiero celebrar mi propio cuatro de julio. Solo quiero unas bengalas. Y quizá un par de cohetes —Wayne hizo una pausa y continuó—. Me dijo que me debía una. Por matar a mi perro.

Siguieron unos minutos de sombrío silencio.

—Es verdad —admitió por fin Manx—. Lo había olvidado. Pero no es algo de lo que me sienta orgulloso. ¿Si te compro una cerveza, una mazorca y unos fuegos artificiales estamos en paz?

—No, pero no pediré nada más —Wayne miró por la ventana y espió a la luna. Era una esquirla dentada de hueso, sin rostro y distante. Ni la mitad de bonita que la de Christmasland, supuso Wayne—. ¿Cómo descubrió Christmasland?

Manx dijo:

—Llevé allí a mis hijas. Y a mi primera mujer —se detuvo un momento y continuó—: Mi primera esposa era una mujer complicada. Difícil de satisfacer, como la mayoría de las pelirrojas. Me guardaba muchísimo rencor y consiguió que mis propias hijas desconfiaran de mí. Teníamos dos niñas. Mi suegro me dio dinero para montar un negocio y yo me lo gasté en este coche. Supuse que Cassie —así se llamaba mi primera mujer— estaría contentísima al verme llegar con él. Pero en lugar de eso se puso tan impertinente y difícil como siempre. Dijo que había malgastado el dinero. Que iba a convertirme en chófer. Dijo que las iba a dejar a ella y a las niñas en la pobreza. Era una mujer ofensiva y me insultaba delante de las niñas, algo que ningún hombre debería tolerar —Manx cerró las manos alrededor del volante y los nudillos se le pusieron blancos—. Una vez mi mujer me tiró una lámpara de aceite a la espalda y me quemó mi mejor abrigo. ¿Crees que me pidió disculpas? Pues te equivocas. En Acción de Gracias y otras reuniones familiares se burlaba de mí. Imitaba mis gestos cuando me quemé. Se ponía a correr graznando como un pavo y agitando los brazos mientras gritaba: «¡Apagadme! ¡Apagadme!». Sus hermanas se lo pasaban en grande a mi costa. Te voy a decir una cosa. La sangre de una pelirroja es tres veces más fría que la de una mujer normal. Esto lo demuestran estudios médicos —le dirigió una mirada seria a Wayne por el espejo—. Claro que precisamente lo que las convierte en insoportables es lo que impide a un hombre mantenerse alejado de ellas, no sé si me entiendes.

Wayne no le entendía, pero asintió de todas maneras. Manx dijo:

—Bueno, pues entonces creo que hemos llegado a un acuerdo. Conozco un sitio donde se pueden comprar cohetes tan ruidosos y brillantes que para cuando hayamos acabado de tirarlos estarás sordo y ciego. Deberíamos llegar a la biblioteca de Aquí mañana al atardecer. Allí podemos tirarlos. ¡Para cuando hayamos terminado de lanzar cohetes y petardos la gente pensará que ha empezado la Tercera Guerra Mundial! —se detuvo y luego dijo en tono taimado—. A lo mejor la señorita Margaret Leigh quiere unirse a los festejos. No me importaría encenderle una mecha en los pies y así enseñarla a meterse en sus asuntillos.

—¿Y eso qué más da? —preguntó Wayne—. ¿Por qué no la dejamos en paz?

Una gran polilla verde golpeó el parabrisas con un ruido seco y breve y dibujó una mancha esmeralda en el cristal.

—Eres un chico listo, Wayne Carmody —dijo Manx—. Has leído todos los artículos sobre ella. Estoy seguro de que si lo piensas un poco, entenderás que me preocupe esa mujer.

Antes, cuando aún había luz, Wayne había echado un vistazo al fajo de papeles que Manx había metido en el coche. Era información sobre Maggie Leigh que Bing había encontrado en Internet.

Había en total una docena de artículos que se resumían en una única historia de abandono, adicciones, soledad... y milagros extraños e inquietantes.

El primer artículo era de principios de la década de 1990 y se había publicado en la *Cedar Rapids Gazette:* «¿Poderes adivinatorios o pura chiripa? La corazonada de una bibliotecaria local salva la vida de unos niños». Contaba la historia de un hombre llamado Hayes Archer que vivía en Sacramento. Archer había metido a sus dos hijos en su recién estrenada avioneta Cessna y había partido con ellos en un viaje nocturno a lo largo de la costa de California. El avión no era lo único nuevo. Archer también acaba de sacarse la licencia de piloto. Cuarenta minutos después de despegar, el monomotor Cessna hizo una serie de maniobras extrañas y desapareció de los radares. Se temía que hubiera perdido de vista la tierra por la creciente niebla y se hubiera estrellado en el mar mientras trataba en encontrar la línea del horizonte. La noticia se había difundido en las cadenas de televisión nacionales, puesto que Archer era poseedor de una fortuna personal considerable.

Margaret Leigh había llamado a la policía de California para decirles que Archer y sus hijos no estaban muertos, que no se habían estrellado en el mar. Habían tocado tierra y bajado por una garganta. No podía dar la localización exacta, pero pensaba que la policía debería buscar en toda la costa hasta encontrar un lugar donde fuera posible encontrar sal.

El Cessna apareció a doce metros del suelo, cabeza abajo en una secuoya del —agárrate— Parque Nacional de Salt Point.* Los niños estaban ilesos. El padre se había fracturado la columna, pero se esperaba que sobreviviera. Maggie afirmó que su intuición le había llegado en forma de fogonazo mientras jugaba al Scrabble. El artículo venía ilustrado con una fotografía del avión cabeza abajo y otra de Maggie, inclinada sobre un tablero de Scrabble participando en un torneo. El pie de foto de esta segunda fotografía decía: «Teniendo en

---

* *Salt* significa «sal» en inglés. *(N. de la T.)*.

cuenta lo acertado de sus corazonadas, ¡es una pena que el juego favorito de Maggie no sea la lotería!».

Con los años había habido nuevas corazonadas: un niño encontrado dentro de un pozo, información sobre un hombre perdido en el mar mientras intentaba dar la vuelta al mundo en un barco de vela. El último, el breve artículo sobre Maggie ayudando a localizar a un fugitivo, se había publicado en el 2000. Después no había nada hasta 2008 y los artículos que se publicaron entonces no hablaban de milagros, sino más bien de todo lo contrario.

Primero había habido una inundación en Aquí, Iowa, con muchos daños, entre ellos una biblioteca sumergida bajo las aguas. La propia Maggie había estado a punto de ahogarse cuando intentaba rescatar libros y había sido ingresada con hipotermia. La recaudación de fondos no había bastado para mantener abierta la biblioteca y el lugar se había cerrado.

En 2009 Maggie había sido acusada de peligro público por hacer fuego en un edificio abandonado. Los agentes que la detuvieron le encontraron utensilios relacionados con el consumo de drogas.

En 2010 había sido detenida y acusada de ocupación ilegal de un inmueble y de posesión de heroína.

En 2011 fue arrestada por prostitución. Quizá Maggie Leigh era capaz de predecir el futuro, pero su talento sobrenatural no la había ayudado a mantenerse alejada de un policía vestido de paisano apostado en el vestíbulo del motel de Cedar Rapids. La condenaron a treinta días. Más tarde aquel mismo año las autoridades se hicieron de nuevo cargo de ella, pero esta vez no para llevarla a la cárcel, sino al hospital: presentaba síntomas de congelación. En el artículo se hablaba de su «condición» como algo «tristemente frecuente entre los sin techo de Iowa». Así se enteró Wayne de que Maggie Leigh estaba viviendo en la calle.

—Quiere ir a verla porque sabía que usted iba a venir y se lo dijo a mi madre —dijo por fin.

—Necesito verla porque sabía que yo estaba otra vez en la carretera y quería buscarme problemas —dijo Manx—. Y si no le digo unas cuantas cosas no podré estar seguro de que no va a causármelos. No es la primera vez que tengo que vérmelas con gente de esa calaña. Casi siempre que puedo evito a las personas como ella. Son siempre unas entrometidas.

—Gente como ella… ¿Bibliotecarios?

Manx rió.

—Te estás haciendo el listillo. Me alegra ver que empiezas a recuperar el sentido del humor. Lo que quiero decir es que hay otras personas, además de mí, con capacidad de acceder a los pensamientos secretos compartidos del mundo de los pensamientos —se llevó un dedo a la sien para señalar dónde residía aquel mundo—. Yo tengo al Espectro, y cuando estoy detrás del volante puedo encontrar el camino a las carreteras secretas que llevan a Christmasland. He conocido a otros que usan tótems para darle la vuelta a la realidad. Para amoldarla como la arcilla blanda que es. Estaba Craddock McDermott, quien afirmaba que su espíritu existía en su traje preferido. También el Hombre que Camina de Espaldas, dueño de un reloj horroroso que funciona al revés. ¡Más te vale no encontrarte con el Hombre que Camina de Espaldas en un callejón oscuro, niño! Está el Nudo Verdadero, que vive en la carretera y cuya actividad es muy parecida a la mía. Yo les dejo tranquilos y ellos me devuelven el favor haciendo lo propio. Y nuestra Maggie Leigh también tiene su propio tótem, que usa para entrometerse y espiar. Probablemente son esas fichas de Scrabble de que habla. Muy bien. Puesto que parece tan interesada en mí, creo que es de buena educación hacerle una visita. ¡Quiero conocerla, a ver si consigo curarle esa curiosidad suya!

Negó con la cabeza y a continuación rio. Aquel graznido ronco y cavernoso era la risa de un hombre viejo. Era posible que la carretera a Christmasland rejuveneciera su cuerpo, pero la risa de Manx no tenía arreglo.

Condujo en silencio. La línea amarilla discontinua tartamudeaba a la izquierda del coche.

Por fin suspiró y dijo:

—Si quieres que te diga la verdad, Wayne, casi todos los problemas que he tenido han empezado con una mujer. Margaret Leigh, tu madre y mi primera mujer están las tres cortadas por el mismo patrón y el Señor sabe que existen muchas más como ellas. ¿Sabes una cosa? Los momentos más felices los he vivido siempre libre de la influencia femenina. Cuando no he tenido que hacer concesiones. Los hombres pasan la mayor parte de sus vidas de mujer en mujer, obligados a serles de utilidad. Los hombres no pueden dejar de pensar en las mujeres, lo mismo que cuando estamos hambrientos no podemos dejar de pensar en un filete poco hecho. Cuando tienes hambre y hueles un filete en la parrilla se te encoge la garganta y eres incapaz de pensar otra cosa. Las mujeres lo saben y se aprovechan de ello. Establecen sus condiciones, igual que hacen las madres a la hora de cenar. Si no recoges tu habitación, te cambias de camiseta y te lavas las manos no puedes sentarte a la mesa. La mayoría de los hombres se sienten alguien si logran acomodarse a las exigencias de su mujer. Se sienten valiosos. Pero si eliminas a la mujer, entonces puedes recuperar algo de paz interior. Cuando no hay necesidad de estar negociando con alguien excepto contigo mismo y con otros hombres, tienes ocasión de saber quién eres de verdad. Y eso siempre es agradable.

—¿Por qué no se divorció de su primera mujer? —preguntó Wayne—. ¿Si no le gustaba?

—Entonces nadie hacía eso. A mí ni se me pasó por la cabeza. Lo que sí se me pasó fue marcharme. De hecho me fui un par de veces. Pero luego volví.

—¿Por qué?

—Me entraron ganas de comerme un filete.

Wayne preguntó:

—¿Cuánto tiempo hace de eso? ¿Cuándo se casó usted la primera vez?

—¿Me estás preguntando cuántos años tengo?

—Sí.

Manx sonrió.

—Una cosa te voy a decir. En nuestra primera cita, Cassie y yo fuimos a ver una película muda. ¡Eso fue hace mucho tiempo!

—¿Qué película?

—Una alemana, de terror, aunque los intertítulos estaban en inglés. Durante las partes que daban miedo Cassie escondía la cara en mi hombro. Habíamos ido con su padre y, de no haber estado él allí, creo que Cassie se me habría subido al regazo. Entonces solo tenía dieciséis años, era una cosita agradecida, considerada y tímida. Así pasa con muchas mujeres. De jóvenes son una joya llena de posibilidades. Vibran de ganas de vivir y de deseo. Cuando se vuelven resentidas, en cambio, son como un pollo mudando, renunciando a la pelusa de la juventud a cambio de plumas negras. A menudo las mujeres pierden la ternura de sus primeros años del mismo modo que un niño pierde los dientes de leche.

Wayne asintió y se arrancó pensativo uno de los dientes superiores. Se llevó la lengua al agujero, del que manaba un hilo de sangre. Notaba como un nuevo diente empezaba a asomar donde había estado el otro, aunque no parecía tanto un diente como un anzuelo.

Se guardó el diente arrancado en el bolsillo del pantalón, con los otros. En las treinta y seis horas que llevaba en el Espectro había perdido ya cinco. No le preocupaba. Notaba como estaban a punto de salirle hileras de dientecillos nuevos.

—Luego mi mujer me acusó de ser un vampiro, lo mismo que tú —dijo Manx—. Dijo que era igual que el demonio de la primera película que habíamos visto, esa alemana. Dijo que estaba succionando la vida a nuestras dos hijas, que me estaba alimentando de ellas. Pero resulta que muchos años después ¡mis hijas siguen fuertes, felices y jóvenes y llenas de ganas de pasarlo bien! Así que si de verdad hubiera intentado chuparles la vida, me temo que no hice un buen trabajo. El caso es que durante unos cuantos años mi mujer me hizo tan desgraciado que sentía ganas de matarla, matarme yo y también a las niñas solo por acabar con todo de una vez. Ahora en cambio, cuando lo pienso me río. No tienes más que fijarte en la placa del coche. Cogí las horribles ideas que mi mujer tenía de mí y las transformé en un chiste. ¡Esa es la manera de sobrevivir! Tienes que aprender a reírte, Wayne. Siempre hay que encontrar la manera de divertirse. ¿Lo recordarás?

—Creo que sí —dijo Wayne.

—Me encanta esto —dijo Manx—. Los dos conduciendo de noche. Es perfecto. Y no me importa decirte que eres mejor compañía que Bing Partridge. Por lo menos tú no sientes la necesidad hacer una rima tonta con cualquier cosa —con voz aflautada y estridente Manx cantó—: *Venga aquí, señoritinga, tóqueme un poco la minga* —negó con la cabeza—. He hecho unos cuantos viajes largos con Bing y cada uno se me hizo más largo que el anterior. No te imaginas el alivio que supone estar con alguien que no se pasa el rato cantando tonterías o preguntándolas.

—¿Falta mucho para que comamos? —preguntó Wayne.

Manx dio una palmada al volante y rio.

—¡Me parece que he hablado demasiado deprisa porque esa, si no es una pregunta tonta, desde luego lo parece, joven Wayne! Te he prometido camote fritos y juro que los vas a tener. En el último siglo he llevado a más de cien niños a Christmasland y ni uno de ellos se ha muerto de hambre.

La cafetería donde servían camote fritos estaba a más de veinte kilómetros al oeste, era una construcción de estructura metálica acristalada situada en un aparcamiento del tamaño de un campo de fútbol. Farolas de vapor de sodio encaramadas en postes de nueve metros de altura proyectaban tal luz en el asfalto que parecía de día. El aparcamiento estaba lleno de camiones de alta cilindrada y por el parabrisas del coche Wayne vio que todos los taburetes de la barra estaban ocupados, como si fuera mediodía en lugar de medianoche.

El país entero estaba avisado sobre un viejo y un niño viajando en un Rolls-Royce Espectro, pero ni uno de los comensales del restaurante miró hacia fuera o reparó en ellos y a Wayne no le sorprendió. Había aceptado ya que la gente veía el coche, pero sin fijarse en él. Era como un canal de televisión que no retransmitiera más que electricidad estática, todo el mundo pasaba al siguiente. Manx aparcó en batería, de cara a uno de los laterales del edificio y a Wayne no se le ocurrió en ningún momento intentar saltar, gritar o golpear los cristales.

Por el parabrisas veía el interior del restaurante y a Manx abrirse paso entre la gente encorvada sobre de la barra. En el televisor situado encima de esta, unos coches de carreras daban vueltas a un circuito; después aparecía el presidente detrás de un podio, agitando el dedo y, por último, una rubia gélida hablando a un micrófono de pie de espaldas a un lago.

Wayne frunció el ceño. Aquel lago le sonaba. La cámara se acercó y entonces vio la casa alquilada en Winnipesaukee y coches de policía aparcados en la carretera que pasaba por delante. Dentro del restaurante, también Manx estaba pendiente del televisor con la cabeza echada hacia atrás para ver mejor.

Hubo otro cambio de plano y Wayne vio a su madre salir de la cochera subida a la Triumph. No llevaba casco y el pelo le flotaba alrededor de la cabeza mientras avanzaba directa hacia la cámara. El operador de esta no lograba apartarse a tiempo y su madre le hacía caer al pasar a su lado a toda velocidad. De camino al suelo, la cámara retransmitía planos nerviosos de cielo, hierba y grava.

Charlie Manx salió deprisa del restaurante, se sentó al volante y NOS4A2 regresó a la carretera.

Manx conducía con los ojos velados y las comisuras de la boca apretadas en una mueca forzada y desagradable.

—Me parece que nos hemos quedado sin camotes fritos, ¿no? —dijo Wayne.

Pero Charlie Manx no dio señales de haberle oído.

La Casa del Sueño

No tenía sensación de estar herida. No le dolía nada. El dolor vendría más tarde.

Tampoco tenía la impresión de haber despertado, no recordaba un momento concreto en el que hubiera recuperado la consciencia. En lugar de ello, partes de su cuerpo habían empezado, de mala gana, a encajar las unas con las otras. Fue una tarea larga y lenta, tan larga y tan lenta como arreglar la Triumph.

Se acordó de la Triumph antes incluso de recordar cómo se llamaba.

En alguna parte sonó un teléfono. Vic lo oyó claramente, el tintineo brusco y anticuado de una campanilla: una vez, dos, tres, cuatro. El sonido la devolvió al mundo pero se apagó antes de que Vic fuera consciente de estar despierta.

Tenía uno de los lados de la cara húmedo y frío. Estaba boca abajo en el suelo, con la cabeza vuelta hacia un lado y la mejilla en un charco. Notaba los labios secos y agrietados y no recordaba haber tenido nunca tanta sed. Lamió el agua, que sabía a tierra y a cemento, pero el charco era fresco y agradable. Se pasó la lengua por los labios para humedecerlos.

Junto a la cara tenía una bota. Veía el relieve de caucho negro en la suela y un cordón suelto. Llevaba una hora viendo aquella bota de forma intermitente, reparando en ella y olvidándola en cuanto volvía a cerrar los ojos.

Era incapaz de decir dónde estaba. Suponía que debía levantarse y averiguarlo. Pensó que había muchas posibilidades de que los fragmentos cuidadosamente unidos de su cuerpo se deshicieran una vez más en polvo brillante si lo intentaba, pero no veía otra opción. Tenía la impresión de que nadie iba a acudir en su ayuda, al menos por el momento.

Había tenido un accidente. ¿En la moto? No, estaba en un sótano. Veía las paredes de cemento sucio, desconchadas en algunas partes de manera que se distinguía la piedra detrás. También percibía un ligero olor a sótano, parcialmente oscurecido por otros olores. Un fuerte hedor a metal quemado y un tufo a materia fecal, como en una letrina abierta.

Apoyó las manos en el suelo y se incorporó hasta quedar de rodillas.

No le dolía tanto como se había temido. Sentía molestias en las articulaciones, en la zona lumbar, en el culo, pero eran un dolor como el que causa una gripe, no dolor de huesos rotos.

Entonces le vio y lo recordó todo de golpe. Su huida del lago Winnipesaukee, el puente, la iglesia en ruinas, el individuo llamado Bing que había intentado gasearla y violarla.

El Hombre Enmascarado estaba seccionado en dos trozos conectados por un único jirón de vísceras y grasa. La parte de arriba estaba en el pasillo y las piernas, dentro de la puerta, las botas muy cerca de donde había estado tumbada Vic.

El cilindro de sevoflurano se había partido, pero Bing tenía aún en la mano el regulador de presión de la parte superior, unido a un trozo de la misma: una cúpula en forma de casco con pinchos de metal torcido. Bing era lo que hedía a fosa séptica rota, posiblemente porque la fosa séptica de su interior se había roto. Vic podía olerle los intestinos.

La habitación parecía torcida, cambiada de sitio. Vic se mareó mientras la inspeccionaba como si se hubiera puesto en pie demasiado deprisa. La cama estaba volcada de manera que se veía la parte de abajo, los muelles y las patas. El fregadero se había desprendido de la pared y colgaba formando un ángulo de cuarenta y cinco grados respecto al suelo, sujeto solo por dos cañerías que se habían soltado de las abrazaderas. Por una junta rota borboteaba agua que formaba un charco en el suelo. Vic pensó que, de haber seguido durmiendo, era muy posible que se hubiera ahogado.

Le llevó algo de tiempo ponerse de pie. La pierna izquierda se negaba a estirarse y cuando lo hizo la punzada de dolor fue tan intensa que tuvo que tomar aire con los dientes apretados. La rodilla presentaba hematomas en distintos tonos de azul y verde. Vic no se atrevía a forzarla, pues sospechaba que cedería ante la más mínima presión.

Dio un último vistazo a su alrededor igual que el visitante de un museo del sufrimiento a la sala de los horrores. No, aquí no hay nada más que ver. Pasemos a la siguiente sala, señores. Allí tenemos unas piezas de lo más interesante.

Pasó entre las piernas del Hombre Enmascarado y luego por encima de este, con cuidado de que no se le enredara un pie en el amasijo de vísceras. La imagen era tan irreal que ni siquiera le daba asco.

Después sorteó la parte superior del cuerpo. No quería verle la cara y mantuvo los ojos apartados. Pero cuando dio dos pasos para marcharse por donde había venido no lo pudo evitar y miró por encima del hombro.

El Hombre Enmascarado tenía la cabeza vuelta hacia un lado. Las pupilas claras estaban dilatadas de sorpresa. El respirador de la máscara se le había encajado en la boca abierta, una mordaza hecha de plástico negro derretido y tela calcinada.

Vic echó a andar por el pasillo y fue como atravesar la cubierta de un barco a punto de naufragar. No hacía más que caerse hacia la derecha y tuvo que apoyar una mano en la pared para mantener el equilibrio. Pero al pasillo no le ocurría nada. Vic era la embarcación con peligro de volcar, de ahogarse en un torbellino de oscuridad. Por un momento se olvidó y apoyó todo el peso en la pierna izquierda. De inmediato la rodilla se dobló y tuvo que alargar un brazo y buscar algo a lo que sujetarse. La mano encontró el busto de Jesucristo, con uno de los lados de la cara quemado y cubierto de ampollas. El busto estaba encima de un estante lleno de publicaciones pornográficas. Jesús le sonreía lascivo y cuando Vic apartó la mano vio que estaba manchada de ceniza. DIOS QUEMADO VIVO, AHORA SOLO QUEDAN DEMONIOS.

No volvería a olvidarse de que no debía apoyar la pierna. De repente le vino una idea a la cabeza, no del todo inteligible. *Gracias a Dios que es una moto inglesa.*

Al llegar a las escaleras se le enredó un pie en un montículo de bolsas de basura, un bulto envuelto en plástico, y tropezó y cayó sobre él por segunda vez. Había aterrizado sobre el mismo montón de bolsas de basura cuando el Hombre Enmascarado la empujó escaleras abajo; habían amortiguado su caída y muy probablemente la habían salvado de partirse el cuello o el cráneo.

El bulto pesaba y estaba frío, pero no completamente rígido. Vic supo lo que había debajo del plástico. Reconoció el saliente de la cadera y el pecho plano. No quería ni ver ni saber, pero aun así rompió el plástico. El cadáver estaba envuelto con papel film a modo de mortaja y sujeto firmemente con cinta de embalar.

El olor que desprendía no era hedor a podredumbre pero era, en cierto modo, peor: la empalagoso fragancia del pan de jengibre. El hombre del interior era delgado y probablemente había sido guapo alguna vez. Más que descompuesto estaba momificado, con la piel arrugada y amarillenta y los ojos hundidos en las cuencas. Tenía los labios separados como si hubiera muerto mientras profería un grito, aunque eso podía ser efecto de la piel al encogerse y retraerse, dejando los dientes al descubierto.

Vic dejó escapar un suspiro que era casi un sollozo. Apoyó una mano en el frío rostro del hombre.

—Lo siento —le dijo.

No podía evitarlo, necesitaba llorar. Nunca había sido lo que se dice una mujer llorona, pero en determinadas situaciones las lágrimas eran la única respuesta razonable. Llorar era, en cierto modo, un lujo; los muertos no sentían las pérdidas, no lloraban por nadie ni por nada.

Acarició de nuevo la mejilla del hombre y le tocó los labios con el pulgar. Fue entonces cuando vio el papel, hecho una bola dentro de su boca.

El hombre muerto la miraba suplicante. Vic dijo:

—De acuerdo, amigo —y le sacó el papel de la boca.

No le dio asco. A aquel hombre le había llegado la muerte allí, se había enfrentado a ella solo, habían abusado de él, le habían hecho daño y después lo habían desechado. Fuera lo que fuera que quisiera decirle, Vic quería oírlo. Aunque fuera demasiado tarde ya para hacer algo por él.

La nota estaba emborronada a lápiz con mano temblorosa en un trozo de papel de envolver regalos de Navidad.

Tengo la cabeza lo bastante clara para escribir. El primer momento en días. Esto es lo fundamental:

Soy Nathan Demeter de Brandenburg, Kentucky

• Me ha secuestrado Bing Partridge

• Trabaja para un hombre llamado Manx

• Tengo una hija, Michelle, hermosa y buena. Gracias a Dios el coche me cogió a mí y no a ella. Asegúrense de que lea esto:

Te quiero, hija. No puede hacerme mucho daño porque cuando cierro los ojos pienso en ti.

No pasa nada porque llores, pero tampoco renuncies a la risa.

No renuncies a ser feliz.

Necesitas las dos cosas. Yo las tuve.

Te quiero, peque. Tu padre

Vic leyó la nota sentada junto al hombre muerto y tuvo buen cuidado de no mancharla con sus lágrimas.

Transcurrido un rato, se secó la cara con el dorso de las manos. Miró hacia las escaleras. Recordar cómo había bajado por ellas le producía un mareo breve pero intenso. Le asombraba haber caído y sobrevivido. Bajar había sido mucho más rápido de lo que iba a ser subir. La rodilla izquierda le dolía ahora muchísimo, punzadas de dolor blanco al ritmo de su pulso.

Pensaba que disponía de todo el tiempo del mundo para conseguir subir las escaleras, pero a medio camino el teléfono volvió a sonar. Se detuvo y escuchó el brusco campanilleo del timbre. Entonces empezó a subir a la pata coja, agarrándose a la barandilla y sin apenas apoyar el pie izquierdo en el suelo. *Soy capitán, soy capitán. De un barco inglés, de un barco inglés,* cantaba una vocecilla de niña en su cabeza, entonando una rima infantil que Vic no había oído en décadas.

Llegó hasta el último peldaño y al cruzar la puerta se encontró una luz del sol cegadora, abrumadora. El mundo resplandecía de tal manera que Vic se mareó. El teléfono volvió a sonar, era el tercer o el cuarto timbrazo. El que llamaba debía de estar a punto de desistir.

Descolgó el teléfono negro sujeto a la pared justo a la derecha de la puerta del sótano. Con la mano izquierda se apoyaba en el marco de la puerta, consciente solo a medias de que aún tenía en la mano la nota de Nathan Demeter. Se llevó el auricular a la oreja.

—Por Dios bendito, Bing —dijo Charlie Manx—. ¿Dónde te habías metido? Te he llamado no sé cuántas veces. Estaba empezando a pensar que igual habías hecho alguna locura. Que no vengas conmigo no es el fin del mundo. Quizá haya más ocasiones, y mientras tanto puedes hacer muchas cosas por mí. Para empezar, podrías darme las últimas noticias sobre nuestra buena amiga la señora McQueen. Hace un rato he visto en las noticias que se ha marchado en moto de su casita de New Hampshire y ha desaparecido. ¿Has sabido algo de ella? ¿Qué crees que ha estado haciendo?

Vic tragó aire y lo soltó despacio.

—Pues ha estado de lo más ocupada —dijo—. Lo último que ha hecho ha sido ayudar a Bing a redecorar su sótano. Me pareció que necesitaba un toque de color, así que he pintado las paredes de color hijo de puta muerto.

MANX ESTUVO CALLADO EL TIEMPO JUSTO PARA QUE VIC SE preguntara si había colgado. Se disponía a decir su nombre, a comprobar si seguía al teléfono, cuando Manx volvió a hablar:

—Recórcholis —dijo—. ¿Me estás diciendo que el bueno de Bing ha muerto? Siento oírlo. La última vez que nos vimos discutimos y ahora me siento mal. En muchos sentidos no era más que un niño. Supongo que hizo algunas cosas espantosas, ¡pero no puedo culparle! ¡No sabía que estaban mal!

—Cállate ya con lo de Bing y escúchame. Quiero a mi hijo y voy a recuperarle, Manx. Voy a por él y no te gustará estar ahí cuando le encuentre. Así que para el coche. Dondequiera que estés, para el coche. Deja a mi hijo en la carretera sin hacerle daño. Dile que me espere y que su madre llegará antes de que se dé cuenta. Haz eso y no tendrás que lamentar que vaya a buscarte. Te dejaré marchar. Consideraré que estamos en paz.

No sabía lo que quería decir con eso, pero sonaba bien.

—¿Cómo has llegado a la casa de Bing Partridge, Victoria? Eso es lo que quiero saber. ¿Ha sido como la otra vez en Colorado? ¿Has ido en tu puente?

—¿Está Wayne herido? ¿Se encuentra bien? Quiero hablar con él. Ponle al teléfono.

—La gente que está en el infierno siempre pide agua con hielo. Contesta a mis preguntas y entonces veré si contesto yo a las tuyas. Dime cómo has llegado hasta la casa de Bing y veré lo que puedo hacer.

Vic comenzaba a temblar violentamente, a medida que empezaba a notar los efectos de la conmoción sufrida.

—Primero dime si está vivo. Que Dios te ayude si no lo está. Si no está vivo, Manx, si no está vivo, lo que le he hecho a Bing no va a ser nada comparado con lo que te voy a hacer a ti.

—Está muy bien. Es un niño de lo más encantador. Y no te voy a decir nada más. Explícame cómo has llegado hasta la casa de Bing. ¿Ha sido en la moto? En Colorado era una bicicleta. Pero supongo que has cambiado de medio de transporte. ¿Y te ha llevado la moto nueva hasta el puente? Contesta y te dejaré hablar con él.

Vic intentó decidir qué decir, pero no se le ocurría ninguna mentira y no estaba segura tampoco de qué importancia tenía que Manx se enterara.

—Sí, he cruzado el puente y he llegado hasta aquí.

—Ya veo —Manx—. Así que te has hecho con otro bólido infernal, una moto con una marcha extra, ¿no? Pero no te ha traído hasta mí, sino que te ha llevado a la Casa del Sueño. Y creo que sé por qué. Yo también tengo un vehículo con marchas extra y sé algo sobre cómo funcionan. Estas cosas también tienen su truco —hizo una pausa y luego siguió—: Me dices que pare el coche y deje a tu hijo en la carretera. Que enseguida estarás allí para recogerle. El puente solo puede llevarte a un punto fijo, ¿verdad? Tiene sentido. Después de todo, es un puente. Los dos extremos tienen que estar apoyados en algo, aunque solo sean dos ideas fijas.

—Mi hijo —dijo Vic—. Quiero oír su voz. Me lo has prometido.

—Y lo prometido es deuda —dijo Manx—. Aquí lo tienes, Vic, Aquí está tu hombrecito.

Tienda de fuegos artificiales Shoot the Moon, Illinois

EN LA LUZ POLVORIENTA DE LAS PRIMERAS HORAS DE LA TARDE EL señor Manx sacó el Espectro de la carretera y lo aparcó en la puerta de una tienda de fuegos artificiales. El lugar se anunciaba mediante un letrero que mostraba una luna dilatada y furiosa con un cohete clavado en un ojo, del que sangraba fuego. Wayne se rio solo al verlo, se rio y estrujó el adorno de Navidad en forma de luna.

La tienda era un único edificio alargado con un palenque para atar los caballos. A Wayne se le ocurrió entonces que quizá habían vuelto al oeste, donde había pasado la mayor parte de su vida. Algunos sitios del norte del país tenían palenque, para darles un aspecto rústico, pero cuando ibas hacia el oeste veías montículos de bosta seca no lejos de los postes y entonces sabías que estabas en territorio vaquero. Aunque últimamente muchos de esos vaqueros conducían todoterrenos y escuchaban a Eminem.

—¿Hay caballos en Christmasland? —preguntó.

—Hay renos —dijo Manx—. Renos blancos y domesticados.

—¿Se puede montar en ellos?

—¡Puedes darles de comer con la mano!

—¿Qué comen?

—Lo que les des. Paja. Azúcar. Manzanas. Les gusta todo.

—¿Y son todos blancos?

—Sí, y no se les ve muy a menudo, porque es difícil distinguirlos entre la nieve. Christmasland siempre está nevada.

—¡Pues podíamos pintarlos! —exclamó Wayne emocionado con la idea—. Así se les vería mejor.

Últimamente se le ocurrían unas ideas de lo más emocionantes.

—Sí —dijo Manx—. Puede ser divertido.

—Pintarlos de rojo. Renos rojos. Como los coches de bomberos.

—Eso sería de lo más festivo.

Wayne sonrió al imaginar a un reno esperando pacientemente mientras le aplicaba una capa de pintura roja hasta dejarlo del color de una manzana de caramelo. Se pasó la lengua por sus nuevos y puntiagudos dientes considerando las distintas posibilidades. Decidió que, cuando llegara a Christmasland, les haría un agujero a los dientes viejos, los ensartaría en un cordel y los llevaría a modo de collar.

Manx se inclinó hacia la guantera, la abrió y sacó el teléfono de Wayne. Lo había usado varias veces aquella mañana. Wayne sabía que estaba llamando a Bing Partridge sin obtener respuesta. El señor Manx nunca dejaba mensajes.

Miró por la ventana. Un hombre salía de la tienda de fuegos artificiales con una bolsa. Iba de la mano de una niña pequeña y rubia que brincaba a su lado. Sería divertido pintar a una niña de rojo chillón. Quitarle la ropa, sujetarla y pintar su cuerpo escurridizo y tenso. Pintarla de arriba abajo. Para hacerlo bien, habría que afeitarle ese pelo. Wayne se preguntó qué podría hacerse con un saco lleno de pelo rubio. Tenía que haber algo.

—Por Dios bendito, Bing —dijo el señor Manx—. ¿Dónde te has metido?

Abrió la puerta y salió al aparcamiento.

La niña y su padre se subieron a su ranchera y esta dio marcha atrás sobre la grava. Wayne saludó. La niña pequeña le vio y le devolvió el saludo. Jo, tenía un pelo maravilloso. Con aquel pelo dorado y sedoso se podía hacer una cuerda de más de un metro. Se podía hacer una soga dorada y sedosa y ahorcarla con ella. ¡Qué pasada de idea! Wayne se preguntó si alguien se habría ahorcado alguna vez utilizando su propio pelo.

Manx estuvo en el aparcamiento un rato, hablando por teléfono. Al caminar las botas levantaban nubes de tiza en el suelo de tierra blanca.

Se abrió el pestillo de la puerta situada detrás del asiento del conductor. Manx la abrió y se asomó dentro.

—Wayne, ¿te acuerdas que ayer te dije que si te portabas bien podrías hablar con tu madre? ¡No soportaría que pensaras que Charlie Manx es un hombre que no cumple su palabra! Aquí la tienes. Quiere saber qué tal estás.

Wayne cogió el teléfono.

—¿Mamá? —dijo—. Mamá, soy yo. ¿Cómo estás?

Escuchó silbidos y crujidos y luego la voz de su madre.

—Wayne.

—Aquí estoy. ¿Me oyes?

—Wayne —repitió su madre—. ¡Wayne! ¿Estás bien?

—¡Sí! —dijo—. Hemos parado a comprar fuegos artificiales. El señor Manx me va a comprar unas bengalas y a lo mejor también un cohete pequeño. ¿Estás bien? Parece que estás llorando.

—Te echo de menos. Quiero estar contigo, Wayne. Necesito que vuelvas, así que voy a ir a buscarte.

—Ah, vale —dijo—. Se me ha caído un diente. Bueno, en realidad unos cuantos. Mamá, ¡te quiero! No pasa nada, estoy bien. ¡Nos estamos divirtiendo mucho!

—Wayne, no estás bien. Te está haciendo algo. Se está metiendo en tu cabeza. Tienes que pararle. Tienes que resistirte. No es una buena persona.

Wayne notó un cosquilleo nervioso en el estómago. Se pasó la lengua por sus dientes nuevos y puntiagudos con forma de anzuelo.

—Me va a regalar fuegos artificiales —dijo de mala gana.

Llevaba toda la mañana pensando en fuegos artificiales, en agujerear la noche con cohetes, en incendiar el cielo. Le gustaría que fuera posible prender fuego a las nubes. ¡Eso sí que estaría bien! Ver trozos de nube caer del cielo dejando una estela de humo negro.

—Ha matado a Hooper, Wayne —le dijo su madre y fue como recibir una bofetada. Wayne dio un respingo—. Hooper murió defendiéndote. Tienes que pelear.

Hooper. Wayne tenía la impresión de llevar siglos sin pensar en él. Ahora lo recordaba, sin embargo, con sus ojos grandes, tristes y atentos en su cara de yeti canoso. Recordó su mal aliento, su pelo sedoso y cálido, su alegría estú... Y había muerto. Le había mordido al Hombre Enmascarado en el tobillo y entonces el señor Manx... Entonces el señor Manx...

—Mamá —dijo de repente—. Creo que estoy enfermo, mamá. Me parece que me han envenenado.

—Ay, cariño —su madre lloraba de nuevo—. Cariño, resiste. Sé fuerte. Enseguida voy a buscarte.

A Wayne le escocían los ojos y por un momento el mundo a su alrededor se volvió borroso y doble. Las ganas de llorar le sorprendieron. Después de todo no se sentía triste, era más bien como el recuerdo de la tristeza.

Dile algo que la ayude, pensó. Y después volvió a pensarlo, solo que esta vez más despacio y al revés. *Ayude. Algo.* **Dile.**

—He visto a la abuela Lindy —soltó de repente—. En un sueño. Hablaba raro, pero intentaba decirme algo sobre resistir. Solo que es difícil. Como intentar levantar una roca con una cuchara.

—Fuera lo que fuera —dijo su madre—, intenta hacerlo.

—Sí, lo intentaré, mamá. Oye, mamá, otra cosa —dijo con voz repentinamente apremiante—. Vamos a...

Pero Manx metió un brazo en el coche y le quitó a Wayne el teléfono de la mano. Tenía el rostro largo y descarnado de color rojo y a Wayne le pareció ver humillación en sus ojos, como si hubiera perdido una mano de cartas que esperaba ganar.

—Ya está bien de cháchara —dijo el señor Manx con una voz alegre que no se correspondía con la expresión furibunda de sus ojos, y le cerró la puerta en la cara a Wayne.

En cuanto se hubo cerrado la puerta del coche fue como si se cortara una corriente eléctrica. Wayne se abandonó en el cuero mullido; estaba cansado, tenía el cuello rígido y le latían las sienes. Se dio cuenta de que estaba disgustado. La voz de su madre, el sonido de su llanto, el recuerdo de Hooper mordiendo hasta morir le preocuparon y le hicieron sentirse indispuesto.

Me están envenenando, pensó. *Envenenando están me*. Se tocó el bolsillo delantero, palpó el bulto que formaban todos los dientes que había perdido y pensó en envenenamiento por radiación. *Me están radiando*, pensó. Lo de «radiando» era una palabra cómica, que te traía a la cabeza moscas gigantes en películas en blanco y negro, de esas que solía ver con su padre.

Se preguntó qué les pasaría a las hormigas dentro de un microondas. Supuso que simplemente acabarían fritas; no parecía probable que crecieran de tamaño. ¡Pero era imposible saberlo si no hacías la prueba! Acarició el adorno navideño en forma de luna mientras imaginaba hormigas saltando en el horno como palomitas. Le parecía recordar que había tenido una idea, algo sobre intentar pensar al revés, pero no conseguía retenerla en la cabeza. No era nada divertida.

Para cuando Manx volvió al coche Wayne sonreía de nuevo. No estaba seguro de cuánto tiempo había pasado, pero Manx había terminado de hablar por teléfono y había entrado en la tienda de fuegos artificiales. Llevaba una delgada bolsa de papel marrón de la cual asomaba un tubo verde y largo envuelto en celofán. Las etiquetas a ambos lados del tubo lo identificaban como AVALANCHA DE ESTRE-LLAS. ¡EL REMATE PERFECTO PARA UNA NOCHE PERFECTA!

Manx le miró desde el asiento delantero con los ojos un poco saltones y los labios esbozando una mueca de desilusión.

—Te he comprado bengalas y un cohete —le dijo—. Pero que los encendamos o no está por ver. Estoy convencido de que has estado a punto de contarle a tu madre que íbamos de camino a ver a Maggie Leigh. Eso habría estropeado toda la diversión que tengo planeada. Así que no estoy seguro de que deba molestarme en que tú lo pases bien cuando pareces empeñado en negarme todos mis placeres.

Wayne dijo:

—Me duele mucho la cabeza.

Manx movió furioso la cabeza, cerró de un portazo y condujo fuera del polvoriento aparcamiento levantando una nube de humo marrón. Estuvo unos cuantos kilómetros en malhumorado silencio pero, no lejos de la frontera con Iowa, un grueso erizo intentaba cruzar la carretera y Manx lo atropelló con un golpe seco. El sonido fue tan fuerte e inesperado que Wayne no lo pudo evitar y estalló en carcajadas. Manx se volvió a mirarle y le regaló una sonrisa cálida, aunque reacia. Después encendió la radio, ambos se pusieron a cantar a coro *A Belén pastores* y la cosa mejoró.

La Casa del Sueño

Mamá, otra cosa. Vamos a... —dijo Wayne.

Pero entonces Vic oyó un repiqueteo, un ruido hueco y otro sordo, de una puerta cerrándose.

—Ya está bien de cháchara —dijo el señor Manx con su voz risueña de pregonero de carnaval—. Este hombrecito ha vivido muchas cosas últimamente y no quiero que se altere.

Vic se echó a llorar. Apoyó un puño contra la encimera de la cocina y lloró pegada al teléfono.

El niño que había oído al otro lado de la línea hablaba con la voz de Wayne... pero no era Wayne. No exactamente. Había en él una somnolencia, una actitud ausente y una distancia, no solo respecto a la situación, sino respecto al niño serio y contenido que había sido siempre. Solo había vuelto a ser él al final, después de que Vic le recordara lo de Hooper. Entonces, por un momento, había parecido confuso y asustado, pero él mismo. También parecía drogado, como alguien que acaba de salir de una larga anestesia.

El coche le estaba anestesiando de alguna manera. Anestesiándole mientras le robaba su esencia, su *wayneidad*, y dejaba solo algo, una criatura, feliz e incapaz de pensar. Un vampiro, supuso, como Brad McCauley, aquel niñito frío que había intentado matarla en la casa al norte de Gunbarrel muchos años atrás. Se le estaba ocurriendo una teoría que le daba miedo desarrollar, de la que tenía que huir o de lo contrario se pondría a gritar.

—¿Estás bien, Victoria? ¿Prefieres que te llame en otro momento?

—Le estás matando —le dijo—. Se está muriendo.

—¡Nunca ha estado tan vivo! Es un niño estupendo. ¡Nos llevamos de maravilla, como Butch Cassidy y Sundance Kid! Puedes estar segura de que le estoy tratando bien. De hecho te prometo que no voy a hacerle daño. En mi vida le he hecho daño a un niño. Aunque nadie lo diría, después de todas las mentiras que has ido contando sobre mí. He dedicado mi vida entera a ayudar a los niños, pero tú le has dicho a todo el mundo que soy un asaltacunas. Estaría en mi derecho, por tanto, a hacerle cosas terribles a tu hijo. No haría más que justificar los embustes que has contado sobre mí. Me gusta estar a la altura de mi leyenda. Pero ser malo con los niños no está en mi naturaleza —hizo una pausa y luego continuó—: Los adultos, en cambio, son otra cosa.

—Suéltale. Por favor, suéltale. No tiene nada que ver en esto, lo sabes perfectamente. Lo que quieres es vengarte de mí. Lo entiendo. Estaciona en algún sitio. Estaciona y espérame. Usaré el puente y os encontraré. Podemos hacer un trato. Si le dejas salir del carro entraré yo y podrás hacer conmigo lo que quieras.

—Tendrías que compensarme, pero mucho, mucho. Le dijiste al mundo entero que te había violado. No me sabe bien estar acusado de algo que no he tenido ocasión de disfrutar.

—¿Eso es lo que quieres? ¿Eso te haría feliz?

—¿Violarte? ¡Por Dios no! Solo estoy poniéndome truculento. No entiendo esa clase de depravaciones. Soy consciente de que a muchas mujeres les gusta que les den unos azotes y las insulten durante el acto sexual, pero eso es solo diversión. Sin embargo ¿tomar a una mujer en contra de su voluntad? ¡De eso nada! Puede que no me creas, pero yo tengo hijas. Aunque, si te digo la verdad, a veces creo que tú y yo hemos empezado esta relación con mal pie. Y lo siento. Nunca hemos tenido ocasión de conocernos. ¡Estoy seguro de que te habría gustado de habernos conocido en otras circunstancias!

—Y una mierda —dijo Vic.

—¡Pues no es tan descabellado! He estado casado dos veces y casi nunca me ha faltado la compañía femenina. Así que algo bueno debo de tener.

—Pero ¿se puede saber de qué carajo hablas? ¿Me estás pidiendo una puta cita?

Manx silbó.

—Ay esa boca... Harías sonrojar hasta al más vulgar estibador. Teniendo en cuenta cómo ha ido tu primera cita con Bing Partridge, supongo que será mejor para mi salud a largo plazo conformarme con que hablemos. Ahora que lo pienso, nuestros dos primeros encuentros no fueron lo que se dice románticos. Tú sí que sabes tratar a un hombre, Victoria —rio de nuevo—. Me has cortado, has mentido sobre mí, me has metido en la cárcel. Eres peor que mi primera mujer. Y sin embargo... tienes algo que le impulsa a uno a volver a por más. ¡Sabes hacerte la interesante!

—Voy a decirte una cosa interesante. Es esta: no puedes conducir eternamente. Tarde o temprano tendrás que parar. Tarde o temprano te pararás en alguna parte para cerrar un rato los ojos. Y cuando los abras yo estaré ahí. Tu amigo Bing ha sido coser y cantar, Charlie. Soy una zorra cruel y degenerada. Te voy a quemar vivo en tu coche y me voy a llevar a mi hijo.

—Estoy seguro de que lo intentarás, Victoria—. Pero, ¿te has parado a pensar en lo que vas a hacer si nos alcanzas y tu hijo no quiere irse contigo?

Fin de la comunicación.

Después de que Manx colgara, Vic se dobló jadeando como si acabara de disputar una carrera larga y reñida. Su llanto era rabioso, algo tan físico y agotador como vomitar. Una parte de ella quería coger el auricular y estrellarlo contra la pared, pero otra parte, más serena, la frenó.

Si vas a ponerte furiosa, usa tu furia, oyó decirle a su padre. *Úsala y no dejes que te domine ella a ti.*

¿Le había dicho su padre algo así alguna vez? No lo sabía, solo que había oído su voz en el interior de su cabeza.

Cuando terminó de llorar le escocían los ojos y le ardía la cara. Echó a andar hacia el lavadero, notó algo tirante en la mano y se dio cuenta de que seguía teniendo el auricular, que estaba unido al teléfono por un cable negro largo y en espiral.

Lo colgó y se quedó mirando el disco giratorio. Se sentía vacía y dolorida pero, ahora que se le habían pasado las ganas de llorar, también sentía, por primera vez en días, una especie de paz, muy parecida a la que experimentaba cuando trabajaba en las ilustraciones de *Buscador.*

Había llamadas que hacer. Decisiones que tomar.

En los rompecabezas de *Buscador* siempre había un montón de información visual superflua, un montón de interferencias. El primer libro terminaba en una nave espacial alienígena. *Buscador* tenía que encontrar su camino a través de una sección trasversal de la nave, esquivando varios interruptores autodestructivos por el camino hasta llegar a la cápsula de salida. Entre él y la libertad había láseres, puertas cerradas, zonas de radiación y extraterrestres furiosos con aspecto de gigantescos cuadrados hechos de gelatina de coco. A los adultos les costaba más que a los niños, y Vic se había ido dando cuenta poco a poco de que eso se debía a que las personas mayores siempre intentaban identificar la salida, lo que resultaba difícil debido a la sobreabundancia de información. Había demasiado que ver, demasiado en qué pensar. Los niños en cambio no intentaban ver el puzle en su conjunto, sino que hacían como si ellos fueran Buscador, el protagonista de la historia, dentro del laberinto, e iban mirando solo aquello que él veía, avanzando paso a paso. Vic había llegado a la conclusión de que la diferencia entre la infancia y la edad adulta era la diferencia entre imaginación y resignación. Sustituías una por otra y perdías el sentido de la orientación.

Ahora se daba cuenta —por fin— de que en realidad no necesitaba encontrar a Manx. Eso era tan imposible como tratar de alcanzar una flecha con otra flecha. Manx creía—porque Vic se lo había
hecho creer— que intentaría usar el puente para alcanzarle. Pero no
hacía falta. Sabía adónde iba Manx. Sabía dónde necesitaba ir. Y Vic
podía ir también en cuanto quisiera.

Pero se estaba adelantando. Christmasland estaba al final del
camino, tanto real como figurado.

Necesitaba estar preparada para pelear cuando volviera a ver a
Manx. Pensaba que tendría que matarle y necesitaba saber cómo hacerlo. Pero además estaba la cuestión de Wayne. Necesitaba saber si
Wayne seguiría siendo él mismo para cuando ella llegara a Christmasland, si lo que le estaba ocurriendo era irreversible.

Vic sabía quién podría decirle algo sobre Wayne y también quién
podría ayudarla a pelear e incluso proporcionarle las armas necesa-
rias para amenazar a la única cosa que, obviamente importaba a
Manx. Estas dos personas serían dos escalas en el camino e iría
a verlas a su debido tiempo. Pronto.

Pero antes que nada había una chica llamada Michelle Demeter
que había perdido a su padre y necesitaba saber lo que había sido de
él. Ya había pasado demasiado tiempo sin información.

Echó un vistazo a la luz que entraba por la ventana y calculó que
debía de ser la última hora de la tarde. El cielo era una bóveda color
azul intenso; la tormenta que se acercaba cuando llegó debía de haber pasado ya. Si alguien había oído la explosión del cilindro de sevoflurano que había partido a Bing Partridge en dos, seguramente la
había tomado por un trueno. Vic suponía que había estado inconsciente
tres horas, quizá cuatro. Echó un vistazo a los sobres apilados sobre la
encimera de la cocina. El correo del Hombre Enmascarado estaba
dirigido a:

BING PARTRIDGE
25 BLOCH LANE
SUGARCREEK, PENSILVANIA 16323

Aquello iba a ser complicado de explicar. Cuatro horas no basta-ban para llegar hasta Pensilvania desde New Hampshire, ni siquiera con el acelerador a fondo todo el camino. Entonces cayó en la cuenta de que no tenía por qué explicar nada. Que otros se ocuparan de las explicaciones.

Marcó. Se sabía el número de memoria.

—¿Sí? —dijo Lou.

No había estado segura de si sería él quién contestara, había es-perado a Hutter. O quizá al otro, al policía feo con cejas pobladas y canas, Daltry. Así podría decirle dónde encontrar su encendedor.

Oír la voz de Lou le hizo flaquear, dejándola indecisa por un momento. Sintió que nunca le había querido como se merecía y que, en cambio, él siempre la había querido a ella más de lo que se merecía.

—Soy yo —dijo—. ¿Nos están escuchando?

—Puta madre, Vic —dijo Lou—. ¿Tú qué crees?

Tabitha Hutter irrumpió en la línea y en la conversación y dijo:

—Estoy aquí, Vic. Nos tiene bastante preocupados. ¿Quiere ex-plicarme por qué ha salido corriendo?

—He salido a buscar a mi hijo.

—Sé que hay cosas que no me ha contado. Cosas que a lo mejor le da miedo contarme. Pero necesito oírlas, Vic. No tengo ni idea de qué ha estado haciendo estas últimas veinticuatro horas, pero estoy segura de que pensaba que tenía que hacerlo. Estoy segura de que pensaba que era lo correcto...

—¿Veinticuatro horas? ¿Qué quiere decir con eso de veinticuatro horas?

—Es el tiempo que llevamos buscándola. Se ha esfumado usted como por arte de magia. Algún día tendremos que hablar de cómo lo ha conseguido. ¿Por qué no me dice dónde...?

—¿Han pasado veinticuatro horas? —exclamó de nuevo Vic. La idea de haber perdido un día entero le parecía, en cierto modo, tan increíble como la de un coche que en vez de gasolina sin plomo usara almas humanas como combustible.

Hutter dijo con tono paciente:

—Vic, quiero que se quede donde está.

—No puedo.

—Tiene que...

—No. Cállese y escuche. Tienen que localizar a una chica que se llama Michelle Demeter. Vive en Brandenburg, Kentucky. Su padre lleva un tiempo desaparecido. Seguramente está loca de preocupación. Pues el padre está aquí. Abajo, en el sótano. Está muerto. Lleva muerto unos cuantos días, creo. ¿Lo ha entendido?

—Sí, voy...

—Y hagan el favor de tratarlo bien y no meterle simplemente en un cajón de una puta morgue. Que alguien se quede con él hasta que llegue su hija. Ya ha estado solo bastante tiempo.

—¿Qué le ha pasado?

—Lo mató un hombre llamado Bing Partridge. Bing era el tipo con la careta antigás que me disparó. Ese que pensaban que no existía. Trabajaba con Manx. Creo que tienen un largo historial juntos.

—Vic. Charlie Manx está muerto.

—No lo está. Yo le he visto y Nathan Demeter también. Demeter confirmará mi versión de los hechos.

—Vic —dijo Hutter—. Acaba de decirme que Demeter está muerto. ¿Cómo va entonces a respaldar su versión? Quiero que vaya más despacio, ¿de acuerdo? Ha pasado por muchas cosas. Creo que ha tenido...

—No he perdido el contacto con la realidad, mierda. No he estado teniendo conversaciones imaginarias con un muerto. Demeter dejó una nota. Una nota en la que nombra a Manx. Lou, ¿sigues ahí?

—Sí, Vic, aquí estoy. ¿Estás bien?

—Esta mañana he hablado con Wayne, Lou. Está vivo. Está vivo y voy a buscarle.

—Mierda —dijo Lou su voz se volvió ronca por la emoción y Vic supo que estaba intentando no llorar—. Joder. ¿Qué te ha dicho?

—No le han hecho daño.

—Victoria —dijo Hutter—. ¿Cuándo...?

—¡Espere un segundo! —gritó Lou—. Vic, tía, no puedes ir sola. No puedes cruzar sola ese puente.

Vic se preparó como si estuviera apuntando con una escopeta un blanco lejano y dijo, con toda la calma y la claridad de las que fue capaz:

—Escúchame, Lou. Tengo que hacer una parada y después voy a ver a un hombre que puede conseguirme un poco de ANFO. Un poco de ANFO puede ayudarme a borrar del mapa el mundo entero de Manx.

—¿De qué info habla? —dijo Hutter—. Victoria, Lou tiene razón. No puede ocuparse de esto sola. Vuelva aquí. Vuelva y hable con nosotros. ¿A qué hombre va a ir a ver? ¿Qué información es esa que necesita?

La voz de Lou era susurrante y rebosaba emoción.

—Sal de ahí, Vic. Ya buscaremos petróleo en otro momento. Ahora van a por ti. Sal de ahí y haz lo que tengas que hacer.

—¿Señor Carmody? —dijo Hutter con un matiz repentinamente tenso en la voz—. ¿Señor Carmody?

—Me voy, Lou. Te quiero.

—Y yo más —dijo. Parecía desbordado por sus emociones, apenas incapaz de contenerlas.

Vic colgó el teléfono.

Pensaba que entendía lo que había querido decirle Lou. Había dicho: *Ya buscaremos petróleo en otro momento,* una frase que no parecía tener significado en aquel contexto. Pero sí lo tenía. Era una frase de doble sentido, pero solo Vic podía detectarlo. El petróleo era uno de los componentes del ANFO, la sustancia con la que su padre llevaba años volando paredes de roca.

Arrastró la pierna mala hasta el lavadero, abrió el grifo de agua fría y se mojó la cara y las manos. Alrededor del sumidero se formaron círculos de sangre y mugre. Vic estaba cubierta de trocitos del Hombre Enmascarado, gotas de Bing licuado le chorreaban por la camiseta, le habían salpicado los brazos y probablemente también el pelo. Oyó sirenas de policía en la distancia. Se le ocurrió que debería

haberse dado una ducha antes de llamar a Lou. O registrado la casa
en busca de un arma. Seguramente un arma le hacía más falta que
una mano de champú.

Empujó la puerta de mosquitero y bajó despacio los escalones de
la parte de atrás con cuidado de no cargar peso en la rodilla izquierda. Tendría que conducir con la pierna extendida. Pasó un
momento malo, preguntándose cómo iba a cambiar de marchas
con el pie izquierdo y entonces se acordó de que era una moto
inglesa. Sí. El cambio de marchas estaba a la derecha, una confi-
guración que no era legal en Estados Unidos desde antes de que ella
naciera.

Subió por la colina con la cara vuelta hacia el sol. Cerró los ojos
para concentrar sus sentidos en el calor sobre su piel. El ruido de sirenas fue subiendo de volumen a su espalda y el efecto Doppler hacía
que el aullido creciera y decreciera, se inflara y desinflara. Hutter se
pondría hecha una hidra cuando se enterara de que los coches
de policía se habían acercado a la casa con las sirenas puestas, avi-
sando a Vic de su llegada con tiempo de sobra.

En lo alto de la colina, cuando entraba en el aparcamiento del
Tabernáculo de la Nueva Fe Americana se volvió y vio un coche girar
por Bloch Lane y detenerse delante de la casa de Partridge. El poli que conducía no se molestó en meterse en el camino de entrada,
sino que cruzó la patrulla bloqueando la mitad de la calle. Después
salió tan deprisa que se dio con la cabeza en el marco de la puerta
y se le cayó la gorra al suelo. Qué joven era. Vic no se lo imaginaba
ligando con ella y mucho menos arrestándola.

Siguió caminando y pronto dejó de ver la casa. Por un momento
se preguntó qué haría si la moto no estaba, si unos chavales la habían
visto con las llaves puestas y se la habían llevado a dar una vuelta.
Pero la Triumph seguía justo donde la había dejado, apoyada en la
pata de cabra oxidada.

No fue fácil enderezarla. Vic sollozó de dolor cuando tuvo que
hacer fuerza con la pierna izquierda para ponerla recta.

Giró la llave, le dio al encendido y giró el acelerador.

La moto había pasado toda la noche a la intemperie, bajo la lluvia, así que a Vic no le habría sorprendido que no quisiera arrancar, pero lo hizo a la primera, casi parecía impaciente por ponerse en camino.

—Me alegra que al menos uno de los dos esté preparado —dijo.

Dio la vuelta y salió de entre las sombras. Rodeó la iglesia en ruinas y cuando se alejaba empezó de nuevo a llover. El agua caía brillante y luminosa desde un cielo soleado y las gotas eran tan frías como en un mes de octubre. Era un placer sentirlas en la piel, en el pelo seco, sucio y manchado de sangre.

—Lluvia, lluvia, ven —dijo Vic en voz baja—. Y límpiame bien.

La Triumph y la mujer que la montaba trazaron un círculo amplio alrededor de los restos calcinados de lo que había sido un lugar de culto.

Cuando volvió al punto de salida el puente seguía allí, entre los árboles del bosque, donde lo había dejado el día anterior. Solo que se había dado la vuelta de manera que Vic, al entrar en él, lo hizo por lo que pensó era el lado oriental. A su izquierda había unas letras escritas con pintura verde de espray:

Aquí → decía.

La moto enfiló los tablones viejos y podridos, que vibraron al contacto con las ruedas. A medida que el sonido del motor se desvanecía en la distancia, un cuervo se posó en la entrada del puente y se quedó mirando su oscuro interior.

Cuando dos minutos más tarde el puente desapareció, lo hizo de repente, dejó de existir igual que un globo al que se pincha con un alfiler. Incluso explotó como un globo y emitió una onda expansiva clara y temblorosa que golpeó al cuervo como un coche de carreras, le arrancó la mitad de las plumas y lo desplazó más de seis metros. Para cuando tocó el suelo ya estaba muerto, otra víctima más de la carretera.

Laconia, New Hampshire

HUTTER SE DIO CUENTA ANTES QUE NADIE, AUNQUE ESTABA ocurriendo a la vista de todos. Lou Carmody se desplomaba. Dobló la rodilla derecha y apoyó una mano contra la gran mesa oval de la sala de reuniones.

—Señor Carmody —dijo Hutter.

Lou se hundió con un crujido tenue en una de las sillas de oficina con ruedas. Le había cambiado el color y ahora su cara grande y velluda estaba pálida y la frente le brillaba, grasienta de sudor. Se la tocó con una muñeca como si pensara que tenía fiebre.

—Señor Carmody —insistió Hutter, llamándole desde el otro lado de la mesa.

Lou estaba rodeado de hombres y Hutter no entendía cómo no se daban cuenta de que estaba teniendo un ataque al corazón.

—Me marcho, Lou —había dicho Vic McQueen y Hutter la había escuchado por los auriculares de Bluetooth—. Te quiero.

—Y yo más —había dicho Carmody.

Llevaba puesto un auricular idéntico al de Hutter; casi todos en la habitación lo llevaban y el equipo entero había escuchado la conversación.

Estaban en una sala de reuniones en la comisaría de la policía estatal en Laconia. Podría haber sido la sala de reuniones del Hilton o del Courtyard Marriot, un espacio amplio y anodino con una larga mesa oval y ventanas que daban a un aparcamiento.

McQueen colgó y Hutter se quitó el auricular.

Cundy, el jefe de su equipo técnico, estaba mirando Google Maps en su portátil. En la pantalla salía Sugarcreek, Pensilvania, la calle Bloch Lane. Cundy miró a Hutter:

—Tendremos patrullas allí en tres minutos, quizá menos. Acabo de hablar con la policía local y ya van de camino con las sirenas a todo volumen.

Hutter abrió la boca con la intención de decir. *Pues diles que quiten las putas sirenas.* Uno no avisaba a un fugitivo federal de la llegada de la policía. Era de cajón.

Pero entonces Carmody se dobló hacia delante hasta apoyar la cara en la mesa, con la nariz aplastada contra la madera. Gruñó con suavidad y se agarró a la mesa como si estuviera en el mar a la deriva, aferrado a un trozo de madera flotante.

Así que lo que dijo Hutter fue:

—Llamad ahora mismo a una ambulancia.

—¿Quieres que mandemos una ambulancia a Bloch Lane? —preguntó Cundy.

—No, quiero que venga una ambulancia aquí —gritó Hutter alejándose de él y rodeando la mesa—. Señores, por favor, apártense un poco del señor Carmody. Déjenle respirar. Atrás, por favor. Atrás.

Daltry era el que le tenía más cerca, estaba de pie justo detrás de su silla con una taza que decía PARA EL MEJOR ABUELO DEL MUNDO. Se hizo a un lado bruscamente y se manchó la camisa rosa de café.

—¿Qué carajo le pasa? —preguntó.

Hutter se arrodilló al lado de Lou, que estaba casi debajo de la mesa. Le puso una mano en uno de sus hombros grandes y encorvados y empujó. Era como intentar darle la vuelta a un colchón. Lou se dejó caer contra el respaldo de la silla con la mano derecha agarrada a la camiseta de Iron Man, sus dedos retorciendo la tela entre sus tetas de hombre. Le colgaban las mejillas y tenía los labios color gris. Dejó escapar un suspiro largo y entrecortado. Miró de un lado a otro como si tratara de orientarse.

—Aguante un poco, Lou —dijo Hutter—. Enseguida vendrán a ayudarle.

Chasqueó los dedos y Lou consiguió verla. Parpadeó y sonrió confuso.

—Me gustan sus pendientes. De Supergirl. Nunca la habría imaginado como Supergirl.

—¿Ah, no? ¿Y cómo me imagina entonces? —dijo Hutter para que Lou siguiera hablando. Le puso los dedos en la muñeca. Al principio no notó nada, pero entonces el pulso latió, un único latido y una nueva pausa, después una sucesión de latidos rápidos.

—Velma —dijo—. ¿La recuerda? La de *Scooby-Doo*.

—¿Por qué? ¿Por lo de rellenita? —preguntó Hutter.

—No —dijo Lou—. Por lo de lista. Tengo miedo. ¿Le importa darme la mano?

Hutter tomó una mano de Lou entre las suyas y este le acarició despacio los nudillos.

—Ya sé que no se cree nada de lo que le ha contado Vic de Manx —le dijo de repente en un susurro intenso—. Sé que piensa que está loca. No debe permitir que los hechos se interpongan en el camino a la verdad.

—¡Cielos! —dijo Hutter—. ¿Y cuál es la diferencia?

Lou la sorprendió riendo, un jadeo breve e involuntario. Hutter tuvo que acompañarle en la ambulancia al hospital porque Lou no quiso soltarle la mano.

Aquí, Iowa

PARA CUANDO VIC SALIÓ POR EL OTRO LADO DEL PUENTE ESTABA
casi parada y tenía la moto en punto muerto. Recordaba a la perfección su última visita a la biblioteca pública de Aquí, cómo había salido disparada hacia una acera y derrapado por el camino de cemento raspándose una rodilla. No se sentía capaz de caerse así otra vez en el estado en que se encontraba. Pero a la moto no debía de gustarle estar en punto muerto, y después de bajar traqueteando la carretera asfaltada que conducía a la parte de atrás de la biblioteca, el motor se apagó con un silbido tenue y desanimado.

La vez anterior que Vic había estado en Aquí, el trozo de parque detrás de la biblioteca había estado limpio de hojas, cuidado y frondoso. Ahora era una extensión de barro atravesado por las rodadas de neumáticos de camiones de carga y de recogida de basura. Los robles y abetos centenarios habían sido arrancados y arrumbados en un lateral con una excavadora, formando una montaña de cuatro metros de madera muerta.

En el parque solo quedaba un banco, en otro tiempo verde oscuro, con patas y reposabrazos de hierro forjado, pero la pintura estaba desconchada y la madera de debajo, astillada y casi incolora de tan desvaída por el sol. En uno de los extremos Maggie dormitaba sentada con la barbilla apoyada en el pecho, bajo la luz directa e inclemente del día. En una mano sostenía un tetrabrik de limonada con una mosca revoloteando alrededor de la abertura. La camiseta sin mangas dejaba ver unos brazos escuálidos y marchitos, salpicados de cicatrices de docenas de cigarrillos. En algún momento se había aclarado el pelo con tinte naranja fluorescente, pero ahora se le veían las raíces marrones y grises. La madre de Vic no parecía tan mayor cuando murió.

Ver así a Maggie —tan ajada, tan demacrada, tan maltratada y tan sola— le dolió a Vic más que la rodilla izquierda. Se obligó a sí misma a recordar, con cuidadoso detalle, como en un momento de furia y pánico le había tirado los papeles a la cara a aquella mujer, la había amenazado con llamar a la policía. El sentimiento de vergüenza era inmenso, pero no se permitió el lujo de apartarlo, sino que dejó que la quemara despacio, como la punta de un cigarrillo apretada firmemente contra su piel.

El freno delantero chirrió cuando Vic detuvo la moto. Maggie levantó la cabeza, se apartó un mechón crespo de pelo color sorbete de los ojos y sonrió somnolienta. Vic puso la pata de cabra.

La sonrisa de Maggie se desvaneció tan rápido como había llegado y se puso en pie tambaleante.

—Pero, V-V-Vic. ¿Qué te ha pasado? Estás llena de sangre.

—Por si te sirve de consuelo, casi ninguna es mía.

—No me sirve. Me p-p-pone malísima. ¿No tuve que ponerte una bandita la última vez que estuviste aquí?

—Sí, me parece que sí —dijo Vic. Miró hacia la biblioteca, detrás de Maggie. Las ventanas del primer piso estaban tapadas con tablones de aglomerado. La reja de acero estaba echada y precintada con cinta amarilla—. ¿Qué le ha pasado a tu biblioteca, Maggie?

—Ha conocido t-t-tiempos mejores. Lo m-m-mismo que yo —dijo Maggie y sonrió, dejando ver una boca en la que faltaban varios dientes.

—Ay, Maggie —dijo Vic y por un instante volvió a tener ganas de llorar. Era por el lápiz de labios color refresco de uva descorrido que llevaba Maggie, por los árboles apilados y muertos. Por el sol, demasiado fuerte y demasiado brillante. Maggie se merecía una sombra en la que sentarse—. No sé a cuál de las dos le hace más falta un médico.

—¡Qué va! ¡Si yo estoy bien! Lo único es que mi t-t-tartamudeo ha ido a peor.

—Y tus brazos también.

Maggie se los miró, parpadeó desconcertada ante la constelación de quemaduras y luego levantó la vista.

—Me ayudan a hablar normal. Y también a otras cosas.

—¿El qué te ayuda?

—El d-d-dolor. Venga, vamos dentro. Mamá Maggie te va a curar.

—Necesito algo además de eso, Maggie. Tengo preguntas que hacerles a tus fichas.

—A lo mejor no t-t-tienen la respuesta —dijo Maggie, enfilando el camino de entrada—. Ya no f-f-funcionan igual de bien. También t-t-tartamudean. Pero lo intentaré. Después de limpiarte y mimarte un poco.

—No sé si tengo tiempo para mimos.

—Pues claro que sí —dijo Maggie—. T-t-todavía no ha llegado a Christmasland y las dos sabemos que no podremos cogerle antes de que lo haga. Sería como intentar atrapar un p-p-puñado de niebla.

Vic se bajó con cuidado de la moto. Para no apoyar peso en la pierna izquierda, prácticamente se movía a la pata coja. Maggie le pasó un brazo por la cintura. Vic quiso decirle que no necesitaba una muleta, pero lo cierto era que sí la necesitaba —dudaba de ser capaz de llegar hasta la biblioteca sin ayuda—, así que, sin pensarlo dos veces, le pasó un brazo a Maggie por los hombros. Avanzaron un poco y entonces Maggie se detuvo y volvió la cabeza para mirar al Atajo, que de nuevo cruzaba el río Cedar. Este parecía más ancho de cómo Vic lo recordaba, el agua llegaba hasta justo el borde de la estrecha carretera que serpenteaba detrás de la biblioteca. El terraplén cubierto de matorrales que en otro tiempo había bordeado el agua había desaparecido.

—¿Qué hay al otro lado del puente esta vez?

—Un par de personas muertas.

—¿Te p-p-puede estar siguiendo alguien?

—No lo creo. Me busca la policía, pero el puente se habrá esfumado antes de que lo encuentren.

—También hay p-p-policía aquí.

—¿Buscándome a mí?

—No lo sé. P-p-puede. Al volver de la tienda los he visto estacionados en la puerta p-p-principal. Así que me largué. A veces d-d-duermo aquí, otras en otros s-s-sitios.

—¿Dónde? La primera vez que nos vimos me parece que dijiste algo sobre que vivías con unos familiares. Un tío o algo así.

Maggie negó con la cabeza.

—Murió. Y el parque de c-c-caravanas ha desaparecido. Se lo llevó el agua.

Las dos mujeres cojearon hasta la puerta de atrás.

—Seguramente te están buscando porque te llamé por teléfono. Puede que hayan localizado tu móvil —dijo Vic.

—Ya lo pensé, y lo tiré en cuanto llamaste. Sabía que no necesitarías volver a llamar p-p-para encontrarme. ¡Así que no te preocupes!

El precinto amarillo que atravesaba la puerta metálica oxidada decía PELIGRO. Una hoja de papel dentro de un plástico pegada a la puerta advertía que el edificio no era seguro. La puerta no estaba cerrada, sino entreabierta y sujeta con un trozo de cemento a modo de calzo. Maggie pasó por debajo de la cinta y la empujó. Vic la siguió al interior oscuro y desolado.

La biblioteca había sido en otro tiempo una cripta amplia y cavernosa con la fragancia de diez mil libros envejeciendo dulcemente en las sombras. Las estanterías seguían allí, aunque muchas se habían volcado y yacían unas contra otras como fichas de dominó de tres metros de altura. La mayoría de los libros había desaparecido, aunque quedaban algunos, pudriéndose en montones desperdigados aquí y allí, apestando a moho y a putrefacción.

—La gran inundación f-f-fue en 2008 y las paredes s-s-siguen húmedas.

Vic tocó el cemento frío y húmedo y comprobó que era cierto.

Maggie la sujetó mientras se abría paso con cuidado entre los escombros. Vic le dio una patada a un montón de latas de cerveza. Cuando sus ojos se acostumbraron a la oscuridad comprobó que las paredes estaban cubiertas de pintadas, la clásica colección de vergas de dos metros y tetas del tamaño de un plato. Pero también había un mensaje escrito en letras grandes y tinta roja.

PORFABOR SILENCIO EN LA VIVLIOTECA AY GENTE INTENTANDO COLOCARSE!

—Lo siento, Maggie —dijo—. Sé que le tenías mucho cariño a este sitio. ¿No te está ayudando nadie? ¿Se han llevado los libros a otra parte?

—Desde luego —dijo Maggie.

—¿Cerca de aquí?

—Muy cerca. El vertedero municipal está a m-m-menos de dos kilómetros río abajo.

—Pero ¿no podría hacer alguien algo por este sitio? —dijo Vic—. ¿De cuándo es? ¿De hace cien años? Este edificio tiene historia.

—Más bien querrás decir —dijo Maggie, y por un momento no había rastro de tartamudeo en su voz— que el edificio ya es historia.

Entre las sombras Vic vio la expresión de su cara. Era cierto. El dolor le ayudaba a Maggie a no tartamudear.

La biblioteca

LA OFICINA DE MAGGIE LEIGH DETRÁS DEL ACUARIO SEGUÍA allí... en cierto modo. El acuario estaba vacío, con fichas de Scrabble mugrientas apiladas en el fondo, y sus paredes de cristal sucio dejaban ver lo que en otro tiempo había sido una biblioteca infantil. La mesa de metal de Maggie también seguía, aunque llena de cortes y arañazos y alguien había dibujado una vagina roja con pintura de espray en uno de los laterales. Una vela apagada se inclinaba sobre un charco de cera violeta. El pisapapeles de Maggie —la pistola de Chéjov y sí, ahora Vic entendía el guiño— señalaba la página del libro que estaba leyendo, *Ficciones,* de Borges. Había un sofá con tapicería de tweed que Vic no recordaba. Parecía comprado en un mercadillo y tenía algunos rotos tapados con cinta adhesiva y otros sin tapar, pero al menos no estaba húmedo, no apestaba a moho.

—¿Qué le pasó a tu koi? —preguntó Vic.

—No estoy segura. Creo que alguien se lo c-c-comió —dijo Maggie—. Espero que l-l-le alimentara. Nadie d-d-debería pasar hambre.

Por el suelo había jeringas y pequeños tubos de goma. Vic tuvo cuidado de no pisar ninguna aguja de camino hacia el sofá, para sentarse.

—No son m-m-mías —dijo Maggie señalando las jeringuillas con la cabeza. Después fue a por una escoba apoyada en una esquina donde antes había habido un perchero. La escoba estaba doblada a modo de percha y de ella colgaba el sombrero flexible y mugriento de Maggie—. No me he metido nada d-d-desde el año pasado. Es demasiado caro. Tal y como está la economía, no sé cómo la gente tiene dinero para colocarse.

Se caló el sombrero sobre los cabellos color sorbete con la dignidad y el cuidado de un dandi borracho que acaba de tomarse unas copas de absenta y se dispone a salir a la lluviosa noche parisina. Después cogió la escoba y se puso a barrer. Las jeringuillas tintinearon sobre el suelo de cemento como si fueran cristal.

—Te puedo vender la pierna y darte un poco de *oxi* —le dijo a Vic—. Es mucho más barata que la heroína.

Se inclinó sobre la mesa, cogió una llave y abrió el último cajón. Metió la mano y sacó un frasco de pastillas naranja, un cartón de tabaco y una bolsa raída de fichas de Scrabble.

—Más barata todavía que la oxicodona es la abstinencia —dijo Vic.

Maggie se encogió de hombros.

—Solo la tomo cuando la necesito— se colocó un cigarrillo en una de las comisuras de la boca y encendió una cerilla con la uña del dedo pulgar: qué mañosa.

—¿Cómo que cuando la necesitas?

—Es un analgésico. Lo tomo contra el dolor —Maggie echó el humo y dejó la cerilla—. Nada más. ¿Qué te ha pasado a ti, V-V-Vic?

Esta se recostó en el sofá y apoyó la cabeza en el reposabrazos. No podía doblar la rodilla del todo ni tampoco estirarla, apenas soportaba moverla. Ni mirarla tampoco. Tenía dos veces el tamaño de la otra rodilla y era un mapa de hematomas morados y marrones.

Empezó a hablar, a relatar lo ocurrido en los dos últimos días lo mejor que podía, intentando ordenar los acontecimientos y dar explicaciones que se le antojaban más confusas que lo que se suponía tenían que explicar. Maggie no la interrumpió ni pidió que le aclarara nada. Se oyó el agua de un grifo correr un minuto y luego pasó. Vic dejó escapar un suspiro ronco y lleno de dolor cuando Maggie le colocó un trapo húmedo y frío sobre la rodilla izquierda y lo presionó

con suavidad. Después abrió el frasco de pastillas y lo agitó hasta que
salió una píldora pequeña y blanca. De su cigarrillo brotaba humo
azul y fragante que la envolvía como una bufanda fantasmagórica.

—No puedo tomar eso —dijo Vic.

—P-p-pues claro que sí. No tienes que t-t-tragártelas a palo seco,
tengo limonada. Está un poco caliente, pero sabe fenomenal.

—No, lo que quiero decir es que si me lo tomo me voy a quedar
dormida. Y ya he dormido demasiado.

—¿En un s-s-suelo de cemento? ¿Después de que t-t-te gasearan?
Eso no es d-d-dormir —Maggie le dio la pastilla de oxicodona—. Eso
es estar inconsciente.

—Igual después de que hablemos.

—Si intento ayudarte a descubrir lo que quieres saber, ¿me p-p-
prometes no irte hasta que hayas descansado?

Vic le cogió la mano y se la apretó.

—Te lo prometo.

Maggie sonrió y le dio una palmadita en los nudillos, pero Vic no
le soltó la mano.

—Gracias, Maggie. Por todo. Por intentar avisarme. Por ayudarme. Daría cualquier cosa por cambiar la forma en que me porté
contigo cuando te vi en Haverhill. Me dabas miedo. Pero eso no es
excusa. La verdad es que no tengo excusa. Ojalá pudiera hacerte
entender cuánto lo siento. Ojalá pudiera darte algo que no fueran
palabras.

El rostro de Maggie se iluminó como el de un niño viendo volar
una cometa en el cielo azul.

—Caramba, V-V-Vic, ¡me vas a hacer llorar! ¿Qué hay en el mundo
mejor que las palabras? Además, ya estás haciendo algo —dijo
Maggie—. Estás aquí. ¡Es agradable tener a alguien con quien hablar!
¡Aunque hablar c-c-conmigo no es m-m-muy divertido que digamos!

—Vale ya con eso. Tu tartamudeo no me molesta ni la mitad que
a ti —dijo Vic—. Cuando te conocí me dijiste que tus fichas de
Scrabble y mi bici eran cuchillos para cortar las costuras entre realidad y pensamiento. Tenías razón, pero no es lo único que pueden

cortar. Han terminado por cortarnos también a las dos. Mi puente (El Atajo) me dejó perjudicada. Aquí —se tocó la sien derecha—. Lo crucé demasiadas veces, me temo, y terminó por descolocarme la cabeza. Desde entonces nunca he estado bien. Quemé mi casa. Quemé mi vida también. Salí huyendo de los dos chicos que quiero porque tenía miedo de hacerles daño o de no merecerlos. Eso lo que mi cuchillo me ha hecho a mí. Y a ti te pasa eso cada vez que hablas...

—Como si m-m-me hubiera cortado yo sola la lengua con mi cuchillo.

—Parece que al único al que su cuchillo psíquico no le ha cortado es a Manx.

—¡De eso nada, V-V-Vic! ¡M-M-Manx es quien más perjudicado está! ¡Se ha quedado completamente seco! —Maggie bajó los ojos y dio una calada profunda y pausada a su cigarrillo. La brasa de este brillaba en la oscuridad. Se lo quitó de la boca, lo miró un momento pensativa y acto seguido se lo clavó en el muslo por uno de los agujeros del pantalón vaquero.

—¡Por Dios! —gritó Vic.

Se sentó tan rápido que la habitación se inclinó por completo hacia un lado y su estómago hacia el otro. Volvió a recostarse, completamente mareada.

—No había más remedio —dijo Maggie con los dientes apretados—. Necesito poder hablar contigo y no solo bañarte de saliva —soltaba el aire en exhalaciones breves y doloridas—. Además, es la única manera de conseguir que mis fichas de Scrabble me digan algo y a veces ni siquiera eso basta. Así que era necesario. ¿Qué estábamos diciendo?

—Ay, Maggie —dijo Vic.

—No le des importancia y vamos al grano. Si no, tendré que volver a hacerlo. Y cuántas más veces lo haga, menor efecto tendrá.

—Decías que Manx se ha quedado seco.

—Eso es. El Espectro le mantiene joven y fuerte. Lo conserva. Pero a cambio ha perdido la capacidad de sentir remordimiento o empatía. Eso es lo que le ha cortado su cuchillo: su humanidad.

—Sí. El problema es que se la va a cortar también a mi hijo. El coche cambia a los niños. Manx se los lleva en sus viajes a Christmasland y los convierte en putos vampiros o algo así. ¿No?

—Más o menos —dijo Maggie. Se balanceó atrás y adelante con los ojos cerrados por el dolor que sentía en la pierna—. Christmasland es un paisaje interior, ¿vale? Un producto de los pensamientos de Manx.

—Un sitio imaginario.

—Qué va, es real. Las ideas son tan reales como las piedras. Tu puente es real también. Claro que no es un puente cubierto. Las vigas, el techo, los tablones del suelo son el atrezo de algo más sencillo. Cuando saliste de la casa del Hombre Enmascarado y viniste aquí no cruzaste ningún puente. Cruzaste una idea que tenía aspecto de puente. Y cuando M-M-Manx llegue a Christmasland estará llegando a su idea de lo que es la felicidad... No sé... al taller de Papá Noel o algo así.

—Creo que es un parque de atracciones.

—Un parque de atracciones. Sí, eso debe de ser. Manx ya no sabe lo que es la felicidad, solo la diversión. Su idea de la felicidad es diversión sin fin, juventud sin fin envuelta de manera que su cerebro de mosquito pueda entenderla. Su coche es el instrumento que le abre el camino. El s-s-sufrimiento y la infelicidad son el combustible que el coche necesita para abrirle la puerta de ese sit-t-tio. Por eso también necesita llevarse niños. El coche necesita algo que él ya no puede darle. Les chupa la felicidad a los niños del mismo modo que un v-v-vampiro de una película de serie B chupa sangre.

—Y cuando acaba con ellos se han convertido en monstruos.

—Siguen siendo niños, creo. Niños que solo entienden de diversión. Se han transformado de manera que encarnan la idea que tiene Manx de la perfección infantil. Quiere niños que sean s-s-siempre inocentes. Aunque, como sabes, mucha gente tiene una idea equivocada de la inocencia. Un niño pequeño e inocente le arranca las alas a las moscas porque no sabe que está mal. Eso es inocencia. El coche coge lo que Manx necesita y transforma a sus pasajeros de manera que puedan vivir en su mundo ideado. Les afila los dientes y les quita la necesidad de calor. Un mundo hecho solo de ideas tiene que ser muy frío, estoy segura de ello. Y ahora, Vic, tómate la pastilla. Tienes que descansar y recuperar fuerzas antes de volver a salir a su encuentro.

Le alargó la mano con la pastilla en la palma.

—Supongo que me vendrá bien. No solo para la rodilla, también para la cabeza —le dijo Vic e hizo una mueca al notar un nuevo pinchazo detrás del ojo izquierdo—. Me pregunto por qué cada vez que uso el puente me duele siempre detrás del ojo izquierdo. Me pasa desde niña —rio temblorosa—. Una vez hasta lloré sangre.

Maggie dijo:

—Las ideas creativas se forman en el lado derecho del cerebro. Pero ¿sabías que el lado derecho ve desde el ojo izquierdo? Y debe de hacer falta mucha energía para sacar un pensamiento de la cabeza al mundo real. Toda esa energía se te acumula —señaló el ojo izquierdo de Vic— ahí.

Vic miró la pastilla con deseo, pero seguía dudando.

—Vas a contestar a mis preguntas, ¿verdad? Quiero decir con las fichas.

—Todavía no les has preguntado nada.

—Necesito saber cómo matarle. Ya murió en la cárcel, pero no estuvo muerto mucho tiempo.

—Me parece que ya conoces la respuesta a esa pregunta.

Vic cogió la oxicodona de la mano de Maggie y aceptó el tetrabrik de limonada que esta le ofrecía. El zumo estaba caliente, pegajoso, dulce y rico. Al primer sorbo se tragó la pastilla, que le dejó un regusto leve y amargo.

—El coche —dijo—. El Espectro.

—Sí. Cuando el coche deje de funcionar, él también. Probablemente alguien le sacó el motor en un momento determinado y por eso se murió Manx. Pero después volvieron a ponérselo y arreglaron el coche. Mientras el coche esté apto para circular, Manx también.

—Así que si destruyo el coche... le destruyo a él.

Maggie dio una larga calada al cigarrillo, cuya brasa era lo único que se veía en la oscuridad.

—Fijo.

—Vale —dijo Vic. Solo habían pasado un par de minutos, pero la pastilla empezaba a hacerle efecto. Si cerraba los ojos le parecía estar pedaleando sin hacer ruido en su vieja Raleigh, atravesando un bosque oscuro y umbrío...

—Vic —dijo Maggie con voz suave, y esta levantó la cabeza del reposabrazos y parpadeó, consciente de que se había quedado traspuesta un momento.

—Menuda pastilla —dijo.

—¿Qué quieres preguntarle a mis fichas? —insistió Maggie—. Será mejor que lo hagas ahora, que todavía puedes.

—Mi hijo. Voy a tener que ir a buscarle a Christmasland. Llegará esta noche, creo, o mañana a primera hora, y yo también. Pero para cuando yo llegue Wayne estará... cambiado. Lo noté en su voz cuando hablé con él. Está intentando resistir, pero el coche lo está convirtiendo en una de esas cosas, joder. ¿Podré curarle? Necesito saberlo. Si le rescato, ¿hay alguna manera de curarle?

—No lo sé. Ningún niño ha vuelto nunca de Christmasland.

—Pues pregúntalo. Tu bolsa de letras te lo podrá decir, ¿o no?

Maggie se dejó caer al suelo desde el borde del sofá y sacudió con cuidado la bolsa roída por las polillas. Las fichas entrechocaron e hicieron ruido.

—Veamos qué nos s-s-sale —dijo y metió una mano. Rebuscó y la sacó con un puñado de fichas que dejó caer en el suelo.

🂠🂠🂠🂠🂠🂠🂠🂠🂠

Maggie las miró con expresión cansada y abatida.

—La mayor parte de los días es lo único que me sale. Besos y abrazos para la pobre chica solitaria y tartamuda.

Recogió las fichas con una mano y volvió a meterlas en la bolsa.

—Bueno, no pasa nada. Merecía la pena intentarlo. Tú no puedes saberlo todo. No puedes averiguarlo todo.

—No —dijo Maggie—. Cuando uno va a la b-b-biblioteca a buscar algo, debería poder encontrarlo.

Metió de nuevo la mano en la bolsa de terciopelo falso y la sacó con otro puñado de fichas, que tiró al suelo:

BUUUU

—No me hagáis burla —les dijo a las letras.

Recogió las fichas, las metió en la bolsa de Scrabble y la agitó una vez más. En esta ocasión el brazo le desapareció casi hasta el hombro y Vic oyó lo que parecían ser cientos de fichas entrechocando y arañándose unas a otras. Maggie sacó otro puñado y lo dejó caer.

QUE TE DEN

—¿Qué me den? ¿Encima con burla? ¡Que os d-d-den a vosotras!

Se quitó el cigarrillo de la boca, pero antes de que pudiera apagárselo en el brazo Vic se enderezó y le sujetó la muñeca.

—No —dijo. La habitación bailaba a su alrededor, como si estuviera sentada en un columpio, pero no le soltó el brazo a Maggie. Esta la miró con los ojos brillantes en sus hundidas cuencas... brillantes, asustados y exhaustos—. Ya lo intentaremos en otro momento, Maggie. Me parece que yo no soy la única que necesita descansar. Hace una semana y media estabas en Massachusetts. ¿Volviste en autobús?

—También pedí aventón —dijo Maggie.

—¿Cuándo ha sido la última vez que has comido?

—Ayer me tomé un s-s-sándwich en s-s-s —y se quedó muda. El color de su cara pasó de rojo a un violeta intenso y grotesco, como si la estuvieran estrangulando. Tenía saliva en las comisuras de la boca.

—*Chist* —dijo Vic—. *Chist*. Vale, pues tienes que comer algo.

Maggie expulsó el humo, buscó a su alrededor dónde apagar el pitillo y encontró el reposabrazos del otro extremo del sofá. El cigarro chisporroteó y una espiral de humo negro subió hacia el techo.

—Después de que duermas un rato, V-V-Vic.

Esta asintió y volvió a recostarse. No tenía fuerzas para discutir con Maggie.

—Voy a dormir un rato y tú también —dijo—. Después iremos a que comas algo. También a comprarte algo de ropa. Y a salvar a Wayne. Y a la biblioteca. A arreglar las cosas. Lo vamos a hacer todo. Activando los poderes de las Supergemelas... Échate.

—Vale, tú quédate con el sofá. Tengo una manta que está bien. La puedo poner en el s-s-s...

—Échate aquí conmigo, Maggie. En el sofá cabemos las dos —Vic estaba despierta, pero parecía haber perdido la capacidad de mantener los ojos abiertos.

—¿No te importa?

—No, cariño —dijo Vic como si le hablara a su hijo.

Maggie se tumbó en el sofá a su lado y se apretó contra su costado, su cadera huesuda en contacto con la de Vic, su codo huesudo sobre el estómago de esta.

—¿Te importaría abrazarme, Vic? —preguntó con voz temblorosa—. Hace tanto t-t-tiempo desde que nadie m-m-me abraza... Ya sé que no te van las chicas, porque t-t-tienes un hijo y todo eso, pero...

Vic le pasó un brazo por la cintura y estrechó a aquella mujer delgada y temblorosa contra sí.

—Y ahora ya puedes dejar de hablar —dijo.

—Ah —dijo Maggie—. Vale. Qué alivio.

Laconia

A LOU NO LE DEJABAN IR A NINGUNA PARTE, NO QUERÍAN ARRIESGARSE a que el gordo se mareara y cayera de bruces, así que después de examinarle lo sentaron en una silla de ruedas y un enfermero lo empujó hasta la sala de preoperatorio.

El enfermero tenía su edad y ojos somnolientos con ojeras negras debajo de una frente protuberante, de hombre de Cromañón. Su placa de identificación decía, inexplicablemente, BILBO. En uno de los peludos antebrazos llevaba tatuada una nave espacial: *Serenity*, de la serie de televisión *Firefly*.

—Soy una hoja al viento —dijo Lou, y el enfermero repuso:

—No me digas esas cosas que no quiero ponerme a llorar en el trabajo.

El detective les siguió con la ropa de Lou dentro de una bolsa de papel. A Lou no le gustaba cómo olía aquel detective, a nicotina y a mentol, pero sobre todo a nicotina. Tampoco le gustaba que pareciera demasiado pequeño para la ropa que llevaba, de manera que todo le colgaba: la camisa, los pantalones color almeja, la chaqueta raída. Daltry preguntó:

—¿De qué están hablando?

—De *Firefly* —dijo el enfermero sin molestarse en volverse—. Somos chaquetas marrones.

—¿Y eso qué quiere decir? ¿Qué os vais a casar? —preguntó Daltry riendo de su propio chiste.

Bilbo, el enfermero dijo:

—Por Dios, colega, haznos un favor y vuélvete a los años cincuenta.

Pero no lo dijo lo bastante alto como para que Daltry le oyera.

La sala de preoperatorio era grande y tenía dos hileras de camas, cada una aparcada en un compartimento individual señalado por cortinas verde pálido. Bilbo llevó a Lou casi hasta el fondo de la habitación antes de detenerse frente a una cama vacía situada a la derecha.

—Su suite, señor —dijo.

Lou se sentó en el colchón mientras Bilbo colgaba una bolsa con un fluido brillante de la percha de acero inoxidable situada junto a la cama. Lou tenía cogida una vía intravenosa en el brazo derecho y Bilbo la conectó al gotero. Lou notó el líquido al instante, un flujo helado y constante que hizo descender la temperatura de todo su cuerpo.

—¿Debería estar asustado? —preguntó.

—¿De una angioplastia? No, en la escala de complejidad de procedimientos quirúrgicos, equivale a poco más que una extracción de la muela del juicio. Tú opérate y no tengas miedo.

—No —dijo Lou—. Si no estoy hablando de la angioplastia. Me refiero a lo que me estás pincheando. ¿Qué es? ¿Droga dura?

—¡Ah! Esto no es nada. Hoy no te van a operar, así que todavía no te toca lo bueno. Esto es un agente anticoagulante. Y también te relajará. Es bueno relajarse de vez en cuando.

—¿Me voy a quedar dormido?

—Más deprisa que con un maratón de la *Doctora Quinn*.

Daltry dejó la bolsa de papel en una silla junto a la cama. Las ropas de Lou estaban dobladas y colocadas unas sobre otras, con los calzoncillos, grandes como una funda de almohada, arriba del todo.

—¿Cuánto tiempo tiene que estar ingresado? —preguntó Daltry.

—Le dejaremos esta noche en observación.

—Desde luego, qué oportuno todo.

—La estenosis arterial es lo que tiene —dijo Bilbo—. No suele avisar para concertar una cita. Se presenta cuando le apetece.

Daltry se sacó el teléfono móvil del bolsillo.

—Aquí no puede usarlo.

—¿Y dónde puedo hacerlo? —preguntó.

—Tiene que volver a atravesar urgencias y salir del hospital.

Daltry asintió y miró a Lou con desaprobación.

—No se vaya a ninguna parte, señor Carmody.

Se volvió y se dirigió hacia la puerta.

—Eso, vete a que te dé un poquito el aire, capullito de alhelí —dijo Bilbo cuando ya no podía oírle.

—¿Y qué pasa si yo tengo que llamar? —dijo Lou—. ¿Puedo hacer una llamada antes de encamarme? Mi hijo, colega. ¿Sabes lo de mi hijo? Tengo que llamar a mis padres. No van a pegar ojo esta noche si no les explico lo que ha pasado.

Mentira. Si llamaba a su madre y le contaba lo de Wayne no tendría ni idea de qué le estaba hablando. Estaba en una residencia geriátrica y solo reconocía a Lou uno de cada cuatro días. Más sorprendente sería aún que su padre se mostrara interesado por las últimas noticias. Llevaba muerto cuatro años.

—Puedo conseguirte un teléfono. Uno que podamos enchufar aquí desde la cama. Intenta relajarte, enseguida vuelvo.

El enfermero se apartó de la cama, corrió la cortina y se marchó.

Lou no esperó y tampoco se lo pensó dos veces. Volvía a ser el niño en la moto, ayudando a la delgadísima Vic McQueen a subirse al asiento de atrás y notando sus brazos temblorosos alrededor de la cintura.

Sacó las piernas de la cama y se arrancó la vía. Del agujero donde había estado la aguja salió un grueso perdigón de sangre.

En cuanto oyó la voz de Vic por el auricular, la sangre se le había agolpado en la cabeza y se le aceleró el pulso. Le había empezado a pesar la cabeza, como si tuviera el cráneo lleno de metal líquido en vez de tejido cerebral. Pero lo peor de todo era que la habitación empezaba a moverse si la miraba por el rabillo del ojo. Aquella sensación de que el mundo rotaba a su alrededor le mareaba, y había tenido que mirar fijamente a la mesa para ignorarla. Pero entonces la cabeza había empezado a pesarle tanto que se cayó de lado y le había dado una patada a la silla sin querer.

No ha sido un ataque al corazón, ¿verdad?, le había preguntado a la médico mientras esta le auscultaba la garganta. *Porque si ha sido un ataque al corazón me lo esperaba mucho peor.*

No, no ha sido un ataque al corazón. Pero ha tenido una isquemia transitoria, dijo la médico, una bonita mujer negra con una cara tersa, oscura y sin edad.

Claro, dijo Lou. *Eso me imaginaba. Que había sido un ataque al corazón o un esquema transitorio. Lo del esquema transitorio era mi segunda teoría.*

Isquemia. Es como un infarto en pequeñito. Oigo como un fuelle hueco en su arteria carótida.

Ah, eso era lo que estaba escuchando, entonces. Porque iba a decirle que el corazón lo tengo más abajo.

La doctora sonrió. Tenía cara de querer pellizcarle la mejilla y darle una galleta. *Lo que estoy oyendo es una obstrucción grave por acumulación de placa.*

¿En serio? Si me cepillo los dientes dos veces al día...

Es otra clase de placa. En la sangre. Demasiado tocino, le dio una palmadita en la barriga. *Demasiada mantequilla en las palomitas. Va a necesitar una angioplastia. Seguramente un* stent. *Si no le ponemos uno, podría tener un infarto mortal.*

Últimamente pido ensalada siempre que voy al McDonald's, le había dicho Lou y le sorprendió darse cuenta de que tenía ganas de llorar. Se sentía absurdamente aliviado de que aquella agente del FBI tan mona no pudiera verle llorar otra vez.

Ahora cogió la bolsa de papel marrón que estaba en la silla y se puso los calzoncillos y los jeans debajo de la bata del hospital.

Se había desmayado justo después de hablar con Vic; el mundo se había vuelto grasiento y resbaladizo y no conseguía sujetarse a él. Se le deslizaba entre los dedos. Pero hasta el momento de perder el sentido la estuvo escuchando. Comprendió, por su tono de voz, que necesitaba que hiciera alguna cosa, que intentaba decirle algo. *Tengo*

que hacer una parada y después voy a ver a un hombre que puede conse-
guirme un poco de ANFO. Un poco de ANFO puede ayudarme a borrar
del mapa el mundo entero de Manx.

Tabitha Hutter y todos los otros policías que estaban escuchando habían oído «info», en lugar de ANFO. Era como en los dibujos de *Buscador* que hacía Vic, solo que este estaba hecho de sonidos en lugar de colores. No veías lo que tenías delante porque no sabías qué mirar o, en este caso, qué escuchar. Pero Lou siempre había sabido escuchar a Vic.

Se quitó la bata y se puso la camiseta.

ANFO. El padre de Vic era el hombre que volaba cosas por los aires —paredes de roca, tocones de árboles y viejos cimientos— con ANFO, y también el que había pasado de Vic sin pensárselo dos veces. Ni siquiera conocía a Wayne, y Vic apenas había hablado con él una docena de veces en doce años. Lou en cambio lo había hecho más a menudo, le había enviado fotos y un vídeo de Wayne por correo electrónico. Por cosas que Vic le había contado, sabía que Chris McQueen había maltratado y engañado a su mujer. También sabía, por cosas que Vic *no* le había contado, que esta le echaba de menos y que le quería con una intensidad quizá solo comparable a la que sentía por su hijo.

Lou no le conocía, pero sabía dónde vivía, sabía su número de teléfono y también que Vic iba a ir a verle. Cuando llegara, Lou estaría esperando. Vic le quería allí, de otro modo no le habría informado de sus planes.

Sacó la cabeza por la cortina e inspeccionó el pasillo formado por sábanas colgantes.

Vio a un médico y a una enfermera repasando algo en una carpeta sujetapapeles, pero estaban de espaldas a él. Cogió las zapatillas, salió al pasillo, giró a la derecha y cruzó unas puertas batientes que daban a un corredor amplio y de paredes blancas.

Echó a andar por el edificio en lo que suponía era la dirección contraria a urgencias. De camino se puso las Vans.

El techo del vestíbulo era de quince metros de altura y de él colgaban grandes cristales color rosa que le daban un aire a la Fortaleza de la Soledad de Superman. De una fuente de pizarra negra manaba agua. Se oía el eco de voces. El olor a café y magdalenas que llegaba de un Dunkin' Donuts le hizo la boca agua, tal era el hambre que tenía. La idea de comerse una rosquilla de azúcar y mermelada de fresa era como imaginar que se metía el cañón de una pistola en la boca.

No necesito vivir eternamente, pensó. *Solo el tiempo necesario para recuperar a mi hijo. Por favor,* pensó.

Dos monjas se bajaban de un taxi justo delante de la puerta giratoria de entrada. Eso sí que era intervención divina, decidió Lou. Les sostuvo la portezuela del coche para que salieran y entró. La mitad trasera del taxi se hundió bajo su peso.

—¿Dónde vamos? —dijo el taxista.

A la cárcel, pensó Lou. Pero lo que dijo fue:

—A la estación.

Bilbo Prince vio el taxi alejarse de la acera en medio de una sucia vaharada de gases de escape azules, anotó el número de licencia y la matrícula y se marchó. Recorrió pasillos, subió y bajó escaleras y por fin salió por la entrada de urgencias al otro lado del hospital. Aquel poli viejo, Daltry, le esperaba fumándose un pitillo.

—Se ha largado —dijo Bilbo—. Tal y como había vaticinado usted. Ha cogido un taxi en la entrada principal.

—¿Ha apuntado la matrícula?

—Y el número de licencia —dijo Bilbo, y le dio las dos cosas.

Daltry asintió y abrió su teléfono móvil. Pulsó un único botón, se lo colocó en la oreja y luego se volvió dándole a medias la espalda a Bilbo.

—Sí. Ya se ha ido —dijo a quien estuviera al otro lado de la línea—. Hutter ha dicho que solo le vigilemos, así que eso vamos a hacer. Enteraos de adónde va y estad preparados para intervenir, no sea que al puto gordo le dé otro patatús.

Daltry colgó, tiró el cigarrillo y se dirigió hacia el aparcamiento. Bilbo trotó detrás de él y le dio un golpecito en el hombro. El poli se volvió a mirarle. El ceño fruncido y la expresión de su cara sugerían que el enfermero le resultaba familiar, pero que ya no se acordaba de quién era o de qué lo conocía.

—¿Eso es todo tío? —dijo Bilbo— ¿Y mi propina?

—Ah, ya. Vale —Daltry rebuscó en su bolsillo, sacó un billete de diez dólares y se lo puso a Bilbo en la mano—. Aquí tienes. Larga y próspera vida. Eso es lo que os decís los de *Strar Trek,* ¿no?

Bilbo paseó la vista del billete costroso de diez dólares —había esperado al menos uno de veinte— al tatuaje de la nave *Serenity* en su brazo peludo.

—Supongo que sí, pero no soy fan de *Star Trek.* Este tatuaje es de la *Serenity,* no de la *Enterprise.* Yo soy un chaqueta marrón, tío.

—Querrás decir un chaquetero —Daltry rio y salpicó a Bilbo en la cara con gotas de saliva.

Este quiso tirarle los diez dólares a la cara y largarse, demostrarle a aquel bocazas cabrón lo que pensaba de su dinero, pero se lo pensó mejor y se metió el billete en el bolsillo. Estaba ahorrando para tatuarse a *Buffy cazavampiros* en el otro brazo y la tinta no era barata.

Aquí, Iowa

CUANDO MAGGIE SE DESPERTÓ TENÍA UN BRAZO SOBRE LA CINTURA de Vic y esta tenía la cabeza apoyada en su esternón. Joder, era la mujer más bonita con la que Maggie se había acostado nunca y sentía ganas de besarla, pero no se atrevía. Aunque de lo que de verdad tenía ganas era de peinarle aquel pelo enredado y revuelto por el viento, alisarlo y dejarlo brillante. Quería lavarle los pies y masajeárselos con aceite. Deseaba haber tenido más tiempo para estar juntas y la oportunidad de hablar de algo que no fuera Charlie Manx. Aunque lo cierto es que no sentía ningunas ganas de hablar, lo que quería era escuchar. Temía el momento en que le llegara el turno de abrir su t-t-tonta bocaza.

Tenía la sensación de no haber dormido demasiado tiempo y estaba convencida de que no volvería a hacerlo en horas. Se desenredó de Vic, se retiró el pelo de la cara y se levantó. Era el momento de formar palabras, y ahora que Vic estaba dormida, Maggie sabía lo que tenía que hacer para que las fichas a su vez hicieran lo que tenían que hacer.

Encendió un pitillo. Encendió una vela. Se colocó el sombrero flexible más o menos recto. Se sentó ante la bolsa de Scrabble y desató el cordel dorado. Durante unos instantes inspeccionó la oscuridad de su interior mientras daba profundas caladas al cigarrillo. Era tarde y tenía ganas de pulverizar algo de oxi y meterse en línea, pero no podía hasta que hubiera hecho aquello para Vic. Se llevó una mano al cuello de la camiseta sin mangas y la bajó, dejando el pecho izquierdo al descubierto. Se quitó el cigarrillo de la boca, cerró los ojos y lo apagó. Lo sostuvo largo rato contra el pecho, hundiéndolo en la suave carne y gimiendo bajito de dolor con los dientes apretados. Olía su propia carne quemándose.

Tiró la colilla apagada y se inclinó sobre la mesa, con las muñecas apoyadas en el borde y parpadeando para contener las lágrimas. El dolor en el pecho era intenso, penetrante y maravilloso. Sagrado.

Ahora, pensó. *Ahora, ahora.* Disponía de un periodo de tiempo muy breve para usar las fichas, para descifrar aquel galimatías, como mucho un minuto o dos. A veces tenía la sensación de que aquella era la única lucha que importaba, la de enfrentarse al caos del mundo y conseguir darle sentido, ponerlo en palabras.

Cogió un puñado de letras, las tiró delante de ella y empezó a ordenarlas. Movió fichas de aquí a allá. Llevaba jugando a aquel juego toda su vida adulta, así que enseguida lo tuvo. En pocos minutos había formado las palabras sin ningún tipo de problema.

Cuando lo hubo conseguido exhaló un largo suspiro de satisfacción, como si acabara de quitarse un gran peso de encima. No tenía ni idea de lo que significaba aquel mensaje. Tenía algo de epigramático, parecía no tanto un hecho, como el último verso de una canción de cuna. Pero estaba segura de que era el mensaje correcto. Siempre había sabido cuando acertaba. Era algo tan sencillo y directo como meter una llave en una cerradura y que esta se abriera. A lo mejor Vic le encontraba sentido. Se lo preguntaría cuando despertara.

Copió el mensaje de la Gran Bolsa del Destino en un papel manchado por el agua con membrete de la Biblioteca Pública de Aquí. Lo releyó, era correcto. La invadió un sentimiento de satisfacción que le resultaba poco familiar, desacostumbrada como estaba a sentirse bien consigo misma.

Recogió las fichas una a una y las devolvió a la bolsa de terciopelo. El pecho le ardía con un dolor que ya no tenía nada de trascendental. Cogió los cigarrillos, pero no para quemarse otra vez, sino para fumarse uno.

Un niño atravesó la biblioteca infantil con una bengala en la mano.

Maggie le vio a través del cristal sucio del viejo acuario, una silueta negra contra la oscuridad algo más pálida de la habitación contigua. Al caminar movía el brazo derecho y la bengala escupía una lluvia de chispas color cobre, dibujando líneas rojas en la penumbra. Estuvo solo un momento y desapareció junto con el chisporroteo de su bengala.

Maggie se inclinó hacia la pecera para golpear el cristal, con la idea de asustarle para que se fuera, pero se acordó de Vic y se contuvo. Era muy normal que se colaran allí chicos a tirar petardos, fumar cigarros y cubrir las paredes de grafiti, y Maggie lo odiaba. En la cámara se había encontrado una vez una banda de adolescentes pasándose un porro alrededor de una fogata hecha con libros de tapa dura y se había puesto como una hidra. Les había echado de allí a palos con la pata de una silla rota, consciente de que si el fuego llegaba al raído empapelado de las paredes perdería su hogar, el mejor y el último que tendría nunca. *¡Quemalibros!*, les había gritado, por una vez sin tartamudear. *¡Quemalibros! ¡Os voy a cortar las pelotas y voy a violar a vuestras mujeres!* Eran cinco contra una, pero habían salido corriendo como si hubieran visto un fantasma. En ocasiones Maggie pensaba que era un fantasma, que en realidad había muerto en la inundación, solo que aún no se había dado cuenta de ello.

Echó un último vistazo a Vic, acurrucada en el sofá con los puños cerrados debajo de la barbilla y esta vez no pudo contenerse. La puerta estaba junto al sofá y, de camino hacia ella, Maggie se inclinó y besó a Vic en la sien con suavidad. Dormida, Vic arrugó una de las comisuras de la boca en una sonrisa traviesa.

Maggie salió a buscar al niño entre las sombras. Entró en lo que en otro tiempo había sido la biblioteca infantil y cerró la puerta con cuidado a su espalda. La alfombra había quedado reducida a hilos mohosos y estaba enrollada contra la pared formando varios bultos hediondos. Debajo, el suelo era de cemento húmedo. La mitad de un inmenso globo terráqueo ocupaba una esquina de la habitación, el hemisferio norte vuelto del revés y lleno de agua y plumas de paloma, con los bordes manchados de excrementos de pájaro. Estados Unidos cabeza abajo y recubierto de mierda. Maggie reparó distraída en que todavía llevaba la bolsa de fichas, se le había olvidado dejarla en la mesa. Tonta.

Escuchó un ruido que se parecía bastante a mantequilla fundiéndose en una sartén y que procedía de algún lugar a su derecha. Empezó a rodear el mostrador de nogal con forma de U desde el que en otro tiempo había prestado *Coraline, La casa del reloj* y *Harry Potter*. Al acercarse al pasillo de paredes de piedra que conducía al edificio principal vio un resplandor amarillo que se movía.

El niño estaba al final del pasillo con su bengala. Su silueta negra era pequeña y robusta y llevaba una capucha que le tapaba la cara. La miraba con la bengala apuntando al suelo y echando chispas y humo. En la otra mano tenía una lata de algo. Maggie olió pintura fresca.

—.evitarlo puedo No —dijo el niño con una voz ronca y extraña, y rio.

—¿Qué? —dijo Maggie—. Niño, sal de aquí con eso.

El niño negó con la cabeza y se alejó, un hijo de las sombras que se movía como una aparición en un sueño, alumbrando el camino hacia alguna caverna del inconsciente. Caminaba como borracho, casi rebotando contra las paredes. Pero es que estaba borracho. Maggie podía oler la cerveza desde donde estaba.

—¡Oye! —dijo.

El niño desapareció y Maggie escuchó eco de risas procedentes de algún lugar situado sobre su cabeza. En la distante y oscura sala de las publicaciones periódicas vio una luz nueva, el fulgor hosco y agonizante de un fuego.

Echó a correr. Apartó con los pies jeringas y botellas, que tintinearon contra el suelo de cemento, y dejó atrás las ventanas tapadas con planchas de madera. Alguien, posiblemente el niño, había escrito con pintura de espray un mensaje en la pared a la derecha de Maggie: DIOS QUEMADO VIVO, AHORA SOLO QUEDAN DEMONIOS. La pintura aún chorreaba rojo brillante, como si las paredes sangraran.

Entró corriendo en la sala de las publicaciones periódicas, del tamaño de una capilla modesta y con techos igual de altos. Durante la inundación se había convertido en un mar de los Sargazos de poca profundidad, con una capa de restos de revistas cubriendo las aguas, una masa hinchada de *National Geographics* y *New Yorkers*. Ahora era una amplia cámara de cemento con periódicos resecos y endurecidos pegados a paredes y suelos y montones putrefactos de revistas arrumbados en los rincones, varios sacos de dormir esparcidos por el suelo, donde habían acampado vagabundos, y una papelera de rejilla de la que salía un humo grasiento. Aquel niño borracho y cabrón había dejado caer la bengala sobre un montón de libros de tapa blanda y revistas. Desde algún lugar del fondo de la fogata chisporroteaban chispas verdes y naranjas. Maggie vio cómo un ejemplar de *Farenheit 451* se encogía y ennegrecía.

El niño la miraba desde el otro extremo de la habitación, debajo de un arco de piedra alto y oscuro.

—¡Oye! —gritó Maggie otra vez—. ¡Eh tú, retaco de mierda!

—.tarde demasiado es pero, puedo que lo todo resistiendo Estoy —dijo el niño balanceándose de un lado a otro—. sigas me no favor por, favor Por

—¡Oye! —dijo Maggie sin escucharle. Incapaz de escucharle porque nada de lo que decía el niño tenía sentido.

Miró a su alrededor buscando algo con lo que apagar las llamas y cogió uno de los sacos de dormir, azul, resbaladizo y con ligero olor a vómito. Sujetó la bolsa de Scrabble debajo de un brazo mientras con el otro colocaba el saco sobre las llamas, apretando fuerte para ahogar el fuego. El calor y el olor la obligaron a retroceder. Apestaba a fósforo tostado, a metal quemado y a nailon carbonizado.

Cuando levantó la vista, el niño había desaparecido.

—¡Lárgate de mi biblioteca, enano asqueroso! ¡Desaparece antes de que te ponga una mano encima, joder!

El niño rio desde alguna parte. Era difícil saber dónde estaba. Su risa era un eco nervioso imposible de rastrear, como un pájaro que bate las alas entre las vigas de una iglesia abandonada. Maggie pensó sin venir a cuento: *Dios quemado vivo, ahora solo quedan demonios.*

Fue hasta el vestíbulo de entrada con las piernas temblando. Como cogiera a aquel cabroncete borracho y loco no pensaría que Dios había sido quemado vivo. Pensaría que Dios era una bibliotecaria lesbiana que le enseñaría lo que es el miedo.

Atravesaba la sala de publicaciones periódicas cuando el cohete salió disparado con un potente silbido. El sonido atacó directamente las terminaciones nerviosas de Maggie, dándole ganas de chillar y ponerse a cubierto. Pero en lugar de ello corrió, agachada como un soldado bajo fuego de artillería y jadeando sin aliento.

Llegó hasta la amplia sala principal, con los techos de casi veinte metros de altura, a tiempo de ver el cohete chocar contra estos, girar, rebotar en un arco y precipitarse hacia el duro suelo de mármol, un misil de llama esmeralda y centellas chisporroteantes. Un humo que olía a producto químico serpenteaba por la habitación. Ascuas de luz verde sobrenatural caían del techo como copos de una nieve radioactiva e infernal. Quemar la biblioteca, aquel psicópata en miniatura había venido a quemar la biblioteca. El cohete seguía volando, chocó contra la pared a la derecha de Maggie y explotó en un fogonazo blanco y efervescente, con un restallido similar a un disparo y Maggie gritó y gritó, se agachó y se tapó un lado de la cara. Una brasa le rozó la piel desnuda del antebrazo derecho y la intensa punzada de dolor la sobresaltó.

Desde la otra habitación, la sala de lectura, el niño rio entre jadeos y echó de nuevo a correr.

El cohete se había apagado, pero el humo del vestíbulo todavía parpadeaba con una inquietante incandescencia color verde.

Maggie corrió detrás del niño, ya sin pensar en nada, alterada, furiosa y asustada. El niño no podría escapar por la puerta principal —que estaba cerrada por fuera con una cadena—, pero en la sala de lectura había una salida de incendios que los vagabundos mantenían siempre abierta. Daba a la parte este del estacionamiento. Allí le daría alcance. No sabía lo que haría con él cuando le pusiera las

JOE HILL

manos encima, y a una parte de ella le daba miedo pensarlo. Llegó a la sala de lectura justo a tiempo de ver cerrarse la puerta de incendios.

—Serás cabrón —musitó—. Serás cabrón.

Salió deprisa al aparcamiento. Al otro lado de la explanada pavimentada una única farola proyectaba un halo de luz. El centro del estacionamiento estaba muy iluminado, pero los extremos quedaban en la oscuridad. El niño esperaba junto a la farola. El muy cabrón había encendido otra bengala y no se encontraba lejos de un contenedor lleno de libros.

—¿Te has vuelto loco o qué? —dijo Maggie.

El niño gritó.

—¡Te veo por mi ventana mágica! —dibujó un agujero en el aire a la altura de su cara—. ¡Te estoy quemando la cabeza!

—C-C-Como causes un incendio aquí alguien podría morir, enano cretino —dijo Maggie—. ¡Por ejemplo, tú!

Le faltaba el aliento y temblaba, y las extremidades le escocían de forma extraña. En una de las manos sudorosas tenía la bolsa de Scrabble. Empezó a cruzar el aparcamiento. A su espalda la puerta de incendios se cerró. El niño había quitado la piedra que la mantenía abierta. Ahora para volver a entrar tendría que rodear todo el edificio.

—¡Mira! —gritó el niño—. ¡Mira, sé escribir con fuego!

Agitó la punta de la bengala en el aire, un rayo de luz blanca tan intenso que dejó una impresión en el nervio óptico de Maggie, creando la ilusión de letras palpitando en el aire.

C
O
R
R
E

—¿Quién eres? —preguntó Maggie tambaleándose un poco y deteniéndose en el centro del aparcamiento. No estaba segura de haber visto lo que acababa de ver. De haber leído lo que pensaba que había leído.

—¡Mira! ¡Sé hacer un copo de nieve! ¡Puedo hacer que sea Navidad en julio!

El niño dibujó un copo de nieve en el aire.

A Maggie se le puso la piel de gallina.

—¿Wayne?

—¿Sí?

—Ay, Wayne —dijo Maggie—. Ay, Dios mío.

Dos faros aparecieron entre las sombras detrás del contenedor, a la derecha de Maggie. Un coche avanzó despacio junto a la acera: era antiguo, con los faros delanteros juntos, y tan negro que Maggie no lo había distinguido de la negrura que lo rodeaba.

—¡Hola! —dijo una voz desde algún punto detrás de los faros.

La voz salía del asiento del pasajero. Ah, no, era desde la ventanilla del conductor, porque estaban cambiados, como en los coches británicos.

—¡Qué noche tan estupenda para dar una vuelta en coche! Señorita Margaret Leigh. Porque usted es Margaret Leigh, ¿verdad? ¡Es usted igual que en la fotografía del periódico!

Maggie escudriñó hacia la luz de los faros. Se decía a sí misma que debía ponerse en marcha, salir de aquel aparcamiento, pero las piernas parecían habérsele pegado al suelo. La puerta de incendios estaba demasiado lejos, a doce pasos que bien podrían haber sido doce mil y, de todas maneras, la había oído cerrarse a su espalda.

Decidió que tenía, como mucho, cerca de un minuto para escapar y salvar la vida. Se preguntó si estaba preparada para ello. Los pensamientos le asaetaban como golondrinas volando raudas en la oscuridad justo cuando más desesperadamente necesitaba tener la mente despejada.

No sabe que Vic está aquí, pensó.

Y también: *Coge al niño. Coge al niño y corre.*

Y también: *¿Por qué no sale Wayne corriendo?*

Porque no podía. Porque no sabía qué era lo que debía hacer. O lo sabía, pero era incapaz.

Sin embargo había intentado decirle a ella que corriera, lo había escrito con fuego en la oscuridad. Era posible incluso que hubiera intentado, a su torpe manera, advertirla dentro, en la biblioteca.

—¿Señor Manx? —gritó Maggie, todavía incapaz de mover los pies.

—¡Lleva usted buscándome toda su vida, señorita Leigh! —gritó Manx—. Bueno, ¡pues aquí estoy! Estoy seguro de que tiene muchas preguntas que hacerme. ¡Desde luego yo tengo unas cuantas para usted! Venga a sentarse con nosotros. ¡Venga a tomarse una mazorca!

—Deje al n-n-n… —empezó a decir Maggie, pero entonces se atragantó y fue incapaz de seguir. Tenía la lengua tan paralizada como las piernas. Quería decir: *deje al niño que se vaya,* pero su tartamudeo se lo impedía.

—¿Le ha comido la lengua el gato? —gritó Manx.

—Que te den —dijo Maggie. Aquello le salió fuerte y claro. Y eso que la *t* siempre era de las letras que más le costaban.

—Ven aquí, puta famélica —dijo Charlie Manx—. Métete en el coche. O vienes con nosotros o te atropellamos. Es tu última oportunidad.

Maggie inspiró profundo y olió libros empapados, aspiró el aroma a cartulina podrida y a papel seco por el sol de julio. Si una sola respiración podía resumir una vida entera, decidió que aquella podía servir. Ya casi era hora.

Entonces se le ocurrió que no tenía nada más que decirle a Manx. Se lo había dicho ya todo. Así que volvió la cabeza y fijó la vista en Wayne.

—¡Tienes que irte, Wayne! ¡Corre y escóndete!

La bengala de Wayne se había apagado y solo quedaba un rastro de humo sucio.

—¿Para qué quieres que me vaya? —dijo Wayne—. siento Lo —tosió y encogió los frágiles hombros—. ¡Esta noche nos vamos a Christmasland! ¡Va a ser muy divertido! —tosió de nuevo y a conti-

nuación chilló—. ¿Por qué no corres tú? ¡Sería un juego divertido! .
yo ser consigo No

Los neumáticos chirriaron en el asfalto. Maggie dejó de estar paralizada. O quizá es que no lo había estado. Quizá simplemente sus músculos y nervios —la carne y el cableado— habían entendido en todo momento lo que la mente se resistía a aceptar, que ya era demasiado tarde para apartarse. Echó a correr por el estacionamiento hacia Wayne, pues se le había ocurrido la idea absurda de que podría llegar hasta él y llevárselo al bosque, ponerlo a salvo. Pasó delante del Espectro. Una luz gélida la envolvió. El motor rugió. Miró el coche de reojo pensando: *Por favor, que esté preparada*, y entonces el coche estuvo junto a ella, la rejilla tan cerca que el corazón pareció llenarle la boca. Pero el Rolls no iba hacia ella, sino que pasó de largo. Manx tenía una mano en el volante y medio cuerpo fuera de la ventanilla. El viento le retiraba el pelo negro de la frente amplia y desnuda. Tenía los ojos muy abiertos, ávidos por la diversión y una expresión triunfal le iluminaba la cara. En la mano derecha sostenía un martillo plateado más grande que todas las cosas.

Maggie no notó el martillo entrar en contacto con su nuca. El golpe sonó como cuando alguien pisa un foco, un chasquido y un crujido. Vio una ráfaga de luz blanca brillante. El sombrero flexible salió volando y girando en el aire como un *frisbee*. Sus pies continuaban corriendo por el asfalto, pero cuando bajó la vista se dio cuenta de que en realidad pedaleaban en el aire. La habían levantado del suelo.

Al caer chocó contra el costado del coche. Rebotó, golpeó el pavimento y salió dando vueltas, agitando los brazos. Rodó y rodó hasta terminar de espaldas contra la acera. Tenía la mejilla pegada al áspero asfalto. *Pobre Maggie,* pensó Maggie, con compasión muda pero sincera.

Comprobó que no podía levantar la cabeza ni tampoco girarla. Por el rabillo del ojo vio que tenía la pierna izquierda doblada hacia dentro a la altura de la rodilla, y la articulación retorcida de una manera por completo antinatural.

La bolsa de letras había aterrizado cerca de su cabeza y vomitado fichas por el aparcamiento. Vio una T y una U. Con ellas podía formarse la palabra TU. *¿Sabes que te estás muriendo, señorita Leigh? No, pero si TÚ lo dices...,* pensó y tosió de una forma que podía haber pasado por risa. Una burbuja rosa le salió de los labios. ¿Cuándo se le había llenado la boca de sangre?

Wayne bajó de la acera al estacionamiento balanceando los brazos atrás y adelante. Su cara tenía un brillo blanquecino y enfermizo, pero sonreía mostrando una boca llena de dientes nuevos y relucientes. Le rodaban lágrimas por la cara.

—Estás rara —dijo—. ¡Ha sido muy divertido!

Parpadeaba para evitar llorar. Se pasó el dorso de una mano por la cara, distraído, y un manchurrón brillante se le dibujó en la suave mejilla.

El coche estaba parado a unos tres metros. La puerta del conductor se abrió y unas botas se posaron en el asfalto.

—Pues a mí no me ha parecido nada divertido que chocara contra el Espectro —dijo Manx—. Me ha hecho una buena abolladura. Aunque más abollada está aún esta zorra famélica, la verdad sea dicha. Métete en el coche, Wayne. Nos quedan unos cuantos kilómetros si queremos llegar a Christmasland antes de que salga el sol.

Wayne apoyó una rodilla en el suelo, junto a Maggie. Las lágrimas habían dejado regueros rojos en sus pálidas mejillas.

Tu madre te quiere, se imaginó Maggie diciéndole, pero lo único que salió de sus labios fueron sangre y un silbido. Intentó entonces decírselo con los ojos. *Quiere que vuelvas.* Alargó la mano y Wayne se la cogió y la apretó.

—.siento Lo —dijo—. evitarlo podido he No

—No pasa nada —susurró Maggie sin decirlo en realidad, solo moviendo los labios.

Wayne le soltó la mano.

—Descansa —le dijo—. Descansa aquí y sueña con algo bonito. ¡Sueña con Christmasland!

Se puso en pie y salió corriendo hasta perderse de vista. Una puerta se abrió. Otra puerta se cerró.

Maggie miró las botas de Manx. Casi pisaba las fichas de Scrabble. Ahora veía más letras: una R, una U, una I y una N. con eso podía escribir RUIN. *Creo que me ha partido el cuello. ¡Qué cabrón más ruin!*

—¿Por qué sonríes? —preguntó Manx con una voz repentinamente llena de odio—. ¿Es que tienes alguna razón para sonreír? Te vas a morir y yo en cambio voy a vivir. Tú podrías haber vivido también. Al menos un día más. Había cosas que quería saber... Como, por ejemplo, a quién más le has hablado de mí. Quería... ¡Haz el favor de mirarme cuando te hablo!

Maggie había cerrado los ojos. No quería mirarle la cara al revés, desde el suelo. El problema no era que Manx fuera feo, sino que era estúpido. El problema era cómo abría la boca abierta dejando ver su prognatismo y sus dientes marrones y torcidos. El problema era cómo le sobresalían los ojos del cráneo.

Manx le puso una bota en el estómago. De haber existido la justicia en este mundo, Maggie no debería ni haberlo notado. Pero no hay justicia, así que gritó. ¿Quién iba a saber que era posible sentir tanto dolor sin perder la conciencia?

—Y ahora escúchame. ¡No tenías por qué morir así! ¡No soy tan mala persona! Soy amigo de los niños y no le deseo mal a nadie, excepto a los que tratan de impedirme hacer mi trabajo. Tú no tenías por qué haberte enfrentado a mí. Pero lo hiciste y mira de lo que te ha servido. Yo voy a vivir para siempre, lo mismo que el niño. Estaremos dándonos a la buena vida mientras tú te pudres en un ataúd. Y...

Entonces Maggie lo entendió. Unió las letras y vio lo que decían. Lo entendió y profirió un bufido acompañado de una rociada de sangre que salpicó las botas de Manx. Era un sonido inconfundible. De carcajada.

Manx dio un salto hacia atrás, como si Maggie hubiera intentado morderle.

—¿Qué tiene de divertido? ¿Qué tiene de divertido que te vayas a morir y yo no? Me voy a marchar y no hay nadie que pueda detenerme y tú te vas a desangrar aquí. Así que ¿se puede saber qué te hace tanta gracia?

Maggie trató de decírselo. Movió los labios formando la palabra, pero lo único que salió de ellos fue un estertor y más sangre. Había perdido toda capacidad de hablar y saberlo le producía cierto alivio. Se acabó el tartamudear. Se acabó intentar desesperadamente hacerse entender mientras su lengua se negaba a colaborar.

Manx se irguió cuan largo era dando patadas a las letras, dispersándolas, dispersando la palabra que formaban si prestabas un poco de atención: TRIUMPH. Es decir, *triunfo*.

Se alejó deprisa, deteniéndose solo para coger el sombrero de Maggie del suelo, sacudirle el polvo al ala y ponérselo. Una puerta se cerró. La radio se encendió y Maggie oyó el tintineo de campanillas de Navidad y una cálida voz de hombre que decía: *Navidad, Navidad, dulce Navidad...*

El coche metió una marcha y empezó a moverse. Maggie cerró los ojos.

TRIUMPH: cuarenta y cinco puntos si usabas una casilla de triple tanto de palabra y doble tanto de letra. *TRIUMPH*, pensó Maggie. Gana Vic.

Hampton Beach, New Hampshire

Vic empujó la puerta y entró en Terry's Primo Subs, donde el aire era caliente y húmedo y estaba cargado de olor a aros de cebolla dorándose en la freidora.

Pete estaba detrás de la barra. El bueno de Pete, con la cara quemada por el sol y una línea color cinc que le bajaba por la nariz.

—Sé a qué has venido —dijo Pete metiendo la mano debajo de la barra—. Tengo algo para ti.

—No —dijo Vic—. Me importa una mierda la pulsera de mi madre. Estoy buscando a Wayne. ¿Has visto a Wayne?

Le confundía estar de nuevo en Terry's, agachando la cabeza para no darse con las tiras de papel matamoscas. Pete no podía ayudarla a encontrar a Wayne y estaba furiosa consigo misma por perder el tiempo allí cuando tenía que estar buscando a su hijo.

La sirena de una patrulla aulló desde la calle. A lo mejor alguien había visto el Espectro. A lo mejor habían encontrado a Wayne.

—No —dijo Pete—. No es una pulsera. Es otra cosa.

Se agachó detrás de la caja registradora y sacó un martillo plateado que colocó sobre la barra. Tenía sangre y pelos pegados en el lado que hacía daño.

Vic notó como el sueño se estrechaba a su alrededor, como si el mundo fuera una bolsa gigante de celofán y de repente se encogiera y cerrara sobre sí misma.

—No —dijo—. No lo quiero. Eso no es lo que he venido a buscar. Eso no me sirve.

Fuera, la sirena de policía se calló con una flatulencia ahogada.

—Yo creo que sí sirve —dijo Charlie Manx con una mano en el mango estriado. Era él quien estaba detrás de la barra y no Pete. Era Charlie Manx vestido de cocinero, con un delantal manchado de sangre, sombrero blanco de dos picos y una raya color zinc que le bajaba por la nariz—. Y lo que fue útil una vez lo sigue siendo, por muchas cabezas que haya partido.

Levantó el martillo.

Vic chilló, se apartó de él y salió del sueño para entrar en

La vida real

Se despertó, consciente de que era tarde y de que algo iba mal.

Oía voces amortiguadas por la piedra y la distancia y supo que eran masculinas, aunque no lograba entender lo que decían. Le llegaba un tenue olor a fósforo quemado. Tuvo el presentimiento de que mientras dormía, encerrada en el sarcófago de medicamentos de Maggie, algo grave había ocurrido.

Se incorporó con la sensación de que tenía que vestirse y salir de allí.

Pasados unos instantes se dio cuenta de que ya estaba vestida. Ni siquiera se había quitado las deportivas antes de quedarse dormida. Tenía la rodilla izquierda de un color violeta tóxico y más gorda que las de Lou.

Una vela roja alumbraba la oscuridad y proyectaba una sombra en el cristal del acuario. En la mesa había una nota; Maggie le había dejado una nota antes de irse. Qué detalle por su parte. Su pisapapeles con forma de pistola del calibre 38 de Chéjov la mantenía en su sitio. Vic esperaba que fueran instrucciones, una serie de pasos sencillos que le devolverían a Wayne, le solucionarían el dolor de la pierna, también el de la cabeza y, en última instancia, la vida. A falta de eso, una nota de Maggie que dijera dónde había ido sería suficiente.

«Voy al Búho Nocturno a por fideos y drogas. Vuelvo enseguida. xoxo».

Oyó de nuevo las voces. Alguien le dio una patada a una lata de cerveza no lejos de allí. Se estaban acercando, estaban casi al lado y si Vic no apagaba la vela entrarían en el ala de la biblioteca infantil y verían la luz detrás del acuario. Mientras pensaba esto era consciente de que era ya casi demasiado tarde. Oyó cristales rotos y tacones de botas que se acercaban.

Se levantó de un salto, pero la rodilla la traicionó y cayó al suelo ahogando un grito.

Cuando trató de levantarse, la pierna se negó a cooperar. La estiró hacia atrás con mucho cuidado —cerrando los ojos y empujando a pesar del dolor— y a continuación se arrastró por el suelo ayudándose de los nudillos y del pie derecho, una postura que, además de dolorosa, era de lo más humillante.

Con la mano derecha agarró el respaldo de la silla de oficina y con la izquierda el borde de la mesa. Usó las dos para impulsarse y quedó inclinada sobre el escritorio. Los hombres estaban en la otra habitación, justo al otro lado de la pared. Sus linternas aún no iluminaban el acuario, y Vic decidió que era posible que no hubieran reparado todavía en la débil llama de la vela. Cuando se inclinó para apagarla se encontró leyendo la nota escrita en papel con membrete de la biblioteca de Aquí.

«CUANDO LOS ÁNGELES CAEN, LOS NIÑOS VUELVEN A CASA»

El papel tenía salpicaduras de agua, como si tiempo atrás alguien hubiera leído el mensaje y llorado.

Oyó una de las voces de la habitación contigua. *Hank, hay una luz.* A esto le siguieron, un instante después, voces entrecortadas que hablaban por un *walkie-talkie*, un emisor transmitiendo un mensaje en código. Había un 10-57 en la biblioteca pública, seis agentes habían respondido a la llamada, víctima encontrada muerta. Vic se disponía a doblarse para apagar la vela, pero al oír «víctima muerta» se interrumpió. Siguió inclinada con los labios apretados, pero se había olvidado de lo que tenía intención de hacer.

La puerta a su espalda se movió y la madera chocó con la piedra, desplazando un trozo de cristal que tintineó.

—Perdone, señora —dijo una voz a su espalda—. ¿Podría venir aquí? Por favor, mantenga las manos donde yo las vea.

Vic cogió la pistola de Chéjov, se volvió y le apuntó al pecho.

—No.

Eran dos. Ninguno había sacado el arma, lo que no la sorprendió. Dudaba de que la mayoría de agentes de policía desenfundara su arma estando de servicio ni siquiera una vez al año. Ambos eran muchachos blancos regordetes. El de delante la apuntaba con una potente linterna. El otro estaba en la puerta, con medio cuerpo todavía en la biblioteca infantil.

—¡Eh! —gritó el muchacho con la linterna—. ¡Lleva un arma!

—Calladitos y sin moverse —dijo Vic—. Apartad las manos de los cinturones y tú, baja esa linterna. Me está dando en los ojos, joder.

El policía soltó la linterna, que se apagó en el momento en que tocó el suelo, para después rodar.

Allí estaban los dos, pecosos, rechonchos y asustados, uno de ellos probablemente venía de entrenar con su hijo para un partido de la liga infantil al día siguiente. Al otro probablemente le gustaba ser policía porque así le daban malteadas gratis en el McDonald's. Ambos le recordaron a niños jugando a los disfraces.

—¿Quién ha muerto? —dijo.

—Señora, tiene que bajar el arma. No queremos que nadie salga herido —dijo el policía con una voz temblorosa y titubeante como la de un adolescente.

—¿Quién? —repitió Vic ahogando un grito que le subía por la garganta—. Han dicho por la radio que alguien había muerto. ¿Quién? Dímelo ahora mismo.

—Una mujer —dijo el hombre que se había quedado detrás, en la puerta. El primero había levantado los brazos, con las palmas hacia delante. Vic no podía ver lo que hacía el otro con las manos —probablemente estaba sacando el arma— pero de momento no le importaba. Estaba atrapado detrás de su compañero, así que tendría que dispararle a él para alcanzarla a ella—. Una mujer sin identificar.

—¿De qué color tenía el pelo? —gritó Vic.

El segundo hombre dijo:

—¿La conocía?

—¡Que de qué color tenía el pelo, mierda!

—Medio naranja. Naranja tipo refresco. ¿La conoce? —preguntó el segundo policía, que seguramente ya había sacado la pistola.

Le costaba trabajo asimilar que Maggie estuviera muerta. Era como si alguien le pidiera que hiciera fracciones mixtas mientras tenía un resfriado de nariz. Demasiado trabajo y demasiado confuso. Solo un momento antes habían estado acostadas juntas en el sofá, Maggie con un brazo alrededor de su cintura y sus piernas contra sus muslos. Con el calor de su cuerpo, Vic se había dormido enseguida. Le llenaba de perplejidad que hubiera ido a alguna parte y hubiera muerto mientras ella seguía durmiendo. Ya era bastante malo que solo días atrás le hubiera gritado, insultado y amenazado. Pero es que esto era aún peor, haber estado durmiendo tranquilamente mientras Maggie andaba por las calles era cruel y desconsiderado.

—¿Cómo ha sido? —preguntó.

—Un coche, probablemente. Tiene pinta de haber sido atropellada. Por Dios, baje el arma. Baje el arma y hablemos.

—Mejor no —dijo Vic, y se volvió para apagar la vela sumiendo a los tres en

La oscuridad

Vic no intentó correr. Para el caso, era lo mismo que intentar volar.

En lugar de ello retrocedió deprisa, rodeó la mesa y se pegó a la pared dando la cara a los policías. La negrura era absoluta, una geografía de la ceguera. Uno de los policías gritó y avanzó a tientas. Hubo ruido de tacones de botas. Vic dedujo que el de atrás había empujado al otro para que se apartara.

Vic tiró el pisapapeles, que chocó, rebotó y rodó alejándose por el suelo. Eso les daría algo en qué pensar, una pista falsa que les despistaría. Empezó a moverse con cuidado de no doblar la pierna izquierda y de no poner en ella demasiado peso. Notó más que vio una estantería metálica a su derecha y se deslizó detrás de ella. En algún lugar de aquel mundo nocturno, un policía tiró la escoba que había apoyada en la pared y que cayó con un golpe seco seguido de un aullido de susto.

Vic tocó con un pie el borde de un peldaño. *Si tienes que salir corriendo, mantente a la derecha y sigue bajando escaleras*, le había dicho Maggie, aunque Vic no recordaba cuándo. En algún lugar al final de un número de escalones imposible de adivinar había una salida a toda aquella oscuridad. Vic bajó.

Se movía a saltitos y cuando el talón pisó un libro húmedo y esponjoso estuvo a punto de caer de espalda. Pero se apoyó en la pared, recuperó el equilibrio y continuó. Oyó gritos a su espalda, de más de dos hombres ya. La respiración le raspaba la garganta y recordó de nuevo que Maggie había muerto. Quería llorar por ella, pero tenía los ojos tan secos que le dolían. Quería que la muerte de Maggie lo volviera todo quieto y silencioso —tal y como debían ser las cosas en una biblioteca— pero en lugar de ello había policías dando alaridos, respiración agitada y el latido de su propio pulso.

Bajó a saltos un último y corto tramo de escaleras y vio un retazo de oscuridad nocturna que resaltaba contra la negrura más espesa de las estanterías. La puerta trasera estaba entreabierta, sujeta con un trozo de piedra.

Se detuvo a medida que se acercaba, imaginando que se asomaría y vería un festival de agentes de policía en el campo embarrado que había detrás de la biblioteca, pero cuando se asomó no había nadie. Estaban todos en el lado opuesto del edificio, el que daba al este. Su moto estaba sola, cerca del banco, donde la había dejado. El río Cedar burbujeaba y se agitaba. El Atajo no estaba, pero tampoco Vic había esperado encontrarlo.

Abrió la puerta del todo y se agachó por debajo de la cinta amarilla, manteniendo la pierna izquierda estirada y avanzando con esfuerzo y a saltitos irregulares. El aire espeso, caluroso y húmedo de la noche traía el sonido de los escáneres policiales. No veía coches de la policía, pero uno llevaba puestas las luces de fiesta y su halo estroboscópico iluminaba la oscuridad densa y turbia por encima de la biblioteca.

Vic se subió a la Triumph, quitó la pata de cabra y aceleró.

La moto se puso en marcha.

La puerta trasera de la biblioteca se abrió. El policía que salió por ella —después de romper la cinta— sostenía una pistola con ambas manos y apuntaba al suelo.

Vic dio la vuelta a la Triumph trazando un círculo lento y cerrado, deseando que el puente estuviera allí, sobre el río Cedar. Pero no estaba. Circulaba a menos de un kilómetro por hora, lo que, sencillamente, no era velocidad suficiente. Nunca había encontrado el Puente del Atajo yendo tan despacio. Era cuestión de velocidad y de poner la mente en blanco, de dejar de pensar y concentrarse en montar.

—¡Bájese de la moto! —gritó el policía y echó a correr hacia Vic mientras apuntaba con la pistola a un lado.

Vic llevó la moto hasta el estrecho camino que discurría detrás de la biblioteca, metió la segunda y empezó subir por la ladera. El viento le agitaba la melena apelmazada por la sangre.

Recorrió el camino trasero hasta llegar a la puerta principal del edificio. La biblioteca estaba en una avenida ancha y llena de coches policiales cuyas luces estroboscópicas palpitaban en la noche. Al oír el motor de la moto, algunos hombres de azul se volvieron a mirar. También había una pequeña multitud de curiosos detrás de vallas amarillas, siluetas oscuras que estiraban el cuello con la esperanza de ver un poco de sangre. Una de las patrullas estaba estacionada de manera que bloqueaba la estrecha carretera que salía de la parte trasera del edificio.

Estás acorralada, imbécil, pensó Vic.

Giró la moto para volver por donde había venido. La Triumph rodó por el asfalto como si volara desde un precipicio. Vic metió tercera y siguió acelerando. Dejó atrás la biblioteca, a la izquierda, y bajó hacia el prado embarrado de dos hectáreas donde Maggie había estado aguardándola. Un policía la esperaba ahora junto al banco.

Para entonces la Triumph iba ya a más de sesenta kilómetros por hora. Vic puso rumbo al río.

—Funciona, joder, funciona —dijo—. No tengo tiempo para tus estupideces.

Metió cuarta y el único faro voló sobre el asfalto, la tierra y la turbulencia marrón terrosa del río. Vic se precipitó hacia el agua. Quizá, si tenía mucha suerte, se ahogaría. Mejor eso que ser arrestada y encerrada sabiendo que Wayne iba camino de Christmasland sin que ella pudiera hacer nada por evitarlo.

Cerró los ojos y pensó. *A la mierda, a la mierda, a la mierda.* Era quizá la primera plegaria sincera que decía en su vida. La sangre le rugía en los oídos.

La moto entró en contacto con el suelo de barro y lo cruzó en dirección al río y entonces Vic escuchó madera golpetear bajo los neumáticos y la moto empezó a cabecear y a derrapar. Cuando abrió los ojos se encontró tiritando en la oscuridad y circulando sobre los tablones carcomidos del Puente del Atajo. Al otro lado solo había más oscuridad. Lo que le rugía en los oídos no era sangre, sino ruido blanco. Una tormenta de luz blanca bramaba entre las grietas de las paredes. Todo el puente inclinado parecía temblar por el peso de la moto.

Pasó junto a su vieja Raleigh cubierta de telarañas, y entró en una oscuridad húmeda, que olía a insectos y a pinos. La rueda trasera se aferraba a la tierra blanda. Vic pisó el freno que no funcionaba y después accionó con la mano el que sí. La moto se atravesó antes de detenerse. El suelo estaba cubierto de un ligero lecho de musgo que se quedaba pegado a las ruedas de la Triumph como una alfombra deshilachada.

Vic estaba en un pequeño terraplén, en algún lugar del pinar. De las ramas caía agua, aunque no llovía. Sujetó la moto mientras esta derrapaba y luego apagó el motor y bajó la pata de cabra.

Se volvió para mirar el puente. En el otro extremo podía ver la biblioteca y al policía pecoso de piel blancuzca de pie, justo delante del Atajo. Se volvió despacio y estudió la entrada a este. En cualquier momento pondría un pie dentro.

Vic cerró los ojos con fuerza y agachó la cabeza. El ojo izquierdo le dolía como si le hubieran clavado un cerrojo metálico en el cerebro.

—¡Vete! —gritó con los dientes apretados.

Hubo un gran estruendo, como si alguien hubiera cerrado una puerta gigantesca y después una onda expansiva de aire caliente —un aire que olía a ozono, igual que una sartén quemada— estuvo a punto de derribar la moto y a Vic con ella.

Levantó la vista. Al principio no distinguía gran cosa por el ojo izquierdo. Tenía la visión oscurecida por manchas borrosas, como salpicaduras de agua embarrada en una ventana. Pero con el otro vio que el puente había desaparecido y dejado detrás unos pinos muy altos cuyos troncos rojizos brillaban a causa de una lluvia reciente.

¿Y qué había sido del policía? Vic se preguntó si habría llegado a poner un pie en el puente o asomado la cabeza. ¿Qué pasaba si una parte de él se había quedado dentro?

Imaginó un niño poniendo los dedos debajo del filo de un cúter y a continuación bajando la cuchilla.

—Ya no hay nada que hacer —dijo, y se estremeció.

Se volvió para inspeccionar por primera vez el lugar. Estaba detrás de una casa de madera de una sola planta con luz que salía de la ventana de la cocina. Más allá, al otro lado de la cabaña, un largo sendero de grava conducía a una carretera. Vic no conocía aquel sitio, pero pensó que sabía dónde estaba y al instante siguiente estuvo segura. Seguía a horcajadas sobre la moto cuando la puerta trasera de la casa se abrió y un hombre pequeño y delgado apareció detrás de-mosquitero, escudriñando ladera arriba, hacia donde ella se encontraba. Vic no podía verle la cara, pero le reconoció por la silueta y por la manera en que ladeaba la cabeza, aunque llevaba más de diez años sin verle.

Por fin había llegado a la casa de su padre. Había conseguido dar esquinazo a la policía y llegar hasta Chris McQueen.

Dover, New Hampshire

UN RUIDO FUERTE Y SECO, COMO EL DE LA PUERTA MÁS GRANDE del mundo cerrándose de golpe. Un chirrido electrónico. El rugido ensordecedor de la electricidad estática.

Tabitha Hutter chilló y se quitó los auriculares.

Daltry, que estaba sentado a su derecha, se sobresaltó, pero siguió con los cascos puestos unos momentos más y la cara retorcida en una mueca de dolor.

—¿Qué ha sido eso? —le preguntó Hutter a Cundy.

Había cinco policías en la parte trasera de una camioneta que llevaba escrito KING BOAR DELI en uno de los lados. Una alusión porcina de lo más apropiada, ya que dentro estaban apretados como salchichas. La camioneta estaba estacionada cerca de una gasolinera CITGO al otro lado de la carretera y a unos treinta metros al sur del camino que llevaba a la casa de Chris McQueen.

Tenían equipos apostados en el bosque, más próximos a la cabaña de McQueen, con cámaras de vídeo y micrófonos parabólicos. Luego transmitían el material que iban grabando a la furgoneta. Hasta hacía un momento Hutter había podido ver la carretera en un par de monitores, teñida del color esmeralda sobrenatural de las cámaras de visión nocturna. Ahora, sin embargo, las pantallas no mostraban más que una tormenta de nieve verde.

Con la imagen, habían perdido también el sonido. Hasta hacía un momento Hutter había estado escuchando a Chris McQueen y Lou Carmody susurrar en la cocina. McQueen le había preguntado a Lou si quería un café. Al instante siguiente ambos habían desaparecido y los había reemplazado un rugido furioso de interferencias radiofónicas.

—No lo sé —dijo Cundy—. Se nos ha ido todo —pulsó el teclado de su pequeña computadora, pero la pantalla era una superficie lisa de cristal negro—. Es como si hubiéramos tenido un ataque de pulso electromagnético, joder.

Cundy resultaba gracioso cuando decía groserías, ya que era un hombre negro menudo de voz aflautada y restos de acento británico que pretendía hacerse pasar por alguien formado en las calles en lugar de en el MIT.

Daltry se quitó los auriculares. Luego consultó su reloj y rio con una risa seca y asombrada que sugería cualquier cosa menos diversión.

—¿Qué pasa? —preguntó Hutter.

Daltry giró la muñeca para enseñarle la esfera del reloj. Parecía tener casi los mismos años que él, era un reloj de esfera clásica y una gastada correa metálica color plata que seguramente en otro tiempo estuvo pintada de manera que pareciera oro. La manecilla del segundero daba vueltas y vueltas, hacia atrás. Las de las horas y los minutos estaban petrificadas, perfectamente quietas.

—Ha matado a mi reloj —dijo y rio de nuevo, esta vez mirando a Cundy—. ¿Esto lo has hecho tú? ¿Tu montaje electrónico? ¿Acabas de cargarte toda la instalación y de paso también mi reloj?

—No sé qué ha sido —dijo Cundy—. Igual le ha caído un rayo.

—¿Qué rayo ni qué niño muerto? ¿Es que oyes algún trueno?

—Yo sí he oído algo retumbar —dijo Hutter—. Justo cuando todo se ha cortado.

Daltry metió una mano en el bolsillo del abrigo, sacó un cigarrillo, luego pareció recordar que Hutter estaba a su lado y la miró largo rato de reojo y con desilusión. Volvió a meterse la cajetilla en el bolsillo.

—¿Cuánto tardaréis en recuperar la imagen y el sonido? —preguntó Hutter.

—Igual ha sido una mancha solar —dijo Cundy como si Hutter no hubiera hablado—. He oído que se avecina una tormenta solar.

—Mancha solar —dijo Daltry y juntó las palmas de las manos como si fuera a rezar—. Así que una mancha solar, ¿no? Se nota que has ido seis años a la universidad y que te has licenciado en neurociencia o algo por el estilo, porque hace falta verdadero talento para creerse una pendejada semejante. Por si no te habías dado cuenta, es de noche, puto autista.

—¡Cundy! —dijo Hutter antes de que Cundy se levantara de su silla y ambos hombres se embarcaran en un concurso para descubrir quién la tenía más larga—. ¿Cuándo recuperaremos la conexión?

Cundy se encogió de hombros.

—No lo sé. ¿Cinco minutos? ¿Diez? ¿Lo que tardemos en reiniciar el sistema? A no ser que haya estallado una guerra nuclear, en ese caso seguramente tardaremos más.

—Bueno, pues voy a ver si diviso el hongo gigante —dijo Hutter mientras se levantaba del banco y se desplazaba de lado hacia las puertas traseras de la camioneta.

—Eso —dijo Daltry— Yo también. Si hay misiles volando quiero fumarme un pitillo antes de desaparecer de la faz de la tierra.

Hutter bajó el picaporte, abrió la pesada puerta metálica que daba a la noche húmeda y saltó. De las farolas colgaba neblina y la noche bullía con el estridor de insectos. Al otro lado de la calle, las luciérnagas iluminaban helechos y matojos en fogonazos color verde vaporoso.

Daltry se agachó al lado de Hutter y le chasquearon las rodillas.

—Por Dios —dijo—. No esperaba seguir vivo a esta edad.

La compañía de Daltry no solo no alegraba a Hutter, sino que la hacía más consciente de su soledad. El último hombre con el que había salido le había dicho una cosa, poco antes de romper: «No sé, igual es que soy aburrido, pero cada vez que salimos a cenar tengo la sensación de que estás en otra parte. Vives dentro de tu cabeza y yo no. Y no tienes sitio para mí. No sé, igual conseguiría interesarte más si fuera un libro».

Entonces Hutter le había odiado y también se había odiado un poco a sí misma, pero después, en retrospectiva, había decidido que incluso si aquel hombre en concreto hubiera sido un libro, habría sido uno de la sección Negocios y Finanzas, ante la que sin duda ella habría pasado de largo de camino al pasillo de Fantasía y Ciencia Ficción.

El estacionamiento estaba casi vacío. Hutter veía el interior de la gasolinera CITGO a través de los grandes ventanales. El paquistaní que estaba en la caja no hacía más que mirarles, nervioso. Hutter le había explicado que no le vigilaban a él, que el gobierno federal le agradecía su colaboración, pero sin duda estaba convencido de que le habían intervenido el teléfono y que le consideraban un terrorista en potencia.

—¿Crees que deberíamos haber ido a Pensilvania? —preguntó Daltry.

—En función de cómo salga esto, igual voy yo mañana.

—Menuda película de terror, puta —dijo Daltry.

Durante toda la noche Hutter no había dejado de recibir mensajes de voz y correos electrónicos sobre la casa de Bloch Lane, en Sugarcreek. Habían aislado el lugar con una carpa y para entrar uno tenía que ponerse un traje de goma y una máscara antigás. Estaban tratando la casa como si estuviera contaminada con el virus Ébola. Una docena de expertos de la policía científica, tanto estatales como federales, estaba poniendo la vivienda patas arriba. Habían pasado toda la tarde sacando huesos de detrás de una de las paredes del sótano. El tipo que había vivido allí, Bing Partridge, había disuelto casi todos los restos mortales con cloro, pero aquello que no logró destruir había decidido almacenarlo, de manera muy similar a como una abeja almacena la miel, en pequeñas celdas recubiertas ligeramente de barro.

No le había dado tiempo a disolver a su última víctima, un hombre llamado Nathan Demeter, de Kentucky, el cadáver que Vic

McQueen había mencionado por teléfono. Demeter había desaparecido más de dos meses atrás junto con su Rolls-Royce de época modelo Espectro. Lo había comprado en una subasta federal más de una década antes.

Su anterior propietario había sido Charles Talent Manx, ex residente de la prisión federal de Englewood, en Colorado.

Demeter había mencionado a Manx en la nota que había escrito poco antes de morir estrangulado. Había escrito mal el nombre, pero quedaba claro de quién hablaba. Hutter había visto la nota escaneada y la había leído una docena de veces.

Tabitha Hutter había estudiado el sistema de clasificación de Dewey y había ordenado los libros que tenía en su apartamento de Boston de acuerdo con el mismo. Tenía una caja de plástico con recetas cuidadosamente manuscritas, ordenadas por región y tipo de cocina (plato principal, entrantes, postres y una categoría llamada «TPC» para tentempiés postcoitales). Cada vez que desfragmentaba su disco duro experimentaba un placer secreto y casi culpable.

En ocasiones pensaba en su mente como un apartamento futurista con suelos de cristal transparente, escaleras también de cristal transparente y muebles hechos de plástico claro en el que todo parecía flotar: limpio, impoluto, ordenado.

Pero ahora su cerebro no estaba así, y cuando trataba de pensar en lo ocurrido en las últimas setenta y dos horas se sentía abrumada y confusa. Quería creer que la información traía consigo claridad. Sin embargo, y no por primera vez en su vida, tenía la sensación de que estaba ocurriendo exactamente lo contrario. La información en este caso era como un frasco de moscas, y si le quitabas la tapa era imposible conseguir volver a meterlas todas.

Inhaló el olor musgoso de la noche, cerró los ojos y procedió a catalogar las moscas:

Victoria McQueen había sido raptada a la edad de diecisiete años por Charles Manx, un hombre que casi sin duda había secuestrado a más personas. Entonces conducía un Rolls-Royce Espectro, un modelo de 1938. Vic logró escapar y Manx fue a la cárcel por cruzar con ella fronteras entre estados y asesinar a un soldado en servicio activo. Pero en cierto sentido Vic no había logrado escapar de Manx en absoluto. Al igual que muchos otros supervivientes de episodios traumáticos y posibles abusos sexuales, continuó siendo una prisionera… de sus adicciones, de su locura. Robó cosas, consumió drogas, tuvo un niño sin estar casada y pasó por una sucesión de relaciones fracasadas. Lo que Charlie Manx no había conseguido hacerle, había intentado hacérselo ella misma desde entonces.

Manx había pasado cerca de veinte años encerrado en la cárcel de máxima seguridad de Englewood. Después de permanecer en coma intermitente durante una década, había muerto la primavera anterior. El forense había calculado que tenía noventa años, aunque nadie conocía su edad exacta, y mientras seguía lúcido, él mismo había afirmado tener ciento dieciséis. Unos vándalos habían robado su cadáver del depósito, pero sobre su muerte no había dudas. Su corazón había pesado doscientos noventa gramos, poco para un hombre de su tamaño. Hutter lo había visto en una fotografía.

McQueen afirmaba haber sido atacada de nuevo, solo tres días antes, por Charles Manx y un hombre con una máscara antigás, y afirmaba también que esos hombres se habían marchado con su hijo de doce años en el asiento trasero de un Rolls-Royce modelo antiguo.

Dudar de su versión había sido razonable. Le habían dado una fuerte paliza, pero era posible que las heridas se las hubiera hecho su hijo de doce años en defensa propia. En el césped había rastros de neumáticos, pero podían ser tanto de moto como de coche, ya que la tierra húmeda y blanda no conservaba huellas identificables. Vic McQueen afirmaba que le habían disparado, pero los de la policía científica no habían encontrado una sola bala.

Pero lo que resultaba más incriminatorio de todo era que McQueen había contactado en secreto con una mujer, Margaret Leigh, una prostituta y drogadicta del interior del país que parecía tener información sobre el niño desaparecido. Cuando se le preguntó sobre su relación con Leigh, McQueen huyó en una moto sin llevarse ningún tipo de equipaje. Y había desaparecido lo mismo que si se la hubiera tragado la tierra.

Había sido imposible localizar a la señora Leigh. Había vivido en una serie de refugios en Iowa e Illinois, llevaba desde 2008 sin pagar impuestos y sin empleo. Su vida tenía connotaciones inconfundiblemente trágicas. En otro tiempo había sido bibliotecaria y una popular si bien algo excéntrica jugadora de torneos de Scrabble de su localidad. También tenía fama de pitonisa aficionada que, de tanto en tanto, colaboraba con las fuerzas de la ley. ¿Qué quería decir aquello?

Y luego estaba el martillo. Hutter llevaba varios días ya pensando en el martillo. Cuanta más información tenía, más le daba que pensar aquel martillo. Si Vic hubiera querido inventarse una patraña sobre que la habían atacado, ¿por qué no decir que Manx le había pegado con un bate de béisbol, una azada o una palanca? En lugar de ello había descrito un arma que tenía que ser un martillo forense, el mismo que había desaparecido junto con el cuerpo de Manx, un detalle que nunca se incluyó en las noticias de la desaparición publicadas en la prensa.

Por último estaba Louis Carmody, amante ocasional de Vic McQueen, padre de su hijo y el hombre que la había rescatado de Charles Manx años atrás. La estenosis de Carmody no era simulada; Hutter había hablado con la médico que le trató y esta le había confirmado que había tenido uno, posiblemente dos, «preinfartos» en el curso de una semana.

—No debería haber dejado el hospital —le dijo la doctora a Hutter, como si esta tuviera la culpa de su marcha. En cierto sentido era así—. Sin una angioplastia, el más mínimo estrés podría desencadenar una cascada isquémica. ¿Lo entiende? Una avalancha en el cerebro. Un infarto agudo.

—Lo que está diciendo es que puede morir —había dicho Hutter.

—En cualquier momento. Cada minuto que pasa fuera del hospital es como si estuviera tumbado en mitad de la carretera. Tarde o temprano le atropellarán.

Y sin embargo Carmody se había marchado del hospital y cogido un taxi a la estación, a menos de un kilómetro de distancia. Una vez allí sacó un boleto para Boston, supuestamente en un torpe intento por despistar a las fuerzas del orden, y a continuación había ido andando a un establecimiento de la cadena CVS y hecho una llamada a Dover, New Hampshire. Cuarenta y cinco minutos más tarde, Christopher McQueen llegó en una camioneta y Carmody se subió al asiento del pasajero. Fin de los hechos.

—¿En qué crees que andaba metida Vic McQueen? —le preguntó Daltry.

La brasa de su cigarrillo ardía en la oscuridad, iluminando de forma siniestra sus facciones feas y escarpadas.

—¿Cómo que en qué andaba metida?

—Fue directa a ver a este tipo, Bing Partridge. Quería sacarle información sobre su hijo. Y lo consiguió, ¿no? Es evidente que andaba en tratos con alguna panda de retrasados mentales peligrosos. Por eso le quitaron al niño, ¿no crees? Sus socios querían darle una lección.

—Pues no lo sé —dijo Hutter—. Se lo preguntaré cuando la vea.

Daltry levantó la cabeza y expulsó humo en la pálida neblina.

—Me apuesto lo que quieras a que es tráfico de personas. O pornografía infantil. Eso tendría sentido, ¿no?

—No —dijo Hutter, y echó a andar.

Al principio solo quería estirar las piernas, impaciente por moverse. Caminar la ayudaba a pensar. Se metió las manos en los bolsillos de la chamarra del FBI y rodeó la furgoneta hasta llegar a donde empezaba la carretera. Cuando miró al otro lado de esta vio unas luces que se filtraban entre los pinos y procedían de la casa de Chris McQueen.

La médico había dicho que Carmody estaba tirado en la carretera esperando a que lo atropellaran, pero no era así. La cosa era todavía peor. Iba por el centro de la carretera, caminando voluntariamente contra el tráfico. Porque en aquella casa había algo que necesitaba. No, incorrecto. Algo que *Wayne* necesitaba. Y se trataba de algo tan importante que cualquier otra consideración, incluida la super-vivencia del propio Lou, pasaba a segundo plano. Algo que estaba allí, en esa casa, a sesenta metros de ella.

Daltry la alcanzó justo cuando cruzaba la carretera.

—¿Qué vamos a hacer?

—Voy a quedarme con uno de los equipos de vigilancia —dijo Hutter—. Así que si quieres venir, apaga el cigarrillo.

Daltry lo tiró en la carretera y lo apagó con el pie.

Después de cruzar la autopista, continuaron por el arcén, de grava. Estaban a menos de quince metros del camino que conducía a la cabaña de Chris McQueen cuando oyeron una voz.

—¿Hola? —dijo alguien en tono quedo.

Una mujer pequeña pero robusta con impermeable color azul oscuro salió de debajo de las ramas de una pícea. Era la oficial india, Chitra. Llevaba una linterna larga de acero inoxidable en una mano, pero no la encendió.

—Soy yo, Hutter. ¿Quiénes estáis ahí?

—Paul Hoover, Gibran Peltier y yo —eran uno de los dos equi-pos situados en los árboles vigilando la casa—. Algo ha pasado con el equipo. La parabólica no funciona y la cámara no se enciende.

—Lo sabemos —dijo Daltry.

—¿Qué ha pasado? —preguntó Chitra.

—Una mancha solar —dijo Daltry.

Casa de Christopher McQueen

Vic dejó la Triumph junto a los árboles, en una ligera elevación del terreno frente a la casa de su padre. Cuando se bajó de la moto todo le daba vueltas. Se sentía como una figurilla dentro de una bola de nieve, zarandeada por un niño pequeño y despiadado.

Empezó a bajar la pendiente y le sorprendió comprobar que era incapaz de caminar en línea recta. Si un policía la paraba ahora, dudaba de poder superar el test de alcoholemia, aunque no había bebido una sola gota. Entonces cayó en la cuenta de que si un policía la paraba, probablemente le colocaría las esposas y, de paso, le atizaría un par de porrazos.

A la silueta de su padre en la puerta trasera se le unió otra, la de un hombre grande de ancho pecho, una barriga enorme y un cuello más grueso que su afeitada cabeza. Era Lou. Vic le habría reconocido entre una multitud y desde ciento cincuenta metros de distancia. Dos de los tres hombres que la habían querido en su vida la miraban bajar trastabillando por la ladera. Solo faltaba Wayne.

Los hombres, pensó, eran uno de los pocos placeres asegurados de la vida, como una chimenea encendida en una fría noche de octubre, como el cacao, como las zapatillas de estar en casa. Sus torpes demostraciones de afecto, sus caras rasposas y su disposición a hacer lo que fuera necesario en cada momento —preparar unos huevos, cambiar un foco, coger con cariño— casi hacían que ser mujer resultase divertido.

Vic deseó no ser tan consciente de la enorme diferencia que había entre cómo la valoraban los hombres de su vida y su valor real. Tenía la impresión de haber pedido y esperado siempre demasiado y dado demasiado poco. Parecía tener incluso una tendencia perversa a esforzarse para que cualquiera que la conociera se arrepintiera de ello, a encontrar aquello que más escandalizara a esa persona y a continuación hacerlo para así obligarla a salir corriendo en un acto de autoprotección.

El ojo izquierdo era como una tuerca gigantesca que giraba, apretándose cada vez más dentro de su cuenca.

Durante los primeros doce pasos la rodilla izquierda se negó a flexionarse. Luego, cuando ya estaba cruzando el jardín trasero, se dobló sin avisar y Vic se cayó sobre ella. Fue como si Manx se la estuviera partiendo con su martillo.

Su padre y Lou salieron de la casa y corrieron hacia ella. Vic les hizo un gesto con la mano que parecía querer decir: *No os preocupéis, estoy bien.* No obstante comprobó que era incapaz de ponerse de pie. Ahora que la rodilla se había doblado se negaba a extenderse.

Su padre le pasó un brazo por la cintura y con la otra mano le tocó la mejilla.

—Estás ardiendo —dijo—. Por Dios, niña, vamos para dentro.

Le cogió un brazo, Lou cogió el otro y entre los dos la levantaron del suelo. Vic se volvió hacia Lou por un instante e inhaló profundamente. Su rostro redondo y velludo estaba pálido, brillante por el sudor y gotas de agua de lluvia le cubrían la cabeza calva. No por primera vez en su vida, Vic deseó que Lou no hubiera nacido ni en aquel siglo ni en aquel país. Habría sido un perfecto Little John y disfrutado de lo lindo pescando en el bosque de Sherwood.

Me alegraría muchísimo por ti, pensó, *si encontraras a una persona digna de ser querida.*

Su padre estaba a su otro lado y la sujetaba por la cintura con un brazo. En la oscuridad, separado de su pequeña cabaña rústica, era el mismo hombre de cuando Vic era niña, el que bromeaba con ella mientras le ponía banditas en las heridas y la llevaba a dar una vuelta en su Harley. Pero en cuanto puso un pie en la claridad proyectada por la luz que salía de la puerta abierta, Vic vio un hombre con pelo blanco y cara demacrada por los años. Tenía un bigote lamentable y una piel rugosa —la piel de un fumador empedernido— con profundos surcos en las mejillas. Los jeans le colgaban de un culo inexistente y tenía las piernas flacas como dos alambres de limpiar pipas.

—¿Por qué tienes pelos de coño en la cara, papá? —le preguntó.

Su padre la miró de reojo con expresión sorprendida y luego negó con la cabeza. Abrió la boca para decir algo, la cerró y volvió a negar con la cabeza.

Ni Lou ni su padre querían soltarla, de manera que tuvieron que ponerse de lado para entrar por la puerta. Chris pasó primero y la ayudó a cruzar el umbral.

Se detuvieron en un vestíbulo, a uno de cuyos lados había una lavadora y secadora y a otro, varios estantes. Su padre volvió a mirarla.

—Pero, Vic por Dios —dijo—. ¿Se puede saber qué te han hecho?

Y la sorprendió rompiendo a llorar.

Era un llanto ruidoso, ahogado y poco elegante que le sacudía los delgados hombros. Lloraba con la boca abierta, de manera que Vic le veía los empastes de las muelas. Ella también sintió ciertas ganas de llorar, pues se dio cuenta de que no debía de presentar mejor aspecto que él. Tenía la impresión de haber visto a su padre hacía muy poco —la semana anterior— y de haberlo encontrado en forma, ágil y preparado, con ojos serenos que parecían decir que no saldría corriendo ante nada. Aunque lo había hecho. Y ahora ¿qué? Ella no se había portado mucho mejor. En muchos sentidos, probablemente hasta se había portado peor.

—Pues tendrías que haber visto cómo quedó el otro —dijo.

Su padre emitió un sonido a medio camino entre el sollozo y la risa.

Lou miró a través del mosquitero. Al otro lado la noche olía a mosquitos, un aroma como a cables pelados, y también un poco a lluvia.

—Hemos oído un ruido —dijo—. Como un disparo.

—Pensé que era un tiroteo. O una bala que se le había escapado a alguien —dijo su padre.

Las lágrimas le rodaban por las curtidas mejillas y se quedaban suspendidas como perlas de su bigote sucio de nicotina. Solo le faltaban una estrella dorada en la solapa y un par de revólveres Colt.

—¿Era tu puente? —preguntó Lou con voz suave y queda por el asombro—. ¿Acabas de cruzarlo?

—Sí —dijo Vic—. Acabo de cruzarlo.

La llevaron hasta la pequeña cocina donde solo había una luz encendida, la de un plafón de cristal ahumado en el techo justo encima de la mesa. La habitación estaba tan pulcra como una cocina de exposición y el único signo de que alguien la usaba eran las colillas espachurradas en el cenicero color ámbar y los restos de humo de cigarrillo en el aire. Y el ANFO.

El ANFO estaba sobre la mesa, dentro de una mochila escolar con la cremallera abierto, en una pila de bolsas de veinte kilos. El plástico era blanco y resbaladizo y venía recubierto de etiquetas de advertencia. Las bolsas estaban empaquetadas juntas y ordenadamente y cada una era del tamaño de un pequeño pan de molde. Vic supo, sin necesidad de levantarlas, que pesarían mucho, que sería como llevar bolsas de cemento sin mezclar.

La ayudaron a sentarse en una silla de madera de cerezo y Vic extendió la pierna izquierda. Notaba un sudor grasiento en las mejillas y en la frente que no podía enjugarse. La luz encima de la mesa era demasiado fuerte. Estar cerca de ella era como si alguien le clavara un lápiz afilado por el ojo izquierdo hasta llegar al cerebro.

—¿Os importa apagarla? —preguntó.

Lou encontró el interruptor, lo accionó y la habitación quedó a oscuras. En algún lugar de pasillo había otra lámpara encendida que proyectaba una luz parduzca. Esa no le molestaba tanto.

Afuera, la noche palpitaba con el croar de batracios, un sonido que hizo pensar a Vic en un enorme generador eléctrico que zumbaba rítmicamente.

—Lo he hecho desaparecer —dijo—. El puente. Para que nadie pudiera seguirme. Por eso... por eso estoy caliente. Lo he cruzado unas cuantas veces en los últimos dos días y siempre me da un poco de fiebre. Pero no es grave. No pasa nada.

Lou se dejó caer en una silla delante de ella. La madera crujió. Tenía un aspecto ridículo, sentado a la pequeña mesa de madera, como un oso con un tutú.

Su padre se apoyó contra la encimera de la cocina con los brazos cruzados sobre el pecho flaco y hundido. La oscuridad, pensó Vic, les sentaba bien a los dos. Aquí, ambos eran dos sombras y su padre podía volver a ser el de antes, el hombre que se sentaba en su cama cuando estaba enferma y le contaba historias sobre sitios que había visitado con su moto, líos en los que se había metido. Y Vic podía ser la que era cuando vivían bajo el mismo techo, una niña que le gustaba mucho, a la que echaba mucho de menos y con la que tenía muy pocas cosas en común.

—Siempre te ponías así cuando eras pequeña —dijo su padre, quizá pensando lo mismo que Vic—. Venías de montar por ahí en bicicleta, por lo general llevando alguna cosa en la mano. Una muñeca que se había perdido. O una pulsera. Tu madre y yo lo comentábamos todo el tiempo. Nos preguntábamos adónde ibas. Pensábamos que igual tenías la mano larga. Que... esto... que cogías cosas prestadas y después las traías de vuelta cuando sus propietarios las echaban en falta.

—Tú no pensabas eso —dijo Vic—. No me creo que pensaras que salía por ahí a robar.

—No. Supongo que esa era la teoría de tu madre.

—¿Y cuál era la *tuya*?

—Que usabas la bici como si fuera una vara de zahorí. ¿Sabes lo que es? En otros tiempos la gente de por aquí cogía un palo de madera de avellano o tejo y lo usaba para buscar agua. Suena absurdo, pero donde yo crecí uno no excavaba un pozo sin consultar primero con un zahorí.

—Pues no andabas muy descaminado. ¿Te acuerdas del Atajo?

Asintió con la cabeza. Así de perfil era idéntico al hombre que había sido cuando tenía treinta años.

—El puente cubierto —dijo su padre—. Tú y otros niños solíais hacer apuestas para ver quién se atrevía a cruzarlo. Me ponía malo. Siempre parecía estar a punto de desplomarse. Lo tiraron ¿en 1985?

—En el 86. Aunque para mí nunca dejó de existir. Cada vez que necesitaba encontrar alguna cosa me iba al bosque y aparecía, y si lo cruzaba llegaba a lo que estaba buscando. De pequeña usaba la Raleigh. La que me regalaste por mi cumpleaños, ¿te acuerdas?

—Era demasiado grande para ti.

—Pero luego crecí. Tal y como tú predijiste —se detuvo y señaló con la cabeza la puerta del mosquitero—. Ahora tengo una Triumph, está ahí fuera. La próxima vez que cruce el Puente del Atajo será para encontrarme con Charlie Manx. Es el que se ha llevado a Wayne.

Su padre no contestó y siguió con la cabeza gacha.

—Por si sirve de algo, señor McQueen —intervino Lou—, yo me creo esta locura al pie de la letra.

—¿Acabas de cruzarlo? ¿Ahora mismo? —preguntó el padre a Vic—. ¿Ese puente tuyo?

—Hace tres minutos estaba en Iowa. Había ido a ver a una mujer que tiene —tenía— información sobre Manx.

Lou frunció el ceño al oír a Vic hablar de Maggie en pasado, pero esta continuó hablando antes de que pudiera interrumpirla para hacerle una pregunta que no se sentía capaz de contestar.

—No tienes por qué fiarte de mi palabra. En cuanto me enseñes a usar el ANFO haré que el puente aparezca otra vez y me iré. Así lo verás. Es más grande que tu casa. ¿Te acuerdas del elefante gigante de Barrio Sésamo?

—¿El amigo imaginario de Abelardo? —preguntó su padre, y Vic notó como sonreía en la oscuridad.

—Sí, pero el puente no es eso. No es un producto de mi imaginación que solo yo puedo ver. Si de verdad necesitas verlo puedo hacer que aparezca... pero prefiero no hacerlo hasta que tenga que marcharme —Vic se frotó el pómulo izquierdo en un gesto inconsciente—. Es como si tuviera una bomba explotando dentro de la cabeza.

—En cualquier caso, todavía no te vas a marchar —dijo su padre—. Acabas de llegar. Mírate, no estás para ir a ninguna parte. Necesitas descansar. Y probablemente un médico.

—Ya he descansado todo lo que necesitaba, y si voy a un hospital, el médico me va a recetar unas esposas y una visita a la cárcel. Los federales creen… No sé lo que creen. Que he matado a Wayne, quizá. O que estoy metida en algo ilegal y que me lo han quitado para darme un escarmiento. No se creen lo de Charlie Manx y no les culpo. Manx murió. Hasta le hicieron una autopsia parcial. Tienen que pensar que estoy como una puta regadera —se contuvo y miró a su padre en la oscuridad—. ¿Cómo es que tú me crees?

—Porque eres mi hija.

Lo dijo con tal dulzura y sencillez que Vic no pudo evitar odiarle. Un dolor inesperado le subió por el pecho y tuvo que apartar la vista. Tuvo que respirar hondo para evitar que la voz le temblara por la emoción.

—Me abandonaste, papá. No solo abandonaste a mamá. Nos dejaste a las dos. Yo tenía problemas y te largaste.

Su padre dijo:

—Para cuando me di cuenta de mi equivocación era demasiado tarde para volver. Estas cosas suelen ser así. Le pedí a tu madre que me dejara volver y me dijo que no. E hizo bien.

—Pero podías haber seguido en contacto. Yo podría haber ido a tu casa a pasar los fines de semana. Podríamos haber pasado tiempo juntos. Yo quería estar contigo.

—Me daba vergüenza. No quería que vieras a la chica con la que estaba. La primera vez que os vi juntas me di cuenta de que no me pegaba nada alguien así —esperó un momento y luego dijo—: No puedo decir que fuera feliz con tu madre. No puedo decir que disfrutara de veinte años de ser juzgado constantemente y nunca estar a la altura.

—Y se lo hiciste saber un par de veces con una bofetada, ¿verdad, papá? —preguntó Vic con voz coagulada por el asco.

—Sí. En la época en que bebía. Le pedí que me perdonara antes de morir y lo hizo. Algo es algo, aunque no me perdono a mí mismo. Te diría que daría cualquier cosa por poder cambiar el pasado, pero no creo que sirva de nada.

—¿Y cuándo dices que te perdonó?

—Todas las veces que hablamos. Durante los últimos seis meses hablé con ella todos los días. Me llamaba cuando tú estabas en tus reuniones de Alcohólicos Anónimos. Para nada en especial. Contarme cómo estabas. Que habías vuelto a dibujar. Las novedades sobre Wayne. Qué tal os iba a Lou y a ti. Me mandó fotos de Wayne por correo electrónico —miró a Vic un momento en la oscuridad y a continuación añadió—: No espero que me perdones. Tomé algunas decisiones imperdonables. Todo lo malo que piensas de mí es cierto. Pero te quiero, siempre te he querido y si ahora puedo hacer algo por ayudarte lo haré.

Vic agachó la cabeza hasta casi colocarla entre las rodillas. Le faltaba el aliento y se sentía mareada. La oscuridad a su alrededor parecía hincharse y retroceder como una especie de líquido, como la superficie de un lago negro.

—No voy a intentar justificarme por cómo he vivido. No tiene justificación —dijo su padre—. Hice unas pocas cosas buenas, pero nunca me gusté demasiado.

Vic no pudo evitarlo. Se echó a reír. Al hacerlo le dolieron los costados y fue un poco como tener arcadas, pero cuando levantó la cabeza sintió que podía mirar a su padre a la cara.

—Sí, a mí me ha pasado lo mismo —dijo—. He hecho unas pocas cosas buenas, pero nunca me he gustado demasiado. Lo mejor que se me ha dado siempre ha sido destrozar cosas. Lo mismo que a ti.

—Hablando de destrozar —dijo Lou—. ¿Qué piensas hacer con esto? —hizo un gesto hacia la mochila llena de ANFO.

Lou llevaba una etiqueta con su nombre alrededor de la muñeca. Vic se la quedó mirando. Lou se dio cuenta, se sonrojó y la ocultó debajo de la manga de su chaquetón de franela. Después siguió hablando:

—Es un explosivo, ¿verdad? ¿Es seguro fumar con eso aquí?

Su padre dio una calada profunda a su cigarrillo, luego se inclinó hacia ellos y deliberadamente apagó la colilla en el cenicero que estaba junto a la mochila.

—Es seguro siempre que no lo tires a una fogata o algo así. Los detonadores están en esa bolsa colgada de la silla de Vic.

Esta se volvió y vio una bolsa de supermercado enganchada al respaldo de su silla.

—Cualquiera de esos paquetes de ANFO serviría para volar por los aires el edificio federal que más te guste —explicó Chris—. Que espero que no sea lo que tengas pensado hacer.

—No —dijo Vic—. Charlie Manx se dirige a un sitio llamado Christmasland. Es un pequeño reino que se ha construido, donde piensa que nadie puede alcanzarle. Mi plan es ir hasta allí, recuperar a Wayne y, de paso, volar el sitio entero por los aires. Ese puto pirado quiere que todos los días sean Navidad, pero lo que yo le voy a dar es más bien un cuatro de julio.

Fuera

CADA VEZ QUE TABITHA HUTTER SE QUEDABA QUIETA EN UN sitio, los mosquitos volvían y le zumbaban en un oído o en el otro. Al llevarse la mano a la mejilla asustó a dos de ellos y los ahuyentó hacia la noche. Si tenía que participar en una operación de vigilancia, prefería que fuera dentro de un coche, con aire acondicionado y su iPad.

Pero no quejarse era una cuestión de principios. Antes prefería morir desangrada, después de que esos pequeños vampiros hijos de mala madre le chuparan hasta la última gota. Sobre todo, no tenía intención de protestar delante de Daltry, que se había agachado al lado de los otros agentes y seguía allí quieto como una estatua, con una sonrisa irónica en la boca y los ojos entreabiertos. Cuando un mosquito se le posó en la sien, Hutter lo aplastó y el cadáver le dejó una mancha sanguinolenta en la piel. Daltry primero se sobresaltó, pero después asintió en señal de aprobación.

—Les encantas —comentó—. A los mosquitos. Les encanta la piel tierna de mujer suavemente marinada en estudios universitarios. Seguramente les sabes a solomillo.

Había tres agentes más en el puesto de vigilancia en el bosque, incluyendo a Chitra, y todos llevaban impermeables negros ligeros encima de los equipos de protección corporal. Uno de ellos sostenía la antena parabólica, una pistola negra con boca en forma de megáfono y un cable de teléfono rizado que conectaba con el auricular que tenía en el oído.

Hutter se inclinó hacia delante, le tocó en el hombro y le preguntó:

—¿Coges algo?

El hombre con el aparato receptor negó con la cabeza.

—Espero que los del otro puesto estén captando algo, porque yo no oigo más que electricidad estática. Es lo único que se escucha desde la tormenta de truenos.

—No eran truenos —dijo Daltry—. No sonaban para nada a truenos.

El agente se encogió de hombros.

La casa era una cabaña rústica de una sola planta con una camioneta estacionada en la puerta. Había una única lámpara encendida, en un cuarto de estar situado en la parte delantera. Una de las persianas estaba medio subida y Hutter vio un televisor (apagado), un sofá y una reproducción de un cuadro de caza en la pared. De otra ventana colgaban unos visillos blancos de encaje bastante femeninos, en lo que debía de ser un dormitorio. No podía haber muchas más habitaciones: una cocina en la parte de atrás, un baño y quizá un segundo dormitorio, aunque era improbable. Así que Carmody y Christopher McQueen tenían que estar en la parte de atrás de la casa.

—¿Es posible que estén hablando en susurros? —preguntó Hutter—. ¿Y que el equipo no sea lo bastante sensible para detectarlo?

—Cuando funciona es capaz de detectar hasta los pensamientos —dijo el hombre con el auricular—. Ese es el problema, que es demasiado sensible. Detectó un ruido demasiado fuerte y lo mismo se le ha roto un condensador.

Chitra rebuscó en una bolsa de deporte y sacó un frasco de repelente de mosquitos.

—Gracias —dijo Hutter cogiéndolo. Después miró a Daltry—. ¿Quieres?

Los dos se pusieron en pie para que Hutter pudiera rociarle.

Desde esa posición esta alcanzaba a ver un trozo de la pendiente que arrancaba detrás de la casa en dirección al lindero del bosque. Dos recuadros de luz cálida y ambarina se proyectaban sobre la hierba procedentes de las ventanas de la parte trasera de la casa.

Apretó el vaporizador y roció a Daltry con una llovizna blanca. Este cerró los ojos.

—¿Sabes lo que creo que ha sido ese estruendo? —dijo—. Ese puto gordo desplomándose. Gracias, así está bien —Hutter dejó de rociarle y Daltry abrió los ojos—. ¿Te vas a sentir culpable si se cae muerto?

—No tenía por qué marcharse —dijo Hutter.

—Ni tú por qué dejarle marchar —Daltry sonrió al decir esto—. Se lo pusiste a huevo al pobrecillo.

Hutter sintió unas ganas clarísimas de rociarle los ojos a Daltry con repelente de mosquitos.

Y es que esa era la principal fuente de su preocupación, de su nerviosismo. Lou Carmody parecía demasiado confiado, demasiado buena persona, demasiado preocupado por su hijo, demasiado atento con su ex para tener nada que ver con la desaparición de Wayne. Era, en opinión de Hutter, inocente, pero aún así le había dejado suelto para ver adónde los llevaba, sin importar que pudiera morirse de un infarto en cualquier momento. Si el grandullón se moría, ¿sería culpa suya? Suponía que sí.

—Necesitábamos saber lo que hacía. Acuérdate. No se trata de su seguridad, sino de la del niño.

Daltry dijo:

—¿Sabes por qué me caes bien, Hutter? ¿Por qué me caes muy bien? Porque eres más hijaputa todavía que yo.

Hutter pensó, y no por primera vez, que odiaba a muchos policías. Gente fea, borracha y mezquina que siempre pensaban lo peor de los demás.

Cerró los ojos y se pulverizó antimosquitos por la cabeza, cara y cuello. Cuando los abrió y sopló, para alejar el veneno, vio que las luces de la parte de atrás de la casa se habían apagado, habían desaparecido del césped. No se habría dado cuenta de haber seguido agachada.

Miró hacia la habitación de la parte delantera. Veía un pasillo que conducía a la parte de atrás pero no había nadie en él. Después se concentró en el dormitorio, esperó a que alguien encendiera una luz allí. Nada.

Daltry volvió a agazaparse con los otros, pero Hutter continuó de pie. Al cabo de un minuto, Daltry alargó el cuello para mirarla.

—¿Estás jugando a ser un árbol? —le preguntó.

—¿A quién tenemos vigilando la parte de atrás de la casa? —preguntó Hutter.

El segundo agente de la policía estatal, que hasta entonces no había hablado, se volvió hacía ella. Tenía la cara pálida y pecosa y, con su pelo naranja, se parecía un poco a Conan O'Brien.

—A nadie. Pero es que ahí no hay nada. Kilómetros de bosque y ningún camino. Aunque nos vieran, no saldrían en esa…

Hutter ya se marchaba con las manos extendidas para protegerse de las ramas.

Chitra la alcanzó en cuatro zancadas. Tuvo que correr para seguirle el ritmo haciendo tintinear las esposas que llevaba en el cinturón.

—¿Está preocupada? —le preguntó.

A su espalda Hutter escuchó el chasquido de una rama rota y pisadas sobre los arbustos secos. Seguramente era Daltry, que las seguía sin darse especial prisa. Era peor que los mosquitos; necesitaba un repelente para mantenerle alejado.

—No —dijo—. Teníais una posición marcada y no había razón para no mantenerla. Si se marchan lo harán por la puerta principal. Es lo más lógico.

—¿Entonces?

—Es que estoy confusa.

—¿Sobre qué?

—Sobre por qué están a oscuras. Han apagado las luces de la parte de atrás, pero no han ido hacia la de delante. Así que siguen en la parte de atrás de la casa y sin luces. ¿No es un poco raro?

Al dar el siguiente paso el pie se le hundió en agua fría y salobre, de unos diez centímetros de profundidad, y tuvo que agarrarse al delgado tronco de un abeto joven para no caerse. Siguió avanzando y un metro más adelante ya estaba hundida hasta las rodillas. El agua era del mismo color que el suelo, una superficie negra alfombrada de hojas y ramas.

Cuando Daltry las alcanzó se metió en el agua hasta los muslos, perdió el equilibrio y estuvo a punto de caerse.

—Nos vendría bien una linterna —comentó Chitra.

—O unas lentes de buceo —replicó Daltry.

—Nada de luces —dijo Hutter—. Y si no queréis mojaros podéis daros la vuelta.

—¿Cómo? ¿Y perdernos lo más divertido? Antes prefiero ahogarme.

—No nos des ideas —dijo Hutter.

Dentro

CHRIS McQUEEN SE UNIÓ A ELLOS ALREDEDOR DE LA MESA, EN LA oscuridad. Tenía la bolsa con los detonadores en el regazo y había sacado uno. A Lou no le tranquilizó en absoluto comprobar que el detonador no se parecía en modo alguno a los mecanismos de alta tecnología usados para encender explosivos en la serie *24* o en la película *Misión imposible*. En lugar de ello eran pequeños temporizadores negros comprados en unos almacenes de bricolaje de los que colgaban unos cables con terminales dorados que le resultaban curiosamente familiares.

—Esto... señor McQueen, una cosita —preguntó—. Eso se parece al temporizador que uso yo para encender las luces de Navidad cuando se hace de noche.

—Es que es eso —contestó McQueen—. Es lo mejor que he podido encontrar con tan poco tiempo. Los paquetes están preparados, es decir, que he remojado el contenido con diesel y lo he conectado con un cable al detonador. Así que lo único que tienes que hacer es programarlo, lo mismo que con las luces de Navidad. La manecilla negra indica la hora que es. La roja, la hora en que encenderá las luces o, en este caso, la hora en que hará estallar una carga por los aires hasta seis kilómetros de altura. Lo suficiente para arrancar la fachada de un edificio de tres pisos, si se coloca en el lugar adecuado —McQueen hizo una pausa y miró a Vic—. No los conectes hasta que no hayas llegado. Mejor no andar por ahí en la moto con todos esos explosivos conectados.

Lou ya no estaba seguro de lo que le daba más miedo, si la mochila llena de ANFO o la manera en que aquel tipo miraba a su hija, sus pálidos ojos acuosos tan claros y fríos como si fueran completamente incoloros.

—Lo he montado en plan sencillo, al estilo de Al Qaeda —explicó McQueen y volvió a meter el temporizador en la bolsa de plástico—. Esto no cumple con los requisitos de la normativa federal, pero no tendría ningún problema en Bagdad. Allí hay niños de diez años que se lo atan al cuerpo y saltan por los aires todos los días. El camino más rápido a Alá. Garantizado.

—Entiendo —asintió Vic, y cogiendo la mochila de la mesa la levantó—. Papá, tengo que irme. Aquí corro peligro.

—Estoy seguro de que no habrías venido de haber tenido alternativa —dijo el padre.

Vic se inclinó hacia él y le dio un beso en la mejilla.

—Sabía que podía contar contigo.

—Eso siempre.

La apretó contra él rodeándola por la cintura. La manera en que la miraba le recordó a Lou a ciertos lagos de montaña cuya superficie parece pura y cristalina porque la lluvia ácida ha matado todos los organismos que vivían en ellos.

—La distancia mínima de seguridad para una explosión al aire libre —es decir, una bomba en la superficie del suelo— es de treinta metros. A los que estén a menos de treinta metros se les harán las vísceras gelatina por la onda expansiva. ¿Tienes idea de cómo es ese sitio? ¿Christmasland? ¿Sabes ya dónde vas a colocar las cargas? Seguramente te llevará un par de horas conectarlas y prepararlas bien.

—Tendré tiempo —dijo Vic, pero por la manera en que le sostenía a su padre la mirada, con expresión de perfecta calma, Lou supo que no tenía ni idea de lo que decía.

—No pienso dejar que se mate, señor McQueen —dijo Lou mientras se ponía de pie y cogía la bolsa llena de temporizadores. Se la quitó a Chris del regazo antes de que este pudiera moverse—. Puede confiar en mí.

Vic se puso pálida.

—¿De qué hablas?

—Voy contigo —dijo Lou—. Wayne también es mi hijo, joder. Tenemos un trato, ¿o es que ya no te acuerdas? Yo arreglaba la moto y me dejabas acompañarte. No te vas a ir sin mí, tengo que asegurarme que no salís los dos volando por los aires. No te preocupes, iré de paquete.

—Y entonces ¿yo qué? —dijo Chris McQueen—. ¿Se puede ir al otro lado del arco iris en camioneta?

Vic tomó aire con dificultad.

—Vamos a ver... no podéis venir *ninguno* de los dos. Sé que queréis ayudar, pero no podéis acompañarme. El puente este... es real, los dos vais a verlo. Estará aquí con nosotros, en nuestro mundo. Pero al mismo tiempo, de una manera que no entiendo muy bien, existe sobre todo en mi imaginación. Y ya no es demasiado seguro. Lleva sin serlo desde que yo era adolescente. Podría desplomarse con el peso de llevar otro pensamiento más. Además, igual tengo que traer a Wayne de vuelta. De hecho lo más probable es que tenga que volver conmigo en la moto, así que ¿dónde ibas a ir tú, Lou?

—Igual puedo seguiros andando. ¿No se te ha ocurrido?

—Es una mala idea —dijo Vic—. Si lo vieras lo entenderías.

—Bueno —dijo Lou—. Pues vamos a verlo.

Vic le dirigió una mirada que era dolorida y suplicante. Como si estuviera haciendo esfuerzos para no llorar.

—*Tengo* que verlo —dijo Lou—. Tengo que comprobar que esto es real, y no porque me preocupe que estés loca, sino porque necesito saber que existe la posibilidad de que Wayne vuelva a casa.

Vic negó violentamente con la cabeza, pero a continuación se volvió y renqueó hacia la puerta trasera.

Había dado dos pasos cuando empezó a caerse de lado. Lou la sujetó por el brazo.

—Mírate —dijo—. Pero amiga, si casi no puedes sostenerte de pie.

El calor que desprendía Vic le llenaba de preocupación.

—Estoy bien —dijo esta—. Enseguida se me pasa.

Pero había en sus ojos un brillo opaco que se debía a algo peor que el miedo. Desesperación quizá. Su padre había dicho que hasta un niño de diez años y con pocas luces era capaz de atarse explosivos al cuerpo e inmolarse a Alá, y a Lou se le ocurrió entonces que aquel era más o menos el plan que tenía Vic.

Abrieron la puerta del mosquitero y salieron al fresco de la noche. Lou había reparado en que Vic se limpiaba con la mano debajo del ojo izquierdo de vez en cuando. No estaba llorando, pero le manaba agua todo el tiempo, un reguero fino pero continuo. Lo había visto antes, en los días malos en Colorado, cuando descolgaba teléfonos que no sonaban y hablaba con personas que no estaban allí.

Solo que *sí* estaban. Era extraño lo rápido que se había aclimatado a la idea, lo poco que le había costado aceptar la explicación a su supuesta locura. Aunque quizá no era tan increíble. Hacía mucho tiempo que Lou había aceptado que cada uno lleva dentro su propio mundo tan real como el mundo que todos compartimos, pero inaccesible excepto para su dueño. Vic había dicho que podía traer el puente a este mundo, pero que, de alguna manera y al mismo tiempo, solo existía en su imaginación. Sonaba a delirio, hasta que recordabas que todo el mundo transforma lo imaginario en real constantemente. Cuando trasladan la música que oyen dentro de su cabeza a un disco, cuando imaginan una casa y luego la construyen. La fantasía es siempre una realidad esperando a ser activada.

Dejaron atrás el montón de leña y salieron de la protección del tejado a la neblina suave y temblorosa. Lou se volvió y vio como la puerta se abría de nuevo y Chris McQueen salía con ellos. Prendió el encendedor y bajó la cabeza para prender otro cigarrillo. Después levantó la vista y entornó los ojos para mirar entre el humo hacia donde estaba la moto.

—Evel Knievel montaba siempre Triumphs —comentó. Fue la última cosa que dijo cualquiera de los tres antes de que la policía saliera de entre los árboles.

—¡EFE BE I! —gritó una voz conocida desde el lindero del bosque—. ¡NO SE MUEVAN! MANOS ARRIBA, MANOS ARRIBA, ¡TODOS!

Un calambre de dolor sordo le subió a Lou por el lado izquierdo del cuello y le retumbó en la mandíbula y también en los dientes. Se le ocurrió que Vic no era la única que llevaba explosivos de gran potencia, que él tenía una granada a punto de estallar dentro de la cabeza.

De los tres, solo Lou pareció pensar que ¡MANOS ARRIBA! era algo más que una sugerencia. Empezó a subirlas con las palmas hacia delante pero sin soltar la bolsa con los detonadores, sujetando el asa de plástico con el pulgar. Por el rabillo del ojo veía a Chris McQueen junto al montón de leña. Estaba completamente inmóvil, en la misma postura encorvada que había adoptado para encender el cigarrillo, la brasa del cual brillaba, y el encendedor en la mano libre.

Vic sin embargo… había echado a correr nada más oír el primer grito. Se había soltado de Lou y cruzaba el jardín dando tumbos, con la pierna derecha rígida y sin doblarse. Lou bajó las manos e intentó retenerla, pero ya estaba a más de tres metros. Para cuando la mujer salida del bosque gritó ¡TODOS!, Vic se había subido ya a la Triumph y estaba pisando el pedal de arranque. La moto se encendió con una explosión atronadora. Era difícil imaginar que el ANFO pudiera hacer más ruido.

—¡NO, VIC! *¡NO!* ¡NO LO HAGA O TENDRÉ QUE DISPARARLE! —gritó Tabitha Hutter.

Esta mujer menuda avanzaba por la hierba húmeda en una especie de carrera en diagonal, sosteniendo una pistola automática con las dos manos, lo mismo que hacían los policías en la televisión. Estaba lo bastante cerca, a cinco o seis metros, para que Lou reparara en que tenía los cristales de las gafas salpicados de gotas de lluvia. La acompañaban dos personas, el detective Daltry y una agente de la policía estatal uniformada a la que Lou no reconoció, una mujer india. Daltry tenía los pantalones empapados hasta la bragueta y hojas pegadas a las perneras, lo que no parecía hacerle demasiado feliz. Llevaba un arma, pero la mantenía apartada del cuerpo y apuntando al suelo. Al mirarle Lou supo —de manera casi inconsciente— que solo uno de aquellos tres agentes suponía una amenaza inmediata. La pistola de Daltry apuntaba a otro sitio y Hutter no podía ver nada con las gafas tan sucias. La mujer india, sin embargo, estaba apuntando a Vic, al centro de su cuerpo y sus ojos tenían una expresión trágica, sus ojos parecían decir: *Por favor,* por favor, *no me obligues a hacer algo que no quiero hacer.*

—¡Voy a buscar a Wayne, Tabitha! —gritó Vic—. Si me disparas le matarás a él también. ¡Yo soy la única que puede traerle de vuelta!

—¡Esperen! —gritó Lou—. ¡Esperen! ¡No disparen!

—¡QUÉDESE DONDE ESTÁ! —gritó Hutter.

Lou no sabía a quién coño le hablaba, porque Vic estaba sentada en la moto y Chris seguía junto al montón de leña, no había dado un solo paso. Hasta que no vio que el cañón de la pistola le apuntaba no se dio cuenta de que era él quien se estaba moviendo. Sin pensarlo y con las manos en alto, había cruzado el jardín para interponerse entre Vic y los policías.

Para entonces Hutter se había situado a tres pasos largos de él. Guiñaba los ojos detrás de las gafas y con la pistola apuntaba hacia la inmensa superficie de la barriga de Lou. Quizá no le viera demasiado bien, pero Lou supuso que sería como disparar a un granero y que lo difícil sería no acertar.

Daltry se había vuelto hacia Christopher McQueen pero, en un gesto de profunda indiferencia, ni siquiera se había molestado en apuntarle con el arma.

Lou gritó:

—Esperen un momento. Ninguno de nosotros es el malo aquí. El malo de esta historia es Charlie Manx.

—Charlie Manx está muerto —dijo Tabitha Hutter.

—Eso dígaselo a Maggie Leigh —dijo Vic—. Charlie acaba de asesinarla en Iowa, en la biblioteca pública de Aquí. Hace una hora. Compruébelo. Yo estaba allí.

—Estaba... —empezó a decir Hutter, pero se detuvo y negó con la cabeza, como si quisiera apartar un mosquito—. Bájese de la moto y túmbese en el suelo boca abajo, Vic.

Lou oyó gritos en la distancia, ramas partirse y gente correr entre los arbustos. Los sonidos procedían del otro lado de la casa, lo que probablemente significaba que disponían de veinte segundos antes de que les rodearan.

Vic dijo:

—Tengo que irme —y metió la primera.

—Y yo voy con ella —dijo Lou.

Hutter continuó acercándose. El cañón de la pistola estaba cerca, pero no lo bastante, como para quitársela.

—Agente Surinam, ¿quiere ponerle las esposas a este hombre? —pidió Hutter.

Chitra Surinam rodeó a Hutter y empezó a acercarse. Bajó el arma y con la mano derecha fue a coger las esposas que colgaban de su cinturón multiusos. Lou siempre había querido un cinturón multiusos como el de Batman, con una pistola batigancho y unas cuantas batibolas. De haber tenido un cinturón multiusos y una bomba de humo en aquel momento, la habría tirado para cegar a los polis y Vic y él podrían escapar. Pero en lugar de eso lo que tenía en la mano era una bolsa de temporizadores para luces de Navidad comprados en una tienda de bricolaje.

Dio un paso atrás hasta situarse junto a la moto, lo bastante cerca para notar el calor abrasador que salía del vibrante tubo de escape.

—Dame la bolsa, Lou —dijo Vic.

Este dijo:

—Señora Hutter. Señora Hutter, por favor, hable por radio con su gente y pregúnteles por Maggie Leigh. Pregunte sobre lo que acaba de pasar en Iowa. Están a punto de detener a la única persona capaz de rescatar a nuestro hijo. Si quiere ayudarle tiene que dejarnos marchar.

—Basta de charlas, Lou —dijo Vic—. Tengo que irme.

Hutter bizqueó, como si le costara trabajo ver a través de las gafas. Sin duda era así.

Chitra Surinam llegó hasta donde estaba Lou. Este alargó un brazo como para detenerla, pero entonces escuchó un ruido metálico y se dio cuenta de que le había puesto una de las esposas.

—¡Oye! —dijo—. ¡Oye, amiga!

Hutter se sacó un móvil del bolsillo, un rectángulo plateado del tamaño de una pastilla de jabón de hotel. No marcó ningún número, sino que pulsó un único botón. El teléfono se despertó y se oyó una voz masculina contra un fondo de interferencias.

—*Aquí Cundy. ¿Habéis cogido ya a los malos?*

Hutter dijo:

—Cundy, ¿se sabe algo del paradero de Margaret Leigh?

El teléfono siseó.

—La otra mano, por favor, señor Carmody. Deme la otra mano —le dijo Chitra a Lou.

Lou no se la dio y en lugar de ello la apartó, con la bolsa de plástico colgada del dedo pulgar como si estuviera llena de caramelos robados y él fuera el matón del colegio que los había robado y no tuviera ninguna intención de devolverlos.

La voz de Cundy llegó entre interferencias, pero su tono no era alegre.

—*Esto... ¿qué pasa? ¿Qué hoy estás clarividente? Porque nos acabamos de enterar hace cinco minutos. Iba a contártelo cuando volvieras.*

Los gritos procedentes del otro lado de la casa se acercaban.

—Cuéntamelo ahora —dijo Hutter.

—¿Qué coño pasa? —preguntó Daltry.

Cundy dijo:

—*Está muerta. Margaret Leigh está muerta. Los compañeros de allí piensan que ha sido Vic McQueen. La vieron abandonar la escena del crimen en su moto.*

—No —dijo Hutter—. Eso... eso es imposible. ¿Dónde ha sido eso?

—*En Aquí, Iowa. Hace poco más de una hora. ¿Por qué es imposi...?*

Pero Hutter apretó el botón nuevamente y cortó la comunicación. Entonces miró a Vic al otro lado de Lou. Estaba girada en el asiento observándola fijamente, la moto entre sus piernas.

—No he sido yo —aseguró Vic—. Ha sido Manx. Pronto descubrirán que la mataron a martillazos.

En algún momento, Hutter había bajado su arma por completo. Ahora se metió el teléfono en el bolsillo del abrigo y se enjugó el agua de la cara.

—Un martillo forense —dijo Hutter—. El que Manx se llevó cuando se marchó del depósito de cadáveres en Colorado. No entiendo... No soy capaz de entender esto. Lo estoy intentando, Vic, pero es que no le veo ningún sentido. ¿Cómo puede estar vivo? ¿Y cómo puede estar usted aquí cuando acaba de estar en Iowa?

—No tengo tiempo para explicarle el resto. Pero si quiere saber cómo he venido de Iowa, quédese por aquí y se lo enseñaré.

Hutter le dijo a Chitra:

—Agente, por favor... quítele las esposas al señor Carmody. No las necesita. Igual deberíamos hablar. Me parece que todos deberíamos hablar un rato.

—No tengo tiempo para... —empezó a decir Vic pero ninguno escuchó el resto de la frase.

—Pero ¿qué mierdas es esto? —dijo Daltry separándose de Chris McQueen y apuntando a Vic con su arma—. Bájese de la moto.

—¡Agente, baje esa arma! —gritó Hutter.

—Y una mierda —dijo Daltry—. Se te ha ido la pinza, Hutter. Apaga el motor, McQueen. Apágalo ahora mismo.

—¡Agente! —chilló Hutter—. Aquí mando yo y he dicho...

—¡Todo el mundo al suelo! —gritó el primer agente del FBI que apareció por el lado este de la casa. Llevaba un fusil de asalto. Lou pensó que igual era un M16—. ¡HE DICHO QUE AL SUELO, CARAJO!

Todo el mundo parecía estar gritando y Lou notó un nuevo latigazo de dolor en la sien y en el lado izquierdo del cuello. Chitra ya no le miraba, había vuelto la cabeza para mirar a Hutter con una mezcla de nerviosismo y asombro.

Chris McQueen tiró el cigarrillo a la cara de Daltry. Le dio justo debajo del ojo izquierdo con una lluvia de chispas y el policía retrocedió y dejó de apuntar a Vic con la pistola. Con la mano que tenía libre, Chris cogió un leño de la parte superior del montón y golpeó a Daltry con él lo bastante fuerte para hacerle tambalearse.

—¡Sal de aquí, Mocosa! —gritó.

Daltry dio tres tumbos por la hierba enfangada, recuperó el equilibro, levantó el arma y le metió una bala a Chris McQueen en el estómago y otra en la garganta.

Vic chilló. Lou corrió hacia ella y al hacerlo su hombro chocó contra Chitra Surinam. Aquello fue un poco como ser arrollada por un caballo. Surinam dio un paso atrás en la tierra encharcada, se le dobló el tobillo y cayó de espaldas hasta quedar sentada en la hierba húmeda.

—¡Que todo el mundo baje el arma! —gritó Hutter—. ¡HE DICHO QUE NO DISPAREN, JODER!

Lou fue hacia Vic. La manera más fácil de abrazarla era subirse detrás de ella a la moto.

—¡Bájense de la moto! ¡Bájense de la moto! —aulló uno de los hombres con equipo de protección corporal. Tres de ellos corrían por la hierba con rifles en la mano.

Vic se volvió a mirar a su padre con la boca abierta en un último grito y los ojos cegados por el asombro. Lou le besó la mejilla febril.

—Tenemos que irnos —le dijo—. Tenemos que irnos ya.

La abrazó por la cintura y al instante siguiente la Triumph estaba en marcha y la noche se iluminaba con el estruendo de los disparos de fusiles automáticos.

De vuelta al puente

EL SONIDO DE DISPAROS ESTREMECIÓ LA PROPIA OSCURIDAD. Vic tuvo la sensación de que todo ese ruido la taladraba, lo confundió con impactos de bala y aceleró conscientemente. El neumático trasero levantó humo y patinó por la tierra mojada, arrancando una tira larga y empapada de hierba. Acto seguido la Triumph tomó impulso y se precipitó hacia la oscuridad.

Parte de Vic seguía mirando atrás, veía a su padre doblado hacia delante y con una mano en la garganta mientras el pelo le caía sobre los ojos. Tenía la boca abierta como si intentara vomitar.

Parte de Vic le cogía antes de que cayera de rodillas, le cogía en sus brazos.

Parte de ella le besaba en la cara. *Estoy aquí, papá,* le decía. *Estoy aquí contigo.* Le tenía tan cerca que percibía el olor a cobre recién vertido de su sangre.

Notaba la mejilla blanda y rasposa de Lou apretada contra su cuello. Estaba pegado a ella como una cuchara, sus cuerpos separados solo por la mochila de explosivos.

—Tú conduce —le dijo Lou—. Llévanos a donde tenemos que ir. No mires y conduce.

El barro la salpicó desde la derecha cuando Vic giró la moto para situarla ladera arriba, hacia los árboles. En sus oídos resonaban las balas estrellándose contra el suelo a su espalda. En medio del estrépito oyó a Tabitha Hutter con voz trémula por la tensión:

—¡NO DISPAREN! ¡NO DISPAREN!

Vic era incapaz de pensar, pero tampoco lo necesitaba. Sus manos y pies sabían lo que tenían que hacer. El pie derecho metió segunda y después tercera. La moto empezó a subir la húmeda ladera. Los pinos formaban una pared oscura delante de ellos. Vic bajó la cabeza cuando pasaron entre troncos de árboles. Una rama le rozó la boca, y le arañó los labios. Se abrieron paso entre la maleza hasta que las ruedas encontraron los tablones del Atajo y empezaron a repiquetear contra ellos.

—Pero ¿qué carajo…? —gritó Lou.

La moto no había entrado derecha y Vic seguía con la cabeza agachada, así que se dio con un hombro contra la pared del puente. El brazo se le quedó muerto y Vic salió impulsada hacia atrás, hacia Lou.

En su cabeza, su padre volvía a caer en sus brazos.

Asió con fuerza el manubrio y lo giró a la izquierda para alejarse de la pared.

En su cabeza le decía: *Estoy aquí contigo,* y los dos caían al suelo.

Uno de los tablones crujió bajo el neumático delantero y se le escapó el manubrio de las manos.

Le besaba en la sien. *Estoy aquí, papá.*

La Triumph derrapó hacia la pared de la izquierda. El brazo de Lou quedó aplastado contra ella y gruñó de dolor. La fuerza del impacto hizo temblar el puente.

Vic podía oler el tufo a grasa del pelo de su padre. Quería preguntarle cuánto tiempo llevaba solo, por qué no vivía ninguna mujer con él. Quería saber a qué se dedicaba, qué hacía por las tardes para pasar el rato. Quería decirle que lo sentía y que todavía le quería, que a pesar de todo lo ocurrido, aún le quería.

Entonces Chris McQueen desapareció. Tenía que dejarle ir, liberarle de sus brazos. Tenía que seguir adelante sin él.

Los murciélagos chillaban en la oscuridad. También había un sonido como de alguien barajando cartas, pero amplificado. Lou giró el cuello para mirar entre las vigas. El enorme, amable e impasible Lou no gritó, apenas emitió sonido alguno, pero inspiró hondo y agachó la cabeza mientras docenas, quizá cientos de murciélagos, que habían visto interrumpido su descanso, se precipitaban desde el techo para rodearles y se ponían a revolotear frenéticos en aquel espacio oscuro y húmedo. Estaban por todas partes, les rozaban los brazos, las piernas. Uno de ellos pasó junto a la cabeza de Vic y esta notó como le rozaba la mejilla con un ala y atisbó su rostro mientras se alejaba volando: pequeño, rosa y deforme, pero extrañamente humano. Estaba viendo su propia cara, claro. Tuvo que hacer un enorme esfuerzo para no gritar mientras trataba de mantener recta la moto.

Para entonces ya estaban casi al final del puente. Unos cuantos murciélagos salieron perezosos a la noche y Vic pensó: *Con ellos se van parte de mis pensamientos.*

Delante de ellos apareció su vieja Raleigh. Parecía correr hacia ella con el faro encendido. Vic se dio cuenta, un instante demasiado tarde, de que iban a chocar y de que las consecuencias serían brutales. La rueda delantera de la moto se estrelló exactamente contra la de la Raleigh.

La Triumph se agarró y enganchó la bicicleta polvorienta y cubierta de telarañas y cuando salió del puente lo hizo de lado y a punto de volcar. Una docena de murciélagos la acompañaron.

Las ruedas arañaron tierra y después hierba. Vic vio el suelo alejarse y se dio cuenta de que iban a caer por un terraplén. Tuvo tiempo de ver pinos decorados con ángeles y copos de nieve.

Se precipitaron por una pendiente pronunciada. La moto volcó y les hizo caer a un lado. Luego les siguió en su caída y se estrelló contra ambos en una avalancha de hierro caliente. El mundo se resquebrajó y se hundieron en la oscuridad.

La Casa Trineo

Lou llevaba consciente cerca de una hora cuando escuchó un suave chisporroteo y vio pequeños copos blancos que se posaban sobre las hojas secas a su alrededor. Echó la cabeza hacia atrás y escudriñó la noche. Había empezado a nevar.

—¿Lou? —llamó Vic.

El cuello se le estaba poniendo rígido y le dolía si bajaba la barbilla. Miró a Vic, tumbada en el suelo a su derecha. Un momento antes estaba dormida, pero ahora le miraba con los ojos muy abiertos.

—Sí —dijo Lou.

—¿Sigue aquí mi madre?

—Tú madre está con los angelitos, cariño.

—Los angelitos —dijo Vic—. Hay angelitos en los árboles —y a continuación—: Está nevando.

—Ya lo sé. En julio. He vivido siempre en las montañas. Conozco sitios donde hay nieve todo el año, pero nunca he visto nevar en esta época del año. Ni siquiera aquí arriba.

—¿Dónde? —preguntó Vic.

—Al norte de Gunbarrel. Donde todo empezó.

—Empezó en Terry's Primo Subs cuando mi madre se olvidó la pulsera en el cuarto de baño. ¿Dónde ha ido?

—No estaba aquí. Está muerta, Vic. ¿No te acuerdas?

—Ha estado aquí sentada con nosotros un rato. Ahí —Vic levantó el brazo derecho y señaló el terraplén que había encima de ellos. Las ruedas de la moto habían excavado surcos profundos en la pendiente en forma de trincheras alargadas y llenas de barro—. Dijo algo sobre Wayne. Que tendrá un poco de tiempo cuando llegue a Christmasland porque ha estado avanzando al revés. Ha retrocedido dos pasos por cada cuatro kilómetros. Así que no se convertirá en una de esas cosas. Todavía no.

Estaba tumbada de espaldas con los brazos a los lados del cuerpo y los tobillos juntos. Lou la había tapado con su chaquetón de franela; era tan grande que le llegaba hasta las rodillas, como una manta de niño. Vic volvió la cabeza para mirarle. Su total inexpresividad lo asustó.

—Ay Lou —dijo casi sin entonación—. Cómo tienes la cara, pobrecito.

Lou se tocó la mejilla derecha, dolorida e hinchada desde la comisura del labio hasta donde empezaba el ojo. No recordaba cómo se había hecho aquello. Tenía el dorso de la mano izquierda bastante quemado y le dolía todo el tiempo. Al llegar al suelo se le había quedado atrapada debajo de la moto y en contacto con el tubo de escape caliente. No quería mirársela. La piel estaba negra, resquebrajada y brillante. La mantuvo pegada al cuerpo, donde Vic no pudiera verla.

Lo de la mano no le importaba. No pensaba que le quedara demasiado tiempo. La sensación de dolor y presión en la garganta y la sien izquierda se había vuelto continua. La piel le pesaba igual que hierro líquido. Llevaba un arma dentro de la cabeza que, estaba seguro, en algún momento y antes de que terminara la noche, explotaría. Antes de que eso ocurriera quería ver a Wayne.

Lou había tirado de Vic mientras volaban desde el terraplén y se las había arreglado para colocarse encima de ella. La moto le había rebotado en la espalda. De haber golpeado a Vic —que debía de pesar unos cuarenta y siete kilos con una piedra en cada bolsillo— probablemente le habría quebrado la columna igual que una rama seca.

—¿Te puedes creer que esté nevando? —preguntó.

Vic parpadeó, movió la mandíbula y miró hacia el cielo nocturno. Copos de nieve le caían en la cara.

—Quiere decir que está a punto de llegar.

Lou asintió. Estaba de acuerdo.

—Algunos de los murciélagos del puente se han escapado —dijo Vic—. Han salido del puente con nosotros.

Lou contuvo un escalofrío, no podía evitar sentir un hormigueo por todo el cuerpo. Ojalá Vic no hubiera mencionado a los murciélagos. Lou había atisbado uno, pasando a su lado con la boca abierta en un chillido apenas audible. En cuanto lo miró deseó no haberlo hecho, deseó poder *desverlo*. Su rostro rosa y arrugado se parecía de una manera horrible al de Vic.

—Sí —dijo—. Ya me he dado cuenta.

—Esos bichos son… yo misma. Son lo que tengo dentro de la cabeza. Cada vez que uso el puente existe la posibilidad de que alguno se escape —Vic giró la cabeza para mirarle—. Es el precio a pagar, siempre lo hay. Maggie tenía un tartamudeo que empeoraba cuanto más usaba sus fichas de Scrabble. Manx en otro tiempo tuvo un alma, pero el coche se la quitó. ¿Lo entiendes?

Lou asintió.

—Creo que sí.

—Si digo cosas sin sentido —dijo Vic—, dímelo. Si empiezo a parecer aturdida, espabílame. ¿Me estás escuchando, Lou Carmody? Charlie Manx debe de estar a punto de llegar y necesito saber que puedo contar contigo.

—Eso siempre —dijo Lou.

Vic se pasó la lengua por los labios y tragó saliva.

—Bien. Eso está muy bien, esas palabras son oro puro. El oro no se desgasta, lo sabías, ¿no? Por eso Wayne va a estar bien.

Un copo de nieve se le posó a Vic en una pestaña. La imagen, de tan bella, a Lou le pareció casi desgarradora. Dudaba si vería algo tan bonito en lo que le quedaba de vida, aunque, para ser justos, no esperaba vivir más allá de aquella noche.

—La moto —dijo Vic y parpadeó de nuevo. Sus facciones se tiñeron de preocupación y se incorporó apoyando los codos en el suelo—. La moto tiene que estar bien.

Lou la había levantado del suelo y la había apoyado contra el tronco de un pino bermejo. El faro estaba colgando del cable y el espejo retrovisor derecho había desaparecido. Ya no tenía ninguno de los dos retrovisores.

—Ah —dijo Vic—. Está bien.

—No estoy seguro. No he intentado ponerla en marcha. No sabemos qué piezas pueden haberse soltado. ¿Quieres que...?

—No, no hace falta —dijo Vic—. Seguro que arranca.

La brisa desplazaba los copos de nieve en horizontal y la noche se llenó de campanilleos.

Vic levantó el mentón, miró las ramas sobre sus cabezas llenas de ángeles, papá noeles, copos de nieve, bolas de oro y plata.

—No entiendo por qué no se rompen —dijo Lou.

—Son horrocruxes —dijo Vic.

Lou la miró enseguida con preocupación.

—¿Cómo los de Harry Potter?

Vic rio —una risa inquietante, nada feliz.

—Míralos. Hay más oro y más rubíes en esos árboles que en todo Ophir*. Y van a terminar todos igual que allí.

—¿O qué? Estás diciendo tonterías, Vic. Haz el favor de hablar conmigo como una persona normal.

Vic le miró desde debajo del pelo y a Lou le sorprendió comprobar cómo repentinamente había vuelto la Vic de siempre. Tenía esa sonrisa irónica y esa expresión traviesa en los ojos que siempre le había vuelto loco. Le dijo:

—Lou Carmody, eres una buena persona. Puede que yo esté como una puta regadera, pero te quiero. Siento todo por lo que te he

---

* Ophir (Ofir en español) es el nombre de una ciudad bíblica célebre por sus riquezas y donde, según la novela homónima de H. Ridder Haggard, estaban las míticas minas del rey Salomón. También es un desfiladero en Colorado donde son corrientes los aludes. (N. de la T.).

hecho pasar y desde luego me encantaría que hubieras conocido a alguien mejor que yo. De lo que no me arrepiento en cambio es de haber tenido un hijo contigo. Por fuera se parece a mí y por dentro es como tú. Y sé perfectamente que lo segundo vale más que lo primero.

Lou apoyó las manos en el suelo y se arrastró sobre el trasero para estar cerca de ella. Alargó el brazo, la rodeó con él y la estrechó contra su pecho. Luego apoyó la cara en su pelo.

—¿Qué eso de que yo valgo más que tú? —dijo—. Dices cosas de ti misma que no le toleraría a nadie que no fueras tú —la besó la cabeza—. Nuestro hijo nos salió muy bien y es hora de que lo recuperemos.

Vic se apartó para mirarle a la cara.

—¿Qué ha pasado con los temporizadores? ¿Y los explosivos?

Alargó la mano para buscar la mochila, situada a poca distancia. Estaba abierta.

—Ya me he puesto con ello —dijo Lou—. Hace un ratito, para tener las manos ocupadas mientras esperaba a que te despertaras —hizo un gesto con las manos como para ilustrar lo inútiles que le resultaban cuando no estaban haciendo nada. Después bajó la izquierda con la esperanza de que Vic no hubiera visto las graves quemaduras.

De la otra muñeca le colgaban las esposas. Vic sonrió de nuevo y tiró de ellas.

—Luego jugamos con ellas —dijo. Solo que lo dijo en un tono de infinito cansancio, un tono que no evocaba fantasías eróticas sino el recuerdo distante de vino tinto y besos perezosos.

Lou se sonrojó, lo hacía con facilidad. Vic rio y le pellizcó la mejilla.

—Enséñame lo que has hecho —pidió Vic.

—Pues no mucho. Algunos de los temporizadores no sirven. Se destrozaron durante nuestra gran evasión. He conseguido conectar cuatro —metió la mano en la mochila y cogió uno de los paquetes blancos y resbaladizos de ANFO. El temporizador negro pendía peligrosamente de la parte de arriba unido por dos cables (uno rojo y uno verde— que bajaban hasta el prieto envoltorio de plástico que contenía el explosivo—. En realidad son como pequeños despertadores. Una de las manillas muestra la hora que es y la otra, la hora para la cual están programados. ¿Lo ves? Y para ponerlos en marcha hay que apretar aquí.

Lou sudaba como un pollo solo de sostener uno de aquellos paquetes resbaladizos de explosivo. Una porquería de temporizador de luces de Navidad era lo único que les separaba a Vic y a él de una explosión de la que no quedarían siquiera fragmentos.

—Hay una cosa que no entiendo —dijo—. ¿Cuándo los vas a poner y dónde?

Se levantó y estiró la cabeza para mirar en ambas direcciones, igual que un niño que se dispone a cruzar una calle con mucho tráfico.

Estaban rodeados de árboles en la hondonada de un bosque. El camino que conducía a la Casa Trineo estaba justo a su espalda, un sendero de grava que discurría en paralelo al terraplén, apenas lo bastante ancho para que pasara un coche.

A la izquierda estaba la interestatal donde, casi exactamente dieciséis años atrás, una adolescente fibrosa con piernas de potrillo había salido corriendo de entre la maleza, la cara negra de hollín, y encontrado a un chico gordo de veinte años que conducía una Harley. Aquel día Lou se había marchado de su casa después de una agria discusión con su padre. Lou le había pedido algo de dinero, quería sacarse el diploma de enseñanza secundaria para después intentar entrar en la universidad estatal y estudiar edición. Cuando su padre le preguntó para qué quería hacer eso, Lou le contestó que para montar su propia editorial de cómics. Su padre puso cara de asco y le dijo que, para lo que iba a servir, mejor gastar el dinero en papel del baño. Dijo que si Lou quería estudiar hiciera lo mismo que él, unirse a los marines. Así de paso perdería unos kilos y le cortarían el pelo como es debido.

Lou cogió la moto y se marchó para que su madre no le viera llorar. Su intención era ir hasta Denver, alistarse y desaparecer de la vida de su padre, pasar un par de años sirviendo en el extranjero. No volvería hasta ser otra persona, alguien delgado, duro y dueño de sí mismo, alguien que se dejaría abrazar por su padre pero sin devolverle el abrazo. Le llamaría «señor», se sentaría rígido en posición de firmes y se resistiría a sonreír. *¿Qué le parece mi corte de pelo, señor?*, le preguntaría tal vez. *¿Está a la altura de sus expectativas?* Quería irse de allí y volver transformado en un hombre que sus padres no reconocieran. Y al final eso era más o menos lo que había ocurrido, aunque no hubiera conseguido llegar a Denver.

A su derecha estaba la casa donde Vic había estado a punto de morir abrasada. Aunque no podía decirse que siguiera siendo una casa, desde luego no en el sentido convencional de la palabra. Todo lo que quedaba era una plataforma de cemento ennegrecido por el hollín y un montón de madera quemada. Entre las ruinas había un refrigerador anticuado, ennegrecido y con la pintura llena de burbujas volcado de lado, la estructura requemada y combada de una cama y un trozo de escalera. Una única pared de lo que en otro tiempo había sido un garaje parecía casi intacta. En ella había una puerta abierta, como una invitación a entrar, apartar unos cuantos maderos quemados, sentarse y quedarse un rato. Cristales rotos se mezclaban con los escombros.

—Porque esto… no es Christmasland, ¿verdad?

—No —dijo Vic—. Es la entrada. Seguramente Manx no necesita venir hasta aquí para acceder a Christmasland, pero le resulta más fácil.

Ángeles tocando la trompeta se mecían y bailaban entre los copos de nieve.

—Y tu entrada —dijo Lou—. Estoy hablando del puente. Ya no está. Había desaparecido para cuando llegamos al final de la pendiente.

—Puedo recuperarlo cuando lo necesite —aseguró Vic.

—Ojalá nos hubiéramos traído a los policías. Ojalá nos hubieran seguido por el puente. Así habrían tenido la oportunidad de apuntar con sus armas a la persona adecuada.

Vic dijo:

—Creo que cuanto menos peso pongamos en el puente, mejor. Hay que usarlo solo como último recurso. Ni siquiera quería traerte a ti.

—Bueno, pues aquí estoy —Lou cogió un paquete brillante de ANFO y lo metió con el resto en la mochila—. Y ahora, ¿cuál es el plan?

Vic dijo:

—La primera parte del plan es que me des eso —y cogió una de las asas de la mochila.

Lou la miró unos instantes mientras la mochila seguía entre los dos, sin estar seguro si debía dársela, pero luego lo hizo. Tenía lo que quería. Estaba allí y Vic no iba a conseguir deshacerse de él. Vic se la colgó de un hombro.

—La segunda parte del plan... —empezó a decir Vic antes de volver la cabeza y mirar hacia la autopista.

Un coche se deslizaba entre la noche, la luz de sus faros se colaba de forma intermitente entre los troncos de los árboles proyectando sombras absurdamente alargadas en el camino de grava. Al llegar al desvío hacia la casa aminoró la velocidad. Lou notó un latigazo de dolor detrás de la oreja izquierda. La nieve caía en copos gruesos como plumas de ganso y empezaba a acumularse en el suelo de tierra.

—Joder —dijo y casi no reconoció la voz llena de tensión—. Es él y no estamos preparados.

—Ven aquí —dijo Vic.

Le cogió por la manga y retrocedió, tirando de él a través de la alfombra de hojas secas y agujas de pino. Se escondieron en un rodal de abetos y, por primera vez, Lou reparó en el vaho de su aliento en la noche plateada por la luz de la luna.

El Espectro enfiló el camino de grava. En el parabrisas flotaba el reflejo de la luna de color hueso, acostada en un lecho de ramas oscuras entrelazadas como en el juego de las cunitas.

Lo miraron avanzar majestuoso y Lou notó que le temblaban las gruesas piernas. *Solo necesito ser valiente un ratito más*, pensó. Creía en Dios con todo su corazón, llevaba creyendo desde que era un niño y le encantaba ver en vídeo a Geoge Burns en la película *Oh, Dios*. Le envió un mensaje mentalmente al flacucho y arrugado Burns. *Por favor, en otro tiempo fui valiente. Ayúdame a serlo ahora. Ayúdame a serlo por Vic y Wayne. De todas maneras me voy a morir, así que déjame morir haciendo lo que debo.* Entonces se le ocurrió que siempre había deseado algo así, a menudo había soñado con ello, con la oportunidad de demostrar que podía superar el miedo y hacer lo que tenía que hacer. Y la gran oportunidad por fin había llegado.

El Rolls-Royce pasó junto a ellos, los neumáticos crujiendo en contacto con la grava. Pareció ir más despacio al llegar a su altura, a menos de cinco metros de distancia, como si el conductor les hubiera visto y les observara. Pero el coche no se detuvo y siguió circulando sin prisa.

—¿Y la segunda parte? —dijo Lou jadeante, consciente de que el pulso le latía acelerado en la garganta. Por Dios, que no le diera el infarto antes de que todo hubiera pasado.

—¿Qué? —dijo Vic con la mirada puesta en el coche.

—¿Cuál era la segunda parte del plan? —preguntó Lou.

—Ah —dijo Vic. Entonces cogió la esposa que estaba suelta y la cerró alrededor de un delgado tronco de árbol—. La segunda es que tú te quedas aquí.

Entre los árboles

LA EXPRESIÓN DE LA CARA REDONDA Y SIN AFEITAR DE LOU ERA como la de un niño que acaba de ver un coche pasar por encima de su juguete favorito. Se le llenaron los ojos de lágrimas, la cosa más brillante en aquella oscuridad. Vic sufría al verle así, al ver su sorpresa y su desilusión, pero el ruido de la esposa cerrándose —aquel clic fuerte e inconfundible que resonó en el aire gélido— correspondía a una decisión irrevocable, a una elección en la que no había marcha atrás.

—Lou —susurró acariciándole la cara—. Lou, no llores. No pasa nada.

—No quiero que vayas sola —dijo—. Quería ayudarte. Yo quería estar contigo.

—Y lo estás y lo vas a seguir estando. Siempre te llevo conmigo, eres parte de mi paisaje interior —le besó en la boca y notó el sabor a lágrimas, aunque sin estar segura de a cuál de los dos pertenecían. Después se apartó y dijo—: Sea como sea, esta noche Wayne va a salir de aquí y si yo no estoy con él entonces te necesitará a ti.

Lou parpadeó deprisa, llorando sin avergonzarse. No intentó soltarse. El abeto tenía un tronco de unos veinte centímetros de espesor y no quedaba apenas espacio para mover las esposas. Miró a Vic dolorido y perplejo. Abrió la boca, pero no parecía encontrar palabras.

El Espectro estacionó a la derecha de la casa en ruinas, junto a la
única pared que seguía en pie. El motor estaba en marcha. Vic miró
hacia allí. Podía oír a Burl Ives cantar.

—No lo entiendo —dijo Lou.

Vic alargó una mano para tocar la pulsera del papel que llevaba
en la muñeca, la que le habían puesto en el hospital, la que había
visto cuando estaban en casa de su padre.

—¿Qué es esto, Lou?

—¿Esto? —repitió Lou y a continuación emitió un sonido a medio camino entre la carcajada y el sollozo—. Pues que me desmayé
otra vez. No es nada.

—No te creo —dijo Vic—. Acabo de perder a mi padre y no puedo
perderte a ti también. Si crees que voy a poner en peligro tu vida más
de lo que la he puesto ya, entonces es que estás más loco que yo.
Wayne necesita a su padre.

—Y también a su madre. Lo mismo que yo.

Vic sonrió con la sonrisa de la Vic de siempre, un poco descarada,
un poco peligrosa.

—Nada de promesas —dijo—. Eres el mejor, Lou Carmody. No
es que seas buena persona, es que eres un héroe de los de verdad.
Y no lo digo porque me recogieras con tu moto y me sacaras de este
sitio. Esa fue la parte fácil. Lo digo porque siempre has estado ahí para
Wayne. Porque le hacías los bocadillos para el colegio, le llevabas
al dentista y le leías un cuento por las noches. Te quiero, amigo mío.

Vic miró de nuevo hacia el camino. Manx se había bajado del
coche. Luego cruzó delante de los faros y pudo verle bien por primera vez en cuatro días. Llevaba su abrigo de siempre, con la hilera
doble de botones y los faldones. El pelo era negro y brillante, retirado
de la frente prominente. Parecía un hombre de treinta años. En una
mano sostenía su enorme martillo plateado, en la otra escondía algo
pequeño. Salió de la luz de los faros y desapareció brevemente entre
las sombras de los árboles.

—Tengo que irme —dijo Vic. Se inclinó y besó a Lou en la mejilla.

Este quiso tocarla, pero Vic se escapó y echó a andar hacia la moto. La inspeccionó de arriba abajo. En el depósito de gasolina con forma de lágrima había una abolladura importante y uno de los tubos de escape se había soltado y tenía pinta de ir a caerse de un momento a otro. Pero arrancaría. Vic sentía que la estaba esperando.

Manx salió de entre los árboles y se colocó en medio de los faros traseros del Espectro. Parecía mirar directamente hacia Vic, aunque no era posible que la viera, en la oscuridad y con la nieve.

—¿Hola? —llamó—. ¿Estás con nosotros, Victoria? ¿Has venido con tu bólido infernal?

—¡Suéltale, Charlie! —gritó Vic—. ¡Si quieres salir vivo de esta, suéltale!

Aunque les separaban más de cincuenta metros, se dio cuenta de que Manx sonreía.

—Me parece que ya sabes que no es tan fácil matarme. Pero ¡vente con nosotros, Victoria! ¡Sígueme hasta Christmasland! ¡Vámonos a Christmasland a terminar todo esto! Tu hijo se alegrará de verte.

Sin esperar respuesta, Manx se subió al Espectro. La luz de los faros creció en intensidad, luego disminuyó y el coche se puso de nuevo en marcha.

—Por Dios, Vic —dijo Lou—. Joder, esto es una equivocación. Te está esperando. Tiene que haber otra manera de hacerlo. No vayas. No le sigas. Quédate aquí y encontraremos una solución.

—Ha llegado el momento, Lou —dijo Vic—. Estate atento a Wayne. Enseguida lo tendrás aquí.

Se subió a la moto y giró la llave de contacto. El faro parpadeó un instante, débilmente y luego se encendió del todo. Vic, tiritando en sus jeans cortos y deportivas, puso el pie en el pedal de arranque y se dejó caer con todo su peso. La moto expectoró y masculló. Saltó de nuevo y entonces dejó salir un sonido lánguido y flatulento: *brap*.

—Vamos, bonita —dijo con voz queda—. Arranca. Es la última vez. Tenemos que ir a buscar a mi hijo.

Vic se incorporó por completo. La nieve se posaba en el fino vello de sus brazos. Se dejó caer de nuevo sobre el pedal. La Triumph arrancó con una explosión.

—¡Vic! —gritó Lou pero esta no podía mirarle. Si le miraba y le veía llorar, querría abrazarlo y perdería la sangre fría. Metió la marcha—. ¡Vic! —volvió a gritar.

Vic dejó metida la primera para subir la pendiente corta e inclinada del terraplén. La rueda trasera derrapaba en la hierba resbaladiza por la nieve y tuvo que apoyar un pie en el suelo y empujar para terminar de subir.

Había perdido de vista al Espectro. Este había rodeado los restos calcinados del viejo refugio de caza y desaparecido por una abertura entre los árboles situados más lejos. Vic metió segunda, luego tercera y aceleró para alcanzarles. Las ruedas levantaban piedras del suelo y la moto se descontrolaba y cabeceaba en la nieve, que para entonces había formado una delgada capa sobre la grava.

Rodeó las ruinas, se internó en la maleza y salió a una especie de camino de tierra entre abetos, apenas lo bastante ancho para que pasara un coche. En realidad no eran más que dos surcos estrechos con helechos entremedias.

Las ramas de los pinos se cerraban sobre su cabeza formando un pasillo oscuro y angosto. El Espectro había reducido la marcha para permitir que Vic le alcanzara, e iba solo unos quince metros por delante. NOS4A2 seguía su camino y Vic lo seguía a él. El aire gélido traspasaba su delgada camiseta y llenaba sus pulmones de aliento áspero y helado.

Poco a poco, a ambos lados del camino los árboles empezaron a escasear hasta desembocar en un claro salpicado de rocas. Delante había un muro de piedra con un túnel de ladrillo excavado tan estrecho que apenas había espacio para el Espectro. Vic pensó en su puente. *Este es el suyo,* se dijo. Clavada en la piedra había una señal blanca metálica, junto a la entrada al túnel. ¡EL PARQUE ABRE TODOS LOS DÍAS TODOS LOS DÍAS DEL AÑO! CHICOS, PREPARAOS PARA CANTAR ¡ALIRÓN, ALIRÓN, NIEVE Y DIVERSIÓN!

El Espectro se adentró en el túnel y la voz de Burl Ives le llegó a Vic por la abertura de ladrillo de aquel pasadizo que Vic dudaba hubiera existido diez minutos antes.

Entró detrás de él. El tubo de escape derecho de la Triumph se arrastraba por el empedrado y levantaba chispas. El rugido del motor retumbaba en las paredes de piedra.

El Espectro salió del túnel y Vic lo hizo inmediatamente después. Salió de la oscuridad rugiente y cruzó las puertas hechas de bastones de caramelo. Pasó junto a los soldados Cascanueces de tres metros de altura que montaban guardia y entró por fin en Christmasland.

TRIUNFO
UNA NOCHEBUENA SIN FIN

Christmasland

EL ESPECTRO LA CONDUJO POR EL BULEVAR PRINCIPAL, LA AVENIDA Gominola. Mientras el coche circulaba Manx hacía sonar el claxon, tres veces y luego otras tres, *pii-pii-pii, pii-pii-pii,* las inconfundibles tres primeras notas de *Navidad, Navidad, dulce Navidad.*

Vic le siguió tiritando de forma incontrolable en el frío y esforzándose por evitar que le castañetearan los dientes. Cada vez que se levantaba el viento le traspasaba la camiseta como si no la llevara puesta y finos granos de nieve le arañaban la piel como partículas de cristal.

Las ruedas no se agarraban bien al empedrado resbaladizo por la nieve. La Avenida Gominola presentaba un aspecto oscuro y desierto, como una carretera que atravesara un pueblo abandonado del siglo XIX, con anticuadas farolas de hierro, edificios estrechos de puntiagudos tejados a dos aguas, oscuros ventanucos en las esquinas y puertas atrancadas.

Solo que cuando el Espectro pasaba a su lado las farolas volvían a la vida y llamas azuladas prendían dentro de sus carcasas ribeteadas de escarcha. Lámparas de aceite se encendían en los escaparates de las tiendas e iluminaban elaboradas decoraciones navideñas. Vic pasó junto a una confitería llamada Le Chocolatier, cuyo escaparate mostraba trineos de chocolate, renos de chocolate, una gran mosca de chocolate y un bebé de chocolate con cabeza de cabra de chocolate. También junto a una tienda llamada Punch & Judy's, en cuyo escaparate bailaban marionetas de madera. Una niña vestida de pastorcilla Bo-Peep se llevaba sus manos de madera a la cara con la boca abierta en un círculo de sorpresa perfecto. Un niño con pantalones cortos salido de la rima infantil *Jack-Be-Nimble* sostenía un hacha siniestramente manchada de sangre. A sus pies yacía una colección de cabezas de madera y brazos cortados.

Detrás y a continuación de esta pequeña zona comercial se erguía amenazadora la zona de atracciones, tan inerte y oscura cuando entraron en ella como lo había estado la calle principal. Vic vio el Trineo Ruso, recortándose en el cielo nocturno como el esqueleto de una criatura prehistórica y colosal. Vio el gran anillo negro de la noria. Y justo por detrás la montaña, una pared de roca casi vertical recubierta por varias toneladas de nieve.

Y sin embargo fue la gran extensión de cielo lo que más le llamó la atención. Una gran cantidad de nubes de plata llenaban por completo la mitad del firmamento nocturno y de ellas caían suavemente copos de nieve gordos y perezosos. El resto del cielo estaba despejado, era un remanso de oscuridad y estrellas, y colgando del centro de todo…

Una luna creciente plateada y gigantesca, con cara.

Tenía la boca torcida, la nariz ganchuda y un ojo tan grande como Topeka. Dormitaba, con el enorme ojo cerrado a la noche. Los labios azules le temblaban y profirió un ronquido tan ruidoso como un 747 en el momento de despegar y cuya exhalación hizo temblar las nubes. De perfil, la luna de Christmasland se parecía mucho al propio Charlie Manx.

Vic había estado loca muchos años, pero en todo ese tiempo nunca había visto ni soñado nada parecido. De haber habido algo en la carretera lo habría atropellado, sin duda, ya que le llevó diez segundos enteros conseguir apartar la mirada de aquella luna.

Lo que le hizo bajar la vista fue que atisbó movimiento por el rabillo del ojo.

Era un niño, de pie en un callejón en penumbra entre la Vieja Relojería y el Rincón de la Sidra Especiada del Señor Manx. Los relojes cobraron vida en cuanto el Espectro pasó delante de ellos con un festival de tictacs, tañidos y campanilleos. Un momento después, un mecanismo de cobre situado en el escaparate de la sidrería empezó a resoplar, bufar y echar vapor.

El niño llevaba un abrigo de piel mugriento y el pelo largo y desgreñado, lo que parecía indicar que en realidad era una niña, aunque Vic no estaba segura de poder determinar su sexo. La niña —o lo que fuera— tenía dedos huesudos terminados en uñas largas y amarillas. Sus facciones eran tersas y blancas, con un fino dibujo geométrico bajo la piel, de manera que parecía una máscara de esmalte siniestra despojada de toda expresión. La niña —la cosa— la miró pasar sin decir una palabra. Los ojos le brillaron con una luz rojiza, como los de un zorro, cuando se reflejó en ellos el resplandor de los faros.

Vic volvió la cabeza para mirar por encima del hombro, deseosa de verla mejor, y entonces comprobó que tres niños más salían del callejón detrás de ella. Uno parecía llevar una guadaña, dos iban descalzos. Descalzos en la nieve.

Esto no pinta bien, pensó. *Ya te tienen rodeada.*

Miró de nuevo al frente y se encontró con una rotonda que rodeaba el árbol de Navidad más grande que había visto en toda su vida. Debía de medir casi cuarenta metros y la base del tronco tenía el tamaño de una casa pequeña.

De la gran rotonda partían otras dos carreteras y el resto del círculo estaba cerrado por un muro de medio cuerpo de altura que daba a... nada. Era como si el mundo se terminara allí, se fundiera en una noche interminable. Vic lo observó con atención mientras seguía al Espectro por la rotonda. La superficie del muro brillaba por efecto de la nieve recién caída. Detrás había una marea de oscuridad coagulada de estrellas, estrellas que formaban riachuelos helados y remolinos impresionistas. Era mil veces más realista, y sin embargo más falso, que cualquier cielo que Vic había dibujado en sus libros de *Buscador*. Aquello era sin duda el fin del mundo. Estaba asomada a los confines fríos e insondables de la imaginación de Charlie Manx.

Sin previo aviso, el enorme árbol de Navidad se encendió de golpe y mil velas eléctricas iluminaron a los niños congregados alrededor de él.

Unos pocos se habían sentado en las ramas más bajas, pero casi todos —treinta, quizá— estaban de pie vestidos con camisones, pieles, trajes de gala pasados de moda, gorros de cola de mapache a lo Davy Crockett, sobretodos y uniformes de policía. A primera vista todos parecían llevar máscaras de fino cristal, con las bocas congeladas en sonrisas con hoyuelos y labios demasiado carnosos y rojos. Pero si se miraba con atención, las máscaras se convertían en caras. Las delgadas grietas que surcaban las facciones eran venas que se adivinaban bajo la piel transparente; las sonrisas forzadas dejaban ver unas bocas llenas de dientes diminutos y puntiagudos. Le recordaron a Vic a muñecos de porcelana antiguos. Los niños de Manx no eran niños, sino fríos muñecos con dientes.

Un niño sentado en una rama sostenía un machete de filo serrado tan largo como su antebrazo.

Una niñita mecía una cadena terminada en un gancho.

Un tercer pequeño —Vic no sabía si era niño o niña— blandía un cuchillo de carnicero y llevaba un collar hecho de dedos ensangrentados.

Vic estaba ya lo bastante cerca como para distinguir los adornos que decoraban el árbol y por un momento la conmoción le impidió respirar. Eran cabezas, cabezas sin cabellera, ennegrecidas pero sin descomponer, preservadas parcialmente por el frío. Cada rostro tenía agujeros en el lugar de los ojos. Las bocas estaban abiertas en gritos silentes. Una de las cabezas cortadas —de un hombre de rostro delgado con una perilla rubia— llevaba gafas con cristales tintados de verde y montura en forma de corazón adornada con diamantes falsos. Eran las únicas caras de adultos que Vic veía por allí.

El Espectro tomó una curva y se detuvo bloqueando la carretera. Vic metió primera, apretó el freno y detuvo la moto a diez metros del coche.

De debajo del árbol empezaron a salir niños, la mayoría hacia el Espectro, pero algunos formando un círculo a su espalda, una barricada humana. O inhumana más bien.

—¡Suéltale, Manx! —gritó Vic. Necesitaba hacer acopio de todas sus fuerzas para que no le temblaran las piernas, estremecida como estaba de frío y de terror. El gélido aire de la noche se le metía por la nariz y le quemaba los ojos. No había un solo sitio seguro en el que posar la vista. De todos los árboles colgaban las cabezas de los otros adultos que habían tenido la desgracia de encontrar el camino a Christmasland. Y a su alrededor estaban los muñecos inertes de Manx, con sus ojos y sus sonrisas sin vida.

Se abrió la puerta del Espectro y salió Charlie Manx.

Mientras se enderezaba se puso un sombrero flexible. Vic reconoció el sombrero de Maggie. Manx se ajustó el ala, ladeándola un poquito. Manx era ahora más joven que Vic y casi parecía guapo, con pómulos marcados y barbilla afilada. Todavía le faltaba un trozo de oreja izquierda, pero la cicatriz estaba rosa, brillante y lisa. Los dientes superiores le sobresalían y se le clavaban en el labio de abajo, lo que le daba un aire de persona chiflada y con pocas luces. En una mano llevaba el martillo plateado, que balanceaba de atrás adelante, como el péndulo de un reloj que marcara los segundos en un lugar donde el tiempo no importaba.

La luna roncó. El suelo tembló.

Manx sonrió a Vic y se tocó el sombrero de Maggie a modo de saludo, pero después se volvió a mirar a los niños, que se acercaban a él desde las ramas de su árbol imposible. Los largos faldones de su abrigo bailaban a su espalda.

—Hola, pequeñuelos —dijo—. ¡Cuánto os he echado de menos! Vamos a dar un poco de luz para que pueda veros bien.

Levantó la mano que tenía libre y tiró de un cordón imaginario que colgaba del aire.

El Trineo Ruso se encendió en una maraña de luces azules. La noria resplandeció. En algún lugar no lejos de allí, un carrusel empezó a dar vueltas y de sus altavoces invisibles brotó música. Eartha Kitt cantaba con su voz dulce y descarada y le explicaba a Santa Claus lo buena que había sido en un tono que sugería precisamente lo contrario.

En las brillantes luces de verbena Vic pudo apreciar que las ropas de los niños estaban manchadas de barro y sangre. Una niñita corrió hacia Manx con los brazos abiertos. La parte delantera de su camisón tenía huellas de manos ensangrentadas. Cuando llegó hasta Manx le abrazó una pierna. Este le colocó una mano sobre la cabeza y la estrechó contra él.

—Mi pequeña Lorrie —le dijo.

Otra niña algo más alta, con pelo largo y liso que le llegaba hasta las rodillas, corrió y abrazó a Manx desde el otro lado.

—Mi dulce Millie —dijo Manx.

La niña más alta llevaba el uniforme azul y rojo del soldado Cascanueces, con bandoleras cruzadas sobre su delgado pecho. En el cinturón dorado tenía un cuchillo, el filo desnudo tan brillante y lustroso como un lago de montaña.

Charlie Manx se enderezó pero mantuvo los brazos alrededor de sus niñas y se volvió a mirar a Vic, con una expresión tensa y brillante de algo que podía interpretarse como orgullo.

—Todo lo que he hecho, Victoria, lo he hecho por mis niñas. Este sitió está por encima de la tristeza, de la culpa. Aquí es Navidad todos los días, por siempre jamás. Todos los días hay cacao caliente y regalos. Mira lo que les he dado a mis dos hijas —¡carne de mi carne y sangre de mi sangre!— y a todos estos otros niños felices y perfectos. ¿Puedes darle tú a tu hijo algo mejor? ¿Puedes?

—Es guapa —dijo un niño detrás de Vic, un niño menudo con voz también menuda—. Tanto como mi mamá.

—Me preguntó cómo estaría sin nariz —dijo otro niño, y rio entre jadeos.

—¿Qué puedes darle tú a Wayne aparte de infelicidad, Victoria? —preguntó Manx—. ¿Puedes darle estrellas para él solo, una luna para él solo, una montaña rusa que cambia cada día de recorrido, una tienda de chocolates donde este nunca se acaba? ¿Amigos y juegos y diversión? ¿Una existencia sin enfermedades, sin muerte?

—¡No he venido a negociar, Manx! —gritó Vic. Le costaba mantener la vista fija en él y no hacía más que mirar de un lado a otro, resistiéndose a la tentación de volverse. Sentía cómo los niños iban rodeándola con sus cadenas, hachas, cuchillos y collares de dedos cortados—. He venido a matarte. Si no me das a mi hijo, todo esto desaparecerá. Tú y tus niños y toda esta fantasía estúpida. Es tu última oportunidad.

—Es la chica más guapa del mundo —dijo el niño menudo con la vocecilla—. Tiene los ojos bonitos. Tiene unos ojos como los de mi madre.

—Vale —dijo el otro niño—. Tú te quedas los ojos y yo la nariz.

De la oscuridad de debajo de los árboles llegó una voz enloquecida e histérica que cantaba:

Una muñeca de nieve haremos
Y de payasa la vestiremos
Hasta que los niños en cachitos la cortemos
¡Con doña payasa nos divertiremos!

El niño menudo rio como un tonto.

Los otros estaban callados. Vic nunca había oído un silencio tan terrible.

Manx se llevó el dedo meñique a los labios en un gesto falso de consideración. Después bajó la mano.

—¿No te parece —dijo— que deberíamos preguntarle a Wayne lo que quiere?

Se inclinó y le susurró algo a la más alta de las dos niñas.

La que llevaba el uniforme de Cascanueces —la que se llamaba Millie, pensó Vic— caminó descalza hasta la parte de atrás del Espectro.

Vic oyó pasos a su izquierda, volvió la cabeza y vio a una niña a unos dos metros de distancia. Era regordeta y pequeña y se tapaba con un abrigo blanco de piel apelmazada, que estaba abierto y debajo del cual no llevaba nada, excepto unos leotardos costrosos de Wonder Woman. Cuando Vic la miró se quedó completamente quieta, como si estuviera jugando a una versión demente del escondite inglés. Llevaba un hacha pequeña. Cuando abrió la boca Vic vio una cueva llena de dientes. Le pareció distinguir tres hileras de los mismos que le llegaban hasta bien atrás en la garganta.

Vic miró hacia el coche mientras Millie llegaba hasta la puerta y la abría.

Por un instante no sucedió nada. La puerta abierta se abrió del todo, revelando una oscuridad total.

Vic vio a Wayne agarrarse a la puerta con una mano y después sacar un pie del coche. A continuación se bajó del asiento y salió al empedrado.

Estaba boquiabierto mirando las luces, la noche. Tenía un aspecto limpio y hermoso, con el pelo negro peinado hacia atrás que dejaba ver una frente espantosamente blanca y los labios rojos esbozando una sonrisa maravillada...

Entonces Vic reparó en los dientes, las cuchillas de hueso dispuestas en hileras puntiagudas y delicadas. Igual que los de los otros niños.

—Wayne —exclamó con un sollozo ahogado.

Este se volvió y la miró con expresión de sorpresa y felicidad.

—¡Mamá! —dijo—. Mira mamá, ¿no es increíble? ¡Es real! ¡Es real de verdad!

Miró por encima del muro de piedra al cielo, a la gran luna baja con su durmiente cara de plata. Vio la luna y se rio. Vic no conseguía recordar la última vez que le había visto reírse así, tan espontáneo, tan relajado.

—¡Mamá, la luna tiene cara!

—Ven aquí, Wayne. Ven aquí ahora mismo. Ven conmigo, tenemos que irnos.

Wayne la miró mientras una arruga de incomprensión se le dibujaba entre las oscuras cejas.

—¿Por qué? —dijo—. Acabamos de llegar.

Desde detrás Millie abrazó a Wayne por la cintura, apretándose contra su espalda igual que una amante. Wayne dio un respingo y se volvió sorprendido, pero se detuvo en cuanto Millie le susurró algo al oído. La niña era de una belleza terrible, con los pómulos tan pronunciados, aquellos labios carnosos y las sienes hundidas. Wayne la escuchó concentrado con los ojos como platos y a continuación abrió la boca enseñando aún más los dientes picudos.

—¿En serio? —se volvió a Vic con expresión incrédula—. Dice que no podemos irnos. ¡Que no podemos irnos a ninguna parte porque tengo que abrir mi regalo de Navidad!

La niña se pegó aún más a Wayne y empezó a cuchichearle al oído con fervor.

—Apártate de ella, Wayne —dijo Vic.

La niña regordeta con el abrigo de piel dio unos pasos más hacia ella, hasta situarse lo bastante cerca como para poder clavarle el hacha en una pierna. Vic oyó más pasos a su espalda de niños que se acercaban.

Wayne miró a la niña perplejo y de soslayo, después frunció el ceño y dijo:

—¿Estás segura de que no puedes ayudarme a abrir mi regalo? ¡Pues que me ayuden todos! ¿Dónde está? ¡Vamos a cogerlo y lo abrimos ahora mismo!

La niña regordeta sacó el cuchillo y apuntó a Vic con él.

Bajo el gran árbol

Qué es lo que has dicho, Victoria? —preguntó Manx—. ¿Última oportunidad? Sí, pero la tuya, me parece. Ahora que todavía puedes, deberías darte la vuelta y largarte en tu moto.

—Wayne —dijo Vic ignorando a Manx y mirando a su hijo a la cara—. Oye, ¿sigues pensando al revés como te dijo tu abuelita que hicieras? Dime que sí, anda.

Wayne la miró perplejo, como si su madre le hubiera hecho una pregunta en una lengua extranjera. Tenía la boca entreabierta. Luego, despacio, dijo:

—.mamá ,intento lo pero ,difícil Es

Manx sonreía, pero el labio superior se le retiró dejando ver sus dientes torcidos y a Vic le pareció detectar un atisbo de irritación en sus chupadas facciones.

—¿Qué son estas majaderías? ¿Estás jugando a algo, Wayne? Porque a mí me encantan los juegos, siempre que pueda jugar yo también, claro. ¿Qué es lo que acabas de decir?

—¡Nada! —dijo Wayne en un tono de voz que sugería que decía la verdad, que estaba tan confuso como Manx—. ¿Por qué? ¿Qué parece que he dicho?

—Ya te he dicho que es mío, Manx —dijo Vic—. Te he dicho que no te lo puedes quedar.

—Pero si ya le tengo, Victoria —dijo Manx—. Le tengo y no le pienso soltar.

Vic se quitó la mochila del hombro y se la colocó en el regazo. Abrió la cremallera, metió la mano y sacó uno de los apretados paquetes de ANFO.

—Pues si no le dejas ir, me temo que se ha terminado la Navidad para todos nosotros. Voy a mandar este sitio a la mierda.

Manx se retiró el sombrero con el pulgar.

—¡Madre mía, mira que eres malhablada! Nunca he podido acostumbrarme a que las mujeres hablen tan mal. Siempre me ha parecido una ordinariez.

La niña rechoncha del abrigo de piel dio otro paso adelante arrastrando los pies. Sus ojos, medio ocultos entre pliegues de piel, arrojaban unos destellos rojos que le recordaron a Vic a un perro rabioso. Vic aceleró un poco y la moto recorrió unos pocos metros. Quería poner un poco de distancia entre ella y los niños que la acorralaban. Le dio la vuelta al paquete de ANFO, encontró el temporizador, lo programó para lo que calculó eran cinco minutos y pulsó el botón para ponerlo en marcha. Esperó entonces que una ráfaga irrevocable y aniquiladora de luz blanca borrara el mundo y se puso tensa en preparación para un último y desgarrador estallido de dolor. Pero no ocurrió nada. Nada de nada. Ni siquiera estaba segura de que el temporizador estuviera en marcha, pues no emitía sonido alguno.

Sostuvo el paquete de ANFO encima de la cabeza.

—Esta cosa tiene un puto temporizador, Manx. Creo que va a saltar en tres minutos, pero me puedo equivocar en dos menos o dos más. Y llevo muchos más en la bolsa. Mándame a Wayne. Mándamelo ahora mismo y en cuanto esté subido a la moto quito el temporizador.

Manx dijo:

—Pero ¿qué tienes ahí? Si parece una de esas almohaditas que te dan en los aviones. Yo he volado solo una vez, de San Louis a Baton Rouge. ¡Nunca más! Tuve suerte de salir vivo. El avión no dejó de dar botes en todo el vuelo, como si colgara de un cordel y Dios estuviera jugando al yo-yo con nosotros.

—Es un paquete de mierda —dijo Vic—. Lo mismo que tú.

—Es un… ¿qué has dicho?

—Es ANFO, un fertilizante enriquecido. Lo empapas en diesel y se convierte en el explosivo más potente que una caja de TNT. Timothy McVeigh destruyó un edificio federal de doce plantas con un par de estos. Lo mismo puedo hacer yo con tu mundo particular y todos sus habitantes.

Incluso a diez metros de distancia Vic podía ver la expresión calculadora en los ojos de Manx mientras pensaba en lo que acababa de oír. Luego su sonrisa se ensanchó.

—No me creo que seas capaz de hacer eso. ¿Volaros a ti y a tu hijo? Tendrías que estar loca.

—¿Ahora te das cuenta, cabrón?

La sonrisa de Manx fue desapareciendo por etapas. Los párpados cayeron y la expresión de sus ojos se tornó triste y decepcionada.

Abrió la boca y a continuación gritó, y cuando lo hizo la luna abrió su único ojo y gritó con él.

El ojo de la luna era saltón y estaba inyectado en sangre, un saco de pus con un iris. La boca era un desgarrón dentado en la noche. Su voz era la voz de Manx, tan amplificada que resultaba ensordecedora:

¡COGEDLA! ¡MATADLA! ¡HA VENIDO A QUITARNOS LA NAVIDAD! ¡MATADLA AHORA MISMO!

La montaña se estremeció. Las ramas del inmenso árbol de Navidad se agitaron en la oscuridad. Vic soltó el freno y la moto avanzó otros quince centímetros. La mochila llena de ANFO se le resbaló del regazo y cayó sobre el empedrado.

Los edificios temblaron con los gritos de la luna. Vic nunca había vivido antes un terremoto y estaba sin respiración, presa de un terror innombrable que crecía por debajo del nivel del pensamiento consciente, por debajo del nivel del lenguaje. La luna empezó a chillar —chillar y nada más— en un rugido de furia que hacía girar y bailar enloquecidos los copos de nieve.

La niña gorda dio un paso adelante y lanzó el hacha hacia Vic, igual que un apache en una película del Oeste. El filo pesado y romo le dio en la rodilla mala. El dolor fue inmenso.

Vic soltó de nuevo el freno y la Triumph avanzó una vez más. La mochila no se había quedado atrás, sin embargo, porque la moto la arrastraba. Una de las asas se había quedado enganchada al reposapiés trasero, que Lou había bajado cuando se subió con Vic a la moto. Lou Carmody al rescate, como siempre. Seguía teniendo el ANFO, pues, aunque no al alcance de la mano.

ANFO. Llevaba un paquete en la mano, sujeto contra el pecho con la mano izquierda, el temporizador supuestamente en marcha. Aunque no hacía tictac ni ningún otro sonido que sugiriera que estaba funcionando.

Tíralo, pensó. *En algún sitio que le demuestre todo el daño que puedes hacer con uno de estos chismes.*

Los niños corrieron hacia ella. Salieron de debajo del árbol y llenaron el empedrado. Vic oía sus suaves pisadas a su espalda. Se volvió para buscar a Wayne y vio que la niña alta seguía abrazada a él. Estaban junto al Espectro y la niña continuaba situada a su espalda y le pasaba un brazo con suavidad alrededor del pecho. En la otra mano sostenía el cuchillo con forma de guadaña, que Vic sabía que usaría —contra Wayne— antes de dejarle ir.

Al instante siguiente un niño se abalanzó contra ella. Vic aceleró y la moto saltó hacia delante, dejando al niño tumbado en la carretera, bocabajo. La mochila llena de ANFO enganchada al reposapiés saltó y rebotó en el empedrado cubierto de nieve.

Vic avanzó derecha hacia el Rolls-Royce, como si tuviera intención de estrellarse contra él. Manx cogió a la niña pequeña —¿Lorrie?— y retrocedió hacia la puerta abierta en un gesto protector propio de cualquier padre. Con aquel gesto Vic lo comprendió todo. Todo lo que Manx les había hecho a aquellos niños hasta convertirlos en lo que eran obedecía a un impulso por mantenerlos a salvo, por evitar que el mundo les atropellara. Estaba convencido de hacer lo correcto. Aunque lo mismo les ocurría a todos los monstruos, supuso Vic.

Pisó el freno mientras apretaba los dientes para contrarrestar el dolor punzante y feroz de la rodilla izquierda y giró el manubrio. La moto trazó una vuelta de casi ciento ochenta grados. Vic se encontró con una fila de niños, una docena, que corrían hacia ella. Aceleró de nuevo y la Triumph arremetió contra ellos, obligándoles —a casi todos— a dispersarse como hojas secas en un huracán.

Sin embargo uno de ellos, una niña espigada con camisón rosa, siguió agachada y cortándole el paso. Vic quiso seguir adelante, atropellarla, joder, pero en el último momento giró la dirección en un intento por esquivarla. No podía evitarlo, era incapaz de atropellar a una niña.

La moto cabeceó peligrosamente en las piedras resbaladizas y perdió velocidad, y la niña aprovechó para subirse. Clavó sus garras —porque eran garras de bruja, con las uñas largas y dentadas— en la pierna de Vic y, tras tomar impulso, se sentó en el asiento trasero.

Vic aceleró de nuevo y la moto saltó hacia delante, ganando velocidad conforme trazaba el círculo de la rotonda.

A su espalda, la niña emitía ruidos, gruñidos y bufidos como los de un perro. Una mano rodeó la cintura de Vic y esta casi gritó al contacto con el frío, un frío tan intenso que quemaba.

La niña cogió un trozo de cadena con la otra mano, la levantó y golpeó con ella la rodilla izquierda de Vic, como si de alguna forma supiera dónde hacerle más daño. Fue como si un petardo explotara detrás de la rótula de Vic, que sollozó y lanzó el codo hacia atrás. El codo le dio a la niña en plena cara y la piel blanca pareció esmalte resquebrajado.

La niña gritó —un sonido ahogado y roto— y, al volverse a mirarla, a Vic se le puso el estómago del revés y perdió el control de la Triumph.

La bonita cara de la niña se había deformado y mostraba ahora unos labios que se ensanchaban como la boca de una lombriz, un agujero rosa irregular rodeado de dientes que le llegaban hasta la garganta. Tenía la lengua negra y el aliento le olía a carne podrida. Abrió la boca hasta que fue lo bastante grande para que alguien le metiera un brazo por la garganta y después hundió los dientes en el hombro de Vic.

Fue como si se lo cortaran con una sierra mecánica. La manga de la camiseta y la piel debajo de esta se fundieron en una masa sanguinolenta.

La moto se volcó hacia la derecha, levantó chispas doradas al tocar el suelo y derrapó sonoramente por el empedrado. Vic no supo si saltó o se cayó, solo que rodaba dando tumbos por el suelo.

¡LA TENEMOS, LA TENEMOS! ¡HAY QUE RAJARLA! ¡MATARLA!

gritó la luna y la tierra tembló bajo ella como si pasara un camión pesado a toda velocidad.

Vic yacía con los brazos en cruz y la cabeza contra las piedras. Miró los galeones plateados de nubes en el cielo *(muévete)*.

Trató de evaluar la gravedad de sus heridas. Ya no notaba la pierna izquierda *(muévete)*.

La cadera derecha le quemaba y le dolía. Levantó un poco la cabeza y el mundo bailó a su alrededor con una brusquedad que le produjo náuseas *(muévete **muévete**)*.

Parpadeó, y por un instante el cielo estuvo poblado no de nubes, sino de electricidad estática, un remolino cargado de partículas blancas y negras *(MUÉVETE)*.

Se apoyó sobre los codos y miró a la izquierda. La Triumph la había llevado hasta la mitad del círculo. Hasta una de las carreteras que conducían al parque de atracciones. Examinó la rotonda y vio niños —hasta cincuenta quizá— que corrían en silencio hacia ella en la oscuridad. Detrás estaba el árbol tan alto como un edificio de diez plantas y, detrás de este, en algún lugar, estaban el Espectro y Wayne.

La luna la miró furiosa desde el cielo con su ojo protuberante horrible e inyectado en sangre.

¡TIJERAS PARA EL VAGABUNDO! ¡TIJERAS PARA *LA BRUJA!*

Aulló la luna. A continuación, y por un instante, desapareció, como un televisor cuando se cambia de canal. El cielo era un caos de electricidad estática. Vic hasta lo oía silbar.

MUÉVETE, pensó y de repente se encontró de pie y cogiendo la moto por el manillar. La levantó haciendo fuerza con todo el cuerpo y gritó cuando una nueva oleada de dolor fulminante le recorrió la rodilla izquierda y la cadera.

La niña con boca de lombriz había salido disparada contra la puerta de una tienda situada en una esquina. ¡La Tienda de Disfraces de Charlie! Estaba recostada contra la puerta y meneaba la cabeza como si necesitara despejarse. Vic reparó en que el paquete plástico de ANFO había terminado de alguna manera entre los tobillos de la niña.

ANFO, pensó —la palabra había adquirido la cualidad de mantra— y se inclinó a coger la mochila, aún enganchada al reposapiés trasero. La soltó, se la colgó del hombro y se sentó en la moto.

Los niños que corrían hacia ella deberían estar chillando, o lanzando gritos de guerra o algo, pero en lugar de ello avanzaban en una marea silenciosa, saliendo del círculo nevado de la rotonda y desperdigándose por el empedrado. Vic saltó sobre el pedal de arranque.

La Triumph tosió y nada más.

Saltó de nuevo. Uno de los tubos de escape, que se había soltado y colgaba encima del suelo, expulsó gases acuosos, pero el motor se limitó a emitir un sonido cansado y ahogado y se murió.

Una piedra golpeó a Vic en la parte posterior de la cabeza y un dolor negro le estalló detrás de los ojos. Cuando recuperó la visión el cielo estaba otra vez lleno de electricidad estática —por un momento solamente— y a continuación se volvió borroso y reapareció poblado de nubes y oscuridad. Vic pisó de nuevo el pedal de arranque.

Oyó rechinar de bujías que se negaban a hacer contacto, que se fundían.

El primero de los niños la alcanzó. No iba armado —quizá era el que había tirado la piedra—, pero tenía la mandíbula desencajada y su boca era una caverna de obsceno color rosa con una hilera tras otra de dientes. Cerró la boca en la pierna desnuda de Vic y sus dientes ganchudos perforaron carne y desgarraron músculo.

Vic aulló de dolor y pataleó con la pierna derecha para alejar al niño. El talón chocó con el pedal de arranque y el motor se encendió. Giró el acelerador y la moto salió disparada hacia delante. El niño perdió pie y quedó atrás, tirado en el suelo.

Vic miró a la izquierda mientras enfilaba la carretera lateral hacia el Trineo Ruso y el Carrusel de Renos de Papá Noel.

Veinte, treinta, quizá hasta cuarenta niños echaron a correr por la carretera detrás de ella, muchos de ellos descalzos, sus talones resonando en el suelo de piedra.

La niña que había salido despedida contra la Tienda de Disfraces de Charlie estaba sentada y se inclinó hacia delante para coger el paquete de plástico blanco con ANFO que tenía entre los pies.

Hubo un fogonazo de luz blanca.

La onda expansiva de la explosión arrugó el aire y lo combó por efecto del calor, y por un momento Vic pensó que levantaría la moto y la haría volar.

Todas las ventanas de la calle estallaron. El fogonazo blanco se transformó en una bola de fuego gigante. La Tienda de Disfraces de Charlie se hundió y desintegró en una avalancha de ladrillos llameantes y una tormenta de cristal pulverizado y brillante. Lenguas de fuego salieron a la calle y atraparon a una docena de niños como si fueran monigotes, arrojándolos a la oscuridad de la noche. Los adoquines se desprendieron del pavimento y volaron por los aires.

La luna abrió la boca y se disponía a gritar horrorizada, su único ojo henchido de furia, cuando la onda expansiva alcanzó el cielo de mentira y todo él tembló como una imagen reflejada en un espejo de feria. La luna, las estrellas y las nubes se deshicieron en un campo de nieve blanca y eléctrica. La explosión prosiguió calle abajo. Los edificios se estremecieron. Vic aspiró una bocanada de aire quemado, humo de diésel y ladrillo pulverizado. Después la onda expansiva cedió y el cielo, con un parpadeo, volvió a ser el mismo de antes.

La luna chilló y chilló, con una intensidad casi tan violenta como la explosión.

Vic pasó a toda velocidad junto a un salón de espejos y un museo de cera y se dirigió hacia el carrusel en marcha y brillantemente iluminado, donde en lugar de caballos había renos. Una vez allí frenó y detuvo la moto con un coletazo de la rueda trasera. Tenía el pelo erizado por el calor de la explosión y el corazón le latía con dificultad.

Se volvió para echar un vistazo a la extensión de escombros que había sido la plaza del mercado. Necesitó un momento para asimilar —para aceptar— lo que veían sus ojos. Primero un niño, luego otro y a continuación un tercero salieron de entre el humo y echaron a andar carretera abajo hacia ella. A uno todavía le salía humo del pelo carbonizado. Otros se sentaban a ambos lados de la calle. Vic vio como uno se retiraba con cuidado cristales del pelo. Debería haber estado muerto, pues había salido despedido contra una pared de ladrillo, cada hueso de su cuerpo debía estar hecho astillas. Y sin embargo allí estaba, poniéndose de pie, y Vic comprobó que, de tan exhausta como se encontraba, aquello no le causaba demasiada sorpresa. Porque los niños atrapados en la explosión estaban ya muertos antes de que la bomba detonara. Y ahora no estaban ni *más* muertos ni tampoco menos decididos a ir a por ella.

Se quitó la mochila del hombro y comprobó su contenido. Estaba todo allí. Lou había conectado temporizadores a cuatro de los paquetes de ANFO, uno de los cuales ya no estaba. En el fondo de la mochila quedaba otro par de paquetes, pero sin temporizador.

Se colgó de nuevo la mochila al hombro y prosiguió camino, dejó atrás el Carrusel de Renos y recorrió unos cientos de metros hasta el final del parque, donde la esperaba el gran Trineo Ruso.

Estaba en marcha, pero vacío. Los vagones simulaban trineos rojos traqueteando con gran estruendo sobre los raíles, subiendo y bajando en la oscuridad. Era una montaña rusa de las antiguas, de las que tan populares habían sido en la década de 1930, hechas por completo de madera. La entrada era una cara enorme y sonriente de Papá Noel. Había que meterse dentro de su boca.

Vic sacó un paquete de ANFO, fijó el temporizador en cinco minutos y lo lanzó a la mandíbula abierta de Papá Noel. Estaba a punto de marcharse cuando su mirada se posó por casualidad en la montaña rusa y vio los cuerpos momificados. Docenas de hombres y mujeres crucificados, la piel ennegrecida y marchita, sin ojos y con las ropas mugrientas y hechas jirones. Una mujer con calentadores rosas que no podían ser más ochenteros estaba desnuda de cintura para arriba; de sus pechos perforados colgaban adornos de Navidad. Había también un hombre apergaminado con jeans y abrigo grueso y una barba que recordaba a la de Jesucristo, con una corona de acebo en lugar de espinas en la cabeza.

Vic seguía mirando los cadáveres cuando un niño salió de la oscuridad y le clavó un cuchillo en la región lumbar.

No podía tener más de diez años y una sonrisa dulce y encantadora le dibujaba hoyuelos en las mejillas. Iba descalzo y vestía un overol y camisa a cuadros, y sus rizos rubios y su mirada serena lo convertían en un perfecto Tom Sawyer. El cuchillo se hundió hasta la empuñadura, atravesando músculo, el tejido elástico debajo de este y quizá perforando el intestino. Vic sintió un dolor como nunca había sentido, una punzada intensa y sobrenatural en las entrañas y pensó, verdaderamente sorprendida: *Me ha matado. Acabo de morirme.*

Tom Sawyer sacó el cuchillo y rio alegre. Wayne no había reído nunca con tanta despreocupación. Vic no sabía de dónde había salido aquel niño. Era como si hubiera aparecido por ensalmo; la noche se había espesado y producido un niño.

—Quiero jugar contigo —dijo este—. Quédate y así jugamos a tijeras para el vagabundo.

Vic podría haberle pegado, dado un codazo, una patada, algo. Pero en lugar de ello aceleró y se limitó a alejarse de él. El niño se hizo a un lado y la dejó marchar, todavía con el cuchillo en la mano, húmedo y brillante con la sangre de Vic. Continuaba sonriendo, pero sus ojos revelaban perplejidad y tenía el ceño fruncido, como si se preguntara: *¿He hecho algo malo?*

Los temporizadores no eran precisos. El primer paquete de ANFO había sido programado para explotar a los cinco minutos, pero había tardado casi diez. Vic había programado el del Trineo Ruso exactamente igual, lo que debería haberle dado tiempo de sobra para alejarse, pero no había avanzado ni cien metros cuando explotó. El suelo se arrugó bajo sus pies y se rizó igual que una ola. Era como si el aire ardiera. Vic inspiró una bocanada de aire que le quemó los pulmones. La moto avanzó a trompicones mientras el viento abrasador le abofeteaba los hombros, la espalda. Notó una nueva punzada en el abdomen, como si estuvieran apuñalándola de nuevo.

El Trineo Ruso se desplomó con un enorme estruendo, igual que una gigantesca hoguera. Uno de los vagones se desprendió y voló envuelto en llamas, un misil de fuego que atravesó la oscuridad y se estrelló contra el Carrusel de Renos, haciendo astillas los blancos corceles. El acero chirrió y Vic se volvió justo a tiempo de ver una nube de fuego y humo en forma de hongo elevarse sobre los restos del Trineo Ruso.

Apartó la vista y aceleró para rodear la cabeza humeante de un reno de madera, un amasijo de astas despedazadas. Enfiló una calle lateral que, pensó, la llevaría de vuelta a la rotonda. La boca le sabía mal. Escupió sangre.

Me estoy muriendo, pensó con sorprendente serenidad.

Apenas aflojó la marcha al pasar junto a la gran noria. Era hermosa, con miles de fuegos fatuos distribuidos por sus radios de treinta metros de longitud. Las cabinas con capacidad para hasta doce personas, cristales tintados de negro y lámparas de gas ardiendo en el interior giraban como en un sueño.

Vic sacó otro paquete de ANFO, fijó el temporizador en cinco minutos, más o menos, y lo lanzó al aire. Quedó enganchado a uno de los radios de la noria, cerca del núcleo central. Vic se acordó de su vieja Raleigh, de la manera en que giraban las ruedas y en cuánto le gustaba la luz del otoño en Nueva Inglaterra. Ya nunca volvería. No volvería a ver aquella luz. La boca se le seguía llenando de sangre. Estaba sentada en sangre. La punzada en la región lumbar volvía una y otra vez. Solo que no se trataba de un dolor convencional. Lo que Vic experimentaba era dolor, pero también, como cuando una mujer da a luz, una experiencia superior, la sensación de que lo imposible se hacía posible, de que tenía encomendada una misión de enorme magnitud.

Siguió adelante y pronto estuvo en la rotonda central.

La Tienda de Disfraces de Charlie —un cuadrado en llamas que apenas conservaba forma de edificio— estaba en la esquina, a unos cincuenta o sesenta metros. Al otro lado del árbol de Navidad gigante se encontraba estacionado el Rolls-Royce. Vic veía el resplandor de sus faros delanteros bajo las ramas. No redujo la marcha, sino que continuó directa al árbol. Se quitó la mochila del hombro izquierdo, metió la mano mientras dejaba la otra en el acelerador, encontró el último paquete de ANFO con temporizador, giró el dial y pulsó el botón que lo ponía en marcha.

La rueda delantera de la moto dejó la acera y empezó a circular sobre hierba cubierta de nieve. La oscuridad producía sombras, niños que aparecían delante de ella. Vic no estaba segura de si se apartarían, pensó más bien que se quedarían donde estaban para obligarla a pasar entre ellos.

A su alrededor todo se iluminó en un gran estallido de claridad rojiza y por un instante Vic vio su propia sombra, imposiblemente larga, correr delante de ella. Los niños formaban una fila desordenada e irregular, fríos muñecos con pijamas ensangrentados, criaturas armadas con trozos de madera, cuchillos, martillos, tijeras.

El mundo se llenó de un rugido y del estrépito de metal torturado. No había dejado de nevar y la onda expansiva hizo caer a los niños al suelo. Detrás de Vic, la noria erupcionó en dos chorros de fuego y la inmensa estructura circular cayó en bloque tras desprenderse de sus anclajes. El impacto sacudió el mundo y precipitó el cielo de Christmasland a un frenesí de electricidad estática. Las ramas del gigantesco abeto se clavaron en la noche en una suerte de gesto histérico, un gigante que luchaba por su vida.

Vic se deslizó bajo las ramas salvajes y ardientes. Cogió la mochila del regazo y la estrelló contra el tronco. Su regalo de Navidad para Charles Talent Manx.

A su espalda, la noria entró rodando en el pueblo acompañada de la inmensa reverberación del hierro chocando contra piedra. Luego, lo mismo que una moneda que rueda sobre la mesa y pierde impulso, se inclinó hacia un lado y cayó sobre un par de edificios.

Más allá de la noria volcada, más allá de las ruinas del Trineo Ruso, un enorme bloque de nieve que se había desprendido de los picos de la montaña alta y oscura empezó a descender hacia Christmasland. Los rugidos ensordecedores de las explosiones y los edificios derrumbándose no habían sido nada comparados con aquel sonido. De alguna forma era más que un sonido, era una vibración que sacudía los huesos. Una explosión de nieve golpeó las torres y las delicadas tiendas situadas al fondo del parque de atracciones, que quedaron aniquiladas. Paredes de roca coloreada salieron despedidas delante del alud y al momento fueron sepultadas por él. El final del pueblo se desplomó sobre sí mismo y desapareció bajo una gigantesca ola de nieve, un maremoto lo bastante ancho y profundo para engullir toda Christmasland. La cornisa bajo la nieve tembló con tal fuerza que Vic se preguntó si no iba a desprenderse de la montaña y hundir el parque entero en... ¿en qué? En el vacío que aguardaba detrás de la retorcida quimera de Charlie Manx. Los estrechos cañones por los que discurrían las carreteras se inundaron con un río de nieve lo bastante caudaloso para engullir todo lo que encontraba a su paso. El alud no se limitó a caer sobre Christmasland, sino que la borró por completo.

Cuando cruzaba la rotonda con la Triumph Vic vio el Espectro. Estaba cubierto por una fina película de polvo de ladrillo, el motor zumbaba y los faros iluminaban un aire lleno de partículas, miles de millones de granos de cenizas, nieve y rocas flotando en un viento caliente y lleno de chispas. Vic vio a la hija pequeña de Charlie Manx, la que se llamaba Lorrie, en el asiento del pasajero, mirando por la ventana hacia la repentina oscuridad. En pocos segundos todas las luces de Christmasland se habían apagado, todas sin excepción, y la única fuente de claridad procedía de la electricidad estática del cielo.

Junto al maletero abierto del coche, Wayne se retorcía en un intento por liberarse la niña que se llamaba Millie. Millie lo sujetaba por detrás con una mano aferrada a un trozo de la parte delantera de la camiseta blanca mugrienta de Wayne. En la otra tenía aquel curioso cuchillo ganchudo. Intentaba clavárselo en la garganta, pero Wayne la sujetaba por la muñeca, no le dejaba levantar la mano y mantenía la cara apartada del filo.

—¡Tienes que obedecer a papaíto! —le gritaba la niña—. ¡Tienes que meterte en el maletero! ¡Ya has dado bastante guerra!

Y Manx. Manx se movía. Hacía un instante estaba en la puerta del conductor ayudando entrar a su adorada Lorrie en el coche, pero ahora caminaba por el suelo irregular balanceando el martillo plateado, con ese abrigo de legionario que le daba un aire militar abotonado hasta el cuello. Tensaba con fuerza la mandíbula.

—¡Déjale, Millie, no tenemos tiempo! —aulló—. ¡Déjale y vámonos!

Millie hundió sus dientes de lombriz en la oreja de Wayne. Este chilló, dio manotazos, se apartó y el lóbulo de su oreja se desgajó del resto de su cara. Bajó la cabeza y, al tiempo que hacía esto y con un movimiento como de descorchar una botella, se escabulló de su camiseta, dejando a Millie con un harapo vacío y manchado de sangre en la mano.

—¡Mamá! ¡Mamá! ¡Mamá! —gritó Wayne.

Algo que sonaba igual dicho del derecho que del revés. Corrió dos pasos, resbaló en la nieve y cayó a cuatro patas sobre la calzada.

El polvo se agitaba en el aire. Varios cañonazos sacudieron la oscuridad, bloques de piedra cayeron sobre piedra y ciento cincuenta mil toneladas de nieve, toda la nieve vista e imaginada por Charlie Manx, se precipitó hacia ellos arrasando todo a su paso.

Manx estaba a seis pasos de Wayne y se dirigió hacia él con el martillo plateado en alto, dispuesto a dejarlo caer sobre la cabeza gacha del niño. Era un martillo diseñado para aplastar cráneos, y destrozar el de Wayne sería un juego de niños.

—¡Apártate de mi camino, Charlie! —aulló Vic.

Manx se volvió para mirarla cuando pasó a su lado a toda velocidad. La estela de la moto lo atrapó y le hizo tambalearse hacia atrás.

Luego el último lote de ANFO, la mochila entera, explotó debajo del árbol y pareció llevarse con él el mundo entero.

Calle Gominola

GEMIDO AGUDO.

Confusión de polvo y motas de fuego danzarinas.

El mundo se sumió en un pañuelo de silencio donde el único sonido era un suave pitido, no muy distinto al de la carta de ajuste de la televisión.

El tiempo se reblandeció y avanzó con la dulce lentitud del sirope deslizándose por las paredes de un frasco.

Vic avanzó entre la atmósfera de destrucción y vio un fragmento de árbol ardiendo del tamaño de un Cadillac caer delante de ella, en apariencia desplazándose a menos de una quinta parte de su velocidad lógica.

En la silenciosa tormenta de escombros —un torbellino de humo rosado— había perdido de vista a Manx y a su coche. Solo atisbó a Wayne, a cuatro patas en el suelo y disponiéndose a levantarse igual que un corredor en los tacos de salida. La niña de pelo largo y rojo estaba detrás de él con el cuchillo, que ahora sujetaba con las dos manos. La tierra tembló y le hizo perder el equilibrio, proyectándola contra el muro de piedra en que terminaba Christmasland.

Vic la esquivó y la niña, Millie, se volvió para verla pasar con su boca de lombriz abierta en un gesto enfermizo de rabia, las hileras de dientes apiñadas en la garganta. La niña empujó el muro para separarse y al hacerlo, este cedió y se la llevó consigo. Vic la vio precipitarse hacia la nada y perderse en la tormenta de luz blanca.

Le pitaban los oídos. Pensaba que estaba llamando a Wayne, pero este echó a correr —sordo y ciego— sin mirar atrás.

La Triumph la ayudó a alcanzarlo. Se dobló por la cintura, lo agarró por la parte de atrás de los pantalones cortos y lo subió en la moto detrás de ella, todo sin necesidad de frenar. Y es que había tiempo de sobra. Todo se movía tan lenta y silenciosamente que Vic podría haber contado cada ascua que flotaba en el aire. El riñón perforado le dolió intensamente por aquel movimiento brusco de la cintura, pero Vic, que empezaba ya a agonizar, no dejó que eso la preocupara.

Del cielo nevaba fuego.

En algún lugar a su espalda, la nieve de cien inviernos ahogó Christmasland como una almohada apretada contra la cara de un enfermo terminal.

Había sido agradable llevar detrás a Lou Carmody abrazándola, oler su aroma a pinos y a taller, pero más agradable aún era volver sentir los brazos de su hijo alrededor de la cintura.

Por lo menos en aquella oscuridad zumbona y apocalíptica no había villancicos. Cómo odiaba Vic los villancicos. Siempre lo había hecho.

Otro árbol en llamas se desplomó a su derecha, chocó contra el empedrado y explotó haciendo saltar brasas del tamaño de platos. Una flecha incendiaria, tan larga como el antebrazo de Vic, rasgó el aire y le hizo un corte en la frente justo encima de la ceja derecha. No lo notó, aunque sí la vio pasar delante de sus ojos.

Metió cuarta sin que le costara ningún esfuerzo.

Su hijo la abrazó más fuerte. El riñón le dio otra punzada. Wayne la estaba exprimiendo hasta dejarla sin vida y era una sensación de lo más dulce.

Vic apoyó una mano sobre las dos de Wayne entrelazadas sobre su ombligo y le acarició los nudillos pequeños y pálidos. Seguía siendo su hijo. Lo sabía porque tenía la piel caliente y no helada y muerta, como los pequeños vampiros de Charlie Manx. Siempre sería suyo. Wayne era oro puro y el oro no se desgastaba.

NOS4A2 apareció a su espalda rodeado de humo. Vic lo oyó a través del silencio muerto y vibrante, escuchó un gruñido inhumano, un rugido de odio de alta precisión perfectamente articulado. Los neumáticos traqueteaban y avanzaban a sacudidas sobre el suelo de roca pulverizada. Los faros iluminaban la tormenta de polvo —aquella borrasca de grava— y la hacían brillar como si fuera una lluvia de diamantes. Manx iba al volante y llevaba la ventanilla bajada.

—¡TE VOY A ASESINAR, BRUJA INMUNDA! —gritó y Vic lo escuchó también aunque amortiguado, como el sonido del mar dentro de una caracola—. ¡OS VOY A ATROPELLAR A LOS DOS! ¡HAS MATADO A LOS MÍOS Y AHORA YO VOY A HACER LO MISMO CONTIGO!

El guardabarros chocó con la rueda trasera de la moto, que experimentó una fuerte sacudida. El manubrio tembló y trató de soltarse de las manos de Vic. Esta lo sujetó con fuerza. De no ser así, la rueda delantera viraría violentamente a un lado o al otro, se caerían de la moto y el Espectro les pasaría por encima.

El guardabarros les embistió de nuevo y Vic se dobló tanto hacia delante que casi tocó el manillar con la cabeza.

Cuando levantó la vista allí estaba el Puente del Atajo, su boca oscura resaltando en la bruma color algodón de azúcar. Vic exhaló largamente y despacio y casi se estremeció de alivio. El puente estaba allí y la sacaría de aquel lugar, de vuelta adonde necesitaba ir. Las sombras que la esperaban dentro eran, a su manera, tan reconfortantes como la mano fresca de su madre en su frente febril. Echaba de menos a su madre, a su padre y a Lou y sentía que no hubieran pasado más tiempo todos juntos. Tenía la sensación de que la estarían esperando —no solo Lou— al otro lado del puente, esperando a que se bajara de la moto para abrazarla.

La Triumph cruzó el umbral de madera del Atajo y empezó a traquetear sobre los tablones. A su izquierda Vic vio la ya familiar pintada verde, tres letras en torpe caligrafía: LOU →.

El Espectro entró en el puente detrás de ella, chocó contra la polvorienta Raleigh y la hizo volar por los aires. Adelantó a Vic por la derecha. La nieve entró rugiendo detrás como una ráfaga atronadora y taponó la entrada al puente igual que un corcho encajado en una botella.

—¡ZORRA TATUADA! —gritó Manx, y su voz resonó en el amplio espacio deshabitado—. ¡PUTA TATUADA Y *ASQUEROSA!*

El guardabarros embistió de nuevo a la Triumph por detrás y esta derrapó hacia la derecha. El hombro de Vic chocó contra la pared con tal fuerza que estuvo a punto de caerse del asiento. La madera de la pared se rompió y por entre las grietas asomó el furioso ruido blanco. El Atajo retumbó y se estremeció.

—Mamá, hay murciélagos —dijo Wayne con voz queda, una voz de niño más joven y más pequeño—. Mira cuántos.

El aire se llenó de murciélagos salidos de entre las vigas del techo. Volaban de un lado para otro aterrorizados y Vic agachó la cabeza y condujo entre ellos. Uno se le estrelló en el pecho, cayó en su regazo y aleteó histérico antes de remontar el vuelo. Otro le rozó la mejilla con su ala aterciopelada, de una calidez suave, secreta y femenina.

—No tengas miedo —le dijo a Wayne—. No te van a hacer nada. ¡Eres Bruce Wayne! Los murciélagos son tus amigos, hijo.

—Es verdad —dijo Wayne—. Es verdad, soy Bruce Wayne —como si lo hubiera olvidado temporalmente. Quizá así era.

Vic se giró y vio un murciélago chocar contra el parabrisas del Espectro con la fuerza suficiente para dibujar una telaraña en el cristal justo a la altura de la cara de Manx. Un segundo murciélago se estrelló en el otro lado del cristal delantero en una bola de sangre y pelo. Se quedó atrapado en uno de los limpiaparabrisas y agitó frenético un ala destrozada. Un tercero y un cuarto rebotaron en el cristal y se alejaron volando en la oscuridad.

Manx gritaba sin parar, no de miedo, sino de impotencia. Vic no quería oír la otra voz dentro del coche, la voz de niña —«¡Papá, no tan deprisa, papá!»— pero la oyó de todas maneras, ya que el espacio cerrado del puente transportaba y amplificaba los sonidos.

El Espectro perdió el control, viró bruscamente a la izquierda y el guardabarros delantero se dio contra la pared y arrancó casi un metro de superficie de esta, revelando el zumbido de ruido blanco y un vacío inconcebible.

Manx enderezó el volante y el Espectro dio un bandazo hasta chocar con la pared contraria del puente. El sonido de tablones astillándose y saltando era como fuego de ametralladora. Los maderos del suelo debajo del coche también saltaron hechos añicos. Un granizo de murciélagos aporreó el parabrisas, que cedió. Les siguieron más murciélagos, que se metieron dentro golpeando a Manx y a la niña en la cabeza. La niñita empezó a chillar y Manx soltó el volante, manoteando para defenderse.

—¡Fuera! ¡Fuera de aquí, criaturas repugnantes! —gritó. Luego dejó de hablar y solo hubo gritos.

Vic aceleró y la moto se propulsó hacia delante recorriendo el Atajo a gran velocidad y cruzando la oscuridad bullente de murciélagos. Corrió hacia la salida a ochenta, noventa, cien kilómetros por hora, como un cohete.

Detrás de ella el morro del Espectro se hundió en el suelo del puente. La parte trasera se levantó. Manx resbaló hacia delante, contra el volante, la boca abierta en un aullido aterrorizado.

—¡Nooo! —pensó Vic que gritaba. O quizá fue «¡Jo, jo, jo!».

El Espectro se precipitó a la nieve y al ruido blanco arrastrando el puente con él. El Atajo pareció doblarse por la mitad y de repente Vic se encontró circulando cuesta arriba. Después se hundió el centro y se levantaron los extremos, como si el puente quisiera cerrarse igual que un libro, una novela que toca a su fin, una historia que tanto el autor como el lector se disponen a olvidar.

NOS4A2 cayó por entre los restos del suelo carcomido y ruinoso del puente, se precipitó a la furiosa luz blanca y al ruido parásito, descendió trescientos metros y veintiséis años, atravesando el tiempo hasta caer en el río Merrimack en 1986, donde quedó arrugado igual que una lata de cerveza. El motor salió por el salpicadero y se empotró en el pecho de Manx como un corazón de hierro de doscientos kilos de peso. Murió con la boca llena de aceite de motor. El cuerpo de la niña que viajaba con él fue arrastrado por la corriente casi hasta el puerto de Boston. Cuando se descubrió su cadáver, cuatro días más tarde, tenía varios murciélagos muertos enredados en el pelo.

Vic aceleró, a ciento veinte, a ciento cuarenta. Los murciélagos salieron del puente y volaron a su alrededor en la noche, todos ellos, todos sus pensamientos, recuerdos, fantasías y sentimientos de culpa: besar el pecho desnudo de Lou la primera vez que le quitó la camiseta, montar su bicicleta de diez marchas en la sombra esmeralda de una tarde de agosto; golpearse los nudillos en el carburador de la Triumph mientras trataba de apretar un tornillo. Era agradable verlos volar, liberarlos, liberarse de ellos, dejar de pensar de una vez. La moto llegó a la salida y voló con ellos. Por un momento planeó en la noche con el motor rugiendo en la gélida oscuridad. Su hijo la abrazaba con fuerza.

Las ruedas aterrizaron de golpe, Vic salió impulsada hacia el manubrio y el pinchazo del riñón se convirtió en un dolor desgarrador e insoportable. *Conduzca con cuidado,* pensó, reduciendo la velocidad mientras la rueda delantera temblaba y cabeceaba y la moto amenazaba con tirarlos a los dos y caer al suelo con ellos. El motor chilló al enfilar el camino de surcos. Vic había vuelto al claro del bosque desde el cual Manx les había conducido hasta Christmasland. La hierba batía frenética contra ambos lados de la moto.

Fue reduciendo la velocidad cada vez más hasta que la moto carraspeó y se calló. Vic metió el punto muerto. Por fin la Triumph se detuvo en el lindero de un bosque y Vic pudo volverse para mirar atrás. Wayne hizo lo mismo, todavía abrazado con fuerza a su cintura, como si siguieran en la moto a ciento veinte kilómetros por hora.

Al otro lado del prado Vic vio el Puente del Atajo y un montón de murciélagos que salían a la noche estrellada. A continuación y muy despacio, la entrada al puente cayó hacia atrás —de repente no tenía nada que la sujetara— y explotó como una burbuja de aire al tocar el suelo, arrugando la hierba alta por efecto de la oscilación.

El niño y su madre miraban lo ocurrido desde la moto. Los murciélagos chillaban bajito en la oscuridad. Vic se sentía serena por dentro. No estaba segura de si le quedaba gran cosa en su interior, aparte de amor, y eso ya era bastante.

Puso el pie en el pedal de arranque. La Triumph suspiró pidiendo perdón. Vic lo intentó de nuevo mientras notaba cosas que se desgarraban en su interior y escupía más sangre. Una tercera vez. El pedal casi se negaba a bajar y la moto no emitía ruido alguno.

—¿Qué le pasa, mamá? —preguntó Wayne con su nueva y suave voz de niño pequeño.

Vic empujó la moto atrás y adelante entre las piernas. La Triumph crujió un poco, pero nada más. Entonces Vic comprendió y rio, una risa débil y seca, pero sincera.

—Nos hemos quedado sin gasolina —dijo.

VENID Y ADOREMOS
OCTUBRE

Gunbarrel

EL PRIMER DOMINGO DE OCTUBRE A WAYNE LO DESPERTÓ UN tañido de campanas que se oía en toda la manzana. Su padre estaba sentado en el borde de su cama.

—¿Qué estabas soñando? —le preguntó su nuevo y casi delgado padre.

Wayne negó con la cabeza.

—No sé. No me acuerdo —mintió.

—Pensaba que igual estabas soñando con mamá —dijo el Nuevo Lou—. Estabas sonriendo.

—Supongo que estaba pensando en *algo* divertido.

—¿Algo divertido o algo bueno? —preguntó el Nuevo Lou mirándole curioso con sus Nuevos Ojos de Lou, inquisitivos y brillantes—. Porque no es lo mismo.

—Ya no me acuerdo —insistió Wayne.

Mejor decir eso que contarle que había estado soñando con Brad McCauley y Marta Gregorski y los otros niños de Christmasland. Aunque ya no era Christmasland, solo Lo Blanco. El furioso ruido estático de un canal de televisión que no emitía nada y los niños corrían por él, jugando a sus juegos. El de la última noche se llamaba «muerde al más pequeño». A Wayne le sabía la boca a sangre. Se pasó la lengua por el agujero pegajoso de la boca. En su sueño tenía más dientes.

—Voy a salir con la grúa —dijo Lou—. Tengo trabajo. ¿Quieres venir conmigo? No hace falta. Tabitha puede quedarse contigo.

—¿Está aquí? ¿Se ha quedado a dormir?

—¡No! ¡Claro que no! —dijo Lou. Parecía verdaderamente sorprendido por la idea—. Lo que estoy diciendo es que puedo llamarla para que venga —frunció el ceño en señal de concentración unos instantes y luego siguió hablando, más despacio—: No creo estar preparado para eso ahora mismo, para que se quede a dormir. Sería raro... para todos.

Wayne decidió que la parte más interesante de aquella información era el «ahora mismo», porque quería decir que a su padre *podría* parecerle bien que Tabitha Hutter se quedara a dormir más adelante, en una fecha sin determinar.

Tres noches antes habían salido los tres de ver una película —era algo que hacían de vez en cuando, ir al cine juntos— y Wayne se había vuelto a tiempo de ver a su padre sujetar a Tabitha Hutter por el codo y besarla en la comisura de la boca. Por la manera en que ella inclinó la cabeza y sonrió un poco, Wayne supo que aquel no era su primer beso. Había sido demasiado relajado, demasiado natural. Entonces Tabitha se había dado cuenta de que Wayne les miraba y se había soltado del brazo de Lou.

—¡Pues a mí no me importaría! —dijo Wayne—. Sé que te gusta. ¡Y a mí también!

—Wayne, tu madre... Tu madre era... Vamos, que decir que era mi mejor amiga es poco, ni siquiera...

—Pero está muerta. Y tú deberías ser feliz. Deberías divertirte.

Lou le miró serio, como un poco triste, pensó Wayne.

—Bueno —dijo—. Lo que te estaba diciendo. Que te puedes quedar aquí si quieres. Tabitha está aquí al lado. Si la llamo viene en tres minutos. Tener una canguro con pistola es todo un lujo.

—No, te acompaño. ¿Adónde has dicho que vamos?

—No te lo he dicho —dijo Lou.

TABITHA HUTTER SE PRESENTÓ DE TODAS MANERAS, SIN ANUNCIARSE, y llamó al interfón del apartamento cuando Wayne aún seguía en pijama. Lo hacía de vez en cuando, llegaba con cruasanes que ofrecía a cambio de café. Podía haber llevado café también, pero decía que le gustaba el que hacía Lou. Wayne reconocía una mala excusa cuando la oía. El café de Lou no tenía nada de especial, a no ser que te gustara tomarlo con regusto a desengrasante.

Hutter había pedido el traslado a las oficinas de Denver para ayudar en la investigación del caso McQueen, que seguía sin archivarse y nunca se archivaría. Vivía en un apartamento en Gunbarrel y solía hacer una comida al día con Lou y Wayne, en teoría para sacarle a Lou información del caso, pero en realidad para hablar de *Juego de tronos*. Lou había terminado el primer libro la noche antes de que le hicieran la angioplastia y le pusieran el bypass gástrico, las dos cosas a la vez. Hutter estaba allí cuando se despertó, el día después de la operación. Le dijo que había querido asegurarse de que vivía para leer el resto de títulos de la colección.

—¿Qué pasa, chicos? —dijo Tabitha— ¿Queríais darme esquinazo?

—Tengo trabajo —dijo Lou.

—¿En domingo por la mañana?

—Los domingos también se estropean los coches.

Tabitha bostezó con una mano sobre la boca. Era una mujer menuda, de pelo crespo, que llevaba una desgastada camiseta de Wonder Woman y jeans azules, sin joyas ni ningún otro complemento. Aparte de la pistola de nueve milímetros en el cinturón.

—Vale. ¿Me haces un café antes de irnos?

Lou sonrió un poco, pero dijo:

—No hace falta que vengas. Igual tardamos un rato.

Tabitha se encogió de hombros.

—¿Y qué otra cosa voy a hacer si no? Los delincuentes se levantan tarde. Llevó ocho años en el FBI y nunca he tenido motivos para disparar a alguien antes de las once de la mañana. O antes de tomarme el café, en todo caso.

Lou puso la cafetera al fuego y salió a arrancar el camión. Tabitha le siguió hasta la puerta. Wayne estaba solo en el pasillo poniéndose las deportivas cuando sonó el teléfono.

Lo miró, negro y de plástico sobre una mesa auxiliar justo a su derecha. Pasaban pocos minutos de las siete, era temprano para que llamara nadie, pero a lo mejor era algo sobre el trabajo que tenía ahora Lou. Igual la persona que se había quedado tirada con el coche había encontrado a alguien que la ayudara. A veces pasaba.

Descolgó.

El teléfono silbó y a continuación emitió un fuerte rugido de ruido parásito.

—Wayne —dijo una niña con aliento entrecortado y acento ruso—. ¿Cuándo vas a volver? ¿Cuándo vas a venir a jugar con nosotros?

Wayne era incapaz de contestar: tenía la lengua pegada al paladar y el pulso le latía con fuerza en la garganta. No era la primera vez que llamaban.

—Te necesitamos. Tienes que reconstruir Christmasland. Puedes volver a imaginarla entera. Con todas las atracciones, las tiendas, los juegos. Aquí no tenemos nada con qué jugar. Tienes que ayudarnos. Ahora que se ha ido el señor Manx solo te tenemos a ti.

Wayne escuchó abrirse la puerta principal y le dio a FINALIZAR LLAMADA. Colgó el teléfono en el mismo instante en que Tabitha puso un pie en el pasillo.

—¿Ha llamado alguien? —preguntó con serena inocencia en sus ojos gris verdoso.

—Se habían equivocado de número —dijo Wayne—. Seguro que el café ya está.

WAYNE NO ESTABA BIEN Y LO SABÍA. LOS NIÑOS QUE ESTABAN BIEN no hablaban por teléfono con niños muertos. Los niños que estaban bien no tenían sueños como los suyos. Pero ninguna de estas cosas —ni las llamadas ni los sueños— era el principal indicador de que Algo le Pasaba. Lo que dejaba claro que Algo le Pasaba era cómo se sentía cada vez que veía un accidente de avión: electrificado, excitado y culpable a la vez, como si estuviera mirando pornografía.

La semana anterior, cuando iba con su padre en el camión, habían visto una ardilla cruzar la carretera corriendo delante de un coche y morir aplastada y Wayne había soltado una carcajada repentina e inesperada. Su padre se había vuelto a mirarle perplejo, había fruncido los labios para hablar, pero no había dicho nada, disuadido tal vez por la expresión conmocionada y triste de Wayne. Este no quería pensar que una cosa así era divertida, una ardillita haciendo zig en lugar de zag, aplastada por un neumático Goodyear. Aquella era de la clase de cosas que hacían reír a Charles Manx. Pero es que no podía evitarlo.

Hubo una vez en que vio un vídeo en YouTube sobre el genocidio en Sudán y se descubrió sonriendo.

También estaba la historia de una niña secuestrada en Salt Lake City, una bonita chica de doce años, rubia y con sonrisa tímida. Wayne había visto la noticia en el telediario transido de emoción, sintiendo envidia de la pequeña.

Y luego estaba la sensación recurrente de que tenía tres hileras extra de dientes, ocultas en algún lugar detrás del paladar. Se pasaba la lengua una y otra vez por la boca e imaginaba que las notaba, una colección de pequeñas cordilleras justo debajo de las encías. Ahora sabía que la pérdida de sus dientes normales era algo que había *imaginado,* una alucinación producida por el sevoflurano, lo mismo que había imaginado Christmasland (*¡mentiras!*). Pero el recuerdo de estos otros dientes era más real, más vívido, que las cosas que hacía cada día: el colegio, las visitas al psicólogo o las comidas con su padre y Tabitha Hutter.

En ocasiones se sentía como un plato llano roto por la mitad y después pegado, pero cuyas partes no terminan de encajar. Una de ellas —la que correspondía a su vida antes de Charlie Manx— desentonaba microscópicamente con la otra. Si Wayne se alejaba un poco y miraba el plato mal pegado no lograba entender que nadie quisiera quedárselo. Ya no servía para nada. Al pensar aquello Wayne no sentía el más mínimo desánimo, y eso era parte de problema. Hacía mucho tiempo que no sentía nada parecido a la desesperación. En el funeral de su madre había disfrutado mucho cantando los himnos.

La última vez que vio a su madre con vida la estaban metiendo en una camilla por la parte de atrás de una ambulancia. Los paramédicos tenían prisa. Había perdido mucha sangre. Le trasfundieron tres litros en total, suficientes para mantenerla viva toda la noche, pero tardaron demasiado en tratarle el riñón y el intestino perforados, no se dieron cuenta de que su propio cuerpo la estaba envenenando.

Wayne había corrido a su lado sujetándole la mano. Estaban en el estacionamiento de suelo de grava de unos almacenes, carretera abajo de la casa en ruinas de Charlie Manx. Más tarde Wayne se enteraría de que en aquel aparcamiento sus padres habían hablado por primera vez.

—Estás bien, cariño —le había dicho Vic. Sonreía, aunque tenía la cara salpicada de sangre y porquería. Una herida le supuraba encima de la ceja derecha y le habían metido un tubo con oxígeno por la nariz—. El oro no se desgasta. Lo bueno dura, por muy mal que lo trates. Estás bien y lo vas a estar siempre.

Wayne sabía a qué se refería su madre. Le estaba diciendo que no era como los niños de Christmasland. Le estaba diciendo que seguía siendo él mismo.

Pero eso no era lo que le había dicho Charlie Manx. Charlie Manx había dicho que no había manera de quitar la sangre de la seda.

Tabitha Hutter dio un sorbo a su café y miró por la ventana que estaba sobre el lavamanos.

—Tu padre ha sacado ya el camión. ¿Coges una chaqueta por si hace frío y nos vamos?

—Sí, vámonos —dijo Wayne.

SE APELOTONARON DENTRO DEL CAMIÓN-GRÚA, WAYNE EN EL medio. Hubo un tiempo en el que los tres no habrían cabido, pero el Nuevo Lou no ocupaba tanto espacio como el viejo Lou. El Nuevo Lou tenía un look a lo Boris Karloff en *Frankenstein,* con brazos larguiruchos y desgarbados y un estómago hundido bajo el pecho fornido. También tenía cicatrices a lo Frankenstein, que arrancaban a la altura del cuello de la camiseta, le recorrían el cuello y terminaban detrás de la oreja izquierda, donde le habían hecho la angioplastia. Después de esta y de que le pusieran el bypass gástrico, la grasa simplemente se derritió, igual que un helado al sol. Lo más llamativo eran sus ojos. Parecía imposible que perder peso le cambiara los ojos a alguien, pero Wayne era ahora más consciente de ellos, de su mirada intensa e inquisidora.

Wayne se acomodó junto a su padre y a continuación se inclinó hacia delante porque algo se le había clavado en la espalda. Era un martillo, no forense, un martillo corriente, de carpintero, con un mango de madera desgastado. Wayne lo puso en el asiento junto a su padre.

La grúa se encaminó al norte desde Gunbarrel, subiendo por carreteras serpenteantes entre abetos centenarios hacia un cielo azul inmaculado. Abajo en Gunbarrel hacía calor donde daba el sol directamente, pero allí arriba las copas de los árboles se mecían inquietas en una brisa fresca que transportaba la fragancia de los álamos de colores cambiantes. Las laderas de las colinas tenían vetas doradas.

—Y el oro no se desgasta —susurró Wayne. En cambio las hojas no hacían más que caerse, cruzando la carretera, surcando la brisa.

—¿Qué has dicho? —preguntó Tabitha.

Wayne negó con la cabeza.

—¿Qué tal si ponemos la radio? —preguntó Tabitha y alargó la mano para encenderla.

Wayne no habría sabido explicar por qué prefería el silencio, por qué la idea de la música le asustaba.

Con un fino trasfondo de electricidad estática, Bob Seger explicaba su afición al rock and roll de los viejos tiempos. Aseguraba que si a alguien se le ocurría poner música disco cogería la puerta y se iría.

—¿Dónde ha sido el accidente? —preguntó Tabitha y Wayne percibió con indiferencia un atisbo de sospecha en su voz.

—Ya casi estamos —dijo Lou.

—¿Ha habido heridos?

Lou dijo:

—Es un accidente que ocurrió hace algún tiempo.

Wayne no supo adónde iban hasta que dejaron la tienda-gasolinera a la izquierda. Claro que ya no era una tienda-gasolinera, no lo era desde hacía una década. Los surtidores seguían a la entrada, uno de ellos ennegrecido, la pintura quemada después de incendiarse el día que Charlie Manx se detuvo allí a repostar. Las colinas al norte de Gunbarrel tenían su propia colección de minas abandonadas y ciudades fantasma, y no había nada extraordinario en una casa estilo refugio con las ventanas rotas y nada dentro excepto sombras y telarañas.

—¿Qué es lo que tiene pensado, señor Carmody? —preguntó Tabitha.

—Una cosa que me pidió Vic que hiciera —dijo Lou.

—Entonces quizá no deberías haber traído a Wayne.

—Más bien me parece que no debería haberte traído a ti —dijo Lou—. Tengo la intención de manipular pruebas.

Tabitha dijo:

—Bueno. Esta mañana no estoy de servicio.

Lou dejó atrás la tienda y al cabo de medio kilómetro aminoró la marcha. El camino de grava a la Casa Trineo quedaba a la derecha. Cuando Lou lo cogió, el ruido estático subió de volumen imponiéndose a la voz arenosa y afable de Bob Seger. Era imposible sintonizar nada en los alrededores de la Casa Trineo. Incluso a la ambulancia le había costado enviar un mensaje inteligible al hospital de Gunbarrel. Al parecer tenía que ver con los contornos de los salientes de las montañas. En los desfiladeros de las Rocosas era fácil perder de vista el mundo de abajo, y entre los picos, los árboles y los fuertes vientos el siglo XXI se convertía en mero constructo, en una noción que el hombre había impuesto al mundo y a la que la roca era por completo ajena.

Lou detuvo el camión y se bajó para apartar una valla azul de la policía. Después siguieron camino.

El camión-grúa traqueteó por el sendero sin asfaltar hasta casi la puerta de la casa en ruinas. Las hojas de zumaque enrojecían con el frío otoñal. En alguna parte, un pájaro carpintero arremetía contra un pino. Después de que el Nuevo Lou aparcara, de la radio solo salía ruido parásito.

Si Wayne cerraba los ojos podía ver a los niños de la electricidad estática, esos niños perdidos en el espacio entre realidad y pensamiento. Los tenía tan cerca que casi podía oír sus risas por debajo del silbido de la radio. Se estremeció.

Su padre le puso una mano en la pierna y Wayne abrió los ojos y le miró. Lou estaba fuera del camión, pero se había asomado a la cabina para apoyar una de sus manazas en la rodilla de Wayne.

—No pasa nada, Wayne —dijo—. No pasa nada. Estás a salvo.

Wayne asintió, pero su padre le había interpretado mal. No estaba asustado. Temblaba, pero de emoción. Los otros niños estaban tan cerca, esperando que volviera con ellos y soñara hasta hacer realidad un mundo nuevo, una nueva Christmasland con atracciones, comida y juegos. Tenía la capacidad de hacer algo así. *Todo el mundo* la tenía, en realidad. Necesitaba algo, una herramienta, un instrumento de placer, de diversión que pudiera usar para hacer un agujero en este mundo y cruzar a su paisaje interior secreto.

Notó la cabeza metálica del martillo contra su cadera, lo miró y pensó: *Puede.* Coge el martillo y aplástale la cabeza a tu padre. Cuando imaginaba el ruido que haría —el golpe penetrante y hueco del acero contra el hueso— sentía cosquillas de emoción. Darle un martillazo a Tabitha en esa cara redonda, de zorra guapa y lista, partirle las gafas, saltarle todos los dientes. Eso sería divertido. Imaginarla con los labios carnosos cubiertos de sangre le producía una descarga inconfundiblemente erótica. Y cuando hubiera acabado con ellos se iría a dar una vuelta por el bosque, volvería a la pared de roca, donde había estado el túnel de ladrillo que conducía a Christmasland. La golpearía, le daría con el martillo hasta abrir una rendija por la que entrar. La emprendería a martillazos hasta abrir un agujero en este mundo por el que escabullirse de vuelta al otro, al mundo de pensamientos donde le esperaban los otros niños.

Pero mientras seguía dándole vueltas, fantaseando con la idea, el padre le quitó la mano de la pierna y cogió el martillo.

—¿De qué va todo esto? —dijo Tabitha entre dientes, antes de soltarse el cinturón de seguridad y bajar por su lado del camión.

El viento susurró entre los pinos. Los ángeles se mecieron. Bolas plateadas refractaban la luz en haces brillantes y policromados.

Lou salió del camino y se dirigió hacia el terraplén. Levantó la cabeza —ahora ya tenía una sola barbilla y bastante bonita— y volvió sus ojos de tortuga sabia hacia los adornos en las ramas. Pasado un rato cogió uno, un ángel blanco que tocaba una trompeta dorada, lo dejó encima de una piedra y lo hizo añicos con el martillo.

Hubo un momentáneo silencio en el sonido de estática de la radio.

—¿Lou? —preguntó Tabitha mientras rodeaba la parte delantera del camión y Wayne pensó que si se ponía al volante y metía la directa podría atropellarla. Se imaginó el sonido que haría su cráneo contra la rejilla y empezó a sonreír —la idea era bastante divertida—, pero entonces Tabitha se fue hacia los árboles. Wayne parpadeó rápidamente para apartar aquel pensamiento horrible, macabro y maravilloso y saltó también del camión.

Una ráfaga de viento le revolvió el pelo.

Lou cogió un adorno plateado espolvoreado de purpurina, una bola del tamaño de una pelota de béisbol, y le asestó un golpe con el martillo como si fuera un bate de beisbol. La bola de purpurina explotó en una bonita polvareda de cristal opalescente e hilos de cobre.

Wayne permaneció cerca del camión, mirando. A su espalda, a través del rugido del ruido blanco, oía un coro infantil cantando un villancico. Decían algo sobre fieles que tenían que ir a adorar. Las voces sonaban lejanas, pero nítidas y dulces.

Lou destrozó un árbol de Navidad de cerámica y un pastel de porcelana espolvoreado con purpurina dorada y copos de nieve de hojalata. Empezó a sudar y se quitó el chaquetón de franela.

—Lou —repitió Tabitha, desde el borde del terraplén—. ¿Por qué haces eso?

—Porque uno de estos adornos es el suyo —dijo Lou y señaló a Wayne con la cabeza—. Vic lo trajo casi entero, pero necesito recuperar el resto.

El viento aulló más fuerte. Los árboles se inclinaron. Daba un poco de miedo ver cómo las ramas se movían de un lado a otro. Volaban agujas de pino y hojas.

—¿Qué puedo hacer yo?

—Me conformo con lo mínimo: es decir, que no me detengas.

Lou le dio la espalda y cogió otro adorno, que aplastó con un tintineo musical.

Tabitha miró a Wayne.

—Nunca me ha gustado lo mínimo si puedo hacer más. ¿Te apetece echar una mano? Parece divertido.

Wayne tuvo que admitir que era verdad.

Tabitha usó la culata de su pistola y Wayne una roca. Dentro del coche, el coro navideño fue subiendo de volumen hasta que incluso Tabitha lo oyó y dirigió una mirada interrogante hacia el camión. Lou en cambio lo ignoró y siguió aplastando hojas de acebo y coronas de alambre, y a los pocos segundos el ruido blanco atronó de nuevo, ahogando la canción.

Wayne destrozó ángeles con trompetas, ángeles con arpas, ángeles con las manos unidas en una plegaria. Destrozó a Papá Noel con todos sus renos y todos sus elfos. Al principio reía. Luego dejó de resultarle tan divertido. Después de un rato le dolían los dientes. La cara le ardía, luego la notó fría, luego tan fría que le quemaba con un calor helado. No sabía por qué y tampoco se detuvo demasiado a pensarlo.

Se disponía a destrozar un cordero de cerámica con un trozo de esquisto cuando por el rabillo del ojo detectó algo moverse y descubrió a una niña de pie junto a las ruinas de la Casa Trineo. Llevaba un camisón mugriento —que había sido blanco una vez pero ahora estaba básicamente rojo por los manchurrones de sangre seca— y tenía el pelo todo enmarañado. Su cara bonita y pálida parecía acongojada y lloraba en silencio. Tenía los pies ensangrentados.

—*Pómosch* —dijo y el sonido casi se perdió en el viento. *Pómosch*. Wayne nunca había oído la palabra rusa para «ayuda», pero entendió lo que decía la niña.

Tabitha se fijó en que Wayne miraba algo, se volvió y vio a la niña.

—Dios mío —dijo—. Lou. ¡Lou!

Lou miró a la niña que estaba en el jardín, Marta Gregorski, desaparecida desde 1991. Tenía doce años cuando se la vio por última vez en un hotel en Boston y ahora, veinte años más tarde, seguía teniendo la misma edad. Lou no pareció sorprenderse demasiado al verla. Tenía aspecto cansado, rostro ceniciento y el sudor le corría por las mejillas flácidas.

—Tengo que terminar, Tabby —dijo—. ¿La ayudas tú?

Tabitha se volvió y le miró asustada y perpleja. Enfundó el arma, se dio la vuelta y echó a andar deprisa sobre las hojas muertas.

De un arbusto detrás de Marta salió un niño, de diez años y pelo oscuro, vestido con un sucio uniforme azul y rojo de alabardero de la Torre de Londres. Los ojos de Brad McCauley eran a la vez tristes, interrogantes y asustados. Miró largamente de reojo a Marta y rompió en sollozos.

Wayne se giró sobre sus talones y los miró a los dos. En el sueño de la noche anterior Brad había llevado el uniforme de alabardero. Se sentía mareado y tenía ganas de sentarse, pero cuando se balanceó hacia atrás —a punto de caerse al suelo— su padre le sujetó poniéndole una de sus manazas en el hombro. Aquellas manos no acababan de pegar con el cuerpo del Nuevo Lou, le restaban armonía a su esqueleto ya de por sí grande y desgarbado.

—Oye, Wayne —dijo Lou—. Oye. Límpiate la cara en mi camiseta, si quieres.

—¿Qué? —preguntó Wayne.

—Estás llorando, amigo —dijo Lou y alargó la otra mano, en la que tenía fragmentos de cerámica de una luna hecha añicos—. Llevas llorando ya un rato, así que supongo que este era el tuyo, ¿no?

Wayne encogió los hombros con un espasmo. Trató de contestar, pero no lograba arrancarle ningún sonido a la garganta. Las lágrimas en sus mejillas le quemaban en el frío viento y entonces fue incapaz de controlarse y hundió la cara en el estómago de su padre, echando de menos por un momento al viejo Lou, aquella mole osuna y reconfortante.

—Lo siento —musitó con voz ahogada y extraña. Se pasó la lengua por la boca pero ya no notaba los dientes secretos, algo que le produjo tal explosión de alivio que necesitó agarrarse a su padre para no caer al suelo—. Lo siento, papá. Ay, perdóname, por favor —hablaba jadeante y entre sollozos.

—¿Perdonarte por qué?

—No sé. Por llorar. Por llenarte de mocos.

Lou dijo:

—Nadie tiene que pedir perdón por llorar, amigo.

—Me encuentro mal.

—Sí, lo sé. No pasa nada. Creo que lo que tienes se llama condición humana.

—¿Es muy grave?

—Sí. De hecho me temo que es siempre mortal.

Wayne asintió.

—Bueno, supongo que eso es bueno.

Detrás de ellos, a lo lejos, Wayne oía la voz serena y reconfortante de Tabitha, preguntando nombres, diciéndoles a los niños que no pasaba nada, que se iba a ocupar de ellos. Pensó que, si se daba la vuelta, vería quizá a una docena de ellos y que el resto debía de estar en camino, saliendo de entre los árboles, dejando atrás la electricidad estática. Oía llorar a algunos. La condición humana era contagiosa, al parecer.

—Papá —dijo Wayne—. ¿Te importa que este año nos saltemos las Navidades?

Lou dijo:

—Como Papá Noel intente colarse por nuestra chimenea le mando de vuelta con una patada en el culo. Te lo prometo.

Wayne rio. Una risa que tenía más de sollozo. Eso era bueno.

De vuelta a la carretera escucharon el rugido de una moto acercándose y a Wayne se le ocurrió la idea —una idea descabellada y horrible— de que podría ser su madre. Los niños habían vuelto de algo parecido a la muerte y a lo mejor ahora le tocaba a ella. Pero no era más que un tipo cualquiera dando una vuelta en su Harley. Pasó junto a ellos con un ruido atronador mientras el cromado de su carrocería arrojaba destellos. Era ya principios de octubre, pero bajo la luz directa e intensa del sol de la mañana todavía hacía calor. Se acercaba el otoño, al que seguiría el invierno, pero por el momento todavía hacía buen tiempo para montar en moto.

Empezado el 4 de julio de 2009
Terminado en las vacaciones de 2011
Joe Hill, Exeter, New Hampshire

AGRADECIMIENTOS

- Los buenos -

Si has disfrutado de este libro, entonces el mérito es en gran parte de mi editora, Jennifer Brehl, de William Morrow, quien me hizo ver la historia dentro de la historia. Si te ha decepcionado, la culpa es solo mía.

Gabriel Rodríguez es uno de mis hermanos. Quiero expresarle mi cariño y mi agradecimiento por sus ilustraciones, por su amistad y por su clarividencia. Cuando estoy perdido siempre puedo contar con Gabriel para que me dibuje un mapa.

Empecé a trabajar en esta historia en el verano de 2009, en el garaje de mi amigo Ken Schleicher. Ken estaba arreglando su moto de 1978 modelo Triumph Bonneville y me reclutó como ayudante. Pasamos unas veladas muy agradables que me dieron ganas de escribir sobre motos. Gracias al clan de los Schleicher por abrirme su casa y su garaje.

Terminé de trabajar en esta historia cuando mi madre la leyó y me dijo que le gustaba y también que el último capítulo no funcionaba. Como de costumbre, tenía razón. Tiré las últimas quince páginas y escribí algo mejor. Tabitha King es una pensadora creativa de primer orden y me enseñó a amar las palabras, a buscar sus significados secretos y a estar atento a sus historias particulares. Pero sobre todo su ejemplo me enseñó cómo ser padre: a escuchar más que a hablar, a convertir las obligaciones en juego (o en meditación), a cortarles las uñas a los niños cuando lo necesitan.

Mientras escribía el libro fui a dar una vuelta en moto con mi padre. Él llevó su Harley y yo mi Triumph. Me dijo que le gustaba mi moto, aunque el motor le recordaba a una máquina de coser. Así son los que montan Harleys. Fue una experiencia estupenda, seguir a mi padre por carreteras secundarias con el sol en la espalda. Supongo que llevo toda mi vida circulando por carreteras secundarias y no lo lamento.

Este libro fue objeto de una cuidada revisión por parte de dos —a falta de una— correctoras. Maureen Sudgen, que con su gran talento me ha mantenido en el buen camino en tres novelas ya, y mi amiga Liberty Hardy, de RiverRun Books, quien saltó sobre mis equivocaciones igual que un gato sobre un ovillo de lana. Liana Faughnan se unió en el último momento para asegurarse de que la secuencia narrativa era correcta. Sospecho que el libro continúa plagado de errores, pero eso demuestra que solo es posible ayudar a otra persona hasta cierto punto.

Mi cariño y gratitud al excelente equipo de William Morrow que tanto se esfuerza por darme una buena imagen: Liate Stehlik, Lynn Grady, Tavia Kowalchuk, Jamie Kerner, Lorie Young, Rachel Meyers, Mary Schuck, Ben Bruton y E. M. Krump. También a la gente de Gollancz: Jon Weir, Charlie Panayiotou y Mark Stay. Gracias en especial a mi editora inglesa y amiga Gillian Redfearn. No existe mujer más animosa y disciplinada.

No sé cuántas veces se leyó este libro mi agente, Mickey Choate, pero cada vez me ofrecía sugerencias, ideas y me daba nuevos ánimos. Gracias a él este libro es mucho mejor de lo que podría haber sido.

¿Sabéis quién es increíble? Kate Mulgrew, por grabar la versión en audiolibro. Me encantó su lectura de mi cuento «By the Silver Waters of Lake Champlain» y no puedo decir cuánto le agradezco que haya repetido la experiencia con esta historia, mucho más larga, sobre infancia, fantasía y pérdida.

Twitter es como una colmena rebosante de ideas, discusiones y pasión por las tecnologías, y estoy agradecido a todas las personas que han intercambiado algún tweet conmigo. Twitter es, a su manera, un paisaje interior, y uno de los buenos.

Gracias a todos los que se han leído este libro, lo han descargado o lo han escuchado en su versión audio. De verdad espero que les haya gustado. Qué subidón —qué regalo— poder ganarme la vida haciendo esto. No quiero dejar de hacerlo nunca.

Abrazos, besos y gratitud a montones a Christina Terry, que fue mi principal lectora en las últimas fases del libro y que se aseguró de que hacía algo con mi vida aparte de trabajar. Gracias por cuidar de mí, señora Terry.

Gracias también a Andy y Kerri Singh, Shane Leonard y Janice Grant, Israel y Kathryn Skelton, Chris Ryall, Ted Adams, Jason Ciaramella y a sus chicos, Meaghan y Denise MacGlashing, el clan de los Bosa, Gail Simone, Neil Gaiman, Owen King, Kelly Braffet, Zelda y Naomi. A Leanora, mi cariño y mi reconocimiento.

Tengo mucha suerte de ser el padre de Ethan, Aidan y Ryan King, las personas más divertidas e imaginativas que conozco. Vuestro padre os quiere.

- Los malos -

Aquellos que se limitan a leer por encima —o a saltarse directamente— los agradecimientos. Por favor, pónganse en contacto con la dirección para que les envíen un pase gratuito a Christmasland.

NOTA SOBRE LA TIPOGRAFÍA

Este libro ha sido compuesto en una variante de Caslon, una tipografía diseñada en el siglo XVIII por William Caslon Primero (1692-1766), armero y famoso impresor inglés. No guarda ninguna relación con Paul Caslon, que fue a Christmasland en 1968 y que se escapó con Millie Manx al Ruido Blanco después de aquella terrible Nochebuena en que la Montaña de Algodón de Azúcar se derrumbó. Millie les sacó a él y a otros dos niños —Francine Flynn y Howard Hitchcock— de la electricidad estática y les condujo hasta el pinar. Desde los árboles observaron como los otros niños (¡los esquiroles!) salían del bosque, todos quejándose, llorando y compadeciéndose de sí mismos con las caras sucias de lágrimas y mocos. Millie se puso a imitarles en silencio, y fue tan divertido que Paul tuvo que morderse con dos hileras de dientes para que no le oyeran reír.

Más tarde les darían su merecido a aquellos niños. Los esquiroles solo servían para una cosa: hacer de «eso» en un juego de tijeras-para-el-vagabundo o de muerde-al-más pequeño.

Pero cuando apareció la primera ambulancia por la carretera que llevaba a la Casa Trineo supieron que era hora de marcharse. Millie les condujo hacia la pícea azul donde estaban colgados, todos juntos, sus adornos de Navidad, bien lejos de donde Wayne Bruce Carmody (¡rey de los esquiroles!) se dedicaba a destrozar otros adornos con su padre. Cada uno de los Niños Fieles a Charlie recogió su adorno espe-

cial y juntos se escabulleron colina abajo antes de que los descubrieran. Era una pena que Christmasland hubiera desaparecido, pero de
nada servía llorar sobre leche derramada o avalanchas cataclísmicas.
Además, ¡ahora tenían el mundo entero para jugar!

Y tampoco importaba demasiado que ya no puedan vivir para
siempre en Christmasland. Después de todo, la Navidad no es más
que un estado de ánimo y mientras conserves algo de espíritu festivo
en el corazón, todos los días pueden ser 25 de diciembre.

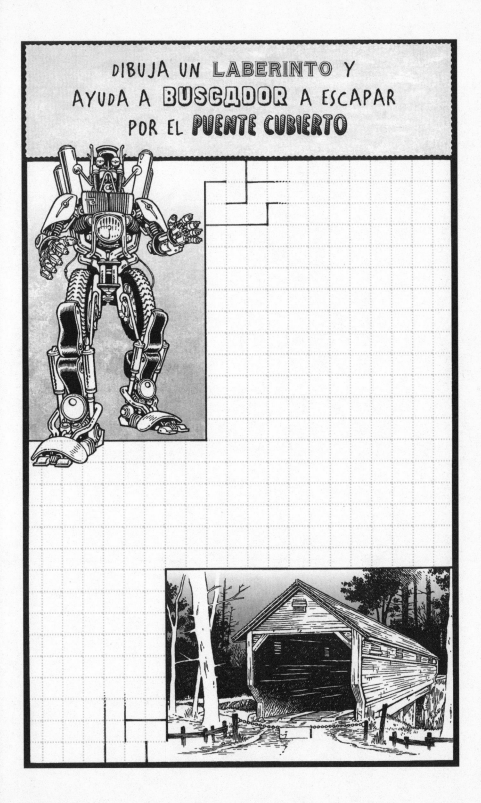

DIBUJA UN LABERINTO Y
AYUDA A **BUSCADOR** A ESCAPAR
POR EL ***PUENTE CUBIERTO***

Este ejemplar se terminó de imprimir en Junio de 2014,
En COMERCIALIZADORA DE IMPRESOS OM S.A. de C.V.
Insurgentes Sur 1889 Piso 12 Col. Florida
Alvaro Obregon, México, D.F.